新中国 70 年 70 部
长篇小说典藏

周而复

(1914—2004)

当代作家,安徽旌德人。

新中国70年70部
长篇小说典藏

上海的早晨

一

周而复 —— 著

学习出版社
人民文学出版社

图书在版编目（CIP）数据

上海的早晨：全 4 册／周而复著．—北京：人民文学出版社：学习出版社，2019
（新中国 70 年 70 部长篇小说典藏）
ISBN 978-7-02-015492-0

Ⅰ.①上… Ⅱ.①周… Ⅲ.①长篇小说—中国—当代 Ⅳ.①I247.5

中国版本图书馆 CIP 数据核字（2019）第 157779 号

责任编辑　刘　稚
装帧设计　刘　静
责任印制　王重艺

出版发行　人民文学出版社　学习出版社
社　　址　北京市朝内大街 166 号
邮政编码　100705
网　　址　http://www.rw-cn.com

印　　刷　河北鹏润印刷有限公司
经　　销　全国新华书店等

字　　数　1813 千字
开　　本　680 毫米×960 毫米　1/16
印　　张　145.5　插页 8
印　　数　1—5000
版　　次　1958 年 6 月北京第 1 版
印　　次　2019 年 9 月第 1 次印刷

书　　号　978-7-02-015492-0
定　　价　398.00 元（全四册）

如有印装质量问题，请与本社图书销售中心调换。电话：010-65233595

出 版 说 明

为庆祝中华人民共和国成立70周年，全面展现中华民族的文化创造能力和文学发展水平，深入揭示新中国70年来的伟大历程、辉煌成就和宝贵经验，激励人们为实现"两个一百年"奋斗目标、中华民族伟大复兴的中国梦而不懈奋斗，我们策划出版了这套"新中国70年70部长篇小说典藏"丛书。为将该丛书打造成思想精深、艺术精湛、制作精良的精品丛书，我们成立了丛书评审专家委员会，成员均为密切关注和深刻了解我国长篇小说创作动态的资深评论家。委员会从历史评价、专家意见和读者喜好等方面对新中国成立70年来众多优秀长篇小说进行综合评定，从中选出70部描写我国人民生活图景、展现我国社会全方位变革、反映社会现实和人民主体地位、弘扬社会主义核心价值观和讴歌中华民族伟大复兴中国梦的精品力作。这些作品，大多为曾获中宣部"五个一工程"奖、"茅盾文学奖"等重大国家级奖项的长篇小说，政治性、思想性和艺术性高度统一，代表了中国文坛70年间长篇小说创作发展的最高成就。

我们致力于"把提高作品的精神高度、文化内涵、艺术价值作为追求"的使命任务，通过这套丛书的出版，在讲好中国故事、传播中国声音、阐释中国精神、展现中国风貌的同时，倡导精品阅读，引领和推动未来的中国文学原创出版。

"新中国70年70部长篇小说典藏"评审专家委员会名单

评审专家委员会主任： 李敬泽

评审专家委员会委员（按姓氏笔画排序）：

丁　帆　　白　烨　　朱向前　　吴义勤　　何向阳
应　红　　张　柠　　张清华　　陆文虎　　陈思和
孟繁华　　胡　平　　南　帆　　贺绍俊　　梁鸿鹰
董保生　　董俊山　　谢有顺　　臧永清　　潘凯雄

项目统筹： 吴保平　　宋　强

一

　　一辆黑色的小奥斯汀汽车远远驶来,在柏油路上发出轻轻的咝咝声。马路两边是整齐的梧桐树,树根那部分去年冬天涂上去的白石灰粉已开始脱落,枝头上宽大的绿油油的叶子,迎风轻微摆动着。马路上行人很少,静幽幽的,没有声息。天空晴朗,下午的阳光把法国梧桐的阴影印在柏油路上,仿佛是一张整齐的图案画。小奥斯汀穿过了横马路,降低了速度,在梧桐的阴影上开过来。

　　在一片红色砖墙的当中,两扇黑漆大铁门紧紧闭着。铁门上两个狮子头的金色的铁环,在太阳里闪闪发着金光。小奥斯汀的喇叭对着黑漆大门叫了两声。黑漆大铁门开了,迎面站出来的是身上穿着银灰色咔叽布制服的门房老刘。他伸开右手,向里面指着,让小奥斯汀开了进去。他旋即关紧了大门,好像防备有坏人跟在汽车后面溜进来似的。他过来拉开小奥斯汀的车门,里面跳下一个四十开外的中年人。他穿着一身浅灰色底子淡蓝色条子的西装,打着一条玫瑰红的领带;长方形的脸庞微笑着,两腮露出两个酒窝,鼻梁上架着一副玳瑁边框子的散光眼镜,眼光机灵地向四边一扫:院子里没人。他橐橐地走了进去。

　　这人是沪江纱厂的副厂长梅佐贤,外号叫酸辣汤。这个外号的来源有一段这样的历史:梅佐贤本来并不是办纱厂的,是开饭馆出身的商人。他的表哥裘学良是沪江纱厂的厂长,就凭这个亲戚关系到厂里来的,起先是担任事务主任的工作,最近升了副厂长。裘学良经常生病在家,不来上班。梅佐贤这个副厂长,几乎就是正厂长了。他在纱厂工作也和他开饭馆一样,钱经过梅佐贤的手,他总要弄点油水。比如说厂里发代办米吧,本来应该向上海粮食公司采办的,但是没有油水可捞,他就向庆丰米号采办。沪江纱厂总管理处的职员和厂里职员家属的代办米,都是庆丰送去的;有时,在梅佐贤的默许之下,还掺杂一些霉米进去。那时候,梅佐贤所得到的油水当然就更多了。大家吃代办米发现霉味,自然有些不满,甚至于发了牢骚,梅佐贤表现得更不满,他当着职员的面骂庆丰,说这样做生意是自寻绝路;可是下一次的代办米仍然是要庆丰送去。一任事务主任,梅佐贤捞到的油水不少,他同人合伙,开了一家碾米厂。工人说,鸡蛋到了梅佐贤的手里也要小一圈。这个比喻并不过火。在上海解放前夕,厂里的钢丝针布、皮带皮、棉纱等等东西,直往他家里搬,起初说是保存起来,以后就变成梅佐贤的了。

　　他做这些事体总经理并不是不晓得,但他不在乎。因为总经理要更大的油水,梅佐贤可以在这方面献出他的才能和智慧。只要总经理的眉毛一动,他就晓得总经理在动啥脑筋。凡是总经理要办的事,假如别人办不到,只要找梅佐贤,没有一件不能完成的。而且,有些事只要总经理稍为暗示一下,他就懂得应该怎样去办。他的另外一个绰号叫做总经理肚里的蛔虫,就是这样得来的。因为字太长,又只能说明他的一个方面,就是说不很贴切,叫的人比较少,也不经常。酸辣汤的外号在厂里是无人不知的。他自然并非不晓得这个外号,有时听到了倒反而很得意:我梅佐贤就是酸辣汤,你把我怎么样?现在从事务主任爬到副厂长的地位,是总经理面前的一位红人,谁也奈何他不得。

　　梅佐贤走进了客厅。穿着白咔叽布制服的老王捧着一个托盘轻轻走过来,把一杯刚泡好的上等狮峰龙井茶放在梅佐贤面前的矮圆桌上。梅佐贤悠然自得地坐在双人沙发里,就像在自己家里

2

一样,他向老王望了一眼,谦和地问道:

"总经理回来了吗?"

"刚回来,在楼上洗脸。"

"请你告诉他,我来看他。如果他有事,我在这里多等一歇没有关系。"

老王点了点头,去了。梅佐贤揭开矮圆桌上的那听三五牌香烟,他抽了一支出来,就从西装口袋里掏出一个银色的烟盒子,很自然地把三五牌的香烟往自己的烟盒子里装。然后拿起矮圆桌上的银色的朗生打火机,燃着了烟在抽,怡然地望着客厅角落里的那架大钢琴。钢琴后面是落地的大玻璃窗,透过乳白色绢子的团花窗帷,他欣赏着窗外花园里翠绿的龙柏。

楼上传来咳嗽声。梅佐贤从怡然自得的境地跳了出来,他连忙熄灭了烟,站起来拍一拍刚才落在西装裤子上的烟灰,整了一下玫瑰红的领带。他晓得总经理快下来了,目光对着客厅的门。果然楼梯上有人下来了,沉重的脚步声一步步迟缓地往下移动。梅佐贤走到门那边去,像是接待一个贵宾似的在那边等候着。

一个矮胖的中年人走到客厅门口,容光焕发,脸胖得像一个圆球,下巴的肉往下垂着,使人担心这肉随时可以掉下来。看上去年纪不过四十左右,实际上他已是靠五十的人了。头上没有一根白发,修理得很整齐,油光发亮,镜子似的,苍蝇飞上去也要滑下来的。他很得意自己没有一根白发,用谦虚的语气经常在朋友面前夸耀自己:"我是蒙不白之冤,这个年纪应该有白发了。我的三个老婆对我没有一根白发是很不满意的,尤其是大老婆最恨我的头发不白。"如果朋友们凑趣地说:"那是怕你纳第三个姨太太。"那他就高兴得眼睛眯成一条缝,乐得说不出话来,只是嘻嘻地笑笑。上海解放以后,他的说法有一点修正:"我的老婆对我没有一根白发是很不满意的。"他不再提三个老婆了。

梅佐贤曲背哈腰迎接了沪江纱厂总经理徐义德：

"总经理，又来打扰你了。"

"来了很久吧，累你等了。"徐总经理漫不经心地瞟了他一眼。

"刚来，没啥。"

徐总经理一屁股坐在梅佐贤对面的单人沙发里，把整个沙发塞得满满的。他抽了一支烟，一对鱼眼睛望着米色的屋顶，嘴里吐出一个个圆圆的烟圈。

梅佐贤仔细留神徐总经理的脸色，眉宇间很开朗，嘴角上时不时露出得意的微笑。他晓得今天徐总经理的情绪很好，准备好的事情可以提出来谈一谈。

"总经理，汕头的电报到了……"

徐总经理一听到汕头两个字马上就紧张起来了，他的眼光从米色的屋顶移到梅佐贤长方形的脸上：

"那几批货色怎么样？"

"都脱手啦。装到汕头的二十一支三百八十件，装到汉口广州的二十支一共八百三十二件全抛出了。"

"多少款子？"

"一共是一百二十五万二千四百八十块港币。"

"划到香港没有？"

"现在政府对外汇管理得紧了，不容易套。这个数目又不小，想了很多办法，靠了几家有港庄的字号才划过去。因为这个原因，电报来迟了。"

"他们办事总是这么慢，汕头这个码头靠香港那么近，来往又方便，还有广州客户，有啥困难？不怕政府管理多么紧，套汇的办法多得很，了不起多贴点水不就行了。"

"那是的，"梅佐贤心里想：坐在上海洋房里策划当然很容易，别人亲手经管这件事可不那么简单，一要可靠，不能叫政府发现；

二要划算,汇水贴多了又要心痛。但是梅佐贤嘴里却说,"他们办事手脚太慢,心眼不灵活。不怕政府管得紧,就怕我们不下本钱,钱可通神。广东每年有很多侨汇,只要我们多贴点汇水,要多少外汇有多少外汇。"

"你的意见对。那批美棉和印棉有消息没有?"

"货已经到广州,正在接头……"

"要他们快一点脱手,脱手就买进……"徐总经理说到这里停了停,思考了一下才接着说,"买进糖①。"

梅佐贤看他有点拿不稳,话讲完了眉头还在皱着想心思,就接上去说:

"是不是买进参②划算?这两天香港参的行情看涨,大户多买进。我们买进参一定可以得到一笔外快,这数目可不小。"

徐总经理没有思考,果断地说:

"还是糖好。香港大户做参的买卖怎么也做不过汇丰银行,这是大户中的大户,最后他吃通,我们不上那个当。"

"这倒是,"梅佐贤马上改变口气,他自己没有啥主见的,只要老板高兴,他都赞成,"还是糖好,把稳。买进参可能利润大些,但是风险太大,何况总经理又不在香港。"

徐总经理点了点头。梅佐贤又说:

"要是总经理在香港,我看,汇丰银行也不一定斗得过你。你有丰富的经验,看香港市场的变化,决定自己的行动,别人保不住会在汇丰手里栽跟斗,你一定会站得稳稳的。你是上海著名的铁算盘呀。"

梅佐贤几句话说得总经理心里暖洋洋的,表面上却谦虚地说:

"那也不一定。"

---

① 这是他们的暗号:糖代表美钞。
② 这也是暗号:参代表黄金。

一阵橐橐的皮鞋声忽然传到客厅门外,旋即有一片红光闪过。梅佐贤问道:

"谁?"

"还不是那个小王八蛋,"徐总经理以充满了喜爱的口吻说,接着他对客厅门口叫道,"要进来就进来吧。"

门口出现了一位青年,身穿大红方格子衬衫,西装裤子笔挺,裤脚管不大,显得脚上的那双尖头皮鞋越发尖得突出,乌而发亮,和他头发一样的引人注目。那头发高高翘起,像一片乌云似的盘绕在额角上。他是二太太朱瑞芳生的,徐总经理的爱子。

"又要啥花样经?守仁,这么大了,没规没矩,见了客人也不叫一声。"

"哦,梅先生,"他轻飘飘地叫了一声,然后轻视地把嘴一撇,昂起头来向外望着,两只手叉着腰,右脚向前伸开,胸微微挺着,显出不愿叫的神情。

梅佐贤不在乎这些,也不注意这些,他讨好地笑着说:

"大少爷越长越英俊了。"

"唉,这孩子,……"徐总经理得意地望了望自己的爱子。

"究竟去不去呀?"徐守仁转过脸来歪着头说,"爹。"

"去当然去,不过……"徐总经理和梅佐贤商量道,"佐贤,这孩子一心要上美国去念书,我总觉得到英国去好。纺织这门学问,英国是有名的,学好了,回来也好帮我管这份产业。"

"那当然是去英国的好,总经理的高见不错。"梅佐贤说到这里,连忙望了徐守仁一眼。总经理是听爱子的话的,爱子的主意不好违背。

果然,徐守仁不同意:

"英国,英国有啥好白相?连好莱坞也没有,我不去。"

梅佐贤看风向不对,马上转舵:

"不过现在美国的纺织业发展得也不错,有些地方超过英国,他学点新技术回来,那对我们沪江会有很大的帮助。"

"对啊!"徐守仁立即鼓了两下掌,笑了,觉得梅佐贤这家伙倒不十分讨人厌。

"去美国也未始不可以,"徐总经理每次总是满足爱子的要求的,他说,"可是你的英文底子不行,这两年在圣约翰附中也不好好念书,我看你还是先到香港,把英文的底子打好,再上美国。"

"这倒是很必要的。"这是梅佐贤的声音。

徐守仁一听到香港,就想起同学们讲的香港好,美国电影、美国衣服料子、美国的……要啥洋货有啥洋货,他当然满心欢喜,说,"去就去,明天走。"

"看你急的,"徐总经理想起香港那爿厂,他问梅佐贤,"义信运到香港去的那六千锭子,为啥还没有装上?"

人民解放军一渡过江,徐义德料到上海保不住,当时没法把他所经营的企业一塌刮子搬走,但也不甘心全部留在上海,他就叫他的弟弟徐义信给他运走六千锭子到香港设新厂。这是一个好去处,国内有什么变化,那边有个退步;同时把棉纱尽量外运,变成美金和港钞存在香港汇丰银行,即使国内发生啥变化,徐义德也不怕了。他现在站得很稳:进可以攻,退可以守。

"义信最近来信说,厂址不好找,地皮贵,原来二十块港币一平方尺,现在涨到三十几块了,还是不好找。英国当局限制又严,不久以前才搞到一块地皮,连夜动工盖厂房,看样子下个月可以开工了。"

"再运两千去,佐贤,你看行不行?"

梅佐贤把眉头一皱:"这怕不行。那六千锭子,因为上海没解放,拆运出去虽则比较吃力,还算顺当。现在解放了,要是再搬动厂里的东西,怕工人不答应。"

徐总经理给梅佐贤一指点,果断地说:

"那这样好了,守仁,你到香港去,先到新厂去看看你叔叔,把那边详细情形给我写封信来,催义信快一点开工。"

"那没问题,包在我身上,笃定泰山!"他的问题解决了,便连蹦带跳地跑出去,一边大声叫道:

"吴兰珍!"

吴兰珍是大太太的亲姨侄女儿,她家住在苏州,因为准备考复旦大学,就住在徐义德家里。这时,她在楼上大太太的房间里。大太太低声地向她说:

"兰珍,这次考大学,你要好好用功。大学毕了业,你的前途就有保障了。"

"姨妈,你放心,我一定很好准备就是了。"她已经听姨妈说过好几遍这样的话了,怕她再唠叨下去,说,"我想,考上,大概没问题。"

"还是小心点好。"

"是的。"她听姨妈的口吻有点责备她的意思,低下了头,玩弄着手里的淡青色的手帕。

"你妈死得早,只丢下你这个女儿,要好好读书,给你妈争口气。"

她点点头。

"你妈临死辰光,还对我说,要我好好管教你,我也上了年纪,管教不动了,要靠你自己。"

"我晓得。"她的声音很低沉。

"我呢,到了徐家,没生育过,朱瑞芳她有守仁,林宛芝是义德心头的肉,只有我无依无靠,义德把我搁在脑壳背后了。我只有依靠你了……"说到这里,大太太的右手扶着吴兰珍的肩膀,想起老来的景象,忍不住落泪,呜咽地说不下去了。

吴兰珍用手里的淡青色的手帕给姨妈拭干了眼泪,同情地说:

"我一定永远跟你在一道,你别伤心。"

"不是我伤心,我现在的日子不好过,单是林宛芝那个神气活现的样子,我就受不了。"

"你别理她,好女人不会给姨父当小老婆的。当小老婆的,都不是好东西。"

"你说得对,兰珍,"大太太摸摸她的头发,说,"朱瑞芳也不把我放在眼里,以为她有守仁这孩子……"

"也别理她。"

"可是理谁呢?我一个人待在这里,多寂寞呀!"

"我陪你。"

"你考上大学,你要念书,不能老在我跟前啊!"

"你可以出去看看戏,听听评弹。礼拜六礼拜天我回来陪你……"

她感激地紧紧握着姨侄女的手。

徐守仁叫了一声无人应,提高嗓子,又叫道:

"吴兰珍,吴兰珍!"

"我在这里,啥事体呀?"

徐守仁又叫道:"看电影去!"

吴兰珍对姨妈说:

"我不和他去。"

"去吧,义德喜欢守仁,你可别得罪他。"

吴兰珍在楼上勉强应道:

"好呀。"

徐守仁向楼上走去,一路上得意地吹着口哨。

徐总经理见守仁走了,向客厅里四下看看没有人,他把声音放低,生怕有啥人听去似的:

9

"佐贤,你说得对,现在解放了,锭子不好再随便搬了,今后工人吃香了,新工会里没有我们的人不好办事,你看……"

"我看,我们把工会拿过来,"梅佐贤端起矮圆桌上的上等狮峰龙井茶喝了一口,怕这句话说过火了点,便用话试探着徐总经理的意图,"你说呢?总经理。"

"我说,没那么容易……"

"唔,确实不容易,不过,不拿过来呢,办起事来也不顺手……"

"你倒想想看……"

徐总经理没再说下去,他那一对可以入木三分的鱼眼睛的光芒盯着他:那意思是说这回要看看你的本事了。梅佐贤眼睛一转动,他猜出总经理的心思,就大胆地上了一个条陈:

"把工会拿过来自然不容易,不过这么说说罢了。资本家怎么好领导工会,共产党会答应吗?绝对不会。共产党当然要领导工会,我们给他来个换汤不换药,表面上是他的,实际上里面有我们的人,要是不能按照我们的心事办事,至少可以通风报信。"

"妙,佐贤,你真不愧是我的副厂长。"

"全靠总经理的栽培。"

"那么谁打进工会去呢?"

老王走了进来,向徐总经理报告:

"总经理,咖啡三明治预备好了。"

"晓得了。你去吧,我还要给梅厂长谈几句话,等一歇来。"

梅佐贤听老王的脚步声远去了,他坐到徐总经理旁边去,压低嗓音说:

"陶阿毛怎么样?这个人机灵,能干,勇敢,就是喜欢喝这么两杯,给他两瓶酒,要他做啥就做啥。"

"小陶能行,"徐总经理肥大的手指,敲了敲右边的太阳穴,转过身来,对着梅佐贤担心地说:

"不过,他是过去工会的副理事长呀!"

梅佐贤见总经理发愁,立刻改变了口吻:

"这一点倒是的,总经理看是不是还有办法呢?"

其实他已经想好了办法,不过在总经理面前既不能表现自己无力,也不能显得自己比总经理高明。他有意把话留给总经理说。总经理想了一阵,思考地说:

"办法当然有,我们过去在他身上也下过点功夫,他过去和工会理事长闹意见,工人都晓得的。他在工人当中有些威信,现在我们再给他帮一手就差不多了。"

"帮一手?"

徐义德见梅佐贤不大理解自己的话,笑了笑,说:

"当着工人的面,我们要对他表示不满意,他也要想法尽量反对我们……"

梅佐贤伸出右手的大拇指在总经理面前晃了晃:

"总经理想得妙,实在妙!"

总经理嘱咐他:

"你要注意一点:表面上不能和小陶接近;小陶要像过去一样,寻找机会站在工人方面反对我们,带头和我们斗争。这样,他给我们做事就方便了。"

"总经理高明,"梅佐贤赞不绝口,"高明,高明极了。"

"你亲自去办吧,别让人晓得。"

"遵命,一定遵命。"

"来,喝杯咖啡去吧。"

他们两人走到隔壁的西餐厅里,继续谈论着,声音仍然很小,听不清说啥,有时爆发出一阵格格的得意的笑声,接着又是低语密谈。

二

虽然是白天,太阳老高的,可是走进弟弟斯咖啡馆光线就暗下来。登上旋转的楼梯,向右手那间舞厅走去,周围的窗户全给黑布遮上,一丝阳光也透不进来,舞池两边的卡座上有一盏盏暗弱的灯光,使人们感到已经是深夜时分了。梅佐贤踽踽走进去,眼光向两边卡座扫了一下,立刻发现西边最末的一个卡座上有人向他举起右手招了招。他点了点头,走过去。

在西边最末的那个卡座上坐着的是个青年,看上去约莫有三十上下年纪,穿着一身咖啡色的条子西装,打了一条绣着金龙的红缎子的领带,袖子比较短,不大合身,显然是吴淞路旧货店的货色。他站了起来,和梅佐贤握了握手,说:

"这个地方真不错!"

梅佐贤在他对面的空位子上坐下去,笑了笑,说:

"错的地方好叫你来?"

"人又少,又安静,理想极了。"

"特别是这个辰光,"梅佐贤看了看表,说,"五点钟光景,下午来白相的人差不多快回去了,晚上要来白相的人还不到时候。"

"地点选得好,厂长,时间也选得好。在上海跟你走,啥地方都熟,真有本事。"

"一到了厂里保全部,我就不如你了,阿毛。"

陶阿毛是沪江纱厂的技工,虽然只有三十上下年纪,据他自己说已经有了十年的工龄,单说在沪江纱厂的保全部做工也快三年了。梅佐贤受了徐义德的委托,特地选择了闹市中这个幽静的所在来和他商议。上海解放以后,根据上级给他的命令,他早就想拉拢徐义德和梅佐贤,一直没有找到适当的机会。梅佐贤主动约他今天到这里来谈谈,真是正中下怀。他换上了西装,比梅佐贤早到五分钟。

"不,我那点技术算不了啥,哪能和你比,厂长,你是管理全厂的……"

"共产党来了,我们厂长今后吃不开了,要靠你们工人了……"

"哪里的话,不管怎么样,厂长总比我们工人强,"陶阿毛嘴上虽然这么说,心里可是高兴,眉毛微微扬起。他晓得今天梅厂长约他到这里来,一定有啥重要的事体,便试探地说,"厂长要我们工人做啥,没有二话讲,一定照办!"

"你当然没问题,别的工人就不见得……"梅佐贤说到这里,他低低叹息了一声。

"别的工人?也没问题,我在厂里熟人不少,有事体,他们倒也听我的话……"

梅佐贤听到这里很高兴,他歪过头去,对舞池里望了望,那边有三对舞伴随着音乐在跳狐步舞。卡座里的人都是一男一女,在低低地谈着,谁也听不见他们在谈啥。整个舞厅没有一个人在注意他们这个卡座。

在优美的音乐声中,梅佐贤伏在桌子上,喝了一口咖啡,把嗓子放低了说:

"你在厂里究竟认识了多少人?"

"少说也有百儿八十,点头之交,那就数不清了。"

"这次工会改选,你看,你选得上吗?"

陶阿毛了解梅厂长约他谈话的目的。他心里非常高兴,可是努力保持镇静,不流露出来。打入工会,正是他目前要进行的中心

13

活动,梅佐贤也要他进去,那不是一举两得吗?他没有马上满口应承,也没有立刻回答,对着桌上那盏深黄色的小台灯凝神地想了一阵,半晌,说:

"要我选上吗?"

"你能选上最好不过了,以后工会有啥事体,我们都可以晓得,办起事来就方便了。"

陶阿毛摇摇头,有意追了一步:

"怕不容易。"

"选不上吗?"

"唔。"

梅佐贤在徐总经理面前几乎是打了包票,没想到陶阿毛这样不中用,他焦急地说,声音也高了起来:

"你不是熟人很多吗?"

"是的。"

"你不是说工人听你的话吗?"

"是的。"

梅佐贤听他回答很有把握,抬起头来,对着他的面孔,用着质问的口气说:

"那为啥选不上呢?"

陶阿毛轻轻笑了一声:

"上海解放哪,共产党会不抓工会?"

"当然要抓。"

"那谁会选我?"

"主席捞不到,连个委员什么的也不行吗?"

"难。"

梅佐贤不解地问:

"为啥呢?"

"解放了,我们这种人吃不开啦,又不大进步……"陶阿毛不断摇头。

"要进步还不容易吗?"

"要进步你也有办法?"陶阿毛有意逗他。

梅佐贤没有一件事体没有办法,他说:

"当然有,你首先反对徐总经理和我,遇事站在工人那边,公开骂我们,我们绝不怪你。我们呢,也到处不满意你,给你颜色看,这样,你就有本钱了。"

陶阿毛听到最后一句话大吃了一惊,不禁信口说出:

"本钱?"

"唔,本钱,政治本钱,有了这个,就好做事了。"

陶阿毛失望地摇摇头:

"这个,我晓得。可是,光靠我一个人也不行。"

"你当然要拉拢一批人。"

"不比从前,现在拉拢人不容易。余静、赵得宝他们是党员,威信又高,他们不用拉拢,谁都跟他们走,我嘛,不行。"

"难道你认识那么多的人,一点作用也不起吗?"梅佐贤显然又有点焦急了。这件大事办不好,徐总经理那里的"差"是"交"不了的。

"也不能那么说,作用当然有……"

梅佐贤听见有苗头了,立刻笑嘻嘻地接上去说:

"那就好了。我说你有办法,果然不错,真有办法。"

陶阿毛摇摇头,梅佐贤暗暗吃了一惊。

"怎么? 又不行哪?"

"别的作用当然有,选举工会这件事,不容易,不容易……"

梅佐贤眉头一皱,顿时想出了一个主意:

"像从前那样,你带头和我们斗,工人就跟着你走了,你的威信也高了,选举起来就容易了……"

陶阿毛微微一笑:

"现在不是从前。共产党当了家,我哪能够领导工人和你们斗争?"他深深叹息了一声,说,"今后领导工人的是余静、赵得宝他们了!"

梅佐贤圆睁着两只眼睛,失望地说:

"毫无办法了?"

陶阿毛凝神地注视了一下舞池,空荡荡的,没有一对舞伴在跳,但音乐台上还是兴高采烈地演奏着伦巴舞曲,跳动的旋律激动着人们的心扉。他看过舞池,暗中顺便觑了梅佐贤一眼:他鼻子上渗透出几粒汗珠,摘下玳瑁边的散光眼镜,用淡红色的绒布在擦,一边不断地问:

"你说,真的毫无办法了?"

"办法,不能说一点没有,可是很难很难。"

"只要有办法,阿毛,别怕难,你提出来,我帮你解决。"

"现在做事体不比从前……"陶阿毛开口说了这么一句,又停下来了。

"那是的。"

"公开领导工人,我怎么能赶上共产党?共产党也不会让我领导。"

"不错。"

"只能在少数人当中活动活动。"

"对。"

"有的时候,只能个别活动,又不能明说;叫余静她们知道,事体就坏了。"

"是呀!"梅佐贤听他这些意见都很对,可是还不具体,急着追问,"哪能进行呢?"

"你知道,我是保全部的工人,可以找机会满车间跑,和工人聊聊闲天……"

"这个办法好。"

"有些话在车间里不好谈,人太多,要到他们家里去才能谈……"

"当然,要慎重。有的还可以约到外边谈……"

"家里人多的,谈起来也不方便,自然要到外边来谈……"

梅佐贤长方形的脸庞上露出两个酒窝,正面对着陶阿毛,伸过头去低声地说:

"对象呢?从哪些人身上先下手?"

"先从保全部下手。保全部有个工人,叫张学海,人很忠厚,和我谈得来。他的老婆,汤阿英,细纱间的挡车工,人缘不错,和她谈谈大概也没有问题。通过汤阿英,还可以影响细纱间的女工。一个人拉拢一批,这个数目凑起来就可观了。"

"这个办法很好,为啥早不说?"

"只是做起来不容易,"说到这里,陶阿毛又不说下去了,显然他肚里有话,吞吞吐吐,想说又不说出来,隔了一歇,才说,"又花时间,又要花钱……"

梅佐贤听到最后一句,才恍然大悟自己今天演了一个大傻瓜的角色,给陶阿毛玩弄了这么久,自己一点也没有察觉。但他也不好立即发脾气,工会改选这件事,梅佐贤天大的本事也没有办法,他是资方代理人,别说选不上工会,连工会的红派司[①]也领不到的。他戴上玳瑁边眼镜,仔细望了陶阿毛一眼,爽朗而又慷慨地说:

"钱没有问题,你要多少,向我拿好了,只要你能选进工会,以后事体就好办了。"

"我试试看。"

---

① 红派司:指工会会员证。

"阿毛,没问题,我相信你一定能够办到的!"梅佐贤口气非常坚定了,毫不怀疑地说,"你快点和张学海、汤阿英他们谈谈……"

"那没问题,"陶阿毛的语气也很有把握了,说,"明天就找机会和他们接近。"

他们离开卡座的时候,整个舞厅里一个舞客也没有了,连乐队也休息吃饭去了。他们走出昏暗的舞厅,下了旋转的楼梯,见到淡淡的光线,到了马路上,看到一轮红日吊在西边高大建筑物的上空,橘红的阳光洒满一地。

三

汤阿英是无锡梅村镇贫农汤富海的女儿。

她五岁的辰光,逢上个荒年,田里颗粒不收,她爹欠了地主朱暮堂的两石租子。第二年的年成还是不好,没法还地主的欠租,加了一倍,变成了四石。第三年的庄稼也不好,没法还地主的欠租,又加了一倍。到了第八个年头,汤富海已欠了朱暮堂一百一十多石租了。朱暮堂伸出了贪婪的手,先摘了汤富海的田,又扣了他的押板,全年的收成全逼了去,变卖了一点可怜的家产还他还不够,又强迫要汤阿英这个十四岁的小女孩去抵债,否则要把汤富海抓进"人房"①。

汤富海舍不得把亲生的女儿去抵债,对阿英她娘说:

"朱半天想要我的女儿,可不能答应!"

朱暮堂一人占有三千亩地,人称朱半天。出村一看:半个天下面的田地都是他的。出村一二十里地,几乎全有他家的田。他自己常常公开给农民讲:"上有神仙,下有我朱半天。"凡是神仙能办到的事,他朱半天也能办得到。神仙能享受到的快乐,朱半天也有法享受到。

他还有个绰号,叫做朱老虎。因为他家的田是出名的老虎田。他订的租额很重,租他家一亩田少则要收八斗,多的要收到九斗半,一般的要占每亩田的收获量百分之七十。出租田亩,只要超过六分,都要按一亩计算。不论年成好坏,全要照租额缴纳,颗粒不

---

① 人房:地主设立租栈收租,反动政权允许租栈自设监牢,农民俗称为"人房"。

得拖欠。欠租不缴,每年要增加一倍。汤富海欠他的一百一十多石租就是这样加倍积累起来的。

阿英她娘毫不犹豫地说:

"当然不能答应,朱老虎别想割我心头肉,要么,我这条老命和他拼了!"

"一定不答应,天下哪有这个理数,我们只欠朱半天两石租子,是荒年时候欠下的,讲道理应该减免了,就是要还,也不过两石。谁晓得朱半天七算八算,变成一百一十多石租了。我一想到这件事体,心里就不服气。"

"是呀,这一百一十多石租子压在我们头上,就是种一辈子庄稼也还不清呀,到来生还要变牛变马还他哩!"

"来生?哼,这一辈子还过不下去哩,朱半天的苦我可吃够了,分明只欠他两石租子,为啥算到一百一十多石呢?我哪能也想不通。"

"谁想得通?我憋了一肚子的气。"

"我的肚子差点给气破了!"

"朱家的算盘和我们的不一样。"

"那不作数。"

"他可要哩!"

"他要怎么样?"汤富海伸出两只满是老茧的黝黑的手,气得手有点颤抖,说,"我给朱半天劳苦了一辈子,落得两手空空,还欠他一屁股的债,叫我拿啥去还?"

"不是要阿英吗?"

"癞蛤蟆别想吃天鹅肉!"

"我们要受朱老虎一辈子的气吗?"她想世道为啥这样不公平,日子老是这样下去没法过呀!便问,"能不能找个地方给朱老虎讲讲理?"

20

"上啥地方去讲理？乡长是他的人,区长听他的话,县长办事要看他的脸色,全无锡当官的都和他穿一条裤子!"

"天下没有讲理的地方吗?"

"讲理的地方?"他站了起来,走到门口,朝外边看看,夜已深了,天上的星星密密麻麻,村里十分安静,人们都睡了。他关好门,回来坐在方桌子前面,低声地说,"讲理的地方有啊!"

"在啥地方?"

"共产党领导的根—据—地!"

"根据地?"

"小声点。"他生怕让人听去,警告地说,"隔墙有耳。"

她放低了声音说:

"那快点到那边去讲理呀!"

"那边远着哩,哪能去法?"

"不管多远,总有走到的一天。"她眼睛里露出希望的光芒。

他摇摇头:

"走到了也不行,我们这地方,那边管不着。"

"那我们要苦一辈子吗?"

"谁晓得呢?"他说,"除非我们这里也变成根据地。"

"那边的人为啥还不来呢?"她是多么盼望有个讲道理的地方啊!

"现在不是正在打着么!那边的人来了就好了。"

"哦,"她有点焦急,见汤阿英睡在床上,非常酣沉,想起今天下半晌朱暮堂的管账先生苏沛霖的话,指着阿英对她爹说,"那么,明天苏先生来要人哪能办呢?"

"这个——"他还没想出啥办法来。

从他的脸上她看出阿英她爹心中的苦恼,忍不住一阵心酸,满眶热泪顺着腮巴子不断往下流。这一阵子闷在肚里的怨气再也忍不住了,她放声大哭了。

汤阿英在床上翻了一个身,给哭声惊醒了。她揉着惺忪的睡眼,歪过头来,在微弱的灯光下,看见娘扶着方桌子在哭,爹愣在那里。她奇怪地问:

"娘哭啥?"

爹一听到这话,心里十分难受,他咬着牙,想了一阵子,说:"没啥,你睡吧。"

"不,你告诉我。"

"告诉你?"爹皱着眉头,轻轻地摇摇头,说,"大人的事,别多嘴。"

她爬了起来,坐在床上,叫:

"娘,娘……"

娘一听到她的叫唤声,哭得更厉害了。她意识到爹不肯告诉她的原因了。这几天爹和娘一直在为她操心。她跳下床来,摇着娘的肩膀说:

"别哭,娘,别哭……"

娘抬起头来,拭去腮巴子上的热泪,深深地叹了一口气,摸着阿英的小辫子,对着她的面孔望了许久许久,说不出一句话来。阿英注视娘的慈祥的眼光,晓得娘有一肚子心思,排解不开,便哀求地说:

"你给我说吧,娘,我听你的话……"

娘抚摩着她蓬松的头发,一把鼻涕一把眼泪,无可奈何地说:

"去吧,娘心里实在舍不得;不去呢,朱老虎不答应,家里的日子过不下去……"

说到这里,娘的眼睛又有点润湿了。

"我,我去!"阿英坚决地说。为了家里的生活,她想勇敢地挑起这副重担。

"不,这口气我受不了!"汤富海霍地站了起来,右手有力地向桌子一拍。

"不去,明天一早苏先生就要来了!"

"我去好了,娘……"

"好孩子,娘不忍割去心头肉,可是朱老虎要你爹的命,留了你,就留不了你爹;留着你爹,好好谋生,可以养家活口,等你爹赚了钱,再赎你回来……"说到这里,想起她这样小小的年纪,要到朱老虎家去受苦受罪,内心如同刀绞一般的难受,娘忍不住嚎啕大哭,再也说不下去了。

爹不忍看她们母女两个,把脸转过去,对着剥落了的土墙。

汤阿英坚强地跨进朱家的门,迎接着她的是饥饿和寒冷。天还没有亮,她就爬起来做活。朱暮堂和他的老婆稍为有点不如意,就用鸡毛掸帚和棍子没头没脑地抽打她。饿她一天是经常的事,饿她一顿那已经是非常宽大了。在严寒的冬天,朱暮堂夫妇睡在丝绵被里还不够,加上从上海买来的英国制的纯羊毛的毯子;可是汤阿英睡在牛房旁边,连一床薄被也没有,用喂牛的草垫在下面,盖一床破棉絮,连脚也盖不上,一双脚给冻烂了,走起路来,一拐一拐的。

一天夜里,汤阿英偷偷回到自己的家,抱住娘失声痛哭,宁肯跟爹和娘到处去讨饭,死也不肯回到朱家这个老虎窝里去了。娘最初不清楚是怎么一回事,阿英也不好意思说,最后说了,娘的脸气得通红,看到她给折磨得这样,放声痛哭。哭声连着哭声,两个人紧紧抱着,整整哭了半夜。汤富海回到家里,晓得这回事,觉得阿英再也不能留在村里了。走吧,朱家要起人来哪能办?不走,又哪能办?娘想来想去拿不定主意。爹说:

"不能再让朱半天糟蹋,要离开村子。现在真的应了歌子的调调了。"

"啥歌子?"

"你忘记了吗?'农民背上两把刀,租米重,利钱高!农民眼前三条道,一逃二牢三上吊!'"

"这一带都是朱老虎的天下啊,逃到啥地方去,也逃不出他的手掌心!"娘担心地说。

"逃到啥地方去?"他凝神一想,说,"秦妈妈在上海混得不错,先到她那边躲一躲……"

秦妈妈也是梅村镇的人,是汤家的好邻居,乡下日子不好过,很早以前就到上海谋生去了,现在是沪江纱厂的接头工,在上海落户了。逢年过节,她有时回到乡下来看看。

娘给阿英她爹一提,眉头舒展了,兴奋地说:

"你不说,我倒忘记了。"

"你带阿英去,在秦妈妈那边避过风头,然后找点生活做,别再回来。"

"好,我们去。娘,我到上海找了生活做,把工钱寄回来养家。"阿英一双机灵的眼睛盯着娘,等待娘下决心。

"好是好,只是你还没有长大成人,我叫你离开了家,到上海去找活,受苦受累。"

"不要紧,我身子蛮结实,只要离开朱老虎,又能养活家,就是苦一点,我也心甘情愿。"

"好孩子,只是苦了你啦。"

"娘,你别担心这个,吃点苦没啥。"阿英懂事地说。

娘心里同意了,但还不放心家里:

"家里的事呢?"

"我和阿贵在村里顶着。"

阿贵是阿英的弟弟。娘要他们父子两个和她们一道去。爹不肯。他舍不得离开乡土,就是忍痛离开了,四个人到上海也没法站住脚,秦妈妈家里容纳不下,到啥地方去谋生?留在村里,好歹熟人多,有啥困难,街坊邻居也好照顾。娘放心不下。汤富海在煤油灯下,拍着自己的胸脯,说:

"你们去,千斤的担子,我挑;有油锅,我下;有刀山,我上!"

"我们走了,你们在村里的日子不好过……"娘说着话,忍不住把头低了下去。

"不走,日子更不好过啊。"

娘和阿英都没有吭气。爹催促道:

"别一心挂两肠,时候不早了,快收拾收拾吧!"

爹连夜向邻居借了点钱,天还没亮,就把母女两个送上去上海的火车。

母女两个从来没有去过上海,一下了北火车站,满眼尽是高楼大厦,几乎遮去了半个天。街上走来走去的人像潮水一般,涌过来,又涌过去。公共汽车,电车和各色各样的车辆从四面八方开来,又向四面八方开去。街上每一个人都很匆忙,仿佛都有紧急的事体在身,迟了一步就会耽误似的。

母女两个不认识路,也不敢搭上任何一辆车子,怕给拉到不晓得的啥地方去。她们死死记住秦妈妈的地址,一边走,一边问。快到秦妈妈住处,天早已黑尽了。

北风冷飕飕地迎面吹来,地上结着薄冰,阴暗角落的积雪还没有完全化净,正是三九天气。娘身上那件已经穿了二十五年的破棉袄,怎么抵挡得阵阵寒冷北风的侵袭?她冷得浑身只是发抖,牙齿打颤,问路都讲不大清楚。她抓住阿英的手,跌跌撞撞地走去,嘴里嘀咕着:"该剐的朱老虎,你逼得我们好苦,害得我们冲了家……"她边走边嘀咕,一个不留心,滑的一下掉在一个半人深的臭水沟里,差一点没把汤阿英带了下去。

汤阿英左拉右拉,好容易把她拉上来,找了一个破墙角,慢慢给她把衣服拧干。那衣服上的臭味,叫人闻了呕心。阿英脱下自己身上的一件蓝布罩衫,给她穿上。刺骨的北风,加上潮湿的衣服,她身上更是冷得直打哆嗦。走了约莫半个时辰,才好容易一拐一拐地走到秦妈妈的草棚棚门前。

秦妈妈见了她们母女两个,又是惊,又是喜。老街坊好久不见了,猛然碰到,感到格外亲切。但事先为啥没有信来,突然半夜三更到了上海,为啥阿英她娘身上发出一阵又一阵难闻的臭味,等阿英她娘把不幸的遭遇一一从头诉说给她听,她才了解个中情况。她赶快把阿英她娘扶到床上,叫她先歇一歇,再做饭给她们两个人吃。阿英她娘一躺到床上,就像是疯瘫了似的,再也动不得了。

阿英她娘病倒在秦妈妈的草棚棚里,没有钱请医生。她吃不下茶饭,人一天一天消瘦下去,两个眼眶子陷下去,那一对眼睛失去了光彩,木愣愣地盯着阿英。阿英望着门外迷迷蒙蒙的天空,远方的天边有一片红光在昏暗的夜色中跳动,那是南京路一带霓虹灯光的照耀。她想起到上海看到的繁华景象,人们穿着华丽的服装,手里提着大包大包的东西,有的乘着漂亮的小汽车,风驰电掣一般地过来过去。有钱的人那么多,她们为啥连请医生买药的钱也没有呢?她们为啥这样穷困呢?她恨不能马上找到生活做,有了工钱好给娘请医生,好给娘买药吃,好使娘很快恢复健康,可是偌大的上海,她们除了认识秦妈妈以外,可以说是举目无亲,谁会马上给她生活做呢?她失望地把眼光收回,望着草棚棚。

那一带草棚棚的灯光早熄了,草棚棚的轮廓也溶化在夜色里,看不清晰。只有秦妈妈的草棚棚里还有灯光,但是很微弱。阿英守在娘的床头,两只大眼睛盯着娘。娘嘴巴一动一动的,像是有千言万语要对女儿诉说,可是动了很久,一句话也没有说出来。阿英一见这情形,忍不住落下泪来,低低地叫了一声:

"娘……"

她用手抚摩着娘的额角,给娘理去披在那里的一绺灰白的头发。娘紧紧抓住她的手,生怕她离开自己似的,嘴巴又在动了。过了一会儿,娘终于说话了:

"阿英,娘好命苦……"

阿英安慰娘:

"娘,你别急,你的病慢慢会好的。"

"我晓得自己的病,身子坏透了,好不了哪,阿英……"

娘的水汪汪的眼睛留恋地望着女儿。阿英劝她:

"秦妈妈到厂里张罗去了,借点钱来,给你请医生抓一两剂药吃,会好的。"

"来不及了,没有用了,"娘轻轻地叹了一口气,感到很吃力,草棚棚里顿时沉寂起来了。半晌,她喘过气来,才又说,"我舍不得你,舍不得无锡那个家……"

"你别想这些,好好养病,娘。"

"你爹在乡下朱老虎一定不会放过他的……阿贵年纪又轻,不懂事,我们汤家就这样给朱老虎害得四分五裂哪……"

阿英怕娘越说越伤心,有意打断她的话头,说:

"娘,你喝点水吧!"

"不,啥也不要了,我的路走到头了。你长大成人,找个事做,好好养活家里,我就放心了。"

"你放心好了,我一定听娘的话。"

"听娘的话,好好照顾阿贵,这孩子不懂事……全家就靠你……"

娘的话没讲完,呼吸忽然短促无力,眼皮慢慢搭拉下来,最后停止了呼吸。她那一只抓着阿英的手已经松开了,但还压在阿英的手上,好像不甘心遽然离开人间。

阿英伏在娘身上,放声嚎啕大哭,忘记了一切。

秦妈妈下班回来,远远听到阿英悲恸的哭声,料想事体不好,连忙奔进阴暗的草棚棚,在煤油灯微弱的光线摇曳下,模模糊糊地看见阿英她娘直苗苗地躺在床上。她一头伏在床上,伤心地凝视着阿英她娘苍白冰凉的清瘦的面孔,竭力噙住眼泪,劝阿英不要哭,自己却忍不住不断掉下眼泪。她用袖子拭去泪水,从床褥子底下拿出两张草纸,盖在阿英她娘的脸上。

四

　　梅村镇在无锡城外,离太湖不过五六里地,站在村头的小坡上,就可以看到辽阔无边的浩浩森森的湖水。在蓝湛湛的天空下,透过稠密的碧绿的枝叶,时不时可以看见扯满了帆的渔船静静地驶过湖面。村子里也是像湖面一样的平静。

　　走进村子不到半里地,靠右首有座很大的花园,灰砖高墙,里面是五进五开间的高大平房。平房后面是一座精致的花园。花园侧面有条火巷,通往牛房和仓房的道路。

　　这座花园的主人是朱暮堂。他的花园把梅村镇分成两个世界:花园里面是人间乐园,有的是吃不了的大米白面,穿不完的绫罗绸缎,花不光的金银财宝;花园外边周围简陋的房屋里居住了辛勤而又善良的农民,一年忙到头,仍旧穿件破棉袄,吃的糠菜食。不但梅村镇的农民都种着朱家的田,就是外村外乡的农民也种着朱家的田。朱暮堂的花园是建筑在地狱上面的天堂,而梅村镇是天堂下面的地狱。

　　汤阿英和母亲逃到上海第二天,朱老虎派狗腿子苏沛霖账房先生到汤家来要人。汤富海回说没有看见,吵了一通,没有下文,苏账房走了。过了不到半个时辰,太阳已经偏西,苏账房又来了,要汤富海到朱家去。汤富海料想去朱家没有好事体,但不去也不行,就把八岁的小儿子汤阿贵叫到屋子里,交代了几句话,满不在乎地随苏沛霖到了朱家。

　　因为天井里已经完全没有阳光了,大厅里显得有点暗,挂在大厅上端红底金字的大横匾上"礼规义矩"四个字差点看不清楚了。大横匾下面当中挂了一幅"丹凤朝阳"的中堂,两边挂着水红色的泥金对子:上联是"蠡羽歌风凤毛济美",下联是"鸾声吹月蟾影圆辉"。一堂红木家具摆得整整齐齐,越发显得大厅里幽暗。上面横几正中摆着一尊江西景德镇加工特制的细瓷寿星老人,面前是一个红木玻璃盒子,里面装着一只一尺多长的金如意,闪闪发光。

朱暮堂早就坐在大八仙桌子左边的那张红木宝座上,身上穿着一件古铜色素缎的狐腿袍子,手里托着一只银制的长长的水烟袋。站在他旁边的是个青年,看上去不过二十刚出点头,圆圆的面孔,满脸是肉,白白净净的,穿着一件天蓝色软缎的九道弯羊皮袍子,另外套了一件黑缎子的背心。他是朱暮堂的唯一的心爱的儿子,叫朱筱堂。他们身旁大八仙桌上的白铜熏炉里袅袅地飘起檀木的香味。朱暮堂见苏沛霖带汤富海走到大厅里,有意不理睬汤富海,只顾呼噜呼噜抽着水烟袋。抽了两袋水烟,他瞪了汤富海两眼,哼了一声,才慢慢地说,几乎是一个字一个字吐出来的:

"你,好大的胆!"

说到这里,他没有再说下去,锐利的眼光停留在汤富海菜黄的脸上,观察他的表情。汤富海跨进朱家黑漆大门以前就拿定了主意,沉着地反问朱暮堂:

"你说的话,我不懂。"

"不懂?别装糊涂!你给我老老实实地招来!"

"招啥呀?"汤富海抬起头来望了朱暮堂一眼。

"招啥?"朱暮堂冷笑了一声,说,"好刁的泥腿子。你说,你把我的丫头藏到啥地方去了?"

"你的?"

"我的,当然是我的,我花了粮食换来的。"朱暮堂站了起来,用媒子指着汤富海的鼻子说,"你快给我招来,否则,哼,别想走出我朱家的门!"

汤富海站在那里纹风不动,把头一昂,强硬地说:

"我正要找你要我的女儿哪,你今天不把阿英交出来,你请我走,我也不离开你朱家!"

朱筱堂望着汤富海。

"哦,真刁滑,倒给我算起账来了。不给你一点厉害瞧瞧,料想你也不会招的。"朱暮堂转过脸去对苏沛霖说,"你给我把家伙拿出来。"

苏账房向大厅后面走了两步便停了下来,转身对汤富海说:

"你识相点,就说了吧。汤阿英到啥地方去了,告诉老爷,把她叫回来,不就完了吗?"

朱筱堂也说了一句:"是呀,你快说。"

汤富海气愤地盯了苏沛霖一眼:

"我的女儿在朱家,谁晓得她到啥地方去了?我正要问你们哩。你一定晓得,你告诉我。不告诉我,我绝不甘休!"

"你别狗咬吕洞宾,不识好人心。我是好心好意劝你,倒粘到我身上来了,这才是笑话哩。还是说出来算了吧,不说,老爷今天不会饶你的。"

"我不晓得,我说啥?"

朱暮堂看汤富海的态度非常强硬,立刻对苏沛霖说:

"少给他啰里啰嗦的,快拿来!"

苏账房马上向朱暮堂弯腰鞠了一鞠躬,赔着笑脸说:

"老爷,看小的面上,等汤富海一歇。"接着他向汤富海说,"我想你一定是怕说出来老爷不饶你。没关系,你说出来,有啥事体,我给你求情。"

"我没啥事体,还要你求情?"

"出了事体,可别找我。"

31

"我死也不会要你求情的!"

"好,好好!"

"给他说啥,快去!"

"是,是是,老爷。"

苏账房到大厅后边去了。朱暮堂站得有点累了,他坐到红木宝座上去,把媒子吹着,又呼噜呼噜地抽起水烟来了。不到两袋烟的工夫,苏账房左手拿了一捆粗麻绳,右手拎着两个大笆斗,从屏风后面走了出来。他把这些物事往地上一放,向汤富海说:

"瞧见了吧,这家伙谁也受不了。还是说了算哪!"

汤富海看见两个大笆斗,想起听人说过这家伙厉害,可是他没有动声色,气势汹汹地走上一步,反问他:

"你叫我说啥?你叫我说啥?"

朱筱堂见他走上来,吓得躲到爸爸的背后站着。

苏账房见他来势很凶,生怕吃了眼前亏,立刻把笆斗往地上一掼,挡住他的去路,退了一步说:

"你自家晓得……"

朱暮堂坐在宝座上看见汤富海冲苏沛霖面前走上来,苏沛霖竟然胆怯地往后退避,叫他气得胡髭都翘了起来,大声喝道:

"汤富海,你想在我面前造反吗?"

汤富海站在大厅里没动,轻蔑地望了朱暮堂一眼,那眼光说:你逼得穷人活不下去,弄得汤家父女分离,就是造反又哪能?

朱暮堂用鼻子使劲"哼"了一声,说:

"好大的狗胆!"他接下去对天井外边说,"来人!"

有两个四十上下的中年男子从外边走了进来,向朱暮堂鞠了一鞠躬,叫了一声"老爷",就恭恭敬敬站在汤富海的右前方。汤富海歪过头去一看:是朱暮堂的两个看家的,两个人的年龄仿佛,身体都很魁梧,胳膊粗的像人家的一条小腿,一个高的,叫奚福;矮的那一个叫何贵。汤富海一个人当然抵挡不过他们两人的膂力。

朱暮堂对奚福、何贵两个人说：

"给我动手！"

同时，他的眼睛向苏沛霖斜视了一下。苏账房懂得老爷的意思，顿时放下笑脸，上前一步，亲昵地叫了一声"富海"，便接着说：

"阿英到了朱家，老爷从来没有亏待过她，吃得饱穿得暖。这丫头伶俐，手脚也灵活，老爷蛮喜欢她。你把她交出来，有啥事体都好商量。老东家了，也不是外人。"

他见汤富海没有理睬，又说下去：

"你晓得，老爷是好心肠人，从来不亏待人，你有啥为难的地方，只要把人交出来，总好办。……"

朱暮堂很欣赏苏沛霖的口才，更赞美他善于察言观色，理会自己的心思。他得意地抽着水烟，有意让他说下去。汤富海站在那边看看天色有点暗下来，朱暮堂手里的媒子发着火光。朱暮堂用两个笆斗和那两个看家的在威胁他。他毫不屈服，冷冷地对朱暮堂说：

"我不晓得……"

"你不晓得，"朱暮堂冷笑了一声，说，"我叫你马上就晓得了。"

朱暮堂断定汤富海受不了抛笆斗这种刑罚的，因此，他很有把握要他屈服。他的眼睛瞅着两个看家的，右手拿着媒子对汤富海一指，那两个看家的立刻站到汤富海两侧，掏出口袋里预备好的手指头粗细的麻绳，打了活结，往汤富海头上一套，汤富海倔强地往后退了一步，迅速把绳子扔掉，想往外走。他们两人马上赶上去，把他抓了回来。苏沛霖拾起地上的绳子，往他头上一套，连忙收紧，一道又一道地往他身上绕，手脚连着身子给捆得紧紧的，一点也动不得。他们两人旋即把汤富海放倒，两个大笆斗一个给套在头上，一个给扣在脚上，又用绳子把两个笆斗缚牢。汤富海的头看

33

不见了,脚看不见了,整个一个人都看不见了,只是在两个笆斗之间露着一截身子。奚福同何贵把他抬到天井里。

这时,暮色从太湖那边悄悄地升起,白茫茫的湖水和天空连成一片。村子里静静的,倦游了一天归来的麻雀一阵阵从村子的天空掠过,有的就落在朱家大厅的屋檐上,发出带有一点儿疲劳的啁啾的声音。

朱暮堂手里托着水烟袋,走到客厅前面的白石台阶上,对奚福说:

"抛吧。"

他们两个把笆斗和汤富海拎起,使劲向对面的青砖墙根一抛,噗咚一声落在石板地上,像两个车轮子似的,直滚到墙脚下才停住。

"去听听他有啥话要讲?"

奚福马上跑到墙根,弯下身子,冲着汤富海的头部仔细地谛听:笆斗里发出哎哟哎哟的声音。

汤富海给装在笆斗里,两眼发黑,啥也看不见了,啥也听不见了,只感到浑身上下痛楚。他四肢给捆得直苗苗的,和身子紧紧连在一道,丝毫不能动弹。他想用力把绳子绷断,可是这绳子非常结实,越用力,捆得越紧,不使劲倒反而显得松一点。他没有办法解开绳子,不得不听凭他们摆布。刚才给他们两个人往空中一抛,重重地落在石板地上,他头昏眼花,人事不知。过了半晌,他才慢慢苏醒过来,不晓得自己是死了呢还是活着,觉得浑身如同给锋利的小刀扎了似的,特别是绳子捆绑的地方,更是痛得要命。他不禁发出哎哟哎哟的叫唤声。

奚福等了一歇,没有听到汤富海说话,便回禀了朱老爷。朱老爷把眼睛一愣,那浓眉下面的两个眼珠子就仿佛要从眼眶里跳出来似的,气呼呼地说:

"拎过来,再给我抛!"

朱筱堂注视着墙脚下的笆斗,他深深感到爸爸的威力真大!

奚福同何贵把汤富海抬过来,放在地上。汤富海在笆斗里面并没有听见朱暮堂说啥,但他给抬过来以后,马上意识到又要抛了。他头上湿漉漉的,不晓得是出汗还是流血。凭他这个身体,是经不住这样抛来抛去的。他想起阿英母女两个,该早已到了上海,也许已经找到了秦妈妈,正在诉说在乡下遭受的苦难。如果说出来,阿英又要跳进朱家的火坑,那个罪哪能受得了?说不定还要带动她娘。宁可让自己一个人上油锅,也不能再让年纪轻轻的女儿去过刀山了。他咬紧牙关,忍受剜心似的痛楚。

朱暮堂见他们两个人发呆似的站在那里没动,便生气地说:"快点!"

他们两个人立刻把汤富海提起,往空中一抛,噗咚一声,汤富海不由自主地向墙根滚去。奚福这次不等老爷吩咐,主动地走过去,弯下腰,侧着耳朵听:没有一丝儿声音。他不相信自己的耳朵,又低下身子去听:还是没有任何声息。他连忙跑到朱老爷面前,曲着背,说:

"老爷,这家伙死哪!"

"死哪?"

朱暮堂不相信,走下石台阶,皱着眉头,思虑地说:

"给我打开来看。"

汤富海给打开来,满脸血迹,破棉袄的下摆那里也流出红殷殷的血,仍然没有呼唤的声音。奚福用手放在汤富海的嘴巴上,等了一歇,他鼻子里吐出轻微的气息。奚福抬起头来,望着朱暮堂说:

"老爷,还有一点点气……"

朱筱堂走前两步去看了一眼,又胆怯地捂着鼻子退回来了。

朱暮堂浓眉一皱,生怕有啥意外,自己推脱不了责任,慌忙果断地说：

"赶快把他送回去！"

苏沛霖懂得朱老爷的心思：立刻送汤富海回家，一不负死亡的责任，二不必贴一口薄皮棺材。他对他们两个人加了一句：

"越快越好，路上不要停，放到他家就回来。"

"误不了事，苏账房，你放心。"奚福边讲，边和何贵松了汤富海身上的绳子，弄了一块门板，急急忙忙把汤富海送回了家。这时天已经黑尽了，整个村子的轮廓消逝在昏暗中。

五

朱暮堂料想汤富海活不成,又怕真的出了事挨到自己的身上来。他第二天一早就派苏账房去探听,回来说汤富海在屋子里呼天唤地叫痛,他放心了。

约莫过了半个月的光景,汤富海慢慢起床能够走动了,朱暮堂又把汤富海叫到他的大厅里来。他晓得汤富海挨过了"抛笆斗",别的私刑对于汤富海是不会起啥作用的。汤阿英既然逼不出来,那末,眼面前的汤富海正好抓住。他见汤富海一拐一拐地走进来,便放下笑脸,轻声地说:

"汤富海,我们是多年的老关系了,你既然不肯把女儿交出来,欠的那些粮食,你打算怎样?"

"不是早就一笔勾销了吗?"

"汤阿英呢?"

"不晓得。"

"你不做生活,日子也过不去,我倒有个好主意——"说到这里,他停下来,眼光对着汤富海的脸,正好汤富海也抬起头来充满仇恨的眼光在看他,两下眼光碰个正着。

朱暮堂问道:

"你想晓得这个好主意吗?"

汤富海没有理他。

"我说出来,你一定满意……"

汤富海听到最后这句话,心中忍不住苦笑:朱暮堂会有啥好甜头给人家尝吗？他还是不理他，看他究竟又要耍啥新花招。

"靠下甸乡山坡那儿，有四亩六分地，我租给你种，照五亩算，一亩交一石租，多下来全是你的……"

汤富海一听到下甸乡就吃了一惊：从梅村镇到下甸乡足足有十里地，来回二十里，工夫都花在路上，还种啥地呢？再说，一亩交一石租，能剩下多少颗粒给自己呢？他不禁摇摇头：这种地不能种。朱暮堂不管三七二十一，肯定地说：

"就是这样吧……"

朱筱堂不了解朱暮堂进一步压榨汤富海血汗的毒辣手段，却感到爸爸真正是个大好人，汤富海欠了租子，女儿又逃走了，还给他地种。

"地太远，租子也太重……这个地我种不了……"

朱暮堂听汤富海回绝不种，马上把脸一板，拍着大厅当中的红木八仙桌，说：

"你不种，就还我的阿英；要末，还我的欠租！否则，哼，我就送你到县里去吃官司！"

苏沛霖在一旁笑脸打圆场：

"老爷好心好意照顾你，你就种吧。种了地，自家的生活也有了着落……"

"你简直不知好歹！"朱筱堂在旁边插上来说。

汤富海知道欠了朱老虎的阎王债，一辈子也翻不了身。他有钱又有势，官府里都是他的熟人，像一座大山压在他的身上，没奈何，只好勉强应承下来。他希望用勤劳的双手把地种好，多打点粮食，自己留下点，可以糊口。第二天一清早汤富海跑到下甸乡山坡那边一看，可把他吓坏了，原来是块没人要的荒地。山坡下面的好地是朱暮堂的桃林。他指着那块荒地骂道：

"好狗操的朱老虎，你真会坑人，要我种这样的荒地，地里打的粮食全给你也不够完租啊！我不能种,我不能种……"

他心中盘算退朱暮堂的地,但一想到阿英她娘病死了,阿英年纪又小,在上海还没找到事,阿贵才八岁,更不懂事,只靠他一个人了。他本想到上海去一趟,手中没钱;家里不种点地,更生活不下去。他想来想去,没有别的出路,只好咬牙答应种朱暮堂的那四亩六分地。他心想:虽然是没人肯种的荒田,租子又大得吓人,只要多劳动,多施点肥,收成慢慢会好的。有地,才有个奔头。

汤富海披星星戴月亮,白天帮工,晚上回来赶上十里路又做到深夜,鸡快打鸣的辰光才躺到床上,天还没有亮又爬起来。阿贵跟着爹跑,帮着做点轻便的活,递递拿拿。他深耕细作,想尽办法使田不漏水。到了秋天,那四亩六分的荒田完全改变了面貌:一片绿油油的庄稼,稻颗乌黑,比下甸乡的好地的庄稼还要好。他望着庄稼喜上心头:"你看,还是多苦多劳动的好,打下庄稼,交了租,今年会有点剩余了。"

谁知道打下来的粮食还不到六石,首先送五石租子到朱家,苏账房刚要收下,朱暮堂听说汤富海交租子,赶到仓房这里来了。他伸手抓了一把谷子,平铺在左手心里,用嘴一吹,见有一点稗子扬起,一边摇头,一边对苏账房说:

"不行,要过风车,重新筛过。"

汤富海走上去说:

"我已经筛过了。"

"筛过了的谷子是这样?……"

苏沛霖立即叫人搬过风车,插上来说:

"我正准备筛哩,这样的谷子当然不能收,嗨嗨。"

"不能再筛了,……"

朱暮堂不顾汤富海的意见,不满地说:

"非筛不行！苏账房！"

39

苏沛霖不由分说，把口袋里的谷子往风车里倒。朱暮堂看见筛出来的谷子慢慢堆成一座小山似的，就暗示地和苏沛霖说：

"把我们那个斗拿出来……"

"是。"

苏沛霖从仓房里取出了活箍斗。这是朱暮堂特制的斗，箍是活的，放债时把它收小，收租时放大，一进一出差二升。汤富海辛辛苦苦送来的五石租子，给朱暮堂一筛一量，只剩下四石三斗了。照这样量法，把家里剩余下来的不到一石的粮食再贴上去也不够啊。汤富海愤恨地指着那斗说：

"这斗，不对……"

朱暮堂看汤富海指着他的斗，不由心中发火，眉头一棱，气冲冲地反问道：

"啥不对？你别胡说八道！"

"我在家里量的分明是五石，怎么到这儿就剩下四石三呢？"

"你的斗不准！"

苏沛霖在旁边帮腔说：

"你在路上也许撒了些，风车又筛过了，当然不够了。"

"不对，不对，口袋不漏，路上颗粒没撒，风车筛下的也不多。"汤富海知道朱家的斗有花样，但又不愿吃这个亏，他的两只眼睛怀疑地盯着斗，理直气壮地说，"这斗不准，这斗……"

"这斗怎么不准？"朱暮堂不知羞耻地撒谎，"你说这斗大吗？别说梦话。像我这样有身份的人，绝对不会贪图你的小便宜，不像你们穷人，常常做下贱的事，做骗人的事。朱老爷不是那种人。我满仓满库有的是粮食和金银财宝，谁希罕你那点芝麻大的谷子！"

汤富海急得脸发红，说：

"我在家量的是五石，天地良心，五石，一点儿也不少，为啥到你家一量就少了呢？……"

"少噜苏,快补来!"朱暮堂威胁地说:"不补,欠租不缴,就送你到县衙门吃官司!"

汤富海知道县老爷和朱老虎穿一条裤子,穷人有天大的理,现在到啥地方去讲呢?朱老虎这个吃死人不吐骨头的坏家伙,他说得到就做得到,啥坏事都做得出来的。他站在那里,没有理睬朱暮堂。朱暮堂要苏沛霖带汤富海回家,连抢带拿又补了七斗。

汤富海家里剩余的粮食拿走,他家里再也没有啥粮食了。他一年忙到头,起早带黑,汗淌在田里,清水鼻涕落在碗里,抵不住朱老虎算盘珠子一动,还是空忙一场,常常锅不动,瓢不响,肚皮饿得贴脊梁。他拄着铁锹,对着那四亩六分荒地出神地望了许久,然后唉声叹气地说:

"要你,我受苦;不要你,我也受苦。苦日子要熬到啥辰光啊!救星为啥还不来呢?"他的眼睛焦急地望着北方的天空。

六

娘过世以后,汤阿英整天蹲在秦妈妈的草棚棚里,那一对大眼睛越发显得大了,面孔像蜡一样的发黄。她不好意思对任何人诉说自己的痛苦,眼泪只好往肚里流。眼睛没有神了,嘴角上看不见一点儿笑纹,整日价听不到她的声音。见了任何人她也不讲话,要是问到她,也只是答上一句半句。她没有心思和任何人往来,只是默默坐在草棚棚里。她怀念着死去的娘,盯着床发愣,仿佛娘仍然躺在床上,不相信娘那样年纪就死去,死得又这么快这么悲惨,要不是秦妈妈想方设法,东拼西凑弄了点钱,娘也下不了土,真的要躺在床上哩。她和娘到了上海,一直怀念着梅村的那个家。朱老虎这个狠毒的禽兽对爹那么敲打,爹为了她受了这样的罪。一想起这些事,心中难受,仇恨的怒火就在她胸中熊熊地燃烧。她恨不能马上回去报仇,想起临走的辰光,爹的嘱咐,要她们别回去,就在上海找点生活做,她并且答应找到生活做,把工资寄回去养家,哪能回去呢?她在上海只有找秦妈妈,看秦妈妈那样忙碌,又不好意思开口。秦妈妈上工去,她一个人在草棚棚里帮秦妈妈收拾收拾,洗洗浆浆。秦妈妈回来了,就相帮烧饭做菜。

秦妈妈待她就像亲生的女儿一样,看她那神情,心里很难过,可是没有办法帮助她忘却这个痛苦的记忆。秦妈妈和她商量,还是早点找生活做,或许会好些。她早就希望找到一个工作。秦妈妈想介绍她去做厂,阿英当然愿意。没有牌头,谁要呢?秦妈妈寻思来寻思去,想了一个好法子:把汤阿英偷偷带进细纱间去,要她学接头。汤阿英听到这消息,一把抱住秦妈妈不放,激动地说:"要是有了生活做,我一生一世也忘不了你的恩。"

"孩子,我给你说说看,还不晓得行不行哩。"

"行的,一定行的。"汤阿英好像她就是沪江纱厂的负责人,有把握地拍着秦妈妈的胳臂说,"有了生活做,我可以寄点钱回家了。"

"我给你想想办法看。"秦妈妈摸摸汤阿英的头,不愿意说没有希望,但她不肯马上满口答应。秦妈妈从来不说大话,办不到的事,她一定不讲;事情没有成功,也不肯随便答应人家。见阿英想寄点钱回家,她关怀地说:"我去借点钱,先寄给富海他们用?"

"不,"阿英不愿秦妈妈再为她顶债,说,"现在用不着,等我有生活做再说吧。"

"有啥困难,尽管对我说。孩子,我有啥事体,厂里人都愿意帮忙。"

秦妈妈说的是实话。她在细纱间里像是块吸铁石,她走到啥地方,啥地方的人都团结在她的周围;就是在厂里,不论哪个车间,一提到细纱间的秦妈妈,没有一个人不跷大拇指的。任何人有困难,秦妈妈总抢在前面帮助。秦妈妈有啥事体,哪一个人都乐意帮忙。大家都知道秦妈妈人缘好,没有一个人晓得她是个共产党员。在国民党反动派统治上海的时期,金圆券不值钱,时时刻刻往下跌。物价像是断了线的风筝,时时往上涨。工人们领工资那天都非常紧张,拿了钞票就往大门口跑。大门关着,上面有一个小洞。这时小洞外边挤满了工人家属。工人赶到门口,马上把钞票往小洞外边塞,自己家属在门外接了钱,飞也似的奔到米店油店和百货店去买自己需要的东西。把钞票都变成实物,然后才能安心回到家里。发了工资,不要说迟一天买东西了,就是迟一小时半小时物价也要上涨。一天究竟有几个行市,谁也摸不准。家里生活困难的工人拿到工资就比一般工人更紧张,生怕晚了一步。秦妈妈手脚快,办事灵敏。她常常排队在靠近大门那里。她见身后的工人姊妹们拿着钞票发急,她总是走开,让别人先把钞票从小洞塞出去,她才慢慢走到小洞那里。

秦妈妈自己买了一块花布旗袍料,送给细纱间的那摩温①,又给看门的说了几句好话,安排妥当了,就把汤阿英带进了沪江纱厂。

汤阿英却不知道秦妈妈为她花了钱出了力,以为跟在秦妈妈屁股后头就很容易进了这么大的厂。

阿英跨进细纱间,在她面前展开一个新的世界:一排排车有秩序地平列着,机器转动着,响声很高,面对面讲话要是声音低了就听不见。棉絮在上空飞扬着,好像在落雪。大家在弄堂里紧张地走动,一会推擦板,一会接头。她很有兴趣地注视着弄堂里每一个女工的动作,脚步放慢了。

秦妈妈催她走,到一百零五号车那里停了下来。这台车关着。车头不远的地方有一道门,门上挂着一块灰布门帘。门那边是女厕所。秦妈妈把车开了,车上的锭子马上迅速地转动起来。一歇辰光,有一个锭子上面的纱断了。秦妈妈走过去,用右手食指一绕,接好了头,纱又在那个锭子上不断绕上了。秦妈妈教阿英接头。阿英马上学会了,可是动作很慢,一分钟只能接一个头,有时还不到一个头。秦妈妈看她很快学会了,心里实在高兴,拍着她的肩膀,附着她的耳朵说:

"你在这里学吧。留点神,别让先生看见了,那可吃不消……"

"在这里行吗?"阿英一股学习的热情给秦妈妈一说,有点冷下去,她怕妨碍秦妈妈的工作。她问,"要是给人看见呢?"

"当然要查问哪能进来的。"

---

① 那摩温:即英语 number one 的音译,这里是指的工头。

"那对你不好吧?"阿英放下手里的生活,说,"不能连累你,我不学了。"

"不要紧,你学吧。"

"不,秦妈妈,不方便的话,还是不学的好,不要连累了你。"

"发现了,先生也不一定查问,我们厂里常有人偷着进来学,不要紧。在这里学吧。先生来了,你躲一下,就混过去了。"

"没事吗?"阿英不放心地问。

"没事,我跟车间的姊妹们说一声,有啥动静,她们会招呼你的。你机灵一点就行了。"

"好。"阿英望望面前的那台车,实在也舍不得走。

秦妈妈到她自己的车上去。

阿英仔细向四周看看:没有一个先生模样的人,她安心地注视转动着的每一个锭子,左边一根纱断了,她跑过去接头;刚接好,右边有两根纱断了,她又去接头;还没接好,另外又有几根纱断了。因为她不熟练,动作又慢,这台车上的断头特别多。她倒蛮高兴,这样,接头的机会多,学习的机会也多了。她紧张地接着头,汗珠子不断从额角上渗透出来,她脑筋里时不时闪出一两个穿着长大褂的和西装的先生的影子。当影子出现辰光,她便连忙丢下手里的生活,跑到弄堂口向四下张望,见没有人才回来接头,可是心还是急遽地跳动着,生怕被人发现。

她埋头注意着锭子,机器在转动,情绪慢慢安定下来。机器有规律地发出响声,淹没了一切的声音。

在一片机器声中,忽然听到更高的尖锐的女工郭彩娣的声音:

"来哉,有人来哉。"

她立刻丢下手里的生活,拔起腿来就跑,掀起灰布门帘冲过门去,机灵地一口气跑到女厕所里,一屁股坐在马桶上,紧紧顶着面前的小门,歪着头,耳朵向着小门,倾听外边的声音。外边传来的是粗纱间和细纱间的机器的咔啷咔啷的响声，别的啥声音也听不到。她低下了头，感觉到自己的心在扑通扑通地跳动。厕所门口忽然有人走过，她用手把门顶得更紧，怕先生们闯到女厕所来，把她查出来不就糟糕了吗？

门外脚步声远去，阿英的心定了。她松了手，抬起头来，抹去额角上的汗珠子，静静地坐在马桶上，这时，她感到一股带着浓烈的碱性的尿味扑鼻冲来，很难忍受。她想呕吐，可是又怕呕吐出声音来，被人发觉。不呕吐呢，在厕所里实在待不住。没有办法，她只好用手捂着鼻子，呼吸感到困难。她从来没感到在厕所里这么难受，更想象不到在厕所里的时间这么难过去，在厕所里待一分钟比在外边待一小时还要长哩。她竭力忍受着这难堪的迟缓的时刻。额角上的汗珠又不断地渗透出来。

"阿英，阿英！"

她在里面听到有人叫唤，两只手又把门顶上。她慢慢听出来是秦妈妈的口音。她开了门，跑出来，碰到秦妈妈，劈口就问：

"没事吧？"

"啥事体？"

"先生查出来没有？"

秦妈妈撇一撇嘴，说：

"哪能会查出来，这些先生啊，到了车间就不容易了，谁会到厕所来。"

"走了吗？"

"走啦。出来学吧。"

阿英迈动着酸软无力的腿，迟缓地走出来，揭开灰布门帘，她向四下看看，大家都忙着做生活，没有别的人。秦妈妈指着一百零五号车说：

"快点学吧，别担心，有我哩。"

阿英站在一百零五号的那台车前面,紧张地学接头。别人休息,她一个劲地学;别人吃饭,她也还是一个劲地学。下班回到家里,她用几根细线拴在筷子上,吊起来,把线剪断,学秦妈妈的动作,用食指一绕,把头接上。到了厂里,开了车,她的动作比从前快了。她和车间的姊妹们慢慢也熟悉了,有人来,姊妹们歪一歪嘴或者手指一下,她便懂得,暂时闪开,机警地隐在灰布门帘后面。先生们前脚走过,她后脚就跟了出来,又站到那台车前面去。

半个号头的紧张学习,开车、关车、接头和清洁这些工作,阿英大半都学会了。

没有几天辰光,正好沪江纱厂招考接头工。秦妈妈给阿英报了名。阿英这一次是正式走进沪江纱厂,看门的向她露出会意的微笑。她感激地点点头。按着报名的次序,一位先生领着一批应考的女工走到细纱间。恰巧是用一百零五号车考试。阿英看到这台车心里乐开了。这台车她摸了半个号头,很熟悉。前面三个女工考过了,现在轮到了她。

先生手里拿了一个体育运动比赛用的表,对她说:

"我叫开始,你就接头;我叫停,你就不要接了。"

阿英点一点头。

"两分钟要接十二个头,才算及格。"

"好的。"阿英的眼睛斜视着锭子,想:两分钟能接十二个头吗?这次考试决定她能不能做厂,而且只是两分钟的时间。

她站在满绕着雪白细纱的锭子面前。

"开始!"

阿英的手迅速地接着头,一个,两个,……一个劲地接。她这时听不到任何声音,看不到任何事物,眼睛只是注视着一个个转动的锭子和一根根断了头的细纱。她连气也几乎没有换一口,额角上的汗珠如雨点一样的往下滴,也顾不上揩一下。

"停!"

她马上放下了手。因为刚才太紧张,她竟不知道自己接了几个头。那位先生摘下耳朵上的铅笔,一根根的数,最后向她笑了笑,那意思表明满意她的成绩,说:

"十六个。"

他用铅笔在一个小本子上记录下她的成绩。阿英听到这个数字心里得到无上的安慰,吐了一口气,这辰光才觉得身子有点累了。她站在那里没动,还留恋地望着锭子。

"阿英!"

她抬头一看:秦妈妈站在人圈外边向她招手:

"你快过来,阿英。"

阿英走了出去。秦妈妈欢天喜地地对她说:

"你考上了,恭喜你,小鬼丫头。"

秦妈妈一把把她抱在怀里,乐得不行,用手一个劲儿抚摸着她的头发。

汤阿英到沪江纱厂,先做养成工,看十三木棍①。她拿了工钱,尽量省吃俭用,好不容易攒了一点钱寄回梅村镇,贴补家用。她在沪江纱厂,就像在秦妈妈的草棚棚一样,怀念着爹娘,默默地做生活,不大愿意说话。她的生活,仿佛是一条静静的小溪,汩汩地流着。

---

① 木棍:一木棍六个锭子。

七

天空灰沉沉的,低的压得人透不过气来。蒙蒙的细雨越下越密。一阵阵狂风刮来,马路上电线杆子发出金属的嗡嗡的响声。天空更暗了,接着来的是豆大的雨点,啪哒啪哒落在地上。

汤阿英住的那间草棚棚现在更暗了,从外边向里面看去,只是黑乌乌一片,啥也看不见。要在草棚棚里站一会儿,慢慢才看清楚一进门右首摆着的那两张床是用砖头砌成的,有一尺多高,上面都铺了一层稻草,算是褥子,灰黑了的褥单和打满了补钉的蓝印花布的被子全卷了起来。床对面贴墙摆着两张板凳。靠板凳的上头,放着一个洋铁炉子。锅里的饭已经焖熟了,散发出的饭的香味给浓重的潮湿的泥土的气息掩盖住了,一点也闻不出来。人字形的芦席的屋顶很低,给洋铁炉子的烟灰熏得黝黑。草棚棚里没有一张桌子。屋顶低也有它的好处,汤阿英的剪子和铅笔这一类的小物事就插在屋顶芦席里,抬起头一伸手便可以拿来用。

草棚棚外边下着大雨,草棚棚里面下着小雨。靠门口那张床上放着一个破搪瓷脸盆,里面是一幅黄嫩嫩的菊花图案,菊花已脱落一半,墨绿叶子也残破了。屋顶上的水不断地往下滴,转眼之间,装了大半盆。

啪,啪……屋顶上又有水滴在泥土的地上。

"又漏了。"这是巧珠奶奶的声音,她指着靠洋铁炉子那边说,"你看看……"

汤阿英正蹲在床上把被子卷得更紧,推到竹篱笆墙边去,免得搪瓷脸盆里的水溅到被子上。她回过头来看娘指的方向,果然又有一个地方漏了。从门口那儿起,地上一连摆了两个小瓦盆和三个菜碗,里面装着浑泥汤汤。巧珠奶奶在洋铁炉子旁边又摆上一个缺口的粗瓷饭碗。汤阿英焦虑地叹息了一声:

"是呀,又漏了。"

雨水好像特别和这间草棚棚开玩笑,从屋顶上漏下来不算,水还从门口漫进来。门口那边有一块木板隔着,水仍然狡猾地从木板两头浸到草棚里来,紧贴着门槛那里已经汪着一摊水,并且逐渐扩张开去。巧珠蹲在那里,她头上的两根小辫子给风吹得摆来摆去。她低着头,用筷子玩弄着水,使得那摊水更扩张开去。汤阿英指着她的脊背说:

"没看看别人忙的样子,水都接不过来,你还在那里弄……"

巧珠把筷子插在水当中,好奇地注视着外边漫进来的水。汤阿英见她蹲在那边不动,生气了,说:

"还不把筷子拿出来,把筷子弄脏了,等歇看你用啥吃?"

"巧珠,"巧珠奶奶走过来说,"把筷子拿起来,洗洗好吃饭,别叫大人生气,奶奶喜欢你。"巧珠从水里把筷子拿出来了。

"乖孩子。"奶奶得意地望着巧珠头上的两根小辫子。

阿英嘴上虽然讲她,心里却很喜欢她,喃喃地对自己说:

"这小丫头,……"

她的话还没讲完,脚上忽然有水了,连忙回过头去一看,大吃一惊,劈口叫道:

"快,拿个碗来!"

奶奶匆匆拿碗过去,她看到搪瓷脸盆里的水漫出来了,便急着说:

"我用碗接上,你把水倒掉……"

阿英端起脸盆,一步步移下床来,向门口走去。门外一条狭长的小弄堂像是一条小河似的,到处汪着一摊摊的水,有的就流到左右的草棚棚里去了。她把满满的一盆水哗啦啦往外一倒,水里浮起无数的泡沫和被风吹落下来的屋顶上的茅草。一阵令人恶心的臭味,如同从陈年不修的臭阴沟里发出来一样,在空中浮散着。她已经闻惯了这种气味,没有感觉似地望着天空。雨还在下着。她深深叹了一口气,诅咒地骂道:

"这倒霉的天!"

奶奶在里面接着说:

"老天爷也应该睁睁眼睛,下成这个样子还不停。"

"这天就像是漏了似的,下个没停。"她端着搪瓷脸盆,站在门口,发愁地盯着灰沉沉的天空。

"阿英,快上工了,进来吃饭吧。"

阿英给奶奶提醒,立即退了回来,把脸盆放在床上原来的地方接水。奶奶把饭菜装到碗里。阿英把贴墙那两条板凳端到床面前,拼拢起来,算是饭桌,青砖砌成的床沿就成了凳子。巧珠从奶奶手里接过一碗豆腐,小手颤巍巍地拿着放到板凳上,她还想过去拿汤,叫奶奶止住了,怕汤烫她的手。她自己端了过来。这是一碗有点发黄了的青菜叶子汤,上面漂着几滴疏疏落落的油珠。她们坐在冰冷的青砖上吃饭了。

奶奶夹了一筷子的豆腐放在巧珠饭碗里,说:

"巧珠,快吃吧,饭都快凉了。"

巧珠坐在青砖砌成的床沿上,她夹不到板凳上的菜,吃了两口饭以后,用筷子指着碗说:

"汤,奶奶。"

她自己想弯下腰来倒汤,叫奶奶制止了:

"别动,奶奶给你倒。"

奶奶倒了半碗汤给巧珠,叹了一口气说:

"人家不像个人家,吃饭连张桌子也没有,唉,啥辰光有张桌子吃饭就舒服了。"

阿英赶着吃饭,她没吭声。

"你说,"奶奶絮絮叨叨地问,"阿英,你说,可以吗?"

"当然可以,上海解放了,人民翻了身,生活一天会比一天好的。"

"谁来了,还不都是做工,工钱还不是那些,日子哪能会好呢?"

"那要看谁来,日本鬼子来,侵略我们,占领上海,当然不会有好日子过;国民党反动派来,也没有我们的好日子过;现在共产党来了,完全不同了,共产党代表工人阶级说话,要解放穷人。"

"我们的日子为啥还不好呢?"

"上海解放才多久,你性子就那么急,事体要一桩一桩办哩。别的不说,现在钞票值钱了,就和从前不同了。"

"那倒是的,"奶奶还是有点怀疑,说,"啥辰光有张桌子呢?"

这句话可把汤阿英问住了,她不知道啥辰光有桌子;只是含含糊糊地回答:

"等生活做多了,钱挣多了,就可以买桌子,日子也好过了。"

啪,右边墙上的一块泥巴掉了下来。风像个贼似的从那个洞闯进草棚棚里来,吹得奶奶身上凉浸浸的。

"唉,又掉下一块。"奶奶望着那个洞口发愁。

阿英走过去,望了望,想把它糊起来,奶奶摇摇手,说:

"你去上工吧,我来弄……"

"好。"

"到厂里碰到学海,要他下工以后早点回来。"奶奶惦念着儿子,希望他早点回来好帮帮忙。

张学海是沪江纱厂保全部的青年工人,思想进步,对机器特别有兴趣,有空就钻研技术,一分一秒钟的空隙也闲不下他,不是修修这个,就是擦擦那个,不知疲倦地做生活,充满朝气勃勃的精神。他像是头铁牛,浑身有使不完的劲头。他办事正派,待人忠厚,一个心眼看人,从不计算别人,也很少想到别人对他耍花招。他以为别人也像他那样待人接物。从秦妈妈的嘴里,他了解汤阿英的悲惨身世,对朱暮堂在乡下横行霸道剥削农民的罪恶行径,满腔仇恨,衷心盼望有一天能够到无锡乡下给汤阿英她们报仇雪恨。他住在秦妈妈的草棚棚对面,厂礼拜常到秦妈妈家里来白相,相帮秦妈妈搬搬弄弄,收拾收拾。秦妈妈有啥用力气的活,总少不了他。汤阿英没进厂以前,由秦妈妈介绍,两个人就认识了。最初,张学海到秦妈妈家来白相的辰光,汤阿英不声不响地做她的活,给秦妈妈洗洗弄弄。张学海和她搭讪两句,她也只是简单问一句答一句,不多言不多语。他看她做事体那样严肃认真,那一双灵巧的手把草棚棚收拾得整整齐齐,秦妈妈换下来的衣服,她给洗得干干净净,虽然没有经过熨斗熨过,可是她折叠得平平整整,仿佛是熨过一般,心中对她暗暗敬佩。她年纪虽小,但悲惨的经历,使她懂得事件不少。她头上几绺乌而发亮的刘海短发从额头披下,显得鸭蛋型的面孔更加红润,那一对机灵的大眼睛,明镜一般,好像啥事体经过她这对眼睛都可以看得透彻。她比他矮不到半个头光景,身子很灵活,虽没有他的身子那样结实,却十分健壮,苗条而不虚弱,浑身洋溢着青春的活力。她穿着一身浅蓝的布衣布裤,背上拖着两根辫子,脸上没有一点脂粉,也没有任何修饰,可是朴素天然,出落大方,保存着农村少女的那种自然风韵。她的性情像水一般的温柔,可是她的意志却比钢铁还要坚强。她仿佛是一块吸铁石似的,把张学海这个铁牛一样的人深深地给吸引住了。张学海每次路过秦妈妈的草棚棚,即使明知秦妈妈到厂里去了,他也要走进草棚棚,去找秦妈妈。汤阿英察觉他的用意,便嫣然微笑,指出他又忘记秦妈妈早就上工去了。他于是便借故来向她借个碗箸,或者还个啥物事,看她一眼,就心满意足地到厂里去了。

汤阿英进了厂,张学海经常到她那个车间去修理车子,两个人更熟了。他一到了汤阿英那排车子,仿佛光滑的地板上铺满了胶水,把他的一双脚给粘住了,走不动了。他细心地给她检查车子,看有啥地方出了毛病,看过来,又看过去;车间机器的转动发出雷鸣般的轰轰巨响,讲话也不容易听得见,更何况车间的生活很忙,姊妹很多,他想和她讲话,但不大方便,他每次检查完车子,依依不舍地离开了,快走到弄堂口的辰光,总回过头来暗暗再看她一眼。

张学海做的是常日班,逢到汤阿英上白班的辰光,常常在路上碰到他,一道上工,又一道下工。修长的煤渣马路上,没有机器的轰鸣,没有喧嚣的人声,静幽幽的,路边的田野图画般的从眼前一直展向碧蓝的天空下,一片一片白云悄悄从天空缓缓地掠过。

张学海望着平静的绿油油的田野,喃喃自语地诉说他家的情况:他爹在上海郊区给日本鬼子用刺刀挑死了,他是个独生子,家里除了娘以外,就再也没有别的人了。娘年纪大了,身子倒还算硬棒,家里大小事体全靠娘一个人维持。娘希望他早点结婚,抱个孙子,给寂寞的草棚棚里增加生气和欢乐。他说到这里便口吃了,仿佛有啥物事堵在嘴里,把心中要讲的话给挡住了。他怯生生地没有往下说,不晓得汤阿英心里的想法,暗中窥视着她面孔的表情。

汤阿英早就洞察他对自己的情景。她认为张学海努力向上,是个好样的,对她的态度不错,每逢她有啥困难和需要,他都主动地过来帮助和照顾;并且他为人忠厚诚实,不是一个轻浮的青年。她内心已默默地同意了,平时她听他的关于家庭生活和婚姻问题的谈吐,她虽然没有表示态度,可是从未拒绝,也不讨厌。他像影子一样地紧紧追随着她,不管在啥地方,是在秦妈妈的草棚棚里,还是在弄堂里,回过头去,时常发现他就在她的身边。时间久了,他如果不到秦妈妈的草棚棚里来,她倒盼望他了,有时甚至径自到张学海的草棚棚里去,相帮他娘做点家务,或者偷偷地给张学海洗洗换下的衣服,折叠好,放在他的枕头底下。最初,张学海还以为是娘洗的,后来发现是汤阿英洗的,他穿到身上感到特别舒适和愉快。他想念她的感情愈来愈浓了。他终于大胆提出他的要求,虽然是通过他娘的愿望表达出来,也没有直接点出是谁,但她心里早就一明二白了。她当时没有正面回答,鸭蛋型的面孔顿时发烧,红润润的,两个丰满的腮巴子如同两片朝霞,含羞地低下头去,半晌,微微抬起头来,含情脉脉地望了他一眼,然后飞一般地跑了。

晚上,秦妈妈和汤阿英都上了床。汤阿英依偎在秦妈妈的身边,望着门缝里透进来水一般的月光,她的心怦怦跳动,话到嘴边,几次想讲又忍住了。秦妈妈发现今天夜晚汤阿英的神情和往常不一样,好像有啥重要的事体要对她讲,可又吞吞吐吐地欲说还休,她已猜到几分,忍不住点破问汤阿英是不是和张学海的事。汤阿英暗暗点点头,却又不好意思言语,娇嗔地抓着秦妈妈的手,没头没脑地问:"你说,好吗?"秦妈妈忍不住噗哧一声笑了,有意逗她:"啥事体呀?我不晓得,怎么说好还是不好?"汤阿英摇着她的手说:"你晓得,啥事体都瞒不过你,你啥都晓得。"秦妈妈打趣道:"那我成了能知道过去未来的大神仙了。张学海最近对你哪能,详细给我说说,才好给你出主意。"汤阿英在枕边低声细语说了最近的往来,时断时续,还是有些羞答答的,怕难为情。其实秦妈妈早就同意她和张学海要好了,现在不过试试汤阿英的决心下了没有。听完汤阿英的叙述,她已经晓得汤阿英的决心了,笑声朗朗地对汤阿英说:"你们小两口子相好,我秦妈妈难道会反对不成吗?"秦妈妈喜爱地抚摸着汤阿英乌黑的头发。

张学海和汤阿英结了婚,当时汤阿英十七岁多一点,长得像是二十岁的人了。汤阿英从秦妈妈的草棚棚里搬到张学海的草棚棚里,度着幸福的新婚生活。当年,汤阿英生下了巧珠,今年快七岁了。现在,汤阿英肚里又有了孕。

刚才巧珠奶奶要她叫学海下工早点回来,她"唔"了一声,连忙拿起一把有点破的雨伞,匆匆走出去。

雨淅淅沥沥地落着。

路边的电线上挂着一连串的圆圆的透明的水珠,不时无声地落在煤渣路上。路两旁的菜田里种着碧绿的青菜,菜叶子上好像刚刚撒了油一样,闪闪发光;有的菜畦汪着一摊摊的水,反射出来的亮光,远远望去,地上如同铺了一块一块不规则的各种形状的玻璃。

从黄浦江边吹过来的风,一路呼啸着,电线发出嗡嗡的金属声,风助长了雨势。雨像一个顽皮的孩子,直向汤阿英的身上扑来。她手里那把伞有的地方破了,走了一段路,身上那条裤子已经透湿,像从水里捞起来似的。她没有钱买套鞋,脚上那双破布鞋湿渌渌的,走在煤渣路上有点吃力,发出噗哧噗哧的响声。

她低着头,用力迈开大步走去,怕慢了碰不上张学海。走到沪江纱厂的门口,她浑身透湿,浅蓝布裖子变成深蓝色了。她看看门房的闹钟,离上工还有十分钟,这才松了一口气。刚才赶路过分紧张,到了厂,她松松劲,感到有点疲乏。但是,她还是鼓起劲道,连忙到保全部告诉张学海一声,然后才放慢了步子,向细纱间走去。

陶阿毛穿着一身粗蓝布的工装,脚上穿着长统胶皮靴,手上打着把黑洋布雨伞,精神抖擞地迈着大步走来。他一见汤阿英浑身透湿,连忙加紧脚步,赶上去,关怀地说:

"阿英,看你身上湿的……"

"谁?"她回过头来,看见是陶阿毛,便搭了一句,"给雨淋的。"

"我带你打伞,"他走到她的左边,肩并肩地走着,把她的伞挤在一旁,说,"这伞破得不能用了,为啥不买把好伞?"

"唔,"她低着头想:买伞要钱啊,这伞虽然破了,可是还能挡点雨哩。她把破伞小心地收起,说,"是呀,陶师傅,要买伞了。"

"有困难吗?"

"困难?没有。"

"别客气。"

"不,没啥困难。"

"这点小事体有啥关系,我同学海是老朋友,阿英,别见外。"

她不愿意随便接受别人的帮助,宁肯自己受点苦,也不向别人开口,谦辞道:

"真的不需要,谢谢你。"

"有啥需要,跟我说一声,没关系。"他望着她那身湿渌渌的衣服说,"那么,到车间里快换身衣服,这样要受凉的。"

她心里感到温暖,觉得陶阿毛关心人真是无微不至。她感激地"唔"了一声。

陶阿毛在工人当中有相当的威信。他不但技术好——他平的车没人有第二句话讲。他的人缘比他技术更好,不管哪个车间的人他都合得来。比他技术稍为高明一点的人,他叫人家老师傅;比他本事差的,他也乐意帮别人的忙。他关心别人生活就像是关心自己一样。他在厂里的威信差不多快赶上细纱间的秦妈妈。上海解放以前,得到大多数工人的选票,当沪江纱厂的伪工会的副理事长,别人靠活动,或者勉勉强强当上工会的干部,他完全两样。上海解放以后,伪工会理事长逃到川沙,给上海市公安局逮捕回来法办了。陶阿毛不再是工会的负责人,回到保全部工作,在群众中威信仍然相当高。

在黑洋布雨伞下面,陶阿毛听汤阿英"唔"了一声,没再言语,便进一步说:

"我们劳动,资本家享福,徐义德和酸辣汤的生活多舒服,吃得好,穿得好,汽车出,汽车进……下雨,我们工人连把好伞也没有!"

她听他的话蛮有道理,答了一句:

"你说的,倒也是……"

"我们要向工会提提意见,解放了,工资也该提高点。"

"这个,"她愣住了。她随大家一道做厂一道领工资,没有提过意见。一九四八年初冬那次罢工,她跟秦妈妈一同摆平的。斗资本家,她总是站在前面。现在解放了,有共产党当家做主,如果有需要会考虑工资问题的。他这么热心和她谈,她也不好当面拒绝,只是说,"这个,需要的话,工会会考虑的。"

"工会,他们可忙哩,大家不提,他们哪能想得起……"

"余静同志他们会想起的……"

"余静同志?唔,她一定会想起的,提醒她们一下,不是更好吗?"

"这个,"她迟疑地没有说下去。

"工会就是代表我们工人利益的,工人有啥要求都可以告诉工会,要他们代表我们去争……"他鼓励她向工会提,听到身子后面脚步声越来越多,步子越来越急,知道夜班工人赶来,快上工了。他便简单地说,"工资暂时不提高,工会多给我们办点福利也好,生活总要改善改善……"

她没言语,只是漫不经心地点了点头。

夜班工人在雨中有说有笑地超过他们两个人,分别走进自己的车间。陶阿毛陪着汤阿英向细纱间走去,突然把手里那把黑洋布雨伞放在她手里,说:

"你留着用吧。"

她吃了一惊,说:

"这怎么可以!"

"我家里还有一把,"他在撒谎,说,"你用这把,没关系。"

她把伞退还给他,直摇手,说:

"我不要,我自己有伞。"

"你这把破了,挡不住雨,你的裤子都淋湿了。"

"挡得住。裤子淋湿了,没有关系,烘一烘就干了。"她坚决不要他的伞,怕他再把伞送过来,连忙和他分开,说,"不早了,得赶快到车间去了。"

她加快了步子,向细纱间门口走去。他的慌惘的眼光盯着她正直而又坚定的背影,无可奈何地叹了一口气,对着她迅速远去的背影,不满地撇一撇嘴。

八

　　陶阿毛手里拎着两包东西,脸上浮着微笑,轻松地跨进张学海的草棚棚的大门。张学海从里面迎了上来,亲热地拉着他的手,高兴地说道：

　　"你说话真算数,说要到我家来白相,今天真的就来了。"

　　"说话当然要算数,人的信用很重要。一个人不讲信用,人家就看不起他。"陶阿毛一本正经地说,装出像是一位素讲信用的人物。其实他心中另有计谋。那天陪同汤阿英到细纱间去上工,他以为是天生的巧妙机遇,不露痕迹地和她聊天,认为谈得还不错,便自然而然地把伞送过去,显出他对汤阿英的真诚的关怀,没料到汤阿英不吃这一套,坚决把伞退回来,给他碰了一个软钉子,使他陷入狼狈的境地。但他并不因此丧心悔意。他晓得汤阿英是位不大好接近的人物。她在工人群众中威信高,虽然平时不大爱讲话,但讲出话来却是一句顶一句,工人们都听得进,特别是细纱间的工人碰到啥事体,都愿意看看汤阿英的态度。陶阿毛觉得在汤阿英身上下些功夫不仅仅是十分值得的,而且非常必要的。汤阿英的钉子虽软,但不能一碰再碰。直路走不通,得走弯路,绕个道。他想起了张学海,整天和张学海在保全部一道做生活,正是给他活动的绝妙机会。张学海不单容易接近,而且为人忠厚,待人诚挚,通过他进一步接近汤阿英就不太困难了。他第二天一进保全部就和张学海特别亲近,一歇问张学海今天忙不忙,一歇又问张学海手里的生活难不难做,要不要帮点忙。张学海每天都把规定的生活做完,不做完绝不肯下工,因为张学海做生活按部就班,有条不紊,总是在预计的时间做完。他私心感谢陶阿毛的热情关怀,但不需要陶阿毛的帮助。陶阿毛并不就此罢休,进一步表示:有啥需要,别忘记对他讲,更不要客气。陶阿毛自我批评,说过去对张学海帮助不够,也不太主动积极,希望张学海不要见怪。张学海接受他的热情的关怀,感激过去在技术上已经得到他不小的帮助,答应以后少不了还要请教。

过了没两天,陶阿毛做完了生活,已经到了下工辰光,却没有走,在等待张学海收拾完工具,两个人肩并肩地走出保全部。陶阿毛羡慕张学海的幸福的家庭生活,关心巧珠在学校里的功课成绩,如果数学方面有啥不懂的地方,他可以给她补习一下功课。张学海一听陶阿毛谈到巧珠,他心里特别欢喜,忍不住流露出对巧珠的热爱,说这孩子年纪不大,倒也长得聪明伶俐,讲话逗人喜欢,功课虽说不上最好,却也是班里优秀学生当中的一个。陶阿毛说自己最喜欢小孩,将来结了婚,要是有一个像巧珠那样的聪明伶俐的小孩,下了工,回家带她白相白相,一定会消除一天工作的疲乏,增加无限欢乐的情绪。陶阿毛说得那么真切,又那么渴望,仿佛就想立刻抱一下巧珠似的神情。张学海信以为真,安慰他不用着急,等到将来找到理想的对象,结了婚,一定会生一个比巧珠还要聪明伶俐的小孩。要是现在就想小孩,有空可以到他家和巧珠白相白相,巧珠也一定会喜欢他。陶阿毛衷心盼望的一句话终于从张学海的嘴里说出来了。他控制住内心激动的喜悦情绪,不露声色地说:"我早想看看巧珠和她奶奶了,老是没有抽出时间来,过两天有空,我一定去。"

今天是厂礼拜,陶阿毛一早起来,吃了早点,收拾一下,啥事体也没有做,便到南京路永安公司精心挑选了一个玩具,本来想买一辆铁制的玩具小汽车,怕汤阿英嫌价值昂贵,不肯接受,这次不能再碰钉子了,于是挑了一个橡皮做的小火轮,价钱不贵,形状别致,在陆地上可以白相,放在水里漂起来,也可以白相,游来游去,顶有意思的。买了小火轮,走出永安公司,他感到这件礼物显得有点单薄,在大街上边走边想,正愁没有法子,他的迟缓的步子已迈到泰康食品公司的门口了,看到货架上大玻璃罐子里装满了五颜六色的糖果,得到了启发。他走进"泰康",没有买营养丰富的巧克力,没有买装潢美丽的奶油糖,却买了廉价的水果糖,而且只买四两。这两包东西拿在手里,陶阿毛感到合适而又得体。

陶阿毛走进草棚棚,把手里两包东西往床上一放,向熏得乌黑的草棚棚扫了一眼,对巧珠奶奶弯腰曲背,亲热地叫了一声:

"奶奶,你好。"

"请坐呀,你好。"巧珠奶奶没有见过陶阿毛,见他那么亲热,给了她一个很好的印象,就应声招呼他。

"奶奶,这就是我们保全部的陶师傅。"张学海一边介绍,一边把长板凳端过来,对陶阿毛说,"走累了吧,快坐下来歇一歇。"

"坐吧,陶师傅。"巧珠奶奶指着那条长板凳说,"早就听学海讲起你了,就是没见过。学海他年纪轻,手艺不行,希望陶师傅多多教他。"

"那没问题,多年在一个车间里做生活,短不了你帮助我,我帮助你,相互帮助,共同进步啊!"

"陶师傅,你别客气咯,"汤阿英站在墙边,洗着碗箸,伸出湿淋淋的右手,指着陶阿毛,说,"你的手艺好,做生活又精巧,在保全部是有名的,学海哪能和你比呢?只有你教他,他对你能有啥帮助呢!"

"阿英,你这话说得就不对了。"陶阿毛忽然严肃起来,认真地说,"每个人的手指头有长短。一个人的能力也有限,这方面也许有啥长处,那方面一定会有啥短处。古话说得好,取长补短。在学海身上,有许多地方值得我好好学习哩!"

"你别把我捧得这么高,摔下来可吃不消呀!"张学海摇摇头,不以为然地说,"我身上可没有啥值得别人学习的地方。……"

陶阿毛不等张学海说完,为了证实自己的看法,立刻接上去说:

"别的不讲,单是你的谦虚精神就值得我好好学习。"

"这个,"张学海突然给陶阿毛钻了空子,一时不晓得哪能回答是好,态度显得有些窘,张着嘴却说不出话来。

汤阿英把右手一甩,手上油腻腻的污水撒了一地,伸手把张学海从窘迫的境地里救了出来,不慌不忙地说:

"陶师傅太客气了,学海笨嘴笨舌,十张嘴也顶不上你一张嘴啊!他是说老实话,不是啥谦虚精神。他身上没有啥本事值得别人学习的。"

陶阿毛心中暗暗钦佩汤阿英的谈吐,简单两句就把他的话反驳回去,不卑不亢,义正词严,叫你无从挑剔,怪不得工人们对她的话那么尊重和信服。这回轮到陶阿毛陷入窘迫的境地,他不晓得哪能往下说。巧珠奶奶无意之中搭救了他:

"以后希望陶师傅多关照学海,他年纪轻,经验少,对技术倒是有股钻的劲头。"她倒了一小碗开水,颤巍巍地端了过来,抱歉地说,"尽顾说话了,连水也忘记给你倒了,喝口水吧。"

陶阿毛站起来,双手把小碗接过去,真的喝了一口,顺便又向草棚棚四周望了望,却不见巧珠的踪迹,看到放在床上的那两小包东西,惦记今天来的目的,巧珠不在,东西送不出去,那不是白跑一趟吗?他想打听巧珠的去处,又怕露出马脚,正在左右为难的辰光,巧珠从门外一头钻了进来,摇晃着头上两个小辫子,辫子梢上扎着大红头绳,在早晨的灿烂的阳光中闪闪发亮。她没有看到草棚棚里来了客人,径向奶奶面前跑去,一头伏在奶奶的怀里,娇嗔

63

地要求道：

"带我上街买物事去！"

"鬼丫头，刚回来，就要上街，整天在家里蹲不住！"

奶奶严厉的训斥，却吓不倒巧珠，她不假思索地马上回敬奶奶两句：

"是你说的，叫我到外边白相一歇，回来就带我上街买物事去，为啥怪我呢？"

原来吃完早饭，巧珠晓得今天是礼拜，爹和娘都在家休息，她吵吵嚷嚷地要娘带她出去白相。娘没答应，说是要收拾家里，改一天再出去白相。她偏要去，闹得母女俩不可开交。奶奶出来打了圆场，要巧珠自己到弄堂里去白相一阵，等娘洗完碗箸，收拾一下，再带她上街买物事。她的要求，奶奶满足了，便一蹦一跳地一个人独自出去了。现在，奶奶给她一质问，觉得她说的有道理，倒是奶奶理亏了。奶奶眯着有点老花了的双眼，忍不住笑了：

"看你嘴利的，讲话没有个上下！"

"是你说的么。"巧珠仿佛受了委屈，却不肯屈服，不满地撅着殷红的小嘴。

奶奶没有压服巧珠，反而被她顶了回来，奶奶并不生她的气，心里却喜欢她的活泼伶俐，抚摩着她的小辫子，语调放缓和了，妥协地说道：

"等一歇带你上街。"

"不早了，现在就去。"巧珠一步不让。

"你没看见客人来了吗？"奶奶把她从怀里拉开，让她面对着陶阿毛，说，"叫陶伯伯。"

巧珠一双聪明的乌而发亮的眼睛，向陶阿毛浑身上下打量了一番，不认识这位陶伯伯，她低低叫了一声陶伯伯，便微微转过圆圆的红润润的小脸蛋儿，诧异的眼光对着汤阿英，仿佛问娘：这是啥地方来的陶伯伯呀！娘没有回答她的疑问。陶阿毛弯下身子，侧着头向她看了一眼，便立刻赞美：

"巧珠长得真漂亮，又活泼，又伶俐，上几年级啦？"

巧珠凝视着陌生的客人，没有吱声。奶奶开口了：

"陶伯伯问你话，现在怎么又不说话了呢？快告诉陶伯伯。"

"一年级。"

"这样能说会道，真不像一年级小学生，你不告诉我，我还以为你上二年级哩！"

"明年就上二年级啦。"

"对，明年就是二年级的优秀生了。"陶阿毛伸过手来，抓住她细嫩雪白的小手，想讨她幼小心灵的欢心，说，"你今天想到啥地方白相？我带你出去，好不好？"

陶阿毛一句话说到她的心坎上，可是她没有马上回答，觉得这位陶伯伯真奇怪，头一回来，人家还不认识他哩，就要带人出去，谁同他白相呀！

汤阿英也感到惊奇，陶阿毛今天为啥这样热情呢？他是个忙人，无事不登三宝殿，从来不上她这个草棚棚来，今天来了，谈得没了没完，好像有啥事体，可是坐在那边又不讲出来，因为陶阿毛在解放前当过沪江纱厂的伪工会副理事长，她从心里不愿意和他接近；但陶阿毛是在保全部工作，和张学海经常接触，一道做生活，听说对张学海不错，特别是最近，更加亲近，她又不可能不和他有些接触。她不想让陶阿毛带巧珠出去白相，当面直接拒绝也不十分好，眼睛一动，想了个主意，指着巧珠说：

"别闹，答应你的事，一定办到。等歇奶奶上街买菜，一定带你去。"

巧珠懂事地点点头，想到娘面前去，发现自己的手还给这位陌生的陶伯伯抓着哩，她便默默地低下了头。陶阿毛看出今天带巧

珠出去汤阿英是不会答应的,头一回来,和巧珠还没有混熟,料想她也不会愿意的。他连忙给自己下台阶,抚摩着她的小手说:

"以后要到啥地方白相,告诉我,我和你爹一同带你出去。"

张学海以为陶阿毛真的以后要带巧珠出去,就向巧珠许愿道:

"等哪天有空,我和陶伯伯一同带你上中山公园白相去,里面有个动物园,有狮子,有老虎,有猴子……可好白相哩。"

巧珠的心给爹说动了,恨不得今天就去,但她又不愿意和这个陌生的陶伯伯去,歪过头来,望了娘一眼。娘懂得她眼光的意思,说:

"到奶奶那里去,让大人谈话。"

陶阿毛抓住她的小手不放,连忙从床上拿起那两包小东西,放在她的小手里,说:

"这是送给你的。"

巧珠没有拿。别人给她的东西,不得到娘或者奶奶的同意,她从来不要的。陶阿毛见她没拿,便放开她的小手,打开纸包,取出橡皮小火轮,在她面前一晃,笑嘻嘻地说:

"你看这小船,好白相哦?"

汤阿英连忙对巧珠转动一下眼睛,巧珠立刻理会娘的意思,摇摇头,走到奶奶面前,说:

"我不要。"

"特地给你买的,别不好意思,拿着吧。"陶阿毛送到巧珠面前。

巧珠用两只小手往外推,接连地说:

"我不要,我不要。"

陶阿毛察觉汤阿英眼光的力量,巧珠在她娘的教养下,是个聪明懂事的孩子,料想大人不言语,她是不会收下的。他于是对汤阿英央求道:

"你叫巧珠收下。"

"不,她有物事白相,不要这个,你带回去吧……"

"我带回去给谁呀?我这么大了,还要这个吗?"陶阿毛指着小火轮说,"这个小玩意儿,不值啥钱,你就叫巧珠收下吧!"

"不,你还是带回去,"汤阿英晓得陶阿毛还没有结婚,家里也没有小孩,但她不能无缘无故接受别人的礼物,特别是像陶阿毛这样人的礼物,她更不想要,坚定不移地说,"真的不要,你带回去留着,等你结了婚,有了孩子,给你自家孩子白相。"

"那可早着哩。"陶阿毛伸出去的手,尴尬地停留在空中,他向张学海求救兵,说:"你让巧珠收下吧。"

张学海看陶阿毛那样真心实意要送,硬是拒绝也抹不过面子,就解围道:

"陶伯伯给你,就收下吧。"

陶阿毛不敢打开那包糖果,怕再遭到拒绝,局面就越发僵得不可收拾了。他把它都塞在巧珠手里,匆忙站了起来,避免发生波折,趁机告辞,叫他们无从退回。他对巧珠奶奶说:

"你要带巧珠上街了,我走了,改天再来看你们。"他曲着背,向大家点点头,加快步伐,跨出门去,回过头来,对张学海说:

"明天厂里见。"

九

汤阿英望着陶阿毛的宽厚的背影迅速消逝在门外的弄堂里,转过脸来,注意巧珠双手捧着那个橡皮小火轮和那个没有打开的小包,不晓得里面包的是啥物事。她走过去,打开一看,是花花绿绿的糖果,吃惊地指着对张学海说:

"你看,还有一包糖哩!"

"啊……"张学海惊异地应了一声。

"明天你带到厂里还给他。"

"算了吧。"他不介意地说。

"怎能算了呢?"她见他那样毫不在乎的神情,心里有点急了,声音也变得严峻了,一定要他明天带到厂里还给陶阿毛,讲得很慢,几乎是一个字一个字讲出来的,语调十分肯定。

他这时候才意识到问题有些严重了。刚才当着陶阿毛的面,是他要巧珠收下的,他明天自己哪能又送回去呢?这点东西,在陶阿毛说来,不过是点小意思;他和陶阿毛过去的交往,收下也没有啥了不起。他说出的话,哪能好意思收回?不但叫陶阿毛下不了台,自己也抹不过面子,难道在家他做主收下这点小玩意都不行吗?想起平时他说出啥意见一般都得到汤阿英的尊重,这点小事更不在话下了。他严肃起来,认真对她说:

"已经收下了,东西也不多,又是给巧珠的,退回去,反而见外了。"

"我没有同意收下。"

"我同意的。"

"那你给我退还给他。"

"说出去的话,哪能好意思收回?"

"你不退,我明天带到厂里退给他。"

他见汤阿英丝毫没有让步的意思,东西由她去退,更叫他没有面子,说不定她和陶阿毛闹僵了,影响他和陶阿毛的关系。他的语调也变得有点严厉了。

"你不能退,我这点主还不能做吗?"

"不是你不能做主,过去有些事我不是听你的意见吗?这件事可不能依你。"

"为啥?"

"你不想想,陶阿毛从来没到我们家来过,为啥今天来呢?"

"他早就讲要上我们家来白相,今天厂礼拜,他就来了,有啥稀奇呢?"

"来了,为啥还要带礼物来呢?"

"他喜欢小孩,买点小礼物给巧珠,也是人之常情,有啥大惊小怪的?"

"为啥对我们忽然这么亲热呢?"

"过去不大熟,在保全部一道做生活久了,慢慢熟了,比过去亲热些,你为啥这样多心眼呢?"

"不是我多心眼,是你没心眼。"

"我没心眼,"她一句话把他说得跳了起来,火冒三丈,瞪着眼睛,脸红脖子粗,气呼呼地说,"我就是没心眼,又哪能?"

"没心眼,"她并不生气,也不焦急,慢条斯理地说,"那就长个心眼。"

"我就不长,"他的声音越来越高,生气地说。

巧珠奶奶见他们两个人,像是针尖对麦芒,你来我往,刀对刀

来枪对枪,谁也不让,怕再闹下去,弄得大家别别扭扭,家里不和,便在一旁调解道:

"这点小事体,也值得这么大吵大嚷,大家省一句,少说点,不就完了吗?"

张学海没有吭气,显然同意巧珠奶奶的意见,想平息这场风波。汤阿英不让步,她坚持自己的意见:

"这不是小事体,要讲讲清楚才好。"

"我看不出有啥了不起的地方,陶师傅来串门子,好心好意带点东西给巧珠,有啥不对的?"

巧珠对于娘和爹的争吵,迷惑不解。她不晓得这位陌生的陶伯伯和厂里的事,听奶奶一说,觉得有道理,但没言语,低下头,盯着手里的小火轮和糖,不晓得怎么是好。

"奶奶,你晓得陶师傅是啥人?"汤阿英听出巧珠奶奶的话里的意思,显然是帮助她的儿子。汤阿英晓得巧珠奶奶不了解陶阿毛的情况,并不怪她,解释道,"解放前,他在我们厂里当过国民党反动派的伪工会的副理事长,这种人的礼物,我们能随便收吗?"

"那是工人选的。"他辩解地说。

"谁选的?我就没选他。"

"可是别人投了他的票。"

"那还不是他想法运动的。"

"你看见了吗?"

"我听人家讲的。"

"谁讲的?"

"秦妈妈。"

"秦妈妈?"他暗暗吃了一惊,汤阿英晓得的事体比他还多。秦妈妈是共产党员,在厂里的威信非常之高,只要秦妈妈站出来一说话,工人没有不赞成拥护的,因为秦妈妈处处想到工人阶级的利益,句句说到工人的心里。秦妈妈说的,没有一个错。可是他又不甘心服输,说,"我问秦妈妈去!"

"为啥说到我头上来了?"秦妈妈迈着稳重的步伐,从门外走了进来,笑嘻嘻地对大家望了一眼,惊诧地问道:"大好的厂礼拜,小两口子在屋里吵啥?"

汤阿英把争吵的经过说了一遍,理直气壮地说:

"请秦妈妈评评理,看谁的意见对。"

"好嘞,听秦妈妈的。"他也盼望听听秦妈妈的意见。

"我倒想听听你们两人的意见。"秦妈妈没有立即表示自己的看法。她刚才在屋里,听巧珠奶奶的草棚棚里讲话的声音越来越高,语调也有些激昂,你一言我一语,针锋相对。她以为出了啥事体,就关心地走过来。她听了汤阿英的叙述,早就有了自己的看法,但希望他们进一步展开各自的论点,把思想暴露出来,才能真正解决矛盾。

"要是别的工人送点小东西给巧珠也没有啥,可是陶阿毛就不同了……"

张学海不等汤阿英说完,就怒气冲冲地质问:

"陶阿毛有啥不同?他不也是工人吗?"

"我没说他不是工人,可是他给国民党反动派做过事。"

"不就是当过国民党反动派伪工会的副理事长吗?"

"就是这个。"

"他也不是国民党员,和伪理事长还有矛盾哩,两人一吵架,就几天不说话。"

"这点我也晓得,只是偶尔吵架,不是天天吵架,平常他们两人相处得也不错,伪工会的事,都是他们两人一道做的。"

"犯了错误,还不准人家改吗?"

"谁晓得他改了没有呢?"

"你不晓得,就断定人家一定没改吗?"

"也不能武断说他改了呀!"

"你不能把人家看扁了。"

"也不能随随便便说人家好。"

"照你这么说,在一个车间做生活,和他不往来,连轧个朋友也不行,就算正确了吗?"

"话不是这么讲,要看啥人。"

"你看人总是多心多眼,疑神疑鬼,要是别人对你这个态度,你心里高兴吗?"

"我没有给反动派做过事,也不怕别人猜疑。不是我爱猜疑别人,轧朋友也要有个选择,遇人遇事都要仔细想想。"

"又是你说的对,你一贯正确!"张学海心里不服,嘴上却说不出道理,忍不住又要光火了,他辩解地说,"陶阿毛送巧珠一点小玩意,我看不出有啥坏意的地方,你却讲出一篇大道理,和你这样的人往来,真不容易!"

"随便和陶阿毛往来,总归不对。"

"有啥不对?"

秦妈妈看他们两人的嗓子又高了起来,汤阿英虽然不动声色,但是张学海的耳根子又涨红起来了。她认为该她说话的辰光了:

"你们两人别吵,听我说两句,好哦?"

汤阿英早就盼望秦妈妈说话了,张学海自然也没有意见。巧珠奶奶不了解他们两人今天为啥谁也不让,希望秦妈妈排解开,她好带巧珠上街买菜,赶回来做中饭,不能再耽误时间了。巧珠更想早点放下手里的小火轮和糖,她不懂为啥这么一点东西引起那么大的风波,闹得爹和娘争论不休,真想把东西扔掉,免得家里不和睦,也好跟奶奶早点上街去白相。

"陶阿毛这个人么,在解放前能当上我们厂里的伪工会副理事长,自然不简单。伪理事长是个国民党员,这条走狗当然不会代表我们工人阶级的利益。陶阿毛是伪副理事长,办起事来要听伪理事长的。他们两人有矛盾是事实,也经常吵得几天不说话,不过,他们两人有些事还是一致的。陶阿毛说他是傀儡,伪理事长要排挤他出工会,这也不完全是假话,但是陶阿毛究竟是个啥人,谁也没有摸清楚。"秦妈妈说到这里,停了停,在回想过去伪工会的一些斗争。的确,谁也没有摸清楚陶阿毛的底细。伪工会理事长确实想排挤陶阿毛,一方面固然因为陶阿毛在工人当中有一定的威信和影响,另一方面陶阿毛不买他的账,因为陶阿毛有陶阿毛的靠山,他也是国民党反动派特地派到厂里来的,不但工人当中没有一个人晓得,就连伪理事长也不晓得他的底细。同时陶阿毛善于伪装,在工人面前经常表现自己,用虚假的现象去迷惑部分工人的眼睛。秦妈妈想起往日那些错综复杂的斗争,使人眼花缭乱,不容易立刻看出内在的真相。她说,"古话说得好,知人知面不知心,未可全抛一片心。对于陶阿毛这样的人,还要继续留心观察,和他在一个车间做生活,当然不能不往来,就是轧朋友,目前还不能深交。上海虽然解放了,但敌人不会死心的,阶级斗争更没有结束,以后的斗争也许更复杂更激烈。阿英因为陶阿毛当过伪副理事长,对他不满,这样朴素的阶级感情是宝贵的。陶阿毛可能有问题,也可能没有啥大问题,要观察,要调查研究,不能主观断定他是啥样的人。毛主席说,不能冤枉一个好人,也不能漏掉一个坏人。我们办啥事体,都要实事求是。"

张学海听秦妈妈摆事实讲道理,像是把一团没头没尾的乱麻,暂时理出个头绪来,分析得头头是道,令人信服,使他的眼睛把扑朔迷离的现象看得清清楚楚了。他边听边点头同意。汤阿英更是完全赞成。巧珠奶奶也没有不同的意见。巧珠把手上的小火轮往床上一放,一双聪明的眼睛征求娘的意见:

"娘,我不要这个。"

"要不要明天带到厂里退还给他?"张学海主动提出来,问秦妈妈。

"既然收下了,突然又退回去,也不好,以后和他往来,多留心一点就行了。"

汤阿英深深敬佩秦妈妈分析有理,处理得当,不再坚持自己的意见,笑着说:

"学海,你听见了吗?不是我对人多心眼,你和人往来,不要没心眼。"

"总是你对!"他嘴上虽说没有完全同意,但他内心感到汤阿英看人看事确是比他高一筹。

十

"呸！走狗！"陶阿毛走出沪江纱厂的大门口，对着前面人群中一辆黑色小奥斯汀吐了一口口水。

细纱间收皮辊花的工人赵得宝走了过来：

"阿毛，你又骂谁哪？"

"谁，不是酸辣汤还有谁！"

"无缘无故的骂他做啥？"

"做啥，"陶阿毛顺着厂门口左边走过去，他指着前面的人群说，"你看。"

赵得宝抬头一看：那辆黑色的小奥斯汀在人群中缓缓开去，一边不耐烦地揿着喇叭，催促下班的工人快点让开。

"酸辣汤坐在里面？"

"除了他还有谁？我们工人流血流汗，他们这些资本家和走狗享福，给他让路还嫌慢，你看那股神气劲，真叫人受不了。我恨不得扔两个石头打这狗操的两下，才出了我心头的火气。"

"阿毛，你这可不对。我们工人要讲道理，不应该随便打人。"

"那是的，我不过这么说说。我心里总不服气，为啥说工人翻身了，我们生活还是这样苦？"

"翻身当然是翻身了，当家做主人，不受人压迫了，不是翻了身吗？要改善生活，还得好好劳动，提高生产，国家好了，我们生活就一定会慢慢好起来的。"

"是的，你这话有道理，"陶阿毛望了赵得宝一眼，伸出右手的大拇指来,在他面前晃了晃,说,"你真行,看得比我远,看得比我高,我没看到的,你都看到了,真是面面俱到。"

"那也不见得,我也有看不到的地方。"

"不,"陶阿毛知道赵得宝很进步,区里和工会有啥事体都要找他,走近他的身边,说,"你是老工人,见多识广,当然看得比我们周到,以后有啥工作希望你多指导我们,得宝哥。"

"听你讲话甜的,就像是舌头上有蜜似的。"细纱间的记录工管秀芬从他们后面走上来,插进去说。

陶阿毛听出是管秀芬的音声,连忙歪过头去,半开玩笑地高声说道:

"小丫头,大人讲话,你又多嘴多舌的。"

"唷,"管秀芬把嘴一撇,说,"又卖老了,你有多少老,哪一天才卖完?"

"老少没有关系,现在都平等啦。"赵得宝不清楚她话里的话,搭了一句。

陶阿毛连忙接过去说:

"对,老少平等啦!"

"这才像句人讲的话啊。"管秀芬瞪了陶阿毛一眼。

陶阿毛怕管秀芬再说下去,耽误了他的事,他摆出一副严肃的面孔,说:

"秀芬,我和得宝哥谈点正经事,你别再开玩笑了。"

他的音声里流露出哀求的情绪。

"好,你们谈你们的,我不敢耽误你们的大事。"她一甩头,径自走去。

陶阿毛望着管秀芬苗条的背影,那慕恋的眼光情不自禁地随着她的背影慢慢远去了。

"管秀芬哪能一甩头就走哪?"

赵得宝的声音唤起了陶阿毛的注意,他这才发现赵得宝站在他旁边在和他讲话哩。他收回了眼光,望着赵得宝,说:

"今天幸亏你,得宝哥,不然她肯走才怪哩,谢谢你。"陶阿毛亲热地碰一碰他的胳臂。

"啊哟。"赵得宝怯痛地叫了一声,他的左手连忙去按摩着右胳臂。

陶阿毛兀自吃了一惊,他不知道管秀芬刚走,自己闯下了啥祸。他也用手去按摩赵得宝的胳臂,关心地问:

"哪能?"

"还是那个老毛病,这两天天气不好,又发作了。没啥,揉两下就好了。"赵得宝原来是沪江纱厂的穿油线的工人,十二年前,有一次,一百零五号车的滚筒坏了,他走过去,用一根线抛到滚筒上,然后用钩子去钩油线,准备钩过来拴在锭子上;谁知道这个滚筒坏了,上面有一个洞,钩子恰巧钩在洞上;他在外边用手竭力拉钩子,车子有十匹马力,哪里拉的动,他的胳臂叫车子卷进去哪。他立刻面孔变色,哇哇叫救命。正好秦妈妈在那里,马上过来关车。他的胳臂已受了重伤,送到医院,医生要切断。他老婆死活不肯,要是成了残废,啥地方去做厂?医生见病人家属不签字,病人自己也说要保留臂膀,治死也不要紧。医生没有办法,只好用三十斤重的铅给他包胳臂。治好了,胳臂只能直着,这样,整个车间的弄堂就只好给他一个人走。他要求能弯过来,医生再给他开刀。他晕了过去,以后治好,能弯了,可是再也不能伸直,穿油线的工作做不成,改做摆粗纱。但也还是感到很吃力,特别是把粗纱送到细纱车上,有些费劲道。解放后,工人兄弟们照顾他的身体,减轻他的工作,就调到细纱间收皮辊花。他这胳臂好比晴雨表,只要一酸痛,就知道要刮风下雨。

赵得宝一提,陶阿毛想起这件事,他说:

"我倒忘了,对你不起。你要不要到医院去看看?我送你去。"

"不要紧,过两天就好了。"

"那你还是快回家休息去吧。我给你叫个三轮……"

"不要,"赵得宝制止他。

陶阿毛不由分说,叫了一辆三轮,并且先付了钱;赵得宝不肯上车,车夫在一旁催他,没有办法,只得跨上三轮,一个劲点头谢谢陶阿毛。他觉得解放以后陶阿毛变得比从前更好了,很关心工人的生活,自己做生活也巴结。工会改组,倒少不了他这样的人。

陶阿毛一直看赵得宝远去了,他才跳上一辆三轮,连价钱也不讲,就叫三轮往静安寺路踏。他在车上自言自语:"管秀芬这丫头,打断我们的谈话,没轻没重的,这丫头。"

三轮拉到荣康酒家面前停了下来。陶阿毛付了钱,就径自向楼上走去,走到贴马路的那间小房间,揭开门帘一看:里面坐了一个中年人,长方形的脸庞上浮起了笑容,那人把架在鼻梁上的玳瑁边的散光眼镜往上一推,仔细看了看陶阿毛,指着手表说:

"你迟到了。"

"迟到虽是迟到了,可是有收获,厂长。"

"有收获?"梅佐贤站了起来,过去连忙把门帘放下,坐在陶阿毛旁边,小声地问,"啥收获?"

陶阿毛把刚才遇到赵得宝的情形详详细细说了一遍,梅佐贤听得眉飞色舞,拍拍陶阿毛的肩膀,夸奖地说:

"你真能行!你是我们沪江的人才,了不起,了不起。你在工人面前骂我,许多工人都听见,做得真漂亮,谁也看不出一点破绽。总经理说,要这样做才对,以后当着工人的面,把我骂凶一点更好。"

陶阿毛望着梅佐贤胸前的玫瑰红的领带,微笑地说:

"你不生我的气吗?"

"自家人，"梅佐贤亲热地说，"还讲那个。演戏就得演得逼真，越像越好。台上一套，台下一套；当面一套，背后一套；心里有数就是了。"

"对，你说的算。"

"你说……"

梅佐贤一句话没讲完，一个青年服务员左手的胳臂上搭拉着一块白抹布，微笑地走了进来，望着梅佐贤，说：

"客到齐了吗？"

梅佐贤点点头："齐了。"

"两位要点啥小菜？"

服务员的眼睛扫了陶阿毛一下，表示并不单纯征求梅佐贤一个人的意见，也请他点一点。陶阿毛没有吭气，他的眼光停留在梅佐贤肥肥胖胖的长方形的脸庞上。梅佐贤懂得他的意思：想吃一顿又不好意思开口点菜。梅佐贤一心只想听陶阿毛的好消息，他倒不在乎吃饭不吃饭，便说：

"你给我们配三菜一汤，吃便饭，清爽点。"

对方习惯地拿下抹布抹一抹桌子，然后很熟练地放到肩上，一边答道：

"有数啦。"

他知道这两个客人有话要谈，知趣地很快走出去。梅佐贤接下去问：

"你说，阿毛，咱们厂里工会究竟啥辰光改组成立呢？"

"快啦，我听赵得宝说，基层工会委员会月内就要成立。"

"你摸了摸他们的底细没有？啥人当工会主席？"

"我探听了一下赵得宝他们的口气，看样子可能就是赵得宝，他是个党员，工人当中威信高，有能力，对待工人也好，又是老工人，不要讲共产党会看中他，就是一般工人，也保险选他。"

"你呢？"

陶阿毛愣了一下，一时想不起怎么回答。正好窗外到虹口公园去的一路电车经过，发出清脆的叮叮当当的响声，加上车轮压在轨道上的轰轰的声音，闹得听不见谈话的声音。陶阿毛随便答了一句：

"这地方真闹。"

"闹点好。"梅佐贤抓得很紧，马上又转到主题，"我说，你有希望吗？"

"希望，"陶阿毛望了梅佐贤一眼，很有把握地说，"当然有啦。这一点你放心，赵得宝他们最近对我的印象不错，一般工人，更没问题，觉得我阿毛很好。我现在还要在几个党员身上下功夫，像赵得宝呀，秦妈妈呀……"

梅佐贤听到第二个名字很陌生，但是又仿佛听说过，立刻打断他的话，问：

"哪个秦妈妈？"

"就是领导罢工的细纱间的秦妈妈……"

"是一二四六吗？"

"一点不错。"

"早晓得应该把她开除了……"

一九四八年冬天那次罢工，梅佐贤向徐义德建议开除几个罢工的为首分子，杀一儆百，不然以后日子会更不太平啦。徐义德接受他的建议，要他开名单。他这位厂长对厂里的工人并不熟悉，工人名字一个也叫不出来。工人和他交涉，他注意了秦妈妈的工号：一二四六。这个数字在他的脑海里留下极其深刻的印象。他找陶阿毛商量名单，第一个就想到一二四六。陶阿毛告诉他：一二四六是细纱间挡车工秦妈妈，技术好，做生活巴结，在厂里威信很高。假使马上开除她，一定会闹出更大的事体来。不如等一等，找个借

80

口,再开除,那就妥当些。梅佐贤把这个意思转告总经理。总经理认为这样做法对,陶阿毛想得周到,看得远。既然为首分子一时不动,那么,在胁从分子的头上开刀意义也就不大了,索性都等一等,到辰光一齐下手。一眨眼的工夫,还没等总经理下手,上海解放了,开除工人的事,当然不能轻举妄动,要看看风声再讲。没想到秦妈妈是个共产党,真是出乎梅佐贤的意料之外,又在他的意料之中。他脸上露出悔不当初的神情,叹息地说:

"我当时坚决主张开除她的,总经理赞成你的意见,我就没有办法了。"

"留下来也不错,现在好向她做工作。"

"你这张嘴真会说,"梅佐贤无可奈何地笑了笑,说,"和他们谈得来吗?"

"当然谈得来,并且很投机。"

"哦!"梅佐贤展开眉头,露出得意的样子,望着陶阿毛,说,"你倒给我说说看。"

"常和他们接近;他们要啥,我就赞成啥;他们反对啥,我就反对啥;有机会,就抢在他们头里讲……"

"对,"梅佐贤说,"你今后要多看点报,特别是《解放日报》,要学会用他们的话讲。"

"我就懒得看报。有订报的钱,我不如去喝两杯。"陶阿毛有意这么说,其实他每天在厂里都看《解放日报》。

"唔,"梅佐贤忽然想起了一件事,马上对门帘叫道,"茶房。"

那个青年服务员揭起门帘进来,他知道十个客人有九个客人是性急的,一进门恨不得马上给他把饭菜摆好,一定又是催了。他一进门便抢先说:

"饭菜马上就到。"

"先来个拼盘和一斤老酒,快。"

"得,"他随口应道,"慢不了。"

陶阿毛一听到酒就什么也不计较了。他说:

"你说得对,要看报,特别要看《解放日报》。"

"报钱我付好了。"

"那小意思,没关系。"

"你应该多学他们那一套,讲话要多带些新名词,什么政治觉悟呀,工人阶级的领导呀,翻身呀,进步呀,……"

"唔。"陶阿毛听入了神,想不到酸辣汤的肚里倒蛮有些货色,平常不大看得起他,听他这些话很有道理,其实这一套他比梅佐贤知道的还多,但他有意露出佩服的神情,说,"是的,你说得真好。"

服务员送进来腊味拼盘和一瓶老酒,梅佐贤给陶阿毛斟了一杯,小房间里旋即散出一股浓郁的醉人的清香。梅佐贤举起杯来,说:

"来,先干一杯。"

梅佐贤只饮了一点,陶阿毛却把一杯酒喝得干干净净,连声赞好:

"这个酒真醇,不是和你一道来,喝不到这样的好酒。"

"喝好酒的日子多着呢!"梅佐贤暗示地望了他一下,"你说,这次改组,你当个副的,能够吗?"

陶阿毛认真地想了一下:

"当个委员主任啥的,我看,问题不大……"他见了好酒就恨不得一口喝掉,他给自己又倒了一杯,饮了一半,说,"弄得好,工会副主席也可能弄到手,不过……"

他没有说下去,梅佐贤看他眉头一皱,知道他的心理,想起上次在弟弟斯咖啡馆谈话的情形,紧接上去代他说:

"要花点钱,是哦?"

"啊哟,我的厂长……"

"嘘——"梅佐贤用右手的食指指着他的鼻子,"你小声点。"

"你真行,"陶阿毛把声音压小了,"你真行!"

服务员又送进菜来,梅佐贤等他走了,才说:

"办事哪能不花钱哩,"他从口袋里掏出二十万块钱①放在陶阿毛手里,"不够,给我说一声,就给你。"

"好的好的。"陶阿毛一边说一边又饮了两杯。

"我还有点事,阿毛,要先走一步。饭钱我去付,你慢慢吃。"

"你不吃点吗?"

"不,"梅佐贤说,"今天晚上有人请吃饭,你一个人吃吧。有好消息马上报告我,副主席。"

陶阿毛摇头说:

"梅厂长,你别开玩笑。"

"怎么?"

"你为啥叫我副主席?"

"工会一改选,你不就是副主席了吗?"

"现在还不敢说,就是改选,也不一定选上。"

"那没有问题。"梅佐贤好像比陶阿毛还有把握,他眯起眼睛说,"今后,我们要密切合作哪。"

"我听候梅厂长的吩咐。"陶阿毛见小房间外边没有人影,他放低了声音说,"就是这次选上了,怕也当不长。"

"那为什么?"梅佐贤皱起眉头,困惑地问。

"最近市面上流传四句诗,你听说了吗?"

"没有。啥诗?"梅佐贤歪过头来,急切地问。

"这四句是,"陶阿毛右手的食指按着右边的太阳穴,想了想,才慢慢念了出来,"民国四十年,八魔闹中原,去了口上口,来了天上天。"

---

① 那时还是用的旧币。

梅佐贤睁大了两只眼睛：

"这是啥意思？"

"最初我也不懂,后来人家讲给我听,才闹明白了。口上口指的是日本,天上天呢,就是美国。"

梅佐贤愣了一下,皱起眉头一想,怀疑地问：

"一九五一年美国要占领中国吗？"

"我听人家这么说,谁晓得是真是假。"

"这是谁编的？"梅佐贤听陶阿毛的口气,松了一口气,露出有点不相信的神情。

陶阿毛立刻严肃地说：

"不是人编的,听说是乩训。"

梅佐贤肃然起敬地说：

"那一定是真的,扶乩是很灵验的,说不定啥地方出了刘伯温。"

"我不信那一套。"陶阿毛摇头说。

"这是神仙的指示,不能不信,——我母亲就相信扶乩。"

"啊！"陶阿毛愣着两只眼睛。

"不管哪能,你先设法选上再说。"梅佐贤惦记着要向徐总经理交差。

"能选上,我当然不反对,只是现在还很难说……"陶阿毛嘴上虽然这么说,脸上的表情却好像有九成把握。

84

十一

冯永祥一跨进徐义德的大客厅,他的眼睛向四周扫了一下,见那些富丽而又堂皇的陈设,立刻感到徐义德的的确确是上海工商界的实力派。在这样人物的身上下些功夫,是值得的。他觉得今天登门拜访是非常英明的举动。他站在钢琴旁边,远远望着壁炉上的一只汉朝的发绿色的小铜鼎。

从东客厅那里走出一位年轻的女子,马上吸去了冯永祥的注意力。她穿着苹果绿的凡立丁旗袍,上身还穿了一件短短的背心,也是苹果绿的凡立丁做的,但和旗袍不同的是镶了一道粉绿色的边;脚上穿的是绣着一对红凤凰的白缎子浅口软底鞋。她低着头慢慢地一步步向里面走来,头发给烫得有点发黄,波浪式的头发左边夹了一个翡翠色的蝴蝶式的夹子。她浑身上下显得极其柔和,头虽然低着,可是冯永祥从侧面看去,也十分秀丽。

她没有注意客厅里有人,只是缓缓地走着。冯永祥的眼光随着她身子的移动,发痴一样地跟过去。

她快要走到客厅门口,老王一步跨进了客厅,向她弯着腰,低声地说:

"有人找总经理……"

她站了下来。老王的手指着冯永祥,说:

"就是这位冯先生……"

冯永祥给老王这个突如其来的声音吓了一跳,他竟不知道哪能是好,等了一会,整理了一下领带,才慌张地走上一步,急急忙忙

85

地说：

"是,是鄙人,是鄙人……"

老王站在旁边嘻着嘴说：

"这是三太太……"

"三太太"这三个字像闪电一般地从冯永祥的脑海里划过,他记起了外边的人对这位三太太神话一般的种种传说,有人为了要看这位三太太一眼,曾经花了很多钱大请了一次客,事后主人再三地说："值得！值得！"他没想到自己第一次到徐义德家里就有福气看见,真是做梦也没有想到。当然,他也是早就想瞻仰瞻仰三太太的仪容的,不料来得这么迅速而又突然,使得他毫无准备,想到今天穿的那身浅灰色的英国呢的西装,本来以为还不错,现在觉得有点寒伧了,不够漂亮。领带也不像样,灰溜溜的,怪自己为啥不换一条呢？他扣上西装上衣的扣子,彬彬有礼地走上一步,点了点头,说：

"久仰,久仰,三太太……"

她更正说：

"我姓林,叫林宛芝……"

她并不喜欢人家称呼她三太太。家里上上下下的人叫惯了,她没有办法把大家的口改过来,但是在陌生人的面前,她希望人家叫她的名字。

冯永祥一听她给自己介绍姓名,就懂得她不满意刚才的称呼。他认为直呼林宛芝太不礼貌,叫林小姐吧,又不合乎身份,他改口叫了一声：

"徐太太……"

林宛芝非常喜欢这个称呼。她愉快地走回来,指着大客厅里的单人沙发对冯永祥说：

"请坐。"

冯永祥像是木头人一样的应声坐下,她在冯永祥对面的双人沙发上也坐了下来。他的眼睛还是不放松地一个劲盯着她的脸庞。有时他虽然怕被老王发现,有意把眼光望着沙发前面的那张矮矮的圆桌,可是眼光又时不时对她望一眼两眼。

老王悄悄地退了出去。

她没有正面看他,也不知道他在凝神望她。她微微低着头说:

"找总经理有事吗?"

"是的,有……"冯永祥在平时是以能说会道出名于工商界的,现在却变得好像是一个笨嘴笨舌的人了,话老是一句搭不上一句,过了一会,才接着说下去,"有,有点小事。"

她见冯永祥有点口吃,讲话的语调慌张,以为他有什么心思,便抬起头来看看他,不料正好碰见他的眼光在注视自己,她忸怩地又低下了头,应了一声:

"哦。"

冯永祥正面看见她的脸庞以后,立刻感到有一股热流在全身迅速地流转。他的两只眼睛圆睁着,望着她波浪式的美丽的头发。他的心怦怦地跳着,许久说不出一句话来。

她有点奇怪:冯永祥坐在对面既不说话,也不走,难道是出了啥事体吗?她问道:

"你和总经理约好了吗?"

冯永祥听到这清脆的声音,顿时发现自己的神情不对。他从面前的矮矮的圆桌上端起一杯茶喝了一口,浓郁的茶香和那有点涩的茶味,使得他的精神陡然一振,头脑也清醒了一些,仿佛从梦一般的境地里回转来。他的心虽然还是怦怦地跳着,但现在努力使自己保持镇静。他放下茶杯,慢慢地说:

"是的,徐总经理约我现在来的。"

"那他快回来了,累你久等了。"

"没有关系,"冯永祥没有一丝焦急的神情,毋宁说他倒希望在这间大客厅里多等一歇。他补了一句,"没有关系。"

"有要紧的事体吗?"

"没啥要紧。"他想把话题岔开去,说,"你不常出去走走吗?"

她没有答他下面这句话,只是重复他第一句话:

"没啥要紧……"

她皱起淡淡的眉头像在思索这句话的内容,又像是知道"没啥要紧",便要站起来上楼去似的。他连忙接上去说:

"说要紧,当然也很要紧。"

"这是啥事体呀?一会不要紧,一会又很要紧。"

她莫名其妙地望了他一眼,看他俊秀的面孔上满是笑容,她也忍不住噗哧笑了一声,但旋即用淡绿的麻纱手绢捂住了涂满了大红唇膏的嘴。他知道林宛芝是徐义德心上最宠爱的人,他和徐义德之间的事没有瞒着她的必要,他不讲,徐义德也会告诉她的,不如痛痛快快地告诉她,反而会博得她的欢心。他说:

"我们工商界的巨头们有个星二聚餐会,每逢星期二聚餐一次,大家交换交换意见,也学习学习政治。现在共产党当权,凡事离不开政治,不学习就跟不上去,连生意也不好做。有了这个聚餐会,比在同业公会里交换意见方便些。义德兄想参加这个聚餐会,特地约我来商量商量。"

"这桩事体啊,"从她的口吻里听出她对星二聚餐会并没有多大的兴趣,而且也不认为是件啥了不起的事体,轻描淡写地说,"他要参加,参加就完了。"

"没那么简单,"他很严肃地说,"加入我们星二聚餐会的要两个会员负责介绍,还要全体通过,只要有一个会员反对,就不能够加入,非常严格哩。"

他从烟盒里抽出一支金头的三九牌香烟,点着了,深深地吸了

一口,便含在嘴犄角上,又说了一句:

"你说容易吗?"

"大家在一道吃吃饭,还要这么费事,为啥呀?"

他摘下嘴犄角上的香烟,身子稍微向前一点,神秘地说:

"这里面自然有道理……"说到这里他有意不往下讲,看了她一眼,欣赏她那如水一般的透明的惊奇的眼光。

"啊——"

她对这件事发生了兴趣,眼光毫无顾忌地凝视着他。

"只是一般吃吃饭,那当然简单。我们这个聚餐会的成员一大半是上海工商界的核心人物,对外讲是学习政治,实际上是工商界同仁交换意见的地方,研究应付政府的对策,保护工商界的利益,有啥重大的事体先在聚餐会讨论,意见一致了,然后推出去,交给公会办,聚餐不过是个名目罢了。"

"原来是这样!"

他拿着香烟的那只手对她指了指,说:

"这是一个秘密,只是告诉你一个人,你可不能对任何人说。"

"这么神秘?"

"唔。"

"义德恐怕加入不进去……"

"为啥?"

冯永祥以为她听了介绍星二聚餐会的性质怕了,不敢让徐义德参加。他想改口把星二聚餐会说得普通一些,不要吓倒了她,可以让徐义德加入。但一时又想不起词儿来,同时也不大容易马上一百八十度转过来。正在他发愁的辰光,她说话了:

"谁肯介绍义德呢?"

她听他的话里有不少新名词:啥个"核心"呀,"对策"呀,"学习"呀……她并不完全懂,就是觉得这个聚餐会神秘而又重要,徐义德加入进去可以提高地位,和工商界大亨们往来,大概会有好处的。可是徐义德过去和大亨们往来少,就是冯永祥也是头一趟到徐家来。她担心加入不进去。

"只要他愿意,我负责介绍。"他得意地望了她一眼,仿佛是看在她的面上,又好像是特地做给她看,显得冯永祥在上海滩上很有办法。

"要是有人反对呢?"

"我包他加入好了。"

"那我要代表义德先谢谢你了。"

"我和他不是外人,"他忽然和徐义德拉起知己来,很亲切地说,"用不着谢……"

他的眼睛注视着她的面部表情。

老王忽然走了进来,站在她旁边,弯着腰,对她的耳朵轻轻地说:

"朱先生来了。"

"朱延年吗?"

"唔。"

"又来了。"她马上沉下脸来,显得厌烦的样子,说,"让他在小客厅里坐。"

老王刚要退出去,她连忙补了一句:

"你上楼告诉她一声。"

老王懂得"她"是指二太太朱瑞芳。他点了点头,走了。

冯永祥听见朱延年三个字,神经立刻紧张起来。朱延年三个字,在西药界从红得发紫变得臭得难闻了。他问:

"是福佑药房的朱经理吗?"

"是的。"

他惊慌地站了起来。他怕遇见朱延年,那会纠缠不清的;同时

他和林宛芝两个人在客厅太久,怕引起人家误会。他脸上露出好像做了啥不名誉的事体突然被人发觉的尴尬表情,连忙说:

"我走了。"

她感到很奇怪:

"你不是要等义德吗?"

"不,我还有事体哩。"

"再坐一歇,也许马上就来了。"

"不,不,我马上要走,"他霍地站了起来,伸过手去和她握了握,感到一股热气,像火似的,立刻松开手,匆匆地说,"再见!"

说完话,他放开步子走了。她连送也来不及送,望着他倏然逝去的背影,跳上汽车,开走了。她有点莫名其妙。她怕在大客厅里碰到朱延年,径自上楼去了。

冯永祥的汽车开出了徐公馆没有一段路,他问自己:为啥忽然离开呢?朱延年来,就让他来,不理他就是了,怕啥呢?冯永祥和徐义德约好,要谈星二聚餐会的事情,和林宛芝在客厅里等待,有啥关系呢?他想再回去,又怕人家奇怪:刚走,怎么又来呢?他懊恼地靠在车厢角落里,眼皮慢慢搭拉下来。一个浑身穿着绿色服装的少妇的影子在他的脑海里时不时出现。

正当冯永祥回味刚才客厅里情景的辰光,徐义德的那辆一九四八年式的林肯牌的黑色汽车刷的一声从他的汽车旁边驶过,迅速地向徐公馆开去。

徐义德一跳下汽车,老王就对着他的耳朵低声报告朱经理在小客厅里等候他的消息,他眉头一皱,连大客厅也不进去,便到楼上林宛芝的房间去了。

林宛芝告诉他冯永祥来等了他很久,刚才走了。徐义德焦急地搔着自己的头,说:

"真糟糕,公司里有事,来晚了一步。"他望着门外,那眼光仿佛在搜索冯永祥似的,问,"他走了多久?"

"一歇工夫。"

"那派车子追他?"

"怕来不及了。"

"对啦,"他忽然想起,说,"我刚才在路上看见一辆小轿车开过去,怕就是冯永祥的,一定是冯永祥的!"

他凝神想了一阵,说:

"我马上找他去。"

"你晓得他到啥地方去哪?"

他愣住了,问她:

"他对你说到啥地方去没有?"

"他哪能会给我说这些事体。"

"对,他不会给你说的。"他觉得自己有点糊里糊涂,冷静了一会,自言自语地说,"我有很重要的事情和他商量哩,只怪我不好,来晚了一步。"

"是星二聚餐会的事吗?"

他大吃一惊,走到她面前,抓住她的手,问:

"你哪能晓得的?"

她微微一笑:

"对吗?"

"他怎么讲?肯介绍吗?"他这几天到处设法托人给自己介绍加入,还没有个头绪,冯永祥只答应他来谈谈,看样子没有把握,但总算开始有点苗头,不料给自己耽误了,来迟了一步,没有碰上。

"他不肯。"

他失望地噗咚一声躺到沙发上去,两只眼睛茫然若有所失地望着她。她怕他真的难过,忍不住噗哧一声笑了,走过去,对他说:

"他负责把你介绍进去。"

他马上跳了起来,按着她的肩膀,急着问:

"真的吗?"

"谁哄你。"

"那再好也没有了,"他爽朗地笑了,说,"再好也没有了。"

老王在外边敲了敲林宛芝卧房敞开的门,听了里面的应声,就笑嘻嘻站在门口,对徐义德说:

"总经理,二太太请您下去一趟。"

"我晓得了,"这两天那位朱经理老是往徐公馆跑,他讨厌见他,可是偏偏当他在家的辰光就遇上朱经理。他虽然讨厌朱经理,但二太太催着去,又不得不勉强应付一番,过了一歇,他说,"告诉她,我一歇就来。"

"是。"老王见总经理有点生气的样子,懂事地悄悄向楼下走去。

十二

福佑药房总经理朱延年在他姐姐面前霍地站了起来,正对着他姐姐的面恭恭敬敬地作了一个揖,然后哀求地说道:

"请姐姐高抬贵手,再帮小弟弟一次忙。小弟弟这一次一定好好做生意,将来福佑药房有一点点的发展,我都不忘记姐姐的大恩大德。"

朱瑞芳无动于衷,冷冷地说:

"谁晓得你做的啥怪生意,一会儿赚了很多钱,噢,抖了起来:又是小汽车,又是吉普车;一会儿穷得吃一碗阳春面的钱也没有了,到处做伸手将军。我问你,你那些钱究竟用到啥地方了?你倒讲给我听听……"

朱延年整理一下水红色的牡丹花的领带,他用眼睛觑了姐姐一眼,显出心里很难过的神情,慢吞吞地说:

"唉,别提那些了,还不是蚀本蚀掉了……"

"为啥蚀得那么多?别人做生意也没你蚀得那么快那么干净,究竟是啥道理?"

朱延年是商人的儿子。他的福佑药房是白手起家的。他并不懂得西药,也不懂医务,连卫生常识也不比一般人高明。他原来在上海一家私营广播电台做练习生,后来当了报告员。这家电台有个歌唱团,其中有一个叫刘蕙蕙的团员,年纪不过二十三四,生得平平常常,身材和举动同男子差不多,喜欢哼哼唱唱,到处蹦蹦跳跳。她有不少男朋友,可是没有一个愿意和她结婚的。她和许多男朋友一道白相回来之后,常常感到无比的孤寂,认为自己在恋爱上是不幸的。但另一方面,她却比任何一个女子幸运,也比任何一个男子幸运,她一连得了两次头奖。一次是伪慈善奖,一次是伪中央储蓄会的奖。她取得了四千元伪储备票的奖金,这在当时是一笔不小的数目。这件事体轰动了广播电台,也轰动了上海。刘蕙蕙的身价无形中抬高了,男朋友找她的多了,其目的不过是要她请请客,吃完了又复东走西散。这辰光,有一个男朋友却看中了她,这就是朱延年。他很快的就爱上了她,结了婚。这可以说是朱延年平生第一笔生意。有了资本,他就希望做第二笔生意,赚更多的钱。恰巧电台旁边住了一位青岛客人,专门做洋酒、罐头、乳粉这一类生意,生活很阔绰,服装极华丽,眼看着钱一天比一天多了起来。面对着这样的商人,朱延年的眼睛越看越红,不安心做一个报告员了。用那四千元的伪储备票,他到西藏南路的一条小弄堂里租了一个客堂,里面放了一张桌子两张沙发算是写字间了,贴客堂里面放了一张床,用一块白布隔着,算是朱经理的卧室。电话装不起,借用邻居的。他跟青岛客人做的是五洋杂货带点西药。他认为自己很有福气讨了一个有钱的老婆,做生意也一定有福气。他挖空心思想了字号的名称:叫"福佑行"。这字号实际上不成为一个字号,可是招牌做得挺大,挂在弄堂口,白底红字,过往行人在马路上老远就看见福佑行三个斗大的字。五洋杂货的利润虽然不错,比起西药来,利润还是薄的。经朋友再三的怂恿,劝他专门贩卖西药,那个青岛客人看他手里有点钱,人也算得上聪明,乐意帮他一个忙,给他拉上一些客帮的关系。他自然高兴得没有话说。福佑行变成了福佑药房,并且从西藏南路搬到汉口路的吉祥里,扩大一间写字间,一共有两间。朱延年成了西药掮客,拿了一张价目单和几种样品,到处兜客帮的生意。这位西药掮客起初连药名字也弄不清楚,把消发灭定叫做沙发不定。给客人几次指点,加上药厂药房伙计的帮助,他开始熟习一些药名和它的主要性能。凭他那一张能把死人说活的嘴,和善于观察对方的意图满足对方要求的能力,他的生意越做越大,在西药这行业中几乎大家都知道有个很会钻营的掮客叫做朱延年。他手面不小,也有一些商业上的魄力,只是有一点:实力不雄厚。许多利润很厚的生意,眼看着在他面前滑过,不仅他本人,即连别人也为他惋惜。他于是向姐姐轧头寸。姐姐不肯,一则手里现款不多,因为伪法币不值钱,有点钱都变成了黄金美钞;二则不知道朱延年这行买卖有多大把握,踌躇地不肯借给他。朱延年说西药这一行只要有钱存货,那准是一本万利,而且睡在家里,钱就会往屋子里滚进来。姐姐答应借给他两千万伪法币,这远不能满足他的需要。他向无锡的堂房哥哥朱暮堂借了五十两黄金,月息一两黄金;同时向上海利华西药房柳经理轧了五千万头寸,月息五分,不消半个月,利息就等于本钱。人家看他吃这么大的暗息轧头寸,同行都为他捏一把冷汗。朱延年不在乎,凭了这点本钱,他在市场上做空头,投机倒把。他对行情看得相当准,市场的规律也摸得熟,只要把伪法币伪金圆券变成货,那一定赚钱。利息和物价赛跑,怎么高的暗息也追不上物价,做西药更是笃定泰山。朱延年的生意日渐扩大,写字间扩大,职工增加,在重庆和广州两个地方设了分号,实际上这两个地方只有两个伙计,给上海跑街接头。他成了西药界一名红人。本来他出入总是叫"祥生"或者"云飞"的汽车,现在自己买了一辆半新不旧的顺风牌小轿车。三轮和老虎车已赶不上送货的需要,他买了一辆旧吉普车,吉普车两旁和后边都漆上四个耀眼的红字:"福佑药房"。车子经常在汉口路那一带药房门口经过,谁看到不暗暗羡慕朱延年,都说西药界出了一个有能力的少壮派。刘蕙蕙不再是广播电台的歌唱团的团员了,她随着朱延年出入交际场所,自己的名字渐渐被人忘却,大家只知道她是朱太太。

好景不长。一九四九年四月,解放军百万雄师在毛主席和朱总司令指挥之下,横渡长江天险,大军前进的矛头指向南京和上海。朱延年过去开出五万多支盘尼西林的抛空账单,三个月取货,现在都到期了。市场银根紧,水陆交通断,朱延年手里头寸缺,债户逼得紧,他四处碰壁,走投无路,没有办法,只好不了了之,藏到刘蕙蕙的家里,啥人也找不到他。

福佑药房宣告破产。所有福佑的债户组织了债权团,清理债务。四十多职工大闹情绪,打碎了写字台上的玻璃板,扯破了开张时同行送来的"大展宏图"的贺幛,把朱延年恨煞。伙计们在上海有家的回家,住在外路而有盘川的也回家去了,留下几个上海没家也走不动的伙计看店。童进家在浙江,不但没有路费回去,即使借了盘川回家,也无事可做,生活马上成问题,反而不如留在上海好。他整天价蹲在这个宣告破产的福佑药房里。

朱延年请了严大律师出来调解,债权团摸清了朱延年的底细,知道他没有啥根底,糠里怎么也榨不出油来,初步同意和解。朱延年这才露了面,所有动产与不动产都交给债权团分配。鼎盛时期福佑药房发展到五个写字间,现在只留下一间,给留下的童进他们这些伙计住用。

上海解放以后,朱延年穷得像个小瘪三,到处伸手借点钱吃喝,生活一天比一天艰难。刘蕙蕙渐渐对他不满了,他对刘蕙蕙呢,更加不满;四千元伪储备票早已用得精光,刘蕙蕙在经济上对他已经不可能再有啥帮助。在日常生活上,朱延年感到多一个人的开销,就是刘蕙蕙。在他眼中,刘蕙蕙已没有可爱的地方,成为一个多余的人物了。但为啥两个人还能住在一块呢?因为刘蕙蕙有时候还能给他拉一点饥荒。

他念念不忘福佑药房的黄金时代,经常跑到汉口路那唯一留下来的写字间去,看看为债权人分配掉的那四间房子空在那里,走来走去在转念头。通过严大律师的试探和提议,债权人同意朱延年复业。朱延年听到这消息真赛过飘浮在茫茫大海里的人遇到了救命的船只。他一口气跑到了姐姐的家里,提出了恳切的要求。姐姐那么一逼,他一时说不上话来,想了一阵,才嗫嚅地说:

"姐姐你还不晓得吗?国民党时期的生意难做,钞票不值钱,天天要动脑筋,一不小心就要在市场上栽筋斗,不是我个人的罪过。解放了,很多停工歇业的厂店都开门了,不瞒你说,我的债权人都愿意把福佑原来的那几间写字间租给我,允许我复业。这是我出头的好机会。"

"那朱延年要抖起来了,眼睛又要朝天看了。"他姐姐想起他有汽车的辰光,亲戚朋友对他不满的情形,就瞪了他一眼,说,"你写信找暮堂去,我没办法。"

朱延年因为欠朱暮堂五十两金子过期没有归还,两人早就断绝了往来。朱延年一听提起朱暮堂,直摇头道:

"他吗,棺材里伸出手来——死要钱。他哪会借钱给我?我死了也不去找他。"

"不管怎么说,究竟是堂兄弟,一笔写不下两个朱字。暮堂最近来信还谈起你哩。"

"他谈起我?"朱延年以为又提到那五十两金子的事,赶紧表明,"欠他那五条黄鱼,等我复业,生意发达了,一定还他。我知道,他念念不忘这五条黄鱼,他就没想到我目前的困难,你告诉他,姐姐,目前不能还他。"

朱瑞芳笑了:

"看你急的,暮堂根本没提金子的事,他也知道你目前困难,他想帮你的忙……"

"他想帮我的忙?"他不相信自己的耳朵,以为听错了。

"可不是。……"

他凝神听姐姐说：

"他说手里没有现款，田地倒是现成的，他说他可以帮助你一二百亩地，多一点也可以，要你好好经营。"

"一二百亩地？"

"对。"

朱延年还是有点不相信：一则朱暮堂没有直接给他的信；二则现在田地不值钱，没人肯拿现款买地；三则接受了堂兄的地，姐姐这里就没有希望了。他想了又想，说：

"我们做生意买卖的人，不会经营土地，这个给我没有用。姐姐，你别提暮堂的事，现在只有靠你了。"

"地不要吗？"

"不要。"

"暮堂信上说，都是上好的水浇地。"

"再好我也不要。好姐姐，你无论如何帮我这次忙。"

姐姐听了他的话，心里已经软了一半，松口问他：

"你发了财还会想起姐姐吗？"

"啥闲话，啥闲话，我朱延年不是那号子人，对姐姐的恩情从来没忘记过。"

"对别人可有过。"

朱延年不假思索，赖得一干二净：

"那是别人戴着有色眼镜看我。"他暗暗看了姐姐一眼，她微笑着，知道是逼他的，并不是真正生他的气。他拉回了话题，说，"姐姐，写字间准备好了，职工准备好了，客户的关系拉上了，开业登记手续也准备妥当了，只是差点头寸，你帮我点忙，你拉我一把，我就站起来重新做人了。今后姐姐要我做啥我就做啥，叫我哪能做我就哪能做。"

"说得那么好听，"姐姐听了他的话心里很舒服，看他那情形也想帮帮他的忙,父亲生前很喜欢他,一再关照姐姐要多照顾他,何况姐姐也有这个能力。姐姐刚才没有很快答应他的原因,不过想教导教导他,改正他那些毛病。现在朱延年自己表示了态度,她就进一步说道:

"自家要晓得自家的毛病,不要老是当面一套背后一套,说了话不算数,有了钱就转脸不认人。"

"不会的。"

"你还不承认?"姐姐把眼睛一瞪:不满意他现在还当面撒谎。

"不,我是说今后不会的。"他见姐姐那么严峻,不禁打了个冷颤,慌忙改口。

"那就对了。我也不过是希望你好,给我们朱家挣一份光荣。"

"是的,是的。"他不敢再声辩,生怕事情弄僵。

"你看要多少呢?"姐姐试探他的口气,怕他开口数目太大,又补了一句,"我手头也不宽裕。"

"不多,有两三百万就周转过来了。"

"太多了。"姐姐摇头。

"少一点也可以,"朱延年马上让步,因为这不是主要的方面,主要的是想请徐总经理担保在银行开个户头,可以透支。他向姐姐提出这个要求。

他姐姐说:

"那要看你姐夫的意思了。"

"只要你说一声,一定行。"

姐姐听到他奉承的话,心里想朱延年说出来的话比蜜还甜,她忍不住微微笑了。朱延年看大事已成,站起来对着姐姐又是深深一揖:

"好姐姐,谢谢你,我这一辈子也忘记不了你待我的好处。"

姐姐得意地推开他的手:

"算了吧,不要再演戏了,我吃不消。"

"我是真心真意,姐姐……"

楼梯上传来橐橐的皮鞋声,姐姐阻止他说下去:

"别哇里哇啦,你听,你姐夫下来了。"

朱延年连忙规规矩矩坐下,整理好自己的领带,两个眼睛注视着客厅的门。

十三

朱延年看见徐总经理走到客厅的门口,他连忙站了起来,弯着腰说道:

"你好。"

徐总经理没有望他,径自走进来,随随便便地应付了一句:

"好。来了很久吗?"

"不,刚来一歇。"

"对不起,刚才在楼上有点事,没有下来招呼你,"徐总经理抽出一根香烟,点着了。他抽了一口,装出不晓得他最近常来的神情,悠然地说,"不过让你们姐姐弟弟多谈谈也好,有好久不见了吗?"

朱延年坐下来很局促,感到徐总经理的话里有刺:好久不来,现在来谈了这么久,一定是有啥要求,——这是说朱延年是无事不登三宝殿的人。朱延年愣了一会儿,才给自己转过弯来:

"不,我和姐姐倒是常见面的。"

姐姐看他一眼:那意思说你真会撒谎,话讲得那么自然,就像真的一样。

"常见面,谈谈也好,"徐总经理把烟灰向着北京制的深紫色的珐琅烟灰盘弹了一下,望着袅袅上升的蓝烟说,"最近做生意没有?"

"做生意?"朱延年听到这话马上脖子红了,他不知道徐总经理是挖苦他还是骂他,也不知道是徐总经理无心说出的,他就随随便便"唔"了一声。

姐姐在旁边看得很清楚:不怕朱延年很聪明又很调皮,遇到深谋远虑老练圆滑的徐总经理却感到局促不安。癞痢头是忌讳人家说亮的。朱延年宣告破产以后,怕人家提到福佑药房和生意。姐姐见他"唔"了一声,一会把两只手放在膝盖上,一会又把手插到口袋里,显然这两只手不知道放到啥地方好。她搭救了他,插上去说:

"刚才谈的,就是想做生意。"她说完这句话,略为转过脸去,暗暗向着朱延年对徐总经理撅一撅嘴,意思是说:你聪明一世,糊涂一时,这么好的机会,送到嘴上的肉,怎么不吃呀。

朱延年领会姐姐的好意。他从窘境中慢慢恢复了正常,但也不好马上转入正题,因为不是和姐姐谈话可以随便点,向姐夫暴露了意图,不答应,下次就很难开口了。他试探地说:

"提到生意,倒是想做一点,"他斜视了一下徐总经理的脸色,很自然,没有察觉出朱延年有啥意图的样子,他接着说,"现在市面好了,生意也比过去容易做些。"

"哪能见得?"

"钞票值钱,市场稳,没有风险。"

"没有风险,利润就不会厚。共产党到上海不久,他们究竟施啥手段,现在还难预料,你对市场不要盲目乐观。我看今后的生意一天要比一天难做。"

"那是的哟。"

"共产党和我们资本家是死对头,他们一心只顾工人的利益,不会让我们讨啥便宜的。"

"这话极是。共产党是要共我们的产的。"

"现在他们的政策还不是共产,他们要团结民族资产阶级,一般的利润还是会给我们的。不过共产党的底盘很难摸得透。"徐总经理感到现在办厂不容易,他的食指在敲着烟卷想心思。

"我在这些方面毫无经验,今后希望你多多指教,多多提携。"

"我也没啥经验。谁在共产党手底下过过日子,大家都没经验,还不是走一天算一天。"

"你在工商界方面的经验可丰富,不要说小弟弟我哪,就是工商界许多前辈也不得不让你三分。他们只有旧经验,不像你既有旧经验也有新经验,连外国工商界的情况也比我们熟悉。"

"那不过是他们这么说说罢了。"

"办厂的经验更多,谁都比不上你。"

"这未免过于夸奖了。"

"这是事实。你看:沪江纱厂是你一手办起来的;纱锭在上海是第一流的——瑞士立德出品。还有,你是聚丰毛织厂的大股东,兴华印染厂的董事,茂盛纺织厂的董事长,苏州的泰利纱厂你也是董事长,听说最近永恒机器厂也要请你担任董事长……"

朱延年一口气往下数,其实他并不知道徐家的底细,他姐姐也不知道,真正知道徐家底细的,除了徐总经理本人以外,只有他所宠爱的林宛芝。单是朱延年知道的已经够多,名字都记不大清楚,幸亏徐总经理半路插上来:

"永恒的事只不过说说而已,我并不想就……这个厂难得办得好。"

永恒机器厂是制造纺织机器和纱锭的,在上海虽挂不上头牌,但二牌是稳的。它的好处是全能厂。徐总经理对这个厂确有意思,凡是"永恒"到沪江来轧头寸,徐总经理没有一次不答应的,而且有意放手让他用,到期不能还,要求转期,要是别人,徐总经理老早把眼睛向上一翻:下次要不要向我轧头寸?但对"永恒"却是另外一副面孔:笑嘻嘻地点点头。同行中都说徐总经理太好了,为啥这样巴结"永恒"。把"永恒"的胃口喂大了,吃惯了,有些流动资金在徐总经理的怂恿之下,扩大生产,变为固定资产。这样,"永恒"更时常周转不灵,对徐总经理的依赖性越来越大。徐总经理看他预计的时机已经成熟,向"永恒"表示:要抽头寸派用场。"永恒"急了,市场上银根紧,临时到啥地方去调这么多的头寸,走投无路。徐总经理是翻脸不认人的,"永恒"老板咬咬牙齿,提出请求徐总经理把负债变为股金。徐总经理摇头;于是又提出请他担任董事长,徐总经理内心已经答应了,可是他嘴上还是表示不愿意,只要现金。谈到最后,经过棉纺公会疏通,徐总经理才勉强答应考虑考虑。

朱延年懂得徐总经理说的是客气话,"永恒"早就抓在他的手里,现在不过是做一种姿态,这样一推让既博得同业的好评,又可以制服"永恒",徐总经理好像对"永恒"并不想染指,是永恒一定要拉他下水,他是救人之急,为了"永恒"才勉强应承的。朱延年猜到他的心思,并不揭露,却从侧面顶他一句,其实也就是恭维他:

"听说快拍板了,你哪能还不想就?你多才多艺,哪个厂不想请你。我看还是帮'永恒'一个忙吧。"

"当然,朋友有困难不好袖手旁观,最近公会方面又约我谈了,不看僧面看佛面,总得给公会一个面子。看情势,不答应'永恒'怕是不行了。"

徐总经理伸了一个很舒服的懒腰,仿佛倦于这些事情,但在他产业单子上又增加了一个单位,是很高兴的。他脸上露出得意的神情,不怕你有多大的本领,就是会七十二变的孙悟空,也跳不出我如来佛的手心。朱延年瞅着徐总经理嘴角上的笑意,知道这是千载难逢的好机会,他紧接着说:

"工商界朋友提到你,没有一个不佩服你,没有一个不感激你,别人有啥困难有啥要求,你都是慷慨帮忙的。"

"在市面上混,总得要互相帮助。我手头宽裕一点,帮助别人多一点，没啥。"

"是的，最近西药业生意好转，行市大家都看涨，有头寸进货，一定赚钱。"

"我也听说了。"徐总经理无意搭了一句。

"我想把福佑复业……"

朱延年说到这里停了停，他偷看徐总经理的神色。徐总经理"啊"了一声，似乎有点察觉，提高警惕在听他的话。这时箭在弦上不得不发，朱延年大胆往下讲道：

"只是头寸方面……"

徐总经理见苗头不对，连忙关门：

"这两天各方面头寸都紧，眼看着月底就要到，我也差这个数不能过关，"徐总经理伸出一只手来比了比。

朱延年懂得徐总经理暗示他自己差五亿头寸的目的是要封他的嘴。他也是老手，马上见风转舵：

"我倒不需要现款，"朱延年知道在徐总经理面前一时轧不到头寸，乐得吹点牛，"复业方面的经费差不多了，客户也联络上了，最近就要择吉开张。我想在银行里立个户头，请沪江打个图章担保，有了大买卖好透支一点……"

朱延年说完了话，眼角直对着他姐姐。徐总经理早已看见，他却故作不知，淡然地答道：

"啊，最近银行紧缩信用，开新的透支户头怕不容易……"

朱延年脊背上一阵凉意掠过，紧张地正面对着徐总经理：

"这个，这个……"

二太太对徐总经理说：

"你不要推三推四的，这点忙你得帮，延年有困难，你不帮谁帮忙？"

"不是我不肯帮忙，就怕碰钉子。"

朱延年趁着姐姐的支持,慌忙补上一句:

"沪江是金字招牌,只要你答应担保,其余的事我去办,在哪家银行开户头都行。"

"我怕……"徐总经理晓得借钱给朱延年或者是给朱延年担保等于把钱扔到水里。

二太太看他那个犹豫样子,急了,便说:

"你不打图章,我到厂里叫梅佐贤打。"朱瑞芳有点生气了,说,"义德,这点小事体还犹犹豫豫的,真成不了气候。"

徐义德看情势推却不了,只得顺水推舟,做个人情,说:

"想透支多少呢?"

"五千万就差不多了。"

"那么就介绍你到信通银行开透支户头吧,"徐总经理见数目不多,便一口答应,但怕他乱花,又加上一句,"信通银行经理金懋廉,我并不太熟,是朋友介绍的,认识不久,和人家往来,信用要紧啊。这一次得好好做生意,不要过不了几天又宣告破产。"

朱延年满脸绯红。

二太太觉得丈夫这句话说得对,真是一针见血,点头附和道:

"你姐夫的话要牢牢记在心里。"

朱延年低下头去,勉强地小声说道:

"忘不了。"

二太太送弟弟到客厅外边,语重心长地嘱咐他:

"你这次真有办法吗?"

"当然有办法。不是吹牛,我有十二分的把握。"

"共产党来了,办事要小心点,别又栽筋头!"

"'福佑'早就和解放区有往来,他们那一套我摸得熟透了。姐姐,你放心,不久你就可以听到我的好消息哪。"

十四

当徐总经理答应朱延年开透支户头的辰光,税局在沪江纱厂的驻厂员方宇正在厂长室里坐立不安。梅佐贤把一只马凡陀的手表在他面前一放,说:

"你收下吧,老方。"

方宇坚决地把崭新的金黄表面的"马凡陀"推还给梅厂长:

"我不能收。"

梅佐贤指着"马凡陀"自言自语地说:

"这只表真不错:十七钻,自动,防水,不锈,不怕电,不怕震动,走起来又准,一分也不差,是瑞士的最新出品。现在外边买至少要百把万哩。"说到这儿,梅佐贤把表戴在自己左手上,说,"戴在手上真漂亮,你看。"

梅佐贤把左手有意伸给方宇看:

"你说,这只表不错吧?"

"马凡陀"表面上的金光在方宇面前闪耀。他的意志在金光面前摇摆。要是上海没有解放,方宇还是伪上海市政府税务局的驻沪江纱厂的工作人员,而不是上海市长宁区人民政府的税务分局的沪江纱厂的驻厂员,不要说是一只"马凡陀",就是十只"马凡陀"方宇也会毫不犹豫地收下来。现在他得考虑考虑。共产党解放了上海,他是一名留用人员,对共产党的情况不了解,但共产党反对贪污不爱钱财他是知道的,不要因为一只表而打碎自己的饭碗,这就得不偿失。但这是一只"马凡陀"啊,凭他这样一名小职员,至少

得束紧三四个月的裤腰带才能勉强买一只,否则,一辈子也别想戴上。他拿不定主意,吞吞吐吐地说:

"这个表,呃,倒是不错。"

梅佐贤马上解着"马凡陀",说:

"你在我们厂里当了三年多的驻厂员,多承关照,徐总经理很感激你,经常在我面前提起你,觉得你是政府里不可多得的人才,将来很有前途的。我们是老朋友。这表是我的。我个人送给你,留个纪念。我晓得,共产党反对送钱送礼的,这也不是礼物,这是我们两人的私交。"

说完话,梅佐贤解下手上的表往桌子上一放,这次他并不马上送过去,却静静地看方宇的神色。方宇一对眼睛直盯着那表,说是个人的私交,那哪个不送人东西呢?连方宇有时也送点东西给梅佐贤。礼尚往来,这没有啥的。想到自己手上戴的那只白克钢表已经上锈,一天至少要慢十分钟,也应该换一换了。他想拿过来,手伸到半道上又踌躇了,一个人民政府的工作人员好随便接受商人的礼物吗?梅佐贤瞧出他的心思,他抓住方宇的手,给他把"马凡陀"戴上,说:

"自家人客气做啥,太见外了。"

"不,不是的,现在不比从前,我们是政府工作人员,不好随便拿你们的东西,要避点嫌疑。"方宇结结巴巴地说。

"你知我知,天知地知,还有谁知呢?我绝对不会对人家说的。"

方宇放心了。他戴着"马凡陀"的左手自然而然地放到桌子下面。梅佐贤接着说下去:

"你们当职员的,生活很苦。解放后,物价虽平稳,收入没有从前多……"

"薪水倒差不多,生活比从前好过一点。"方宇有意讲些冠冕堂皇的话。

"这个我晓得,单靠那点固定收入怎么行呢?"

方宇把"马凡陀"的事情渐渐忘去,他想起解放前的豪华的生活,那时候对于发薪水并不感到兴趣,非正式收入要比薪水多好几倍,花钞票就像是流水一样。现在手头不得不紧一点,生活就不如从前了。梅佐贤一句话说到他心上,他不好再打官腔,流露出真情:

"嗯,这日子,你说的倒也是的……"

"我看你这两天愁眉苦脸的,心里有话,想说又不说,我就晓得有事体。我们虽是老朋友,可是你同我还是不够交情……"

方宇听到这儿,跳了起来,说:

"你这是啥闲话,梅厂长,"他听到外边的脚步声,有人到斜对面的会计室领款,就把声音压低,没有说下去。

"没有关系,我关照过了,现在没人进来的。你说吧。"

"我方宇从来是讲交情的,够朋友的,你这样看我,未免看错人了。"

"那你有困难为啥不对我说一声呢?"梅佐贤逼紧一句,两只眼睛正对着方宇。

方宇脱口说出:

"不瞒你说,我早就想……"话到唇边他又吞了下去,改口道,"现在是人民政府,嗯,现在是……"

"那有啥关系,我们两个人的事绝不会让第三个人晓得。那个津贴你还是收下去,"梅佐贤从口袋里掏出五十万块钱往方宇手里一塞,"先花着再讲,不够,说一声,我再给你。"

方宇手里给五十万元的人民币塞得满满的。他心里暖洋洋的,觉得梅佐贤这个厂长实在太好了,自己心里没有说的话,梅佐贤都知道得一清二楚,对他那么体贴,办起事来又那么小心谨慎,

处处都注意照顾他。他不知道怎么来感激他才好。他把钞票往口袋里一放,伸出手来紧紧握着梅佐贤的手:

"梅厂长,我真谢谢你,梅厂长……"

因为太激动,方宇讲话的声音都有点发抖。梅佐贤像是一个富有经验的老猎户,欣赏着已经捕获的猎物,悠然自得地说:

"没啥,用不着谢。你有啥事体说一声,也关照关照我们。"梅佐贤试探他税局方面有啥消息没有。

方宇越发感到梅佐贤这人实在太好了,不给他做点啥事体那就太对不起人了。他附在梅佐贤的耳朵边说:

"我告诉你一个好消息:七月一日要加税……"

"哦……这个是……"

梅佐贤想再问下去,方宇仿佛感到自己犯了罪,好像旁边有人在监视他,他惶恐地站了起来,拉开门,飞也似地走了。

十五

朱瑞芳坐在沙发里,心里直纳闷,她想不通为啥弟弟对那一二百亩地一点兴趣也没有,暮堂这一片好意哪能拒绝呢?她希望徐义德能给她想出个好办法来。徐义德笑而不答,越发叫她困惑不解了。她奇怪地问:

"好好问你的话,笑啥?"

"延年要你帮忙,暮堂有意帮助他,他又不要,你说,这不好笑吗?"

"不,一定还有别的意思,你倒给我说说看。"

"你说啥意思嘛?"徐义德还是不肯说。

"我知道了,还问你,这不是废话!"

徐义德给她这么一训,脸上笑容消逝得干干净净。她又进一步催促道:

"快说吧!"

"延年究竟是在市面上混的人,现在谁肯要田地?"

"为啥?"

"你想想看:暮堂一辈子也没送过人一分地,现在为啥要送?延年从来不拒绝接受别人的东西,现在为啥不要?这里面有个道理,共产党来了,要土地改革,谁拿了土地都烫手,有的想送出,没有的谁敢要?"

她听了大吃一惊,怪不得朱延年态度那么坚决。

"这么说,没有办法叫延年收下?"

"这还用说。"

她想起朱暮堂也要送给自己二百多亩地,信来了好久了,一直没有机会和徐义德商量,正好现在是个机会。她说:

"暮堂送给我们那二百多亩地哪能办法呢?"

"退还给他。"

"信上说,他已经办了手续了。"她认为不能说服朱延年收下,但给她的却不好意思推辞。

"你想要吗?"

"你看呢?"

"三个字:要不得。给共产党做事要加倍小心,共产党早就对地主宣布了,要没收土地分配给农民,幸好,我们徐家祖上没有留下什么地,落得清闲。现在收下暮堂的地,那不是无事找事吗?"

"你不是说共产党保护资本家的利益吗?"

"说是这么说,一有了土地,就变成地主了。"

"资本家有土地,共产党就不保护了吗?"

"共产党说是分别处理,可是这哪能分得清?"

"暮堂大概也看到这一层了,他说田地记在我的名下,同你没关系。"

"你不是徐家的人吗?"

给他这么一说,她哑口无言。隔了一会儿,她忧虑地说:

"暮堂那里哪能交代呢?"

"写封信去。"他早就想好拒绝的办法。

"这个……"她觉得事体不这么简单,就是写信,怎样措辞呢?

梅佐贤笑嘻嘻地走进徐总经理的客厅,她见梅佐贤有事要找徐义德,便站了起来,对梅佐贤说:

"梅厂长,你们谈吧,少陪了。"

朱瑞芳走到门口,想起弟弟的事,回过头来对徐总经理说:

"延年刚才提的事,你等会给梅厂长说一声。"

徐总经理不耐烦地应道:"朱延年的事哪能会忘的了!"

梅佐贤等二太太走远了,问道:

"啥事体?"

"有什么好事,"徐总经理生气地说,"我们这位朱延年先生,又要择吉开张了,可是头寸不够,要我给他担保在银行里开个透支户头。"

"那么……"梅佐贤看总经理生气,不知道这事要不要给朱延年办。

"透支的数目倒不大:五千万。你给他打个图章吧。不过这五千万又丢到水里去了。"

"那是的,朱延年老是做投机买卖,又没有本事,最后蚀光拉倒。听说福佑的债务还没清偿完,能复业吗?"

"给他在信通银行开个五千万的透支户头,沪江担个保,别管他那些闲事。"徐总经理不愿再提起朱延年,他把话题拉到沪江纱厂上来,"佐贤,厂里的工会改选的事怎样了?"

"我就是来向你报告这件事体的……"

梅佐贤笑眯眯地叙说工会改选的情况。陶阿毛根据梅佐贤和他在弟弟斯咖啡馆商谈的意见进行,活动改选的工作相当顺利,一开始提候选人名单里就有陶阿毛。但是梅佐贤还不放心,叫陶阿毛那几天特别卖力气,到处接触工人,和这个工人谈话,替那个工人领代办米,有时就溜到工人住宅区去,了解工人生活情况,鼓励大家提出改善生活的条件,向厂方交涉。只要为了工人福利,比方说细纱间女工要求增加乳盘啦,大家要求饭后增加一碗绿豆汤啦……给厂方交涉起来,他都站在前头,讲起话来声音比谁都高,厂里办公室里里外外的人都听得见。选举那天,梅佐贤有意坐在厂长办公室里办事,其实他没啥事体,一会看看报,一会瞧瞧厂里的高大的仓库,可是会不散。等到天黑了,夜班快上班了,才看到工人从作为会场的饭厅里蜂拥出来。他看到参加工会的职员们,就笑嘻嘻打听新工会的人选。大家你一言我一语地说,党支部书记余静当选了主席,细纱间收皮辊花的工人赵得宝当选了副主席,张小玲、钟佩文、陶阿毛……当了委员。最近开了一次工厂委员会,分了工:赵得宝兼生活委员会主任,钟佩文兼文教委员会主任……

梅佐贤一个劲往下数,徐总经理除了陶阿毛以外,他就没有兴趣。他所关心的是还有没有接近资方的工人当选。梅佐贤听到这问题愣了一下,他默默数一数,说:

"像陶阿毛这样的人只有一个,不过,一个也就够了,工会里有啥事体今后再也瞒不过我们。总经理,你放心好了。"

"你把事体看得太简单了。佐贤,我还不能放心。你要晓得:陶阿毛一个人在里面不容易起作用,万一陶阿毛出了啥事体,我们就再也没有人在工会里了。"

"对,总经理有远见。"梅佐贤点头称赞。

"我不是叫你想一切办法多选一两个人在里面吗?"

"他们在工人当中没有威信,选不上。这次陶阿毛是下了许多工夫才成功的。"

"一个人无论如何不够,太少了,太少了!"

工会已经改选完毕,总经理的口气又是这么硬,非增加个把自己人是过不了关的。这可难为了梅佐贤。他的眼睛一转动,想起陶阿毛的话,正好给他解围。他说:

"不过,这一届工会的寿命不长。"

"为啥不长?这一次改选了,谁晓得共产党到哪一年才改选?"

"到哪一年改选确实没人晓得,总经理,你忘记那四句乩训了吗?"

"乩训?"徐义德说,"晓得,就是灵验,也是以后的事,——今年我们就不过了吗?"

梅佐贤的围还是没有解了,他在总经理面前只好摊牌了:

"工会已经改选了,即使找到合适的对象,也没有办法再插进去了。"

"这个吗?……"

梅佐贤不等总经理说完话,接上去说:

"很难。"

"说难,确实很难;说容易,也确实容易……"

梅佐贤惊异的眼光望着徐总经理。他不慌不忙地说:

"你在当选的委员当中物色一个对象,好好培养他,不是很容易吗?"

"我这个脑筋太笨了,一时转不过来,没想到这一层,总经理。"

"可别让陶阿毛知道。你知道,我知道,不要让任何第三者知道。"

"一定照办,时间方面要宽一点……"

"那可以,"徐总经理在工人方面初步安排好,他想起冯永祥昨天给他说的话,便对梅佐贤说,"工商界最近有个聚餐会,都是上海著名的人物参加,章程规定得很严。参加进去以后,有啥事体大家好商量,也好互相帮助。很多工商界的朋友想参加,可是都不得其门而入。这次冯永祥拉我进去,不晓得能不能通过……"

梅佐贤插上来说:

"那一定通过,绝无问题。"

徐总经理谦虚地说:

"冯永祥是核心人物,他能出面介绍,大概差不多。但愿能够通过,工会和工商界方面都有人,今后的事体就好办了。"

"总经理办事总是十拿九稳,只要你想到啥,就一定能办到。你在工商界威望很高,关系又多,真是四通八达……"

梅佐贤恭维的话还没有说完,老王手里拿了一封信进来了:

"老爷,少爷有信来了。"

徐总经理坐在沙发上没动,只是右手伸出去。老王把信放在他的右手里,旋即弯着腰退了出去。徐总经理拆开信来,仔细地从头看到尾,脸上时不时露出得意的微笑,把信递给梅佐贤:

"守仁从香港来信说:新厂开工了,六千锭子都装上,义信办事真能干。佐贤,你看。"

梅佐贤接过信来,边看边说:

"总经理的妙计又完成了。现在三道防线都按照你的意图实现了:第一道防线上海,第二道防线香港,最后防线是瑞士,那是解放以前早就建筑好的。"

"中国近几十年来变动实在太大,我们做生意的人不得不想得远一点。这三道防线也是不得已而为之,要是我能够集中资金在一个地方办厂,那发展会更大的。瑞士这道防线太远,外汇存在银行里虽说牢靠,但没啥利息。"他皱着眉头,好像有点后悔。

梅佐贤看他心事重重,局面有点僵,他看到守仁信上谈到自己读书的事,便笑着说道:

"守仁在香港书院里的成绩不坏,总经理。"

徐总经理感到瑞士的存款可以慢慢想法子,眉头稍为开朗一些,听到梅佐贤提到爱子的事,嘴角上露出了微笑:

"英国人办学校办得严,守仁到了那边不得不用功。他一心想去美国,我现在想起来还是不大同意,如果能去英国就好了。"

"那是啊,"徐守仁不在场,梅佐贤又是一种口吻,"学纺织自然应该去英国,念书还是英国好。美国的先生也好白相,哪能会教好学生呢?那才是天大的笑话。"

"下次写信我还是要他去英国,"徐总经理下决心说,"佐贤,你写信给香港厂,要他们也劝劝他。"

"好的。"梅佐贤心里想:徐守仁你自己讲话都不听,别人说了有屁用,不过顺水人情不妨做做,成功不成功不能怪别人,要看他自己。梅佐贤看看花园,见天色不早,想起还有一件大事没有报告徐总经理,便把徐守仁的信放在沙发面前的矮圆桌子上,他走过去,坐在徐总经理旁边,报告刚才方宇所说的消息。

徐总经理听到这动人的消息,直点头,垂在他下巴的肉好像听到这消息也很兴奋,高兴得一抖一抖的。听完了梅佐贤的报告,徐总经理精神焕发地站了起来,圆圆的脸上闪出红光。他两只手放在背后,走到窗户面前,注视着花园尽头的一排柳树,他在考虑怎样利用这一消息,狠狠捞他一票。

一会,徐总经理果断地转过身来,对梅佐贤说:

"六月底以前赶出两千件纱……"

梅佐贤算一算只有几天便是六月底,犹豫地说:

"怕来不及……"

"加班加点。"

"那勉强可以赶出来。"梅佐贤硬着头皮说。

"货次一点没有关系,一定要赶齐。"

"是。"

"这两千件纱六月底卖出,缴了税,全部出厂。"

"怕没人要。"

"没人要也得卖出,找一个客户名字,做为他买的,不要付款,记一笔账就得了。"

"那纱放到啥地方去?"

"存到茂盛的仓库里,等税涨了以后再慢慢卖出。"

梅佐贤这才恍然大悟,不禁拍掌叫道:

"妙计,妙计。"

"你告诉方宇,以后有消息要早点送来,得了利润我们同他三七拆,今天你再送两百万给他。"

"没问题。"

"你现在回厂里去快点布置,……"

"要是工人有意见,总经理,怎办?只有几天工夫啊!"

"工人有意见?不怕,要工会出来顶。"徐义德眉头一皱,计上心来,狡猾地编出一套骗人的鬼话,说,"你就说,我们增加生产,配合国家建设,满足人民需要,这顶大帽子压下去,谁敢不生产?"

"是。"梅佐贤兴奋地走出去,一边重复着徐总经理的指示,"增加生产,配合国家建设,满足人民需要……"

十六

夜班已经上工,空气中荡漾着机器震动的嘈杂的响声。汤阿英下了工就到工会办公室去,没有见到余静,到饭堂里吃了饭,又向工会办公室走去。

沪江纱厂的工会办公室在仓库对面,那儿一溜平房,倒数第三间就是。一盏雪亮的电灯照耀着整个办公室,两边墙上贴着红红绿绿的标语,靠里面当中的墙壁上贴着石印的毛主席的彩色画像。贴着左右两边的墙有秩序地各放着四张办公桌,中间正好留出一条走道。高低不平的泥土地散发出一股有点潮湿的泥土的气息。

工会副主席兼生活委员会主任赵得宝坐在进门右边的第二张桌子上,他在计算下一个月的工人代办米。因为厂里这两天增加生产,添了一些临时工,他的工作更加忙碌了。

汤阿英走进去,赵得宝还在低头计算。她向办公室右边第四张桌子看去,椅子空着,——余静不在。她低低地叫了一声:

"赵得宝同志……"

赵得宝放下手里的算盘,抬头看见她,站了起来,热情地过来问:

"有啥事体?阿英。"赵得宝知道她刚下班一定很累,端了一张板凳给她,说,"坐吧。"

"余静同志到啥地方去哪?"汤阿英的眼光注视着右边第四张桌子,她站在那儿没坐。

"她到车间里去了。工会刚改选,人手不齐,事体忙不过来,厂里又要增加生产,配合国家建设,满足人民需要,车间里忙得上气不接下气,有的工人累得不行,她去看看。"

"哦。"汤阿英低低应了一声,皱着眉头说,"真不巧……"

"有急事吗?"

"没啥,"她想对赵得宝说,一想还是等余静来了当面谈的好,便说,"我在这里等她一歇吧。"

"好的。"赵得宝马上拿过热水瓶给汤阿英倒了一杯白开水,指着那张板凳说,"那么,你坐下来等她吧。"

赵得宝又去计算工人代办米了。他的两只手忙碌地拨弄着算盘珠子,发出清脆的格格的音响。

在嘈杂的机器震动的响声里,远远传来一阵轻松愉快的歌声:

> 我们伟大的祖国英雄的人民,
> 英雄的人民结成了民族的大家庭,
> 为了人类的幸福
> 　　世界的和平,
> 我们不怕流血牺牲……

随着这歌声,工会文教委员会主任兼沪江纱厂职工夜校教员钟佩文走了进来,他见赵得宝在低头计算,连忙用手捂住自己的嘴,歌声消逝了。他发觉汤阿英静静地坐在板凳上,好奇地问汤阿英:

"咦,你一个人坐在这里做啥?"

汤阿英说:

"等余静同志。"

"哦。"钟佩文走到汤阿英面前,问,"你为啥不参加合唱队,阿英?"

钟佩文是各种文化娱乐活动的积极分子,打乒乓球,他是攻击型的能手;篮球,他投篮相当准;京剧,他会哼几句老生调子;游泳,他能仰游一二十码；合唱队里，他是著名的男高音。他的兴趣是多方面的，每一种活动他都想摸一摸学一学，可是都不精通。他自己也不想精通。但对于写文章他却特别有兴趣，经常钻研，每一期工会的壁报上差不多都有他的文章。他是《劳动报》的通讯员，有时，他的通讯稿子也在《劳动报》上出现。他私下立了一个志愿：当一个作家。下了夜校的课，不管哪能忙，也不顾疲劳，他要读几页小说才能躺到床上去休息。最近沪江纱厂成立了合唱队，是他发起的，他自己当然首先报名参加了，可是车间里工人参加的不多，参加的主要是办公室里的职工和脱产的工会干部。他这两天一碰到工人就积极请人参加。

汤阿英每天到厂里来上工下工，别说唱歌了，就是讲话也不多，她从来没有想过自己要参加合唱队，给钟佩文一问，她愣了一下，低声地说：

"我不会唱歌。"

"唱歌很容易，你真的不会吗？"

"真的不会。"

"不会，教你。"钟佩文自告奋勇地说，"我可以教你——不过，我是药里的甘草，哪剂药里也有；唱歌，也多少懂点，但我也唱不好。"

"你是有名的男高音，不要客气。"汤阿英钦佩地望着他。

"那我教你，好不好？"钟佩文热情地问她，从口袋里掏出一张纸来，上面写着他刚才唱的那只歌，想把汤阿英拉起来，说，"我教你唱这支歌。"

"我没有工夫。"汤阿英想起自己悲惨的往事，眼睛里露出忧郁的光芒。她没有唱歌的兴致，也不愿说出来，只好讲没有工夫。

"唱歌不要多少时间，一天有十几分钟就可以了。"

"我家里还有事体哩。"汤阿英坐在那张板凳上不动，慢慢低下了头。

"现在等余静同志,反正闲着没事,我教你这个歌子,好不好?"钟佩文歪头问她,像是托儿所的阿姨问小孩子似的,说,"你答应我:好。"

汤阿英摇摇头:

"不。"

"你这人!"钟佩文见她固执地不肯学,有点急了,但又不好发脾气,只是盯着她望。

赵得宝的手指按在算盘上,插上来说:

"小钟,各人有各人的嗜好,不要强人所难。你喜欢唱歌,要天下的人都唱歌,怎么行呢?厂里的工人都参加合唱队,你还没有这么大的地方教哩。听说报名参加的有二三十个人了,先唱起来再说吧。"

"二三十个人的合唱队像啥样子,开个晚会哪能拿得出手。合唱队至少要有四五十人才行,"钟佩文把话题转到赵得宝身上,说,"你参加一个吧,老赵。"

"哎哟,"赵得宝吃了一惊,伸出舌头来,笑着说,"老了还学吹鼓手,算了吧。"

"你忘记一句古话了吗:长到老学到老。何况你并不老;现在解放了,翻身了,大家都应该歌唱,你为啥不唱?"

"有你们这些青年唱唱就行了,我们听。"

"不,你自己也要参加,我代你报名。"

"不得到我的同意,你不能去报名。"

"你是工会副主席,应该起带头作用,你都不参加,谁还肯参加?是吧?阿英。"

汤阿英没有表示可否地"唔"了一声。

"那我参加,——你们要吗?"

"当然要!"

钟佩文高兴得热烈鼓着掌,一边高声地说:

"欢迎我们合唱队的新队员赵得宝同志!……"

钟佩文的话还没有讲完,外边走进来一个年青的女同志,圆圆的面孔,脸上浮着微笑,腮巴子上有两个小小的酒窝,两片嘴唇很厚,有一小半露在外边,和钟佩文的个子差不了多少,身子有点发胖,但很结实。她穿着灰布列宁装上衣,左边的下摆那儿有些折纹,好像匆匆穿上,忙得没有时间去熨平。她的头发没有烫,脸上也没有一点脂粉,浑身却充满了旺盛的青春的力量。她步子很迟缓,每迈一步出去都很慎重似的。她一跨进办公室,马上被赵得宝看见,他站起来,说:

"余静同志来了,汤阿英等你哩。"

钟佩文立刻跑过来,一把抓住余静的手,恳求地说:

"你也参加一个。"

余静摸不着头脑,她思索地凝视着钟佩文:

"文教委员,又有啥花样经?"余静慢吞吞地说,"要我参加啥?"

赵得宝把钟佩文动员人参加合唱队的事说了一遍,代余静回答了钟佩文:

"你就饶了她吧,小钟,余静同志整天忙得气都喘不过来,她哪有时间参加这个。"

"越是忙,越要参加;工作时候工作,娱乐时候娱乐嘛。"

"你还有理论哩?"余静笑着说。

"是呀,谁也说不过小钟。"赵得宝插上去说,"工会里有我带头参加就行了。"

"不,唱歌也不好派代表的,余静同志,你说,是吗?"

"我参加一个,小钟,不过,忙的辰光让我请假。"

"好的。"钟佩文同意余静的意见。

余静今年虽然不过二十五岁,可是在细纱间挡车快八年了。上海解放前一年,在地下时期,她参加了中国共产党。

沪江纱厂党的力量很薄弱,现在连余静在内也只有六个党员,其中还有三个是候补党员。原来的组织关系没有打通,上海解放以后才打通,建立了支部,余静被选为支部书记。她离开细纱间,脱产专门搞党的和工会的工作。工会建立,她当选了工会主席。她从一清早进厂起,就忙个不停,不是那里开会,就是这里谈话,或者到中国共产党长宁区委员会去,要么,区工会办事处一个电话把她找去。到了晚上,别人下班了,她还留在工会里,写汇报,填表格,做学习毛主席著作的笔记。她虽然这样忙,却十分愉快,从来不感到疲倦,觉得越忙,给革命尽的力量越大,就越有劲道。不管工作怎么忙碌,她对于唱歌的兴趣,绝没有因此有些减低,一有空闲,或者是回到屋里去的辰光,她一个人爱哼几句,但一旦被人发现,她却腼腆地闭上了嘴。开会的辰光集体唱个歌,或者是在操场上大家唱歌的时候,她是积极参加的一个。如果要她单独唱啥歌,她总是羞涩地一扭头逃避开去。钟佩文邀请她参加,本来她就要答应的,给赵得宝那么一说,她又不好开口,等钟佩文再一次邀请,她很快答应了。她听说阿英在等她,便走到汤阿英面前,坐在那张板凳上,关怀地问道:

"阿英,找我有啥事体吗?"

"有点小事,"汤阿英注视着余静,嘴唇动了动,犹犹豫豫,想说又不想说的样子。

"啥事体?"余静歪着头问她。

汤阿英想:她和余静既不沾亲也不带故,更没有送一份厚礼给余静,提出来,余静会答应吗?她怕碰一鼻子灰。话到了嘴边,她又把它吞了下去。不提,事体不会成功的。她正在左右为难,余静开口了:

"阿英,有啥事体,尽管对我说好了,自家姐妹,不是外人,有啥不好说的。你大胆说吧。"

她浑身感到一种温暖,像是对着最好的亲人一样,心中的话不得不说出来:

"我有一个要求,你答应吗?"

"你没有提出啥要求,我怎么答应呢?"余静笑着问她。

"这个……"她没有说下去。

"你家里有啥困难?"余静关怀地问。

"不是我的事体,"汤阿英话到了嘴边,又停下来了。

"说吧,"赵得宝在一旁听得有点急了,说,"只要行,余静同志一定答应的;不行,余静同志也会马上告诉你的。余静同志是愿意帮助人的。她办事一点不敷衍,一是一,二是二。阿英,痛痛快快地说吧。"

汤阿英抬起头来,说:

"现在厂里人手够吗?余静同志。"

"人手还不够,你想介绍人吗?"余静直截了当地问她。

"你哪能晓得的?"汤阿英的眼光里流露出惊奇和钦佩。

"听你那口气,工会主席会猜不出?"钟佩文用唱歌的调子说,尾音拖得很长。

"梅厂长要开足锭子,增加生产,今天又增加了几十个临时工,还是不够。我刚才到车间里去看,夜班比日班更累。你有人介绍来,正好,是谁?"

"我有一个干姐妹,叫谭招弟,原来也是做厂的,生病歇了生意,闲在家里,手艺不错,能介绍来吗?"

"你对她了解吗?"

"了解了解。她,人很好,很单纯,只是有点性子急。"

"她原来在哪个车间做的?"

"在筒摇间,挡摇纱车的。"

"多大啦?"

"二十五。"

"有几年工龄?"

汤阿英想了想,说:

"七年光景。"

"那你明天把她带来。"

汤阿英怀疑地望着余静:

"你已经答应了吗?"

余静看她那股怀疑的神情不禁笑了,说:

"是的,答应了。"

汤阿英想起解放以前介绍一个工人到厂里多么不容易,没有靠山,就别想跨进工厂的大门,就是她自己走进沪江纱厂也是经过一番困难的。现在余静立刻答应了,一没有送礼,二没有说情,她还是有点不相信,试探地说:

"我明天就带她来?"

"对。"余静肯定地说,"我们工会介绍给厂方。"

"好的,好的。"汤阿英从心眼里笑开了,她的眼光注视着当中墙壁上石印的毛主席的彩色画像,想起上海解放了,和过去完全不一样,她为谭招弟感到幸福。

"你明天上班把谭招弟带来,迟了,怕人手够了,厂方不要。"余静说,"阿英,还有啥事体吗?"

"没有了,"汤阿英站了起来,说,"我得赶紧通知她去。"

"以后有啥事体,尽管来找我好了。"

十七

汤阿英跨出工会办公室,低头迅速地走去。迎面送来一阵乱哄哄的人声,吸去她的注意力。她抬起头来,望见仓库那边的电灯光刷亮,照得如同白天一般。

她看见记录工管秀芬从医务室走了出来,便问道:

"你还没有回去?"

管秀芬今天也是做日班,她下了班到医务所里来看妇女病,因为病号多,才轮到她,想不到看完了天已经黑了。她说:

"我来看病的。"

"老毛病吗?"

"是的。"

"好了些?"

"好些。"管秀芬指着汤阿英的肚子说,"你最近怎么样?肚子越来越显了。"

"还好,就是不想吃东西。"

"是不是怀孕的人都不想吃东西?"管秀芬今年才十八岁,还没有结婚,对于婚后的生活,像怀孕这一类的事,她很有兴趣,关心地问汤阿英。

"也不一定,头胎反应比较厉害,以后慢慢会好些。"

"哦。"管秀芬感到有些神秘,问道,"你肚里是第几胎了?"

"我肚里——"汤阿英感到还没有好的创伤忽然给人刺了一下似的痛苦,她低下头去,想起耻辱的往事。生怕别人发觉她悲惨的创伤,她连忙很自然地抬起头来,说,"我肚里是第二胎。"

她虽然脸上保持着镇静,不让管秀芬觉察她是在说谎,可是等她说完之后,毕竟按捺不住心中的仇恨,她深深地叹息了一声,"唉……"

管秀芬望着汤阿英:

"为啥叹气?阿英。"

"没啥。"她的声音有点低沉。

"你不高兴生孩子吗?"

"高兴。"

"那为啥要叹气?"

"生孩子也不是一件容易的事……"

管秀芬以为她添孩子经济上有困难,便向她伸出援助的手:

"需要啥,大家相帮你。"

"谢谢你的好意,"汤阿英含糊其辞地应道,她听见仓库那边传来一种有规律的叫喊声:咳哟咳哟,咳哟咳哟……抬头看去:在刷亮的电灯光的照耀下,顺着仓库门口,一溜停了八九辆大卡车,紧靠着仓库门口那儿的一辆大卡车上搭了一块木板,运输工人吃力地掮着一件件棉纱往大卡车上送,一边咳哟咳哟地叫喊着。她避免管秀芬再问下去,有意把话题引到这上面来,说,"今天仓库为啥这样忙?"

管秀芬看到那情形,应了一声:

"唔,为啥这样忙?"

她们两人说话之间走到仓库门口那边。

税务分局的方宇驻厂员左手捧着一个紫蓝色的印色盒子,右手拿着一个方印,面对着垒得整整齐齐的一蒲包一蒲包的纱,忙着对每件纱的骑缝上打印子。

管秀芬看方宇驻厂员那个忙劲,立刻想起上海解放以前方宇神气十足的架子,在她脑筋里形成一个强烈的对比。那辰光,方宇要是不满意厂方,别说是下了班不肯打印报税,就是上班的辰光,他也经常借故有事溜出了厂;在厂里,也常闹脾气不打印。不打印,纱就出不了沪江纱厂的大门一步。管秀芬感到有些奇怪,她便停下脚步,笑了一声,说:

"哎哟,方驻厂员,这么晚了还不休息,真不容易。"

在沪江纱厂里,除了厂方以外,方宇算是比较松闲的人。他听到管秀芬在揶揄他,有意不理她的碴,随便答道:

"你们忙,我们也得忙。徐总经理说得好,增加生产,配合国家建设,满足人民需要么。你们工人大忙,我个人小忙。不算啥。"

汤阿英看到方宇额角上不断渗透出汗珠来,她同情地问:

"明天来打印不是一样的吗？"

栈务主任马得财凑上来说:

"今天要出货,不把纳税手续办好,就不能出厂。不完税出厂,那是犯法的。"

"明天出厂不是一样？马主任,你也加班了。"汤阿英感到有点奇怪。

"这没有办法,汤阿英,这一阵生意好,买主催得急,我们就得加班。端了人家的碗,就得服人家管。"

根据汤阿英的经验,她从来没有看到沪江纱厂连夜出货的,更没有看到过方宇驻厂员这么忙碌过。她说,"你们辛苦了,忙了一天,现在还加夜班。"

"方驻厂员加班加点可是一件了不起的大事情呀！我从来还没有见过呢！"管秀芬说。

方宇听见管秀芬这两句冷讽热嘲的话心里很不舒服。他按下心头的不满,耐心地解释道:

"为了国家神圣不可侵犯的税收,我们多辛苦一点也是应该的。"说到这里,他一愣,发觉脸上热辣辣的。他那天在厂长室收下了崭新的金黄的马凡陀手表和五十万人民币,便向梅佐贤厂长透露了上海市人民政府税务局七月一日要加税的秘密消息,又收到梅厂长的两百万人民币,并且还希望他以后多帮忙,有啥消息立刻告诉梅厂长,有油水可以三七拆。这数字大大诱惑了方宇。他现在在沪江纱厂里工作好像忽然增加了一股不可估量的动力,推动他积极工作。最近一阵子,他在考虑薪水以外的收入怎样安排:做几套漂亮西装吧,穿出去怕惹人刺眼;买点美钞存起来呢,现在买进和将来卖出都有些困难,如今外钞不能在市面上流通;日用品呢,倒容易买进卖出,只是没有多大的油水,甚至一进一出还得贴补一点;考虑来考虑去,没有个好主意。解放以前,国民党反动派漫无限制地发行钞票给他留下了太深的印象。他无论如何不能让钞票在家里过夜,最后他买了几两黄金才算解决。他刚才对管秀芬说自己积极是为了国家神圣不可侵犯的税收,内心感到惭愧。

汤阿英没有发现方宇脸色的变化,她很高兴听到方宇能够说出这样的话,点了点头,对管秀芬说:

"方驻厂员蛮不错啊!"

"那当然,"管秀芬望着方宇把一大堆的棉纱包打完印,转过身来打他背后靠仓库大门右边那一堆,说,"现在是人民政府的驻厂员啦,不好好工作,小组要批评哩。"

方宇见汤阿英、管秀芬她们在恭维他,越发显得谦虚,弯了弯腰,对她们说:

"现在工作和从前当然不同啦,过去旧政府,我们做起事来,老实讲,是磨洋工:签个到,吃些早点,看份报纸,喝喝浓茶,聊点闲天,就差不多快下班哪。现在吗,一是一,二是二,不敢含糊。不过,和老区来的人一比,我们这些留用人员还谈不到哩。"

管秀芬识破他谦虚语句里隐隐含着自满的情绪,有意刺他一句：

"我看你已经不错啦！"

"差得远哩，差得远哩。"

"嘴上别谦虚啦！"管秀芬又刺他一句。

方宇的脸红红的，顺着一堆棉纱包走过去打印。

栈务主任马得财也感到方宇的变化，说：

"方驻厂员可积极哪，简直是变得像两个人啦，特别是最近，有啥事体找到他，没有一个不答应的。"

"上海解放了，有共产党和毛主席的领导，和过去不同啦。"汤阿英感动地说。

"在新社会里谁都得变，哪个也要进步，不进步，大家会推着你走的。"管秀芬瞅着方驻厂员的背影说。

一辆大卡车已经装满了纱包，堆得高高的，向大门外开去；另一辆大卡车又停到仓库门口，搭上跳板，运输工人把打了税务局的印子的棉纱一件件往车上运，嘴里发出劳动的歌声：咳哟咳啊，咳哟咳啊……

"对啊，"马得财对管秀芬说，"就连我这匹老马也得变啊。"

方驻厂员从那头又顺着打过来，举起紫蓝色的右手：

"老马说得对，在新社会里谁都要变，"他望了管秀芬一眼，说，"你不能拿旧眼光看我，我们留用人员也要进步哩。"

"进步当然好，谁还会反对你进步不成！"

管秀芬还过去一句话，堵住了方宇的嘴。他哑口无言。

钟佩文走过仓库门口，一眼叫马得财看见，他高声说道：

"钟佩文同志，新社会大家都进步，你给我们编个歌子，好不好？"

钟佩文站了下来。管秀芬告诉他刚才谈话的情形。他把头一摇，说：

"我不会。"

"沪江纱厂的作家,"方宇笑着说,"别客气。"

"别开玩笑了,谁是作家?"钟佩文一听到别人说他是作家脸就红,心里却很高兴:真的能当上个作家那才好哩。

"谁是作家?我们的钟佩文同志。"方宇把语调放得很慢,几乎是一个字一个字念的,"我昨天还在黑板报上看到你写的工人积极生产的文章哩。"

"那算不上作品。"

"可是我们还写不出来哩。"

"只要学着写,谁都可以写。"

"不,你有写作的天才,你将来一定是个大作家。"

管秀芬指着方宇对钟佩文说:

"文教委员,方宇成了一个算命先生了,他能算出你的未来。你得好好谢谢他。方宇今天加班加点,工作可积极哩,你倒是给他编个歌子,教大家唱唱。"

方宇叫管秀芬点破,有点不好意思,连忙谦虚地说:

"我这块材料不值得编歌子,要编,还是请我们文教委员编个工人的歌子。"

"啥歌子我也不会编,"钟佩文还是有点不好意思听人家的奉承话,他想起早一会汤阿英向余静介绍谭招弟到沪江来做临时工的事,便说,"你还不快点回去通知谭招弟去,阿英,迟了,厂方也许不要了。"

"你不说,我倒忘了。我还要到邮局寄钱哩。"

汤阿英拔起脚来走了。

管秀芬问汤阿英:

"你给谁寄钱?"

"我家里,梅村镇,发了工资,该昨天寄的,今天再不寄去,爹在乡下要着急了。"

"那快去吧。"

"是呀！"汤阿英加快了步子，匆匆忙忙走去。

十八

　　钟佩文一走出沪江纱厂的大门,在马路两边店铺电灯光亮的照耀下,从幢幢的人影中,他很快地发现了那个熟悉的背影。她的个子比一般女子只稍微高一点点,因为身子苗条,看上去比别的女子好像高一个头,两根乌黑的辫子垂在两肩,更加显得她的身材有点儿消瘦。辫子梢上扎着两个大红绸子蝴蝶结,给水绿色的素呢夹袄一衬,远远就叫人看见了。她下面穿了一条深蓝色的斜纹布西装裤子,脚上穿的是圆头浅口的平跟黑皮鞋,在柏油路上发出嘚嘚的匆忙的声音。就是从背影上也可以看出:她浑身上下打扮得干干净净,衣服平平整整,没有一个皱褶。在她身上找不出一点让人家说长道短的地方。她不但爱干净,而且衣饰很讲究。自然,这样的人对于别人的生活和举止,喜欢挑眼。

　　她就是细纱间的记录工管秀芬。

　　钟佩文加紧脚步,一眨眼的工夫,就赶到管秀芬背后。他想叫她一声,却又羞答答地说不出口,站在马路上愣住了。

　　呜——呜……公共汽车的喇叭一再叫唤,车子快开到他的背后来了。他给惊吓到马路旁边,公共汽车开过,他的心还在剧烈地怦怦跳动。他喘了口气,定定神,望着马路上的人匆匆走来走去。他想起了那个熟悉的背影,昂起头来,在人流中望去:眼光能够看清楚的那些背影,没有他要寻找的;再远些,人影模糊了,只见到有人在走动。

　　他急了,拔起脚来就向前面迈开大步,几乎是跑去。他抢过前面一群一群的行人,跑了大概有百把步的光景,看见水绿色呢夹袄上的两根乌黑发亮的辫子了。

离管秀芬有五步远的地方,他步子慢下来了,好像前面有啥物事阻拦着他,使他走不快。但他也不敢慢下来,生怕再找不到她。她走快,他跟着走快;她一会儿走慢了,他也慢慢走。两人之间老是保持着三五步的距离。

路边一家杂货店的收音机里传出越剧《梁山伯与祝英台》中十八相送的唱词:

梁兄若是爱牡丹,
与我一同把家还,
我家有枝好牡丹,
梁兄要攀也不难……

钟佩文从这充满了离别情绪的富有感情的调子里,顿时想起舞台上情景。他凝神去听:

青青荷叶清水塘,
鸳鸯成对又成双,
梁兄啊!英台若是红妆女,
梁兄愿不愿配鸳鸯?

当时梁山伯不知道祝英台是个"红妆女",两人一边走一边唱下去。可是走在钟佩文前面的明明是个"红妆女",他想自己为啥连祝英台这点勇气也没有呢?他加紧脚步,跟上去,鼓起勇气,低低叫了一声:

"管秀芬!"

她回过头来,望见钟佩文那副腼腆的微笑的面孔,不觉吃了一惊,不晓得有啥事体,"咦"了一声,机械地叫道:

"钟佩文。"

过了一歇,她随便地问:

"刚回去?"

"唔。"

他赶上一步,走在她的右边,两人肩并肩地走着。转眼之间,两人走完街市,现在马路两边都是人家,光线暗下来,人声也小了。两人走了一段路,谁也不言语。她不想讲话。他想不起要讲啥。身后传来祝英台的歌声:

> 弟兄双双上桥看,
> 好比牛郎织女渡鹊桥……

钟佩文从来没有像今天这样不会说话,有好几次话已到了嘴边,又怯生生地吞了下去。他过去没有跟任何一个女子单独肩并肩地这样走过,曾经有两三次机会可以和管秀芬接近,他都犹犹豫豫地错过了。今天见管秀芬一离开厂,他就紧跟着出来,下了很大决心跟上。现在一同走着,他一方面感到愉快,一方面又怕给熟人瞅见。他用舌头舔了舔下嘴唇,猛可地说:

"袁雪芬唱得真好,你听见吗?"

"听见。"

管秀芬回答得非常简单。她近来感到钟佩文有意找各种机会和她接近,从刚才的问话里,更有点察觉他的意图。他是新民主主义青年团团员,又是工会里的文教委员,厂里的活跃分子。她是知道的。但是她不喜欢他。他喜欢和别人开玩笑,但经常是被别人当做开玩笑的对象。不管什么衣服穿到他身上总不像样,也不大合身,不等两天,不是龌龊了,就是扯破了。头发好像永远没有理过,老是蓬松松的,如同一堆草鸡毛披在头上。她看不惯这样的人。她一发觉他要接近自己,总想法避开。没想到今天在回家的路上又遇到他,她没法避开,只好淡淡地答他一句半句。他马上又试探地问了一句:

"你看过《梁山伯与祝英台》吗?"

她看过越剧的《梁山伯与祝英台》,十分喜爱这出戏。她知道他问这句话的用意,想了想,故意说:

"没有看过。"

他现在说话比较自然一点了,胆子也大了一些,歪过头去,问她:

"你喜欢梁山伯吗?"

她敏感到他在挑逗自己,如果顺他说下去,他一定会露骨地表达他的愿望,那辰光自己更难于应付了。她立刻把脸一板,质问道:

"你问这个话啥意思?"

他没料到她这样严厉的反问,一时哑口无言,默默地走着,步子慢下来,距离她有两步远。

深蓝色的天空上,闪烁着数不清的繁星,像是映眼在讪笑他似的。微微的凉风掠过马路两边的田野,吹拂着人们的面孔。

她恐怕他不懂自己的意思,干脆给他说明白:

"我不喜欢梁山伯,讨厌他。"

她的话比晚来的凉风还凉,使他听的面孔直发烧。他讨了个没趣,感到是被侮辱一般的难堪。他低着头,走了没两步,赶上去说:

"我听不懂你的话。"

"我也听不懂你的话。"

"我是说,"他歪过头去望了她一眼:她微微低着头,一绺头发披下来,把那张鸭蛋型的脸庞遮住了一部分。他心里非常喜欢她,一看见她,他的心就跳动得厉害,可是又不得不按捺下激动的情绪,冷静地把话题岔开去,说,"厂里很多人要求成立越剧组,你要是欢喜越剧,越剧组成立,就请你参加,好学习。"

"成立也好,不成立也好,同我欢喜不欢喜,没啥关系。"

她无动于衷他的关怀,把披下的头发掠上去,用钢夹子夹起。

"关系,当然没有啥大关系,嘻嘻,"他极力想缓和有点紧张起来的情势,说,"不过,成立起来,你要是报名参加,也不能说没有关系。"

"我不参加。"

"我听说你很喜欢越剧……"

"谁讲的?"她不否认,也不承认,可是面孔有点绯红。

"你们车间的人讲的。"

"啥人乱讲?"

"自然有人。"

"你告诉我……"她有点急了。

他见她答自己的话,不再冷一句热一句,心里暖洋洋的,嘴角上有了笑纹,说:

"你说,是不是喜欢?"

"不是告诉过你了,不喜欢。"

"不要瞒人,我还听你唱过哩。"

"在啥地方唱?"她坚决否认道,"没有的事。"

"唱越剧也不是丢脸的事,怕啥?"

"我怕啥?喜欢就喜欢……"

"这就对了。"他进一步要求,"我们成立越剧组,你报名参加一个,好不好?"

他想:如果她马上答应参加越剧组,他明天到厂里就建议成立,和她接近的机会多了,希望也就大了。

她冷冷地说:

"我不参加。"

"我们请老师来教……"他等待她肯定的答复。

"我也不参加!"

他从热望的峰巅跌落到失望的深渊里,几乎讲不出话来,连那两条腿仿佛也麻木了,不大听自己的指挥,吃力地向前迈去。

她看他一个劲跟着自己走,心里非常焦急,想甩开他,可是没有办法,因为这条长宁路是仅有的干道,大家回去,只有走这条路。她悔不该今天去看病,要是放工就走,不会遇到他;即使遇到他,有许多姐妹们在一道,他也不会一句接一句地问个不休。她希望在路上能够碰到一两个熟人,搭救她跳出这个窘境。路上来往的行人不多,认识的更没有。

她无可奈何地往前走去。

他有一肚子话要说,可是刚开一个头,给她左拦右堵,全说不下去。他默默地跟随她走着,可以听到双方的呼吸声。他感到非常尴尬。他想很快和她告别,但没有第二条路好走,自己又舍不得离开她;和她一同走下去吧,没啥好讲。

两个人保留了一点距离,慢慢走着,给马路上路灯从背后照来,两条细长的影子印在柏油路上,徐徐向前移动。

她留神望着前面的路,瞅见路上两个影子一道移动,便有意放快步,走到前面一点。他没精打采,没赶上来和她一道走。

在她前面两丈远近的地方是个十字路口,她脸上浮起了得意的微笑,回过头来,问钟佩文:

"你向前面走吗?"

他知道向前面走是她回家最近的一条路,听她这样一问,以为是要他送她回家,赶上一步,响亮地答道:

"是的,我们一路。"

说话之间,他们两个人已经走到十字路口,她说:

"你向前面走吧……"

他不知道这句话是啥意思,两只眼睛凝神地望着她。她很自然地接着说：

"我从这里去，"她指着横在面前的中山路说，"有点事体……"

"我送你去，好哦？"他怕她不好意思提出来要他送，大胆地对她说。

她摇摇头，说：

"我有腿，自己会走。再会！"

她头也不回，走了。他站在十字路口，呆呆地望着她水绿色的背影慢慢远去，竟忘记自己该回家去了。

管秀芬向中山路走了二十来步路，回过头来，等钟佩文走了，她慢慢向十字路口走来。

"小管！……"

"谁？"她忽然听见一个粗鲁的男子的声音，大吃一惊，在这黑洞洞的中山路上，有啥人认识她呢？是钟佩文吗？刚才明明看见他走了，绝对不会马上绕到她的背后，除非他是神仙。不是钟佩文，会是谁呢？别遇到什么坏人？她望着那悠长而又寂静的黑乌乌的马路，头也不敢回，脚步有点慌乱，迅速地走去。

"走得这么快做啥？也没人绑你的票。"

她听到背后的人声愣住了，不由自主地站下来，可是头还是不敢回，警惕地问：

"你究竟是谁？"

"我吗？——就是我。"

"你——"

"唔。"

她在辨别背后那个男子的声音。这声音她好像听见过，又好像没有听见过，因为发音很尖细，仿佛是女人的口音，其实是男子有意装出的怪腔怪调。

"你叫啥名字？"

"眼睛长到额角头上去了,不认识我吗?"

她听见这个男子本来的嗓音,想起来了:

"你是陶……"

后面那个男子不等她说完话,嬉皮笑脸地走了上来:

"派头真不小,连我也给忘记了。"

她认真地对他望了望,奇怪地问道:

"你从啥地方来?"

"厂里。"

"为啥走到我的背后去? 一定不是从厂里来的。"

"只准别人从厂里来,不准我从厂里来吗?"

陶阿毛从梅佐贤那里领了任务,叫他在工人当中多多活动,有了耳目,消息就灵通了。其实他自己早就在物色活动的对象了。那天在张学海的草棚棚里,领教了汤阿英严峻的态度,她那股神圣不可侵犯的神情,叫他兀自吃了一惊,幸亏张学海打了圆场,否则他还不好意思走出草棚棚的大门。他感到自己有点性急,接触汤阿英这样的人要瞻前顾后,想得周到,做得自然,不能有丝毫的鲁莽,更不能性急,要慢慢进行。工会改选以后,他当上了委员,越发不能性急,否则让汤阿英的入木三分的锐利眼光发觉,于事无补,甚而会坏事的。他在接近汤阿英的道路上有意识地放慢了步子,先在张学海身上下点工夫。这时,他想到了管秀芬,她是细纱间的活跃人物,又是钟佩文的紧紧追求的对象。他和管秀芬接近,不仅从管秀芬的嘴里可以晓得一些工人的动向,还可以通过管秀芬了解钟佩文这个工会文教委员的活动。他选中了管秀芬,作为他重点活动的对象,但管秀芬自恃年青漂亮,态度傲慢,孤芳自赏,目中无人,是一朵带刺的娇艳的蔷薇。他和她接近,也要特别小心谨慎。对于她拒人千里之外的傲慢态度,他懂得只有比她更傲慢才能杀她的不可一世的凛凛威风,和她保持一定的距离,有时需要刺她一下两下,开出路子,让她自己不知不觉地走过来,他才能不慌不忙地把她抓在自己的手心里,服服帖帖地听他的使唤,那辰光才能派上用场。他打定了主意,暗暗了解她的行踪和兴趣,已经暗中跟在她背后好几天了,今天见她把钟佩文甩开了,那条幽静的马路又很少行人,他认为是个机会,便在她身边露了面,语意双关地刺了她一下。

她听出他话里的意思,刷的一下,脸红了,努力保持着镇静,岔开话题,反问他:

"为啥走到我背后去呢?"

他没有点破她,只是说:

"你这么年青,长得又这么漂亮,我看见你一个人在路上走,怕你遇到坏人,不放心,特地绕到你背后,给你保镖。"

她向他撇一撇嘴。

他和她肩并肩地踽踽走着。他有意把步子放得很慢,关心地说:

"以后出来要小心点。"

"怕啥?"她不解地望着他。

"不是怕,单身女子晚上出来,有人陪你好一点。"

"我一个人常来常往,用不着陪。"

"那当然,你是女子当中的英雄好汉。"

"你别恭维我,我受不了。"

"我从来不喜欢拍马屁。"他虽然这么说,他的手却有意向她肩上一拍,"谁恭维你。"

她走上一步,加快速度,想把他甩开。不料他并不跟上来,也不言语,好像在生她的气。她见他落后自己好几步路,心稍为定了一些。他们两人走到十字路口,没有多远,就到了公共汽车的一个站头。她正愁怎样可以离开他,他有意把她甩掉,冷冷地说:

143

"我还有事,先走一步,你一个人在这里等车子吧。"

"好的。"

陶阿毛一走,她感到十分突然,没料到他倒先告辞了。她心里感到有些迷茫,摸不清陶阿毛打的啥主意,更不知道对她是啥态度。她的两只眼睛望着陶阿毛傲慢的背影逐渐消逝在夜色茫茫的远方。

十九

福佑药房的债权人虽然同意朱延年和解复业,但具体条件并没有谈拢,写字间、客户关系、职工问题和开业登记这些重大事体都还没有一个头绪。不过银行能开透支户头,姐姐又答应了一笔现款,这些都增加了他的勇气,更加强了复业的信心。

他从徐总经理的公馆出来,心里充满了喜悦,兴奋地找到了严律师,请他和债权人的代表柳惠光商谈。

柳惠光是利华西药房的经理,他曾和福佑药房的主要债权人草拟了一个和解笔据,大家取得了一致的意见,推柳惠光做他们的总代表和朱延年谈判。

严律师和柳惠光往返商量了好几次。他们谈的大体差不多了,朱延年和严律师一同到利华西药房商量。柳惠光把他们引到楼上的经理室里坐了下来,闲谈了两句,朱延年请柳惠光把他们拟的和解笔据草稿拿出来议一议。柳惠光打开抽屉,不慌不忙地取出一个大红封皮的和解笔据来。朱延年打开一看,里面用墨笔端端正正的这样写着:

立和解笔据人 福佑药房朱延年(以下简称债务人)债权代表柳惠光(以下简称债权人)缘债务人前因受经济波动影响,一时周转不灵,不得已曾宣告清理。兹承各债权人热忱拥护,未忍有成绩之福佑药房消灭于一旦,几经磋商,一致主张福佑复业。经双方同意,签订和解笔据,详开复业条件于后:

一、债务人所负债务若干由债务人出具证明书交与债权人代表。

二、债权人公推代表三人经常执行债权事务,并以柳惠光为全权代表,负责清查债务人财产,使其财产先行移转于债权人,俟全部债务清偿后,仍予归还之。

三、对福佑药房外埠分行及财产由代表办移转手续,俟全部债务清偿后,归还之。

四、偿还债务由福佑复业之日起,第一个月内偿还二成,两个月内偿还三成,三个月内偿清全部债务。

五、债务人之经常开支,复业后,经债权代表之同意,于营业项下支付,其余数悉以偿还债务。

六、双方如有未尽事宜,得随时协议修正之。

七、本笔据一式三份,双方各执一份,证明人存一份为证。(附债务人移转管理财产证书一份)

公历一九四九年　　　月　　　日

　　　　　　　　　　立和解笔据债务人
　　　　　　　　　　　债权人代表
　　　　　　　　　　　证　明　人

朱延年看完以后,把和解笔据递给严大律师。复业条件的原则曾经几次商量,现在不过是由债权人写下来,朱延年给严律师看,希望他在文字上再推敲一下。

朱延年凑过去对柳惠光说:

"惠光兄,关于第四点,我有点意见。"

"是不是嫌时间规定得太短促一点?"

"对啦,既然诸位债权人看得起我朱延年,同意我复业,也不能逼人太甚。你想想,惠光兄,复了业,也得让我喘口气,怎么三个月要我偿还清?倒并不是没有头寸,上海市场上调个一两亿头寸并不难,"朱延年看柳惠光听了他的话,眼睛发亮,他马上接着说,"但是,刚复业,不能把我的流动资金抽枯。"

柳惠光听朱延年语气之间有点愤激,他的话也就不大客气:

"债权人方面经过几次交换意见,我竭力帮老兄的忙,最后才算取得一致,做了这样的规定。你说是逼人太甚,债权人方面却以为让步太多了,你要好好考虑考虑。"

朱延年冷静地想了想:这时候不能太让步,反正自己已是躺下来的人,债权人方面知道不复业不能清偿他们的债务,不如退一步,看看柳惠光的态度再说。争取拖延一些时日清偿,对福佑是有利的。他说:

"谢谢你的照顾,很感激。这件事体我考虑了很久,条件实在太苛了一点,叫我不能接受。上次和债权人方面会谈的辰光,我也说了:我朱延年是最讲信用的人,说到就要做到。我希望尽早偿清债务,绝不想拖欠各位的一丝一毫一厘。可是复业三个月就要还清,我看是不可能,所以我不能答应。如果债权人方面一定坚持,那我只好暂时不复业了。"

朱延年边讲边看柳惠光的脸色。他脸上一阵红一阵白,嘟着嘴,气呼呼的,心里很不满意。大家都没有言语,严律师也不好插嘴,僵了一阵。柳惠光毕竟忍受不住这样的回击,他有点光火了:

"这是啥闲话,朱延年,谈了好几次,好容易谈拢了,和解笔据写出来了,你却不复业了。这不是叫人为难,要债权人代表柳惠光的好看!"

朱延年看这一着成功了,便冷冷地慢慢回答他一句:

"这也是债权人把我逼出来的。"

柳惠光究竟沉不住气,他也不是朱延年的对手,他想起债权人曾授权给他:在时间方面可以再让点步,只要偿清债务就可以了。大家知道朱延年的信用扫地,糠里榨不出油来,现在不过是死马当做活马医。因为柳惠光是债权人方面的大户,福佑欠他的货款最

147

多,他想早一点偿清。一听朱延年的口风,不能再拉紧弦,他就松了口:

"你看要多少时间偿清呢?稍为延迟一些也未始不可以商量。"

朱延年看到自己这一着走对了,他当时并没有答复。他仰起头来想,仿佛真的在计划如何清偿债务,其实他在想和解笔据上还有哪一条可以顺便再修改一下。想了一阵,觉得那六条没有啥好修改了,他才装出很有把握的神情说:

"至少得半年。"

"那太久了,"柳惠光渐渐想通:朱延年不复业,他自己也没有出路,刚才那句话显然是威胁他的。他的态度稍为硬了一点,"债权人方面是不会答应的。"

朱延年沉住气。毫不动摇:

"那我也没有办法。"

柳惠光忍受不住朱延年这股子傲慢劲,他逼紧一步:

"这样谈不拢了,我这个债权人代表也当不下去,只好找大家一道来谈了。"

朱延年话很硬,态度却软下来:

"也好。"

他心里想:这事不好弄僵,债权人当中柳惠光算是比较讲交情的,他一个人坚持主张让朱延年复业的。如果这边谈不通,要所有债权人一道来谈,事体就不好办。

沉默了一会儿,楼下传上来马路上的汽车声和嘈杂的人声。局面有点僵,朱延年知道这样僵下去于自己不利。他的踌躇的眼光望着严大律师,盼望他来解这个围。严律师现在虽然没有执行律师的任务,但凭他二三十年在原告与被告之间生活的经验,晓得双方不过是拉紧弦,做出一种紧张的姿势,内心里都是想靠拢的。

他默察这种形势,知道是该自己出力气亮一手了,便从容不迫地说:

"大家都是多年的老朋友,不必在时间上多计较,我晓得双方都有困难,可是双方都有诚意,都有交情,还是靠拢的谈。柳先生的人情要做到底,帮朋友的忙也要帮到底,是哦?"他笑嘻嘻地望着柳惠光。

柳惠光微笑地点点头:

"只要我能做到的,没有不帮忙的。"

情势显然缓和下来。

严律师接着说下去:

"债权人方面要求三个月,朱先生这边提出来半年,差三个月的时间。刚才柳先生说稍为延迟一些可以商量,这样也不过差个把两个月的时间。这并不是清偿与否的问题,是清偿的迟早问题。一般债权人方面,我晓得关心的是清偿问题,只要清偿有保证,并不在乎早两天迟两天。"

柳惠光听到这里,觉得严律师真不愧是个刀笔吏,说话一针见血。他微微点一点头,表示同意他的意见。朱延年稳稳坐在那里不做声。他料定严大律师一定是帮他说话的。果然,严律师说:

"朱先生这方面是讲信用的,他怕到期不能偿还,反而对柳先生过意不去。他现在还没有复业,复业以后的生意如何还难说,朱先生把稳一点计划倒是好的……"

柳惠光听他在帮朱延年说话,心里有点不耐烦,便插上来问:

"你看呢?严先生。"

"我提个议:双方考虑考虑怎样?"

柳惠光和朱延年都说"好的"。严律师说:

"第四条这样修改:偿还债务由福佑药房复业之日起,视业务情况与可能,第一个月偿付二成,两个月内偿付三成,三个月内偿清全部债务；如不可能,得延期偿清。"

朱延年心里满是高兴,真亏严律师想出这个妙计,表面上规定很明确,实际上可以无限地延期。他自然同意；当时却未表示,在看柳惠光的态度。柳惠光了解再逼也不过如此,别人既然给他台阶,他只好走下来：

"我倒没啥意见,就怕债权人方面……"

严律师知道柳惠光已经答应了,就进一步敲定：

"柳先生,你是债权人的全权代表,当然有权力决定,他们要听你的意见的……"

柳惠光不再坚持下去,他想摸摸朱延年的底：

"延年兄,你看呢?"

朱延年摆出一副委曲求全的神情,无可奈何地说：

"严兄这样照顾双方的情况,我怎么好再有意见。"

严律师接上去说：

"多谢两位给兄弟的面子,那就叫人快点抄出来,好签字了。"

柳惠光把修改了的和解笔据交给利华西药房的账房里的人去抄写,他从抽屉里把债务人移转管理财产证书拿出来,那上面是这样写的：

> 立移转财产据人朱延年,兹遵福佑药房债权人议决,将下列各项移转予债权代表管理。至清偿及归还办法,详和解笔据。
>
> 计开(货物移转部分,另开清单备查)：
>
> 房屋租赁权部分：
>
> 汉口路吉祥里二十八号内　六〇三、六〇四、六〇五、六〇六、六〇七室五间。
>
> 西藏南路五十八弄三十四号　前客堂、灶披间、西厢房。

电话使用权：
　　二八九三一　　二四五〇七　　九〇一七二　　九五七六三
对讲电话一只：
　　汉口路至西藏路
汽车部分：
　　顺风牌轿车一辆〇三——一三五〇
　　吉普车一辆〇四——二六五一
　　　　　　立移转管理据人
　　　公历一九四九年　月　日

柳惠光把这张证书放在朱延年面前，说：
"债权人方面同意这样写法，你先在这上面签字吧。"
朱延年仔细看了一下，根据他原来写的没有啥修改，他就拿起笔来在上面签了自己的名字。放下笔以后，他惘惘然若有所失，这些财产原来是朱延年的啊，签了字以后，它已经换了主人。他默默低下头去，想起福佑药房复业后可能的兴盛情况，又使他兴奋起来。他安慰自己：这些财产顶多半年以后，一定又在朱延年的名下了。

利华西药房的账房里派了三个人在抄写和解笔据，没有多少辰光，便装订得整整齐齐的送到柳惠光的面前了。他们三个人仔细校对了一遍，没有笔误，柳惠光和朱延年签了字，严律师在证明人项下也签了字。

朱延年兴高采烈地站了起来，说：
"走，上山东路老正兴吃晚饭去。"
柳惠光客气地推却道：
"不必了。"
朱延年拉他下楼：
"别客气了，老朋友，今天我的东，走！"

151

二十

　　朱延年从老正兴出来已经喝得有点半醉,迎面由外滩吹来的凉风,使得他很舒适,他抹去额角上的汗,精神抖擞,跳上一辆三轮,向汉口路福佑药房驶去。福佑药房在一座大楼里面,出入走弄堂里的小门。每层楼的写字间的人都走了。楼梯那儿的电灯不大亮。到了六楼,连电灯也没有,黑洞洞的,像是没人住的空房子。他伸出两只手,在暗中顺墙摸去。

　　他推开六○七室的门,才算看到了微弱的灯光。原来的出纳童进正闲着没事,在小台灯下面低头看《解放日报》,见朱经理进来,就站了起来,叫了一声：

　　"朱经理。"

　　接着,他把室内的电灯扭开,又说：

　　"朱太太早一歇来找你……"

　　"找我做啥？"

　　"说你出来一天没有回去,家里有事体等你……"

　　"等我？"朱延年心里早已知道,最近刘蕙蕙见了他没有别的话讲,就是伸手要钱,真叫人倒胃口。他漫不经心地说,"晓得了,我等歇就回去。"

　　朱经理一屁股坐在办公桌的转椅上,打开侧面的窗户,让童进坐在他左边一只破了的沙发上,他向童进望了望,然后说：

　　"就是你一个人在店里,夏世富呢？"

　　"他出去了,一歇就回来。"

朱延年本来想找他们两个人一道谈,既然夏世富不在,他就先对童进谈:

"童进,福佑要复业了。"

童进近来听到一些关于复业的传说,他和其他店员一样:抱着半信半疑的态度。大家有一个共同的看法,就是朱延年在西药业信用一败涂地,谁能和他往来,谁又能信任他?大家听到这些传说,兴趣并不高。童进听刚才朱经理的口气很有把握,他便提起精神来听:

"你给我准备一下复业登记的手续,童进,房间、电话、沙发、桌子、药品……都是福佑的资产……"

童进怀疑地问:

"除了移转给债权人的以外,留下来的这些电话、药品,不值啥铜钿,算是资产吗?"

"为啥不值钱?"朱延年理直气壮地说,"这些物事买起来都很贵,你按照新的价格算好了,这样钱就多了。"

童进还是不放心:

"工商局要是查问起来,怕不好办吧?"

"呃,你这个人太老实了,工商局那么忙,哪有这些闲工夫查问。你给我写进去,要多一点,资产少了不会批准复业的。这件事体关系大家的利害。童进,你写好了,有事我负责。"

童进没有吭气。

朱延年说:

"凑一凑,有这么五千万的资产,去登记复业就差不多了。你明天到工商局去领登记表,写好了,给我盖上图章送去,越快越好。"

"好的。"

朱延年坐过去一点,对童进说:

"童进，你在福佑快三年了，也算是老同仁了。这次福佑周转不灵宣告破产，你没有走。最初我没有出面清理，可是对你们很关心的。你也不错，守着这爿店，我们算是患难之交了。"

两年前，童进由他父亲的朋友介绍到福佑药房来。他父亲是浙江茶厂的工人，童进自己学的会计。最初是当练习生，后来升了出纳。童进年青，不了解上海商界的情况，更不了解这位朱延年经理的底细。他是一个本本分分的店员。朱延年看他少年能干，做活肯卖力，办事也很精明，有些机密的事就喜欢找他做，觉得比找别人牢靠。逢到要用他的辰光，总给他一点甜头尝。这次朱经理给童进的甜头是：

"童进，复业以后的福佑很快就可以发展起来，银行里开透支户头的事也谈妥了。我想福佑先成立四个部：营业部，会计部，栈务部和外勤部。会计部设两个组：出纳组和客户往来组，你就当会计部的主任。"

童进感到这个责任太重大，他的能力不行，立即谦辞道：

"我负担不了这样的工作，朱经理。"

"可以，"朱延年说，"你是中学毕业生，又是专门学会计的，在福佑里也是老同仁，西药这个行业你也摸熟了，我相信你一定能够做下来。"

童进还是推辞：

"恐怕不行……"

另一个留在店里没走的店员——夏世富从外边回来了。他听见朱经理在和童进谈话，便停留在门口，没有进来。朱经理一听脚步声就知道他回来了，便对童进说：

"好好努力干吧。"

童进不好再说啥。

朱延年对站在门口的夏世富说：

"为啥不进来?"

夏世富弯着腰进来,向朱延年深深地一鞠躬:

"经理刚来?"

他看到朱经理面前没有茶,就拿过杯子倒了一杯开水送过去:

"经理喝茶。"然后他抱歉地说,"不晓得经理今天晚上来,我刚才出去找一些客户的关系,回来晚了一点,嘻嘻。"

他坐到童进右边的沙发里。深蓝布的沙发套子已经发黑了,扶手那里露出一块棉花。他用手把破的地方遮住,微笑地望着朱延年。

朱延年看到夏世富手脚灵活,心里忍不住的高兴,暗暗赞美他是福佑不可多得的人才。听到他说出去找客户的关系,更使朱延年高兴,他说:

"你主动出去找事体做,很好。我们做生意的人就是要腿勤、手勤、口勤,有了这三勤,就不愁生意做不好了。你是很有前途的。"

夏世富站起来,曲着背说:

"全靠经理的栽培。"

"客户的关系找到多少?"

"不多,有几十户。"

"那也不少了,有大户没有?"

"有一些。"夏世富从对面的窗户望出去:远远看见南京路上的灯光反射在天空,织成一片闪烁的彩光,最突出的是永安公司和先施公司的霓虹灯,在一切灯光之上闪烁,在上海的夜空中跳跃着。夏世富对着灯光在想客户的名字,待了一会儿,他说,"我听医药公司招待所的人说,最近苏北卫生处有个采购员要到上海来办货,这笔款子不小。"

朱延年的面孔上立刻露出得意的微笑,兴奋地说:

"世富，你要想法抓住他，好好招待他，不要怕花钱，我们最近就复业。复业的时候遇到大户，是一个好的兆头。"朱延年简单地把筹备复业的情况说了一遍，旋即拍拍夏世富的肩膀说，"你担任我们福佑的外勤部部长的职务，明天开始上班，工资从本月份算起。"

他转过脸去，对童进加了一句：

"你也是一样。"

二十一

朱延年回到家里的态度和在福佑药房时完全两样,垂头丧气地坐在卧房的单人沙发里,摆着一副长马脸,没有一丝笑容,像是穷困潦倒得再也扶持不起来的样子。刘蕙蕙在灶披间洗完了锅碗,一路上哼哼唱唱走进卧房里来,笑嘻嘻地问:

"吃晚饭没有?"

朱延年没有答腔。

"是不是没吃?要不要做点吃?"

朱延年冷冷地说:

"不吃。"

"明天米没有了,房东今天又来催过房钱,说是再不付,就要请我们搬家……"

她还没有诉说完,就叫朱延年堵住了:

"噜里噜嗦,烦煞了,一天到晚这张嘴就没有停过,啥辰光才能让我清清静静过一天?"

她有点不满:

"咦,你整天在外边游来游去,这个家我在给你背:揭不动锅盖,我到外边去求人借钱;房东要房钱,又钉着我,一天到晚跟在屁股后头催。现在告诉你,你不领情,反而说我噜里噜嗦烦煞了,你倒清闲。好,明天我出去,你待在家里一天试试看。"

"你出去就出去,不回来我也不在乎,别吓唬我。我不是三岁的小孩子。"

她说的话朱延年无动于衷。过去,他们经常顶嘴,甚至于大吵起来,最后总是他让步,因为在经济上有些地方他要依靠她。目前她的经济能力已经是油尽灯干,没啥苗头,而他却有了转机,渐渐感到她对他只是一种负担了。他跨进家里的门槛以前,早打定主意设法和她离婚,提不出啥理由来,就有意挑动她的感情。她不了解他最近活动复业的情况,还是凭过去的经验来看他,所以她的态度很强硬,料到他最后总会出来收篷的。她说:

"我早就不想待在你家了,进了朱家的门,就没有过一天舒服的日子,把我四千块的奖金骗去,就翻脸不认人了,总是看你的颜色。我何苦一定要跟着你受这个罪……"她一提起这些事就伤心,她有些话咽在嗓子里激动得说不出来。

朱延年轻蔑地喷喷两声,接着说:

"又提这些事了,说过何止一千遍,也不怕倒胃口。我和你结婚就倒了穷霉,没有走过一天的好运。"

她忍不住插上去说:

"哟,别昧着良心说话。不亏我四千块钱,凭你这样,就开起福佑药房;你投机倒把,还怪人连累你没交好运哩。想想看:汽车是谁坐的?老板是谁当的?你不好好做生意,怪谁!"

"我谁也不怪,就怪自己的命不好,讨了你这样一位好老婆。"

"我有啥不好?"她走到他的面前,挺着胸脯好像要和谁比比的样子,"现在没有钱了,穷了,自然不好了。当初是谁追求我的?说我聪明大方,又会唱歌,是啥才女。我刘蕙蕙还是刘蕙蕙,现在却变得不好了。"

"啥不好,好极了。"他冷笑一声,不屑去看她一眼,仿佛没有看见似的,"我追求你?追求你的人多得很哩。"

她听到这句话很得意:

"那当然啦。"

他听她那得意的口吻,马上浇下一盆冷水:

"就是没有人敢要你,算我倒了霉,瞎了眼睛,看上了你。"

"我也是没有睁眼睛,碰上你这个骗子。"

"我是骗子?"他仍然很冷静,毫不激动,慢条斯理地说,"很好很好,是你讲的,别赖。那你为啥要上骗子的当?为啥要爱一个骗子呢?现在不必再受骗了。"

她气冲冲地说:

"我当然不再受骗了。我想透了:和你在一道整天挨饥受饿,看别人的脸色,听别人的闲言闲语,还要受你的脚板气,我贪图啥?"

说到这里,她的眼角上忍不住流下了两滴泪。他狠狠地又逼紧一句:

"我也没有用绊脚索把你绊住……"

她想起今后这样困难的日子怎样熬法,娘家带来一点钱贴光了,借债的门路绝了,能够典当的物事也很少了,转眼到了秋凉的时候,日子更难打发,于是下了决心:

"那我走。"

说了这句话,她看他的脸色。他坐在沙发里稳稳不动,电灯光射在他的脸上,毫无表情,像一尊大理石的雕刻,凉冰冰地说:

"不送,不送。"

"好,我走。"

她真的拔起腿来就走,橐橐地跨出门去。她暗暗回过头来觑了他一眼,料想他会走过来拉住她,这样可以挽回僵局。但是他的屁股连动也没动,安然躺在沙发里。她抹不过脸来,径自下楼去了。鼓着劲走到后门,她忍不住站了下来,反问自己:"真的这样走了吗?"她怀念起初婚的生活,那时候朱延年的生意做得不错,她自己手头也宽裕,两个人有说有笑地度了一段甜蜜的生活。现在朱

159

延年正是倒霉透顶的辰光,忽然离开,丢下他一个人也说不过去,何况他有个姐姐,还有那位上海工商界有名人物的姐夫,不会忍心看着他这样潦倒下去。她的心软了,未来美好生活的远景在她眼前闪耀着。她掉转身,回到楼上,看到朱延年仍旧是安稳地坐在沙发上,一股怒气从她心头冲起,想留下的念头淡薄下去,但也不甘心就走,却又不好改口,她气呼呼地说:

"要走,没这么容易,写下笔据。"

朱延年用眼角扫了她一下:

"好吗,你爱写啥就写啥……"

刘蕙蕙赌气拿起纸笔来就写了离婚字据,并且在上面签了名,然后扔给朱延年,鼓着勇气说:

"你签字吧。"

朱延年真的在上面签了字,而且折好放到自己的口袋里去了。她一看事态严重,情势发展不是如她所预料的,过去想把字据抢回来,朱延年哪里会给她,抢了两次抢不到,便哇的一声倒在沙发里埋头放声大哭了。

朱延年看也不看她一眼,轻轻地走到楼下的客堂间去了。

二十二

夏世富领着苏北行署卫生处的张科长一上了六楼,朱延年马上就迎了出去,像是会到一位老朋友一样,一把紧紧握住张科长的手:

"张科长,久仰久仰。"

夏世富在一旁介绍道:

"这是敝号的经理,朱延年先生。"

张科长穿着一身灰布人民装,里面的白衬衫的下摆露了一截在外边,脚上穿了一双圆口黑布鞋子,鞋子上满是尘土,对周围的环境与事物都感到陌生和新鲜。他显然是头一次到上海来。他见朱经理那么热忱招呼他,就像是有了几十年的交情似的,他想头一回到大都市,不要给人家笑话自己是土包子,叫人看不起,他也学朱延年那股热呼劲:

"久仰久仰,朱经理。"

可是他究竟不熟练,口音有点不顺,态度也比较勉强。朱延年热情的款待把他的窘态遮盖过去:

"经理室坐,经理室坐。"

他给领到六〇七室的那个小房间,夏世富倒了茶,打开一包三炮台香烟,递了一支给他,他想不好随便吃老百姓的东西,便拒绝道:

"不要……"

夏世富把香烟塞在他手里:

"抽吧。"

他还是拒绝,并且说:

"我不会抽。"

朱延年看到他右手的食指中指给香烟熏得发黄了,不但会抽,而且是老枪,他笑着说:

"张科长别见外了,烟茶不分家,抽根把香烟算啥。你会抽,你看你的手指都叫烟熏黄了。"

张科长从来不会说谎,这次为了想不抽老百姓的烟说了一句假话,马上叫人发现,有点难为情,脸上发烧。他不得不接过夏世富的香烟。夏世富亲自给他擦了火点上。朱延年察觉出来他是第一次到上海的老解放区的干部,很注意解放军的三大纪律八项注意的。他便给他拉知己,来打破这个隔阂:

"张科长,我们这个字号和别的铺子不同,上海解放前,我就给解放区往来了,有一次一批西药运到解放区,"说到这里朱延年抓抓头皮在回忆当年的情形,说,"是运往苏北解放区的,在路上给日本鬼子截住了,一批货都没收了,我亏了老本,里面的人叫我暂时不要做了,这才断了往来。我早就赞成共产党解放军了,别看我这个买卖人,也算得是半个公家人哩。这次张科长来,不要拿我当外人才好。"

张科长是一个乡村知识分子,别说上海,连南京和镇江也没有去过。在解放区参加工作有三四年了,为人本本分分,老老实实,谨慎小心,观察事物比较迟钝。因为工作认真负责,慢慢提拔当了副科长。张科长听到朱延年这番话,又看见店员身上一律穿着布的人民装,讲话的时候嘴上缺不了新名词,完全是一派新气象,确实和别的药房不同,果然感到和朱延年亲近了些,不像刚才进门时那样提高警惕,精神也没有那样紧张了。他抽着烟,坐在沙发里,说:

"我们都是为人民服务,当然不会拿你当外人……"

"张科长参加革命一定很久了,是我们的老干部老上级,以后希望多教导教导我们,也好让我们这些落后的人跟着你一道进步。"

"不要客气。我不是老干部,也谈不上啥上级,我们大家互相学习。"张科长心里想:参加工作没两年,连党也没有参加,怎么能说是老革命呢?但是听他的恭维话心里却很舒服。他看朱经理倒是和一般商人不同,满口新名词,大概从前是和解放区往来过,否则不会这样的。朱延年确实曾经和解放区做过生意,但只是两三次,而且数目很小,他却夸大了许多许多倍。张科长听他说的口气那么大,和他现在坐的这间狭小的经理室极不相称。他抬头向四下张望了一下,这样小的地方能做很大的生意吗?他脸上不禁露出怀疑的神色。

朱延年一看张科长的眼光就知道他不相信福佑药房是做大买卖的,他连忙暗示地说:

"唉,我们福佑因为给解放区往来,叫国民党反动派恨透了,逼得我们解放前不得不歇业,差点没搭上我这条小命。当然,只要为了解放区,为了革命,牺牲了我这条小命也不在乎。人生只要有个目的,死了也有意义。幸亏解放军解放了上海,我才逃出国民党反动派的虎口。解放后,我们高兴得很,人民翻身了,大家都忙……"

"那是的。"张科长随便答了一句。

夏世富趁机会帮腔:

"我们经理因为和解放区有往来,认识很多解放同志(他把'区'字漏了),整天忙得脚都没停过。"

"是呀,"朱延年摆出浑身忙不过来的神情,说,"就拿福佑来说吧,我就没有时间来好好筹备复业,同行希望福佑早点复业,许多客户,特别是老区的同志更盼望福佑早点复业。做买卖的一回生二回熟,总喜欢老主顾,客人也总喜欢老铺子,双方熟悉,信任得过,办起货来放心,不会吃亏。就是这样,福佑还没有筹备得好,就草草复业了。"朱延年指着门外边那一溜已经移转给债权人的房间说,"那些房子还来不及布置,在同行与客户的催促之下,只好先复业再说,地方太小,怠慢你了,张科长。"

张科长弯弯腰,说:

"没啥,我们过去打游击,有这样的房子就不错了。"

朱延年马上又把话拉回来说:

"不过上海这市场就是这样,写字间——就是公司办公接头的地方——总是狭窄一点,栈房啊工厂啊倒是比较像样的。张科长啥辰光有空,到小号的栈房里去参观参观。请指教指教。"

夏世富在旁边听得朱经理这一番话,不禁给朱经理捏了一把冷汗,福佑有啥大栈房? 幸好张科长说:

"好的,等把货办完了,再说吧。"

朱经理抓紧这个机会,立刻接上去说:

"张科长这次准备办些啥货呢?"

张科长从灰布人民装的胸袋里掏出一个日记本子来,打开来,从中抽出一张购物单子。他慎重地把它递给朱经理:

"不多,先买这一批……"

朱延年一看那单子,心里毛估了一下,至少也得三四亿,这笔买卖可不小啊。他看着上面的药名,嘴角上露出了微笑:

"张科长,那就请你把这单子留下来吧,小号来给你服务……"

"不,你先给我,我等歇抄一份给你……"张科长想收回去。

"是不是准备也送到别的药房去估估价?"朱延年猜出他的心思,他有意放一码,显出毫不在意的样子,说:"多给几家药房估价好,看哪一家货便宜,买哪家的货。不怕不识货,就怕货比货。张科长办事真有经验!"

朱延年在张科长面前跷起了大拇指。张科长心里很得意。觉得朱经理的眼光不错：识人才。他外表没露出来，摇摇头，说：

"太恭维了。"

"这样好了，张科长，我给你复写几份，开好本号的估价单，一道给你送过去。货暂时不忙配，等你比较了价钱，送给医药公司核价以后，决定买哪一家的再说。"

张科长点点头：

"那我先走一步。"

朱延年问夏世富：

"张科长住的地方安置好了吗？"

"早安置好了。"

张科长吃了一惊：

"我自己有地方住……"

夏世富拉着他的手说：

"住在我们这里方便些，一样的，没有关系，走吧。"

朱延年送走了张科长，旋即把童进叫到经理室来，指着张科长的货单子说：

"你去和营业部商量一下，开出一个估价单来。一般便宜的货照批发价九折计算……"

童进听到这样开价，他的眼睛愣了：

"经理，这样计算？"

"没关系，"朱延年满不在乎地说，"童进，我们是薄利多销主义，你开好了。贵重的药品你们照批发价九五折计算……"

童进暗暗佩服朱经理的手段：贵重药品九五折，那利润不错；一般便宜的货九折，估价单表面上看便宜，拉扯过来，还是划算。他不再提出异议，静静地听朱延年说下去：

"这个估价单只准开便宜，不准开贵。张科长要把几家的估价单送到医药公司去核价的。这是我们福佑复业后的头一笔大买卖,无论如何不能叫人家做去,懂得吗?"

童进站在朱延年面前会意地点点头。

"你快去开,"朱延年说,"开好马上就拿来给我。同时把货单子给我复写三份。"

童进前脚走出去,夏世富后脚跨进来,他笑嘻嘻地报告了安排张科长的情形。朱延年听完之后,他最关心的问题是张科长究竟带了多少款子到上海来办货。夏世富想了半晌,皱着眉头说:

"摸不清。张科长的嘴很紧,他不随便透露他的情形,连讲话也很小心的,你不是看到刚才那副腔调吗?"

"这是老区干部的特点,你越问他越不讲,你要是把他引到话头上,他有时不提防就流露出来了。这辰光还不能追问,一追问他就不讲了,要装作不注意他讲的那些事,同时你表示晓得很多事,他就会慢慢讲的。我的外勤部长,现在做买卖不比解放前,要用点政治,要动点脑筋。"

"希望经理多指导,我们实在太没经验了。"夏世富感到自己很空虚,听了朱延年的一番宏论,更感到自己不灵光了。

"你很聪明,只要努力学习,慢慢就会进步的。"朱经理鼓励他,问,"张科长带的行李多不多?"

"不多,只是一个铺盖卷和一只箱子……"

朱经理听到箱子,脸上立即发出兴奋的光彩,紧接着问:

"沉不沉?"

"沉得很。"

"对,那里面装的一定是钞票。这箱子有多大?"

"三十二寸光景。"

"我晓得了,至少也有五六亿现款,这笔生意我们一定要做上,世富,你再去了解了解他的嗜好和脾气,早点回来告诉我。"

"好的。"

夏世富走了不久,童进把估价单和复写的货单子送进来,朱延年和他一道仔细校对了一下,比照市场上的行情,研究了哪些药品还可以压低一点,经过反复考虑,朱延年再三修正了估价单。晚上夏世富向朱延年报告了张科长的情况。朱延年吩咐几句,夏世富出去办理了。

第二天中午,朱延年和夏世富一同到惠中旅馆去拜访张科长。他们两个人走到三〇二房间,茶房热情地过来打招呼,知道他们是来看客人的,便在三〇二房门上轻轻敲了两下,里面没回音,茶房说:

"张科长睡午觉了,朱经理夏部长在隔壁房里等一歇。"

朱经理同意,他给领到三〇三的空房间里坐下来了。喝了一口茶,朱经理对茶房说:

"张科长一起来就叫我们,你在外边看着……"

茶房懂得这些老板包围顾客的意图,他会意地笑着说:

"误不了事,你们歇着吧。"

张科长在床上睡得正熟,忽然听到轻轻敲门的音声,仔细一听:声音又没有了。他翻身想再睡一会儿,却怎么也睡不着,看看手表已经快两点了,他想起办货的事,就霍地爬起来。他下床一看,大吃一惊。他放在床前的那双满是尘土的圆口黑布鞋不见了,却换成了一双贼亮的黑皮鞋。他想上海真是一个可怕的十里洋场,睡了一觉,鞋子就不见了,而且是在房间里不见的。这双皮鞋是谁的?一定是茶房打扫房间放错了,应该告诉茶房送还给它的主人。他要下床来,没有鞋子,只好权且借用一下那双新皮鞋。他把脚放进去,真稀奇,不大不小,正合适,是谁的脚和他一样大小呢?他低着头穿好了鞋子,抬起头来走两步,正要叫茶房,忽然看见床头那边放了一把靠背椅,椅子上放了一套深灰色哗叽的人民装,他好奇地把人民装上身拿过来试一试,走到衣橱的那块大玻璃面前一看:啊哟,不长不短,不肥不瘦,很合身。他很紧张地脱下来,慌忙折好,仍旧放在靠背椅上,竭力避免往那儿看。他过去开门,叫茶房。

朱延年和夏世富听到张科长的声音,就和茶房一道过来了。张科长见他们来,自己连忙缩回来,坐在床上,把皮鞋脱下,两只脚悬空挂在床沿上。他见茶房进来,劈口就说:

"这是谁的衣服和皮鞋?怎么放到我的房间来,还给人家去!"

茶房没有吭气,他的眼睛望着夏世富。夏世富说:

"这是送给你的。"

张科长急得一个劲摇手:

"我不要,我不要……"

"穿上吧,"夏世富笑嘻嘻地央求说,"不晓得合不合适。"

张科长的态度很坚决:

"我不要这些东西,我用不着……"

朱延年看张科长的面色很紧张,他在旁边设法缓和这空气,轻描淡写地说:

"先试一试,没啥关系。这皮子倒不错,是德国纹皮,嘻嘻。"

张科长挂在床沿上的两只脚直摇,也在反对的样子,他说:

"用不着试。"心里想到刚才试穿的情形,脸颊上有点红红的,他对茶房说,"我的布鞋呢?你给我拿来。"

朱延年怕形势弄僵,知道老区的老干部刚到上海是很不习惯这样的,一切的事要慢慢的来。他没让茶房答话,抢先插上去说:

"这皮鞋是我个人的,那衣服也是我个人的。你那双布鞋太龌龊了,大概他们拿去洗了,晒干了会拿来给你的。你今天先穿上皮鞋再说。这衣服和皮鞋先借你用一用,将来再还给我,不是送你的。"

朱延年把夏世富说错的话无意中收回来，张科长听他这样说法，神经稍为松弛一些了。朱延年更进一步说：

"我们到老区去，天气冷了，部队上发衣服给我们，我们就不客气穿了。军民是一家，张科长不要拿我们当外人才好。"

"那是的。"

他听朱延年继续讲：

"凡事要入乡随乡，到啥地方说啥地方的话。这些物事，"他指着靠背椅上的衣服和床前的皮鞋，"在老区确实用不着，不过在上海穿穿倒也是需要的，嗨嗨。"

张科长听他这一番话认为也有他的道理，他转过脸去向靠背椅看了看：那衣服料子很不错，想到苏北的首长也没有这样漂亮的衣服，便立即转回脸来，对朱延年说：

"那我借你皮鞋穿一穿，等我的布鞋晒干了还你。这衣服我一定不穿，我这身灰布衣服蛮好。"

夏世富搭上来说：

"张科长，你试试……"

张科长没听他说完就摇头。朱延年懂得目前不宜再劝说，不在意地说：

"你这身灰布人民装也不错……"他把话题拉到估价单上来，送过去复写的货单子和福佑的估价单，说："张科长，都给你准备好了。"

张科长穿上皮鞋走过去。茶房看事体已经解决，转过身来伸伸舌头溜走了，侥幸这事差点没怪到他的头上。张科长迎着窗户站着，在仔细看那估价单。朱延年走到他的侧面，一边也看估价单，一边偷看他面孔上的表情：张科长有时眉头开朗，觉得药品的估价是比较便宜；有时眉头皱起，板着面孔，感到有些药品的开价并不便宜。朱延年站在旁边屏住呼吸，心扑通扑通地在跳。

张科长看完了估价单,知道总的来说价钱不贵,心中高兴。朱延年在一旁试探地问:

"张科长,你是内行,一看就晓得估价克己不克己,小号一向是抱薄利多销主义的,对老区同志,尤其要克己。我们完全是服务性质的。嗨嗨。"

张科长把估价单往桌上一放,很谨慎地说:

"等别的药房开了估价单再说,好哦?"

"好的好的。"

夏世富怕生意让别家抢去,他赶紧凑上一句:

"张科长确定了,请你早点通知我们,我们好早点给你把货配齐,别误了你的公事。"

"决定哪家以后,就通知你们。"

朱延年恐怕露了马脚,连忙在侧面摆出不在乎的神情,补了两句:

"不忙,等你考虑考虑,再和医药公司商量商量,研究在哪家配货都是一样。我们因为曾经和老区往来过,思想认识比较清楚,我们希望有为人民服务的机会。在上海办货要小心,有些商人惟利是图,过期的货也配进去,给客户上当。这药品不是别的,买了不能用不行。"

"这话说得对,"张科长同意朱延年的看法,他说,"我要和医药公司他们多商量商量。"

"应该的。"朱延年不再向这上面说下去,他暗暗扯到另外一个问题上去,"张科长,你头一次到上海来,凡事谨慎一点好。出门不要带贵重东西,小心叫别人偷去。"

张科长顿时想起了他带来的四亿现款,心里有点紧张起来:出门不能带,留在旅馆里安全吗?这倒是个包袱。路上为了这笔款子,他几乎整整一夜没合眼,到了上海又成了问题。他向房间四面

看看,好像没有依靠,便脱口说出:

"我带了一些现款来,别的倒没有啥贵重东西。朱经理,你看有啥办法吗?"

"办法?"朱延年有意不马上答复,想了一阵子,才慢吞吞地说,"办法倒是有,就拿小号来说,我们的客户到了上海总喜欢把款子交给我们保管,要我们给他存在银行里。福佑和银行往来有专用支票,客户要款子,一个电话,马上就送过去,客户感觉很方便。小号特别派人负责,加倍小心。小号的宗旨就是为客户服务的。"

"存在银行里,"张科长说,"也好,就是太麻烦你们了,朱经理。"

"没啥,你吗,我们更应该服务的。"

张科长从床底下把箱子拉出来,说:

"款子倒不多,只有四亿……"

朱经理看见一箱子人民币,他的眼睛里忍不住露出喜悦的光芒,望着夏世富说:

"你快点给张科长送去,坐三轮去,路上小心点。"

"晓得了。"

夏世富点了点数,提着箱子走出去。朱延年留在房间里,对张科长说:

"我们的夏部长可算得是老上海了,他啥地方都晓得,要买什么东西,找他,他的门槛精来兮。"

张科长说:

"以后少不了要麻烦你。"

朱延年瞧大事已成,他站了起来,很诚恳地说:

"张科长,这估价单你仔细多看看,有些价钱我们还可以让点步。今天晚上请你便饭,希望你赏我一个面子。"

张科长不同意:

"用不着,旅馆的伙食比我们机关的小灶还好。"

朱延年弯下腰去,说:

"这是我对张科长的一点小意思,我们虽是初次见面,可是很谈得来,以后还希望张科长多多栽培。"

"晚饭一定不吃了,我晚上还有事。"

"别客气,"朱延年走到门口对张科长拱拱手,说,"我晚上过来候你。"

朱延年走到楼梯口那儿,刚才和他一同到张科长房间去的茶房追了上来,问他张科长那双布鞋哪能办。张科长昨天穿了拖鞋到浴室里去洗澡,夏世富趁此机会量了他的鞋子大小和衣服长短,立即从外面买了黑皮鞋和灰色哔叽人民装来。在他今天睡午觉的辰光,让茶房送了进去,特地把布鞋子拿出来。刚才朱延年顺嘴那么一说,茶房不知道怎样处理是好了。朱延年要茶房真的给他洗一洗,今天不要给他,等他催两三次以后再送去。如果他不提,就不必给他了。

张科长关起门来,又仔细看了一下估价单,想起这许多款子叫夏世富拿走,有点不妥。朱延年虽然说得那么好听,他究竟是商人啊,何况他们从前也不认识。这次夏世富从医药公司招待所打听出他来沪的消息,一直把他接到福佑药房来,情况没摸清楚,就把款子交出去,未免有点太冒失,应该自己存到人民银行去。他把茶房叫进来,问清了福佑药房的电话号码,当时打电话过去,告诉夏世富,他要这笔款子用,不必存了,请他马上送过来。

夏世富得到电话,急忙跑去问朱延年怎办。朱延年仿佛早想好了主意,旋即答道:

"你告诉他:四亿款子已经派人存到银行里去了,要钱用,请他晚上告诉我。我去对付他。"

夏世富刚跨出经理室,朱经理又加了一句:

"你打完了电话就回来,世富,你把这款子,"朱经理指着沙发旁边的张科长的皮箱说,"送到信通银行去,存在福佑药房的户头里。"

二十三

童进走进经理室,小声地对朱延年说:

"经理,张科长又催了,他叫我们快点把药配齐,他等着回去。"

"晓得了。"朱经理有点不耐烦。

"他还说,再不配齐,他就不要了。"

"不要就不要,这吓不住谁。"

"这不好吧,"童进严肃地劝说,"收了人家货款,哪能好不配货呢?"

朱延年给问得无话可说,他转过口气来说:

"当然要配货,不要一个劲屁股后头追……"

"也难怪张科长,他等了半个多月了。"童进一想起这事,就很惭愧。

那天晚上,朱延年和夏世富一道请张科长吃饭,朱延年首先提出来问要款子派啥用场。张科长事先没想好题目,一时没答上来,只说是放在手边方便些。朱延年劝他还是存在银行里稳妥,要多少福佑派人随时送过来。张科长不好再说,暂时存在那里再说。

过了两天,各家药房的估价单送来了,价钱倒是福佑便宜,他并不马上决定,去找医药公司核价。医药公司那边管理这方面工作的旧人员,朱延年请过他们的客。医药公司的同志说:凭估价单看,是福佑货价便宜,买福佑的划算;只是福佑复业不久,品种可能不全,希望张科长抓紧一点催他们配货。张科长自己哩,想到受了他们非常热情的招待,穿了他们的衣服和皮鞋,现款也存在他们那里,不买福佑的药品既说不出理由,也有点不好意思。至于催配货,那是每家一样的,他决定买福佑药房的。

　　福佑药房办货的手续并不慢,决定之后的第二天下午就装了一批出去。本来张科长是希望一次配齐,夏世富说分批快,反正都得配齐。张科长同意他的做法,眼见第一批货上了火车,张科长稍为放心一点了。他不知道头一批货是福佑现成的便宜货,不值钱,自然装得快。第二批货就拖了一个礼拜,最后装出去时,那里面还暗暗搭配了一些冷背货,张科长却给蒙在鼓里。第三批,应该是最后一批了。催了一个礼拜,迟迟没有装,每次催夏世富,夏世富总是说"就装就装",只听楼梯响,不见人下来。张科长愁得难于打发这日子,等得有点不耐烦了。

　　在张科长焦急的等待中,夏世富笑嘻嘻地走进了他的房间。他不再和夏世富寒暄,劈口便问:

　　"你们以后究竟还想不想和我做生意?"

　　"你这是说啥闲话,张科长,一回生,二回熟,当然想做,当然想做!"

　　"为啥还不配齐货?"

　　"就要配齐,就要配齐。"

　　"老是说就要配齐就要配齐,等了半个多月了,还是没配齐!"

　　"张科长,这次真的就要配齐了。"

　　"还有几天?"

　　这一句问住了夏世富,天晓得还有几天。他看张科长那股急劲儿,不说个具体的日期,一定会跳起来的。他具体的日期又说不出,便含含糊糊地说:

　　"这个礼拜大概一定可以了。"

　　"你说的,这次可要算话,这个礼拜一定要配齐。"张科长给拖得没有办法,只好答应了他,可是还不放心,又加了一句,"没有货,那可别怪我了。"

"我一定催朱经理，"夏世富见他态度缓和了，马上就把责任推到朱经理身上，到辰光没货他好有话讲。他说，"你放心好了，张科长。"

张科长叹息了一声：

"整天呆在旅馆里等货，真闷得慌。"

"我陪张科长出去散散心，……"夏世富说到这里便停下来，观察张科长的表情。

张科长毫不考虑地坚决地说：

"我不要散心。"

"反正闲着没事，到大世界去逛逛吧……"夏世富不再说下去，在听他的口气。

"不，"张科长说了一个"不"字，立刻想起了大世界。他在扬州家乡就早听说过上海。上海有个大世界，里面啥都有，可以说要啥有啥。这次到上海办货以前，也曾有个念头，到大世界这些地方去白相，一方面因为自己头一回到上海，人生路不熟；另一方面由于福佑的货始终没配齐，任务没完成，把到大世界白相这些念头忘在一边了。经夏世富一提，又勾起了消逝得了无影踪的念头，接着他思念地说，"大世界？"

"唔，大世界，"夏世富看他有些心动，便乘机紧接上去说，"这地方可好白相哩，到了上海的人没有不到大世界去的。有人说，不到大世界，等于没到上海。"

"啊！"

张科长听夏世富一说，惊讶一声，态度没有刚才那样坚决了。

"去白相白相，反正闲着。"

夏世富不由分说，拉着张科长就走。张科长心里想去一趟也好。转一转马上就回来。

夏世富买了门票,首先把张科长带到进门右边的那一排镜子面前,指着镜子,嘻着嘴,对张科长说:

"你看!"

张科长站在镜子面前,大吃了一惊,那里面出现了一个奇矮的胖子:胳臂短而粗肥,腿也短而粗肥,看上去膝盖就要接近脚面,身子,不消说,也是短而粗肥,头仿佛突然给压扁了似的,眉毛、眼睛和嘴变得既细且长。整个人比无锡惠泉山的泥制胖娃娃还要矮还要胖。这种人他从来没见过。他仔细一看:不是别人,正是自己。他几乎不相信镜子里的人就是自己;看看自己,又看看镜子里那人的容貌,又确实是自己。接着,他好奇地又走到另一面镜子前面,上身非常之长,几乎占去整个人的长度六分之五,两条腿出奇地短,成了一个很可怕的怪人。他退后几步仔细一看,镜子里那个怪人突然发生了变化,变成两个人,下面一个人十分矮小,头上顶着一个倒立的人,细而长,长得只见半个身子多一点,脚都看不见了。这一长一矮的人都是自己。张科长在各种镜子面前,变成各式各样的畸形的人物,到最初一面镜子面前,才又恢复了他的本来面目。

张科长十分好奇地又重新在每一面镜子面前望了望,然后才不舍地离开。

"这是哈哈镜。"夏世富对他说,"因为在镜子里看到各种怪样子,没有一个人不哈哈大笑的,就叫做哈哈镜。"

"唔,"他把畸形的身体所引起的喜悦隐藏在心底深处,随便地"唔"了一声,跟夏世富走去。他心里对大世界发生了浓厚的兴趣。

夏世富把他从一个游乐场带到另一个游乐场,有时坐下来看一阵,有时站在那里停一会。这里有京剧,有越剧,有沪剧,有甬剧,还有淮扬剧;这儿有魔术,有杂技,有电影,还有木偶戏;另外还有吃的喝的地方。他站在三层楼上,只见人山人海,熙熙攘攘,像流水般的涌来挤去。耳边听不尽的音响:京剧铿锵的锣鼓,越剧哀怨的曲调,杂技的动人心魄的洋鼓洋号……吸引每一个游客的注意。

他心里想:确确实实是个大世界,啥玩意儿都应有尽有。这个地方不来一趟,真的是等于没有到上海。他回到惠中旅馆三〇二号房间还在想每一个游乐场的情景;夜里躺到床上,在他眼前不断出现的也还是游乐场的情景和照在哈哈镜里的畸形的身体。

第二天,他起来很晚,吃过午饭,困了一觉,又是晚上了。夏世富那张阿谀的笑脸又在他面前出现了,低低地问:

"大世界不错哦?"

"这地方倒蛮有意思。"他心里想:上海真是一个迷人的地方。

"今天我们上另外一个地方去……"

张科长听到"上另外一个地方去",心头一愣,啥地方? 也许是自己曾经想去过的一个不敢告人的神秘的地方,他信口回绝:

"绝对不去!"他感到任务未完成,两个肩膀上的责任很重,不能随便乱跑了。

"还没有给你说到啥地方去,为啥就说绝对不去呢?"

夏世富看他那股紧张劲,不禁笑了。张科长像是突然给人发现隐私,脸绯红了。等了等,改口说:

"啥地方也不去。你们快给我把货配好,我该回去了。"

"到了上海总得多看看,也不是到下流的地方去……"夏世富有意避免谈到配货上去。

"唔……"张科长没有说下去,但不再坚决拒绝了。

"到永安公司的七重天。这可是个好地方,站在上面,什么地方都看得到……"

张科长觉得待在旅馆里闲得发慌,利用这个机会到上海各个地方白相白相也不错,便答应道:

"去就去吧。"

他们两人坐电梯上了七重天。夏世富先领他站在七重天的窗口,让他欣赏夜上海美妙的景色。天空夜雾沉沉,给南京路上那一溜大商店的霓虹灯一照,那红红的火光就像是整个一条南京路在燃烧着。远方,高耸着一幢一幢高大的建筑,每一个窗户里发射出雪亮的灯光,在夜雾茫茫中,仿佛是天空中闪烁着的耀眼的星星。张科长感到自己到了天空似的,有点飘飘欲仙。

看了一会,夏世富陪他走进了七重天的舞厅。两个人在右边靠墙的一张台子上坐下。音乐台上正奏着圆舞曲,一对对舞伴像旋风似的朝着左边转去。灯光很暗,随着音乐旋律的快慢,灯光一会是红色的,一会是蓝色的,一会又是紫色的。在各色的灯光下,张科长留神地望着每一个舞女,有的穿着乔其丝绒的花旗袍,有的穿着紫丝绒的旗袍,有的穿着黑缎子的旗袍,脚上是银色的高跟鞋,跳起舞来,闪闪发着亮光。他拘谨而又贪婪地看了一阵,又想看,又怕人发现自己在看,不安地坐了一阵子,想走开又不想走开,半吞半吐地对夏世富说:

"我们走……走吧?"

夏世富从他的眼光中发现他对舞场发生极大的兴趣,便坐在那儿稳稳不动,说:

"白相一歇再走。"

张科长不再言声,右手托着腮巴,凝神地望着舞池。夏世富给一个穿着镶了绿边的白色制服的侍者咬了一下耳朵,手向角落上的一个女子指点了一下。半晌,一个穿着大红牡丹的乔其丝绒旗袍的青年舞女走了过来,坐在张科长旁边。

一个曲子终了,舞池里的电灯亮了。张科长回头一看,忽然发现了这个青年舞女,连忙放下右手,靠左边坐过去一点,好给她保持稍远的距离。

"这位是张科长……"

那青年舞女点点头,亲热地称呼道:

"张科长……我叫徐爱卿……"

张科长不自然地点点头,立刻把头向左边望过去。舞池里的灯光变成紫色的,张科长暗暗回过头来,朝那个舞女觑了一眼,正和那舞女的眼光碰个正着,他马上又把头转向左边。

夏世富对徐爱卿说:

"请张科长跳个吧……"

徐爱卿看张科长神色不自然,她没有马上站起来请他跳,很老练地说:

"张科长阿肯赏光……"

"不……"

张科长不知道自己要讲啥,说了个"不"字,没有再讲下去。

夏世富料想他不会轻易跳的,没有勉强他,却说:

"张科长是老革命,老干部,是国家的功臣,打游击打了很多年,现在全国解放了,革命成功了,也该享乐享乐……"

"是呀!"徐爱卿说。

张科长在回味夏世富的话:真的,在苏北辛苦了这么多年,有机会到上海来,现在等货,闲着没事,又是夏世富请客,不白相也太对不起自己了。他早听说上海舞厅富丽堂皇,到了七重天一看,果然不错,坐在身旁的徐爱卿更是生平没有见过的漂亮的少女,跳一次舞为啥不可以呢?可是他耳朵里仿佛听到另一种声音:你是出来办货的呀,为啥要到这些地方来?他犹豫不决,但并不拒绝徐爱卿,只是说:

"我不会跳,看看吧……"

夏世富说:

"请徐爱卿小姐教你。"

徐爱卿顿时接上说：

"张科长一定跳得蛮好，不用我教。嫌我跳得不好……"

"不是这个意思，"张科长满口否认，"不是这个意思。"

夏世富凑趣地说：

"那就跳一个吧。"

"等等……"张科长松了口。

夏世富说了一声"好的"，便拉徐爱卿到舞池里去跳了。他们两个人一边跳着，一边谈着。张科长不知道他们谈的啥，但看见徐爱卿的眼光老是盯着他望。他漫不经心地也对着她望。

夏世富和徐爱卿跳完了一个曲子，回到座位上来。夏世富说要小便去，站起来走了，把徐爱卿和张科长两人撇在那儿。她见张科长的眼光专心注视着舞池，不和她搭讪一句话，等了一会儿，她说：

"肯给我面子哦？科长。"

"什么面子？"

张科长回过头来问徐爱卿。她笑着说：

"我想请你跳支舞？"

"我，……我不会……"

"我晓得你会，就是看我不起！"

她向他微微一笑。

"不是，不是……"张科长一个劲否认。

"那就跳吧，"她拉着他的手，要到舞池里去。

他望见舞池里挤满了人，在暗幽幽的蓝色的灯光下，一对对舞伴跳着轻盈的慢狐步舞。舞池附近的台子全空空的，只有他和徐爱卿坐在那里没跳。他是会跳舞的，并且也是很喜欢跳舞的，一进了七重天，他的脚就有点痒了，但觉得在舞池里和舞女跳舞不好。如果这儿是机关内部，他早跳得浑身大汗了。徐爱卿再三邀请，他

觉得老是拒绝也不好,何况舞池里没有一个熟人,连夏世富也不在哩。他慢吞吞地说:

"那你教我……"

"好的。"

"只跳一个!"

"随便你……"

徐爱卿拉着他的手一同下了舞池,随着音乐旋律,在人丛中跳开去了。接着她又请他跳,他想:既然跳了一个就跳吧。等他们跳完了两个曲子,手挽手地回到座位上,恰巧夏世富比他们早一步回到座位上,他跷起大拇指对张科长说:

"跳得真好,科长。"

"不会跳,"张科长忸怩地说,"是她硬拉我下去的,献丑了。"

"科长跳得邪气哉,夏先生。"

"我早就晓得了。"

现在张科长再也不顾忌啥,时不时邀请徐爱卿跳。跳完一个曲子回来,张科长发现夏世富不见了,他心里有点焦急。她说:

"等等大概要来的。"

一直等到夜里十一点,张科长还不见夏世富来,心里实在忍耐不住了,老是向舞池四面张望:没有夏世富这个人的影子。他不禁信口说道:

"怎办呢? 还不来!"

她一点也不急,老是讲:"等一歇再讲。"张科长站了起来,不耐烦地说:

"不行,我得回去了。"

他又向四面看看,仍然没有夏世富的影踪。这时正好有个穿白制服的侍者走过,张科长指着夏世富的空座位问他:

"你看见这位客人到啥地方去吗?"

"是夏先生?"

徐爱卿点点头。侍者说:

"哦,对了,忘了告诉你们两位了。刚才有电话找夏先生,有要紧的事,他回药房去了。你们的账他已经付了。他要我告诉科长一声,对你不起,他有事先走一步。"

张科长感到有点莫名其妙,药房里忽然有啥要紧的事?为啥知道他在七重天舞厅呢?他事先给药房讲好了吗?这一连串问题,他得不到解答。徐爱卿却毫不以为奇,漠不关心地说:

"不去管他,我们跳吧。"

张科长有点生气,果断地说:

"不跳了,我要走哪。"

"也好,"她也站了起来,靠着他身边,低低地说,"我送你回去……"

"不……"

她没有再说下去,陪他走出了七重天。她好像事先知道他住在惠中旅馆,挽着他的手向那个方向走去。他失去了主宰。上海的路,他不熟,他也没有办法甩开她,可是心里又不愿她送自己回去。他无可奈何地一步步向前迈去。她一直把他送进了三〇二号房间……

第二天黄昏时分,夏世富又来了。张科长的脸一阵红一阵白,生怕他知道自己昨天晚上的事。不等夏世富开口,他首先说道:

"今天啥地方也不去。"

夏世富等了一歇,笑了笑,说:

"去看周信芳的《秦香莲》,怎么样?反正闲着没事。"

张科长后悔昨天晚上的荒唐,做了绝对不应该做的事,幸好夏世富不知道,否则宣扬出去就更糟糕了。他今天打定了主意,不怕你夏世富说得天花乱坠,啥地方也不去,避免自己再陷下去。他急

于要回苏北去,很严肃地质问夏世富道:

"你们的货啥辰光可以配好?"

"大概快了!"

"三天以内行不行?"张科长的眼光盯着他。

他见神色不对,马上应道:

"差不多。"

"那么,你快去办吧,货不配齐,我啥地方也不去。"

夏世富一看苗头不对,不再说下去,转身就走了。他出了惠中旅馆直奔七重天,找到徐爱卿,安排好了,才回到福佑药房去。

一小时以后,徐爱卿出现在三〇二号房间里,约张科长到七重天去。张科长坚决不去,但经不住她好说歹说,拖拖拉拉地走了。

张科长一天又一天地这样生活下去,夏世富来晚了一点,他反而怀念起他来了。有时夏世富不来,就叫徐爱卿陪他出去白相,然后一同回到惠中旅馆。张科长不大催货了,甚至希望货慢一点配齐也好,他这才有理由在上海等货。他逐渐把苏北行署卫生处交给他的任务淡忘了。

正在张科长沉浸在欢乐中,忽然接到苏北行署卫生处拍来的电报,要他把货办好,立刻回去。张科长从梦一般的境地里清醒过来。他不再催问夏世富了,因为夏世富老是一副笑脸,你骂他两句也是笑嘻嘻的;你发脾气也没用;如同皮球一样:把它打到地上旋即又跳了起来。他算是对他没有办法,就直接打电话到福佑药房来,正好是童进接的电话。他发的脾气,童进认为应该的,这是福佑药房不对,他就在朱延年面前提出自己的意见。

朱延年看童进一本正经在说,语气之间带有责备的味道,他不好再发脾气,怕在同仁面前露了馅,漏出去,那不好的。他说:

"明天就配,你通知栈务部的配货组……"

童进进一步说:

"栈房里缺货,很多酊剂没有,复方龙胆酊,复方大黄酊,陈皮酊,净大黄酊……这些都没有,别的贵重的药品也没有,哪能配法?"

"有。"朱延年信口答道,他望着窗外先施公司的矗立在高空的霓虹灯广告在想心思。

"真的没有,我问过栈务部了。"

"我说有就有,你不晓得……"

童进听得迷惑了:栈务部说没有,朱经理说有,难道是栈务部骗他,或者是朱经理有啥妙法? 朱经理毫不犹豫,很有把握地说:

"明天给张科长配第三批药。"

"那很好。"童进不再提意见。

朱经理给夏世富咕哝了几句,过了点把钟,他们两个人一道出去,到西藏路去了。福佑药房的前身——福佑行——现在成为福佑药房的工厂了。这个工厂真正做到"工厂重地谢绝参观",除了朱经理和少数有关的人员以外,不要说外边的人,就是福佑药房的人也不好随便来的。这个工厂非常之简单,既没有高大的烟囱,也没有成套的机器,连装药用的瓶子也不完全,只是几个铅皮桶,一些大小不同的瓶子和少数各种不同的药粉。站在那间客堂里,就可以看到这个工厂的全貌了。

朱经理走进客堂,要夏世富准备好铅皮桶和水,他自己拣了几包药粉,拿了一瓶酒精,开始制复方龙胆酊了。

按照药典规定:复方龙胆酊一千西西,它的含量应该是一百格兰姆龙胆粉,四十格兰姆橙皮,十格兰姆的豆蔻,一百格兰姆甘油和百分之四十五的醇。朱经理放了龙胆粉和醇,夏世富在旁边说:

"成分不够吧?"

"我要你准备的黄连呢?"

夏世富把刚才从中药铺里买来的黄连递给朱经理:

"在这里。"

"放下去就差不多像了。"

这些酊剂按照规定应该浸五六天才行,朱经理他们把药配好,只浸了一天一夜,第二天就来过滤了。没有过滤纸,夏世富拿过一块绒布,上面加了一张草纸,既不干净,也未消毒,马马虎虎就过滤出酊剂来了。夏世富过去试了一下分量,不够,他急得满头是汗,走到朱经理面前:

"还差十五磅,哪能办法呢?"

朱经理昂起头来一想,说:

"给我加自来水。"

夏世富照办,二百磅假酊剂制造出来,装在瓶子里,送到栈务部,装了箱,和别的药一同准备发到苏北去。

张科长把第三批发票看了一下,和他要买的货单一对,还有一些药没配齐,数量不多,价钱不少,毛估一下得八千万,几乎占整个办货四亿款子的四分之一。他的眉头皱了起来:

"朱经理,你也太不像话了,要我等了半个多月,到今天还没有配齐?"

朱经理很沉着,他一点不慌张,说:

"是啊,真对不起你,我今天又打电报到广州去了。那边说有一大批货已经装出来,这几天就要到。我们做生意要规规矩矩的,宁可慢一点,但一定要配好货。药品这些东西是救命的,千万不能马虎。这次广州那边手脚慢了一点,请张科长包涵包涵。下次你要办啥货,早点把货单子寄来,我们先给你办好,你一到上海,马上就给你装走,这多好。"

张科长没有心思想到下一次,他问:

"这次怎办呢?"

"你索性再等两天就差不多了,一切开销算我的。"

张科长想起苏北的电报,组织上要他回去,一定是家里有啥重要的事体,他不好再耽搁,便说:

"我回去还有事呢,开销倒不要紧。"

朱延年知道这是好机会,即刻说道:

"那我派人送过去?"

"究竟哪一天可以配齐呢?"

"快哪,快哪,我看顶多三五天。"朱经理说得很有把握,其实他根本没有打电报去广州,广州也没有货装出。

张科长却信以为真:

"五天一定可以装出?"

"没有问题。"

"我今天赶回去,"张科长还不放心,又加了一句,"五天以后等你的货到。"

朱经理叫了一辆祥生小汽车送他到北火车站。张科长身上穿的那身灰色哔叽的人民装,脚上那双德国纹皮的皮鞋擦得雪亮,现在头发也是乌而发光。他们走进车厢,夏世富已经给张科长把位子占好,东西也放妥了。在张科长座位的行李架上有一辆小孩子玩的三个轮子的脚踏车,他的座位下面是两大筐香蕉和苹果;这些都是朱经理要夏世富买的,张科长并不知道。

他们坐了一歇,车站上的铃响了,服务员在催送客的人下去。夏世富给张科长握了手后,指着脚踏车和水果,说:

"张科长,这是我们经理送给你的一点小意思。"

张科长愕然了:

"我不要,请你带回去。"张科长站到座位上去取。

朱经理说了一句:"小意思。"

他们两人飞快地下了车,走到张科长座位的窗口外边来。

张科长拿下脚踏车来想从窗口退还给朱经理,叫夏世富上前一把拦住。

车站上的铃声停了。穿着黑色制服的站长,朝着火车头的方向,扬了扬绿旗,火车哐隆哐隆地慢慢向前移动了。

张科长的头从窗户那里伸出一半来,对着朱延年和夏世富,自言自语地说:

"这怎么好,这怎么好!"

"没啥,没啥。"朱延年毫不在意地摇摇手,一边又追上蠕动着的火车说,"张科长,下次早点来,来以前先给我个信,我好来接你。"

"好的,好的。"张科长把胳臂伸出窗外,向朱延年和夏世富挥了挥,说,"谢谢你们。"他心里想这一次到上海真不错,不然真是白活了一辈子。下次有机会当然要来,而且不像这一次小手小脚,要痛痛快快地白相白相。

火车慢慢远去了。

夏世富望着消逝在远方的那只灰色哔叽人民装的袖子,对朱延年说:

"张科长和他刚来的辰光不一样了,经理。"

"那当然,"朱经理在月台上兴奋地走着,说,"不管是共产党也好,青年团也好,也不管是老干部也好,新干部也好,只要他跨进我们的福佑药房,我就有办法改造他的思想。啥前进,啥为人民服务,都是说得好听,全是骗人的假话。世界上只有一件事体是真的:钞票。有了钞票,要前进就前进,要为人民服务就为人民服务。没有钞票做啥也不灵。古人说得好:有钱能使鬼推磨。现在只要有钞票,保险你路路通,多大的老干部也过不了这一关。这就是马克思讲的物质基础。"

夏世富似懂非懂,说:

"那是的。"

"所以,我开头叫你不要急,对付老区来的老干部急不来,要用另外的改造思想的办法。你看,他今天穿上那套灰哔叽人民装很自然了,也不提啥了。在惠中旅馆和徐爱卿一同走出走进也没啥了。"

"徐爱卿这笔费用可不小啊,经理。"

"不算啥,徐爱卿,这次给我们不少帮助,以后要多多照顾她。"朱延年毫不在乎地说,"对待不同的干部要用不同的手段。世富,懂得哦?"

夏世富摇摇头。

"不懂不要紧,你很聪明,只要努力学习,你慢慢会进步的。"

他们走出了四号月台。朱经理见后面到了一班车,旅客熙熙攘攘地走来,他说话的声音就放低了些。

夏世富的眼睛里闪耀着钦佩的光芒,他没注意从他旁边走过去的旅客,只顾巴结地说:

"经理的本事真不小,又会做生意,又会政治。这次对付张科长,我跟经理学到不少本领。"

"那当然,做一个新民主主义时代的商人可不容易,单靠经营吃不开哪,还得搞政治,这样才有前途。"

二十四

朱筱堂一走进大厅,伸手便扭开电灯,挂在下沿的那四个大红色的宫灯顿时亮了,照得大厅里明晃晃的,当中那幅"丹凤朝阳"的中堂也显得十分耀眼,好像从画面放射出红日的光芒。

"做啥?"朱暮堂一见那宫灯就有点生气,说,"也不办喜事,为啥把宫灯都开了?"

"宫灯亮一点。"

"我不要亮,我讨厌亮,太刺眼了!"

朱筱堂站在大厅当中,不知道怎么是好。母亲把他从窘境里救了出来,说:

"筱堂,把宫灯关了,开上头的小灯。"

朱筱堂马上开亮了长几上的帽筒似的小灯,然后把宫灯一一关了。朱暮堂坐到大八仙桌左边那张红木宝座上,叹了一口气,慢慢地说:

"世道真的变了,想不到连延年也不要田地。"

他用右手的食指有规律地敲着红木八仙桌,发出清脆的音响。他在寻思原因。筱堂他娘知道他们兄弟两个人不和,但不敢直接提出,怕朱暮堂不高兴,只是说:

"他恐怕要付钱,当然不肯要了。"

"不,我在信上说得清清楚楚,分文不要,完全奉送。"

她试探地说:

"是不是生你的气?"

"那是过去的事了。五十两金子到现在没有归还,这两年也没向他提,做哥哥的总算对他仁至义尽了。听说他在上海混得不好,福佑曾经宣告破产,现在虽说复业了,可是做生意买卖风险大,没有田地稳妥。田地顶多年成不好,少收点,绝不会贴本,也不会宣告破产。我想送他一点地,落叶归根,将来也好有个依靠。他却不要,你看气人不气人?!"

"他不要就算了。"

"算了?"他睨视她一下,心里还在打主意,想叫朱延年收下。

"有地还怕没人要?"

"天下就有这样的怪事,不但延年不要,连瑞芳也不肯接受。"

"姑姑为啥不要?"

"义德在上海走红运啦,一爿厂一爿厂开办起来,手下工人成千上万,当然不希罕我们这点薄田。"

"这真叫人想不通。"

"不过,瑞芳没有说死,她说没有工夫到乡下来管理田地,如果要记在她名下也可以,还是要我代管……"

"那她同意了?"

"信上的意思想推掉,大概义德不赞成;她又不好意思回绝,留了个尾巴。唉,"他长长叹息了一声,不胜感慨地摇摇头,说,"人情浇薄得很,到了紧要关头,就是兄弟也不可靠……"

"延年那号子人,你别理他。"

"当然不理他。我朱暮堂多这么一二百亩地也不在乎,好在我家的地早就分了,"说到这里,他的眼光转到右下面红木宝座。朱筱堂坐在那边,刚才爸爸讲了他两句,一直没有言语。爸爸关照他,"日子记住了吗?"

"记住了,无锡解放前三个月就分了的。"

"对。"

无锡一解放,朱暮堂就留心土地改革的事。《土地改革法》公布了,他仔细研究那四十条,看来看去,差不多可以背诵出来了。他把土地分登了五户:朱暮堂一户、朱延年一户、朱瑞芳一户、他老婆和他儿子两户,说是在解放前三个月就分了的。因为《土地改革法》第八条规定了在解放以后出卖、赠送土地的,一律无效。他怕儿子忘了,特地提醒他一下。他很满意儿子记住了。但是朱延年不接受他的好意,却有点棘手。他想亲自到上海去一趟,可是最近乡下风声很紧,有许多事要办理,一时走不开。他准备写一封恳切的信,要瑞芳去办,只要朱延年不反对,一切事情由他负责,绝不叫朱延年吃亏,并且还可以先送点租米去,朱延年一定会收下的。他很有把握地说:

"延年那边,还可以想点办法……"

"他肯吗?"

"试试看。……"

朱暮堂的话还没有说完,从大厅后面忽然走出来一个人,他轻轻走到朱暮堂的面前,恭恭敬敬地鞠了一个躬:

"老爷,我回来了。"

他站在一旁,听候朱暮堂的吩咐。朱暮堂对苏沛霖的突然从后面出现,感到有些惊异:

"你怎么从后面来的?"

"怕走大门遇到人,特地绕到后门来的。"

"好,你办事有经验。"

"全靠老爷的教导。"

"船开了吗?"

"开了,开了,我亲眼看船开走了,才回来报告的,保险到上海出不了问题。"

"这一船开走了,我就放心了。"朱暮堂心中默默计算偷运走的粮食,一共运走三条船,快两百石了,都是管账先生苏沛霖一人经的手,他很满意苏沛霖的才干。他得意地说,"沛霖,你看,这批粮价能不能涨一点?"

"涨一点?没有问题,就怕脱手耽误时间,是不是早点脱手把稳些,省得担风险。"

"所言甚是。看上去,涨也涨不了多少,还是早点脱手好。"朱暮堂想起了朱延年,接着说,"你能不能想办法送十石粮食给朱延年?"

"三老爷那边吗?"苏沛霖知道老爷和朱延年不搭界有好几年了,怎么忽然要送粮食去呢?虽说在朱公馆里数他最熟悉朱暮堂的那本账了,可是这件事却有点突然。

"对。"

"当然有办法。"凡是朱半天交办的事,凭苏沛霖过去的经验,只要一提朱暮堂三个字,没有办不到的。

"要不要到上海跑一趟?"

"用不着,老爷,我明天早上和这边粮店说一声就行了。"

"弟弟肯收吗?"筱堂他娘怕朱延年再一次拒绝。

朱暮堂摸透了朱延年的脾气,白花花的大米送给他,一定要;等他吃上几天,再写信告诉他,这是送给他那些田地的一部分租米,要退还也来不及了。他没有把心里的打算说出来,很有把握地笑了笑说:

"你等着看吧。"

她不了解其中奥妙,苏沛霖相信朱暮堂一定有把握才说这句话。他深深了解当过国民党商团队队长和日本鬼子时候的区长的朱暮堂,只要他心里想到了的事,就一定可以办到。他说:

"老爷一定有办法。"

"叔叔见啥都要,有十石粮食,他不要才怪哩。"

朱暮堂很高兴儿子说的这几句话,觉得他慢慢长得成熟了,看事体比他娘还深一层。他心里充满了喜悦,看了儿子一眼,然后转过来对苏沛霖说:

"下甸乡的树林怎么样哪?"

"已经安排好了,准备这两天夜里动手,过几天保险再也看不到树林了。"

"要砍得干干净净,多花点钱也没关系,村里很多人都看上了那一片树木,一棵树也不要留下,看他们分去!"

下甸乡有一片桃树林。无锡的水蜜桃在全国是闻名的,而下甸乡的水蜜桃是无锡水蜜桃当中最好的一种。朱暮堂宁愿把它砍掉,也不甘心分给那些泥腿子。《土地改革法》一公布,他就想到他手下那些财产怎么能够不落在泥腿子的手里,能转移的尽量转移;能毁掉的彻底毁掉;不能毁的,像老契将来要交出去烧掉,他叫人带到上海拍成照片,痴心妄想等蒋介石回来好派用场。在这方面,苏沛霖成了他的得力助手。

"老爷,动手辰光,我也去,绝不会留下一棵树来。这方面的事,你放心好了。"苏沛霖走上一步,低低向朱暮堂说,"最近汤富海的气焰可高哪,眼睛就像是长到头顶上去了,谁也不放在他眼里。"

"汤富海?"朱暮堂一听到这三个字,马上就想到汤阿英,一只已被他捕捉到手的小鸟,却叫她飞了,从此一去杳无音讯。他现在想起来还觉得十分可惜,更可恶的是汤富海这个硬汉子,打不死压不扁,一直是他的死对头。现在快土改了,村里有人撑他的腰,自然趾高气扬,目中无人了。他按捺下心中的气愤,冷笑了一声,说,"这两天你看到他吗?"

"看是看到他,没大讲话。"

"你可以和他多聊聊……"

"我?"苏沛霖这一阵子硬着头皮在替朱暮堂办事,他尽量不出头,暗地里卖力气。他从来没有见过老爷像现在这样特别慷慨,从中他可以弄到不少油水;想到村里那些干部,他不得不提防被人发觉,自己混在里面,以后下不了台。

朱暮堂察觉他的心思:

"你不敢去吗?"

没等苏沛霖回答,朱筱堂提出反对的意见来了:

"汤富海这样的人没有心肝,多少年来,我们养活他一家子,到现在还欠我们很多石租米没有还,啥地方都和我们作对,理他做啥?"

"孩子,你究竟年轻,人家现在坐上台面了,为啥不可以理他呢?……"

"这号子人,死无赖,欠租不还,差点要抢我们的地了,现在理他,尾巴翘得更要高了!……"

娘制止儿子说:

"筱堂,你不懂事,听你爹说下去。"

儿子默默地望着爹,但脸上的表情还是不赞成理睬汤富海。苏沛霖暗暗支持大少爷的意见,从侧面说:

"汤富海一心惦记分老爷的田地哩!"

"要土改了,当然要分我的地。"朱暮堂抚摩一下胡须,等了一歇,说,"沛霖,你在村里听到仙诗没有?"

"仙诗?没听说过。"

"我倒听到过,这首仙诗很有意思。"

他这么一说,吸引了大家的注意,每个人的眼光全望着他。他不慌不忙地一句句哼道:

"一片青山柴石水,前人种田后人收;后人收得休欢喜,还有收人在后头。"

朱暮堂平日无事,喜欢在家里吟诗弄画,有时自己也爱胡凑几

句。可是筱堂他娘却是外行,对这些玩意儿没啥兴趣。但这首诗看来很神秘,和他们的命运攸关。她好奇地问:

"这是啥意思?"

"这是扶乩扶出来的,天机不可泄漏,不过给你们讲讲没啥关系。这首仙诗的意思说得很清楚,现在土改不顶事,那些泥腿子别忙高兴,以后会有人来,朱半天的地还是朱半天的。"

"真的这样吗?"她忍不住高兴得笑出声来了,这一阵子心里担忧的事可以不用发愁了。

朱暮堂既不承认也不否认,只是说:

"仙诗是这么讲的。"

仙诗是这么讲的。苏沛霖暗自思量这句话,他想最近老爷很慷慨又很镇定,原来其中有道理的啊!早知这样,他更可以放手替老爷卖力气了。朱暮堂在给自己制造幻想。接着散布谣言,假装是听来的:

"外边还传说:桃花开,蒋军来!"

苏沛霖脱口问道:

"共产党的天下只有半年多的时间吗?"

"长不了!"他摆出很有把握的样子,这样好叫苏沛霖死心塌地给他卖命。

"啊!"苏沛霖又是惊又是喜。

"现在是共产党的天下,桃花开了以后,看我的手段吧,打死一个够本,打死两个赚一个!"

"老爷说得真对!"苏沛霖感到今后要更靠拢一些朱半天。

"那现在何必去看汤富海的脸色呢?"朱筱堂听了这些消息心里着实高兴。

"孩子,你要晓得,好汉不吃眼前亏。他现在在台面上,拉他一把,对我们有好处。"

"那是的,老爷,我明天一清早就去找汤富海去……"

"不必那么匆忙,过几天去也不要紧,办这些事不宜青天白日去,夜晚比较妥当,也不要自己找上门,最好是在路上偶然碰上,叫做不期之遇,拉到村外边角落里去谈……"

"老爷想得周到极了。"

"要让他晓得,别高兴得太早了,世道以后还要变的,那四句仙诗说得很清楚啊。他的头是铁做的,他就开会去。朱家和汤家是多年的东家伙计了,以后见面的日子还多着哩。他有啥需要,我可以照顾他……"

"老爷对他太好了。"

"暮堂做人是很慈善的,他救济过的人简直数不清啦。"

朱暮堂听筱堂他娘的话心里十分舒服,他将着胡须注视苏沛霖。他发现苏沛霖最近行动很诡秘,虽说给他办事也还卖力气,但是有些胆怯,他不便点破,暗暗对他说:

"这回全靠你啦,汤富海不好对付,不过,你很干练,一定可以成功。只要汤富海在村里不带头闹事,别的人就好办了。"他眼睛望着大厅上那溜宫灯,想起过去光辉灿烂的日子,只要蒋介石回来,他依然会永远在梅村镇住下去,便对苏沛霖鼓励道,"你给我的事体办成功了,过了目前这一关,将来我要好好犒赏你的。"

"听了老爷的指点,我想一定成功。"苏沛霖心里在想:汤富海这个头可不好剃呀!

村子里的鸡在咯咯地啼叫。它呼唤着就要到来的黎明。朱筱堂不禁打了一个哈欠,站起来,对爹说:

"我们该睡了。"

"唔,该睡了。"

二十五

苏南土改工作队的同志背着背包,带着雨伞,一进了梅村镇,汤富海高兴得整个心儿都要从嘴里跳出来了。

因为汤富海成分好,村里情况熟悉,有事好商量,土改工作队里有两个同志分配住在他家里。开过土地改革动员大会,村里每一个角落男男女女都热烈展开土地改革政策的讨论。讨论后,村里一批一批妇女也和男子一样参加了农民协会。汤富海早就参加了农民协会,现在是里面的积极分子。在农民协会会员大会上,他是农民协会委员的候选人之一。他和其他候选人坐在一排木凳子上。他们背后也有一排木凳子,上面放了许多白底蓝花的粗瓷饭碗,一人背后一个。会员们手里拿着黄豆,看中了哪个候选人,就在他脊背后面的碗里投下一颗黄豆。汤富海背后的碗里有六百七十九颗黄豆,当选了农民协会的委员。

汤富海当上了委员,劲头更足,赶早带黑,在农会里和土改工作队同志一道儿办公,讨论问题,领导农民分组算过去地主剥削的细账。做完一天活,他回到家里,一路哼着新学会的歌子:

　　石头里头也会冒青,
　　荒山里面也有人影,
　　受苦格人要出头,
　　只要大家一条心。

阿贵听到歌声,从屋子里走了出来,好奇地盯着爹看:
"你也唱歌?"

"老了，不能学吹鼓手？"

"我没听你唱过。"

"现在可听见了。我很喜欢这支歌子，工作队的同志都会唱。他们教我，我慢慢就会哼了。"

"我也会。"

"那好，我忘了，你就教我。这支歌子的意思很好。过去，我们各顾各的，没有连在一道，尽受地主的欺负，有苦也说不出。现在大家连在一道，成立了农会，讲话可响亮啦。人民政府给了我们大权，村里的大事得先问问农会。"

"还要问问农会委员哩。"

儿子一句话说到爹的心窝上去了。汤富海有点不好意思，哼了一声，说：

"看你能的，和你爸爸开起玩笑来了，没有个高低！"

"当委员的也不止你一个！"

汤富海瞪了儿子一眼，心里却很喜欢他，觉得他心眼儿灵活，见事，脑筋转动得飞快，手脚也快，庄稼活做得蛮出色，是自己的好帮手，将来一定有出息。他忍不住把心里的喜悦流露出来了：

"孩子，我们吃尽了朱半天的苦头，过去眼泪只好往肚里流。你娘在世的辰光，想到根据地去讲理，可是路远，我们又离不开，现在解放了，盼来了共产党解放军。你说，啥人心里不高兴？"

"这倒是的。朱半天谁来都吃香，国民党时代，他是商团队队长；日本鬼子来了，他当伪区长；鬼子投降了，他又当国民党青年救国团的大队长。这回共产党来了，朱半天可吃不开啦！"

"那还用说！好容易巴望共产党来了，又等了一年多，土改队同志才进了村。现在，可以伸直了腰走路，闷在我肚里这口气可以吐出来了。"

"土改队进村好久了，爹，为啥还不下手？"阿贵没有参加具体工作,不了解土改队的打算,他以为土改队同志一进村,应该马上就向朱半天开刀,老不见动静,有点不耐烦了。

"同志们办事可有章程哩,土改不是耕地,一锄头就可以把土翻过来,这笔老账要仔仔细细地算啊,要登记村里的土地人口,公布土地人口清榜,学习划分阶级,评定阶级,三榜公布阶级成分……"

阿贵不等爹说完,拦腰插上去说:

"这些事体不是都办了吗?"

"最近就要召开群众大会,控诉朱半天……"

"那可好呀,啥辰光开?"

"日子还没定,也不远了,正在准备着哩。"

"这有啥好准备?控诉朱半天,谁上台都可以讲他一大篇。"

"你说得倒轻巧,上台讲话,当着众人的面,可不是一件容易的事啊!"

"工作队的同志想找谁讲?"

"你猜猜看?"

爹有意不说出来,儿子猜了一个又一个,爹都摇摇头,最后儿子意识到了,指着爹笑嘻嘻地说:

"那么,是你……"

爹脸上满是皱纹的皮肤绽开了得意的笑容,一对老眼炯炯发光,像是枯萎的老树上忽然开放出青春的花朵。儿子走上去,把爹的手紧紧抓住,激动地说:

"真的是你吗?"

"谁给你说过假话?"

"得好好想想,朱半天的罪恶可多着哩,别漏了一桩两桩……"

"你不提醒,差点忘了,我要找工作队的同志先商量一下,怎么控诉,这一辈子还没做过这一行哩!"

爹说完话，拔起腿来，像一阵风似的，走了。

汤富海从农民协会走出来，村里家家户户的灯都熄了，只有土改工作队的同志还在农民协会辛勤地工作哩。他在回家的路上，低着头，一步一步慢慢走去，心里在想刚才工作队同志的话。

一轮新月高高挂在墨蓝色的天空，清澈如水的光辉普照着大地，照着汤富海，他的影子在泥土路上踽踽地移动着。一阵乌云逐渐从西边过来，遮住了新月，挡住了清冷的光辉，村子顿时陷入昏暗里。

汤富海忽然发现身后有细碎的脚步声，他回过头去一看：离他三尺远近有一个男子向他走过来，面孔却看不清楚。他问道：

"谁？"

"老汤，是我。"

汤富海从这熟悉的声音中辨别出那个人来了，说：

"苏管账，是你？"

"你别叫我苏管账啦，我不愿意再给朱老虎跑腿了。"

"为啥？"

"给地主做活，没啥意思。"

"没啥意思？"汤富海在想这句话的意思，世道真的变了，连苏沛霖也不愿给地主做活了。他半信半疑地说："朱半天不是很喜欢你吗？"

"他利用我。我过去不明世事，受他的骗，为了家里几口，给他卖力气，其实，像我这样的人，啥地方不好混碗饭吃，为啥要听他摆布？我想另外找点事体做。"

"另外找点事体做？"

"唔，"他走上一步，和汤富海肩并肩亲热地走着，歪过头去说，"以后要靠你啦。"

汤富海吃了一惊：

"靠我?"

"是呀!"

"我一个穷光蛋,有啥好靠的?"

"啊哟!别客气啦,我们是多年的老朋友了,不是外人。你以为我不晓得吗?你现在是农民协会的委员,村里的大权都抓在你们手里,你们说东,谁敢讲西?只要你言一声,还愁不给我一碗饭吃。"

"我没那么大的本事。"汤富海口里虽然这么说,心里却热呼呼的,听得很舒坦,觉得苏管账真的变了。

苏沛霖早从汤富海的语调里察觉他心里的喜悦,便进一步说:

"老汤,你有啥事体,吩咐好了,我给你办。"

"我?"汤富海认真地朝自己身上望了一下,因为乌云遮盖了月光,看不大清楚;想他这一辈子尽听别人使唤,给别人做活流汗,不管大小事体,都是自己动手。他有啥事体要苏沛霖这样的大人物做呢?他客气地说,"不敢当,没啥事体要劳动你。"

"今天没有事体,以后找我也可以。"苏沛霖把嗓子放低,贴近他的耳朵关心地说,"村里谣言很多,你听说没有?"

"谣言?"

"说国民党的兵舰已经开到上海吴淞口,美国兵要协助他们进攻上海,蒋介石要到上海过中秋节,第三次世界大战就要爆发了!……"

月光从那一大片浓厚乌云的空隙里泄漏一些下来,照着静静的村落。汤富海随着苏沛霖信步走去,不知不觉快走到村边。苏沛霖借着那一片月光,看汤富海的脸色忽然变了,板着面孔,知道他内心有点愤怒,就没再说下去,听他怎么说。

汤富海头一次听到这些谣言,心里想:日日巴、夜夜巴,好容易巴望到共产党来了,国民党反动派真的又要回来?朱半天还会得

势?他不相信这一派胡言,显然是坏人造谣,站了下来,歪过头,注视着苏沛霖说:

"别听那些谣言。"

"我看也不像真的,共产党解放军早就占领了上海,他们会不把吴淞口的口子守住?蒋该死几百万大军给解放军打败了,要回来,没那么容易。"

汤富海愤怒的脸色慢慢消逝了,泛出一点红润润的光泽,说:

"我也这么想。"

苏沛霖把话又拉回来说:

"不过,这回有美国帮忙,事体也很难说。"

"这个……"汤富海没有说下去。

"虽说是谣言,留点后路,不管蒋该死回来不回来,反正不吃亏。"

汤富海思索他这些话的意思。苏沛霖见汤富海默默地不言语,估计他的话也许起些作用,便乘势再加一把力:

"老汤,村里还有谣言哩,说今年改地主,明年改富农,后年改中农,改完中农改贫农。土改以后日子也不好过,缴公粮富农要缴一百二十斤,中农要缴七十斤,贫农要缴三十斤。分了田的一定要多缴公粮,缴不出的也要缴,满五亩地的就要缴累进公粮……"

汤富海狐疑地望着泥土地上的月光,他想土改工作队同志说的和苏沛霖的不一样,他们曾经学习过的《土地改革法》也和苏沛霖说的不一样,这是哪能一回事呢?他问苏沛霖。苏沛霖想了一阵,说:

"当然是工作队同志说的算,我听到那些,想来一定是谣言。"

"对,坏人造谣。"汤富海冷静地想了想,肯定地说。

"现在听话要留心,不能上坏人谣言的当,老汤。"苏沛霖设法收回他的话。

"那些地主坏蛋一定会造谣破坏的。"

"是呀!"苏沛霖改了口,试探地说。"有人说共产党说得好听,就是常常变卦,分了地以后怎么样,谁也不知道。"

他们两人走到村边的十字路口,这时月光又完全给乌云遮住了。苏沛霖见汤富海没有言语,以为给他说动了,便拉着汤富海朝右边的一条下地的抄道走,靠着一家人家的灰墙站了下来,进一步低声试探地说:

"有人说,留点后路好……"

汤富海听苏沛霖的话越说越不对头,觉察出今天晚上苏沛霖的态度有点奇怪,忽然对他这么亲热,啥原因呢?要提高警惕,不能上他的圈套。"留点后路"是啥意思?苏沛霖要留啥"后路"?对他的话需要仔细听听,看他究竟耍的啥阴谋。他不露声色地听他说下去。

"我倒有个主意……"苏沛霖的声音更低了。

汤富海把头就过来,凝神地谛听:

"啥主意……"

"朱半天现在正是倒霉的时候,在村里谁也不理他,连我也离他远远的,不多加小心,说不定啥辰光把我们连累上。"

"那当然。"

"可是蒋该死一回来,这梅村镇又是朱半天的天下啦!"

汤富海忍下心中的愤怒仔细在听。苏沛霖紧接着说:

"你和朱半天是多年的东家伙计的关系……"

"有这回事。"

"你现在要是暗中帮他一把,将来他对你一定有好处。"

"你现在要是暗中帮他一把",汤富海了解苏沛霖今天晚上和他亲热的用意了。要我帮朱老虎一把,汤富海暗自冷笑了一声,觉得苏沛霖这条狗腿子真是"有眼不识泰山",朱老虎把汤富海一家弄得家破人亡,血海般的深仇没报,现在救星共产党来了,正是他报仇雪恨的美好的日子到了,却在太岁头上动土,要他帮仇人一把,不禁火冒三丈,恨不能马上给苏沛霖一顿老拳。他两手真的紧紧攥着,但没有揍苏沛霖。他想起了苏沛霖下面那句话:"将来对你一定有好处",看上去朱老虎和苏沛霖商量好了,要苏沛霖拉他下水。他竭力按捺住心头燃烧般的怒火,想了解他们打的坏主意,表面保持平静地问:

"暗中帮他一把?"

"你是农民协会的委员,土改的事体你应该照样办,不管谣言怎么说,土改总是好事……"

汤富海认为这些话没啥不对的地方,他听苏沛霖说下去:

"农民斗地主也是应该的,你也要去参加……"

汤富海心里说:"我岂止参加,还要带头,领导大家一道斗朱老虎哩!"

"朱半天有些事体,只有你晓得的最清楚,你不说,村里没人晓得……"

苏沛霖说到这里,望了汤富海一眼,看他面孔没有表情,不晓得汤富海听懂他话里的意思没有,也不晓得汤富海同意不同意这样暗中帮朱半天一把。汤富海见他没说下去,不置可否地问:

"这样暗中帮朱老虎吗?"

苏沛霖急于把事体办好,以为汤富海心中同意了,就连忙说:

"是的,你这样暗中帮助,一不影响土改,二没人晓得,三是朱半天领情,他不会忘记你的帮助的,"苏沛霖看汤富海一直没有吭声,他的胆子也大了,进一步说,"最近朱半天就想分点地给你……"

"分地给我?不要!不要!"汤富海警惕地一口回绝。

苏沛霖马上把话拉回来:

"地主的地当然不能要,老汤,你说的一点也不错。要是送点粮食给你,我觉得……"

"哪能?"

"可以考虑。"

"考虑?"

"唔,粮食是四大财产,反正要分的,你受了许多苦,又是委员,应该多分点,这又不像土地那样显眼——没地方藏;粮食藏的地方可多着哩,谁也不晓得粮食是谁的。"

"你说得容易……"

苏沛霖看汤富海像是有点意思了,他毫无顾忌地说下去:

"这么一来,你就保险了。"

"这就保险了?"汤富海暗中好笑。

"是呀,现在你保护一下朱半天,国民党回来,朱半天保护你,这是双保险。"

"双保险?"汤富海思索苏沛霖这句话,望着村边茫茫的夜雾,他感到惊诧,怎么和苏沛霖走到这里来了? 苏沛霖谈得很久,原来为的是这个呀! 想起早一会儿土改工作队同志的话,要提高警惕,防止地主破坏土改,这话一点不错,想不到朱老虎和苏沛霖胆大包天,竟然活动到他的头上来了。但这也好,一方面暴露了朱老虎的罪恶面目,一方面也给全镇敲了警钟。他要马上回去向农民协会和土改工作队负责同志汇报,同时应该回去快点准备控诉朱半天才是啊! 他气生生地说,"我不要朱半天保护!"

苏沛霖一听他口气忽然变了,不知道是啥原因,正要问他究竟,他拔起腿来,径自走了。苏沛霖赶上一步,恳求地说:

"老汤,有话慢慢谈呀!"

"我还有事哩!"汤富海瞪了他一眼。

"有啥事体?"苏沛霖追上去问。

"你别问!"汤富海头也不回,匆匆走了。

二十六

　　徐总经理一走进朱瑞芳的卧房,马上给她拉到靠窗户的红木小圆桌面前,两人肩并肩地坐在红木靠背椅上。她放低了嗓子,呼吸很急促,小声地说:

　　"不好了,乡下出了乱子! ……"

　　"啥乱子?看你这样大惊小怪的!"他十分沉着,感到今天瑞芳的神色有点异乎寻常。

　　"这个乱子可不小——暮堂给抓进去了!"

　　"啊!暮堂他……"他也忍不住吃了一惊,早几天就听到一些儿风声,说乡下在闹土地改革,报上可没消息,和乡下也很少来往,没料到竟然出了这么大的事体。他怀疑地问:"是不是他的老脾气又发作了,欺负农民?伤害了人?"

　　"你这话说到啥地方去了,义德,我哥哥自从解放以后,可老实啦,真是大门不出,二门不迈,整天蹲在家里,啥事体也不出头露面,也从来不打人不骂人,怎么会伤害人呢?"

　　"为啥抓进去?"

　　她把今天上午乡下来人说的情形,详详细细给他复述了一遍,不断摇头,叹息地说:

　　"世道变了。共产党是个笑面虎,进上海的时候,说什么一切照旧,连国民党的人员也包下来;现在可好,共产了,把地给分了,连地契也烧了!"

　　"土地改革是共产党的政策,这个倒是早就说过的。"

207

"你别胳臂朝外——帮共产党说话,我就没听说过。我听人家说,共产党来了,要共产共妻,现在算是灵验了,共地主的产了。……"

"共产党早就颁布了土地法,对江南一带还算是客气的,不然早就动手了。"

"还算客气的,你说得倒好听。乡下闹翻了天,汤富海那些泥腿子在台上指手画脚,把朱家的祖宗八代都给骂遍了,成了个啥世界?在万人大会上,共产党尽听泥腿子的话,哪里有暮堂说话的地方?可怜我哥哥辛苦了一辈子,才积聚下这些田地,一下子都叫泥腿子给分了,连牛呀家具啥的也不剩下,这啥地方有个王法?"

"你说话小声点,隔墙有耳!"

"我就不怕,共产党就是有三头六臂,道理总要讲的。没有王法,天下就大乱了!"

"共产党信什么王法,人民政府自己立法,共产党说的算。"

"那我们就没有讲话的地方了吗?"她望着卧房里那一套红木家具,红木的大玻璃衣橱斜对面是一张特制的新式的双人红木床,给一床天蓝色的缎子盖罩盖着,上面绣的是飞天。床头两边的红木小立柜上各有一盏台灯,是红木雕花的;靠窗户的那个梳妆台也是红木的。这一套红木家具是朱暮堂特地定做,给朱瑞芳陪嫁的。她看到这些家具,就好像看到朱暮堂一样,伤心地说,"暮堂就这样让他们抓去吗?……"

"共产党要抓,那有啥办法?"

"那我哥哥就这样完了吗?"

"这个……"他没有说下去。

她意识到会有不好的结果,忍不住幽幽地哭泣起来了,边哭边说:

"义德,你要想法子搭救搭救我哥哥……"

他从朱暮堂的身上看到自己的影子,共产党今天这样对付地主,明天可以同样对付资本家。本来,瑞芳卧房里这一套红木家具,二十多年来一直保持着原来的色泽,红润而又发亮,非常牢固,仿佛用一辈子也不会变样,现在使他感到不知道在啥辰光这些家具连同这座美丽的花园洋房就不再属于徐义德的了。他好像看到一股不可抗拒的浪潮席卷无锡乡下的辽阔的原野,越过沪宁线,正向上海郊区冲击,动摇了他这座美丽的花园洋房。……

她哭了一阵,见他坐在红木靠背椅上一言不发,不知道在想啥,嗔怒地问道:

"我哥哥的事,你一点也不动心吗?"

"谁说的?"

"那我要你想法子,为啥不吭气?"

"这……这……"他恍然想起她刚才的话,说,"我正在想哩。"

"你想出啥好法子来了吗?"

"好法子,不是一下子能够想出来的。"

她把眼睛一瞪:

"你究竟想了没有?"

"当然想啦,"他现在真的在想,等了一会儿,说,"区委统战部杨健部长这个人很和气,我们工商界有啥事体找到他,只要符合党和政府的政策,他倒是肯帮忙的,不晓得这件事体怎样。"

"那一定也肯帮忙,你快去找他吧!"

"这事情不好随便找,要好好想一想,"他觉得突然去找杨部长有点冒失,万一不肯,不但碰个大钉子,说不定讲徐义德包庇地主,可吃不消啊!他说,"区里头寸怕不够……"

"找市里?"

"上海市委方面,人头不熟……"

"那就不找吧,让我哥哥死在牢里好了。"

"不,不,一定要想办法,我,我正在动脑筋哩,"他用右手肥肥的食指敲了敲右边的太阳穴,辩解地说,"我并不是不想法子,我是想找一个妥当可靠的法子,否则不起作用,也是白费心机。我想,这事发生在无锡,一定要在无锡托人情才好,……"

"你是想推到我娘家身上吗?无锡除了我们朱家以外,尽是些穷亲戚穷朋友,共产党来的那帮子新人,谁也不认识。"

"我倒想起一个人来了……"

她脸上露出了笑意:

"谁?"

"有位马慕韩,是上海工商界的红人,同无锡党政方面的首长很熟,今天晚上有个聚餐会,可以碰到他……"

"那就找他吧。"她感到哥哥有救了,这才松了一口气,说,"那你快去吧!"

他看看窗外的太阳老高,玻璃窗户上反射的阳光把屋子里的红木家具照得亮堂堂的,闪闪发光。他说:

"还没到辰光。"

朱暮堂有救了,她想到嫂子和侄子:

"乡下这样乱法,嫂子他们老是蹲在乡下也不是个办法,你看,要不要把嫂子和侄子他们接到上海来住?"

"接到上海来住?"他愣了一下。

"唔。"

"上海……也是共产党的天下,……"

"城里究竟比乡下好些。"

"这个……共产党的事……很难说……"

"我晓得你怕,不敢让嫂子和侄子他们来!"

"你让他们来好了,让他们住我家里,看我怕不怕!"

"真的吗?"她没想到他这样干脆,主动要嫂子侄子来住。

"当然真的。"

"那我马上就写信给他们,要他们接到信就来……"

她站了起来,准备去写信。他稳稳坐在那儿不动,说,

"朱暮堂在狱中,要不要有人照料照料?"

"有苏沛霖他们。"

"你刚才不是说朱家那些佣人佃户都变了心吗?他们肯照料朱暮堂?"

"你说的倒也有理,那就让他们暂时在乡下住着吧。"

"我倒希望他们能来我这里住下,"他心里想:现在乡下闹乱子可以住到城里,将来城里闹乱子,住到啥地方去呢?早想办法,还来得及,不如搬到香港去住,省得担这份心事!把厂搬走,没有这个可能;全家走,也容易引起共产党注意;他一个人走,把三个老婆都撂下?舍不得。马上申请出境,也不是一天能够办到。纵或一时离不开,香港总是一个退路。最近徐义信没有信来,叫他放心不下。守仁也没消息,更是不像话,这孩子一定白相野了,把娘老子放到脑壳背后了。他得安顿安顿,写封信给弟弟,要他好好经营,管教管教这个小畜生,万一上海风声紧了,他想法去香港,也有个立足之地。他同情地说,"他们在乡下的日子也不好过。"

"是呀,我想去一趟,看看他们。"

"你自己去?"

"唔。"

他想了一想,转弯抹角地说:

"你能去一趟,亲自看看他们,当然很好,就是这个时机不好。暮堂给抓到牢里,谁晓得有啥别的原因,法院在审理这个案件,一定要调查有关的人,你自己找上门去,万一牵连到你身上,连累我们徐家,那可不好!"

"我不去看看,放心不下。"

"你说得对,连我也想去看看他们,可是,辰光不对头,不去吧,又不放心,真是左右为难……"他皱起眉头,在想香港的新厂,怎样可以快点发展起来。

她见他为难的神情,说:

"你别发愁,这样好了,我不去,你看,叫老王去一趟哪能?"

"叫老王去,唔,这也是个办法。"他不好再不同意,但也不完全同意,掉转话题说,"不过,他去哩,作用不大,看看他们是可以的。现在,最重要的是想办法把暮堂弄出来。"

"你说得对,天色不好了,太阳都下去了,你快去找马慕韩去吧。"

"好的,我去换身衣服。"

"我叫老王准备准备。"

他走出卧房的门,又回过头来,不放心地说:

"他走以前,让我交代他几句。"

二十七

"他今天又来了。"

林宛芝说完了,对徐总经理嘟着嘴。

徐总经理诧异地问道:

"谁?"

"谁,还不是冯永祥,除了他还有谁?"

"他来了,有啥大惊小怪的?"

"我讨厌他。"林宛芝不高兴地站了起来,走到窗前去,拉开鹅黄色的丝绒窗帷,把东边那扇窗户完全打开,一阵风吹来,把她额角上一卷头发吹起,披在淡淡的眉毛上。她转过身来,斜对着壁炉上面的美国电影明星嘉宝的照片,把披下来的头发理好,用夹子夹起。

冯永祥是今天下午三点钟到徐公馆来的。最近冯永祥几乎是每个礼拜都要来一次,头几次还是两个人或者三个人一道来,近来只是一个人来了,甚至不到一个礼拜就又来了。这个礼拜一刚来过,今天才礼拜二,便又来了。一来,他总想法找到林宛芝,谈起话来就没有一个完,言语像是一条长长的河流,絮絮叨叨流不尽。

冯永祥总是挑林宛芝爱听的讲。今天他十分关怀地对她说:

"像你这样的人,在我们工商界家属里,是数一数二的……"

她给他捧得心里痒痒的,不好意思地低下了头,脸蛋儿红红的,谦虚地说:

"冯先生过奖了。"

"我说的完全是实话,一点也不恭维你。"

"我算得啥,工商界家属里比我强的人多得很哩。"

"这件事,老实说,我比你清楚。"他说这句话倒的确真实的。冯永祥不但在上海工商界里是红人,而且在工商界的家属里也是闻人。不管是哪位工商界巨头的年轻太太,只要有啥事找到他,不怕他哪能忙碌,一定遵命照办,并且办得保证使你称心如意。他自己绝对不嫌麻烦。他在工商界里不但尽力拉拢一批资本家,连资本家的家属也在他的网罗之内,这样可以发展自己的势力和提高地位。对于徐义德这样的实力派和林宛芝这样出色的人物,当然不会轻易放过,并且要特别下些工夫。他说:"你啊,真是数一数二的……"

他伸出大拇指来,在她面前赞扬地晃了一晃。

"不见得。"

"你别不信,真的,我不说假话,"他留神地向东客厅外边看了看,见静静的没有一点人声,他便走到她跟前,说,"你聪明,你漂亮,你能干……谁也比不上你。"

"啊?"

她惊喜地望着他那副眉飞色舞的神情,口头上虽然不承认,但也不否认。她觉得他真正是她知心的人,只有他才发现她这些好处,也只有遇见他,她才第一次被人这样赏识。不过见他走近跟前来,感到有些惶悚。她的身子有意往双人沙发的角落上靠紧,好跟他保持较远一点的距离。

他会意地追近了一步,深深地叹息了一声,同情地说:

"可惜你老是蹲在家里,像笼子里的小鸟,晓得外边的事情太少了。"他见她听了这几句话低下了头,知道已经打动她的心弦,又加重语气地重复了一句,"太少哪!"

这几句话深深打动了她的心。她在徐公馆里的安逸、舒适的生活,使她忘记了外边的一切;也可以说徐义德用安逸、舒适的生活换得她抛弃外边一切的活动。她自己原来也有一个理想。她家里勉勉强强供给她读完了中学,就再也不可能满足她上大学的愿望了。经过朋友的介绍,她到沪江纱厂总管理处当打字员。她不安于这个工作,还希望有机会跨进大学的门。她第一天上班,徐义德就注意到她美丽的面孔和苗条的身材,亲自不断分配她的工作,有些并不是一个打字员分内应该做的工作,也叫她做了。慢慢她变成总经理的私人秘书了,经常一同出进。不到两个月的工夫,他和她发生了关系,答应供给她读大学。不久,她的愿望实现了,是沪江大学夜校的一年级学生了。每天下了班,她就挟着书包到圆明园路去读大学了。她并不真的喜欢徐义德,也不满意给徐义德骗上了手,为了职业和学费,她不得不和徐义德维持暧昧的关系。她等待大学毕业,找个适合的对象,然后离开徐义德,远走高飞。她上课不到两个礼拜,就成为班上男同学注目的中心,其中有个李平同学,人长得很魁梧,年纪和她仿佛,特别和她亲近。她哩,也不讨厌和他往来。一学期没有读完,徐义德发现这件事,立刻和她谈判:要末,她马上离开总管理处,随她和李平这家伙到啥地方去,从此断绝和徐义德的关系;或者,她和李平断绝往来,干脆搬进徐公馆去住,打字员的事体也不必做,以后有机会再上别的大学。徐义德知道李平家庭经济不富裕,这样一逼,她一定很服帖地倒在自己的怀里。果然,为了将来能再上大学,她答应搬进徐公馆,成了他的第二位姨太太。可是徐义德开的将来让她再上大学这张支票,至今没有兑现。她提过几次,他总是用各种借口推迟,怕她再遇到第二个李平。在徐公馆安逸、舒适的生活中她的意志逐渐给消磨了。近来听冯永祥给她谈的外边姐妹们的一些活动情况,发觉老是蹲在这幢花园洋房里有点儿腻味了。现在年纪大了,功课也早忘了,大学当然考不上,即使想法进去,功课也赶不上了,可是她也不愿意这样下去。她有时甚至想离开徐义德，特别是上海解放以后，不想再过姨太太的生活，可是到啥地方去呢？她想呼吸呼吸外边的新鲜空气，希望从徐义德那儿得到一些外边的情况。徐义德每天回来很晚，见了面总不给她谈正经。在徐义德的眼睛里看来，她是不必要知道外边那些事体的，他当然无须乎讲给她听。根据徐义德腐朽的人生观来说，这样的舒适而又安逸的生活难道还不满足吗？再有别的要求，完全是多余的。他一天到晚在外边忙碌，回到家里来需要的是体贴和安慰，也就是享受。这就是他的三位太太的责任，特别是林宛芝的责任，因为他心爱的就是林宛芝。

她也低沉地叹息了一声，隔了半晌，说：

"我何尝不想多晓得一些外边的消息哩。"

"只要你想听，我可以讲给你听。"

他向前走近了两步。

"怕你太忙了。"

他见她答应了，大胆地挨近她的身旁，轻轻拍拍她的肩膀，亲密地说：

"不，只要你愿意听，你要我啥辰光来，我就啥辰光来。"

她的肩膀像是忽然触了电，不自然地跳动了一下。她坐在双人沙发的角落上已经让无可让了，可是冯永祥越靠她越近，她怕外边有人走进来，看见了不像话，连忙客客气气地说：

"请坐……冯先生。"

听到"请坐"两个字，他还以为是让他坐到她的身旁，接着听到很客气地称呼他冯先生，又把他和她之间的距离拉远，再一注意她的表情，是她的右手指着对面的沙发，知道是误会了她的意思。他并不走开，又试探地拍了她一下肩膀，若无其事地说：

"随便谈谈，没啥关系。"

"冯先生，请坐到那边谈。"

他嘻着嘴,问:

"一定要坐到那边才可以谈吗?"

她见他站在自己跟前不走,"唔"了一声,就坚决地站了起来。他怕弄僵了,连忙放下笑脸,嘻嘻哈哈地说:

"好,好好,遵命坐下。"

他立刻坐到她对面的单人沙发里,跷起二郎腿,轻松愉快地摇了摇,说:

"这样行吗?"

她见他这股顽皮劲,也笑了,说:

"行。"

他谈了许多工商界活动的情况,特别着重谈了一些他和政府高级干部见面的情况,其中掺杂了许许多多的新名词。她听得又有兴趣又有点焦急:有兴趣的是那些事从徐义德那里从来没有听到过;焦急的是他的话匣子在她面前打开,好像永远不会完似的。连催促他三次,他才站起来告辞。她和他握手分别时,他又紧紧握着她的手很久不放,眼睛毫无顾忌地注意着她的一对眼睛,意味深长地说:

"再见。"

她觉得他的举止有点儿奇怪。徐义德从朱瑞芳那里过来换衣服,她就向他表示对冯永祥的不满,不料徐义德毫不在意。她想把今天冯永祥对她轻浮的举动详详细细地告诉徐义德,迟疑地说不出口,想想,还是应该对徐义德说,便道:

"他……"

她还没有讲下去,就叫徐义德拦腰打断了,受宠若惊地说:

"我晓得,他又来看我了。今天是礼拜二,我要约朱延年一道去参加,说不定是他准备陪我们一道去的。你为啥不多留他一会?"

217

"多留他，"她撇着嘴，说，"他要走，我有啥办法。"

徐总经理仍然坐在沙发里，觑着眼睛在欣赏林宛芝那一对明亮动人的眼睛，一边轻轻地问：

"你为啥讨厌他？"

"你不晓得，"她现在想起：假使把刚才的情形老老实实告诉徐义德，可能引起徐义德的误会，便简单地说，"他一来了就不走，死皮赖脸地坐在那里。"

"那也没啥，冯永祥你可不能得罪他，他虽然无产无业，可是华丰毛纺厂的董事，永泰烟草公司副经理，又是工商联的委员，是工商界的红人，哪一方面都兜得转。所以有些厂店都希望请他挂个董事、经理的名义，情愿他拿干薪不做事。他是我们工商界的代表人物，也是我们工商界的代言人。你晓得，我参加星二聚餐会就完全是靠他的大力支持。将来我们有许多事体要重托他，要倚靠他。别人请他也请不来，现在他自己常到我们这里坐坐，那是再好也没有了。"

林宛芝走到梳妆台前面凳子坐下，拿了一把小镜子照了照刚才被风吹得有点乱蓬蓬的头发，用梳子理了理。她拿起美国的密丝佛陀唇膏涂了涂嘴唇，想起了冯永祥，有意表示不满地说：

"我讨厌他。"可是她心里却是另外一个想法，嘴上还是说，"我也没啥事体要求他。"

"你不能这样讲，"徐总经理晓得她不高兴冯永祥，怕她真的得罪了冯永祥，那对他的事业和前途是不利的。他站了起来，走到林宛芝旁边，扶着她的肩膀，温柔地说：

"我可有事体要找他，我的事体不就是你的事体吗？我的事业做大了，前途更有发展了，还不是为了你，还不都是你的。"

"哟，"林宛芝回过头来，用左手的食指指着徐总经理的腮巴子，那指甲上艳红的蔻丹就像是徐总经理腮巴上的一个大的红痣，

"看你嘴甜的。我是你的第三房,你的产业将来还不是大的,徐守仁的,同我林宛芝没有关系,我也不做那个梦。"

"你又是这一套!"

"我也不是明媒正娶的,人家看不起。"

"谁讲的?"

"自然有人讲的,二的不说,大的还会不说么。我跟了你就倒霉,整天要听不三不四的话,吃人家的眼下饭,受人家的脚板气。"

"这都是你自己多心多出来的,谁不晓得我最喜欢你。大的没死我怎么好扶你的正,给你讲过不止一遍了,你倒忘了。"

"我怎么会忘记,"林宛芝嘟着小嘴,对着镜子里的徐总经理说,"就是大的死了,还有二的哩,我们这种人,命里注定是这等货!"她伸出自己的小手指说。

徐总经理的肥胖的手指指着镜子里的林宛芝说:

"你整天只是闹啥大呀小的,现在是文明时代,不分大小,我要是死在你的前头,在遗嘱上写清楚大部分财产给你,这总算满意了吧?"他用手抚摩着她雪白细嫩的腮巴子,他的嘴轻轻地吻着她刚才梳好的头发。

"我没那福气。别把我放在胳肢窝里,人家心上有个我,我就是死了也就闭上眼睛了。"她意味深长地看了徐总经理一眼。

"小丫头,尽调皮。"他指着自己的胸口说,"我整个心都给你了,还不满意吗?"

"别灌我的迷汤了,不忘记我就好了。"她仰起头来望着站在她背后的徐总经理,伸出四个手指,说,"人家说你有了第四房呢?"

"少瞎三话四,没有的事。"

"我听说棉纺公会有位江菊霞,是什么执行委员,又是女老板,能文能武,开起会来能讲话,提起笔来会写字,做得一手好文章,拜倒在她脚下的有好几位,其中有一位鼎鼎大名的——"

说到这儿林宛芝有意停下来,徐总经理有意好奇地问道:

"谁?"

"你猜猜看。"

"我不管人家这些事,你说是谁?"

"谁? 远在天边,近在眼前,就是徐义德!"

徐总经理用手轻轻捏了一下她的腮巴子:

"死家伙。"

"啊哟,"她从他面前闪开,说,"没有就没有,捏我做啥? 捏得我真痛。"

"好,好好,"他抚摩着她的腮巴子,说,"不痛了吧,算我不是。"

林宛芝霍地站了起来。徐义德整理一下有点皱了的白衬衫,穿上西装外套,看了看手表,说:

"时间到了,我要约朱延年到星二聚餐会去。"

林宛芝把他叫了回来,拉到梳妆台的大镜子跟前,说:

"你看!"

徐总经理在镜子里看到了自己的头发有一绺披下来,奇怪地问道:

"真糟糕,头发怎么乱成这副样子?"

"别急,我给你梳梳。"

林宛芝给他梳好。他对镜子照照,然后向楼下走去。

林宛芝坐在梳妆台前面凳子上,发现自己的头发也有点乱了。她拿起绿色的塑胶梳子在头上梳过来又梳过去。

二十八

徐总经理的汽车开到汉口路吉祥里停了下来,连揿了两下喇叭。朱延年从弄堂里走到汽车那儿,打开车门,问徐总经理要不要到福佑药房去坐一会。徐总经理摇摇手:

"时间差不多了,我们早点到还可以和他们多聊聊。有些会员早一个钟头就去了。"

"早点去好。"坐在徐义德左边的梅佐贤说。

"那就去吧。"

朱延年跳上了汽车。徐义德问他:

"你晓得暮堂出事了吗?"

"姐姐对我说了,"他漠不关心地说,"这种人,我晓得,迟早要出事的。"

"你不能这样讲,也太不幸了。"徐义德叹息了一声。

朱暮堂虽然是无锡一带有名的大地主,可是朱延年从他那里,除了借到五十两金子以外,再也没弄到啥油水。也不管朱延年宣告破产以后怎样没落潦倒,他得不到朱暮堂一丝一毫的同情和援助。他听到朱暮堂被抓的消息,与其说是吃惊,不如说是高兴。因为是姐姐要他去,他不得不应付一下。在姐夫面前,他不禁流露出内心的喜悦,轻描淡写地说:

"地主吗,共产党来了,当然要土改;不过,他为人太厉害,人缘不好,自然要吃些亏的。"

"不管怎么说,我们总是亲戚,得给他想点办法。"徐义德想起早一会朱瑞芳的忧虑,给朱暮堂惋惜,希望朱延年也给他出个点子,说,"听说他在土改以前还准备分些地给你和你姐姐哩!"

"他啊,吃人不吐骨头的家伙,会分地给我们?还不是看着要土改了,地保不牢了,想摘掉地主的帽子,把地分散。我才不希罕他这个人情哩!"

"你说的倒也有理。"

"早些日子他又送来十石米,我本来不要,他们硬要我收下,这两天正准备退还给他,谁晓得他出事了。"

"天有不测风云,……"

徐义德看马路上的人像水一样的流过去,想了想,说:"不过,能够给他想法还是尽点力好,你姐姐一定要我找人说说情,你看,今天去了,找啥人好?"

徐义德想要朱延年先找马慕韩开口,探个路子,然后他看情形,再往下说。朱延年懂得他的意思。他自己固然不愿意帮朱暮堂的忙,但是他没法叫别人不帮朱暮堂的忙,何况是姐姐和姐夫哩!看在姐姐和姐夫的面上,落得做点顺水人情,表示也关心的神情,说:

"说来说去,亲戚总归是亲戚,我和他一笔也写不下两个朱字。提起朱暮堂来,我心里当然很气,不过,他出了事,也得救他一把。照我看,你找找冯永祥,他是工商界的红人,人头熟,行情熟,门路熟。他准有办法。"

"对。"梅佐贤附和他的意见。

"冯永祥,"徐义德默默念着这三个字,考虑了一会,说,"对,找他试试看。直接找他谈好不好?"

梅佐贤察觉总经理的意图,接上去说:

"我先和他谈谈看。"

"好的。"徐义德顺便说道,"听说马慕韩无锡方面熟人不少……"

朱延年怕再给梅佐贤抢先,连忙说:"那我和他谈。"

"也好,今天人多,怕找不到机会,你们谈的辰光不要勉强。"

说话之间,汽车已经开进了思南路。

星二聚餐会的会址在思南路路东的一座花园洋房里。徐总经理参加了星二聚餐会以后,他深深觉得他的脉搏和上海工商界的重要方面的脉搏一同跳动了。每次聚餐会上他都听到许多新鲜的东西,特别是一些重要的新闻他比一般工商界朋友早知道;有些事体和工商界朋友一道商量商量,学习学习,确实比一个人闷在写字间里办厂要高明得多,而且在这里可以听行情,领市面。但他感到有些情况知道的还不够及时与具体,他的熟人不多,接触面不宽,深交的尤其少,他把梅佐贤拉进去还不够,就想到了朱延年。他从信通银行金懋廉经理那方面知道:自从沪江纱厂担保福佑药房开了透支户头,福佑从来没有透支过,并且开了户头没几天就存进四亿款子,以后经常有一二十亿进出,福佑还了债,生意也做大了。徐总经理对朱延年另眼看待,想拉他进星二聚餐会。一方面可以做他的助手,沟通各方面的情况;另一方面,表面上也是对朱延年的提携。他和冯永祥做朱延年的介绍人,上一次星二聚餐会批准朱延年入会。今天他带朱延年去参加。

汽车在星二聚餐会的大门里停下来。这一幢相当宽大的花园洋房是大沪纺织厂董事长王怀远的住宅,上海解放以前他去了香港,一直没回来,房子老空着,星二聚餐会成立的时候,马慕韩商得大沪纺织厂经理的同意,借做星二聚餐会的会址。他们两个人向里面走去。朱延年看见一位三十上下的青年,穿了一身笔挺的天蓝色的西装,天蓝色中间隐隐露出紫红的细条子。胸前打着一条白缎子领带,上面绣着几朵大红牡丹花,脚下的黑皮鞋和他的头发一样:闪闪地发着亮光。那青年两手高高举起在鼓掌,一边走着一边大声叫道：

"徐总经理驾到，欢迎欢迎！"

他走上来热烈地和徐义德握手，然后把手伸向朱延年：

"这位是朱——"

徐总经理说：

"是朱延年。"

他紧紧握着朱延年的手：

"哦，我一猜就猜中，朱经理，久仰大名，久仰大名。"他心里说：想不到朱延年在上海滩上又站起来了。

徐总经理在旁边给朱延年介绍道："这就是冯永祥先生。"

朱延年立时显出钦佩的神情，嘻着嘴说：

"这一次参加聚餐会，承你和徐总经理介绍，很感激，以后还请多关照。"

"没问题，没问题，"冯永祥拍拍自己的胸脯，望了望徐义德，说，"包在我身上，有事老兄尽管提，小弟一定遵命，照办无讹。"

梅佐贤凑趣地捧冯永祥一句：

"只要冯先生答应了的事，没有办不到的。"他想接着谈朱暮堂的事，但冯永祥开口了，没有机会插上去。

"哪里的话，哪里的话，"冯永祥照例谦虚两句，接着就露出得意的口吻，"不过，小弟在上海滩上倒确是有点小苗头。"

他迈着台步，口中念着"得得锵，锵……"领着他们两位走进右边一座客厅，他掀起落地的紫色的丝绒帷子，曲背叫道：

"请！"

冯永祥让他们两个走进去，他自己留在帷子后面，在听里面的声音。

徐义德把朱延年介绍给金懋廉，朱延年紧紧握着他的手感激地说：

"久仰久仰,姐夫介绍小号在贵行开了透支户头,我早就想拜访你了,因为穷忙,还没有机会见面。"

"多承照顾我们的生意,……以后在这里见面的机会多了。"

里面一阵介绍握手之后,一位女性发出黄莺一般的轻盈的声音问道:

"咦,阿永呢?"

冯永祥在两个帷子之间伸出一个头去,像是李慧冲的魔术似的,他学那位女性的声音,娇滴滴地问:

"阿永呢?"然后用自己本来的声音答道,"阿永在这里。"

"哟,"那位女性用手向冯永祥的头一指,大家的眼光都跟着她的手指看过去,她说,"阿永在变戏法了。"

冯永祥走出来,站在紫色丝绒帷子前面,像是对台下的观众讲话似的说道:

"变个戏法,给诸位大老板娱乐娱乐,散散心,还不好吗?"

"好,"那位女性领头鼓掌。

大家都鼓掌欢迎。冯永祥拱起两手向客厅里四面作了一个揖:

"谢谢各位的捧场。"

信通银行经理金懋廉坐在沙发上打气道:

"再来一个。"

"好,再来一个。"柳惠光坐在上面角落上的沙发里热烈响应。

冯永祥趁势下台,走到紧靠着客厅的帷子旁边的一张沙发上坐下,他跷起二郎腿,一摇一晃地说:

"现在要欢迎我们的江菊霞小姐表演了。"

大家的视线都集中在那位女性的身上。朱延年站在徐总经理旁边,他没吭气,在看徐总经理的举止,好确定自己怎么样表示。徐总经理叫好,他叫好;徐总经理叫再来一个,他也叫再来一个。

现在徐总经理的眼睛一个劲盯着江菊霞,他也细细望着她。她穿了一件黑色的丝绒旗袍,下摆一直拖到银灰色的高跟皮鞋的鞋面上,两边衩角开得很高,二分之一的大腿露在外边;上身还穿了一件薄薄的白羊毛背心,一个玛瑙制的凤凰别针别在胸口;头发是波浪式的,正好垂在肩膀那里,右边的鬓角上插了一枝丝绒制的大红的玫瑰花。她走起路来一摇一摆,浑身闪闪发光。朱延年早就风闻到棉纺公会有位江菊霞执行委员的大名,想不到真的是叫人见到以后一辈子也忘怀不了的人物。怪不得林宛芝在吃她的醋哩。徐总经理和朱延年看江菊霞看呆了,幸亏江菊霞张口了:

"我没有阿永的天才。"她微微一笑,向大伙点头,表示感谢大家的盛意。

"别客气了,我们的菊霞小姐,"冯永祥说着说着就站起来了,他指手画脚地讲,"现在我来给各位介绍介绍。我们的菊霞小姐,是上海棉纺公会的执行委员,大新印染厂的副经理,史步云先生的表妹,上海工商界的有名人物。她是沪江大学商学院的高材生。江菊霞还有个名字:Marry Kiang,翻译出来就是江玛丽,解放以后不用了。她讲一口流利的英语,中文根基也不错,写得一手好文章。她的关于劳资关系的大作,经常登在《新闻日报》上,是有名的劳资专家。另外,布置一个会场,主持一个大会,交涉一件事体,只要菊霞小姐一出面,没有一个不是马到成功,办得漂漂亮亮。要是开大会少一个人讲演报告,你请菊霞小姐去,包你满意:她一登台,立即吸引了会场上的人注意,别人都把自己心里的事忘了,在看她。等她一张嘴,乖乖龙的冬,会场鸦雀无声,只听见菊霞小姐黄莺一般的声音歌唱似的在报告。别的人是一表人材,我们的菊霞小姐是两表人材,能文能武,天上少有,地下无双。诸位看:是不是应该请菊霞小姐表演?"

徐总经理说:

"应该应该。"

他这一句话既捧了江菊霞,又捧了冯永祥。朱延年跟着说:

"应该应该。"

江菊霞斜视了徐义德一眼。徐义德身上热辣辣的。

金懋廉说:"我们的菊霞小姐,好久没有听你唱歌了,就来一支吧。"

江菊霞伸出雪白的右手来,向大家做了一个停止的姿势。大家静下来,她说:

"阿永又瞎嚼蛆了,大家别听他那些,还是随便聊聊天吧。"

"聊聊天?"柳惠光凑趣地说,"这一关过不去吧?"

冯永祥不待别人表示意见,他立刻站在当中号召:

"今天不能放过菊霞小姐,一定要表演一个节目,大家欢迎不欢迎?欢迎的鼓掌。"

大家的掌声催着江菊霞。她没有办法,心生一计,站了起来。大家以为她要表演了,都安静下来。她慢吞吞地说:

"实在不会,让我先去学点啥,下次一定表演。"

"不行。"这是徐总经理的声音。

"你又凑啥热闹,义德。"江菊霞指着徐总经理不客气地说。

冯永祥抓住这机会哄开了:

"徐总经理为啥不可以凑热闹?请菊霞小姐报告他们两个人的内幕。"

江菊霞一看苗头不对,她不得不让步了:

"啊哟,阿永,别再闹了,我马上表演,好不好?"

梅佐贤叫:"好。"

江菊霞唱了一支英文歌,算是交了卷。紫色丝绒帷子那边走过来一位穿白制服的侍者,他手里的红木托盘上摆着各式各样的酒。冯永祥挑了一杯威士忌,他把杯子举着对大家转了转:

"让我们来欢迎徐义德和朱延年两位新会员，"他说出了嘴，又连忙更正，"不，我说错了，徐义德已经是老会员了，朱延年是今天头一次参加，我们欢迎他，请徐义德做陪客。"

坐在沙发里的江菊霞和其他会员都站了起来，向朱延年敬酒。朱延年一饮而尽，把空杯子的底向大家照了照：

"谢谢各位。"

冯永祥又想出了新的点子：

"来，现在该敬我们的菊霞小姐一杯，谢谢她的美妙的英文歌。"

"阿永，不要闹了，等歇吃饭再喝吧。"江菊霞酒量虽然不小，但敌不过冯永祥。她的口气有点求饶了。

"吃饭再说吃饭的话，德公，你说，对不对？"

冯永祥的话徐义德自然赞成：

"对，对极了。"

"不能喝了，我脸都红了。"江菊霞装腔作势地有意轻轻摸一摸自己的腮巴子。

"你的脸，"冯永祥指着她说，"原来就是红的，不怕。"

"实在不行。"江菊霞一边说一边移动脚步，向冯永祥旁边走来，她企图溜出去。

"那么，随便喝一点。"冯永祥还没有发现她的企图，用杯子对着她。

那个穿白制服的侍者走进来，站在冯永祥的旁边说：

"开饭了，请各位到那边用饭。"

"等一等，"冯永祥想叫江菊霞喝了这杯酒再吃饭，他说，"我们干了这一杯就来。"

"是。"

"为我们的菊霞小姐干杯！"

冯永祥笑嘻嘻地转过身来找江菊霞,没有人应,徐义德、朱延年他们站在对面忍不住笑了。冯永祥很奇怪,他向四周一看:在他的身后,有一条黑影子晃了一下,闪出去了。他发现江菊霞溜走了,匆匆追出去,说:

"站住,干了杯再走。"

江菊霞发出银铃一样的胜利的笑声,她的橐橐的高跟皮鞋声慢慢远去。

二十九

在餐厅里。一张长的西餐台子上铺了雪白的台布,当中放了两瓶粉红的和杏黄的菊花,盛开着。十多个人围着台子坐了下来,朱延年紧坐在徐义德旁边,冯永祥、梅佐贤坐在徐义德斜对面,今天人到得不齐,冯永祥旁边还有空位子;江菊霞有意离开徐义德远远的,她坐在上面,在主席座位的左边。今天轮到潘信诚担任主席。穿着白制服的侍者送上来冷盘之后,潘信诚说:

"今天调调胃口,吃罗宋大菜,不晓得合不合大家的胃口。"

冯永祥叉了一块粗大的红腻腻的香肠,吃着说:

"信老办事总合我们胃口的。"

"那倒不见得,阿永,"潘信诚笑着说,"不对,还请指教。"

"确实不错。"

"我们今天改变一种方式,"星二聚餐会是委员制,七个委员轮流主持每次聚餐会,每次总是先聚餐,吃吃玩玩,然后谈正经。上次聚餐会上有人提出谈正经的辰光太严肃,不活泼,不如一边吃一边谈。吃中菜这样谈比较困难,今天改吃西菜,换一个方式试试。潘信诚说,"接受上次建议,边吃边谈。"

江菊霞头一个赞成:

"好。"

没有一个反对的。冯永祥站起来,举着杯子,说:

"先干一杯,酝酿酝酿。"

这个提议马上得到大家的拥护。干了杯以后,冯永祥又开

口了:

"现在该我们的主席——信老发表高见了。"

潘信诚是通达纺织公司董事长,他今年虽还不到六十,办纺织厂却已经有了三十年的经验。

上海解放前两个月,他把自己经营的企业给三个儿子分了:大儿子管棉纺厂和印染厂;二儿子管毛纺厂、麻织厂和丝织厂,他认为这方面是有发展前途的;小儿子管庆丰面粉厂和永丰碾米厂。他自己呢,坐上飞机,到香港去了。过了几个月,从儿子的来信中看出共产党解放上海以后对待民族资产阶级的政策还温和,中央人民政府委员会里有工商界的代表当委员。特别是《共同纲领》,他在香港读了又读,心里安定了。他觉得不应该在香港当白华,应该回来和几个儿子一道办厂。

十二月,他回到上海,看看上海的市场很活跃,私营工商业还有发展的余地,物价并不十分稳定,尤其是粮食,这是政府最大的弱点,粮价经常往上跳。穿衣吃饭人生两件大事,潘信诚是最有兴趣的,也认为在这方面最有把握的。他看准了这个难得的好机会,心里打算再多挣点钱留给儿孙,便集中头寸,开始扒进粮食。粮食越涨,他扒得越快也越多,到了旧历年关,他吃足了三万担。他等待新年开红盘,让粮价再往上跳一阵,然后在适当时机他才考虑抛出。

人民政府从徐州、芜湖运了大批粮食到上海。红盘开出来了,往回跌,粮商继续买进;市场上要多少,公家抛多少,而且粮价一直稳稳往下落。粮商喂饱了,粮价还是徐徐往下落。这辰光,粮商吃不消了,只好大泻。潘信诚手里的三万担不得不忍痛抛出去。他栽了这一个不大不小的筋斗,进一步认识了共产党真行,连管理市场也有一套,过去任何政府对上海的两白一黑①,从来是没有办法

---

① 两白一黑:指米、棉花和煤。

231

的,人民政府也能解决了。他感到过去那种经营作风吃不开了。这件事,除了他三儿子和几个经手的人以外,谁也不知道。他也不对任何人提起。哑巴吃黄连,有苦说不出。从此,他再也不敢随便向市场上伸手,凡是共产党人民政府说的话,他知道,一定要照办,工商界只好拥护。有时他并不完全甘心,就不大表示态度。凡是政府的事问到他,他都说好,城府很深,谁也摸不透他的心思。他讲的话,工商界朋友都很尊重。他的几爿厂由几个儿子分别掌管得也不错,他就不大到公司里去,也很少出来走动,老是待在家里。不过星二聚餐会,他是每次必到,而且很守时。他和这般工商界朋友谈得来,有些年轻后辈虽然比较浮夸,往往轻举妄动,他看不顺眼。但来了,和大伙聚聚,聊聊天,可以散散心,听听行情。

"阿永,你怎么'将'我爸爸的'军'呢?"说这话的是潘信诚的大儿子,潘宏福,通达棉纺厂和通达印染厂的经理。他想替爸爸解围。

"他总是钉着我,"潘信诚半闭着眼睛,幽默地说,"叫我下不了台,要我好看。"

冯永祥慌忙站起来,拱拱手,赔礼道:

"不敢,不敢。"

潘信诚微微笑了笑。他早就有了准备。因为今天聚餐会轮他主持,他提早一小时来,和马慕韩他们初步交换过一点意见,心中有了数。他望了冯永祥一眼,不慌不忙地说道:

"阿永真会想点子,出题目给我做文章。"他想起昨天大儿子宏福给他谈的检验的事,说,"那么,先谈谈棉纺等级检验问题吧,大家觉得哪能?"

"听说棉纺业最近很关心这个问题,谈谈也好,"金懋廉说,"我没有意见。"

"金融界真是消息灵通,"冯永祥说,"棉纺业的事体也清楚。"

"那当然,银行里哪行哪业的事都清楚,尤其是我们的懋廉兄。"柳惠光说。他曾经向金懋廉轧过头寸,知道金懋廉对西药业也了解。

"但是比我们永祥兄差得远。"金懋廉一句话还过去,冯永祥不言语了。

"好。"徐义德插上去说,"最近花司①为了促进棉纱的品质,提出检验分等的办法。别的厂我不晓得,就我们沪江纱厂来说,这个办法行不通。应该凭商标分等级,商标是我们各厂多年努力的结果,不管是飞马或者是双鱼,在市场上有多年的信用,这就是等级。凭商标分等级最好了。我们要一致反对花司这个检验分等的办法。"

江菊霞点头称是,碰一碰潘董事长,说:

"这确实是一个大问题,"她伸出细嫩的胳膊向台子上的粉红的菊花一指,来加重她的语气,"据公会方面接触到的厂方来说,这两天大家都为这件事议论纷纷,除了个别没表示态度以外,几乎是全体反对花司的办法,他们要求棉纺公会出来撑他们的腰,正面向花司表示态度:干脆不同意。"

"不能同意。"潘宏福的通达棉纺厂的机器是新旧参半,产品质量不高,当然怕检验。

"对呀。"这是大家的声音。

朱延年立刻想到发往苏北的那二百磅的酊剂,如果也像棉纱这样一检验,那不是等级问题,而是真假问题,就很严重了。他紧张地说:

"反对检验。"

大家不知道他的话里包括也反对检验药品。在大家一致反对声中忽然有人这样说:

---

① 花司:指上海花纱布公司。

"这件事体要仔细考虑,不应该简单地反对。花司这次提出来是为了促进棉纺品质,这一点我们反对不得,一反对,我们就没有道理了。检验分等也不应该一笔抹杀,等级高的工缴高,等级低的工缴低,这也是一个公平合理的办法。我们办厂的应该努力提高产品质量。我同意检验分等。"

大家听了这一番议论,暗暗吃了一惊,视线都集中在这个人的身上。他是一位三十出头的青年,坐在大餐台子的尾端,恰巧和潘董事长面对面,他的父亲是上海棉纺界的有名人物,出身于破落地主家庭,从小喜爱钱财,青年的时代就在钱庄里当学徒。他父亲生平相信阴阳先生,遇事求神问卜,曾经有一位相面先生看了他父亲的面相之后,说:"从气色上,不宜读书做官,但将来地位高于道府,可是无印。名利双收,一路风光。"这虽是几句无稽之谈,他父亲私下却很高兴,拼命钻研《美国十大富豪传》,找发财致富的门径。第一次世界大战期间,他父亲见纱厂赚钱,就和朋友合作,开办了兴盛纱厂。当时美国为了推销机器,纱厂设备可以分期付款,他们乘此机会添了一万纱锭。这样一帆风顺,逐渐发展,加上他父亲深深懂得"若要发,工人头上刮"的剥削妙诀,锱铢必计,千方百计地剥削工人,积蓄了不少钱,把朋友的股票吃过来,兴盛纱厂就成了他家唯一的大股东。这个厂发展到上海解放前夕,已经是具有十万纱锭的现代化的纱厂了。上海解放不满一月,他父亲因病过世,这份产业就落在儿子手里。这青年担任了兴盛纱厂的总经理,但他对于办纱厂却是一个十足的外行。他从复旦大学毕业出来还不到两年,满脑子里尽是些远大计划和个人的抱负,束缚在一个十万纱锭的纱厂里,他并不满足。他自己常说:希望在人民政府里有个一官半职,虽不能名扬天下,也盼望荣宗耀祖,乡里知名。他最初对办厂没有多大兴趣,后来经过朋友劝说,告诉他:要想有个一官半职,首先要搞好经济基础,办厂就是自己的政治资本。他这才扭回头来关心厂里的生产。他姓马,叫慕韩,工商界的人叫他小开。

徐义德仔细研究了马慕韩的意见,见大家不发言,他笑嘻嘻地望着马慕韩说:

"慕韩老弟,我不同意你的意见。"

"你可以提出你的意见,德公。"马慕韩严肃地望了大家一眼,露出很相信自己见解的神情,说,"大家研究。"

"棉纱等级检验是个非常复杂的问题,首先是等级如何划分?其次是如何检验?谁来检验?检验不对怎么办?既然等级检验,那我们多年努力结果的商标还要不要?老实讲,在座没有一个外人,我们这些私营厂大半设备不全,管理不善,机构臃肿,出的产品难免高低不一,常常要搭配点次货,如果选样选到次货检验,那别的纱就要连带降级。这个亏我们吃不起,这个本也赔不起。"

潘宏福支持徐义德的意见:

"德公的话有道理。"

"对呀!"几乎大家都同意徐义德的意见。

潘董事长老成持重,不大随便发表意见,他当时没有表示态度。但大家知道潘宏福的意见就可以代表他的。马慕韩一边听徐义德说一边摇头:

"这样的话,我们私营厂就应该要增加设备,改善管理,精简人事,减低成本,提高产品质量。"

江菊霞说:

"说得容易,做起来难。真正能做到这样,恐怕就不是私营厂了,"她学徐义德的口吻叫了一声:"慕韩老弟。"

马慕韩立刻还过来一句:

"菊霞大姐,"他这一叫,引得大家哄堂大笑。他却很严肃地说下去,"解放以后的工商业家应该和解放以前的工商业家有所不同,我们不应该让我们的厂永远停留在落后的地位,要进步。要想做一个新时代的工商业家,我们首先要把厂办好。"

徐义德忍耐不住,他又说了:

"现在不是学习会上谈理论,《共同纲领》要到下礼拜才学,那时候唱高调很容易,大家都会。这是实际问题,这是钞票问题。每个厂都有二三十年历史,少的也有十年左右的历史,改善不是很简单的事,也不是短时间可以办到的事。共产党的主意好是好,只是太急了一点。没有钞票,赔不起本,进步不起来。"徐义德话里暗暗指马慕韩这位小开,不在乎钞票,当然可以大谈进步。

"你说得不对,德公。"马慕韩坚持自己的意见,反驳了他一句,"进步也不是可以用钱买的,主要看思想。一个人的行动是由他的思想支配的。思想落后,有钞票也进步不起来。"

"不过进步太快了,工商界朋友们追随不上,也无法高攀。"

"进步不进步,那是各人自己的事,总不能叫别人不进步,等着奉陪……"

徐义德听了这几句话实在忍受不下去,他的脸变色了,慢慢泛红了。冯永祥一看情势不妙,恰巧侍者送来了热呼呼的牛排,一股香气扑向人们的鼻子,他端起一杯威士忌来打圆场:

"啊哟,一谈正经就这么严肃,弄得我昏头昏脑,实在吃不消。"他无产无业,对大家谈的检验问题没有兴趣,有意扭转大家的注意力,说,"来,来来,大家先干一杯。"

大家举杯干了。冯永祥用叉子按着牛排,一刀切开,里面还有一丝丝的血,吃了一口,很嫩,他说:

"今天的牛排确实不错,德公,我们两人再干一杯。"

徐义德又干了一杯。

从餐厅外边走进来一个矮矮小小的瘦子,他的脚步很轻,一直走到大菜桌子旁边,才首先被冯永祥发现,他高声叫道:

"仲笙兄今天怎么迟到了,来,来来,我这儿正好有个空位子,请坐请坐。"

那瘦子向桌上的人一一含笑点头,然后坐到冯永祥隔壁的空位上。冯永祥马上给他斟满了一杯白兰地,说:

"无故迟到,罚酒三杯。"

"阿永,你饶我一次,我还空着肚子呢,三杯白兰地下去要醉倒的。"

"你是智多星,自然有办法。"

"实在不行。"

潘信诚给他解围:

"仲笙,那么,你先喝一杯好了。"

那瘦子马上举起杯来,向大家晃了晃,微笑地说:

"我奉信老之命,敬各位一杯酒,——先干为敬。"他仰起头来一饮而尽,对大家抱歉地弯弯腰,坐下去。

冯永祥不好再说,但总觉得意犹未尽,想出个点子,开他个玩笑。他眼睛一动,知道朱延年不认识他,便站起来说:

"延年兄,我还没有给你介绍呢,这位是唐仲笙先生,"他指着那个矮矮小小的瘦子说,"别看他人生得矮小,可是人小心不小,一肚子诡计,短小精悍,聪明绝顶,有名的智多星。《共同纲领》他可以倒背如流,又是税法专家。他是东华烟草公司的大老板,最近市面上风行一时的仙鹤牌香烟,就是他老兄出产的名牌货。"

"不敢当,不敢当,"唐仲笙谦虚地说,"我算不了什么大老板,尤其是在各位面前,不过在东华有点小股子,都是靠在座各位的提携。"

"你不是大老板?我说错了吗?"冯永祥问自己,隔了一会改口道,"你是大老板中的小老板,对不对?"

唐仲笙觉得符合自己在星二聚餐会的身份,微微点头,说:

"这倒差不多。"

冯永祥接上去补了一句：

"可是在小老板中你又是大老板。"

"那倒不见得。"唐仲笙摇摇头。

"妙句妙句，"潘信诚赞不绝口，对冯永祥说，"你真会讲话，越来越聪明活泼了。阿永，来，我跟你干一杯。"

"不敢当，"冯永祥给自己杯子斟满，对潘信诚举起，说，"我敬信老一杯。"

他们两人干了杯。冯永祥坐下去，指着朱延年对唐仲笙说：

"我忘记告诉你了，这位是福佑药房经理朱延年兄。"

冯永祥一不开口，餐厅里顿时就静下来了，只听见刀叉碰着瓷碟子的声响。唐仲笙吃了一点菜和汤下去，肚子有了底子，想站起敬朱延年一杯酒，头一次见面，要联络联络感情。他看到大家低头在吃菜，有的手里拿着刀叉在想心思，料想他来以前一定是争论一个啥问题还没有解决，给他进来打断了。他识相地没有敬朱延年的酒，歪过头去，低声问冯永祥，刚才是不是在谈啥问题，冯永祥用叉子指着他说：

"你真不愧是个智多星，啥事体一看就晓得了。"

冯永祥扼要地把刚才讨论棉纱等级检验问题给他讲了讲。

大家心中在考虑棉纱等级检验问题如何解决。徐义德考虑到马慕韩在上海棉纱界的地位和势力，不能够和他决裂，却又不能同意他的意见，因为沪江纱厂如果检验，一定是乙级纱，很难达到甲级。这样一件纱要差四个单位，一万件就是四万个单位，算人民币有一亿多呢。他怕别人与花司妥协，他坚持自己的意见：

"假如花司一定要棉纱等级检验，那我们全部把商标扯掉，看他在市场上怎样出售？"

"这是一个好办法。"朱延年赞成他姐夫的意见，说，"这事对我们的关系太大了，不能答应。"

潘宏福放大声音说:"无论如何不能答应……"

潘信诚怕局面再弄僵不好收场,他打断了大儿子的话,说:

"我们心平气和地研究,大家利害关系是一样的,要商量一个妥善的办法对付花司。"

潘宏福勉强闭住了嘴。

马慕韩深知自己的厂设备比较好,出产成品质量高,如果检验,可以升级,对兴盛纱厂是有利无弊的,而且公开拥护政府措施,更可以落一个进步分子的美名。他针对徐义德的意见,解释道:

"检验等级划分不是一个问题,只要产品质量好,也不怕选样,选哪一件纱都是一样,重要问题是哪一个部门哪一个人检验。花司委托华东纺织管理局试行检验,我们棉纺公会指派两名工程师去参加检验和选样工作,工程师的津贴由我们出,问题不就解决了吗?"

马慕韩这么一说,有的人倒动了心,江菊霞也赞成。

"这个办法妙,名义上花司检验,实际上是我们自己检验自己。徐总经理,你不要怕你的纱降级了。"她微笑地望着徐义德,欣赏他整整齐齐的头发,乌而发亮,没有一根白发。

"那倒不是为了沪江纱厂一家,我是考虑到我们同行的利益。我不是为个人打算。"

"徐总经理是从全局考虑的。"朱延年说。

"谁不是从全局考虑?谁为个人打算?"马慕韩瞪了朱延年一眼,旋即顶了一句。

冯永祥插上去说:

"又来了!大家不要抬杠了,请我们的信老做结论。"

潘董事长听他们的意见,看当时的趋势,他早有了一个腹稿,经冯永祥一邀请,就毫不推辞,站起来说:

"慕韩、义德的意见都有理由,大家的希望我也了解,但都没有照顾到我们棉纱界各方面的情况,也就是没有照顾到各厂的具体情况。这么复杂的一个问题,确实很难得出一个统一的意见,给花司交涉也就不可能希望有一个统一的规定。我们给花司交涉起来,要有统一的口径,不然自己乱了步伐,谈判是不会成功的。是不是这样:一般的照商标,个别纱好的厂照等级,请大家考虑考虑。"

大家冷静地考虑了一下,都不断地说这个办法好。潘宏福也认为爸爸的意见确是高明,既照顾了通达厂,又照顾了大家,不像自己的意见那么偏。只是马慕韩没有表示赞成,他本来想在政府面前表现一番,拥护花司的措施来提高自己的政治地位,遭到以徐义德为首的反对,他也不好再坚持,那样会使自己的处境更孤立。潘信诚提出个别纱好的厂照等级,这句话就是照顾他的。他也满意。这样政府可以看出毕竟马慕韩是和一般资本家不同的。所以,他没有表示反对,但提出棉纺公会仍旧应该指派两个工程师去参加等级检验和选样工作。潘信诚问大家:

"你们觉得哪能?"

他的眼光却落到徐义德的身上,征求他的意见。徐义德明朗地表示了态度:

"这个,我同意。"

潘信诚望了大家一眼:

"大家同意,那就是江菊霞小姐的事了。"

江菊霞说:"这点小事交给我就得了,我到公会去一趟,不劳各位操心……"

她的话还没有讲完,那个侍者轻轻地走到潘董事长旁边,对着他咬耳朵。潘信诚立即放下手里的刀叉,站起来说:

"北京来长途电话,我去接一接就来。"

唐仲笙从西装口袋里掏出两包二十支装的仙鹤牌香烟,向上面江菊霞那边扔了一包,自己打开另外一包,抽出来敬他座位左右的人,刚才没有机会敬朱延年的酒,现在首先敬他一支仙鹤牌,一边说:

"这是小号的出品,请各位赏光尝尝,多多指教指教。"

朱延年吸了一口,他还没有辨别出这个烟的味道,就连忙赞扬道:

"这个烟真不错,你不讲仙鹤牌,我还以为是白锡包呢。"

"过奖过奖。"唐仲笙谦虚地说,"不过小号存了点叶子,这里面倒是掺了点英国叶子。延年兄是老枪,一抽果然就晓得了。"

经他一宣传,朱延年又抽了一口,才真正辨别出有这么一点点英国烟味道。他望见马慕韩坐在长台子尾端,讲话不方便,没机会谈朱暮堂的事,走过去又有点儿唐突,只好坐在那儿又抽了一口烟。

徐义德勉强抽了一口就放下来了,觉得这烟味道太刺激,一点不醇,比他抽的三五牌差远了。他从刚才的争论看出聚餐会的重要,显得棉纺公会反而软弱无力,在公会里有些问题不能集中商谈,也不方便公开研究。他自己在公会里没有一个适当的实际位置。他趁潘信诚去听长途电话的空隙,借机会提出他的意见来:

"今天讨论很好,我们棉纺界就需要有这么一个能够大胆说话的地方。不过,有些事聚餐会不能出面,要通过棉纺公会才能解决问题。我个人有一个看法,不晓得对不对,说出来,请诸位指教。目前公会领导方面不强,同业中比较能干的人要'脱产'来干公会,要像纺织工会那样。我们棉纺公会各部要由老板来担任,这样阵容强大,办起事来就顺手了。"

江菊霞首先附和:

"我也有这个意见,在公会办事总觉得别扭,许多执行委员经常不去,公会下面的几个委员会有名无实,有的委员会老板们挂了名也不掌握,像公营代表一样,根本不大来。做实际工作的人就感到有力无处用。"

"是的,"冯永祥右手拿了一只油炸子鸡的腿,边吃边说,"公会不加强不行,解放以后办事体都要靠组织,组织搞不好,事体很难办。棉纺界在上海本来是很有地位的,目前的情形,有八个字可以形容,叫做:势力雄厚,阵容不齐。慕韩兄以为如何?"

他用鸡腿指着大餐台子尾端的马慕韩。马慕韩喝了一口可口可乐,思索地说:

"力量是有点分散,组织起来确实才有力量。健全了组织,还得加强学习,加强领导。我们在共产党领导之下办厂,就得学共产党的那一套,要跟共产党走。"

他说完了,暗暗看了徐义德一眼,那意思是说:凡事要提高一步看,用旧眼光来办厂,现在是吃不开了。

徐义德懂得他眼光的意思,他说:

"那当然了。在共产党领导下,不跟共产党走怎么成。我们聚餐会每两个礼拜学一次《共同纲领》,就是为了学习共产党政策,跟共产党走啊。不过,我们工商界也有我们工商界的立场,对自己也不能要求太高。"他心里想,马慕韩这青年究竟是学生子出身,想法太单纯了。他本人不是办厂起家的,对于办厂的苦心经营不了解,没有尝过酸甜苦辣,就不知道这个滋味。他说,"我们是民族资产阶级,总归是民族资产阶级。公会要为我们私营厂服务。要把棉纺公会变成'私营纺管局',我们就有力量了。"

"私营纺管局,妙,妙,真妙!"潘信诚不在,潘宏福活跃起来了,指手画脚地赞不绝口。

"这个局长谁当呢?德公。"冯永祥很有兴趣地问。

"我看最好是现在北京开会的史步云,或者,我们的潘董事长也可以。"江菊霞抢着替徐义德回答。

"爸爸要当局长?"潘宏福心里按捺不住高兴,笑了,又怕给人识破,矜持地忍着,半笑不笑。

马慕韩冷笑了一声,讽刺地说:"那我们有两个纺管局,也有两个局长了。"

"那辰光,我们菊霞小姐是私营纺管局的办公室主任。"冯永祥说。

江菊霞斜视了冯永祥一眼,说:

"阿永,你又吃豆腐了。"

"你放心,"冯永祥说,"局长还没有发表,你这个办公室主任暂时当不上。"

在座的人都嘻嘻哈哈笑了。潘宏福对江菊霞叫了一声"江主任",见爸爸回来了,就没有说下去。

潘信诚匆匆从外边走进来,也不坐下来歇一歇,就急着说:

"刚才是史步云来的长途电话,他在北京出席全纺会议,听到政府要稳定纱布价格,决定统一收购纱布,他晓得今天是我们聚会的日子,就打长途电话来征求我们的意见,他好代表棉纺界在北京表示态度。各位的意见觉得怎么样?他今天等我的长途电话。"

这消息一宣布,刚才轻松愉快的谈笑,忽然消逝得无影无踪。餐厅里静悄悄的,窗外传来秋风吹落树叶的沙沙声。

徐义德的心情像是被吹落的树叶,感到有点失望。政府统一收购棉纱,自由市场没法活动,沪江纱厂系统的棉纱无法自由买卖,即使驻厂员方宇送来更好的关于税收的消息,也不可能一次获得很多的利润。一般利润也要受到一定的限制。照他的意思应该反对统一收购,但是商不能同官斗,要是上海花司意见,还可以钻钻空子:依靠工商联,团结工商局,争取纺管局,打击花纱布公司。如果不行,还可以上告中央。但这是中央的意思,就有点棘手了。

很久没有一个人喷声。徐义德默默地望着面前的那盘没吃完的油炸子鸡。本来今天的鸡很嫩,味道也不错,他现在好像突然倒了胃口,吃不下去了。

潘信诚见大家不言语,就对徐义德说:

"我们的铁算盘,你倒算算看,我们对统一收购应该表示一个什么态度?"

徐义德深深地叹了一口气,无可奈何地说道:

"铁算盘,电算盘,千算万算,经不起老天爷一算。"

冯永祥看徐义德那一副垂头丧气的神气,鼓励他道:

"不要长他人志气,灭自己威风。我们上海棉纺界总应该有个决策。德公,你先提个意见,大家商量商量。"

徐义德用他肥肥的手指在敲自己的太阳穴,想了一阵,慢慢地说:

"中央决定统一收购,我看,我们地方上没法反对。凡是共产党提出来协商讨论的问题,十有九是一定要办的。他们做法比国民党高明,事先打通我们思想,要我们答应做,还要我们服帖。这就很厉害。我看,我们索性主动提出统配统销的意见。现在各厂原料供应不足,资金周转又困难,市场销路受限制,不如把'包袱'丢给政府,向政府要原料,向人民银行要资金。销路给了政府,我们自己只问经营管理。政府口口声声要私营企业发展,我们不怕政府不照顾,看政府怎么办好了。我们打这个算盘,你们以为怎么样?"

朱延年听了徐义德这一番道理,衷心佩服徐义德。他的眼光对着徐义德,露出仰慕的神情。本来他想接着给徐义德帮腔,因为刚才马慕韩瞪了他一眼,他不好再说,只好暗中表示完全同意。

梅佐贤在听这些大老板高谈阔论,自己保持着沉默,一直没做声。听徐义德滔滔不绝地讲了一大篇,他伸过头去,讨好地小声地对徐义德说:

"这子鸡不错,你饿了吧,快吃一点,别冷了。"他巴结地送过去装胡椒粉的小玻璃瓶子,又加了一句,"这个要吧?"

徐义德摇摇头,他无心吃子鸡。

江菊霞也佩服徐义德的见解:

"德公的意见对,真不愧是我们的铁算盘。"

"这个办法妙!"智多星唐仲笙也举手赞成。

马慕韩这次和徐义德的意见一致:

"我也同意德公的做法。政府既然决定了,我们就乐得漂亮点。利润多少随政府给,看政府给多少。只要政府拿得出,我们就收得进。"

"对,办事要漂亮。"这是冯永祥的声音。

潘信诚看大家的意见比较一致,他默默计算星二聚餐会能够控制同业的锭子的数字,差不多有七十万左右,史步云代表上海棉纺界在北京全纺会议上答应下来,回上海不会出啥大问题。他问大家还有意见没有,大家说没有,他就说道:

"那我们主动接受统一购销的办法,要史步云代表我们在北京表示态度:拍板。"

"好。"大家异口同声说。

徐义德补充道:

"我们在统一购销上让了步。在工缴上要采取攻势。告诉步云兄,他在会上可以谈一谈私营企业暂行条例上所规定的官利八厘问题。这样可以衬托出我们棉纺业的当前利润太小,要求解决工缴的计算公式,争取我们在工缴问题上的胜利。"

"这一点很重要,我想大家一定同意。"潘信诚的眼光征求每一个人的意见,没有一个人有异议的。他把侍者叫了进来,很兴奋地说:"你给我挂北京史步云的长途电话,加急,我有要紧的事给他谈。"

"是。"侍者应了一声,就连忙走了。

三十

沪江纱厂工程师韩云程听完徐总经理的报告,马上从沙发里站起来说:

"刚才总经理报告下个月和花纱布公司订立的合约,其中代纺计划和开锭数,我个人都没有意见,认为可以完成的。总经理说代纺的二十支纱当中要掺百分之十到十五的黄花衣,我看有问题,这样一定影响质量。是哦?"

韩云程工程师问坐在他侧面靠背椅上的郭鹏。郭鹏是沪江纱厂的工务主任,一个纺织专科学校没有毕业的穷苦学生,在厂里从书记工做起,慢慢爬上来,上海解放以前,升了工务主任。早两天梅佐贤碰到他,鼓励他好好努力,争取将来可以当个工程师。他同意韩工程师的意见,答道:

"掺这许多黄花衣,自然影响质量。"

"有啥影响?"徐总经理坐在大写字台面前急着问,他的手按着胸前的玻璃板说,"黄花衣不错啊,梅厂长花了好大气力才买来的。"

坐在徐总经理对面的梅佐贤会意地答腔道:

"是啊,我跑了许多趟数,好容易才买到这花衣,不然车面空缺,花衣脱节,就要关车。"他好像刚买到花衣,露出很吃力的样子,用劲抽了一口香烟。

梅佐贤几句话说到徐总经理心里,他欣赏梅佐贤的口才,赞扬地望了梅佐贤一眼。其实黄花衣买起来非常的容易,只要梅佐贤去一个电话,要多少有多少,价钱便宜得出乎人的意料之外,比一号破籽还贱。梅佐贤根据徐总经理的指点,所有沪江纱厂的破籽都卖给信孚记花行,这些破籽经过信孚记花行的梳棉机梳一梳,再用硫磺一熏,清理一下,就以黄花衣的名义卖给沪江纱厂,信孚记成了徐总经理私人的分号。每次缺花衣,最初总是到处买不到花衣,等到再买不到花衣第二天就要关车的紧急当口,梅佐贤把黄花衣买来供应。这是一个秘密,除了徐总经理和梅佐贤以外,没有第三个人知道。韩工程师虽不知道底细,却有点发觉,他不满意地说:

"这种花衣当然很难买,拉力、长度和色泽还不如一号破籽……"

韩工程师无意说到黄花衣不如一号破籽,梅佐贤听得大吃一惊,手指一松,夹在食指与中指之间的香烟掉到地上。他弯下腰去取。徐总经理却安然不动,仿佛不知道这回事一样,惊奇地问:

"黄花衣不如一号破籽?韩工程师,真的吗?"

"当然是真的,你问郭主任。"

郭鹏点点头。

徐总经理立刻放下脸,生气地质问梅佐贤:

"你这次黄花衣在哪家买的?"

"信孚记。"

"为啥还不如一号破籽?"

"我看的样品不错么!"梅佐贤努力回忆当时采办的情形说。

"这样不好的花衣,以后不要买他家的。现在厂里存的黄花衣多不多?"徐总经理明知上次进的五百担黄花衣已经用得差不多了,他有意装腔作势问一声,"要是多的话,退回去。"

郭鹏说:"用得差不多了。"

"那就算了。"徐总经理瞅了韩工程师一眼,见他没有发觉自己的秘密,就把话收回来说,"以后买信孚记的花衣要仔细选选,不要上人家的当,佐贤。"

"晓得了,总经理。"梅佐贤懂事地应了一声。

韩工程师还没放弃自己的意见:

"掺用百分之五还可以,掺到百分之十到十五,我不能保证质量。"

郭鹏附和韩工程师的意见:

"质量确实成问题。"

"质量问题,"徐总经理想起棉纱等级检验问题,棉纺公会根据星二聚餐会的意见向花纱布公司正面交涉,暂时取得了胜利:一般厂按照商标,个别厂按照等级。质量即使差一点,只要调配得好,贴上商标,照样卖出去。他很有把握地说:"质量差一点那也没有办法了,凭我们的商标,卖出去,我看是没有问题。"

"那影响我们厂里牌子的信用,"韩工程师担心他的荣誉和过去努力的成绩会遭受到不可容忍的损害。人家买到这样的棉纱,一定问:是哪个厂的呀?那个厂的工程师是谁呀?怎么出这样的棉纱?他直率地说:"这样对我们的厂,对总经理怕不利吧。"

徐总经理看他态度那么认真严肃,就像他平常在厂里试验室工作一样,一丝一毫不马虎,不轻易苟同别人的意见。徐总经理用他就是这一点,但对徐总经理也是这个态度,徐总经理就不高兴了。徐总经理本要当面训他一顿,想想自己道理并不多,韩工程师忠心耿耿工作也是为了沪江纱厂啊。他不再和韩工程师谈了,他以总经理的身份说:

"一定要搭配黄花衣,至于是否影响质量,有啥不利,只好随他去。"

韩工程师见徐总经理这样下决心,料想再说也没有用处了,他便紧闭着嘴。徐总经理见韩工程师没有表示态度,料想他心里还不完全同意,有意把脸转过去,不看韩工程师,避免正面和韩工程师冲突,却注视工务主任郭鹏的神色。郭鹏的眉头有点皱起,那样子并不赞同徐总经理的意见,却又犹豫地不敢正面提出异议。梅佐贤见机想缓和有点紧张的局面,他说:

"总经理决定了,我们一定照办。"

韩工程师瞪了梅佐贤一眼,他没有说话,只是用右手的胳臂碰一碰坐在他后面的会计主任勇复基,暗示他自己并不同意这样做法。勇复基是一位怕惹是生非的守本分的会计师,与自己无关的事他绝不过问,就是关系到自己,也宁可退让一步,与世无争的。韩工程师碰了他一下,他很紧张,生怕被徐总经理和梅厂长瞅见。他连忙把两手放在膝盖上,眼睛望着门上的毛玻璃写的四个字:总经理室,装得仿佛不晓得刚才韩工程师碰他的样子。但是徐总经理早看到了,他问勇复基:

"我们的会计主任有啥意见?"

勇复基站起来谦虚地说:

"没有啥意见,没有啥意见。在生产技术上我是外行。"

徐总经理故意逼他一句:

"同意哦?"

他不假思索地说:"同意,唔,同意。"

"下个月开始执行,"徐总经理撇开韩工程师,他直接吩咐郭鹏。

"好。"郭鹏不得不答应,他旋即想起一件事,说,"黄花衣究竟是一种啥花衣呢?栈房报单怎么写呢?要是花纱布公司问起来,怎么回答呢?"

徐总经理给郭鹏一提醒,他沉思了好久,没有想出办法,便盼望大家出个好主意,笑嘻嘻地说:

"这倒是一件麻烦事,大家想想看……"

郭鹏怕往后查出来,一定要连累到自己头上,他小心翼翼地试探着说:

"搭配这许多黄花衣,确实是一个问题,希望总经理最好再考虑考虑……"

徐总经理每个月的下旬,照例把厂里的主要负责人找到沪江纱厂总管理处的总经理办公室来,名义上是改进业务和改善厂务,实际上是秘密商量下一个月的生产计划,研究用啥方法使下一个月获得更多的利润。谈完了,总经理就请大家吃一顿,算是酬劳。过去,每次谈得都比较顺利,徐总经理有些措施,大家听了心照不宣,默默地照他的意见做。今天谈的搭配黄花衣问题,因为花司要等级检验,目前虽反对掉了,将来一定要实行的。徐总经理看准了这个空子,想狠狠地捞一票,自然影响到质量方面。韩工程师有意见,他是料到的;郭鹏也有意见,却是出乎他的意外。郭鹏是在沪江纱厂一手培养出来的,公然提出异议,徐总经理非常激动,他两腮下垂的肌肉有点颤抖。他知道不施点压力是不能制服郭鹏的,更不要说韩工程师了。他立即板起面孔,把眉毛一扬,说:

"我用不着再考虑了,花衣不够用,只好买黄花衣来调配。因为用棉量高,车面空缺,花衣脱节,前后纺脱节,关车责任由工务上负。"

梅佐贤望着郭鹏说:

"你……"

"我?"郭鹏不知道怎么回答是好。

徐总经理接着说:

"代纺纱不能按时交清,取不到花纱布公司的花衣,也要工务上负责……"

郭鹏听到徐总经理这样逼他,他脸色苍白,说不出话来,嘴里只是结结巴巴地说:

"这,这这……"

勇复基感到空气太紧张,生怕自己卷到这个漩涡里。他低着头,一点也不敢吭气。韩工程师知道徐总经理这一番话不单是针对郭鹏说的,同时也是讲给他听的。他心里想:他拿沪江的钱,吃沪江的饭,你徐义德要怎么都行,只要别惹到韩云程身上就行。他没吭声。他在听徐总经理说下去:

"原棉问题是我们厂目前最中心的问题,这个问题不解决,厂里发不出工资,交不出房租,这也要由工务上负责。"最后他用力叫了一声,"郭鹏,听清楚了没有?"

郭鹏怔了一下,然后慢吞吞地说:

"听,听清楚了。"他冷静了一下,怯生生地问,"用这么多黄花衣,花纱布公司查出来,谁,谁负责?"他的惊慌的眼光不敢对着徐总经理,只是望着梅厂长。

梅厂长的眼光这时候正望着徐总经理。徐义德充满信心很有把握地说:

"花纱布公司那方面没问题,梅厂长,那只劳来克斯钢表送给加工科洪科长没有?"

"早送去了,他谢谢总经理,我倒忘记告诉你了。"

"明天请他吃晚饭,在新雅三楼,挑个清静的房间,我亲自出马,你也去。"

"好的。"

梅厂长摸清了徐总经理的底盘,他大胆地说:

"查出来当然是我和总经理负责,没有你的事。"

"好,厂长,"郭鹏说,"我用,我用。"

韩工程师听梅佐贤说查出来由他和徐总经理负责,便放心了。

徐总经理的压力发生了效果,他把面孔一变,从心里笑开了,愉快地拉拢韩云程和郭鹏说:

"我也晓得这样会影响质量的,希望大家努力克服困难。韩工程师和郭主任的意见提得也很好,这样可以把各方面的问题都想到了。大家的心意,是为了这爿厂,大家也要晓得,这爿厂也是为了大家。……"

"那是的,那是的,总经理处处都想到我们。"梅佐贤插上去说。

徐总经理接下去说:

"怕花司问起黄花衣,那么,大家想一个别的名称,就不怕查了,好不好?"他想了一下,说,"用四十二支的斩刀花的名义怎么样?四十二支的斩刀用在低级纱上是可以的呀。"

韩工程师凝神想了想,提出问题:

"这样的和花成分,工务日报上不容易写。"

"那么,用啥名称呢?"徐总经理笑嘻嘻地问郭鹏,"你从小就学纺织,虽然纺织专科学校没毕业,但在厂里年数也不少了,你很熟悉各种原棉,你看,取个啥名称好呢?"

郭鹏给徐总经理捧得心里十分高兴,他兴奋地抬起头来望着屋顶上的电灯,忽然想到一个名称,他得意地说:

"叫次泾阳好了。"

"妙,"徐总经理跷起大拇指,对郭鹏说,"究竟是郭鹏有办法。用这个名称,就是多掺一点也没有问题。"

韩工程师听到这话暗暗吃了一惊,徐总经理的胆子真不小,还要多掺。但是他已经提过自己的意见,这样不能保证质量,一方面固然是为自己的名誉着想,另一方面也是为了徐总经理的利益。话讲到了,出了事就没有他的责任。一方面是花司,一方面是沪江,与韩云程无关。他不宜再提意见,那会影响到自己和徐总经理的关系,说不定甚至影响自己工程师的职务的。他回过头去,看见勇复基的头更低了,好像怕总经理发现,恨不能溜出去。

梅佐贤在一旁冷静地思考,他想了一个更妙的办法,向徐总经理献计道：

"总经理，我看用外加的办法写报表最妙不过了，就说四百一十斤的用棉不够，厂方加上去的，这样一切麻烦都可以避免了。"

"你为啥不早说，佐贤，这个办法实在妙，妙，妙透了。"徐总经理高兴地拍一拍面前台子上的玻璃板。

"总经理，总经理……"勇复基连叫了两声，有重要的话要说的样子，又怯生生地说不下去。

徐总经理知道勇复基不轻易开口，他如果要说话，那一定是他想了又想认为十分重要才提出来的。徐总经理注视着他：

"复基，有啥意见吗？"

"我，我有点意见，"勇复基结结巴巴地说，"不晓得对不对……"

"啥意见？说吧。"徐总经理鼓励他。

"说得不对，请总经理包涵……"他还是不大敢说。

"说吧，没关系。"

"我是想这笔账哪能记法呢？"

"这个啊，"徐义德想了想，觉得当着大家的面告诉他怎么记法，万一有人嘴不稳，漏出去，那会出事的。如果当时不告诉他呢？又会使在座的人见外，显得不信任大家也不好。他眼睛一转动，想出了一个主意，不露痕迹地说，"等我想一想，再告诉你。"

"好的。"勇复基还有点不放心，说，"将来不会有人查账吧？"

"这个，绝对不会。"

"绝对不会？"勇复基一对怀疑的眼光对着徐义德。

徐义德充满了信心，很有把握地说：

"当然绝对不会！"

徐义德这种坚定的口吻，他自己以为有根据的。那就是中国和朝鲜在同美国打仗。他听说中国人民志愿军跨过鸭绿江去抗美援朝,那天几乎一宿没有睡好,肚子里弹琵琶,惊喜交集,心头有一种说不出的滋味:一方面觉得这是中国政府和共产党惹火烧身,为啥美国打朝鲜中国不能置之不理呢?不理鸭绿江那边的事,中国关起门来建设,成为一个强大的国家不好吗?美国是世界上的大老板,有钱,有实力,有数不尽的飞机大炮。中国怎么好去碰它呢?解放军打打蒋介石的中央军还差不多,要和美国打,这不是自讨苦吃吗?中国虽然有社会主义国家帮助,但恐怕打不过美国。趁这个良好的时机放手捞一票,是绝对有把握的。他料定共产党忙着抗美援朝,谁还会来查沪江的账呢?

"复基,你放心,做这事体,我是有把握的。"徐义德笑盈盈地站了起来,对大家说,"走,上我家里吃饭去,慰劳慰劳我的功臣。"

三十一

落日的余晖映在篮球架子上,像是在那雪白的木板上涂了一层橘红的油彩。球场旁边的那一排柳树,上面新绿的细细的柳条让阳光染得发紫了,像少女长长的头发一般的在风中飘荡着。

嘭的一声,一个篮球打在橘红的木板上,没有进篮,迅速地落在黄澄澄的沙地上,旋即又跳起。钟佩文伸出两手牢牢地把它接住。他的眼睛向四面望去:球场周围站满了人,像是在等待看一场精彩的篮球比赛。日班已经放工,夜班还没有开车,大家在这个空隙的辰光,常常在这里站着玩玩谈谈。可是这时在场子里打球的人并不多,只有四五个人。钟佩文的眼光在寻找打球的对手。他瞅见清花间的老师傅郑兴发站在篮边,立刻把球轻轻扔过去:

"来,打一个。"

"不行,骨头硬哪,打不动。"

不等到郑兴发摇手拒绝,那个球已到了他的面前。他把身子一闪,球正落在他的脚旁边。他弯下腰去,拾起来,吃力地扔还钟佩文,笑了笑,说:

"还是你们年轻小伙子打吧。"

"不,老年人也应该运动运动……"

钟佩文这次没有把球扔过去,他左手挟着球走到郑兴发面前,不由分说,右手一把拉住郑兴发的胳臂,一同走进场子,把球塞在郑兴发的手里,劝说道:

"投个篮试试,不要紧。"

郑兴发捧着球向四面的人望了望,有点不好意思,想把球放下。钟佩文抓住他的胳臂,不让他走。

场子四周的人从旁助兴。

"郑师傅就投一个吧。"

"也不是做新娘子,打球怕啥难为情。"郭彩娣说。

"投吧。"

郑兴发很尴尬地站在篮面前,走也走不了,不投也不行,皱皱眉头,说:

"好吧,老了还要学吹鼓手!"

钟佩文站在他背后,看他像是在清花间做生活那么认真,先仔细看了看篮,吃力地举起球来对着篮试了试,然后把球高高地扔上去,沙的一声,球从篮网中落下来。

站在场子四周的人欢腾地鼓起掌来。钟佩文把球捡起来,递给郑兴发,说:

"好,再来一个。"

郑兴发这次捧着球没有刚才那么吃力,脸上露出得意的笑容,态度也比较自然了,站在原来的地方,说:

"再来一个,就再来一个。"

郑兴发这一次没有投进去,怕钟佩文要他再投,即刻把球捡起来,甩给郭彩娣,用质问的口气对她说:

"别光说旁人,你不怕难为情,也来试试。"

郑兴发站在篮跟前,对她指着篮。他以为她不会来投篮,那么,话题就会转到她的身上,自己好溜开了。郭彩娣毫不含糊,两只手抱着球,很爽快地走进场子来,说:

"试就试,怕啥。"

她不会拍球,像抱着一个娃娃似的抱着球,向篮跟前一步一步慢慢走去。钟佩文看她越走越近,几乎要到篮底下了,举起右手拦住她的去路：

"行啦。太近了，不好投。"

"远了，投不到，再走两步……"

钟佩文的眼光盯着郭彩娣。从郭彩娣的肩膀那边望过去，在她身后的人群中，发现一张鹅蛋型的红润的脸庞，他心里翻腾着喜悦的浪花，感到自己的面孔有点发烫。他马上把眼光收回来，不敢望下去，怕给人发觉。他望着郭彩娣，却又不自觉地觑她身后人群一眼。他打球的兴趣更高了。

郭彩娣快走到篮跟前，把球朝篮里扔去，没有投中。钟佩文跳起在空中接住球，跃向篮边，右手托住球，轻轻放入篮中。场子四周响起清脆的掌声，连连叫道，"好球！好球！"有人举起手来，欢呼：

"再来一个！"

钟佩文的脸上浮着微笑，忽然全身有劲道，想把浑身的本事立刻显露出来，站在篮边对郑兴发和郭彩娣说：

"分边打一会，好不好？"

郑兴发刚才投进一球，有了兴趣，说：

"我可跑不动，站在篮底下投篮还可以。"

"这几个人哪能打法？"郭彩娣数着场子上的人，总共不过五个，摇摇头说，"不行。"

钟佩文眼光向四周巡视了一下，发现赵得宝在看他们打球，他走过去说：

"我们的工会副主席参加一个……"

赵得宝直摇手：

"不行，不行……"

"为啥？"

"我不会……"

"不会,没关系,主席要起带头作用,锻炼身体啊。"

"唱歌已经带头了,这个头,我带不了。"

"可以,可以。"钟佩文上去拉他的手。

赵得宝把手一甩,歉意地说:

"真的不行,这条胳臂,这辈子别想打篮球了。"

"是呀,"郑兴发接过去说,"小钟,老赵胳臂开过刀,你忘了吗?"

"那么,人不够……"

"有的是人,"赵得宝指点着场子四周的人,顿时有四个人自告奋勇地走到场子里,他说,"差不多了吧?"

钟佩文点了点人数,摇摇头,说:

"还少一个。哪个来?"

他的眼光向四面扫过,没有人站出来,眼光于是停留在赵得宝的身上:

"再要一个。"

赵得宝向身旁一看,发现管秀芬就站在他旁边,立刻说:

"这里藏着一个积极分子,小管,你去一个。"

管秀芬平常很喜欢运动,球场上只要有人打球,十回有九回可以看见她。她刚才看见郭彩娣投篮没中,就想跑到场子当中来投,不料钟佩文手快脚快,一眨眼的工夫,投进去了。她过去只知道钟佩文喜欢打篮球,不晓得他打得这么好,真有一手哩。她注视着他的灵活的结实的身体,自己的面孔慢慢热辣辣起来了。最近看到他,她总有一种异样的感觉。但她并不喜欢他。

那天晚上在十字路口分手,她没有把这件事告诉任何人,像平常一样的上工下工,以为这件事体永远过去了。

第四天中午,吃过中饭,她准备去俱乐部看看报,门房给她送来一封从本市寄来的信。她打开一看,称呼是:亲爱的秀芬……她的脸立刻绯红,抬头看到不少姐妹们向俱乐部走来,怕给人瞅见,马上把信塞到白号衣的口袋里,到厕所去。路上遇到郭彩娣、徐小妹她们,定要拖她一同到俱乐部去,她说要上小间,匆匆跑进了厕所。在厕所里,连忙掏出那封信,屏住呼吸在看。开头一看是解释为啥要这样称呼,因为只有这样才能表达他的爱慕和自己内心激动的感情。她没有顺着往下看,跳过一行行工整的钢笔字,到最后那行去找写信人的名字,下面署着"佩文"两个字。她顿时把信又塞到口袋里去了。等了一歇,好奇地又把信拿出来,看看他究竟写了啥。第二段是写那天晚上没有能送她走一段,表示抱歉,以后有啥事体,希望找他做。他是非常非常愿意做的。她看到这里笑了,自言自语地说:

"没看见菩萨就乱叩头,人家也没要你送,忽然抱起歉来,礼貌太多了。有事,也不是小孩子,自己会做。"

他要求她能够和他做朋友,常常谈谈心,这是第三段——也是最后一段的主要内容。

她的嘴一撇,把那封信扯碎,扔到马桶里去,许久许久心里平静不下来。她决定不理他,也不答复他的信。

钟佩文呢,还在痴心等她的答复,特别盼望得到她亲笔的信,给一个肯定的回答。这几天来,他见了她,老是避着,怕她亲口不答应,当面就很难说下去了。但是等她走过,忍不住要看看她。不看见她,他心里又想能够在啥地方忽然看见她。他本来可以到车间去找她,但是那里面的人多,如果她当面给他一个难堪,那却吃不消。在球场上碰到她,自己不去看她,让她看看自己不是更好吗?他望望辰光还早,就提出要分边打。

管秀芬站在场子旁边,以为没有人注意她,没想到赵得宝推到她头上。她不愿意去打,也没有理由推辞。她站在那里进退两难,就没有开口。

郭彩娣站在场子中线那里，望着管秀芬，说：

"来吧，别扭扭捏捏的。"

管秀芬刚走出一步，就站住了，她听见钟佩文很不自然的声音：

"来，我们一边。"

管秀芬从钟佩文的话里听出另外的意思，她心里说：谁和你一边。

郑兴发也不同意：

"会打的在一边不行，要分分开。"

"分开就分开，"钟佩文只要管秀芬参加打球，他并不坚持自己的意见。

郑兴发向管秀芬招手：

"来，我们一边，打钟佩文他们！"

她一听见钟佩文三个字，脸上就很不自然，踌躇地望了钟佩文一眼，立刻又羞涩地低下了头，生怕给人家发现，或是叫钟佩文看见。

场子上九个人都在等她。她站在那里不动。赵得宝伸手过去，把她拉了出来，说：

"打吧，哪边都一样，也不是正式比赛。"

你推我拉，管秀芬给送到篮底下。

钟佩文把球挟在左边腰际，像个球队队长，举起右手，叫大家站在他面前报数。八个人都来了，头一个是郭彩娣，只有管秀芬不肯来。钟佩文迁就她，说：

"你算最后一个。"

管秀芬避开他的视线，只顾望着篮球架子。架子后面疏疏朗朗地站着几个人。她没言语。

郭彩娣首先报了"一"，其余的人跟着报下去。钟佩文叫单数站出来,大家都随郭彩娣一同站出来,和钟佩文一边,正要分开跳球,管秀芬乘大家不注意,身子闪的一下,走了。钟佩文见她走了,顿时大声叫道:

"小管,小管!"

钟佩文没叫她的辰光,她还是一步步走去,一听见钟佩文的声音,步子马上加快,一溜烟似的奔向车间去了。

场子上的人,望着她去的方向,都莫名其妙。

钟佩文的左手不知不觉地一松,球无精打采地落在地上。

三十二

在电灯光照耀下,筒摇间里几百台摇纱车飞快地转动着,发出大海涨潮一样的轰轰声,丈把长的木段迅速地绕上雪白的棉纱,远远望去,整个车间就像是一片白浪翻腾着,一个雪白的浪头紧接着一个雪白的浪头。格喳一声,靠门的九十六号摇纱车停了。九十六号是谭招弟挡的。她一眼看到车上有两个头断了,很快地接上,用剪子剪去纱头,把回丝送到回丝箱里。她开出了车子。

车子开出去还不到两分钟,又是一声格喳,停了!谭招弟奇怪地问自己:"怎么,今天车子出了毛病哪?"她回答自己:"不会的,上夜班的辰光,她检查过车子,蛮好的,没有一点点毛病。"她自己又问:"那么,是碰到赤佬,今天该倒霉啦。"她摇摇头:"有啥赤佬呢?没有。"她一边想,一边把指头一碰接好了头。这次她却没有开车,弯下腰去,仔细看着锭子上的纱,上面毛头毛脚纱不少。她不信任自己的眼睛,再看过去,别的锭子上也有毛头毛脚纱,寄生头也不少。她像是发现了奇迹似的,自言自语地说:

"怪不得哩,这样的纱,怎么会不常常断头呢?这样的纱怎么能摇下去呢?"

她想起自己到沪江纱厂来做厂,是汤阿英干姐姐介绍来的,初进厂给领班他们的印象不错,就是在夜班,摇二十支纱的出数曾经到过五十二车。凭她七年做厂的经验,把车子收拾得好些,努把力,超过五十五车并不困难。她昨天夜里只摇了四十七车,看今天夜里的样子,怕连四十车也摇不上。谭招弟挡摇纱车以来,没有这样的记录。不摇下去吧,不好的;摇下去吧,这生活实在做不下去。这样的出数,领班还以为磨洋工呢,怎么对得起阿英姐姐,即连对自己,对厂,也说不过去啊。她烦躁地垂下头来,不知道怎么是好。

一会,她听见有人叫道:

"喂,谭招弟,今天怎么老是停车?"

她抬起头来一看:二十七排的车也停了。挡那排车的徐小妹跟她说:

"今天的车子别是出了毛病?"

"你看看是啥纱!"谭招弟不满地说。

徐小妹到锭子上一看,知道是啥原因了。她对着纱锭发愁。翻滚着的雪白的浪头小下去,此起彼落,好像是车间遭受到从西伯利亚来的寒流的侵袭,雪白的浪头遇到寒流马上就冻结了,静止了。有的翻腾几下,又停了。轰轰声小下去,车间里浮起不满的和咒骂的声音,三三两两的女工在车头指手画脚地谈论着。

徐小妹看着那样的纱,她头上的火星直冒,越看越生气,忍不住地骂道:

"这倒头纱……"

谭招弟接过去说:

"我在别的厂做的快七年了,从来没有看见过这样的二十支纱。"

"细纱间的人困觉了,"徐小妹想想这说法还不妥当,改口说,"就是闭着眼睛也纺不出这样的纱啊。"

"我闭着眼睛纺一纺,也纺得比这个纱好。"

"那是的。"

"这样的纱怎么好送到筒摇间来,细纱间的人真不要脸。她们不要脸能送出这样的纱,筒摇间却送不出去啊,我谭招弟没有摇过这样的纱。"

"谁摇过这样的纱？"

"这两天我只摇四十几车，说出去真丢人。"

"我比你更少，"徐小妹瞪着两只小眼睛对谭招弟说，"我连四十车都不到，这都是细纱间害人。"

说到这里，徐小妹愤怒地指着到隔壁细纱间去的那扇门。

门那边站着细纱间的接头工郭彩娣。她听得眼睛直瞪直瞪的，哪里忍受得住。她是细纱间的出名刚强人物，性子像一把火。她父亲原来是个拉橡皮塌车的工人，赚钱很少，养活不了一家五口人，每一个人都想办法赚点钱，贴补贴补家用。她八岁那年，也出去做活，拾垃圾。到晚上，她胸前挂着一个带干电池的小电灯泡到处去钻，每天拾得比别人多。她拾的垃圾，摆在马路上任何一个地方，没有一个拾垃圾的孩子或者大人敢碰一下。她十二岁那年，到一个姓方的家里当丫头；扫地，倒痰盂，洗尿布，带孩子。主人有个女孩子长得像男孩子一样粗野，整日价在弄堂里跑来跑去，调皮捣蛋，老是和弄堂里的孩子们吵嘴。有一天，这孩子手上的一副银镯头丢了，主人硬说是她偷的。她一听这话，头上直冒火星，眼睛一睒，说："我郭彩娣穷是穷，可不希罕这个。别说是银镯头，就是金镯头玉镯头，摆在我面前，我也不看它一眼。你信口胡赖人，我可不答应，搜查不出来，要赔偿我的名誉。"主人骂了她几句，她哪里忍受得了，拔起腿来就走，出了大门，回头说："我饿死也不跨你方家的门。"她回到家，父亲不了解真情实况，怪她不应该随便拿人家东西，败坏郭家的门风，叫做父母的没有脸见人。父亲也是个逞强好胜的人，气得拿起桌子上的菜刀就向她头上劈下来。幸亏她手脚快，一闪身溜出了门，听见身后父亲气呼呼的声音："看你敢回来！"她真的没回去，并不是不敢，是生父亲的气。第二天父亲就后悔没有把事体弄清楚，不应该鲁莽地把女儿赶出去，希望她回去。她却不回去，宁可忍饥挨冻，晚上挤在姓王的邻居的阁楼里过夜。

日子久了,她帮助王家做点啥,也蛮讨人家喜欢,就和王家一道在外边当小贩。她自己开始独立谋生了。五年前,她托人说情,进了沪江纱厂,先做养成工;正式当细纱间的接头工是最近三年的事体。她今年才二十二岁,因为经历多,在社会上吃的苦头不少,全靠自己的劳动来养活自己,天不怕地不怕,遇事勇往直前,逞强好胜,长得如同三十上下的人一样。一九四八年冬天那次"摆平",秦妈妈知道她的性子,一点就着,所以首先和她商量,果然她毫不在乎,事事站在前边。她为人很直爽,心里有啥,嘴上就说啥,肚里存不下一句半句话。细纱间的姐妹们没有一个不喜欢她的。她刚才上厕所去,听见徐小妹骂细纱间,她就站在灰布棉门帘背后听。徐小妹和谭招弟的谈话她都听见了,她对着筒摇间呸了一声:"不会摇纱,还怪人,真不要脸!"她气呼呼地跑进细纱间,首先碰到汤阿英。

汤阿英在弄堂里紧张地一边走着,一边接头,右手食指不断推送着擦板。她刚走过去,身后的锭子上又断了头,她按着巡回路线走,在车头那边,碰到郭彩娣。郭彩娣附着她的耳朵大声地说:

"筒摇间骂我们哩。"

"骂?"汤阿英怀疑地问了一声。

"唔,骂我们细纱间,"她嘟着嘴,气得说不下去。

"不会吧,自家姐妹哪能骂人呢?"汤阿英说,"你别听错了。"

"我亲耳听见的。"

"呃!"汤阿英不相信。

郭彩娣的面孔气得铁青,提高嗓子说:

"真的。骗你,杀我的头。骂我们细纱间不要脸,我们为啥不要脸?筒摇间要脸?"

"谁出口伤人?"汤阿英还是有点不相信的样子。

"还有谁,"郭彩娣对筒摇间撇一撇嘴,说,"就是你介绍来的那个谭招弟！"

"谭招弟？"汤阿英知道谭招弟不会骂人的,也不会骂细纱间的。郭彩娣不会胡赖人的。那是不是受别人的挑拨呢？她边接头边问,"你听错了吧？"

"一点不错。"

"谭招弟会骂人？"汤阿英皱着眉头问。

"不单是谭招弟,还有徐小妹也骂我们。我本想过去质问她们,怕耽误生产,也不愿意听她们骂,就回来了。"

"她们为啥骂我们？"

管秀芬听她们两个人在谈论筒摇间的事,她走过来,站在她们两个人的中间,说：

"要骂人还不容易吗,她们想骂就骂,再简单也不过了。"

"说我们细纱纺得不好,害了她们。"郭彩娣解释道,指着汤阿英的大肚子说,"别说旁人,就讲你吧,带着个大肚子,生活做得多巴结,还说我们细纱纺得不好,天下有这个理吗？"

"谭招弟、徐小妹真的骂我们？"汤阿英的眼光瞅着筒摇间,她还是有点怀疑。

"知人知面不知心,别说是谭招弟啦,就是亲生的姐妹,要是她没有良心,还不是照样的骂人。谭招弟那号子人,我看,也没啥好良心。"

"秀芬,不能这样说,"汤阿英不同意管秀芬的看法,但她也说不出一个道理来。

"你说,我说的不对吗？"

"你,"汤阿英没有讲下去,她的眼光认真地望了望车上纺出的细纱,叹了一口气,说,"这个纱吗,也实在不好……"

郭彩娣听她说到这里,连忙打断她的话,反问道：

"你是说她们该骂我们吗？"

"不是这个意思。"汤阿英一愣,连忙解释说,"我是说,这一阵子细纱也实在不好……"

"这两天的生活多难做,忙得满头满脸是汗,脚从来没有停过,筒摇间不睁睁眼睛到细纱间来看看,就晓得张开嘴骂人,真不要脸!你看看这是啥粗纱?"郭彩娣不服气地指着粗纱说。

"是呀,"管秀芬完全同意郭彩娣的意见,她说,"我这个记录工,就可以给你们做证人。"

锭子在迅速地转动着。一会,一个锭子停了。一会,又一个锭子停了。郭彩娣相帮着汤阿英接头。汤阿英本来看五十六木棍,因为这几天生活难做,很多工人都请假,特别是夜班工人,缺勤率达到百分之三十五六,再发展下去,就要关车了。厂方当然不肯关车,想出了点子:放长木棍。汤阿英增加了十木棍,她要看六十六木棍,断头更多了。

汤阿英用手托着粗纱叹息地说:

"这纱,唉,也实在是……"

"这是啥粗纱,条干不匀,色泽呆滞。粗纱不好,怪不了我们纺的细纱。"郭彩娣不满地哼了一声。

汤阿英说:

"凭良心讲,这两天我们纺的细纱的确不好,试验室说我们二十支纱纺成十八支纱了。"

"十八支纱?"郭彩娣不服气地说,"十七支纱也怪不了我们。"

"怪谁呢?……"汤阿英问。

"怪谁?是不是粗纱有问题,……"一个男子的声音忽然插上来说,"在细纱间工人当中,下粗纱间工人的烂药。"

汤阿英见了那男子,便惊异地问:

"啊哟,你怎么忽然到我们车间来了啊?"

管秀芬回头一看,大吃一惊,差点叫出声来。那男子是陶阿毛。他为啥忽然跑到细纱间的弄堂里来呢？她想起那天晚上，神不知鬼不觉地，他突然在她背后出现，没谈多久，又突然先走了。她猜不透他的心思。今天他到车间里来，是不是找她呢？她看见汤阿英在注视她，便装出看锭子的样子，转过脸去。

陶阿毛好像不知道管秀芬站在旁边，没有理她。陶阿毛昨天在筒摇间挑拨谭招弟，说细纱间哪能纺出这样的细纱，说筒摇间的生活难做，梦想离间车间与车间姊妹的团结，分散工人的力量，他好从中拉拢一些工人到自己的身边。现在他显出特别关心汤阿英和郭彩娣她们的神情说：

"听说这两天生活难做，到车间来看看你们。车子好使吗？"

汤阿英径自做着清洁工作，一边接头。这边的头接了，那边又有头断了，她忙碌地跑来跑去接，头上的汗直流。一个巡回过来，陶阿毛还在车头那边蹲下去看看，侧着身子听听，对郭彩娣解释：

"车子蛮好，可怪不了我们。"

管秀芬知道不是找她，慢慢转过脸来，笑着说：

"车子有没有毛病还难说……"

"我们保全部这些日子忙得真是连气也喘不过来，自从徐总经理提出来增加生产，配合国家建设，满足人民需要，我们保全部就没停过，今天装修，明天拆平，连搁得一两年的'冷车'我们也揩得又光又亮！"

"我听学海讲，"汤阿英说，"这一阵保全部倒真是忙……"

"我们忙点没啥。"陶阿毛有意向车间四周看看：附近弄堂里的女工都在忙着接头，手筒直是停不下来。这一阵子的生活倒确实难做。

"谢谢你。"汤阿英觉得他真是关心大家的生活，感激地说了一句。

陶阿毛接着补了一句：

"你们生活难做,我们心里不舒服,也有责任。"

郭彩娣心直口快地说:

"有事少不了要找你们保全部。"

"尽管找。我到别的车间去看看……"

陶阿毛走进粗纱间。靠边的末排车上的吴二嫂,正在自言自语地发牢骚。他站在她背后留神听:

"这是谁瞎了眼睛平的车,锭壳里还有黄锈,也不揩揩干净,就送来了,纺出来的纱碰碰就断头,碰碰就断头,这劳什子生活真不好做。"

这台车是陶阿毛拆平的,凭他的手艺来说,平这台车他倒是尽了最大的努力,个别的锭壳没擦干净是有的,但不会影响所有的粗纱。话虽这么说,但车子是他平的,听见吴二嫂骂平车的人,他没话好讲。

"今天夜里的生活真累死人,跑来跑去尽接头!连放屁的工夫也没有。这样的老爷车,八只手也不够侍候它,一落纱最少也得要两个钟头,保全部真害人!"

陶阿毛忍不住答道:

"这不怪保全部……"

吴二嫂一愣:谁答话呢? 一听是陶阿毛的口音,她吃惊地问:

"你在这里?"

陶阿毛不好意思承认他在偷听话,他的脸红红的,急忙掩饰道:

"刚来。"

她没注意他慌张的神色,生气地质问他:

"这个车是谁平的?"

"这个车,"陶阿毛随便答道,"要查查看,我还弄不大清楚呢。"

"你们保全部平的好车……"

陶阿毛不懂地问：

"哪能？"

"你看看出的什么粗纱,碰碰就断头……"

"哦,"他认真地看了看,马上故意把责任推到清花间,说,"车子平得不错,出这样的粗纱不能怪车子,是不是和清花间有关系,……"

他没有说下去,留意吴二嫂的表情。她诧异地问：

"这和清花间有啥关系？"

"要是除尘不净,杂质太多,你说,和清花间没有关系？"

"这个,"吴二嫂仔细想陶阿毛的话,手里托着棉条一看：确实不好,里面的杂物都看得见,自然容易断头。她说,"就是清花间有毛病,保全部也推卸不了责任……"

"保全部有啥责任,我们绝对不会赖账。"

"锭壳里黄锈都没揩干净,这不是保全部的责任？"

"多少锭壳有黄锈？"

"没数,反正不止一个两个。"

"我回去一定查,这个平车的人太不负责任了,简直是岂有此理！"他愤愤不平地说道,"啥人做生活这么粗心大意,连黄锈也没揩干净,丢我们保全部的人。查出来,我非叫他好好检讨不行！"

"检讨不检讨倒不要紧,下回平好点,别害我们粗纱间就算是行好事了。"

"也不要把事情都推在保全部身上,你自己没有一点毛病吗？"

她惊愕地睁大两只眼睛：

"我？"

"唔。"

"我有毛病？"吴二嫂愣着两只眼睛,望着他。

陶阿毛播下工人不和的种子,说："细纱间骂你们哩！"

"骂我们?"她越发奇怪了,问道,"为啥骂我们?"

"说你们闭着眼睛纺纱,条干不匀,老是断头,害得她们生活难做,她们一边接头,一边骂……"

"啊,有这样的事体?"

"是呀,要不是我亲耳听见,我也不相信哩。细纱间骂粗纱间骂成一条声,才难听哩,……"他摇摇头,表示同情粗纱间。

"她们骂啥?"

"有些话连我都听不入耳,别去讲它吧。省得生是生非。都是自家人,有意见为啥不当面说清爽,骂人伤和气,何必呢?"

"谁带头骂我们?"

"那可说不清,反正很多人骂你们。"

"一定是郭彩娣她们,平时没事就好骂人,一定是她!"

她语气很肯定。他没有否认,也没有肯定,装出怕讲出来会影响工人团结的虚假表情,言语之间却又同意她的猜疑。他含含糊糊地说:

"是呀,我听了也生气,给你抱不平。你们做生活巴结,厂里啥人不晓得?"

她听了这话,像是火上加油,立刻指着棉条说:

"哼,细纱间这些丫头,请她们到粗纱间来看看,这是啥棉条!"

"是呀,也难怪你们。"陶阿毛同情地说,"我们纱厂里只要有一个车间拆烂污,不好好做生活,每一个车间都要受害。"

"你的话对极了。阿毛,你现在当上工会的委员,要仔细查查,究竟是哪个车间要负主要责任,要处理,"她做得很累了,打了个哈欠,说,"这生活真害死人。"

"好,我先到钢丝车上去看看。"

陶阿毛绕着半人来高的棉筒穿出弄堂,向梳棉间走去,继续施展他的挑拨才能。

三十三

深夜。细纱间的车间办公室的电钟的短针正指着两点。

汤阿英连续做了五天夜班,身体渐渐吃不消了。今天来上夜班已经是很勉强,做到下半夜,更觉得疲倦不堪,两只眼睛的眼皮老是要搭拉下来。她真想闭起眼睛来休息一会,可是肚子里的小东西时不时蠕动着。她又振作起精神,努力睁大眼睛,注视面前一个个纱锭迅速地转动。一会,有两个头断了,她很快地接上。她向前走了两步,又有三个头先后断了,连忙用手迅速接上。这边刚接好,她把擦板熟练地推过去了,那边又有三个头断了,几乎是同时断的。她一个个头接好,额角上的汗水像雨一样的流下来。她用手背拭去,抓起油衣裳①的下摆揩揩干,迈开步子,觉得腿没有劲,她没有注意,仍然按照巡回路线走着。刚才断头太多,车面上落的花衣不少,她努力做着清洁工作。一个个纱锭在她眼前转动,转动,忽然雪白的纱锭上散发出一阵阵金星,在她面前飞舞。

她肚子很痛,像是那个小东西在里面翻天覆地般的转动着,跳跃着,仿佛肚里的大肠小肠的位置都给他弄错了。割裂开的阵痛一次比一次紧,也一次比一次厉害。她咬着牙齿,勉强在弄堂里迟缓地移动着步子。好几根头断了,她的手伸过去,没有从前那样灵活了,痛得手指发抖,头老是接不上,汗珠子从额角上直往腮巴子上流。这几天因为断头太多,她连续做夜班,过分疲劳,现在到了下半夜,她的身子更加吃不消了。但是她一想起筒摇间对细纱间

---

① 油衣裳:即工作服。

的不满,她要努力做好。她把眼睛睁得大大的,一丝不苟地接着头。

肚子阵痛过去了没有一会,现在又痛了。她用手紧紧按着它,痛好像减轻了一些,但又怕压坏了没有出世的婴儿,手放松一点,却又忍受不住。从额角上渗透出来的汗珠像黄豆那么大,她的牙齿紧紧咬着下嘴唇。她不知道自己有多大力气,下嘴唇给咬得显出一个个白色的牙印子。她脚轻头重,纱锭在她面前旋转,一排一排车在她面前旋转,整个车间在她面前旋转。她实在支持不住,想请假回家去。可是望着车面的生活,又不忍心放下手来。这一阵,因为生活难做,缺勤率很大,特别是夜班,人手更少,如果再有人请假,车面更照顾不过来。

她不管自己头晕眼花,也不顾肚子剧烈的阵痛,咬着牙齿,忍受一阵阵袭来的痛楚,顶在弄堂里。两条腿有点不大听她指挥,手也仿佛不是自己的了,眼前的每一根细纱她都看成是两根,断了头的,怎么也接不上。她感到自己实在不行了,打算跟领班去商量一下,刚走到车头那,噗咚一声,倒了下来,手倒挂在马达旁边,差一点点就要给那急剧转动着的皮带把她的手卷进去。

她脸色苍白,呼吸急促,两只大腿自然而然地伸展开,两个拳头攥得很紧,似乎手里抓着重要的宝贝。脸上的汗水,雨一样的往下流。

在哐隆哐隆的机器叫嚣声中,从汤阿英身边传出哇哇……哇哇……的婴儿的啼哭声。

这啼哭声惊动了斜对面弄堂里的张小玲。她是细纱车上的挡车工,是新民主主义青年团的小组长,今年才十八岁。她顺着哭的方向找来,瞅见汤阿英躺在地上,大腿下面有一大摊鲜血,裤裆那儿凸凸的,不知道是啥东西在一动一动的。她立刻含羞地用两只手蒙上了脸,不敢仔细往下看,也不好意思站下来,飞一般地顺着大路跑了。

她跑回自己的弄堂,仔细一想:这样跑开不对,马上急急忙忙地告诉秦妈妈。秦妈妈听不清她说的是哪个工人,估计说:

"大概那个来了……"

"不,不是的。"

"不是那个?"秦妈妈站在大路上,奇怪地望着张小玲,说,"是啥?"

"是……"张小玲想说,又羞涩地说不出口。

秦妈妈站在那里没走,推一推张小玲的肩膀,焦急地问:

"是啥呀?你这个丫头。"

"是,"张小玲对着秦妈妈的耳朵说,"是小孩……小孩……"

秦妈妈眉头一皱,不解地问:

"你说的究竟是谁呀?"

"汤阿英!"

"她!"秦妈妈立刻想起她的预产期还有一个多月,不禁脱口说出,"早产哪,快去,快去!"

秦妈妈抓住张小玲的手飞奔到汤阿英的弄堂那边。车间里的人见她们两个人跑过去,料想一定有啥事体,便跟了过来,有的干脆关了车子。秦妈妈蹲下去,轻轻地问:

"怎样?"

汤阿英有气无力地回答:

"还好。"

她睁开眼睛,巡视着大家,眼光里露出衷心的谢意。她接着无力地抬起右手,指一指自己的肚子,手旋即又落在地上。秦妈妈懂得她的意思,冲着她的耳朵说:

"晓得了,你放心……"

秦妈妈从血里把一个赤条条的婴儿提了起来,抬头像在寻找

谁,望了一会,说:

"快找医生来,快!"

细纱间的落纱工董素娟今年才十六岁,她正出神地望着躺在地上的汤阿英,一听秦妈妈叫唤,连忙应道:

"我去,我去。"

她头上梳了两根小辫子,右边那根垂在胸前,把它往身后一甩,飞一般地从人丛中跑了出去。一出细纱间的门,还没有走到医务所,她就叫开了:"医生在吗?细纱间出事了!"

梅佐贤在南京路大光明电影院看完了最后一场电影,又到大世界隔壁王芳斋去吃了夜宵,跳上汽车,想起了好久没有去厂里检查了,听说工人在哇哇叫,说啥生活难做,他怀疑工人是不是"揩油"①,有意叫生活难做,得到厂里亲自看看。他便叫司机把车开到厂里去。离沪江纱厂约莫有三十户左右人家,他叫汽车停在路边。司机懂得这是厂长的老规矩,夜里查厂,汽车照例总是不开进厂的,司机也不跟进去,只是厂长一个人走进去。这样厂里的人听不到汽车喇叭声,看不见汽车,车间没有人晓得厂长来了。他突然出现在车间和宿舍里,发现问题,好向徐义德报告。徐总经理很赞赏他这一手。

梅佐贤进门以后,没有从大路上走,循着墙根走,像一个贼似的,轻轻地迈着步子,时不时左右望望,生怕叫别人看见。他首先走进职员宿舍。职员宿舍每个卧室的门上,都根据他的设计,开了个小洞,嵌上玻璃,不必开门,从小洞那里就可以看见在上夜班的辰光有没有人躲在宿舍里困大觉。他从每一个卧室的小洞洞看过去,宿舍里没有一个人。他很满意,今天夜里没有一个职员"揩油"。路过厂长办公室,由于刚才在王芳斋吃多了一点,口里有点发干,要喝点水,他就溜进了厂长室,泡上一杯祁门红茶,准备喝它

---

① 揩油:即不好好做生活,偷懒。

两杯,再到车间里去检查有没有人"揩油"。正在他悠然自得地品味祁门红茶那股浓涩的滋味,夜空中传来了董素娟在医务所外边的叫唤声,他凝神一听:"医生在吗?细纱间出事了!"料到一定出了事故,说不定是工人受了伤,或者病倒了,甚至于病危,怕有人发觉他在厂里,弄到他头上,深更半夜,一时脱不开手,奉陪一夜倒是小事,如果出了人命案子,干系到自己身上,那要吃不消的。他根本不管车间里工人的死活,心中后悔今天夜里不该来厂里检查,幸好大概还没有人发现,不如趁早溜掉。他站起来就走,一溜烟似的消逝在茫茫的夜色中。

这时细纱间的工人们围着汤阿英在纷纷谈论着。郭彩娣仔细端详着汤阿英,打量了许久,还是不解:

"哪能弄的啊?"

"哪能弄的,"张小玲首先发现汤阿英小产,仿佛她有义务解答郭彩娣的疑问,她接过去说,可只讲了一句,再也说不下去,过了一会,才没有把握地说,"大概拿啥重东西震动了。"

"我们车间有啥重东西好拿?"管秀芬提出了异议,"就是摆粗纱也没关系。"

"是摔了一跤?"郭彩娣越想越有点像,说,"怕是的。"

"摔跤?"张小玲望着汤阿英,回忆地说,"我没有听见。"

秦妈妈深深地叹息了一声,说:

"你们还年轻,不懂得这些事体,别瞎猜了。阿英预产期还有一个多月,不是别的,一定是太累了。这一阵子做啥生活?累得我眼睛睁都睁不开,孕妇哪能吃得消?不小产才怪哩!"

"是呀!这生活,别说孕妇,连我们也吃不消,"郭彩娣同意秦妈妈的意见,"我看,只有张小玲,别人,哼,谁也顶不住。"

在细纱间里,张小玲身体最好,可是她说:

"谁吃得消?尽断头,累得上小间的工夫都没有,有次,我……"有次她急着要解手,可是断头老是接个不完,她忍着忍着,想接完了再去,最后再也忍不住了,跑出去,没赶到厕所,就小便在裤子里了。她羞答答地不好意思说出来,改口道,"下了夜班,两条腿就像木头,好像不是自己的了。"

"对啊,人也不是铁打的。"这是管秀芬不满的声音。

哇……哇哇……哇哇……

秦妈妈手里的赤条条的婴儿闭着眼睛,张开小嘴,放声大哭,好像抗议大家没有注意这个幼小的生命的存在。秦妈妈以为医生立刻就会到的,不知道为啥还没有来,她东张张西望望,焦急地说:

"医生还不来?先拿件衣服来,给这个小东西盖上。"

张小玲跑到衣橱那儿,把自己那件蓝布罩衫取来,盖在婴儿的身上。郭彩娣望了望婴儿又望了望汤阿英,咬着牙齿,愤愤地说:

"都怪粗纱间不好,纺出这样的纱来,害得我们细纱间的人小产。"

"粗纱间这一阵生活,听说也不好做,"张小玲说,"恐怕不能怪她们。"

"怪谁?"郭彩娣一个劲盯着张小玲望,那眼光的意思肯定是怪粗纱间,她不满地说,"筒摇间可怪我们。"

"我晓得,"张小玲说,"啥粗纱纺啥细纱,请她们来看看,人都累得早产了,还怪我们,天下有这个道理吗?"

"当然没有这个道理。"大家一条声地说。

"一提起这件事,我心里就冒火,你们没听见谭招弟、徐小妹的话,可难听哩,我真想过去给她们痛痛快快地吵个明白。"

"是呀,"管秀芬支持郭彩娣的意见,说,"一定要讲清楚,不能让她们风风雨雨的瞎七搭八。"

"一定要去!"听郭彩娣那口音好像马上拔起脚来就要走的样子。

大家的眼光向着筒摇间。张小玲提出不同的意见：

"别忙,等医生来了,看了阿英和小孩再说。道理总要讲清楚的,自家姐妹,不要吵架,请领导上给我们开个会,来解决问题。"

"对,开会把道理讲清楚,究竟该哪个车间负责。"郭彩娣还是有些愤愤不平的情绪。

落纱工董素娟飞也似的跑进弄堂来,一边高声叫道：

"医生来了!"

医生屁股后面跟来一副担架。医生给阿英按了按脉,又摸一摸她的头,很有把握地说：

"不要紧,抬到医务所去吧。"

秦妈妈她们帮着把汤阿英和婴儿放到担架上,并且跟着送到医务所去。她们在门外等着。过了好一会儿,医生出来了,秦妈妈关心地走上去问：

"怎么样？"

"大人平安。"

张小玲紧接着问："婴儿呢？"

医生犹豫了一下,说：

"现在还很难说。"

三十四

　　各个车间反映最近生活难做。这个车间骂那个车间,那个车间又怪这个车间。平常很亲热很和蔼的工人兄弟姐妹,过去见了面有说有笑,高兴起来还打打闹闹;现在大家都有异样的感觉,互相不满意,见了对方来了,甚至低下头去,有意不理睬。工人兄弟姐妹给一堵看不见的,但感觉到的高墙把每个车间给隔绝开了。大家不知道这堵高墙是陶阿毛砌起来的。它妨碍着车间之间的友好和亲密的团结。

　　党支部书记兼工会主席余静,听了各车间汇报以后,感到这是一个严重的问题,必须亲自动手处理。她放下手里别的工作,和工会副主席赵得宝一块儿到各个车间看看。

　　她从打包间走过去,一进了筒摇间,马上给工人们像火一样的热情包围住了。这个给她讲话,那个向她招手,送筒管的女工,走过她身边,摸摸她的列宁装的下摆,亲切地说:

　　"余静同志,好啊。"她回过头来看见赵得宝,接着说,"老赵,你也来了啊。"

　　"这两天生活难做,你们累了啊。"

　　送筒管的女工点点头。谭招弟接上去说:

　　"可不是,这样的细纱,真是天晓得!"

　　"怎样?"余静注视着摇纱车上的细纱。

　　"毛头毛脚纱多得要命。"

　　"断头多,是吧?"

细纱仿佛要证实谭招弟的话给党支部书记余静看,格喳一声,车停了。

谭招弟指着车子对余静说:

"你看,这是啥纱,细纱间的人哪能弄的啊,纺出这样的纱。"

"招弟,这里面当然有毛病,啥原因,要仔细调查调查。毛主席讲的对,没有调查研究,就没有发言权。"余静慢慢地劝她。

"调查调查,要查到啥辰光?"

"总要查出来的,一查出来,问题就清楚了。不能一口咬定怪细纱间。"

谭招弟不解地问她:

"那怪谁呢?"

赵得宝插上来说:

"我今天和余静同志就是来找这个原因,怪谁? 现在还难说。"

谭招弟一边接头,一边嘀咕着:

"不怪细纱间怪谁,这样的细纱,格林不是过重就是过轻,一会七十六牙,一会七十八牙。"

徐小妹附和着谭招弟的意见:

"毛病一定出在细纱间。"

"谁也别先下结论,"余静的话虽然是对徐小妹讲的,但是她的眼光却对着谭招弟,"调查研究以后再说吧。"

谭招弟浑身热辣辣的。她没再吭声,望着她和赵得宝的背影,慢慢消逝在细纱间。她心中说:用不着调查研究,问题明明出在细纱间!

在宽大的细纱间里,巨大机器轰轰地响着,压倒弄堂里女工谈话的声音。花衣在空中飞扬着,就像是冬天落大雪一样,轻轻地落在车面上,落在工人的身上,落在余静和赵得宝的头上和眉毛上。人们身上披着一片片的雪花。余静和赵得宝走进的仿佛不是细纱间,而是轧花间。

张小玲站在车面前,右手非常迅速地接头,一边用绒棍做着清洁工作,把钢板上的棉花揩掉。

余静走到她面前,笑嘻嘻地问:

"怎么样?郝建秀工作者。"

赵得宝用着羡慕的眼光注视张小玲白色油衣裳上面的六个红字:郝建秀工作者。

"生活还是不好做,"张小玲说,"支部书记,你们上了常日班怎么又上夜班哪?这么晚了,还不回去休息。"

"你们生活难做,我们哪能安心休息。这几天生活,夜班比日班难做,缺勤率又高,汤阿英累得早产了。今天特地约好赵得宝同志一道下车间摸情况。"

管秀芬瞅见余静和赵得宝跟张小玲讲话,她就一蹦一跳地跑过来,一把抓住余静的手,兴奋地说:

"你们来了,就好办了。"她在大路上前后望望,没有人,便说,"生活实在难做,你们来想想办法啊。要不,筒摇间的气实在受不了。"

"这个问题非快点解决不可,早点查出毛病就好办了。"赵得宝说,"你们怪粗纱间,我看不一定怪她们,要研究研究。"

"我同意你的意见。"余静说。

管秀芬睁着两只大眼睛,困惑地注视余静。

赵得宝对张小玲说:"细纱间研究过没有?"

"开过小组会研究,每个小组的意见都是一样的:粗纱不好。"

余静皱起眉头仔细地思考了一阵,然后问张小玲:

"粗纱为啥不好呢?"

管秀芬口快地代张小玲回答:

"粗纱间纺得不好么。"

281

"粗纱间从前纺得纱好不好？"

张小玲仰起头来，望着高大玻璃窗外面的深蓝色的天空，回忆地说：

"从前纺得不错。"

"为啥现在纺得不好呢？你们研究过吗？"余静进一步问。

张小玲想了想，答道：

"没有研究过。"

赵得宝对余静说：

"这里面有问题。"

张小玲补了一句："我们希望领导上开个会，讨论讨论。"

余静点点头。她和赵得宝向粗纱间走去。

管秀芬一看见余静，她心里就说不出来的高兴，她认为不管啥事体，只要支部书记一来就有办法了。她性急而又天真地追过去，歪着头，问余静：

"想出办法来了吗？"

余静望着她的脸笑了：

"没这快。"

她显然有点失望，脸上的笑容消逝了，眉头皱起：

"没有办法吗？"

"有。"

"那好，那好！"她又一蹦一跳地跑回细纱间去了。

余静和赵得宝在粗纱间遇到吴二嫂她们，立刻被她们包围起，大家诉说着最近生活难做的情形，你一言我一语，并且把棉条指给余静看。吴二嫂听信陶阿毛的意见，她肯定是清花间的问题。余静当时没有表示态度，她又把棉条看了个仔细，才说：

"等我到清花间去看了以后再说。"

吴二嫂没有得到所期望的满意的答复，心里未免有点怅惘，但觉得余静对问题的慎重的态度是对的,就没说啥。

余静和赵得宝在钢丝车当中穿过,她仔细地看每一部钢丝车上的像蝉翼一样的非常稀薄的棉网,好几部车上的棉网满布着云片,慢慢转动着,变成一根粗粗的生条。赵得宝对着一块块云片看得有点发呆了,不禁自言自语地说:

"这许多云片!"

余静像是地质勘探队的队员忽然在一个高山上发现了矿苗,喜悦地指着云片说:

"老赵,真像你刚才对张小玲讲的:这里面有问题。"

老赵深思地唔了一声,仍然盯着云片。

"这一阵的棉网都是这样吗?"余静问站在她旁边的叫做戴海旺的中年男子。

"差不多。"他想起陶阿毛对他说的话,不满地说,"清花间拆烂污,除尘不净,杂质太多,造成棉网上云片过多。"

余静怀疑地问:

"清花间?"

"可不是。"戴海旺肯定地说,"你们到清花间去看看就晓得了。"

老赵在旁边答道:"这就去。"

余静一走进清花间,她就站在和花缸旁边,透过玻璃,看见各种纤维长度不同和品级不同的棉花变成一团,在和花缸里转动,互相调和着,互相搭配着。各种不同的棉花走了一道和花缸,又走第二道。这时棉花已经调和得相当均匀,它自动走进除尘机。棉花里面的杂质和灰尘经过尘网到了尘室,这下面有地弄,把灰尘啥的输送出去。

赵得宝蹲下去歪着头看和花缸的眼子是不是完全开着。他看不清楚,问站在和花缸旁边的郑兴发:

283

"底下的眼子都开着吗？"

"开是开着……"郑兴发注视着余静，没有说下去。

余静知道他在探问是不是由于其他原因。余静没有吭气。她拉郑兴发一同走到给棉机面前望一望，一团团的棉花现在已变成厚薄均匀长宽相同的厚纸一样，慢慢卷起来，做成一个一个的棉卷。余静又仔细看看棉卷，然后问他：

"你看最近的花衣怎么样？"

"不大好，"郑兴发指着棉卷说，"杂质太多，怎么也去不净。"

赵得宝抓了一块花衣，撕开来细细地瞧着：

"这是啥花衣？"

郑兴发想了一阵子才记起，用怀疑的口吻说：

"他们说，叫次泾阳。"

赵得宝惊奇地说：

"次泾阳？这种花衣没有听说过。"

"是呀，我在清花间快三十年啦，也没听说过这古怪名字。"郑兴发说完了，无可奈何地叹了口气。

余静也没听说过这种花衣的名称，她以为已经摸到了问题的一点边，但是还很不够，她望着郑兴发说：

"和花的成分怎么样？"

"和过去一样。"

"那为啥棉花杂质这么多呢？"余静在问自己，她没说出来。她想起另外一个问题，说："用棉量呢？"

"比过去多。原来我们一件纱要用四百一十斤花衣，现在要用四百二十多斤哩。听说梅厂长最近很不满意，认为工务上用棉太多，厂里赔本不起。"

赵得宝听得糊涂了，用棉量增加，和花衣成分和过去一样，生产出来的棉卷、棉条、粗纱和细纱却是这样。他皱着眉头，不解地望着余静：

"这是啥道理呢？"

"这里有问题……"像是从一条一条的小溪的上游在查看水的源头，余静特地从筒摇车间了解起，一直检查到清花间，她暗中分析，问题十有九是出在原棉上。但究竟是个啥问题呢？这就需要继续追查下去，找出确凿的证据，才能弄个水落石出，不能鲁莽地遽然下结论。她在冷静地思考，没有说下去。

"支部书记说的再对也没有了，问题一定不小！"

余静看见说话的是陶阿毛，她没有把自己的想法说出来，转过去问他：

"你到清花间来检修车子吗？"

他信口"唔"了一声，说，"最近生活不好做，保全部不放心，到处看看，车子上再出毛病，问题更大了。"

"最近陶师傅倒是常在车间里转，不断检查机器。"郑兴发不了解陶阿毛到车间是别有不可告人的秘密，见他到处看看机器，便信以为是真的在检查。

"这很好。"她问，"你看，毛病出在啥地方？"

"这个，"陶阿毛愣了一下，一时说不出话来，等了一歇，才说，"工人之间意见很多，互相埋怨，你骂我，我骂你……"

他说到这里，眼睛注视着她，没有往下说。她接上去答道：

"这一点我也听说了。"

"天下工人是一家人，我们自己该团结起来，搞好生产，配合国家建设，满足人民需要……"陶阿毛假装正经地说。

"你说怪我们工人不对吗？"赵得宝不等他说完，不满地打断他的话。

"老赵，等阿毛说完……"

余静要陶阿毛说下去。他的话刚才给赵得宝打断，见苗头不

对,立刻改口说:

"我的意见不一定对……"

"对不对没关系,说出来好研究。"余静还是要他说。

他解释地说:

"我说,我们自己要团结起来,那意思不是说责任在我们工人这方面,我亲眼看见,各个车间生活做得很巴结。我是说,我们自己不团结,容易给酸辣汤他们找借口……"

"你这个意见很好。"她点点头,说,"可是问题不在这儿,工人就是团结起来,生活不好做还是不好做。找出生活难做的原因,工人自然是会团结的。工人本来就是团结的。我们现在主要的是要集中力量找出原因来。"

"支部书记这么一分析,就把我的脑筋给打开了。我完完全全同意你的意见。余静同志,我真佩服你,啥麻烦事体一摊到你面前,你就看得清清楚楚。"陶阿毛怯生生地应付道,竭力保持表面的平静,内心却是十五个吊桶打水,七上八下。

"主要是靠大家的力量。"她想起各个车间的互相对立的情绪,问题很复杂,一定要理出个头绪来,便对赵得宝说,"张小玲的意见对,要召集各车间的人开会,把问题彻底摊开,让大家充分讨论,好好研究,找出根源,解决这个问题……"

陶阿毛听到她说"把问题彻底摊开,让大家充分讨论",心中不禁一愣,脱口说道:

"这……"

"你有啥意见吗?"余静问他。

他放声大笑,鼓掌道:

"这,这太好哪!"

三十五

余静和赵得宝从车间了解情况回来,召开了党支部委员会的扩大会议。在会上余静同志综合报告了各车间的具体情况,根据她的分析:生活难做和原棉有关系。资方在这个问题上摆下了迷魂阵,迷惑大家对这个问题的正确认识,在工人阶级内部造成相当严重的不团结的现象。首先要求大家团结起来,把问题研究清楚,思想上认识一致,然后才有可能,也才有力量向资方提出交涉,解决这个问题。

支部委员和车间党的小组长补充了一些具体情况,一致同意余静的分析。党支部委员会决定:先召开甲乙两班小组长联席会议,进一步了解车间思想情况,进行酝酿,使大家逐渐认识这个问题;然后召开工厂委员会的扩大会议。

在工厂委员会的扩大会议上,余静做了一个详细的报告。主持会议的赵得宝接着站起来说:

"现在我们讨论。不管是出席的委员还是列席的车间小组长都可以发言。"

他的眼光向会场巡视了一下:五十多个人团团围着长方形的桌子坐着,把一间会议室填得满满的。谭招弟回味着余静的话:筒摇间生活做不好,真的不能怪细纱间吗?从筒摇间的角度来看,当然只能怪细纱间,一则她不知道全厂的情况,二则细纱是不好么。细纱为啥纺不好,这不是筒摇间的事,由细纱间自己去动脑筋。工人当然要团结,但是团结起,也要把责任弄清楚。她把这意见低低告诉坐在她旁边的徐小妹。徐小妹点点头,完全同意她的意见:

"不怪细纱间,怪谁?"

她有意地向细纱间郭彩娣她们那些人狠狠地瞅了一眼。

郭彩娣听了余静的话心里有点难过,怨自己太粗心大意了,事体没有弄个明白,就怪粗纱间不好,影响了工人姐妹内部的团结,上了资方的当。她想站起来,走到粗纱间吴二嫂她们面前认个错,赔个不是,拉拉手。但看到大家都不说话,好像都在注视着她,使她不好意思这样做。她感到吴二嫂的眼光盯着她,她惭愧地把头偏过去,望着赵得宝。

赵得宝站在那里等人发言,冷场了将近三分钟,没有一个人吭气。钟佩文想站起来领导大家唱个歌,活跃活跃会场的情绪,但看到大家很严肃地坐在那里,气氛有点不对头,就没提出来,可是心里还是痒痒的,想唱。

"有话大胆说吧,不同意余静同志报告的,也可以说。说错了不要紧,大家讨论讨论,总有一个意见对的,最后按照对的意见办好了。"

谭招弟马上站了起来:

"我不同意。分明细纱纺得不好,细纱间当然有责任。我们筒摇间没有错怪了人。我们对细纱间也没有成见,我同细纱间的姐妹很好。我进厂,大家都晓得,是汤阿英姐姐介绍的。可是这件事,我们不满意细纱间。"

她说完了话,陶阿毛用胳膊轻轻碰碰徐小妹。徐小妹机灵地望了陶阿毛一眼,她懂得他的用意。有人赞成谭招弟的意见,徐小妹的勇气更大了。她便应声说道:

"谭招弟的话有道理。……"

徐小妹的话没说完,粗纱间的吴二嫂站起来发言了:

"招弟的话不对,她只是从筒摇间来看这件事体,不了解别的车间情况。余静同志跑了各个车间,她从全面来看,寻根究底,主要是原棉问题。我同意余静同志的意见。"

吴二嫂刚说完,徐小妹抢先站了起来:

"吴二嫂,平常你说的每一句话我都赞成,举你的手。这回,我不举手。原棉有问题?问题在啥地方?刚才余静同志说了,她调查了用棉量,和过去一样。她又调查了和棉成分,还是和过去一样。同样的用棉量,同样的和棉成分,为啥纺出来的细纱不一样呢?你说不怪细纱间,那么,怪谁?"

余静的眼光一直停留在谭招弟和徐小妹身上。她知道工人同志们的认识有距离,要耐心细致地启发她们,帮助她们。她冷静地用一种商量的口吻说:

"招弟,小妹,你们说,怪谁呢?"

"照我看,是细纱间纺得不好。"谭招弟理直气壮地大声说。"你去看看,纺的啥纱,毛头毛脚。"

"细纱间用的粗纱不好,应该怪谁?"余静问她。

徐小妹不假思索地说:

"粗纱间。"

郭彩娣听到徐小妹的回答,心里稍为平静了一些,她觉得这句话同时也是代她回答了筒摇间:你们过去骂细纱间,现在天良发现了,知道不能怪细纱间,而是粗纱间不对啊。

"粗纱间因为棉卷不好,"余静对吴二嫂望了一下,吴二嫂在注意听着她说,"杂质太多,除尘不净,影响了头道二道棉条,你说,怪谁?"

吴二嫂笑嘻嘻地直点头,一边自言自语地说:"对,对,对对。"

谭招弟想了想,肯定地说:

"梳棉间要负责。"她答复了余静,又对自己说,"不管你提多少问题,也难不倒我们。"

"那么,钢丝车的棉网上满布云片,这又该谁负责呢?招弟。"余静又进一步问。

"当然是清花间。"谭招弟不假思索地说。

"这么说,全部责任由清花间负吗?"

徐小妹"唔"了一声。

"为啥清花间出的棉卷不好?"

"花……"谭招弟这个字刚说出了口,立刻又改口说,"不,他们做生活不巴结。"

清花间的老工人郑兴发忍受不住,他霍地站了起来,指着谭招弟忿忿地说:

"你哪能晓得我们做生活不巴结?别瞎三话四,到我们车间来看看。"

"你张嘴骂人?"谭招弟两只眼睛瞪着他。

"骂了你又怎么样?谭招弟碰不得吗?你是三头六臂,我也敢碰。"

"你,你……"谭招弟气得说不出话来。

"不要骂人,郑师傅,有话好好说。"陶阿毛指着清花间的郑兴发,说,"刚才赵得宝同志说了,有话大胆说,说错了也不要紧,各说各的理由,提出来大家好讨论。"

"理由?"郑兴发轻蔑地用鼻子哼了一声。他想不到东怪西怪,最后怪到清花间的头上,还说做生活不巴结,这些日子差点把这条老命都要搭赔进去哪。他气生生地说:"这是啥理由?"

大家的眼睛盯着谭招弟和清花间的郑兴发,交头接耳地议论着。会场上浮动着细碎的人声。大家的心里很激动,有的赞成谭招弟、徐小妹的意见,有的同情清花间郑兴发的。每一个人坐在椅子上有点不安,都想站起来发表自己的意见。一会儿这地方伸出一个头来,一会儿那个地方又伸出一只手来,全想说话。因为余静直摆手,大家才坐定。乱哄哄的会场像是一片揉皱了的绸子,给余静的手一抹,又恢复到原来平整的样子了。大家完全肃静下来,窗

外车间的轰轰机器声有节奏地传来。余静望了大家一眼,说:

"大家不要急,我们先让谭招弟同志说完了再讲。招弟,你到清花间看过没有?"

谭招弟脸上发烧,她把披在鬓角上的头发往耳朵后面一放,不好意思地摇摇头:"我也不是清花间的挡车工,到他们那里做啥?"

"你没有去过,哪能晓得清花间做生活不巴结呢?"秦妈妈单刀直入,质问谭招弟。

"这个问题问得好。"钟佩文忍不住插了一句。

谭招弟立刻瞪了他一眼,怪他多嘴多舌。

郑兴发对谭招弟说:"你听见秦妈妈说的话吗?"

他忍不住鼓了两下掌。

"我也不是聋子。"

"那你亲眼看见我们做生活了吗?"

"这还用看。"谭招弟低着头,她的两只手紧紧握着,一会又松开,不晓得放在啥地方好,嗫嚅地说,"生活做成这个样子,猜也猜得出是啥原因。"

"你……"郑兴发又急了。

"没有看见的事情,不好凭猜想。"余静很冷静地说,"那是主观主义。"

谭招弟还有点不信服:

"我是个大老粗,不懂啥主义不主义。同样的用棉量和配棉成分,为啥出来的棉卷不好?这能说生活做得很巴结吗?"

"对啊!"这是徐小妹的声音。

郑兴发猛可地站了起来,他伸出颤抖着的手,说:

"我们一同到清花间去看看……"

他边说边走过来,真的想拉谭招弟去清花间看看。

余静止住了郑兴发,她说:

"我和赵得宝同志到清花间仔细看过了,他们的劳动态度很好,生活做得很巴结,机器也没有毛病。为啥从前生产出来的棉卷好,现在生产出来的棉卷就不好呢?招弟,小妹,你们想想看。"

徐小妹着急地望着谭招弟。她想帮她的忙,说两句,但是余静的谈话,像是剥笋一样,一层深一层,最后剥到问题的核心,用不可辩驳的事实,强有力地说服了每一个人。徐小妹不得不放弃了自己的意见:

"现在我懂得了,余静同志,这不能怪清花间。"

"对。"余静的嘴角上露出了笑纹,她的脸对着谭招弟,耐心地说,"招弟同志,你看呢?"

谭招弟低着头,窥视了徐小妹一眼,怪她这么快放弃自己的意见。她不置可否地"唔"了一声。

郭彩娣兴奋地走到吴二嫂面前,一把紧紧地抱着她,抱歉地说:

"我代表细纱间,向你赔个不是,过去我们错怪了你。请你原谅我。"

吴二嫂感动得眼角上流下两滴眼泪,她激动地说:

"不要紧,事体说清楚了就算了。我们谁也不要怪谁,这件事幸亏余静同志,"她笑盈盈的指着余静,说,"把我们的眼睛擦亮了。"

谭招弟很奇怪,郭彩娣为啥那么快认错,老实说,她自己对这件事还要保留意见。

郭彩娣听吴二嫂说话,句句打在她的心坎上,她觉得这件事自己没弄清楚,怪张三怨李四,是自己不对。她伸过手去热烈地握着吴二嫂的手,她张开嘴还想说几句,两个眼眶却红了,鼻子一酸,差点要哭出来。她掏出手绢,捂住鼻子,激动得一句话也说不出来了。但是大家都知道她要说啥。

秦妈妈见郭彩娣很激动,便对大家说:

"我们工人兄弟姐妹,事体说开了,大家明白,谁心里也不要怨谁,谁心里也不要难过,大家团结起来,别再闹意见,把原因找出来就好了。"

会场上掀起一阵热烈的掌声。陶阿毛的掌声特别响,他甚至于欢呼起来了。好像他真的赞成秦妈妈的意见,心里却想:我看你们有啥办法把大家团结起来!掌声停下去,钟佩文站了起来,他语义双关地说:

"平常教你们唱的歌子忘了吗?"

大家想不到他这句话是啥意思,都莫名其妙地望着他。他很得意把大家的眼光吸到自己的身上来,有意不慌不忙地说:

"我不是教你们唱过《团结就是力量》吗?"

大家这才恍然大悟他说话的意义。郭彩娣笑了,赞赏他的口才,说:

"说话真会绕弯。"

谭招弟撇了撇嘴,说:

"作家么。"

郑兴发也笑了:

"还是歌唱家哩……"

张小玲打断郑兴发的话说:

"谈正经的,我建议:请余静同志代表我们向资方交涉,查出原棉里面的问题,好不好?"

"好!"

又是一阵热烈的掌声。这掌声表示大家认识一致,表示大家亲密团结,又表示大家要求解决这个问题的旺盛的斗争意志。

可是谭招弟心中却想:骑着毛驴看书——走着瞧吧,看究竟是啥原因。

三十六

巧珠奶奶点上煤油灯,草棚棚里还是看不大清楚,墙角落那儿黑漆漆的。夜风从门外唿哨地吹来,煤油灯芯的火头跳跃着,一闪一闪的,好像随时要熄灭一样。她过去把门关紧,回来把灯芯捻小了一点,怨天尤人地叹了一口气,对坐在她正对面的余大妈低低地说:

"命里注定有的,这小东西就不会走;不是阿英的,就是不早产,我看也活不长……"

那天夜里汤阿英给抬在医务所,经过医生的检查和治疗,她怎么也睡不着,老是在问孩子是男的还是女的,长的模样儿怎样。护士根据医生的指示,把孩子送到她的床边,给她仔仔细细地看个够,是个男的,她脸上立刻漾开了笑纹,眼睛慢慢搭拉下来,含着微笑睡觉了。

孩子到了第二天下午发生了变化,哭声小了,低沉下去,有些干哑,既不吃奶,也不喝水,眼睛总是闭着,呼吸有点急促。医生看情况不好,没敢告诉汤阿英,马上和余静商量,决定送到市立医院去抢救。医生陪同张学海一道把孩子送进了医院,因为不足月,又受了点凉,这个刚投生到世界上来的微小的生命,到第三天上午,便离开了欣欣向荣的祖国。张学海像一段木头似的站在孩子身旁,一句话也说不出来。他刚刚得到长久所希望的一个男孩,谁知道一到手就又走了,心中感到怅惘和无边的空虚。

张学海把孩子带回草棚棚里,汤阿英不顾自己虚弱的身子,从床上跳下来,把尸体抱在怀里,一边亲着他的小脸蛋,一边嘤嘤地哭泣。她的泪水流在他紫而发灰了的小脸上。

学海劝了她许久许久,她才把他放在摇篮里,可是还不断摇他,仿佛他仍然活在这个世界上一样。她摇摇,望望他,自言自语地喃喃着:

"这小脸长得可圆,腮巴子上的肉多厚实,眉毛很清秀,长大了一定很聪明……"

"去歇一会吧。"张学海说。

她对张学海说:

"不累。"

越看,她身上越有劲,竟忘记疲乏了。

"躺一下吧,"巧珠奶奶说,"产后身子要紧……"

"没关系。"她的眼光一个劲儿盯着孩子的脸蛋,那眼光渴望着奇迹:孩子忽然复活了。

可是孩子直苗苗的静静躺在摇篮里,再也不能动了。学海怕她身子顶不住,也怕她太伤心,要马上把孩子埋掉。她转过头来,两道眼光像是两把锋利的宝剑的光芒,直逼着张学海,清癯面孔的皮肤绷得很紧,说:

"你……你……"

张学海自从认识了汤阿英以后,从来没有看见她这样激动,这样愤怒,真把他吓了一跳,连忙放下笑脸,带着赔不是的神情,低低地说:

"你要怎么样,都依你……"

她听到这句话,心里稍为宁静一点,面孔的皮肤也松动一些,叹了口气,说:

"你不能把我心头的肉拿掉……"

他这才懂得她的意思,接过去说:

"好,不埋,不埋……"

"学海答应你了,"巧珠奶奶早盼望晚盼望,就想有个孙子抱抱,没想到生下来三天就走了。她一边劝阿英,一边按捺住心头潮涌似的悲哀,用袖子拭去眼角的老泪,呜咽一般的说,"你就躺到床上歇一会吧,身子要紧……"

汤阿英不再坚持自己的意见,她提出了一个要求:

"那把摇篮搬到我床面前来……"

"好的,"张学海过去搀扶汤阿英,一边说,"你先上去,我来搬……"

汤阿英靠墙坐在床上,并不躺下,两道眼光发痴发呆一般的对着摇篮。

巧珠奶奶走到摇篮旁边,两只布满皱纹的手扶着赭红色的摇篮架子,聚精会神地贪婪地望着那两眼紧闭的孩子。望着望着,一阵心酸,泪水簌簌地落在摇篮里,忍不住哭出声音来了:

"早巴你,晚巴你,巴到你出世,你就去了……"

学海走过来劝她不要哭,她还是一把鼻涕一把眼泪地哭泣着:

"我的小孙子,我的小孙子啊……"

汤阿英刚抑制住自己悲哀的情绪,给巧珠奶奶一阵阵凄凉的叫唤声,又从她心底勾引起无限的悲恸。她的眼泪盈眶,使得她对面前的摇篮也模模糊糊的看不清楚了。她拭去泪水,压抑着心中的悲恸,想劝巧珠奶奶,她刚叫了一声:"奶奶,你不要……"泪水怎么也忍不住了,顺着腮巴子直流下来了,心中的悲恸再也压抑不住,不由自主地放声大哭了。

婆媳两个哭成一片。张学海这边看看,那边望望,谁也劝不住。他急躁地说:

"孩子死都死了,哭有啥用呢?再哭,也活不了哪。"

他在草棚棚里走来走去,见劝不了她们,便生气地说:

"哭吧,哭吧!"

约莫过了半个时辰,她们两个人的哭声小了,低沉了,最后成了干嚎,嗓音嘶哑了。学海给她们倒了两杯开水,让她们两人喝了水,又递过手巾给她们揩了泪水和鼻涕。巧珠奶奶拿着手巾,指着摇篮里的小东西说:

"你,你好命苦啊,生到我们张家来,一天好日子也没有过,就……"

她又忍不住心酸了。张学海看苗头不对,连忙把妈拉到靠墙的板凳上坐下,说:

"歇一会吧。"他心里想死鬼放在家里,婆媳两个望望就哭,那怎么行?还是早点埋了好。不过阿英不同意,但先说服了妈,阿英慢慢也会同意的。他想了想,说,"我看,还是早点埋了好,也让死鬼安宁……"

汤阿英不等他说完,拦腰打断道:

"学海,你又……"

"迟早总要埋的,"他立刻退让了一步,但旋即又拉过巧珠奶奶来,说,"你看呢,妈,早埋早安宁……"

这一句话说到妈的心里。她惋惜地叹了一口气,对阿英说:

"学海讲得倒也对,入土为安,把死鬼搁在家里,小东西也得不到安宁……"

汤阿英的眼光直盯着摇篮,望了许久许久,心里已给巧珠奶奶说动了,可是她嘴上还是不肯,语气却缓和了一些:

"今天无论如何不埋……"

他紧接上去说:

"那么,明天早上……"

阿英没有言声。巧珠奶奶看她神情同意了,她自己倒反而留恋起来,其实她心里也并不完全愿意立刻把小东西埋掉。她顺着学海的意思说：

"也好，就明天吧。"

汤阿英除了自己睡觉以外，她的眼光从不离开摇篮。第二天早晨，天还没完全亮，大家睡得正酣，她醒了，轻轻下床，把孩子抱在自己怀里，在草棚棚里慢慢走着，低低地叫唤：

"宝宝，宝宝……你为啥不答应我，宝宝……"

孩子像是睡熟了一样躺在母亲的手上。张学海起床，看见她又把孩子抱在怀里，立刻叫醒了巧珠奶奶。他对阿英说：

"你又抱他做啥？"

"再不抱，等会儿就没有的抱了。"她把他抱得更紧，仿佛永远不让他离开自己的怀里。

学海没有跟她争执，怕又勾起她的心思，把他埋了就好办了。他到外边买了一口小棺材来。阿英亲自给孩子洗了脸，穿好衣服，对他望了又望，才不舍地放到棺材里。学海掮起小棺材往外去，阿英跟了上去。他劝她不要去，巧珠奶奶也说产后不要招风凉，不让她去。可是她不顾一切，一定要去。她拿了一条毛巾，把头扎了，紧紧跟着他，要一道去。他拗她不过，只好叫了一辆三轮车，拉起篷子，一同去了。

学海把小棺材埋在郊外野地里，做了一个小土堆。阿英站在新坟旁边，迟迟不走。他只好陪她，一边再三劝她，她才肯坐上三轮回来。一回到家里，她看到摇篮空空的，像丢掉最心爱的宝贝，永远再也得不到了，满眶热泪，忍不住簌簌落下。她伏在枕头上，痛哭失声，凄凉地叫唤着：

"我的宝贝，我的命呀……我的命，我的宝贝呀……"

现在谁也劝她不住。学海赶着上班去了，巧珠奶奶给她煮粥。

天黑以后，余静的母亲——余大妈来探望她。巧珠奶奶知道她在床上睡觉了，就没叫她，和余大妈谈话的声音也有意放得特别低。

余大妈不同意巧珠奶奶说这是命里注定的：

"你这个话不对……"

"不对？"巧珠奶奶大吃一惊，她以为自己的话再对也不过了，反问道，"为啥不对？"

"要是不早产，怎么会活不长呢？"

巧珠奶奶给余大妈一问，她一时说不出话来了。在暗弱的灯光照耀下，她望望摇篮，又窥视了一下床，看阿英醒来没有。阿英闭着眼睛躺着，轻轻地而又均匀地呼吸着，看样子还没有醒。她说：

"要是活得长，怎么会早产呢？这是命里注定的。"

这个似是而非的意见可难住了余大妈，她嘀咕着：

"早产……"

"是哇，"巧珠奶奶以为她给自己说动了，又加了一句，说，"早产，也是命中注定的。"

"命？"余大妈回味着这个字的意义。余静从小在厂里就和一些进步的工人姊妹们往来，后来和袁国强结婚，又加入了共产党。母亲在家里常听孩子谈一些革命的道理，对"命运"这一类说法她是不大相信的。最近听余静回来谈起厂里生活难做的情况，她更不相信巧珠奶奶的意见，反问道："早产也是命中注定？"

"当然是命中注定，"巧珠奶奶毫不犹豫地说，"不是命中注定，为啥巧珠不早产，偏偏这个死鬼早产呢？"

"我听余静这孩子说，这一阵厂里生活难做，好人都吃不消，孕妇怎么受得了？碰巧阿英这一阵又当夜班。"

"厂里生活难做？"巧珠奶奶反复说着这一句话，表示不相信这是事实。学海、阿英他们回到家里来很少和巧珠奶奶谈起厂里的事。巧珠奶奶自己对厂里的事也没有兴趣。她有兴趣的是到一个号头把工钱拿回来,买些柴米油盐,儿子、媳妇和孙女都在她跟前,大家吃得饱饱的,生活得平平安安的。听余大妈说厂里生活难做,她心里暗自吃了一惊,却不承认不知道厂里的情形,装出也知道的神情,慢吞吞地说:"厂里生活当然不会好做,从前也难做,巧珠为啥没早产?"

"这个,那时阿英没当夜班,"余大妈看她那股坚持劲,料想她不大了解厂里的情形。她深知这位老好人的脾气,顺着她的嘴说,"是呀,从前生活也不好做,听说,现在的生活更难做,细纱间里头断得数不清,连上小间的工夫也没有,有的把尿就撒在裤子里,有的饭也顾不上吃,有的放工腿都麻木了……这些,我想,你一定晓得。"

余大妈的眼光望着她眼角上的扇形皱纹和鬓角上花白了的头发。她会意地点点头,并且叹息了一声,说:

"这个,我晓得。"

但她心里说:怎么学海和阿英回来都没有谈起呢?阿英早产的情形怎么样,她也不甚了然。她想到床边去问问阿英,又怕触动阿英的心事,也露出自己对这些情况不了解。她暗中对自己说:"等学海回来问他。"

"生活不难做,阿英不会早产的。"

巧珠奶奶心里想,阿英早产真的和命运没有关系吗?她总觉得冥冥之中有菩萨在给人们做主,安排一切,不然为啥有些人生下来就有钱,有些人生下来就受苦呢?她依然坚持自己的意见,说,"这也是命啊。"

"也是命?"余大妈以为她同意了,没料到她进一步固执自己的看法。

"当然是命,"巧珠奶奶的口气非常肯定,"不是命苦,怎么会做厂?不做厂,生活难做也没关系。"

"做厂也不是命苦，"余大妈摇摇头，说，"从前做厂没面子，现在做厂可光荣，是工人阶级哩，最吃得开哪。"

"一样，都是做厂。有钱的人家，哪个做厂？"巧珠奶奶撇一撇有点干瘪的嘴，说，"前生没修，今生才受苦——做厂。"

"做厂也不是受苦……"

余大妈的话还没有讲完，草棚棚的门好像有人砰砰敲了两下，她说：

"有人敲门？"

巧珠奶奶凝神一听：门外静静的，没有人继续敲门，只听见晚风像一个贼似的从门缝里钻进来，发出细细的响声，吹得巧珠奶奶的腿有点发冷。

虽然再也没有听到敲门的声音，门外确实站着一个人：谭招弟。她听说阿英在车间早产了，心里痛楚。第二天想去，汤阿英和刚生下的孩子到医院去了。过了一天，又听到孩子死了，她心里更痛楚，偷偷地掉下了眼泪。昨天想来，走到半途上又退回去了。她怕在阿英家里碰上细纱间的人，在阿英面前冲突起来，说不过去。今天放了工，估计没人会来，赶到阿英家，轻轻敲了两下门，发现草棚棚里有人在谈话，就没有再敲门。她想回去；但隔着一扇门，进去马上可以看到阿英，又不忍离开；犹犹豫豫地站在门外边，悄悄听门里的动静。

门里边有人继续讲话：

"做厂不苦，有钱的人为啥不做厂？"

"有钱的人剥削穷人，当然不做厂。"

"剥……剥啥？"

"剥削。"

"啥剥削？"

"就是你做活，他赚钱。"

"这个……"

"唔……"

谭招弟听出来是巧珠奶奶和余大妈的口音,放心了,又敲了两下门。门开了,谭招弟走了进去。巧珠奶奶问她:

"刚才是不是你敲门?"

谭招弟点点头。

"后来为啥不敲了?"这是余大妈问。

"怕打断你们谈话。"

"这丫头,也不是外人,这么客气。"巧珠奶奶拉着她的手,说,"快坐下来,喝点水。"

谭招弟的眼光向草棚棚里匆匆一扫,没有看见阿英,她吃惊地问:

"阿英呢?"

"睡觉了。"

谭招弟马上走到床边坐下,把那顶灰黑灰黑的夏布帐子吊高一点,方桌子上煤油灯的黯弱的光线射在她苍白的贫血的脸上。她平静地呼吸着。谭招弟低低地叫了她两声。她睁开惺忪的睡眼,发现谭招弟坐在她的身旁,惊喜地从被窝里伸出两只手来,歉意地紧紧抓着她的手:

"你啥辰光来的?"

"刚来……"

她安心一点,顿时想起郊外那一堆新土,眼眶里润湿,低沉地说:

"你来迟了一步,看不到那个小东西了,长的模样可好看哩……"

谭招弟怕引起她的心思,连忙说:"过去的事体别提了。"旋即把话题岔开,"身子好吗?"

她伸过手去,摸摸她用手巾扎着的额头,问:

"头昏吗?"

"有点。"

"要好好养养。"

谭招弟这句话提醒了巧珠奶奶。她站了起来走到墙边炉子那里端起上面的小沙锅,里面是热腾腾的粥,倒了一碗,放了两勺子红糖,调得匀匀的,白粥旋即变成红粥了。她把红腻腻的粥送到阿英面前,说:

"该饿了,吃点吧,这是补的。"

阿英吃了两勺就放在床边,不吃了。巧珠奶奶又端到她面前,说:

"吃完它。"

"吃不下。"

"你今天还没有吃东西哩。"

余大妈也走过来,站在床前,对阿英说:

"听你婆婆的话,吃吧。产后要多吃东西,我们从前坐月子,老人家也是叫我们多吃。产后失调,身子要虚弱的。"

阿英又接过那碗红粥。巧珠奶奶望着她吃了一勺,皱起眉头,又不想吃的样子,便坐到床边说:

"我来喂你吧。"

阿英的眼光注视着空空的摇篮,叹了一口气说:

"实在不想吃……"

"不想吃,也要吃,身子要紧。"巧珠奶奶想去把碗拿过来喂她。

她紧紧拿着碗,不让巧珠奶奶喂。要是给巧珠奶奶喂,不晓得要她吃多少哩。但她没法拒绝老人家的热情,只好又吃了两勺,立刻打噎了。她吃力地把碗放在床边,哀求一般的说:

"真的不能再吃了。"

303

巧珠奶奶像是对待小孩子一样的对阿英说：

"再吃一勺,好不好？"

她又打了一个噎。余大妈怕她吃下去要吐,劝巧珠奶奶：

"不想吃,就别吃了,等一歇再吃吧。"

"也好,"巧珠奶奶拿过那半碗粥来,说,"等一歇热给你吃,多吃点,对身子好。"

谭招弟把阿英的两只手放到被窝里,要她躺下,她不肯。谭招弟拿一个枕头垫在她的腰部,让她靠着,把被子拉上一点,直盖到她的胸部,身子两边的被角塞得紧紧的,说：

"要小心,别受凉……"

"对呀,"巧珠奶奶说,"阿英现在变成小孩子了,像巧珠一样,啥事体都要人照顾……"

谭招弟"咦"了一声,向床里床外看了看,关切地问道：

"巧珠呢？"

"她怕,"巧珠奶奶暗示地对摇篮指指,说,"到对面秦妈妈家去住了。"

谭招弟会意地不再问下去,看到摇篮,想起那孩子,她的头不好意思地慢慢低了下去。她有一肚子话要和汤阿英讲,见了汤阿英竟连一句话也说不出来。她像是在理一把乱七八糟的纱似的,努力回想着脑海里要讲的话,在复杂而又紊乱的记忆里,逐渐理出个头绪来：

"阿英,我早就想来看你……"她脸上露出抱歉的神情,想说下去,话到嘴边,又停下了。

"生活难做,"阿英毫不介意地说,"你忙……"

"忙是忙,也该来看看你,"她鼓足勇气,说,"生活也真难做,是我说过细纱间不好好做,但并不是讲你啊……"

她热情的眼光对着阿英,期望阿英的原谅。阿英莫名其妙,无所谓地说：

"讲我也没关系……"

"你做生活巴结，身子累成了这个样子，谁也没有二话说，可是有些人，就不像你……"

汤阿英明白谭招弟的意思，郭彩娣和细纱间别的姐妹们的声音在她耳际萦绕着。她知道谭招弟的脾气，扭住一件事很难想通的，但她不能不给谭招弟说说清楚：

"细纱间做生活，谁也不推扳……"

"这个，这个……"谭招弟说不下去了。

巧珠奶奶一直在谛听她们俩人谈话，可摸不着头绪，不晓得她们谈些啥。余大妈听余静回来讲过各个车间争吵的情形，了解一些，很有兴趣地听她们俩人谈。谭招弟对阿英说：

"你埋头巴巴结结做生活，哪能晓得别人在揩油……"

汤阿英把头上的手巾解开，扎得紧些，问她：

"你哪能晓得她们揩油？"

"嗨，"谭招弟感到自己很有道理，只是汤阿英不清楚，有点儿着急，辩解道，"一看纺的纱，谁都晓得。"

"什么娘养什么儿子，什么粗纱纺什么细纱。你怎么一口咬定怪细纱间呢？招弟，郭彩娣她们很不满意你，你要多想想。"

"她们不满意我？"谭招弟感到很惊讶，撇着嘴说，"我还不满意她们。"

"你不能乱怪人。"

谭招弟毫不客气地顶汤阿英一句：

"别人也不能乱怪我。"

她本想和汤阿英解释清楚，私下说服汤阿英，没料到汤阿英在批评她了。她按捺不下心中的气，嗓子也高了起来。她还要说下去，立即给余大妈打断了她的话：

"招弟,你不是来看阿英的吗?她在月子里,怎么和她吵起来了?"

谭招弟声辩:

"我没有……"

"厂里的事,到厂里谈去。我听余静说,你们不是要开劳资协商会议吗?"

汤阿英听到要开劳资协商会议,浑身顿时有了劲头,曲着身子,冲着余大妈,兴奋地问:

"真的吗?"

谭招弟代余大妈回答了:

"真的。"

汤阿英的眼睛里露出希望的光芒:

"快点弄清楚了,生活才好做。"

三十七

韩云程工程师在试验室里面翻阅着试验记录。他翻一页眉头就皱一次,翻到后来,沉下了脸,眉头干脆连成一条粗黑线,焦急地对工务主任郭鹏说:

"你看!"

试验记录簿上写着:

> 八日
>
> 二十支粗纱过粗过细的程度过大,究其原因,原棉太差。望再请求多加生棉,补救万一。
>
> 九日
>
> 若二十支配棉中成分无法增加生棉,则轻纱纺出,恐难成事实,惟有将速度再退慢。
>
> 二十二日
>
> 二十支细纱近日生活恶劣,究其原因,原棉太差,故将全部暂加一牙。

郭鹏看过之后,向四面望了望,除了拉力试验机这些仪器之外,试验室里这时正好只有他们两个人,他走过去,对他说:

"是呀,我们早就提出来,请求改善配棉成分,可是这些意见送上去,如同石沉大海,到现在也没消息。"

郭鹏伸出两只手,耸一耸肩膀,显出毫无办法的样子。

"就让它这样下去吗?"韩云程反问了一句。

"那,那……"郭鹏想不到韩云程会这样问他,有点慌张,一时答不上来,半晌,才说,"那,那当然不能让它这样下去。"

"你看哪能办法?"

郭鹏刚才很吃力地抵挡过去,还来不及松一口气,又有一个很棘手的问题摆在他面前,他张皇失措了:

"我看没有办法,"他说出了口觉得不对,旋即更正道,"我,想不出啥办法。"

"是没有办法,还是真的想不出办法?"

韩云程两道尖锐的眼光注意着郭鹏。他对郭鹏那天在总经理室里讨论配棉问题时的态度有点意见。现在生活难做,车间里充满了怨言怨语,货色不合规格,外面市场上也有不少流言蜚语。这些话都不时传到他的耳朵里。作为沪江纱厂工程师的韩云程是脱卸不了这个责任的,而韩云程工程师从中学读书的辰光起,他不管是读书或者办一件事,总希望做得很好,而且做得比别人好。他在中学和大学的功课至少是保持前五名,理工方面的成绩不是第一就是第二。事体交给韩云程办,同学和同事们没有一个人不放心的,也没有一个人怀疑这件事会不成功的。他是个一题数学算不对宁可一夜不睡觉的人。他最近到车间去走了一趟,了解一些车间工人们不满的情绪,刚才翻着试验记录簿,责任自然而然要落到工程师的头上,不改变配棉成分不行,那工人同志会有意见;改变配棉成分也不行,徐总经理一定不答应的。他处在两面夹攻的困难的境地里,实在忍受不住了,就向郭鹏提出了问题。

郭鹏不了解韩云程的心情,给他没头没脑的问题弄得不知道如何是好,也不敢答复得太慢,他说:

"不是,不是。"

"是啥呢?"

郭鹏瞠然不知所对,愣着两只眼睛,木然地站在韩云程面前。韩云程说:

"我早就说了,掺百分之十到十五的黄花衣会影响质量的……"

"我同意你的意见的。"

"这我晓得。"韩云程的眼光盯着他,一点也不放松,说,"可是你给它想的好名字:次泾阳。"

郭鹏把头低了下去,不敢看韩云程。他身上的血涌到脸上来,虽然微微低着头,也隐藏不住脸上惭愧的表情。

沉默了一会,郭鹏慢慢抬起头来,仍然不敢正面望着韩云程,他的眼光望着试验室里的拉力试验机,低声地说:

"徐总经理看你没有喷声,硬逼我,当时我实在没有办法,我并不是完全同意他的意见的。次泾阳这名字是我随便胡诌,顺嘴溜出来的。"

韩云程想起那天的情形,软弱的年轻的郭鹏,当然承受不了徐总经理的压力。这时,他有点同情郭鹏了,说:"现在车间里生活难做,工人埋怨,我们工程上的人是脱不了这个责任的。我固然要负责,工务主任的责任也不小啊。"

郭鹏一怔,他刚抬起的头又自然而然地低下去。他心里很难过,韩云程对他虽然很严厉,但是他感到很亲切;徐总经理对他的亲切,他倒觉得很厉害。他自己一时没有了主意,求救似的望着韩云程:

"你看怎样呢?韩工程师。"

"我看,不能让这样情形继续下去,"韩云程想了再想,终于说出自己的意见,"要改变这样的状况,要求徐总经理梅厂长想办法……"

郭鹏听了这话暗自吃了一惊:这样的大事工务上有啥办法,徐总经理和梅厂长会答应想办法吗?上一次在总经理办公室里早提过了,那时不肯,现在肯吗?那天徐总经理的每一句话都在他的脑

筋里重复着,其中有一句话特别响亮,"要工务上负责……要工务上负责……"郭鹏怀疑地望着韩云程:

"能改变吗?"

"你不提出来,当然没有可能;你提出来,就有可能。"

"总经理和厂长有啥办法呢?"

"办法当然有,就怕他们不肯……"韩云程又想到改变配棉成分的问题,可是他没有说出口。

"哦。"郭鹏惊诧地哦了一声。

试验室桌子上的电话铃响了。韩云程拿起耳机,说:

"唔……我就是……是的……好……我们马上就来……"

他放下耳机,对郭鹏说:

"总经理到厂里来了,梅厂长打电话来,要我们两个人一道去谈谈。"

"要我也去?"郭鹏用手指指着自己说,他想起徐总经理的那副面孔,说不定要他做啥,或者韩工程师在总经理面前要他不做啥,那可就为难了他。这不是逼着姑娘上轿吗?他犹豫地说,"韩工程师,我手里还有事没办完哩,你一个人去吧。"

"正是机会,你为啥不去?"

"我,我,"郭鹏口吃地答不上来,"我去,……你先去好了,我把配棉量再算算就来……"

"不,一道去。那个等一等再算。"

韩云程拉着郭鹏一道去梅厂长办公室。他们路过总办公室。遇到会计主任勇复基,韩云程拉他一道去,人多嗓子响,好提起徐总经理注意。勇复基怕事情惹到他身上,看韩云程要拉他去,他把袖子一甩,慌忙溜走,一边又怕得罪韩云程,远远地解释说:"又快到月底了,很多账还没有算哩。你们去吧。"

徐总经理坐在双人沙发上,梅厂长紧靠着他,低声地向他报告最近厂里生活难做的情形：到处发出不满的怨声，尤其是汤阿英在车间早产，更增加工人不满的情绪。梅厂长感到情况严重，自己有点吃不消。徐总经理却无动于衷，脸上露出很有办法的神情。梅厂长再进一步说明不但工人当中不满，连韩云程、郭鹏他们这些人也有怨言。徐总经理这才认为情况有点严重，他想到不及时处理，恐怕连梅厂长也要不满了。他对梅厂长笑了笑，说：

"你是不是也不满意呢？"

"不，完全不，只要是总经理决定的事，我没有不满意的。"梅厂长说完了话，他注意徐总经理眉宇间的表情。

"你对他们的控制是不是失去了信心呢？"

"也不，完全有信心。只要总经理支持我，我办事都有信心的。我刚才不过是把全厂的情况报告总经理，好让总经理决策。"

"那你把韩云程和郭鹏叫来吧，我亲自和他们谈一谈。"

韩云程和郭鹏走进梅厂长办公室的时候，徐总经理撇下梅厂长，指着他对面单人沙发对他们说：

"请坐，"他装作不了解最近厂里情形的神情，漫不经心地问道，"你们最近的工作怎么样？"

韩云程盯着郭鹏，说：

"你向总经理报告一下吧。"

郭鹏一愣："我？"

徐总经理说："你先谈谈也好。"

"我们的工作还好。"郭鹏身上感到有一股力量在推动他说话，这就是韩云程的眼光。他吞吞吐吐地说，"只是车间，车间的生活不大好……"说了一点他又停住了。

韩云程从旁接上去说：

"车间生活难做，一个女工早产……"

徐总经理的眼光转过来对着韩云程。他察觉韩云程在指使郭

311

鹏说话。他知道只要说服韩云程,郭鹏一拉就过来的。郭鹏迟疑地不说下去。徐总经理不催他,却暗暗点韩云程:

"那么,你说吧。你自己说比他说可能更清楚一些。"

韩云程详细地谈出车间生活的困难情况。徐总经理一口咬定保全部:

"我看保全部有问题,不好好保护机器,生活当然难做,自然影响质量。"

韩云程懂得徐总经理的弦外之音:这事工程师和工务主任也有责任。

"是的,保全部可能也有问题,不过,我看,配棉成分恐怕也有问题,总经理。"韩云程说。

"这仅仅是问题当中的一小部分,"说到这里徐义德立刻把问题扯到工人身上去,说,"工人也有责任。并且,我也不相信生活真的那么难做,刚才我听你的报告,其中有夸大之词。孕妇自己不小心,随时随地都可以早产,这和生活难做不难做毫无关系。"

"我夸大?"韩云程有点忍耐不下去,他想顶过去,接着想起自己不过是徐总经理的一名工程师,生活好做难做又何必那么认真呢?

梅厂长插上来附和徐总经理的意见:

"我跑车间的辰光,觉得生活还好做么。"

"好做?"韩云程不同意梅佐贤的话,他说,"那么,请厂长同我一道去看看。"

"用不着了,"对于车间生活难做的情况,徐总经理心里其实很清楚,他们不报告,也可以想象到的。他有意把问题分散开,怪张三怪李四,来掩盖配棉的成分问题。他看韩云程那一股认真劲头,怕把事情弄僵,改变口吻说,"当然,生活有点难做,我也了解的。"

"唉,这样的配棉成分,"韩云程见徐总经理已经承认了事实,便进一步关怀地说,"总经理,请恕我冒昧讲一句话,我们这样做下去是不是好？将来会不会出事,要请你仔细考虑考虑。"

他说完了话,眼光就对着郭鹏。郭鹏的眼睛避开徐总经理和韩云程,他望着梅厂长。他认为韩云程这些话的分量太重,徐总经理要是发起脾气来,对自己是不利的。他觉得韩云程未免太傻,质量好坏并不影响到自己的薪水,韩云程为啥一股劲争呢？他不知道生活难做,车间首先会怪到工程师的头上,而现在事实上对韩工程师已经有了闲言闲语。他不得不替自己打算打算。

徐总经理料想不到他对韩云程让了一步,对方马上又紧逼一步,向他进攻,而且刺痛他的伤疤。他脸色气得发白,愤愤地说：

"代纺只有二百四十个单位的工缴,哪能维持？不这样做,有啥办法？就是这样做了,我们的厂都不能维持,我有啥办法,你说。"

韩云程见风色不对,没有再吭气。

梅厂长帮腔道：

"那是的,总经理为了维持我们这爿厂,可真是用尽了心血。"

徐总经理听了梅厂长的话,气稍为平了些,语气也缓和了。他接着说,讲的比唱的还好听：

"我为了厂想尽一切办法,这也是为了大家。你们不清楚,佐贤是了解我的苦心的。就我个人来说,我何必这样操心,真是为谁辛苦为谁忙？我努力维持厂,也是为了国家,为了工业化。"

"这我完全了解。"梅厂长笑嘻嘻地说。

徐总经理的眼光落到郭鹏的身边。郭鹏没有吭声。韩云程心里想："我好心好意提醒你,为了国家和工业化,能够这样做吗？老是唱高调,有啥用！主要是为了你,你不听,出了事,还不是你完全负责,也不是我要这样做的。"

韩云程见郭鹏不吭气,他忍不住,觉得自己有责任再提醒徐总经理一次，不要将来出了事，怪工程师没有及时提出问题来，于是继续提出意见：

"车间生活确实很难做，总经理，要是工会提出意见来，事情就麻烦了。"

郭鹏"唔"了一声。

徐总经理毫不在乎，拍着胸脯，大声地说：

"工会问题我和梅厂长去说明，你们大胆配出应用好了。簿子上可以写明是按总经理关照，或者要梅厂长签字也可以。有谁讲话，梅厂长去解释，你们怕作难人，不要你们做，一切责任完全由我徐义德负。"

三十八

下午两点钟。

在劳资协商会议上,余静代表工会做了一个详细的报告,最后说:

"根据我们工会方面的材料和分析,最近我们厂里生活难做,主要是原棉问题。我们要彻底解决这个问题。这样下去要影响全厂的生产,影响成品的质量,影响工人同志们的身体健康。汤阿英因为生活难做,过度疲劳,在车间早产,孩子死了。她到现在身体还没有恢复健康,如果再不解决这个问题,我相信还会发生汤阿英事件的。"

余静一说完了话,秦妈妈便气愤填膺地站了起来,指着徐义德高声地说:

"这个问题非解决不可!这不是小事,关系我们工人的健康,关系我们工人的生命,绝对不能马虎。汤阿英是我们厂里最好的工人,思想好,工作好,做生活极巴结。生活难做,把她累坏了,在车间里早产。她一心一意巴望有个儿子,这次真生了一个儿子,因为早产,没两天这孩子就走了,汤阿英哭得死去活来。别说她,我们工人晓得这件事没有不伤心的!人心是肉做的,哪个不是娘养的,哪个没有儿女?将心比心,你说,你们资本家的儿女是儿女,我们工人的儿女就不是儿女吗?"

她这番话说得大家动容,工人愤恨。徐义德坐在她斜对面稳稳不动,面部没有一点表情,叫你摸不透他心里在想啥。等了半

响,他不慌不忙地说:

"秦妈妈,有话慢慢讲,不要生气!"

"我一想起汤阿英还躺在床上,心里不由地就要生气!"

"提起汤阿英,我心里也很难过,哪个子女死了不伤心的?"徐义德暗中窥视了一下坐在上面的余静,她默默地在听大家说话,两道眉毛有点皱起,因为汤阿英丧子悲哀。汤阿英这件事轰动了全厂,在工人当中引起普遍的不满。秦妈妈这番话是有代表性的。他不能承担这个责任,但没法一句话推得干干净净。他脑筋一动,想出了一个主意,慢腾腾地说,"讲起早产来,原因也很复杂。我虽然不是妇科大夫,倒也听人家说过,有些产妇行动不小心,搬运了笨重东西,或者摔了一跤,都容易早产;也有些产妇不会保养,也容易早产……"

陶阿毛瞪着两只眼睛,像是两个小灯笼似的对着徐义德:

"照你这么说,汤阿英早产和厂里生活难做没有一点关系吗?"

徐义德没有正面回答他,反问道:

"我们厂里的孕妇也不止汤阿英一个,为啥别人不早产呢?"

徐义德冷笑了一声,他很高兴把汤阿英早产的责任推得干干净净。

"各人的情况不同。汤阿英头胎没早产,为啥这次早产?"秦妈妈反问道。

"汤阿英一个人早产还不够,要所有的孕妇都早产吗?你们资本家没有一个有良心的……"陶阿毛信口骂了徐义德一句。

徐义德并不生气,奸笑了一声,说:

"骂人不能解决问题,我晓得工人是很讲道理的……"

钟佩文见陶阿毛给徐义德顶得无话可说,从旁帮助道:

"你说我们工人不讲道理吗?"

徐义德对钟佩文放下了笑脸,连忙声辩:

"不是这个意思,不是这个意思。"

"汤阿英早产,谁都说和我们厂里生活难做有关系。别的车间也有人早产的,都是因为生活难做,累的。"秦妈妈理直气壮地补充说。

"是呀,总经理不要推卸责任。"陶阿毛听了秦妈妈的补充说明,别的车间也有早产的,他的声音高了。

"为啥有的孕妇不早产呢?"徐义德还不让步。

"别忙,还没到辰光。"秦妈妈顶了他一句。

"那我们等着看吧,这桩事体大家谈谈。"

余静见徐义德态度强硬,连汤阿英早产也不承认和生活难做有关,同时还想转移会议中心议题,分散大家的注意力,不能让他溜过去。她连忙说:

"汤阿英早产,肯定是因为生活难做,累的,这是铁的事实。医务所可以证明,用不着讨论。我们还是集中研究生活难做的问题吧,工会方面认为是原棉问题。"

郭鹏听到余静又提到原棉问题,马上把脸转对着窗户,凝视着矗立在天空中的高大的烟囱。徐总经理很镇静,避开余静的眼光,暗暗用眼睛向坐在他斜对面的梅厂长示意:要他回答余静所提的问题。

梅厂长轻轻点了一下头:暗示总经理他准备发言。但他并没有马上讲,他端起茶杯喝了一口茶,显出很忧愁的神情,慢吞吞地说:

"这个问题么,总经理早就注意到了。最近生产出来的成品的确很差,影响到我们沪江纱厂在市场上的信用。总经理好几次找我谈话,质问我为啥成品这样差?我想了很久很久,这里一定有问题,正要找工会商量商量,今天余静同志提出来,我想,这是非常之好的。我对这个问题倒有另外一个看法……"

赵得宝听到这里,他有点生气:明明是原棉问题,你还有另外一个看法,想耍啥花枪。他的左手托着自己的下巴,聚精会神地盯着梅厂长。

梅厂长见他的神情有异,装作没有看见,但是口吻却已经缓和多了:

"我这个看法对不对,大家可以研究,特别希望工会同志多多指教。"他望了余静一眼,然后说,"我认为主要是机器问题,我们厂里很久没有大修了,保全部没有仔细检查,影响了生产,生活难做,质量就差了。"

陶阿毛一听到保全部三个字,根根神经都紧张起来了。他以为梅厂长知道粗纱间吴二嫂那排车是他平的,但想起这件事只有他知道,保全部的工人虽然也知道这排车是他平的,平得怎么样,除了他以外,却没有第二个人知道啊!他感到自己的脸上热辣辣的,努力保持住镇静,诧异地质问道:

"梅厂长,你这话是啥意思?"

梅厂长也很诧异:

"我的话说得很清楚,主要是机器问题。"

"机器问题?"陶阿毛神经稍为松弛了一些,知道梅厂长指的是整个机器问题,而不是粗纱间吴二嫂那排车,但他的口气并没有因此缓和,"机器问题,你哪能晓得机器有问题?"

"对呀,请梅厂长给我们说说。"赵得宝赞赏陶阿毛的口才,问题抓得对。

梅厂长也不含糊,反问道:

"机器如果没有毛病,那为啥纺出这样坏的纱来呢?"

"纱是用棉花纺的,啥花衣纺啥纱,余静同志说的对,毛病出在原棉上,主要是原棉有问题。"秦妈妈紧紧抓住问题不放。

梅厂长一听到原棉心里便有点紧张,但是他脸上一点也没有

表现出来,反而笑了笑,说:

"阿毛,你在保全部工作,不要护短。刚才我说了,我们厂里的机器很久没有大修了,你哪能保证机器没有毛病呢?"

"你说,哪部车子有毛病?我们一道去看。这一阵子我们保全部忙得真是连放屁的工夫也没有。你不能冤枉我们。"陶阿毛站起来,气势汹汹地指着梅厂长的鼻子说,同时向工人们望了一眼,表示他对资本家一步不让。

梅厂长稳稳坐在那里不动:

"坐下来,慢慢研究。"

赵得宝站起来反驳梅厂长:

"你这个意见不对,早两天余静同志和我到车间去看过了,保全部也检查过了,车子一般都很好,没有啥毛病。"

梅厂长怀疑地问:

"那么是——是啥呢?"接着他回答了自己,"当然不是每部车子都有毛病,我是说,有些机器应该检修,那不更好吗?有些车子是有毛病的。同时最近车间清洁卫生工作做得不好,自然影响质量。是哦,郭鹏?"

郭鹏正望着高大烟囱里冒出一股一股的黑烟,在冬末的潮湿的海风中袅袅地飘动着,黑烟越冒越多,越飘越远,像是一大行黑黑的乌云横亘在蔚蓝的天空,缓慢地移动着。他听到梅厂长叫他,吓了一跳,也没听清楚梅厂长说的是啥,只听到最后那句,"是哦,郭鹏?"他慌忙地应道:

"是的,是的。"

梅厂长很得意,他的意见得到郭鹏的支持,马上口吻转硬:

"工务主任的话大概不会错吧?余静同志。"

"重要的是事实。最近车间的清洁卫生工作并不错,就是个别车间清洁卫生工作稍为差一点,也不会有这么大的影响。"

"那倒不一定,清洁卫生工作的影响很大的,不信,问问我们的韩工程师。"

韩云程一直没有吭气。他本来不想参加今天的劳资协商会议的,梅厂长要拉他来,他拒绝了。徐总经理给他打了电话,他不好再拒绝。他料到出席今天的会议,他的地位是很尴尬的。他发言左右为难。从会议一开始,他的右手就拿着面前的一个茶杯。茶杯上写着两个罗马字:13。他认为这是不祥之兆。他有意把这个数目字转过去,一会转回来,13 这两个字又在他眼前出现了。就如同这 13 两个字不可避免一样,尴尬的局面也在他面前出现了。他不准备多说话,但现在不能不说话了:

"清洁卫生工作是有一定的影响,……"

徐总经理趁着这有利的机会发言了:

"最近我听到他们的报告,车间的清洁卫生工作确实太差了,这说明工人同志的劳动态度不好,缺勤率达到百分之三十五以上。这一点,希望工会方面要多多考虑。"

"清洁卫生工作啥地方太差?劳动态度哪能不好?谁给你送的报告?给你报告的人到车间去看过没有?你亲自到车间里看过一眼没有?"

这一连串的问题像是一发又一发的炮弹似的,每一粒炮弹都打中目标,叫徐义德既难于躲开,又没法隐藏。老奸巨猾的徐义德给这一连串的问题问得目瞪口呆,心中忍不住有点发慌,并没有啥人给他正式送过报告,更没有人说工人清洁卫生工作太差和劳动态度不好。他没法回答这个问题。他本想把这些事说得确凿有据,才说"听到他们的报告",特地用了"他们"两个字而不用"他",一方面说明不止一个人的报告,另一方面也避免把送报告的责任放在一个人的肩胛上,不料却问他是谁送的,这就使他左右为难了,不说出来,不好;说出来,更不好;因为没人正式给他送报告,临时推在别人身上,万一对不上口,不是更加被动丢丑吗?他冲着讲话的声音方向歪过头去,装出仔细听取发言的内容,他的阅历很深、老于世故的眼光透露出内心的秘密:看看究竟是谁在向他这样有力地进攻,企图发现对方致命的弱点,好紧紧抓住,猛烈地还击过去。

他看见站在会议桌左边墙角落里发言的是一位三十上下的青年女工,中等身材,一绺乌而发亮的头发从左边额角披下,显得鸭蛋型面孔有点发青,虽不消瘦,却十分俊秀;一双眼睛炯炯有神,闪闪发光,仿佛能洞察一切事物。她身上穿了一件布满暗红小点的淡墨色的对襟夹袄,像是夜晚的天空闪烁着晶莹的繁星点点;下边穿的是一条铁灰色的细布长裤,打扮得朴素大方,整洁和谐。他没想到厂里有这样令人喜爱的青年女工,听她讲的话那么锋利,咄咄逼人,使他暗暗吃惊。他给那美丽的秀色吸引住了,竟然忘记立刻回答她的质问。余静的声音唤起他的注意:

"汤阿英问得对,你为啥不回答呀?"

"我在注意听。"徐义德警觉自己有点失态,立即用右手放在右边耳朵背后,仿佛真的在注意听汤阿英发言。余静说她躺在床上,有病都来开会,说明今天局面是紧张而又严重。他喘了口气,放松一下紧张的情绪,微笑地说:"不晓得她说完了没有。"

"你先回答了再说。"汤阿英不让徐义德有喘息的机会,愤懑地瞪了他一眼。昨天秦妈妈到草棚棚去,告诉她今天下午两点开劳资协商会议,她是劳方代表中的一位,但见她的身体还没有复原,劝她不要参加,她向余静请个假就行了。她想参加,经不住秦妈妈再三苦劝,说她注意身子要紧,有她和余静、赵得宝、钟佩文许多人参加就行了,有啥事体,以后再参加好了。她不好固执自己的意见,同时身子发软,有气无力,头还时不时发晕,只好勉强同意了,但她留了个尾巴:看看明天的身子再说,要是有精神,很想去听听。

秦妈妈料想一夜工夫身子不会复原,见她对厂里工作这样关心又这样热情,也不便多说了。当天睡得很好,第二天一起来就精神抖擞,准备参加会议。奶奶劝她还是在家里多休息几天,别急着到厂里去开会,等身子好了再参加也不迟。她说这次会议特别重要,关系全厂的大事,关系国家生产的大事,受了工人的委托,当选了代表,哪能不去呢？个人身体事小,生产事大,她不能不去。奶奶不了解厂里劳资协商会议的情形,说不过她,也说服不了她,退了一步,要求她早点吃午饭,困一觉再去。她理会奶奶的体贴心情,不好再不满足老人的希望。她草草吃了午饭,便躺下休息了。奶奶曾经答应一点钟叫醒她,看她睡得香甜,有意没有唤醒她,等她自己醒来,时钟的指针已指到两点了。她匆匆收拾一下,跨出大门,加快步伐,一个劲向厂里赶去。等她跨进会议室,屋子里坐得满满是人,会议已经进行一段时间了。她没有声张,在靠墙角落里的一张靠背椅子上坐了下来。她虽然没有引起坐在长方形的会议桌子四周的人注意,但是细心的余静早已看见了,她没有喷声,料想像汤阿英这样对工作积极认真负责的女工,一听到厂里开劳资协商会议,肯定是在家里坐不住的。秦妈妈虽说代她请了假,但是汤阿英终于到来,并不使她感到意外。徐义德和梅佐贤这些狡猾的狐狸在会上大耍花招,她心中十分气愤,努力按捺下内心的激动,耐心地让徐义德他们暴露,必要时才狠狠揭露。汤阿英刚才的质问非常有力,而且击中要害,叫徐义德躲闪不及。余静像是领导一支劲旅在进行艰苦的战斗,忽然增加汤阿英这支坚强的生力军,感到无比的欢欣。

徐义德没想到小小女工汤阿英讲话这么短而有力,使人无懈可击。他从口袋里掏出一个金黄的烟盒,抽出一支带过滤嘴的中华牌的香烟,打着打火机,点燃了烟,深深吸了一口,然后徐徐吐出,一团一团淡青色的烟圈在空中轻轻浮散,慢慢消逝。他对着消散的烟圈凝神思索,怎样回击汤阿英的进攻。

"你是抽烟,还是开会?"秦妈妈等得有点不耐烦了。

"当然是开会。"

"怎么不回答汤阿英的问题呀?"

"当然要回答,"徐义德慢条斯理地说,"我自己虽然没到车间里去看,但是有人看见了,车面上花衣很多,不能说清洁卫生工作没有问题……"徐义德说到这里停顿下来,想看看会议的风向。

"车面上的花衣为啥多?"汤阿英一步不让,说,"不能单看车间飞花多,要说出原因来。"

梅佐贤见徐总经理给汤阿英一再追问,紧紧抓住不放,感到他有责任帮徐总经理一手,这正是他给徐总经理效劳的时机,也是他大显身手的场所,他接上去说:

"工人的工作法不对头,飞花才多,车面上的花衣自然就多了。"

"我们厂里都是根据郝建秀工作法走巡回,这是最先进的工作法,你却说我们工作法不对头,你倒说说,工作法啥地方不对头!"

"这个,"梅佐贤从来不懂得纺纱,也根本不了解郝建秀工作法,他这个厂长没法具体回答,只是反问,"工作法对头,为啥生活老是做不好呢?"

"啥花衣纺啥纱,那个啥次泾阳,哪能纺出好纱？余静同志说的对,主要是原棉问题。"

梅佐贤一听汤阿英提起原棉两个字,神经顿时绷紧了,他信口说出"原棉"两个字,便口吃地说不下去了。

徐义德在梅佐贤的暗中帮助下,获得一个喘息的机会,听汤阿英又拉到原棉问题上,他也有些紧张,这是问题的要害,得设法岔开,不然他设下的一道道迷惑别人视线的防线会土崩瓦解的。他慢吞吞地说:

"我看劳动态度是个中心问题,缺勤率达到百分之三十五以上,在沪江厂的历史记录上是空前的,这很能说明问题。"

"缺勤率为啥达到百分之三十五以上?"汤阿英以亲身的体验对徐义德说,"你晓得哦?我们照着郝建秀的工作法走巡回,因为花衣不好,条干不匀,色泽呆滞,断头多得接不过来,两条腿在弄堂里跑来跑去,跑得麻木了,断头还是接不完,许多工人累得不行,病了,垮了,哪能不缺勤?就说我吧,要不是接二连三做夜班,车间的生活把我累得支持不住,我也不会早产的,孩子死了,我病了,躺在床上,叫我哪能上工?"

汤阿英现身说法,生动有力,每一句话都打动人们的心弦。

"汤阿英说的对!"钟佩文大声地说。

"阿英的话有道理!"秦妈妈支持汤阿英的意见,她钦羡汤阿英分析事物的能力,讲得对方哑口无言。

陶阿毛见大家拥护汤阿英,他也跟着高声说:

"汤阿英说出我们工人心里的话,徐义德,你听见了没有?"

徐义德微微地点头道:

"听见了。"

余静得到汤阿英这支生力军的支援,把徐义德和梅佐贤他们驳得体无完肤,有些话她本来想说,汤阿英代她说了出来,她就没有吭气,只是把徐义德他们提出的每一个问题用笔记下,看他们还要耍啥花招。她懂得只有引蛇出洞,才好打蛇;打蛇要打在七寸上,才能致蛇的死命。对徐义德这些老狐狸,不能乱发空枪。她不慌不忙地问:

"厂方看,还有啥意见吗?"她的眼光望着韩云程和郭鹏他们,想听听韩云程他们的意见。

钟佩文说:

"我认为工人的工作法没啥不对头,我看,还是请厂方多想想,问题也许正在那方面。"

"问题当然在厂方,各个车间工人做生活再巴结也没有了。"陶阿毛抢先同意钟佩文的意见。

徐义德见余静的眼光一直盯着韩云程和郭鹏,生怕韩工程师和郭鹏主任说出其它意见,他慌忙说:

"我看:问题主要还要在工人身上。我们没有其它的意见了。"

老练的秦妈妈一丝也不让步。她正面指着徐总经理,说:

"你不能这么武断,咬定问题出在工人身上,要虚心听听各方面的意见,韩云程他们还没有说话哩。"她的眼光也停留在韩云程身上。她想韩工程师会知道问题在啥地方的。

韩云程一个劲转动着茶杯,他不愿意参加任何一方面,他坐在一旁看徐义德和余静针锋相对,反正与他无关,他怕牵连到自己身上,也怕向他提出问题。他有意避开余静锐利的眼光。

大家都没说话。

余静归纳一下纸上记录的问题,站了起来,不慌不忙地说:

"我们不能从表面看问题,也不能从枝节谈问题。我们要找出问题的关键。首先谈我们厂里工人的工作法,一般是对的,是好的。清洁卫生工作也不错,可以请徐总经理、梅厂长和工程师亲自到车间去看看。当然,清洁卫生工作还可以做得更好一点,正如韩工程师说的一样,清洁卫生工作有一定影响,但不是决定的影响。工人同志们生活做得很巴结,刚才细纱间的女工汤阿英已经说得很清楚,她有七个多月的身子还照常上班,累得在车间里早产了,我们能说这样的劳动态度还不好吗?缺勤率有时候确是达到百分之三十五,这情况是严重的。为啥会造成这样严重的情况呢?正如汤阿英所说,这就要分析,因为生活难做。如果不相信,可以看看生活不难做的辰光,那时缺勤率多少?最多没有超过百分之二十五。原因是啥?生活难做。生活为啥难做?钢丝车上的棉网满布云片,棉卷棉条的杂质太多,条干不匀,归根到底,是原棉问题。我希望大家开诚布公,坦坦白白地把问题摆在桌子上,谈清楚,不要兜圈子,徐总经理。"

"对,我完全拥护余静同志的意见要把问题摆在桌子上,再也不能马虎过去了。"这是秦妈妈的声音,"有啥问题说出来吧。不说,我们工人是不答应的。"

徐总经理给余静一指点,他心头愣了一下,但很老练地旋即就又恢复到平静,说:

"余静同志,我最希望如此,我们两个人的意见可谓是完全一致。"

余静摇摇手:

"不,我们的意见有原则上的分歧的。我同你的看法完全不同。"

"完全不同。"赵得宝插上一句,"你说工人不对,那是不符合事实的。问题出在原棉上……"

徐总经理惊诧地说:

"你们认为是原棉问题?"

"当然是原棉问题,"汤阿英斩钉截铁地说,"那还用讲。"

赵得宝坚定不移地说:"是原棉问题。"

"原棉有问题?"徐义德看这个问题没法再躲开,便装出莫名其妙的神情,问梅厂长,"真是这样吗?"

梅厂长知道徐总经理的心思;马上会意地说:

"原棉一般是没有问题的,"梅厂长一边思考一边慢慢地说,"我们厂里用棉量比别人家的厂还要多,每件纱要用上四百一十八斤。花纱布公司只配给我们四百一十斤,怎么够呢?到交纱末期造成车面不够,联购处又买不到花衣,没有办法,我们自己只好加点次泾阳花衣进去。次泾阳花衣是比较差一点。就是这样,我们已经赔本了。要是加最好的花衣,那要赔得更多。总经理不会答应的。我这个厂长也做不下去了。嗨嗨。"梅厂长对余静嘻开嘴笑了笑。

徐总经理恍然大悟似的,应了一声:

"原来是这样,唔。"

韩云程工程师听徐总经理好像演戏一样的念着台词,他心里要呕出来,可是又不好意思吭气。他的眼光盯着茶杯上那两个字:13。

"就是加上八斤的次泾阳,生活也不应该这样难做。"余静反问道,"是不是配棉量上还有问题,希望老老实实说出来。"

徐总经理听到配棉量三个字暗暗大吃一惊,表面上却很镇静,肯定地说:

"配棉成分上我清楚,绝无问题,绝无问题。是不是?"

徐总经理问梅厂长。梅厂长欠身答道:

"一点问题也没有,一点问题也没有。我梅佐贤完全可以担保。"

余静察觉梅厂长有点慌张。她心想这可能是问题的关键,抓住这个缺口把它扩大:

"这是工程上的事,你怎么可以担保一点问题没有呢?关于这个问题,应该让韩工程师来发言。"

"对,请韩工程师来发言。"秦妈妈早就认为韩工程师会了解一些,余静也这样以为,她更加肯定了。

梅厂长不知怎样答复好,他不敢让韩云程发言,万一他说出原棉的秘密,那不是全被揭穿了吗?徐总经理看出他难于应付,他被余静"将"了一"军"。这辰光除了冒险没有第二个办法了。因为如果不让韩工程师发言,本身就暴露了其中必有问题,只有鼓励他说话,才有可能挽回这难堪的局面。他给韩工程师做好了答案:

"配棉成分当然没有问题,完全是按照花纱布公司规定的,由韩工程师亲手经办的,毫无问题。韩工程师,你说给余静同志听听。"

韩工程师面前的那个茶杯又在不断地转动着了:他想不说出来,跟着徐总经理和梅厂长一道撒谎,对不起自己的良心。科学应该实事求是,自己不应该违背良心。说出来呢?对厂对自己不利,而且对不起徐总经理。不管怎么样,他总是沪江纱厂的一名工程师,而徐义德是这个厂的总经理。良心上要他说实话,职业和朋友的关系叫他撒谎。

徐总经理等了他一会儿,见他不开口,就暗示他道,

"你照直说好了。"

"是的,配棉成分没有问题。"他说出了以后,他的脖子发热,腮巴子上泛起淡淡的红潮。

"完全没有问题?韩工程师,你说实话。"汤阿英见韩云程神色慌张,就逼他一句。

话既然说出口,韩工程师反而安定了,他很快地答复:

"自然完全没有问题。……"

余静拦腰插上来问:

"生活为啥难做?"

梅厂长生怕余静在韩云程身上突破,灵机一动,赶在韩云程前头接上去说:

"最近花纱布公司配的原棉不好,不少厂都闹生活难做。我想,这是主要原因。刚才余静同志说问题关键是原棉问题,现在想想,是有些道理的。"梅佐贤给余静步步逼紧,步法有点乱了,颠三倒四,前后矛盾,见余静抓住原棉问题不放,使他没法子反驳,便顺水推舟,把责任推到花纱布公司方面去。

"我们应该明天就向花纱布公司正式提出来,请求他们多给我

们厂配点好原棉。"徐总经理刚才确实捏了一把冷汗,听韩云程表示了意见,他这才放心,但还怕事情岔开去,不容易收拢,梅厂长毕竟是老于世故的弄虚作假的能手,他把责任往花纱布公司身上一推,正好给总经理一个现成的台阶。徐义德态度自然的走下来。他摆出非常严肃认真的神情,说:"这个问题最近一定要解决,不然,我们实在对不起工人同志了。明天厂里派人给汤阿英同志送点补品去,梅厂长。"

"那没问题,明天早上就办。"

"我不要补品。"汤阿英当面拒绝,说,"只要把生产问题解决就好了,这是大事。"

徐总经理转过来对余静和蔼地说:

"余静同志,我们要增加生产,配合国家建设,满足人民需要,全靠工人阶级的领导。我们厂里没有心腹的人,要想办好厂,只有紧紧依靠共产党,永远跟毛主席走,我们才有光明前途。这次你认真提出生产上的重大问题,汤阿英她们提的意见对我们的厂帮助很大。非常感谢你。希望你以后多多领导我们。"他点了点头,表示感谢。

"用不着感谢我,搞好生产,也是我们工会的任务。我希望厂方要改善经营,积极生产。"

"那没问题,"徐总经理满口答应,"那没有问题。"

劳资协商会议以后,秦妈妈见汤阿英带病来参加会议,怕她身体支持不住,陪她一同回家。大家都走了,徐总经理和梅厂长留了下来。梅厂长走过去把门关紧,回过头来站在徐总经理身边,附着他的耳朵低声地说:

"总经理,你的话说出去了,今后配棉成分怎么样呢?"

徐总经理早就打定了主意,他抹一下自己的脸,很得意地说:

"余静这些黄毛丫头,究竟是年纪轻,几句话一说,她就没有意见了。"

梅厂长这次却不同意他的意见：

"不，你开了支票。"

"是的，我说最近要找花纱布公司解决这个问题，对哦？"

"唔。可是花纱布公司最近的配棉并不坏呀！"

"这我晓得。"

"哪能解决呢？"

"关照韩工程师和郭主任，最近可以把配棉成分改好一点，缓和一下工人的情绪，工会以为交涉成功，工人的生活好做了，缺勤率就会减少，不满的情绪也就没有了。然后，再慢慢回到现在的配棉成分，这不是解决了吗？佐贤。"

梅佐贤一面凝神谛听，一面直点头，说：

"对，对……"

"这不是解决了吗？"

梅佐贤高兴得大声地说：

"对，这确是解决了。"

三十九

冯永祥探听到徐义德今天下午两点钟要到沪江纱厂去出席劳资协商会议,讨论厂里的生产问题。用徐义德的话来说:这是一个非常复杂的问题,牵涉到很多方面,就是一天一晚也不能把问题弄清楚。今天第一次开会讨论,只好准备扯皮。徐义德今天上午临走时,告诉林宛芝不回来吃中饭,可能回来很晚。同时大太太和二太太有人请吃中饭,饭后至少要打八圈麻将,很可能打十二圈。

冯永祥提早吃中饭,气咻咻地赶到徐公馆,径自走进林宛芝的卧室。林宛芝弹簧床旁边小几上的美国爱尔金的闹钟正好是两点。他一进门就笑嘻嘻对她说:

"宛芝,你看,我多么守时,说两点就两点,一分不早一分不迟。"

"你就是这些事守时,听说你开会常常迟到早退,一点也不守时。"她向他撇一撇嘴。

"那些会,到不到没关系。"他轻蔑地摇摇头,说,"开会,我顶讨厌了,还不如到你这里来坐坐,聊聊天。"

"哟,"她指了他一下,说,"你还算是工商界的红人呢,讨厌起开会来了。你不是说过:国民党税多,共产党会多。大概开会开多了,现在倒胃口了。"

"那不是,"他忽然严肃起来了,一本正经地说,"要看啥会,政府方面召开的会,市工商联召开的会,我也是准时出席,并且坐在前排,好给首长们接近接近。我一到会场,没有一个人看不见我的。"

他的眼光里流露出骄傲和得意的神态。

"当然啦,冯永祥,天下闻名,谁个不知,哪个不晓?"她向他跷起了大拇指。

他向她面前走来:

"你不要吃我的豆腐。"

"是你自己讲的么。"

"我不过是小有名气。"他点点头。

"开会迟到早退的名气可不小……"

"开会要看啥会,政府召开的会必须早到迟退;工商联的执委会准时到;同业公会的会和一般朋友的会就得迟到早退;座谈会漫谈会可到可不到;小组会啥的根本不到。这叫做见会行事,选其重要者而到之。"

"想不到,你还有一番理论哩。"

"那当然,"他掏出亮晶晶的银制烟盒子,从里面抽出一支香烟,用打火机点着,抽了一口,就叼在嘴角上,自鸣得意地说,"现在办事没有理论吃不开,我在屋里空闲辰光,经常看马恩列斯毛的著作。"

"啥著作?"林宛芝听不懂他的话。

"哦,这个你不懂。啥叫马恩列斯毛的著作?让我来解释给你听:马就是马克思,共产党的老祖宗;恩就是恩格斯,马克思的老朋友,他们一道写了《共产党宣言》;列就是列宁,斯就是斯大林,毛就是毛泽东。晓得哦?"

"你把他们的名字讲出来当然晓得了。"

"你不晓得,外面通称马恩列斯毛,一提,没有一个人不晓得的。只有你们这些家庭妇女,整天躲在家里,外面的世界,啥也不晓得。"

"当然谁能比上你冯永祥,整天在场面上混的人。就是进步得太快了,连我们这些家庭妇女也看不上眼了。"

冯永祥走上去,一把抓住她的手,颤巍巍地说:

"不敢不敢,谁看不上你,那太胆大妄为哪。"

"自然有人。"

"谁?"

"冯永祥。"她的嘴向上一撇。

"没有的话,没有的话。我是同情你,你整天给徐义德关在这个笼子里,虽然在物质生活上满足了你,可是把你的聪明的灵魂给封住了。门外边,整个世界天天在变,你们在门里啥也不晓得。你在屋里没有事,看看美国电影,美国画报,听听美国爵士音乐,或者是苏滩;要末,陪那两位太太打打我们国产的麻将。见了徐义德,他不是讲利润,就是谈头寸。他整天关心他那些厂,哪把你放在心上?这样的生活实在太干燥无味了。"

他这一番话句句讲到她的心里。她想:整天生活在徐公馆里倒不觉得,一混就是一天,过了十天半个月,就不知道自己做了些啥事体。看报纸只是看看本市新闻和电影戏剧的广告,自从各电影院不上映美国电影以后,电影广告也没啥好看了,空闲下来只好看看挂在卧室里那张嘉宝的相片了。家里虽然有一架小型放映机,但老是那几部美国片子,顶多看上三遍,也够腻味了。听冯永祥这么对她说,越来越感到自己的生活平凡而又单调。本来精神勃勃的林宛芝,冯永祥的一番话如同一阵台风把她那精神吹得无影无踪。她深深地感到无聊、冷寂和孤独。她坐在椅子上,无可奈何地叹了一口气,慢慢把头低了下来。她的两只忽然失去了光彩的眼睛木然地落在沙发上,正对着一本书:那是早三天冯永祥送给她的托尔斯泰写的《安娜·卡列尼娜》,封面上有一幅绿色的尼柯莱·毕斯凯莱夫的木刻,刻的是渥伦斯基满足了他"生活中唯一无二的欲望"之后,站在安娜·卡列尼娜的面前,安娜·卡列尼娜弯下腰,从她坐的沙发上缩下去,缩到他的脚边。

卧室里静悄悄的。冯永祥可以听到她的轻微的叹息声。他出神地注视着她,看她那满头卷式的头发,看她穿着那件翠绿的哔叽旗袍。他眼睛里闪耀着爱慕的光芒。他的脚步慢慢移过去,挨着她的身边,轻轻地抚摩着她的满头卷式的头发,用着充满了同情和怜惜的口吻,低低地说:

"我晓得,你是很寂寞的。"

她没有说话,也没有抬起头来。过了一会儿,她又叹息了一声:

"唉,这单调的生活,有啥办法呢?"

他看见沙发上的《安娜·卡列尼娜》,便暗示地问道:

"我送给你的书,看完了没有?"

"啥书?"

"就是这个……"他指着沙发上的书。

"哦,看了一半。"

"这是世界名著,快点把它看完……"

"写得真好。我很喜欢安娜·卡列尼娜,她长得漂亮极了……"

他接过去说:

"我也很喜欢安娜·卡列尼娜。她一下了彼得堡车站,我就给她抓住了,非看完了这本书简直是饭也不想吃觉也不想睡。"

"我也有这个感觉。"

"可是我讨厌亚历克赛·亚历山特罗维奇,安娜·卡列尼娜嫁给这样一位庸俗不堪的丈夫,用一句土话来形容,真是一枝鲜花插在牛粪上,太可惜了,太可惜了。"

他说完了最后两句,细心地注意她的表情。她微微皱着眉毛,嘴紧闭着,露出厌恶的神情。她懂得冯永祥不是讲亚历克赛·亚历山特罗维奇,指的是徐义德。徐义德待林宛芝很好,差不多她有啥要求,他总是想尽一切方法来满足她,今天又给冯永祥点出她生活在笼子里,想起过去徐义德那样满足她就很讨厌了,越是满足她,越是叫她讨厌。她说:

"我也不喜欢亚历克赛·亚历山特罗维奇这样的男人,他太虚伪了,和他生活在一道,像是办公事一样的,太没有味了。不过,一枝鲜花已经插在牛粪上,也就没有办法了。……"

"不,"冯永祥不同意她的意见,打断她的话,说,"安娜·卡列尼娜就很有勇气。我喜欢她,我也很佩服她。"

她完全明白这几句话的意思,她沉下脸来,说:

"你不应该对我这样瞎三话四。"她想到冯永祥最近对她的言语和举动越来越放肆了,感到和他这样下去,对不起徐义德;同时,又怕徐义德发觉,爆发和李平一样的事体,如果把她推出徐公馆的大门,到啥地方去呢?她严肃地说,"你以后别给我讲这些,你也不要常上我这儿来……"

"为啥?"他听她的口气不对头,兀自吃了一惊,摸不着头脑,说,"讨厌我吗?"

"给人家看到不好……"

他见她没有说下去,料她没有决心,他便下了决心,一本正经地说:

"那我现在就走,以后再也不来了。"

"好的。"她低下了头,努力使自己保持平静。

他真的走了。但是走到房门口,就站了下来,转过身来,注视着她。她听见他的脚步声远去,不舍地微微抬起头来,望着他去的方向,两人的眼光正好碰上。她又低下了头,说:

"你这个人很坏。"

他像是被人刺痛了疮疤一样：刺得很准确，很痛，想反驳也没有理由，他站在那边羞愧地紧紧地闭着嘴。她看他脸上现出不满的表情，马上又说了一句：

"你这个坏家伙，生我的气了吗？"

她随即噗哧一笑，走上去，把头埋在他的胸前，她的右手轻轻地抚摩着他的紫红色的领带。他浑身感到一股热流，他明白了"坏"的含义，脸上立刻漾开了笑纹，弯下腰，低着头，附着她的耳朵，小声地说：

"宛芝，我希望我能够分担你一点寂寞。"

她仰起头来，长睫毛的眼睛里露出惊异的神情，过了一歇，显出恐惧的样子，最后，闪动着喜悦的笑意。

"是你的真心话吗？"

她的眼睛里含着微笑，祈求地对着他。

"当然是真心真意，你不信，我可以对天发誓。只要徐义德不在家，你啥辰光叫我，我啥辰光就来。我希望我能够永远留在你的身边。你要我做啥，我就做啥。能够使你快活，是我唯一的幸福……"

她轻轻叫了一声："永祥……"

四十

朱延年听到台子上电话铃响,拿过听筒,一听到是马丽琳的娇滴滴的声音,他马上坐得端端正正的,把橘红色的领带结子弄正,放慢了声调,威风十足地对听筒说道:

"你找朱经理吗?唔,我就是……"

朱延年和刘蕙蕙离了婚以后,他在物色一个中意的对象。工商界有名望的朋友都知道他的底细,没人愿意把女儿嫁给他。中小工商界的朋友们不了解他的究竟,看他很红,很想和他攀上一点亲,也好提携提携,可是朱延年不把他们放在眼里。中小工商界的女儿,没有油水,怎么配上朱经理哩!他一个人回到家里怪寂寞的,刘蕙蕙让他逼走以后,就再没上他的门。他有时倒想起她来了。坐在家无聊,他便到百乐门去跳跳舞。在那里,他认识了马丽琳,这是一个月以前的事了。他每次到百乐门,都是叫她坐台子。她不论提出啥事体,他都觉得有兴趣。她哩,想想自己快三十了,现在虽然正当时,在百乐门也算得是个红舞女,可是人老珠黄不值钱,需要早点找个对象,老了有个归宿。她心里早已看上了朱延年,没有表露出来。她从侧面了解朱延年,有时也当面旁敲侧击地探听朱延年的身世。他吗,明知她的用意,借此吹嘘一番。她曾经到汉口路吉祥里窥视过福佑药房,没有上楼,也不了解这个福佑药房究竟有多大。她几次打电话来,想从接电话的人的嘴里了解一下朱经理,接电话的恰巧都是他本人,今天也不例外。她只好对他说话:

"今天晚上有空吗?"

"今天晚上?……"

他看看日历上没有注明有什么约会,但眼睛一转动,福佑药房的经理,又是上海滩上工商界的红人,每天哪能没啥约会呢? 他惋惜地喷了一声,抱歉地对着听筒说:

"真不巧,今天晚上工商联的史主任,你知道吗? 就是那个史步云主任,对,对,就是他,他请我吃晚饭,……饭后来? 怕来不及,你不晓得,工商界这些朋友,一顿饭起码要吃上四五个钟点……散得早,我一定来,……迟了,就改一天……"

最后,他对着听筒叫了一声"达令"。

童进不知道朱经理在打电话,情绪激动地走进了经理办公室,他的心还在剧烈地跳动。他满脸笑容,嘴结巴得几乎说不出话来,两只眼睛望着朱延年,朱延年看他那神情有点奇怪,开玩笑地问他:

"拾到黄金了吗? 这么高兴。"

"是,"童进走上一步说,"有两个志愿军来办货,经理,他们,他们已经到了我们库房那边,要见经理。经理,你快去吧,你最好把两个志愿军带到我们店里来,让我们大家看看我们祖国最可爱的人。"

朱经理没答理这些。他关心地问:

"他们带了多少钱来?"

"不晓得。"

"要办多少货?"

"刚才库房里的人打电话来,说他们要买三四千万元的货,请经理快点去。"

朱延年听到只买三四千万元的货,他兴趣索然,摇摇头,说:

"我没工夫去。"

"是志愿军啊,"童进提醒他道,"我们要抗美援朝,要支援前线。志愿军找你,总是有要紧的事,你还是快去吧,经理。"

朱延年听他絮絮叨叨地说个不完,他有点不耐烦了:

"志愿军哪能?"他的一句话把童进问住了。等了一歇,他说下去,"啥志愿军不志愿军,我们做生意要紧。我们在后方努力经营业务,做好生意,就是支援前线。懂哦?"

童进无可奈何地唔了一声。

"我忙得很,没空去接志愿军。你看,"他举起他正在看的流水账簿和一叠支票,"这笔生意,叫夏世富去一趟就行了。"他心里说,"几千万的买卖,用不着我亲自出马。"

"志愿军如果一定要见经理呢?"

"你告诉他们:就说是朱经理不在家,他忙得很,不晓得啥辰光回来。"

他说完了话,就拿起桌上的算盘,翻阅着支票本子,在计算还有多少存款,算盘珠在嘀嘀嗒嗒地响着。

童进日日夜夜向往的志愿军,好像从天而降,突然到福佑药房来办货了。他接到叶积善的电话,听到这个消息,浑身的热血沸腾了,激动得说不出一句话来,心中焦急地想看看亲人志愿军,可以好好为志愿军服务,满脸笑容,兴冲冲地跑去报告朱经理,上气不接下气地说完,以为朱经理听到这个好消息,一定也和他一样的兴奋,准备热情接待,不料被浇了一盆冷冰冰的凉水,叫他高兴而来,扫兴而去。他不了解朱经理平时讲话那么进步,对志愿军也很钦佩,为啥志愿军来了又这样冷淡呢?真叫他迷惑不解。

约莫过了十多分钟,夏世富赶到库房了解了情况以后,打电话来,是童进接的。他放下电话听筒,又走进经理室,这一次他的情绪很平静,也不寄托希望,他怪夏世富太傻,经理斩钉截铁地说过不去,再告诉他又有啥用处呢?夏世富一定要他去说,他只好把听到的情况向经理报告：

"夏世富打电话来说，志愿军……"

朱延年低着头在算账，听到童进提到志愿军，他想一定又是要他去，他急躁地抬起头来，瞪了童进一眼：

"又是志愿军？不是对你说了，不去，不去！"

说完了话，朱延年又低下头去，一心一意地去算他的账：一张一张支票的存根在他面前翻过去，月底快到了，他要仔细了解一下月底到期的支票一共是多少款子，他好设法轧点头寸存进去。

童进硬着头皮，根据夏世富的报告，慢慢说下去：

"志愿军这笔生意不小，除了带来四千万的现款，那边还要汇五亿来办货……"

一个庞大的数目字的声音在朱延年的耳朵里嗡嗡着，他的头脑跟着膨胀起来。他抬起头来，一对贪婪的眼光露出馋涎欲滴的神情，关切地问：

"你说啥？"

"那边还要汇五亿来办货。"童进冷静地说。

"五亿?!"朱延年两只贪婪的眼睛睁得很大，好像里面伸出了两只手，想把五亿元拿过去。

"唔。"童进平静地说，"夏世富说志愿军一定要见经理才办货，经理不在，他们就要到别人家去办货了……"

朱延年猛地站了起来，急急忙忙地改口说，"志愿军一定要见我？那我就去。……"

"你不是没有空？"

"我忙虽忙，志愿军来了，是我们最可爱的人么，我总得要去一趟，抗美援朝的事，我们做生意的人也有责任，不能马马虎虎的。"

朱延年一头冲出去，马上又气喘喘地折回来，上气不接下气地说：

"你赶快打电话告诉夏世富,说我马上到,要他无论如何把志愿军留下来,我马上到……"

他像是一阵风似的飘走了。桌上的账簿支票静静地躺在那里,被冷落下来。童进走过去给朱延年清理了一下,.放在抽屉里。朱延年虽然走了,童进看到朱延年态度变化这么快,叫他作呕,不禁轻蔑地冷笑一声。

朱延年几乎是用赛跑的速度在奔走,如入无人之境,只顾自己往前走。他不断碰到路上的行人。被碰着的人回过头去盯他一眼,觉得这人好生奇怪,急忙忙如同去救火一样。他走到库房的时候,中国人民志愿军××军后勤部采购员王士深和戴俊杰等得有点不耐烦了,说:

"你们经理究竟在家不在家?"

"不在家。"栈务部主任叶积善生硬地说。

"他到啥地方啦?"

"他整天忙得很,我不晓得他到啥地方去了。店里也许有人晓得。"叶积善没有改变他的生硬的态度。

"那他不会来的了。"那个长得高高的,叫做戴俊杰的拘谨地说,"我们走吧。"

"不,请你稍坐一会,店里已经派人去找了,马上就来了。"夏世富站起来,笑嘻嘻地拦住他们的去路。

王士深是个二十多岁的青年,他焦急地站起来,向门口张望:

"你老说马上就来马上就来,为啥还不来呢?我们等不及啦。"

"再等一歇,我马上再打电话去催。"夏世富走过去,刚要拿起电话听筒,电话铃响了,是童进打来的,告诉他朱经理马上到。夏世富笑嘻嘻地对王士深说:

"朱经理已经在路上了,马上到。"

王士深不安地坐下来。夏世富怕他们性急,就关怀地问他们朝鲜前线的情形,王士深请戴俊杰讲,戴俊杰推王士深说,最后还是王士深开了一个头,说汉江西岸狙击战的辉煌胜利,刚开了一个头,朱延年到了。他一走进来,就向他们拱一拱手,抱歉地说:

"实在对不起,不晓得你们两位今天来。要晓得你们两位来,我就到车站上欢迎你们去了。我今天有点事,到外边去了。他们打电话找我,说是有两位志愿军同志来了,我丢下手里的事,马上就赶来,可是已经不早了,迟到了,请你们两位多多原谅。"

"不要紧,"戴俊杰说,"苏北行署卫生科张科长同我们很熟,我们部队原来驻扎在那边的,是他介绍我们到贵号来的。你有事,我们等一会没有关系。"

"承蒙两位光临,小号感到无上的光荣。"朱延年说,"请两位到我们店里去坐坐。"

王士深刚才等得有点不耐烦,他性子急得很,不同意去:

"朱经理,就在这里谈好了,谈完了,我们还有事哩。"

朱经理的眼睛望着戴俊杰:

"小号离这里不远,我们那边还有个小小的样品间,你们要配的货色也好先看看。"

"那也好。"戴俊杰给朱延年说得不好意思了,他劝王士深,说,"不远,就去吧。"

王士深经戴俊杰一说,他不好再坚持自己的意见,便随着朱经理、夏世富一道去了。

朱经理一跨进福佑药房,他就高声叫道:

"欢迎志愿军同志!"

同时,他带头鼓起掌来。店里立即掀起暴风雨般的掌声。同事们都丢下手里的活,大家的心急遽地跳动着,蜂拥到栏杆那边来。夏世富大声喊道:

"欢迎我们最可爱的人!"

又是一阵暴风雨般的掌声。声音好像把整个楼房都震动了。一会,暴风雨般的掌声变成有节奏的了:拍,拍,拍……同时,同事们兴奋地唱起高亢激昂的《中国人民志愿军战歌》:

> 雄赳赳,
> 气昂昂,
> 跨过鸭绿江!
> 保和平,
> 卫祖国,
> 就是保家乡!
> …………

在歌声和掌声中,朱经理和戴俊杰、王士深他们慢慢地顺着栏杆走进来,一边鼓着掌,一边感动地望着站在栏杆前面的同事们,望着他们一张张热情的面孔,互相点头。他们两个和同事们都不认识,但是又好像都认识,而且很熟悉,如同久别重逢一样的兴奋和愉快。他们走了没两步,一个青年跑上来,紧紧握着戴俊杰的手。他感动得两个眼眶有点润湿,很自然地拥抱着戴俊杰。戴俊杰也紧紧地拥抱着他。这青年是童进。他仰起头来,以崇敬的眼光注视着戴俊杰的脸庞。

站在栏杆前面的人本来很有秩序,看到这激动人心的情景,都拥过来,堵住他们的去路,把他们包围起来。另一个青年店员走上去抱住了王士深。

有节奏的掌声没有了,激昂的歌声没有了,代之而起的是一种发自内心的感动的欢呼。整个福佑药房的同事们的情绪都沸腾起来了。

朱经理也被包围在当中了,他一步也走不动。他看这样不行,

就向大家挥手,高声地说:

"先让志愿军同志走过去,不要拦住路……"

同事们都想挨近志愿军,就是摸一摸他们的衣服心里也是舒服的。朱经理讲的话,他们仿佛没有听见,还是拥在路上。夏世富从戴俊杰身旁插过来,推了童进一下,说:

"让戴同志走过去啊。"

童进放下戴俊杰,但是他还有点舍不得,他和戴俊杰平排走着。他的右手亲密地抓着戴俊杰的左手。横在道上的同事们还不肯散去,只是让出一点路来给戴俊杰、王士深走,他们自己倒着走,面孔还是对着戴俊杰和王士深。退到栏杆的尽头,在经理室的门那边,同事们不走了。朱经理不好再叫他们退开去,就对戴俊杰说:

"戴同志,就在这里坐一歇吧。"

墙角那里有一张小桌子和三张小椅子。朱经理等他们两个人坐下,他自己也坐下了。同事们围在他们三个人的面前。

童进在人丛中跳起来说:

"请志愿军同志给我们讲一个前线英勇作战的故事,好不好?"

叶积善点头说:"好。"

"好!"大家同意,接着是一阵欢迎他讲志愿军英勇作战故事的掌声。

戴俊杰对王士深说:

"刚才在库房那边没有讲的汉江西岸狙击战的故事,你在这里讲吧。"

"不,还是你讲。"王士深不好意思地低下头去。

戴俊杰腼腆地不肯讲:

"我,我没啥好讲的。"

"一个人讲一个。"这是童进的声音。

大家静静地坐了下来。

戴俊杰不好意思推却大家热情的要求,他想了想,说:"那么,这样子好了,我和朱经理去谈办货的事,你和大家谈谈吧。"

王士深给戴俊杰这么一说,他不得不讲了:

"美国鬼子在朝鲜战场上,给打得狼狈不堪,前进不得,只好步步退却,一直退到三八线。麦克阿瑟这家伙不甘心失败,却想挽回早已破产的威信,打肿脸充胖子,把手下的残兵败将收拾收拾,大吹牛皮,打算强渡汉江,再次占领汉城,把侵略的战火烧到三八线以北……"

王士深的话吸引了大家的注意,他讲话的声音虽然不高,可是大家全听得清楚:

"麦克阿瑟这个如意算盘自以为打得不错,但是朝鲜人民军和中国志愿军不答应。朝鲜人民军和中国志愿军要麦克阿瑟的梦想破灭,堵住敌人的去路,展开激烈的进攻。按下各路朝中人民部队不说,先讲我们志愿军一支小小部队的活动吧。我们部队奉上级的命令,任务是切断原州公路,阻击麦克阿瑟在注岩里前进的侵略军。团首长带领我们部队以强行军的速度前进,神不知鬼不觉地很快迂回到了砥里,马上把原州公路切断,在注岩里发现了美国鬼子的强大兵力。美国鬼子看到了志愿军,吓得魂不附体,慌慌张张用坦克把注岩里团团包围,梦想阻止我们进攻。那边敌人严阵以待,拼命堵住,我们要给敌人迎头痛击,阻止他们前进。在注岩里,我们的队伍和敌人的队伍顶了牛。

"时间就是胜利。双方部队顶牛,时间一分一秒过去,天黑了,夜深了,如果不马上消灭敌人,敌人抵抗到天亮,增援部队赶到,很可能逃跑了。团首长下了决心,要立刻突进村子里去消灭敌人。下达了团首长的命令,激动人心的冲锋号嘹亮地划过了茫茫的夜空。几路部队同时冲锋,我们这一路首先突进村子,接着各路队伍都先后突进了村子。

"美国鬼子相当顽强,拼死拼活守住阵地,堵住我们前进的道路。但是敌人哪是志愿军的对手,你想堵住前进的道路吗?我们战士迅速上了房顶,控制了制高点,从上面向敌人进攻。敌人十分狡猾,他们一边防守地面阵地,龟缩在屋里墙下,一边千方百计守住房屋,企图不让我们前进。我们就展开激烈的逐屋的争夺战。

"东方泛出鱼肚色,天慢慢亮了。美国鬼子的飞机来了,在低空盘旋,飞来飞去。在一片熊熊的火光中,忽然传出汽车马达发动的声音。这声音引起我们的注意,立即派人侦察瞭望,只见注岩里村头出现了长长一列的汽车队,汽车连着汽车,几乎把村头那条路面塞满了。这一长列的汽车队像是一条长龙,龙头前面有坦克开路,龙尾也有坦克,担任掩护。这条长龙向公路上浩浩荡荡开去,美国鬼子准备逃跑了!

"已经抓到手的敌人,哪能让他们逃走!团首长一边把敌人继续紧紧包围,一边命令我们连队马上冲过去,阻击美国鬼子。我们一个冲锋,赶到公路附近,约莫离开公路有四五百公尺的地方,敌人坦克拼命发射炮火,封锁着我们前进的道路。

"坦克的火力很猛,它后面汽车上还有美国鬼子,截击部队接近不了公路,眼看着敌人在坦克的掩护下要逃走了。

"连首长要部队炸毁第一辆坦克!要是把第一辆坦克炸毁,挡住去路,后面的汽车队就全部堵塞在公路上了,敌人逃走不了,消灭他们就容易了。面对着坦克猛烈的炮火,部队很难接近公路,怎样炸毁坦克呢?连首长派出了三个英雄的突击手!

"在公路附近的深坑里,远远看见有三个人伏在地上蠕动,相互保持着一定的距离,迅速匍匐前进。一团团炮火爆炸的烟尘,浮在他们上空,伏在地上的人忽然看不见了。等硝烟慢慢散去,又看到那三个伏在地上的人向前跃进,动作敏捷,一会向右,一会向左,有时跃进,有时匍匐奔跑。一眨眼的工夫,他们三个人,先后陆续逼近了第一辆坦克。

"坦克向公路两侧猛烈地喷着火舌,火光上下飞舞,炮弹四面扫射,使人很难接近。那三个人无畏地迎着猛烈的火舌继续前进。离坦克十多公尺远近,第一个人腾地跳出弹坑,直接向第一辆坦克跑去,跑了没有几步,坦克的火舌把他打中,倒在地上,不能动弹了!

"第二个人英勇地跳出了弹坑,再向坦克跑去,又中了炮火,倒在地上,不能走动了!

"第三个人看到前面两位战友为祖国献出了美丽的青春,像是拿到革命的战斗接力棒,他从侧面的稻田里爬出,曲着身子,观察前进的方向,继续向前跃进,跑两步,伏在地上爬一阵,又跑几步,又伏在地上爬,接着再跑几步……很快就接近了第一辆坦克,眼看着用手榴弹就可以够到,一条火舌忽然向他身上射来,一颗化学迫击炮弹在他身边炸开,顿时把他的一条腿炸飞到半空中,飘飘荡荡,然后落在三百公尺远近的地方。

"他昏迷过去,人事不知,躺在坦克附近,浑身跳跃着熊熊的火焰。猛烈的火焰把他烧醒,睁开眼睛一看,第一辆坦克还在不断发射出火舌。他就地一滚,身上的火焰还没有完全熄灭。他忍受浑身痛楚,顾不得扑灭身上的火焰,手里紧紧握着最后一颗反坦克手榴弹,像一个光芒四射的火人,咬着牙齿,向第一辆坦克滚去。他想最后一颗手榴弹如果不能炸毁坦克,就要影响同志们包围消灭逃跑的敌人。他下决心一定要把坦克炸毁!他竭力向坦克面前滚去,一直滚到坦克跟前,才把最后一颗反坦克手榴弹扔出去。手榴弹扔出去了,他身上一点力气没有了,也没法离开坦克了!

"反坦克手榴弹投中了!坦克底下立刻闪出一团白光,轰隆一声巨响,晃了几晃,便跌倒在公路上了,再也吐不出火舌了。第一辆坦克给炸毁了,第二辆坦克往后一退,撞在后面一长列的汽车上,发出咔嚓咔嚓的巨大的声音,划破清晨的天空。第一辆坦克的尸体躺在公路上,把敌人逃跑的道路堵塞了。企图逃走的敌人都成了瓮中之鳖,全部给捉到了!

"打扫战场时,大家走到第一辆坦克前面,那里躺着这位英雄的战士。他的衣服烧成灰黑,他的皮肤给火烤焦,他的面目让火烫伤,模糊不清,已经不能辨认了。他身上也没有留下任何证件,没人晓得他的姓名。这样的无名英雄,在朝鲜战场上成千成万,谁也数不清。没人晓得他的姓名吗?这也没有关系。我们有一个共同的名字:志愿军!……"

戴俊杰刚才被大家热情的欢呼包围,只见蜂拥上来的人,看不见其它的事物。现在王士深在讲前线英勇的战斗,他才清楚地看到这是一间大房子,有五分之一的地方用一排栏杆隔着。栏杆里面是五分之四的地方,平行地排着两排办公桌。墙壁挂满了大红的、水红的、紫红的、蛋黄的和翠绿的贺幛同贺匾,迎门挂着的是一幅大红的贺幛,两边镶着两条黄缎子,下面挂着黄色的丝穗子。大红的贺幛上用黄丝绒剪贴了这样的字句:

　　福佑药房　开张之喜
发展新民主主义的医药卫生事业
全心全意为人民服务
　　　　　　　　苏北行署卫生处敬贺

戴俊杰顺着这幅贺幛往里面看,是一些卫生所、公立医院和疗养院送的条幅和横匾,接着是一幅又长又大的桃红绸子的贺幛。这是本市新药业公会赠送的,上面用金纸剪贴了这样的字句:"全市医药界的典型,现代工商业者的模范"。

戴俊杰看着墙壁上填满了这些红红绿绿的贺幛贺匾,觉得福佑药房在上海医药界真是一家有名字号,这许多的公家机关和它往来，同业当中的信用又这样高，难怪朱经理那样忙，苏北行署卫生处张科长介绍他们来办货确实是有眼光的。本来戴俊杰到上海来办货把警惕性提得很高，一步一个小心，注意别上了上海商人的当；现在总算找到一家可靠的商人，这次办货有了信心，也有了把握。他默默地计算汇款的时间，今天不汇到，明天一定会汇到；汇到以后，赶快在福佑药房办好货，运到朝鲜前线，好治疗那些千百万人关心的伤病员……

朱经理见戴俊杰的眼光注意墙上的贺幛贺匾，也有意放慢脚步，让戴俊杰看个够。

朱经理跨进经理室，换了一副笑盈盈的面孔，显出非常关心的样子问戴俊杰：

"你们太辛苦了，戴同志，昨天在车上过的一夜，睡得好哦？"

"很好，很好，太舒服了。"戴俊杰精神抖擞地说，"在前方一宿也睡不上六小时，昨天我整整睡了十个钟头。"

"倒茶来！"朱经理漫无目标地叫了一声。

门外夏世富应道：

"是。"

"要好叶子，上等梅坞。"朱经理加了一句。

"晓得了。"

戴俊杰喝了一口上等梅坞茶，从军装胸袋里掏出一张办货的单子，很慎重地递给朱经理，说：

"这是我们这次要办的货，请你给我们先开个估价单看看。"

朱经理接过来一看，那上面尽是些前方急需的重要药品：盘尼西林两千支，氯霉素一百瓶，消发灭定粉四百磅，次苍五十磅，消治龙粉五十磅，黄凡士林一千二百磅，血压器八只……这些都是畅销货，福佑药房大半没有，有几种虽然有，数量也不多。

戴俊杰等朱经理看完，他关心地问：

"这些货,宝号都有吗?"

朱经理再看了一遍,很有把握地说:

"都有都有。敝号虽小,可是在上海算是货色最齐的一家了。有些同业货色不全,他们也常到小号来配。我们在上海门市生意不大做,做的都是批发,特别是公家机关批发的最多。承蒙政府和人民的信任,生意越做越大,现在福佑在重庆有分号,在广州有分号,就是香港也有我们的分号。许多市面买不到的货,只要委托福佑办,没有办不到的。就是上海买不到,我打一个电报到香港,我们那边的分号,马上就办货进来。电报打出去,快则一个礼拜,顶多也不过十天,货就到了。这次张科长介绍你们来,我们更要特别效劳,你们两位要的货一定办到。"

戴俊杰想起刚才在外边看到的那些公家机关送的贺幛贺匾,他完全相信朱经理的话句句是真的,他满意地说:

"那很好。朱经理,你看什么时候可以开出估价单呢?"

朱经理还没答话,戴俊杰又加了一句:

"最好快一点。"

"那没问题,"朱经理欠身说道,"这是军需品,前方伤病员在等着治疗,这是救命的事。你看,啥辰光要,我就啥辰光办好。今天晚上怎么样?"

戴俊杰看看窗户外面的天色已逐渐暗下来,一排排整齐的高大的洋房大楼里不时亮起一盏盏灯光,像是天上的繁星似的,一会出现一些,一会又出现一些。他说:

"今天晚上开出来,我想,好的。"

朱经理要夏世富把戴俊杰的办货单子交给营业部去开价,说:

"这是给我们最可爱的志愿军同志办货,关照营业部价钱要开得便宜一点……"

"晓得了。"夏世富拿着办货单子送到隔壁的房间里。

一阵热烈的掌声引起戴俊杰的注意。他把估价的事办了,心里感到轻松愉快,听到这掌声,便向朱经理建议:

"外边热闹得很,要不要去听听?"

朱经理已经接下了这笔大生意,和戴俊杰没什么好谈的,听到戴俊杰的建议,便非常高兴地满口应承:

"好的,好的,我很想听听。"

他们两人走了出来,坐在经理室门口。

王士深讲完了汉江西岸狙击战中无名英雄炸坦克的故事。一个伟大的英雄形象在童进面前升起,在他心中留下了极其深刻的印象,进一步了解全国人民对志愿军热爱的心情。他非常敬佩为祖国为壮丽的革命事业而献身的英雄行径,这是他学习的榜样,是他前进的号角,是他毕生的志愿。他的钦佩的眼光望着王士深,关心地问:

"麦克阿瑟是不是因为这个原因下台的?"

"是这个原因。"王士深愤愤地说,"这个战争贩子是被我们中朝人民部队打下台的。这以后,美国鬼子不敢吹牛了,再也不敢提'感恩节返家攻势'了……"

童进面对着王士深,他的眼光里露出崇敬的神情,走上去,一把紧紧握住王士深的手,激动地说:

"你们真了不起,打败了世界上最强大的美帝国主义。"他发现戴俊杰和朱经理站在经理室门口,料想事体已经办好,他说,"现在请戴俊杰同志给我们讲一个故事……"

戴俊杰抱歉地说:

"我们到上海来有要紧的公事,现在没有时间讲,以后有机会再讲吧。"他向大家点点头,表示对大家的热情的感谢。然后对王士深说,"我们走吧。"

王士深站了起来。

朱经理接上去说：

"我们一道吃饭去吧！"

王士深一愣：

"吃饭？"

戴俊杰见朱经理要请客，拒绝道：

"不，我们自己去吃。谢谢你，朱经理。"

"我也不是请客，"朱经理站起来拉他们两位走，"一道吃便饭，不要见外了。"

"不，我们还有公事哩。"戴俊杰站在那里不走，一再谦辞。

"饭总要吃的，走吧。"

夏世富说："吃过饭再办公事。"

夏世富不再征求他们同意，连拉带扯把戴俊杰、王士深他们请了出来。出了经理室，走到X光器械部，朱延年站了下来，指着那间小房间对戴俊杰说：

"这是敝号新设的X光器械部，请到里面参观参观，指教指教。"

戴俊杰犹豫地站在门口，歪过头来征求王士深的意见，没等王士深表示，就给后面的人推进去。所谓X光器械部实际上只是一间小小的办公室，一张写字台和两张沙发几乎占去了房间一半的地方，只是在进门的左边的墙角落那里放了一架小型的X光透视机。

坐在写字台前面的一位青年人，年纪不过三十上下，头发梳得乌而发亮，洁白的脸庞上架着一副金边的平光眼镜，穿着一身咖啡色的哔叽西装，胸前打着一条新的墨绿的领带，特别显眼。他听见朱经理的声音，连忙放下手里的钢笔，迎将出来。朱经理指着他介绍给戴俊杰、王士深道：

"这位是上海有名的X光专家，是我们X光器械部主任，夏亚宾先生,本来他要到同济医学院去担任教授,敝号为人民医药事业服务,特地托人聘请来的。"

夏亚宾这位X光专家是朱延年给叫了出来的。夏亚宾其实并不是X光专家,他不过是一个中学生,毕业没两年就给介绍到一家私立医院里的X光室去工作,因为他原来就有些自然科学的常识,人又聪明,那位X光专家也肯教他,确实学到不少关于X光器械方面的一般知识。那家私立医院因为病人不多,其中比较受病人欢迎的名医自己都去开业,病人越发少了,收入不够开销,在上海解放以前关了门。夏亚宾从此失业在家里。他原来就没有积蓄,加上没有收入,勉强维持几个月,就靠借贷生活了。他是朱延年的表弟,经常向他伸手想点办法。朱延年依靠各种各样投机取巧的办法,生意越做越大,想建立X光器械部,一则营业可以扩充,二则这方面的利润比药品要厚得多。恰巧夏亚宾又来借钱了,朱延年详细问他过去在医院工作的情形。他摸不清原因,只好老老实实地说了。朱延年当时就决定请他到福佑来筹备X光器械部,并且称他是X光专家。从此,大家都叫他X光专家。慢慢,他自己也以为是X光专家了。他最怕别人问起他过去的情形,逢到这种尴尬的场合,他总是用极为谦虚的语气含混过去。

夏亚宾现在又听到朱延年叫他X光专家,他向戴俊杰、王士深弯弯腰,不卑不亢地说:

"只要为人民服务,到啥地方工作都是一样。至于说X光专家,实在不敢当,不过鄙人从小对这方面就发生浓厚的兴趣。"夏亚宾看到朱经理带他们到这里来,以为志愿军要订购X光器械,便逢迎地说,"您两位是不是要订购一套X光器械?我很高兴能为志愿军服务,这在我,是再光荣不过了。"

戴俊杰望着那架小型X光透视机摇摇头。

朱延年接上去说这次办货单上没有,夏亚宾立即改变了口吻:

"希望下一次有机会给志愿军服务。"

戴俊杰未置可否地点点头。朱延年约夏亚宾一道去吃饭。他整了整墨绿色的领带,跟在他们背后走出来。

走到楼梯口,朱经理对夏世富咬了一个耳朵,他机灵地退了回去。当他们走到马路上,从朱经理、戴俊杰、王士深他们的身子后跟上来福佑药房的十多位同事,走在最前面的是童进和叶积善。

马路上熙熙攘攘的尽是人,在霓虹灯光的照耀下,不断地流来流去。走过十字路口不远靠右首有一家照相馆,迎街闪动着刺眼的霓虹灯光制成的五个字:大美照相馆。夏世富抢上一步,拦住戴俊杰、王士深他们的去路,欠着身子,用右手做出请进的姿势,说:

"请进来拍一个照。"

王士深莫名其妙,问:

"为啥要照相?"

"留个纪念,嗨嗨。"

戴俊杰摇摇头:"用不着了。"

朱经理见戴俊杰他们不进去,走上来说:

"志愿军是我们最可爱的人。你们在前方牺牲流血,受冷挨饿,为了啥?为了我们祖国的安全,为了我们人民的幸福生活。你们在前方抗美援朝,冰天雪地里打仗,不怕任何的艰难困苦,阻止了美帝国主义的侵略,我们才能在后方做生意,才能在后方安居乐业。这都是你们伟大的功劳。我们日日夜夜想念你们,我们时时刻刻想看到你们。这次,小号有这样的光荣,也为志愿军同志服务,实在是叫人太兴奋了。大家见了面,拍个照,留个纪念,也叫我们沾点志愿军的光荣。……"

王士深叫朱经理这张像蜜一样甜的嘴说得怪不好意思的,他没再说啥,只是望着戴俊杰,征求他的意见。戴俊杰本来很坚决地要走,让朱经理一说,犹豫起来了。朱经理一边拉他们一边说:

"进来吧,拍个照没关系。"

夏世富乘机会在侧面一推,后面童进、叶积善他们跟上来,把戴俊杰、王士深他们拥进了大美照相馆。朱经理请戴俊杰、王士深他们两位坐在第一排的中间位子,他自己紧紧靠在戴俊杰的隔壁,其余的人有的坐在两旁,有的站在后面。童进很兴奋地站在戴俊杰、王士深他们两位的背后。照相师上好了底片,说:

"请微笑一点,不要动。"

他拿下镜头的盖子,然后又盖上去,微笑地说:

"好了。"

朱延年拿起笔来,题了这样的字句:

福佑药房全体同人欢迎中国人民志愿军

戴俊杰　两同志因公回国摄影纪念
王士深

一九五一年

他把这张纸交给了大美照相馆,要他们用大字印在上面。他心中暗暗打算:等印好了,叫照相馆放大一张,至少得放十六寸,挂在苏北行署卫生处送的大红贺幛旁边,一走进福佑药房的大门,谁都要首先看到这张有历史意义的照片。哪个看见了不钦佩福佑药房呢?哪个瞧到不信任福佑药房呢?凭公家机关送的贺幛贺匾和志愿军共同拍的照相,就可以完全说明福佑药房是金字招牌,谁会怀疑福佑药房不是货真价实呢?

戴俊杰心里按捺不住地高兴:上海商人的水平真高,不但是满嘴的新名词,而且政治觉悟程度也比别的地方高,见了志愿军这样地热爱和仰慕,实在叫人感动。

他们走出大美照相馆,一同上饭馆吃饭去了。

四十一

他们吃过晚饭出来,正好是八点钟。朱延年和夏世富送戴俊杰、王士深回旅馆去,别的人四散开去。惟独童进没有走,他一把拉住栈务部主任叶积善留在最后。等大家走完了,对叶积善说:

"今天还有一件事没办,你倒忘了?"

叶积善是个耿直、谨慎、小心的人,委托他办事绝对误不了。他听见童进这么问,吃了一惊:

"店里的事体办好了才出来的,库房里也没有什么事没办,忘了啥事体?"

"你晓得今天是礼拜几?"

"礼拜几?"他不解地问,"不是礼拜六吗?"

"是呀,不是礼拜五,也不是礼拜天,正是礼拜六。你想想有啥事体忘了?"

叶积善抬头看见跑马厅的大钟正指着八点,他想起来了,拍一拍童进的肩膀,恍然大悟地说:

"你不提醒我,我真要忘哪。"

童进回过头来考问他:

"啥事体?"

"上团课!是哦?"

"你可忘了!"

"我确实忘了。"

"走吧。"

"怕时间来不及了,走过去要一刻钟,迟到不好意思。"叶积善步子迟疑起来,不大想去。

"迟到总比不到好,"王士深讲的汉江西岸狙击战的英勇故事,在童进脑筋里留下了不可磨灭的深刻的印象。他要把美丽的青春献给祖国,恨不能自己也能够到朝鲜前线,拿起枪来,援助朝鲜,保卫祖国,保卫世界和平。当抗美援朝运动刚刚开始的时候,他曾偷偷地写了一封信给中国人民抗美援朝委员会上海分会,要求参加志愿军,到三八线上去。抗美援朝分会的一个工作同志找他谈了一次话,说明暂时不报名,留在上海工作也同样可以抗美援朝。他当时有点失望,后来想想工作同志的话不错,每一个人都到朝鲜前线去当志愿军,后方的工作谁做呢?在上海也有许多工作要做啊。他在福佑药房工作了一个时期,慢慢感到不满足了。他虽然是工会的会员,可是工会的组织生活还不能满足他日益高涨的政治热情,好像他浑身有着充沛的多余的力量无处使,要求多做一些工作,给祖国多贡献一点力量。"打烊"以后,别人走了,他留下来看《解放日报》,看《学习》初级版,看有关青年团的小册子。通过利华药房的一个青年团员王祺的介绍,争取到旁听青年团团课的机会。随后,叶积善也在他的鼓励之下参加了。他对叶积善说,"还是去吧。"

叶积善并不固执自己的意见:

"去就去吧。"

他们两人走进一个小小的礼堂,里面已坐满了四百多人,几乎把礼堂都填得满满的了。四百多个年轻人坐在礼堂里却鸦雀无声,低着头在静静地谛听,面前全摊开一个小本子,迅速地在本子上记着团课。站在主席台上报告的人是个年轻的瘦子,他叫孙澜涛,是区的青年团工作委员会的书记,讲话的声音很慢很低,但是很清楚:

"我们新民主主义青年团团员的义务,过去我们已经讲过了三点,现在讲第四点。"他低下头去,看着《中国新民主主义青年团团章》念道,"第四点是:爱护人民与国家财富,自觉地遵守各种革命秩序与纪律,与一切损害人民及国家财产及破坏公共秩序的行为作斗争。这一点,看起来简单,实际做起来就很不容易。我们青年团员应该具有高尚的共产主义道德品质,应该模范地遵守各种革命秩序与纪律,爱护人民与国家财富。不应该把自己看成一个特殊人物,而应该是遵守各种革命秩序与纪律的模范。特别不容易的是与一切损害人民及国家财产及破坏公共秩序的行为作斗争,我们青年团员反对明哲保身,反对事不关己高高挂起的自由主义的态度,凡是损害人民和国家财产的行为,我们就要坚决反对,坚决展开斗争,哪怕在斗争中遇到一些暂时的挫折,也决不灰心丧气,要有不达目的决不休止的斗争精神……"

孙澜涛讲完了这一段,放下《团章》,他那一对有力的炯炯发光的眼睛向台下四百多位青年一扫,好像在问:这一点你们都办得到吗?

童进心头一愣:做个新民主主义青年团的团员真不容易啊,不说别的,单讲青年团团员的义务,就不是一般人能够办到的。正是因为如此,他感到做一个青年团团员是无上的光荣。他的义务比别人多,也就是说他对人民和国家的贡献也比别人大。志愿军之所以到处受到人民的欢迎和爱戴,就是因为他们对人民和国家的贡献比别人大,对人民和国家尽的义务比别人多。王士深所讲的汉江西岸狙击战的英勇故事像是生动的图画似的在他的脑海里闪动着,王士深的嘹亮的动人的声音在他的耳边萦绕。童进仰起头来,正碰上孙澜涛的询问的眼光,他钦佩地望着孙澜涛,心里在盘算:应该争取做一个光荣的青年团员。

童进好像感到旁人发现他的心思,他的脸红了,头低下来。孙澜涛继续讲下去,他却啥也听不见了,在想:童进够条件入团吗?向啥人提呢?提出去会接受吗?想了一阵,他回答自己:当然不够条件,提出去也没有用,那就不提吧。接着他又问自己:不提,啥辰光才能参加青年团呢?提出去,就是不够条件也没有关系,知道了什么地方不够,好努力争取啊。

忽然坐在他面前的人都站了起来,接着是细碎的人声和沙沙的脚步声,他抬起头来一看:原来团课讲完了,孙澜涛已经从主席台上走到人群中去了。他也站了起来,和叶积善一道随着人群走去。

他们走到礼堂大门的时候,童进右边肩膀上猛可地被人打了一下,他旋即回过头去,不是别人,是利华药房的王祺。王祺笑嘻嘻地指着童进的面孔,半开玩笑半认真地说:

"今天怎么迟到了?我到处找你们,连影子也看不见。你做啥去啦?"

"店里有事体,"童进把戴俊杰、王士深到福佑药房的情形详详细细地说了一遍。

叶积善在旁边补了几句:

"我们迟到,可没有去白相,我们还是赶来的呢。"

"这么说,还应该表扬你们哩。"

"不应该表扬,应该批评我。要不是童进提醒我,我差点忘记哪。本来我怕迟到不好,想不来的,是童进拉我来的。你倒是应该表扬表扬我们的童进。"

"童进最近很努力学习,是应该表扬的。"

"我不行,"童进低声地说。"还差得远哩。"

他不小心把自己的心思说出来:入团,还差得远哩。他的脸上立刻有一阵热潮掠过。他看王祺和叶积善都没有发觉他这句话的含义,连忙加上一句:"我还要很好努力学习。"算是遮盖过去。

谈话之间,他们已走到山东路口,本来童进和叶积善应该转向福州路那边回家去,可是童进对叶积善说:

"你先回去吧,我有点事。"

叶积善径自去了。童进和王祺信步慢慢走去。王祺不了解童进有啥事体。童进想和王祺商量入团的事,几次话已经到了嘴边又缩回去。他怕提出来不成功叫别人笑话。他们两个人默默地走了一段。童进还是没提,可是他的呼吸却越来越紧张,有时走上去,歪着头想对王祺提,一会,又往前走了。王祺料到童进有事要和他谈,见他迟疑的不提,便反问道:

"有事体要和我谈吗?"

"我,"童进暗暗吃了一惊,他想:难道王祺已经知道他要求入团吗?他吞吞吐吐地说,"我,我有一件事想提出来,不晓得可以不可以。"

"不讲出啥事体,哪能晓得可以不可以呢?"

"你晓得,你一定晓得。"

"啥事体呀?"

"你说可以吗?"童进肯定王祺已经知道了,他问,"你说可以,我就提出来;你说不可以,我就等将来够条件的时候再说。"

王祺已猜到几分,但是他还没有十分把握,试探地问道:

"想入团吗?"

童进站了下来,一把抓住王祺的手,热情地回答:

"是呀,我晓得你一定晓得。你说,可以哦?"

汉口路上静悄悄的,除了附近报馆还是灯火辉煌以外,其余的铺面都关了。马路上的人也很稀少。童进干脆站了下来,敞开和王祺商量了。这时,他再也没有顾忌了。马路旁边的路灯,把他们两个人肩并肩站着的影子映在垩白的墙壁上,越发显得很静寂。

王祺轻轻地说:

360

"根据团章的规定，凡是十四岁以上，二十五岁以下的男女青年，拥护中国共产党的主张，愿意为新民主主义的革命事业积极奋斗，愿意为劳动人民忠诚服务；承认团章，服从决议，参加青年团的工作，都可以申请入团。"

"我够条件吗？"

王祺冷静地想了想，说：

"我想，够条件了。"

"那我就参加。"童进坚决地表示，一点也没有犹豫。

"不，没那么简单。"王祺拍拍他的肩膀说，"童进，首先要填写入团申请书，要经过团支部委员会审查与团支部大会通过，再送到团区委批准才行。"

"哦！"

"还要有介绍人，正式团员和党员都可以介绍的。"

"那我找谁介绍呢？"

"我可以。"

"真的？"

"当然真的。"

"那我今天晚上就填申请书，好哦？"

王祺摇摇头，说：

"不忙，我明天把入团申请书送给你，你再填。填好了，送给我，我给你转到团支部去。"

"好，好，好好……"童进激动得说不出话来了，隔了半晌，才结结巴巴地说，"我明天一定送给你！"

四十二

跳完了最后一个音乐《晚安》,朱延年扶着马丽琳走回自己的台子,叫茶房开账。老有经验的茶房在最后三个音乐以前就开好了每个台子上的账单。他从手里的一叠账单子中抽出一张递给朱延年:

"一共六万八。"

朱延年掏了一叠人民币给茶房,连数也不数。茶房数了数,说:

"还多三万二。"

"给你做小账吧。"

"谢谢你。"

马丽琳看朱延年花钱像是流水一样的不在乎,她想朱延年在西药界当然是一个了不起的大阔佬。他年轻,长得又俊秀,她更觉得他可爱了。朱延年把左胳臂送到马丽琳面前,她的右手就钩在他的胳臂上,两个人肩并肩地愉快地走出了百乐门大舞厅。快走到门口的当儿,朱延年歪过头去,对着马丽琳轻轻地说:

"欢迎我去吧?"

"不欢迎。"马丽琳有意这么说。说完了,她的眼睛向他一瞟,露出非常欢迎的神情。

他们两个人上了汽车。汽车向马丽琳家里驶去,朱延年调皮地逗她:

"你不欢迎我到你家里去,那我送到你家门口,我就回去。"

她没有答他的话,她的右手紧紧捏了一下他的小胳臂。

"痛啊!"朱延年望了她一眼。

"活该,"她向他撅了撅嘴,说,"谁叫你说俏皮话……"

"是你讲不欢迎的么。"

"大人物到我们小地方去,还有不欢迎的?"

"我啥辰光变成大人物了?"

"汽车出汽车进,用起钱来像流水,走起路来眼睛向上,从来看不起人,那还不是大人物吗?"

"我啥辰光对你这样的?大人物是你封的。"

"我怎么敢,"说话之间,汽车已经开到马丽琳的家里,这是北京西路的一条很整齐的弄堂。她说,"请进吧。"

朱延年跟着马丽琳从后门走进去,经过灶披间,穿过过道,马丽琳很熟练地扭开电灯。一座很华丽的客堂间出现在他的眼前。她让他坐在椅子上,说:

"对不住,你在这里坐一歇,我上楼去看看,不晓得娘睡了没有。"

说完话,她袅袅婷婷地走了。

朱延年站起来,很羡慕地看着客堂间:客堂当中挂的是一幅东海日出图,那红艳艳的太阳就好像把整个客堂间照得更亮,左右两边的墙壁上挂着四幅杭州织锦:平湖秋月,柳浪闻莺,三潭印月和雷峰夕照。一堂红木家具很整齐地排列在客堂里:上面是一张横几,紧靠横几是一张八仙桌,贴着左右两边墙壁各放着两张太师椅,两张太师椅之间都有一个茶几。在东海日出图左下边,供了一个江西景德镇出品的小小的瓷的观音菩萨,小香炉的香还有一根没有烧完,飘散着轻轻的乳白色的烟,萦绕在观音菩萨的上面。这个客堂的摆设虽说很不协调,甚至使人一看到就察觉出主人有点庸俗,许多东西是拼凑起来的,原先缺乏一个完整的计划,但是朱延年很满意,因为从这个客堂间可以看出它的主人是很富有的,不是一般舞女的住宅。

马丽琳换了一件紫红的软缎夹袄和紫红的软缎的大裤脚管的裤子,脚上穿的是一双浅尖口的缎子鞋,也是紫红的。她像是一团火焰似的回到客堂里,笑眯眯地说:

"累你等了一歇,别见怪。"

"当然不见怪,"朱延年意味深长地说,"你要我等多久我就等多久。"

"啊哟,你是那样的好人!"

"你说不是?"

"我巴不得是的,"她说,"走吧,楼上坐。娘她们都睡了。"

"那很好,用不着惊动她老人家。"

朱延年跨进马丽琳的卧室,给里面艳丽的陈设迷住了。在黯弱的电灯光下,他看见迎窗右边的墙角那儿斜放着一张淡绿色的梳妆台,上面放满了大大小小高高低低化妆用品的瓶子;右边摆着一张淡绿色的大衣橱,斜对面是一张大的双人沙发床,上面铺着一床天蓝色的缎子被,一对白府绸的枕头上面各绣了两个色彩斑斓的鸳鸯;紧靠窗户摆着一张淡绿的小圆桌,四周放了四把淡绿的矮背椅子,小圆桌上铺了一张紫红的丝绒桌毯,那上面有一只玛瑙色的小玻璃花瓶,里面插了一束水红色的康乃馨和雪白的夜来香,散发着淡淡的沁人心腑的香味。他望着康乃馨,心里想:就凭客堂间和卧室的陈设看,马丽琳起码有一亿以上的存款。她有钱,人又漂亮,真是不错。

马丽琳在外边冲了两杯咖啡粉端了进来,另外,她又端进来一盘子沙利文的西点,叉了一块放在朱延年面前说:

"到我们这个小地方来,没有好的吃,请多多包涵一点。"

"有名的沙利文的点心还不好吗?太客气了。"他喝了一口咖啡,并没有吃点心。

"跳了那么久,该饿了,"她关怀地说,"吃点吧。"

朱延年吃了核桃仁的蛋糕,他叉了一块巧克力蛋糕送到马丽琳的手上,说:

"你也饿了,吃一块吧。"

"好,谢谢你。"

"别那么客气,我是借花献佛。"

"不过也是表示你的一片好意。"她边吃边说,同时望了他一眼。

"现在我不借花献佛,我自己送你一样东西。"

朱延年从西装口袋里掏出一个东西,握在自己的手里。他把手放在紫红的丝绒桌毯上,说,"你要不要?"

"你送我的物事还有不要的?"

"那你猜,是啥?"他的右手指着自己的左手。

她想了想,说:"我猜不出。"

"你猜猜看。"

她的食指指着自己的太阳穴,半晌,说:"是表。"

"不是。"

她歪过头来去看他的左手,说:"别针。"

"也不是。"他的左手握得更紧。

"是,是啥?你说。我不猜了。"

"再猜一次。"

她看他的左手握得很紧,估计里面不可能容纳很大的东西,咬上下嘴唇想了一下,肯定地说:

"戒指,是哦?"

"你真聪明,一猜就猜对了。"

他把左手放开,手心里是一只碧绿欲滴的翡翠戒指,一点瑕纹

也没有,真是好货色。马丽琳看得心痒痒的,她望了又望,笑盈盈地问:

"你在啥地方买来这么好的翡翠戒指?"

"为了这个,我整整跑了一个礼拜,几乎把上海的珠宝店都跑遍了,才在天宝买到这一只,你戴戴看,不晓得合适不合适。"

他给她戴在她的右手的无名指上,紧紧靠着她手上的亮晶晶的钻石戒指,正合适。

"很好,像我自己去买的一样。"她把右手放在自己面前,仔细地望过来,又仔细地瞧过去,嘻着嘴说,"我很喜欢。"

"只要你说一声喜欢,我这个礼拜总算没有白跑了。"他紧紧握着她的手。

四十三

快中午了,朱延年才从马丽琳的家里赶回福佑药房,走到经理室的办公桌面前坐下来,一连打了三个哈欠。他低下头去,想伏在桌上睡一会。忽然听到有人叫道:

"经理!"

他抬起头来一看:原来夏世富手里拿着一封信,站在那儿注视着他很久了。他刚才进来没有注意。他用两只手抹了抹自己的脸,清醒了一点,睁着惺忪的睡眼,问他:

"有啥事体?"

"苏北张科长有信来……"

"大概又是催货的,你复他一封信,告诉他我们又打电报到香港分号去了,最近因为船少,误了一只船期,只好等下一只船。总之,快了,请他不要急。"

"不,"夏世富摇摇头,说,"他提到装去那批货……"

"货?"他诧异地问。

"就是那复方龙胆酊,现在沉淀了,经过化验,成分不对,退回来了。"

"是哪一家配的复方龙胆酊?"朱延年又打了一个哈欠,说,"是谁配的?怎么配假药给人家?给我查出来,要严办。"

夏世富走到朱延年身边,低下头去,小声小气地说:

"经理,这复方龙胆酊是经理上次到西藏路厂里自己配的。"

朱延年警惕地向经理室里四周一望:幸好只有他们两个人。

367

通营业部会计部那边的门传来嘀嘀嗒嗒的算盘声和童进他们细碎的讲话声。但听不清楚他们说啥。朱延年压低了嗓子说：

"哪能办法呢？"

"这个——"富有这方面经验的夏世富也想不出好主意来了。

朱延年对着面前台子上的玻璃板，看见里面压了一张和福佑药房往来厂商的名单，其中有一家康健药厂，这是一家开办不久靠和福佑往来起家的小药厂。朱延年想起很久以前曾经向这家厂办的货中也有复方龙胆酊，他得意地说：

"有个妙计，你把这龙胆酊退给康健药厂……"

"不是他家的货，好退给他？"

"三个月前，我们向他家办的一批货当中，不是也有龙胆酊吗？"

"那个成分对，已经发到西北去了。"

"就说这是三个月前办的那龙胆酊，化验的成分不对，客户退回来了，要康健换，不能影响我们福佑的牌子。"

"他要是查出来，不是他们的，"夏世富仍然觉得自己没有道理，担忧地说，"一定不肯退，哪能办法呢？"

"他敢不退，"朱延年理直气壮似的，不满地说，"问他以后要不要和福佑往来了？今后不想和福佑往来，那就算了，福佑认晦气，我们赔。如果还想和福佑往来，做福佑的生意，不退也得退。"

夏世富听到这里，他自己也仿佛理直气壮起来，声音也不同了，比刚才的高亢：

"对，不怕他不退。"

"你写信告诉张科长，这批药是康健药厂配的。收到他的信以后，我们很严厉地批评了康健药厂一顿，解放以后，还这样做买卖，太不讲商业道德了，丢我们福佑的脸。幸亏张科长是熟人，对他不起，请他原谅。今后我们配货一定严格检查，谢谢他这次帮助我们发现了问题……"

通营业部会计部的门有人轻轻敲了两下。

朱延年说："进来。"

门开了。童进走进来,劈头说道:

"经理,我刚才轧了一下账,又有一亿五千万的支票到期了,这两天要设法存进去才好。"

"最早的是几号到?"

"二十三号,一张八千万;二十五号,一张四千万,一张三千万。"

"那么还有两天了,"夏世富确实吃了一惊,他清楚经理这两天头寸很紧,这许多数目很难对付,他担心地说,"最晚的也只有四天哪。"

"是呀,"童进要求参加新民主主义青年团的申请书送上去没有多久,就被批准入团了,没有候补期。他最近在福佑做活好像责任加重了似的,常常想起自己是个青年团员应该和别人不同,要帮助大家遵照人民政府的政策法令办事。他今天见了朱延年,态度也和往常不同,讲话比较强硬。他说:"经理,到期不付不行,现在开空头支票要办罪的啊。"

"我晓得。以后到期的支票,早一个礼拜告诉我,别叫我临时抱佛脚,措手不及。"朱延年对于童进的催促感到不耐烦。他皱起眉头,在想心思,过了半晌,说,"我们库存的氯化钾还有几桶?"

童进说:"这要问栈务部。"

"你打电话问一下叶积善。"

童进当时拿起电话问了栈务部叶积善,那边回说还有五桶。朱延年听到了这消息,他的皱着的眉头开朗了,告诉童进明天可以把一亿五千万的现款存进去。童进满意地走了,但是他心里有点莫名其妙:五桶氯化钾和一亿五千万有啥关系,为啥刚才经理愁眉不展,听到有五桶氯化钾就开朗了。这一亿五千万的款子明天又从啥地方来呢?他清楚最近外埠没有什么款子汇来,大的客户也没有消息,本埠欠福佑的款子数目很小,难道朱经理有点金术吗?不但童进怀疑,就连最知道经理底细的夏世富也莫测高深,不知道经理的葫芦里卖的啥药。等童进走出去,朱经理招手叫夏世富走到他面前,低低地对他说,他才渐渐明白了。

朱经理说:

"世富,你拿这五桶氯化钾到信通银行给我去办质押借款……"

夏世富愣了一下,不懂地问:

"氯化钾一磅八千块,一桶一百磅,只值八十万。五八得四,就是卖给信通银行也不过四百万,能派啥用场啊?经理。"

"咦,你这人真是傻瓜,你还算是我的外勤部长哩。"

"哪能?"

"改装一下,做S.T.①去押,"朱经理很有把握地说,"S.T.一磅四十万,一桶四千万,五桶值两亿,押他一亿五千万还不行吗?"

"要是查出来,银行里一定不肯抵押这许多款子的。"

朱经理附着他的耳朵嘀咕了一阵,夏世富恍然大悟,笑着说:

"那行。"

"款子到手,马上存到聚兴钱庄去。"

"好的。"

童进急忙忙地一头冲进来。刚才朱经理训斥了他一通,要他早一个礼拜通知他要到期的支票,他回去马上翻了一下,赶紧跑来报告:

"经理,下一个月十号有一张支票到期……"

"多少?"朱经理望着童进。

---

① S.T.:即消治龙。

童进说:"数目也不小:五千万。"

"那没啥,"说到这儿,朱经理想起昨天夜里马丽琳和他商议结婚的问题,大家相见恨晚,都希望早一点办喜事。她要求在国际饭店大请一次客,按照文明结婚的仪式进行;他一算,请个四五百号客人并不困难,场面大一点也不费事,困难的是这笔开销可不小,最近银根紧,轧头寸不容易,要马丽琳拿出来,一则不好意思开口,二则会露了马脚:原来福佑药房朱经理是个空心大佬倌,那一定败事的。他说最近很忙,并且主要的是因上海解放了,新社会了,不时兴过去那一套繁文缛节。顶好是先结婚,然后发一个通知给亲友,过些日子,找一个大家空闲的礼拜六晚上,借一个比较大的地方,举行联欢晚会,和双方的亲戚朋友见见面,这样又大方又时髦。马丽琳给他几句话说动了心,改变了原来的打算,同意朱延年提出来的月内结婚。他想到马丽琳亮晶晶的钻石,想到她家里的华丽的陈设,想到她奢华的生活,因此,想到她一定还有许多财富……到下月十号,区区五千万,朱延年当然不放在心上了。他说,"到那辰光,我把办法,就是再多一点也没啥了不起。"

童进又陷入莫名其妙的境地了。他永远不了解朱经理。朱经理有时是挥金如土的富翁,有时是一文莫名的穷汉,时而快乐时而痛苦,叫人莫测高深,是一个神秘的人物。他困惑地说:

"那很好,我不过是事先报告经理一声。"

"世富,你到库房里把五桶氯化钾取去,快给我办好。"

"晓得了。"

夏世富会意地答应了一声,就走出去了。朱经理对童进说:

"明天你开张支票,到聚兴钱庄取一亿五来,存到信通去,正好付到期的支票。"

童进提醒朱经理:

"那边没有存款。"

"今天有笔款子汇到聚兴,恰巧是一亿五。"

童进笑着说:

"那太好了。"

叮叮叮……

经理桌子上的电话发出清脆的响声。朱延年不满地对黑乌乌的电话瞪了一眼:

"又是谁的电话,吵死人哪。"

他以为又是柳惠光来追还没有付清的尾数,想不去接,电话铃声却一个劲地叮叮叮地响着。

"真讨厌,"他板起面孔,拿起听筒,恶声恶气地问,"谁呀?"从听筒里传来娇滴滴的女人的声音:

"是福佑大药房吗?我找朱经理——朱延年经理听电话……"

朱延年的面孔上漾开了微笑,很亲密地说道:

"我就是。丽琳……亲爱的,好。……你还要啥吗?……新鲜菠萝蜜,我带来。……对,一定准时到……"

他放下电话听筒,精神焕发地站了起来,准备出去,刚走出经理室的门,正和童进撞个满怀,见他形色仓皇,忙问道:

"啥事体?这么紧张。"

"经理,"童进的话没有说下去,用嘴向着经理室一指。

朱延年会意地退回经理室,小声问他:

"究竟是什么事?"

"刘蕙蕙找你……"

"她又来哪,这个不要脸的女人,像是狗皮膏药一样,死粘住不放。我和她早就没有关系了,找我做啥?"

刘蕙蕙和朱延年离婚以后,心里十分后悔,觉得他们是患难夫妻,和朱延年离开,怪不好意思的,心里老是惦念着他。但朱延年复业的消息传到她的耳朵里,她越发后悔了。她当时想到的是自己,没料到朱延年这样没有心肝肺,原来活动得能够复业了,有意把老婆甩掉,好另外换一个,使她孤孤单单地过寂寞贫穷的生活。她的四千元奖金没有了,丈夫离开了,啥歌也唱不出来了。她心里有无数的话要说,可是向谁倾吐？她到处了解朱延年的行踪,知道他没有结婚,在她心里于是点燃了希望。她想好好和他谈一次,用过去对他的恩情来弥补这次感情上的裂痕,恢复旧好。可是老找不到朱延年。今天,她看到弄堂口停了一辆小奥斯汀汽车,便鼓足勇气找上门来了,正好遇到童进,他同情地把她安顿在 X 光部里,匆匆忙忙来告诉朱经理。

童进见经理的脸色不好,怒气冲冲,好像有点怪他似的。他心里很不舒服,说话也就不很客气:

"没事大概不会来找你的。"

"她在啥地方？"

"她坐在夏亚宾那边。"

"她就在楼上？"

"唔。"

朱延年有点措手不及,用右手老是抓头皮,在想心思。等了一歇,他说:

"你告诉她我不在。"

"她看到弄堂口的小汽车。"童进不愿意跟朱延年一道撒谎。

"就说我没有坐车子出去的。"

"她要等你呢？"

"等？……"朱延年又在抓头皮,眼睛注视着经理室的门,生怕她一头闯进来,无可奈何地说,"那么,叫她不要等,告诉她,明天早上我到她家去好了。"

"经理,明天早上你不是有约会吗？"

"那么,改在下午吧。"

"你整个下午也没空。"

"这,这没有关系,今天先把她送走再说。"

"那明天?"童进不放心地追问,"明天你还是见她一面,和她谈谈。"

"明天? 明天,"朱延年见童进一本正经,态度严肃,便敷衍他两句,"明天下午我一定去找她。"

童进去告诉刘蕙蕙,她以为事体有了苗头,朱延年肯去找她,可见还没忘记了旧情。她走了。

过了一会,朱延年才走下楼去,跳上汽车,到润身池去。他准备在润身池先理发洗澡,然后睡一大觉,这样,他可以精神百倍地准时到马丽琳的家里去。

二十五日,朱延年和马丽琳结婚了。朱延年搬到马丽琳家里来住。从此马丽琳家里的一切都变成朱延年的了。朱延年成为马丽琳家里唯一的真正的主人。

四十四

在长宁路旁有两幢老式的英国洋房,进门那条柏油路两边种着半人高的冬青,像是翠绿的栏杆似的,直伸到尽头。从冬青上面朝两旁望去,是大片的草地,已经枯黄了。两边草地的尽头,靠墙是一排高大的楠树,虽然在严寒的冬季里,枝叶仍旧很茂盛。

一进门右手那幢比较大一点的洋房是上海市长宁区各界人民代表会议政治协商委员会的会址。在柏油路尽头左边的那幢洋房,是中国共产党长宁区委员会。进门左手那间客厅,现在是区委的会客室。会客室里的陈设十分简朴:壁炉上端挂着一幅复制的毛泽东主席的画像,像旁钉着两幅五星红旗。面对古老壁炉的是两张弹簧已经松了的破沙发,紫红布的沙发套子已经破了,特别是扶手那里破得厉害,露出黄嫩嫩的草。近窗那边放了三张柚木的靠背椅子和一张小圆桌子。桌子上摆着一个竹壳的大热水瓶,上面写着七个红字:中共长宁区委会。它前面扣着七八个玻璃杯子。从玻璃窗向外看去是美丽而又幽静的花园,下午绚烂的阳光照耀在墙边那一排高大的楠树梢上。

余静一走进这间会客室,看见里面有许多人,其中有一个三十多岁的工人在沙发上坐着,眼光对着给煤烟熏得漆黑的壁炉出神,显得很不耐烦,看出来他在会客室里一定等了很久。她的脚步声引起那个工人的注意,他以为有人来叫他了,自然而然地站了起来,一看见是余静,立刻走上去,握着她的手:

"你怎么来了?"

他是严志发,庆祥纱厂的工人,袁国强的好朋友。余静见了他,顿时想起被国民党反动派活埋了快三年的丈夫。

袁国强是个共产党员,在庆祥纱厂清花间做工,因为领导罢工,给抓进警察局,拘留在南市看守所里。在法庭上,他啥也没有承认,只是破口大骂国民党反动政府。国民党特务要他承认是共产党,他说不是;要他骂共产党,他坚决不肯。他被拉到老虎凳上,一直加到六块砖头,痛昏了过去,给冷水浇醒了过来,特务依然没有从他嘴里得到一丝一毫的东西。中国人民解放军渡过长江,逼近上海郊区,特务头子警察局局长毛森离开上海的头一天晚上,袁国强给带出了看守所的二门。他慢慢走到槐树下面,猛然瞅到前面的土坑,黑乌乌的。他心里明白,自己已经到了最后的时刻。他给推下土坑,露出半个头在地上。一只黑皮鞋向他肩上一踢,站在地面上的特务说:

"你承认是共产党,马上就放你出去。"

"我不要出去。"

"那也好,你就死在这里。"

"一个人倒下了,千百万人会跟上来的,不怕死的革命工人你们杀不完的!"

"我们要把这些工人斩尽杀绝!"那个特务狞笑了一声,咬牙切齿地说,"今天就是你的末日!"

"不怕死的革命工人你们永远也不能斩尽杀绝的。你们的末日就要到了!"袁国强昂头望着夜色茫茫的天空,仿佛听到人民解放军向上海前进的步伐,他豪迈地发出格格的爽朗的笑声。

一个警察把一铲铲土填到袁国强的土坑里。在上海最黑暗的时刻,在黎明将要来到黄浦江边的重要时刻,袁国强停止了呼吸,脸上却浮着胜利的微笑。

上海解放了。各个监狱里的政治犯都释放回家了。余静走遍上海每一个监狱,没有找到袁国强。约莫过了半个月,公安局的人从南市看守所里的一个老年的看守嘴里,知道槐树下面活埋了不少革命烈士。余静从一堆尸体中认出了袁国强。袁国强和其他被害的烈士都埋在龙华公墓里。袁国强顽强不屈的性格在余静的脑海里留下了永不泯灭的记忆。她从严志发身上,仿佛看到袁国强的影子。

她刚才到区委会来眉宇间兴奋的神情旋即消逝,代之而起的是深沉的哀伤。她抑制着自己的伤感,强为欢颜地回道:

"来找杨部长。"

"你也找他?他真忙,我等了快半个钟头了,还没轮上。"

"哦……"她轻轻叹息了一声。

"咦,"严志发惊诧地问她,"你叹气做啥?"

"我想起了国强,"她把手心里的手帕拭了拭有点儿润湿了的眼角,坐到严志发旁边那张柚木靠背椅子上,说,"他没有看到解放……"

"是哇……"袁国强的坚强的影子在他眼前闪动,他的声音也低沉了。

"要不给反动派害死,看到解放后的新社会,一定很兴奋……"

"这自然啦。"

"快三年哪,……"说了这一句,她眼眶里的眼泪再也噙不住了,簌簌地落下。

怅惘若失的情绪笼罩在严志发的心上,他怀念着和袁国强的战斗的友谊。时间过得飞快,上海好像是刚解放,袁国强也仿佛刚去世没两天,袁国强亲切的有力的声音还不时在他的耳际萦绕。他忍住心中激动的感情,怕谈下去会引起她更大的悲伤,安慰她道:

"过去的事算啦……"

"他的影子常常在我面前出现,夜里也经常梦到他,看见了你,我好像又看见了他……"

她揩去两腮上的泪水,眼睛有点发红了。她低下头,望着右手心里的白手帕发愣。

他没有再答话。

会客室里静悄悄的,可以听见花园里那排高大的楠树枝上麻雀的啁啾声。

他的眼光注视着会客室的门,没有人声,没有人进来。过了一会儿,他岔开话题,问余静:

"你们统战委员建立起来没有?"

余静慢慢抬起头来,用手帕揩了揩鼻子,说:

"还没有,这个工作我们没搞过,支部里对这个问题有些思想情况,我今天汇报汇报厂里的情况以外,还要请示杨部长这个问题。你们那里呢?"

"我们那里也有思想问题,他们要我当统战委员,我不想做。"

"组织决定你做,你不做,行吗?"她逐渐平静下来。

"做啥工作也不做这工作,要我到朝鲜去抗美援朝也可以,痛痛快快和美帝国主义拼一阵,牺牲了也愿意,就是不愿意做啥统战工作。我主张根本不要统战委员。党里我只听说过组织委员,宣传委员,没听说有统战委员。"

"你这个意见,我看有点不对头。"余静只概念地知道不对,可说不出一个所以然来。她对组织上的决定是完全拥护的,说,"组织上要建立一个组织总有他的道理的,你不能一笔抹杀。"

"我不一笔抹杀,谁愿意做谁做,我就是不做。一定要我做,我就请求调动工作。"

"你那么坚决?"

"当然,说不做就不做。我死也不和那些人打交道。"

他站了起来,加重他的语气,表示他的态度确实很坚决。

收发室的李同志走进来,余静以为是叫她,她站了起来。李同志摇摇手:

"你还得再坐一会,余同志。这位同志谈过话,就轮到你了。"

他领严志发走了。余静又坐了下来,望着窗外枯黄了的草地,她在考虑见了杨部长哪能谈法。统战委员哪能解决呢?她问自己,约莫过了十多分钟,李同志领她走上楼去,在靠楼梯左边的一间房间的门前停了下来,说:

"杨部长在里面等你,进去吧。"

杨部长办公室是原来房子的卧室改用的。

杨健是中国共产党长宁区委员会的统一战线工作部部长。他也是长宁区各界人民代表会议政治协商委员会的副主席。根据区委的决定,为了加强基层工作,特别是工厂的工作,区委的每一个部的部长要领导一个基层单位,结合本部的业务,以便取得经验,指导全区。分配给杨健的是沪江纱厂。因为沪江纱厂是长宁区的大型私营厂之一,里面阶级关系相当复杂,统一战线工作很重要,特别是最近车间生活难做,内部不大团结,情况有点混乱。区委决定以后,组织部马上就把沪江纱厂的支部书记余静介绍过来,要她向杨部长汇报工作。

余静推门进去,看见严志发还等在那里,她就静悄悄地坐在靠门的一张椅子上。杨部长向她点头打招呼:

"余静同志,你稍坐一会,我们就谈完了。"杨部长转过去对他说,"志发同志,你还有啥问题吗?"

最近庆祥纱厂党支部要建立统一战线工作委员,支部里的同志选严志发担任,他一再推辞,主要理由是没有做过统一战线工作,不知道哪能做法。支部书记把中国共产党上海市委员会统一战线工作部关于各级党委统战委员工作的指示拿给他看。他当时没有话讲了。第二天他又提出了具体做法还是搞不大清楚。支部书记就介绍他到区委统一战线工作部来谈谈。刚才杨部长把统一战线工作部的工作方针、原则、内容、方式方法都谈了。他更进一步明白了怎样进行党的统一战线工作。他再也没有理由提出来不担任这个党的工作了。他站了起来，但是并不想马上离开杨部长，觉得心上还有个疙瘩没有解开，嘴上又说不出。杨部长看他那股犹犹豫豫的样子，料想他思想上一定还有问题，便关怀地说：

"我想，你一定还有啥问题没有谈。志发同志，你有顾虑，尽管提出来好了，党会帮助你解决的。"

一股力量启发严志发把他心里的话讲出来，他立即说道：

"我想在党面前暴露暴露我的思想，……"他站在那边，一副坚决的眼光注视着杨部长，征求杨部长的同意。

"早就应该如此，"杨部长点点头，说，"坐下来谈吧。"

严志发坐了下来，侃侃而谈：

"我不会交际应酬，我也没有社会经验，我和那些人搞不来，打不好交道。请杨部长考虑，最好还是派别人来做这个工作，厂里适宜担任统战工作的同志有的是。我不行，我做这个工作一定不能完成党给我的任务的。……"

杨部长打断他的话说：

"交际应酬不是统一战线工作，我想，我还需要简单地再讲一遍：党的统一战线工作是党的总任务总斗争的一个方面的工作，是配合总任务总斗争的，是阶级斗争的一种特殊形式，是有团结有斗争的。统一战线工作部是党委的工作部门之一，它是党委在统一战线工作方面的助手。民主人士是统一战线工作的对象，进行统一战线工作一定要和民主人士往来，自然有交际有应酬，但这只是工作的方式之一，不是工作内容。只会交际应酬的同志一定做不好党的统一战线工作。做统一战线工作首先要有坚定的党的立场,贯彻执行毛主席和党的无产阶级革命路线,其次要掌握最高的原则性和最大的灵活性。我看,你倒是比较适合的。不过,你的主要思想还没有暴露出来,是哦?"

杨部长炯炯的眼光注意着严志发,他的思想上的病位在杨部长的眼光的透视下,清清楚楚地看出来。他的脸红了。他说:

"是的,我的思想还没有暴露,刚才给你打断了。"

杨部长幽默地说:

"这次我不打断你,你尽量的暴露吧,志发同志。"他回过去对余静说,"这一来,你得多等一会了。"

"没有关系,杨部长的指示,对我也有用处。我们那里也有这样的思想,包括我在内,过去我也不了解统战工作,脑子里只有一个模模糊糊的影子。听你一说,清楚多了。"

"那末,坐过来,我们一道谈吧。"

余静坐到严志发旁边去,正对着杨部长。杨部长身后的一张办公桌上坐了一位年轻女同志,看上去不过二十五六岁。她低着头,头发有些披下来,一心一意地在抄写。

严志发毫不掩饰地把病位指给杨部长看:

"我觉得统战工作是无事找事,给我们工作中添了许多麻烦,没有做党的工作和工会工作那样痛快。我一看见那些人,老实说,总有点别扭,头就痛,不愿意和他们往来。"

"说完了吗?"杨部长问。

"完了。"

"你的话只有一半对,"杨部长说,"做统战工作是有些小麻烦,但是另一方面,减少了很大的麻烦,把全国各民主阶层各民族人士团结起来,为共同纲领而奋斗。共同纲领是我们党的今天的纲领,最低的纲领。我们最高纲领是建立社会主义和共产主义社会。全国人民拥护我们,都执行我们的政策,你说,这减少了多大的麻烦?"

严志发直点头。杨部长接下去说:

"我们共产党人就从来不怕任何麻烦,在某种意义上讲,我们革命就是找麻烦的。不做共产党员,不革命,不想把整个压迫人剥削人的旧世界推翻,建立一个完全崭新的幸福自由的世界,在家里抽抽烟,吃吃饭,睡睡觉,不是一点麻烦也没有吗?那世界就得让反动阶级统治下去了,你愿意吗?……"

"我不愿意。"

"所以你参加了党,参加了革命,做了许多有益的工作,在地下时期,你领导工人和反动政府斗争不麻烦吗?你的好朋友,我们的好同志,袁国强同志为了革命,连生命都献出了。全国不晓得多少同志为革命牺牲了。解放后,你做工会工作不麻烦吗?就是你在党内担任个小组长,组里有各种思想情况和各种复杂问题的组员不麻烦吗?同志,做革命工作,都有麻烦,有的还献出了生命,不过是各种麻烦不同罢了。毛主席讲中国革命有三大法宝,其中之一就是统一战线。统一战线是我们党的总路线总政策的一部分,而且是重要的一部分,是我们党的工作之一。你不做,叫谁做呢?大家都不做,那要不要革命呢?……"

"杨部长,"杨部长的话碰到严志发思想上的病位,他听杨部长提到原则的高度来看这个问题,感到自己懂得太少了。他想听下去,给自己多长见识,对党的路线政策可以有进一步了解;又不想听下去,那是因为自己的理由给杨部长这一说,全不值得提。他心中承认自己不对,暗暗往后撤退了。他再也没有什么理由提意见了。

杨部长听他叫了一声没说下去,喝了一口开水,微笑地说:

"这一次是你打断了我……"

"请你说吧,杨部长。"

"我看你还不只是怕麻烦，"杨部长像是一个思想上的外科大夫，他手里拿着一把犀利的刀子，打开患处，很仔细地把腐皮烂肉割下来，割得很干净，病人虽然有点痛，但是好得快。他说，"你主要的是怕和那些人往来，说得深一点，是怕和他们往来之后，受他们影响，甚至于丧失自己的立场，所以还是做工会工作稳当些。这里面有一个谁领导谁、谁改造谁的问题，如果你站稳工人阶级和党的立场，为了工人阶级和党的利益，改造一切可以改造的人，那你怕啥呢？怕和他们往来，不是表现你的坚强，恰恰是反映出你的脆弱，经不住考验，没有把握么？"

严志发猛地站了起来，紧紧握着杨部长的手：

"这一次我真的要打断你的话了，杨部长。我懂了，别的同志为革命连生命都牺牲了，我连这点工作都不能做吗？我一定做。"他激动地注视着杨部长，宣誓似地说，"我向你保证，我要做好统战委员工作。"

杨部长握着他的手，他高兴地看到一个同志愉快地接受了党的任务，说：

"好！"

严志发像是一列火车，经过了长远的旅途的奔波，煤用得差不多，水也消耗了不少，力竭声嘶地到了一个加煤加水的站头。刚才杨部长那一番话，就是无数的烟煤和大量的水加到严志发的火车头里，有了动力，严志发这一列火车又精神十足勇气百倍地哐隆哐隆地向着远大的前程奔驰了。他走到杨部长的门口时，回过头来，以充满了信心的口吻对余静说：

"做吧。"

余静会意地说：

"向你看齐。"

杨部长对余静说：

"志发是个好同志,给他谈通了,他做起来比谁都卖力气,从来不晓得疲倦。"

"是的,他在厂里的群众威信很高。"

"能力也强。"杨部长说,"现在该谈谈你们厂里的事了。"

"你要不要休息一会?你谈了一个下午了吧?"

"唔。"杨部长把办公桌上的电灯扭开了。"接着谈吧,用不着休息。"

坐在他身后的那个年轻女同志抬起头来,看看天色很暗,她过去开了电灯,送了两杯开水过来,然后,又不声不响地埋到桌子上抄写去了。

余静说:

"要不要先把我们厂里的情况向你汇报一下?"

"你给区委的报告,我看了两遍。报告上已经写了的就不要再汇报了。"

"那我从那次劳资协商会议以后的情况谈起吧。"

"好的。劳资协商会议以后,车间的生活是不是好做了一些?"杨部长关心地首先问这个问题。

"最初一些日子生活确实比较好做了,断头减少,出勤增加,出纱品质由第三级提高到第二级了。……"

"转变得这么快?"杨部长怀疑地问,"生活从此一直好做了?"

"没有,好了不到半个月光景,生活慢慢又不好做了。最近,生活更难做了,断头多了,飞纱也多了,产品质量降低了,……"

"只有缺勤率增加?"杨部长笑着给余静加了一句。

"你说得对,现在差不多恢复那次生活难做的老样子,车间里又唉声叹气,张三怪李四,李四怪张三。"

"你们和徐义德提出这个问题没有?"

"提了,他说是上次劳资协商会议以后,厂里派人到花纱布公司交涉,交涉了好几次,花纱布公司配的棉花才好一点,生活就好做得多了。最近大概是因为棉花缺货,质量差一点,生活不好做。希望工人同志动动脑筋,把机器保全好一点,清洁卫生工作注意一些,生活慢慢会好做的。目前,要求工会领导工人同志克服困难,搞好生产。"

杨部长听余静谈到这里,他注视着办公桌上的翠绿色玻璃灯罩的台灯,回忆余静给区委报告上所说的情形,徐义德那张狡猾而又阴险的面孔在他面前出现了。他想了想,说:

"余静同志,你太老实了。你上了徐义德的当。"

"我上了徐义德的当?"余静不解地问,"为啥?"

"你们那次劳资协商会议没有解决问题,徐义德欺骗了你们。他当时看到工人同志们普遍不满的情绪,把问题提到他面前,无可抵赖,只好承认生活难做和原棉有关系,但马上把大家的注意力转移到花纱布公司身上,并且表示负责去交涉。过了没两天,生活渐渐好做了,这里有一个非常狡猾而毒辣的阴谋,显然是事先安排好的。生活好做了,这一方面缓和了当时工人高涨起来的斗争的情绪,另一方面又从事实上把责任完全推给花纱布公司,叫工人同志看:花纱布公司配的棉花一好,生活就好做了。生活难做和徐义德没有关系。可是,为啥现在花纱布公司配的棉花忽然又坏了呢?这就是徐义德事先安排好的诡计:等大家情绪缓和下去,出勤率增加,再慢慢恢复老样子,否则,他怎么能够剥削工人获得超额利润呢?这么一来,生活难做的责任不在他,钞票却上了他的腰包。"

"会有这样的事体吗?"余静大吃一惊,圆睁着两只眼睛。

"这还有什么怀疑的。你很年轻,余静同志,你不了解资产阶级的那一套阴谋诡计。"

"现在怎么办呢?"余静想不到解放后还有这样坏的人,深深感到自己的经验太少,特别是对徐义德这样的人认识不足。

"生活难做显然是徐义德搞的鬼,关键问题是原棉。最近需要再开一次劳资协商会议,顺水推舟,徐义德说最近花纱布公司的配棉不好,那就根据花纱布公司配来的原棉来一次重点试纺。我估计他不好正面反对的。重点试纺,要有领导,要有计划,要组织各车间的力量,在进步骨干分子的严密监督之下进行,看纺出来的结果怎样。我估计纺出来的纱一定很好,那就可以根据重点试纺揭露徐义德的阴谋。通过这一次斗争,可以启发群众,提高群众的觉悟程度,鼓舞群众的斗争情绪,总之,可以把沪江纱厂的工作推进一步。事先,党团要开会好好研究,做好准备工作。把群众发动起来,啥事体都好办了。"

"重点试纺这个办法很妙,只是我们厂里党团员太少,办起事来总觉得人手不够。"余静一想到干部,就有点担忧,她要求道,"杨部长,可以不可以调点干部到我们厂里来?"

"又是干部问题。到处要钱要人——批预算,调干部。可是现在区里派不出干部。"杨部长耸耸肩膀,过了一会说,"干部就在你们厂里。"

"在我们厂里?"她不解地问。

"一点不错。"杨部长肯定地说,"群众是干部的泉源,有群众的地方就有干部,关键在于领导上的发现和培养。不发展党团员,啥地方有党团员呢?"

"人手不够,马上培养也来不及。我们厂里党的力量太弱,总共只有六个党员,两个还是候补,团员也只有九个。"

"啥辰光培养才来得及呢?"

她发现自己说错了,不好意思回答这个问题。

杨部长严肃地说下去:

"你们厂里工人差不多快两千,加上职员和资本家代理人就超过两千。党的力量太薄弱了。余静同志,我看,你们在发展组织这个问题上有保守思想,要克服,应该快点发展一些优秀的工人同志到我们党里来,到青年团里来。放手培养骨干,大胆提拔一批干部。通过骨干把广大的群众团结在我们党的周围,这样,啥工作都好做了。"

"杨部长,你批评得对,击中了我们的要害。我们在发展组织上是有保守思想的,要求对象十全十美,又不注意很好地培养对象。上海解放两年多了,只发展了两个党员,团员一共只发展九个,确实太少了。"

"每一次大的运动当中,必然会涌现出大批的优秀的进步分子,我们领导上要注意培养他,提高他,那我们的干部就不愁了。……"

"还有问题吗?"杨部长又问。

"还有一个问题,"余静说到这里笑了,"不过已经解决了。"

"问题不谈就解决了?这倒是一个有趣的问题,你谈谈看。"杨部长笑了。

"就是统战委员问题,接到区委的通知,我们也要建立……"

杨部长插上去说:

"是呀,执行区委的指示,任何厂不能例外的。你们厂很大,统战对象不少,更需要建立。"

"建立是要建立,只是支部里的党员对这个问题思想上有点搞不通,本来要提出来向你请示。听你和志发同志谈,我有了本钱,回去可以解决他们的思想问题了。"

"那你得了外快,问题没谈就解决了。"杨部长很轻松地站了起来,燃了一支香烟,说,"不过,思想的钥匙是不止开一个门的,它可以开很多类似的门。"

"那是的。"余静想起了戚宝珍,问道,"宝珍这两天好些吗?"

戚宝珍是杨部长的爱人,是余静的姑表姊妹。因为身体不好,

她没有工作,在家里休养。杨部长说:

"这两天还好。"

"带个信,给我问候她。过两天空一点,我去看她。"余静站了起来。

"好的。"

杨部长转过身子关心地望着他的办公桌后面的那个女同志,说:

"小叶,抄了半天报告要累了,该下班了。"

"不累,"她仰起头来,一张滚圆的脸上闪着两只明亮的眼睛,说,"还有一点就抄完了。"

"不要抄了,明天再抄吧。来,"他对小叶招招手,说,"刚才谈话,忘记给你们介绍了,余静同志,这是我们统战部的秘书,小叶,叫叶月芳。以后你有事找我,要是我不在,你找她好了,她会告诉我的。"

"好的。"余静走过来,握着小叶的手,亲热地说,"以后少不了要麻烦你。"

小叶的圆脸上浮起两个小酒窝,说:

"欢迎你常来。"

四十五

　　花园里静悄悄地没有人声,杨健独自一个人在枯黄的草地上踱着方步。他抬起头来,凝视着深蓝色的天空,数不清的星星闪烁着光芒。

　　中共长宁区委员会和长宁区协商会的干部们都下班回家了。遨游了一天的飞鸟也栖息在高大的楠树的温暖的窠里了。杨健忙碌了整整一天,虽然预定的工作都完成了,但他不放心就离开,从严志发和余静反映的思想情况看,区里一些党组织在建立统战委员的问题上还存在不少思想障碍,需要解决。他一边望着天空,一边思索这个问题。他认为需要召开一次会议,把要建立统战委员的有关党组织的负责人找来,再从头详详细细把这个问题说清楚,否则即使建立起来,展开工作也还是有困难的。他对自己说:

　　"对,这个礼拜内就得召开。"

　　他想好了主意,打了一个哈欠,感到有些疲倦了,迈开疲乏的两腿,向马路那边走去。区委机关宿舍在马路那边的一条弄堂里。

　　他走进宿舍看到自己卧室里黑乌乌的,有点奇怪了,难道说戚宝珍出去了吗?他跨进卧室,扭开电灯,听到微弱的叹息一般的说话声:

　　"谁啊?"

　　他听到这细而长的低低的声音,大吃一惊,径自走到床边一看,躺在那里不是别人,竟是戚宝珍。他惊慌地劈口问道:

　　"怎么,又不舒服了吗?"

"唔……"她有气无力地讲了一个字,就好像没有劲道讲下去了。

在电灯的照耀下,可以清清楚楚看见躺在床上的戚宝珍。她整个身子给一床淡蓝色的布被子盖着,只有一个头露在被子外边。头上包扎着一条白细布手绢,长长的脸,高颧骨,两眼深陷,隐藏在浓眉下面,薄薄的嘴唇有点发白,一望而知她已经病得很久了。

"你怎么头上又包起来了,发热了吗?"他坐在床边,低低地问她。

她轻轻地点了点头。

他用手按着她的额头,等了一忽,说:

"热还没退哩,——啥辰光发烧的?"

她低低地简单地说:

"下午。"

"那你为啥不告诉我?"

"你整天忙得那个样子,我哪能忍心告诉你?我不能帮助你工作,心里已经过意不去了……"她一句一句很吃力地讲。

"再忙,不能生病不管,你这人,真是的,自己受罪,连说也不说一声……"

他拿过床边小几上的体温表放到她嘴里去,注视着她癯白的面孔。

她有心脏扩大症,平常不能过度疲劳,更不能剧烈运动;病发作起来,一颗心像是要从胸口跳出来,连躺下也不舒服,气喘不过来,要静静地靠着,身旁不能离人。她一见没有人在旁边,心就更慌,悬在半空似的没有依靠。她虽然在区政府文教科工作,可是一年当中倒有三分之二的时间是在家里休养的。她怨恨自己得了这样的富贵病,能吃能白相,就是不大能工作。她对疾病不服输,有时勉强去上班,一投入工作,开头几天,一般的还能支持,甚至安慰自己:看样子可以工作下去了,渐渐忘记自己是一个病人了。不到一两个礼拜,身子渐渐不支,在办公桌前,或者在会议上,忽然病又发作,再回家里休养一个长时期。当然,每一次病发,她都得到一次教训。不过,隔了一些时日,她常常把过去的教训忘掉,又想工作了。最近一个时期没有上班,休养得身体确实好了些,昨天受了一点寒凉,早上又收拾了一下屋子,身子疲劳,下午就发了高烧。

他从她嘴里拿出体温表,在电灯下仔细寻找那根细细的水银柱,上升到三十七度三。他告诉她度数,说:

"还好,只有一点点热没退。最高多少?量过没有?"

"三十九度四。"

"你身体不好,又发这样高烧,你不应该不告诉我。"

"我本来想告诉你的,可是宿舍的人都上班去了,连保姆也找不到一个,我烧得昏头昏脑,躺在床上又动不得,想想,烧总要退的,就没惊动你了,怕你操心。"

"珍珍呢?"

他刚才回来,一心只注意她的病况,倒把珍珍给忘记了。珍珍是他们两人心爱的女儿。

"到余静家里去白相了。"

"怎么还没回来?"

"上午去的,"她歪过头去,看看窗外的天色:黑洞洞的,已经不早了,怀念地说,"该回来啦,这孩子。"

"余静今天到我那里来汇报工作,还谈起你哩。"

"谈起我?"她望着他,仿佛很奇怪,她在工厂里工作,怎么会谈到她。

"可不是谈到你。她问你最近身体怎么样,因为厂里忙,很久没来看你,叫我问候你。"

"谢谢她的关照。"

391

"我还告诉她你最近身体好一些,谁晓得你在家里发烧哩。"

"没关系,烧退了,就好了。"

他想起她烧退了不久,没人在家,一个人关灯闷在屋子里,便关怀地问她:

"你吃过晚饭没有?"

"晚饭?"她笑了笑,没说下去。

"一定没吃。"

"猜错了。"

"吃过哪?"

她还是笑了笑,没有说。

"连中饭也还没吃,是不是?"

"猜中了。"

"现在饿吧?"

"有点……"

"中午打饭没有?"

他们平常不烧饭的,都到区委机关食堂里去吃,有时把饭打回来吃。只有礼拜天,机关食堂休息,他们才在家里烧饭吃。

"没有。"

他从床边站了起来,征求她的意见:

"煮点稀饭吃?还是下点挂面?我给你做。"

"省事点,吃点挂面算了吧。"她从床上坐了起来,揭开淡蓝色的布被子,想下床来。

他拦住她:

"做啥?"

"我自己去做。"

"嫌我做得不好吗?你忘记了,我是个老伙夫哩。"

真的,他会做许多菜。他过去在抗日民主根据地的时候,因为工作的关系,经常行军,带了粮票,领了粮食,买点小菜,就自己动手做菜做饭,做面条包饺子不必说了,他啥菜也都会做,并且味道很好,吃过的人没有一个不赞赏的。解放战争时期,他已经不大有机会做饭做菜,进了上海以后更少动手了。

"有名的杨家菜,我怎么会忘记哩。"

"那为啥不要我做?很久不做了,手有点痒了。"

"你累了一天,回到家里来也该休息休息,烧点稀饭,我还可以支持。"

他把她按在床上,不让她起来,说:

"也不是平常,你有病;做点饭也不累,不用休息。"

她躺下来,过意不去,还想起床。他板着面孔,严肃地说:

"你真像个小孩子,给你说了,还不听!受了凉,再发烧,你的身子顶不住啊。"

她不再客气了,躺在床上说:

"好,好好,听你的。"

他过来给她把被子盖好,低低地对她说:

"你闭着眼睛养养神,睡一会,我给你做饭去。"

她真的闭上了眼睛。他拿了一小碗米,在卫生间里洗了洗,放在小锅里;在门口生了煤炉,放在上面煮。他跑到附近小店里买了点咸菜和一个咸鸡蛋回来,切开放在碟子里。稀饭好了,盛了一碗,和小菜一同摆在床边的小几上。他怕稀饭太热,让它凉着;又怕惊醒她,坐在她身旁,注视着她的面孔,听她鼻子里发出轻微的呼吸声。

她慢慢睁开眼睛。他低下头去,小声地问道:

"睡觉了吗?"

"睡觉了。"

"吃吧。"他把稀饭捧到她的面前,手里给她托着咸菜,看她一口一口吃下去。

四十六

余静从中共长宁区委走出来,天色完全黑了,星星还没有出来,天空黑茫茫的一片,烟似的笼罩着马路、夫妻老婆店、住家和远处的工厂。那些工厂现在看不见了,工厂的高大的烟囱更加看不见了,但远远的天空中有时冒出浓密的黑烟,闪烁着耀眼的火光。

马路的电灯已经亮了,在路边有秩序地排列着电线杆,它伸长胳臂,把电灯吊在空中。顺着电灯一直望下去,仿佛是一串闪光的珍珠悬挂在空中。在灯光下闪动着的幢幢人影,几乎要把马路塞满了,熙熙攘攘地向远方的工厂去上夜班。沪江纱厂也在那个方面,汤阿英在人群中匆匆地走去。

余静望着这许多的人去上工,其中一定有不少是沪江纱厂的工人,她想起杨部长的话说得对,"群众是干部的泉源,这里面有无数的优秀的干部,但是要靠你们去培养去挑选。"过去只晓得伸手向上级要,厂里这许多人不知道培养、挑选和提拔。她顺着马路边一边走着一边想着:真怪,给杨部长一说,可以培养的骨干分子忽然发现很多,一个一个名字在她的脑海里出现:粗纱间的吴二嫂,筒摇间的徐小妹,细纱间的郭彩娣,清花间的郑兴发,钢丝车的戴海旺……她想有些人可以吸收入团,另外还有些人可以作为发展对象,培养入党。党团有了发展,车间的骨干分子增多,那样做起工作来多么顺手,又多么愉快,她的面孔上闪着微笑,自言自语地说:"那样啥事体都好办了。"她边想边走,忽然感到自己的右胳臂给什么人有意碰了一下,她一愣,听到有人叫道:

"余静同志,到啥地方去?"

她转过脸来向右边一看:是汤阿英。她兴奋地说:

"我从区委回来,现在回家去。你身体好了吗?"

"差不多了。"

"差不多,"余静借着路边烟纸店的灯光向她脸上一看:雪白,白里发青,看不见一点血丝,眼光也有点黯淡,一绺头发斜披在额角上,显然身体还没有复原。余静把她披在额角上的头发理到她的耳朵后面去,说,"阿英,你身体还没有复原,上工太早了,又是夜班,你吃不消,会影响健康的。"

"没关系,待在家里闷得慌。厂里一开车,没人做生活不行。"

"你不来,有人代你。"

"我这双手劳动惯了,不劳动好像没地方放,闲着光吃吃饭哪能行。"

"那么,至少不要做夜班。我给厂里说一声,你改做日班,明天再去。"

"不,"汤阿英摇摇头说,"今天来了,还是去吧,日班的事明天再说。"

"你顶得住吗?"余静还是有点不放心,注视着她的黯淡的眼光。

"顶得住。"

马路上的人少了,脚步也比刚才的快多了,因为快上工了。汤阿英看到马路上人群匆忙的脚步,她知道该赶去了,说:

"我上班去了,明天见吧,余静同志。"

汤阿英一股劳动的热情深深地感染了余静。像汤阿英这样的人,平时虽不大开口,讲出话来却很有力量,阶级觉悟高,和群众的关系好,坚决响应党的号召,紧紧跟着党走,学习认真,生产努力,这样优秀的骨干,正是培养和发展的对象。她发现有些同志对人要求太高,这么一来,骨干很难找了,发展的对象也不容易有了。她本想马上找赵得宝商量商量,但晚饭还没有吃,肚子饿了,决定回家吃了饭,再去找老赵。

当她跨进自家的门,她意外地惊喜了:老赵坐在房子里,正和她娘谈话哩。

"余静这孩子,就是在家里待不住,白天你别想看到她的影子,等到晚上,很晚才回来,想和她谈谈心吧,看她疲倦得眼皮都快合上了,也实在不忍心。"说到这里,余大妈望见余静走进来,改口说,"说着曹操,曹操就到了。今天回来这么早?"

"今天是厂礼拜么。"

"对,我老糊涂了,倒忘记了,刚才赵同志还跟我提起哩。"

一个五岁左右的男孩子,飞也似的从后面跑出来,一头伏在余静的大腿上,快乐地叫道:

"妈妈,妈妈……"

余静摸着他的头,问:

"小强,叫人了没有?"

小强仍然伏在妈妈的腿上,不好意思地摇摇头。余静叫他抬起了头,说:

"叫赵伯伯。"

他站好了,脊背紧紧依靠着妈妈的膝盖,望了赵得宝一眼,低着小脑袋瓜子,叫道:

"赵伯伯。"

赵得宝伸过手来:

"我抱抱你。"

他不肯去。余静把他推过来,说:

"赵伯伯喜欢你,去。"

他走到赵得宝身边,两只小手马上给赵得宝紧紧抓着。

"娘,我肚子饿了,家里有现成的饭吗?"余静望着饭桌上的碗。

"有,我给你热去。"

"做两个人的,我和老赵一道吃。"

"不,"老赵摇手说,"我是吃过饭来的。"

娘烧饭去了。余静拿热水瓶倒了一杯水送到他面前。她的背上忽然给人轻轻打了一下,她吃惊地叫了一声:

"谁?"

背后发出格格的得意的笑声。老赵看见了,却没喷声,只是对余静说:

"你猜。"

余静机警地回过头去,那个人随着她的脊背转动,还是站在她背后。

"究竟是谁?老赵。"

那个人对老赵做眉眼,用手指指着自己的嘴唇,向老赵摇摇手,叫他不要讲。老赵开口了,却没提那个人的名字:

"那么熟的人你还猜不出?细纱间的……"

"小玲,"余静迅速转过脸去,一把抓住张小玲,热情地说,"你这小鬼,今天到啥地方去哪?"

"我们今天上中山公园过团日活动去了,大家唱了歌,跳了舞,还吃了长生果和糖果。我那一份没吃,留着带来给你吃,余静同志。"张小玲从深灰布列宁装的口袋里掏出长生果来,一把接着一把,堆在桌子上。她对老赵说,"吃吧。"同时,她捡了一块糯米纸包的三色核桃糖送到小强手里,说:

"这是给你的。"

那边老赵说:"你请余静和小强吃的,我不敢动。"

"我说错了话,见怪哪,老赵。"张小玲更正道,"我是请大家吃的。"

"那有我一份了。"老赵拿起一颗长生果格的一声剥开,放在嘴里,边吃边说,"谈正经吧,余静同志,你见到杨部长了吗?"

"见到了,谈了很久,有很大的收获。"

张小玲听说有很大的收获,感到兴趣特别浓,急着说:

"余静同志,能给我们传达传达吗?"

"能。"余静把见到杨部长的经过详细地给他们说了,然后用征询的眼光望着老赵和张小玲,"你们觉得哪能?"

张小玲跳到余静面前,兴奋地鼓着掌说:

"杨部长想的好主意,妙,妙,妙!"

"这倒是一个很好的办法,"老赵冷静地思考着,说,"这样一来,拿出真凭实据,可以把问题弄清楚,不怕徐义德和酸辣汤怎样狡猾,再也逃不过工人的眼睛了。余静同志,我赞成这个办法。"

"我双手赞成。"张小玲像是在会场开会一样,她举起两只手来。

"现在也不是青年团开会,你怎么举起手来了。"余静笑嘻嘻地说。

余大妈摸着余静的头,喜悦地说:

"你们这般孩子讲话动作都像是在开会。"

张小玲鼓掌道:

"伯母讲得对。"

"我们上了年纪的人落伍了,就靠你们干了。"

"不过,"老赵叹了一口气,担忧地说,"杨部长指出要严密监督,这一点很重要。"说到这里,他摇摇头,等了半晌,才又接着说下去,"可是,哪有这许多的骨干分子监督?"

"向杨部长要,区委的干部又多又强。"张小玲插上来说。

老赵给张小玲一提醒,他连忙点头,笑嘻嘻地问:

"杨部长答应给几个干部?"

这次摇头的是余静,她说:

"别提了,一个不给,还批评了一通。"她接着用自我检讨的精神说,"杨部长说得对,老赵,我们过去确实不对,厂里有那么多的工人同志,不晓得培养提拔。就晓得伸手向上级要,上级不给,还说怪话,其实干部就在厂里。"

"党员只有这六个,"老赵有点想不通,说,"我们不好把群众当党员用啊,那违反组织原则的。"

"杨部长批评我们在发展组织上有保守思想,应该吸收一批优秀的工人到党内来……"

老赵"啊"了一声,哑口无言了。他同意杨部长的批评。

张小玲愣着望余静,马上想到她的责任:

"这么说,我们团里发展也有保守思想吗?"

"当然有,而且相当严重,今年只发展了三个团员,快两千人的厂里只有九个团员,你说像话吗?"

张小玲摇摇头,她承认不像话。

"厂里许多工人早就具备了入团的条件,可是到现在还没有吸收到团里来,要大力加强团的工作,把那些具备入团条件的工人吸收到团里来,我们很快就会有大批骨干了。这些团员又是将来发展党的预备对象,一些优秀团员经过培养,可以吸收到党里来。这样我们的干部队伍越来越大,力量越来越强,就不愁没人办事体了。"

"我们团里的保守思想,还影响了党的发展,耽误了大事,我们的错误可不小啊!"张小玲感到责任重大,内疚地说。

"这不怪你们,主要责任在党支部方面,"余静勇敢地把责任挑到自己的肩上,说,"就是说,我要负主要责任,团是党的助手,也是发展党的预备力量之一,我没有抓紧,也没有很好运用助手力量,是我的错误。……"

"主要是我们团的责任。"

小强很快吃完了三色核桃糖,他的小眼睛盯着桌子上的长生果,见大人们都在谈话,不懂他们讲啥。他自己伸过手去抓了三颗长生果剥着吃。

余静没有管他,径自说下去:

"我们是捧着金饭碗讨饭的叫化子,有这许多的优秀工人不去培养,却叫干部不够。党支部和团支部应该开会严格检讨这件事。我们党章上规定党支部的任务第三条是:吸收新党员,征收党费,审查与鉴定党员,对党员执行党的纪律。吸收新党员应该是我们经常的重要的任务之一,不管厂里工作多忙,也不应该忘记这工作,放弃这项工作。我是支部书记,我对这件事应该负主要责任。今后,我们每一个人都应该负责培养几个发展对象,老赵。"

"是的,"老赵说,"我是组织委员,这事我应该负主要责任。是不是明天晚上召开支委会检讨这件事?"

"不忙,先把厂里积极分子排一个队,做好准备工作再开会。"

余大妈热好了饭。把一碗青菜烧油豆腐和一碗萝卜汤端到余静面前,碗里发出一股油味和菜香。娘笑眯眯地欣赏女儿滔滔不绝的谈吐,一边说:

"吃吧,趁热。"

"等一等。"余静对张小玲说,"青年团也要好好准备一下,你们培养的对象更多,发展的对象也不少。我刚才在路上看到汤阿英去上夜班,过去你们对她的培养就不够,小玲。"

"汤阿英吗?"

"是她。她阶级觉悟高,劳动态度好,生产挺积极,生病没好就上工。……"

"我也想到她,可是有人对她有些意见。"

"啥意见?"

"钟佩文说,动员她参加歌唱队,她不来。"

余静说:

"参加不参加歌唱队是小事,不能要求人家十全十美。她办事认真,党与工会有啥号召,都跟我们走。这就不错,是我们发展的对象。"

"她确是个好对象,像她这样的人,我们厂里多得很。"

"对啊。过去注意不够,今后一定要注意才是。"

"那我马上去找她去,"张小玲拔起脚来,想立刻去培养她。

"她在上夜班,明天找她也来得及。不靠一次,要经常培养。"

张小玲站下来了。她看见余静面前那碗饭冒着热气,怕搁凉了,说:

"吃吧,余静同志。"

"好。"余静虽然答应,却并未端起碗来,她对老赵说,"关于培养干部发展对象问题,我来准备。老赵,你把重点试纺问题拿到群众中酝酿酝酿,听听群众的意见。你的酝酿工作做好了,我的准备工作完成了,再开支委会好好讨论一次,订出一个计划,提到劳资协商会议上去协商。杨部长说:重点试纺事先一定要有周密的计划才行,不然,会落空的。"

"就这么办。"赵得宝见余静办事,胸有成竹,考虑得仔细周到,做起来有条不紊,分工明确,负责有人,心中十分佩服。

"这该吃了吧?"余大妈在旁边看了余静一眼,不满地说,"一会说饿,一会又说等等再吃,你这是啥肚皮呀!"

"好,吃就吃。"余静端起饭碗来,夹了一筷子的青菜放在自己的嘴里,又说了,"老赵,这一次得小心,别再上徐义德的当。"

娘把那碗青菜烧油豆腐推到余静跟前,说:

"吃完了再谈吧,我的老天爷。"

四十七

马路上虽然已是初冬季节,但星二聚餐会楼上的客房里却暖洋洋的,仿佛是春天。下沿墙角左右两边,放着两只长脚花几,上面各摆了一盆圣诞红,那鲜艳夺目的红色,在绿叶的衬托下,格外显得娇妍。

左边的墙壁上凹进去一大块,里面放了一个长方形的玻璃鱼缸,十七八条热带小鱼在绿茵茵的水藻中怡然自得地游来游去。水底堆着一些小沙堆,像是起伏的山峦。山峦里面不时冒出一个个小水泡,一到水面就消逝了。

上午的阳光照耀着半个房间,把站在玻璃窗前面的一男一女的影子射在厚厚的碧绿的地毯上。这一男一女的影子中间本来还可以容纳下三个人的位置,可是这距离慢慢地缩短,缩短到当中顶多只能容纳一个人,而且要侧面站着才行。男的望着晴朗的天空,说:"真是难得的好天气。"

"单是天气好有啥用。"女的撇了一撇嘴。

"今天一早起来啥地方也没去,就到这里来等你,在阳光里,和你在一起过一个上午还不好吗?"

"有总经理来陪,我们小伙计还敢说不好吗?那不是太岂有此理了。"

"为啥老是讲这些不咸不甜的话?"

"总经理架子大,我们不敢得罪。"

"我,我,"徐义德像是蒙了不白之冤似的,急得说不出话来,口吃地发誓道,"说我在别人面前有架子,还有点影子;我,我在你面前摆过架子? 我这一辈子也不会在你面前摆架子的,我的菊霞。"

"不敢当,说得那么可怜。"她有意逼他,因为昨天约他上"爱埃令"去跳舞碰了钉子,改约今天上午在这里碰面。所以徐义德等了很久她才姗姗地走来,而且一进门就给他一个冷面孔看,站在玻璃窗面前不言语。徐义德跟过去,逐渐的靠拢她,才慢慢地搭上话来。徐义德口软了,江菊霞心软了,但是她嘴上还不放松。她抓住了徐义德的小辫子,要狠狠地惩他一下,以后就更服帖了。她说,"人家请你到爱埃令去跳舞为啥不去? 这个架子还小吗?"

"昨天不凑巧,实在是,实在是有事体,"徐义德又有点口吃了。江菊霞昨天连打两个电话到徐义德家里,都叫林宛芝接到。林宛芝听到江菊霞的口音,连理也没理就啪的一声把电话挂断了。她不晓得谁这么无理挂断电话,以为是小孩子,也许是娘姨。徐义德一回家,林宛芝就跟他吵,说是那个女的又来刁他了。他满口否认,说绝无此事。等到江菊霞第三次打电话来,这一次接的是徐义德,可是林宛芝就紧紧站在电话旁边监视。徐义德只听到约他去跳舞,还没有听清楚上哪一家舞厅,生怕林宛芝在旁边发起醋劲,当面打发,给他一个难看,他连忙提高嗓子说是今天晚上没有空,不敢再谈下去,慌里慌张地挂上了电话。林宛芝因此不让他出门。昨天晚上他实际并没有事,只是被管制在家里。同时,江菊霞一个劲认真地盯牢他,他也感到有点儿腻味。他对她并没有真正的感情,和她亲近主要是因为她是史步云的表妹,通过她,可以和工商界巨头史步云往来。江菊霞在徐义德的眼中,不过是他在工商界活动的筹码。她却是真心真意地爱上了他,觉得他有才干有魄力,确是一名人物。但他也不愿意对她过于冷淡。现在虽然已经结识了史步云,但这个"桥"还得继续保持。等到林宛芝下楼去吃消夜,他偷偷打了个电话约她今天上午到星二聚餐会楼上客房里见。江菊霞一步不让地向他威逼,没有办法,只好撒谎了,"厂里开劳资协商会议,非我出席不行。要是在平时,我约你跳舞都约不到,你约我跳舞,我会不连蹦带跳地赶来。你说,是哦?"

"哟,"她把嘴一撅,生气地说,"你们这些男人,以为我不晓得,昨天晚上不又和哪个女朋友白相去了。"

"没有的事,没有的事,"他急得额角上露出一根根青筋,说,"不信,下次你问梅佐贤。我昨天确实到厂里开会去了,骗你是孙子。"

"你发誓,一个钱也不值。"她冷笑一声。

"那你要我哪能?"他伸出两只手,哀求地望着她,"你说吧。"

"我怎么敢说,"她一狠心,仍然不松口。她脱下身上的薄薄的白羊毛背心,放在靠窗户的紫色丝绒的沙发上,深深地叹了一口气,说,"这房间热得真闷人,水汀烧得这么热,怕有九十度。"

他等于在她面前跪了下去,看她还是不松口,他懂得一味口软求情不是个办法,退了两步之后应该进一步试试看。他转过脸去,望着墙角那边花几上的圣诞红,自言自语地说:

"我觉得这房间冷得很,冷得可怕。"

她迎过来,两眼向他一瞪:

"你是说我吗?"

在她的眼光注视下,他当时就软得像一摊稀泥似的,立刻改口道:

"不是的,我的感觉不对。我昨天受了一点寒凉,不是房间冷,是我自己冷。"

她觉得惩得徐义德差不多了,该收兵了,刚才紧绷着的面皮开始放松,嘴角上虽微微露出了笑意,却很含蓄。她望着热带小鱼一对对地在水中游着,低声问道:

"今天晚上有空吗?"

他仿佛听到了圣旨似的,连忙答道:

"有空有空,我今天一天都有空,到啥地方去都可以。"

"那么!……""爱埃令"三个字已经说到嘴上,她有意让这三个字停在舌尖上不说,两只眼睛水汪汪地瞟着徐义德。

他会意地接下去说:

"还是爱埃令?"

"好。"

他的右手搭到她肩上,她顺势靠在他的怀里,吻着他的颈子,故意小声地问:

"现在还觉得冷吗?"

他紧紧地拥抱着她,发出有点颤抖的愉快的声音说:

"温暖极哪!温暖极哪!"

房间的热度更高,好像一碰就会燃烧起来似的。

静悄悄中,忽然听到门外有橐橐的皮鞋声。

"谁?"徐义德大吃了一惊,他自然而然地松了手,两只发愣的眼睛对着客房的半掩着的门。门外没有人应。

"管他是谁哩,我们谈我们的。"

她把徐义德按在紫色的丝绒沙发里坐下。……

冯永祥今天上午应马慕韩之约到星二聚餐会来。马慕韩因为上海棉纺公会要改选,其中有些代表要更换,同时目前公私关系劳资关系中存在一些问题需要解决,挑今天上午清静些,约几个核心分子谈谈,先交换交换意见。除了冯永祥以外,有潘信诚、柳惠光,还有光华机器厂经理宋其文老先生。冯永祥一早就到了,他走进客厅,见马慕韩还没有来,只有柳惠光一个人坐在角落的沙发里,低着头,好像在打瞌睡。他没有理他,上楼解手去。他路过楼上的客房,忽然听见徐义德和江菊霞在谈情说爱,打得火热,最后听到徐义德说"温暖极哪,温暖极哪"。他很奇怪为啥刚才进门没有看见徐义德的汽车停在门口,难道是他走来的吗?他不知道徐义德的门槛比冯永祥精,到了这里,徐义德就打发车子停到复兴公园门口去了。他本想闯进去,抓住徐义德的小辫子,但是菊霞并不姓冯,既不是他的姊妹,又不是他的情人,而且他知道江菊霞是说得出做得到的泼辣的人,万一给自己一个难堪,不是自找苦吃,碰一鼻子灰还没有地方去洗哩。他已经知道他们两人在这里,不必进去,也抓住了徐义德的小辫子了。他最后决定装作不知道,径自下楼去,不料皮鞋声叫徐义德和江菊霞听见了。

潘信诚他们见冯永祥走进客厅,都站了起来。马慕韩握着他的手说:

"今天你可迟到了,阿永。"

"谁说的?谁说的?"他否认道,"我早就来了。你这位主人才是迟到哩,我来的辰光,只有惠光兄一个人坐在那只沙发里。"

他指墙角落那儿。

"你到啥地方去哪?"

"到……"冯永祥差点要把楼上的秘密讲出来,他一想因为是秘密,而且只有他一个人晓得,才有要挟徐义德的力量,如果过早讲出来,倒没有作用了,他改口道,"我解手去了。"

"这么久?"潘宏福问。

冯永祥信口胡诌了一句:"我肚子不好。"

"肚子不好和小便有啥关系?"柳惠光顶了他一句,说,"阿永,别忘了我是利华药房的经理,对于医道,我还懂点皮毛。"

"小便带大便,一道解决的,"冯永祥见他揭穿自己的谎言,连忙信口扯开去,说,"你太客气了,你是我们工商界有名的大夫,一瓶子装不满,半瓶子醋,同我差不多。嗨嗨。"

冯永祥几句话把柳惠光的脸说得通红。他指着冯永祥说:

"你……"

"我哪能?"冯永祥问。

"阿永这孩子真会巧辩,"宋其文对潘信诚低低地说,"这张嘴一天比一天俏皮了。"

"是呀,"潘信诚觑起老花了的眼睛笑眯眯地小声说,"现在年轻人进步得快,见啥学啥。"

"我们这一辈子的人,已经落伍了。"宋其文深深叹了一口气,也小声地说,"五金业当中有位叶乃传,也是年轻有为,天大的办法他都会想,真是有本领。"

"青年真了不起。"潘信诚随便答了一句。

马慕韩见冯永祥和柳惠光两个人你一言我一语的,有点剑拔弩张的形势,他旋即把话题拉过来,说:

"别瞎扯了,阿永,我们谈点正经的。"

他的意见立刻得到宋其文的支持:"好。"

"棉纺公会要改选了,旧委员当中有一名是反革命分子,已经枪毙了;有一位病死了;有四位转业到外地去了。我们有二位委员要补进去,另外还得考虑有些委员要更换。这两天棉纺公会就要讨论,所以今天先找少数人交换交换意见,好提出去协商。"

潘宏福立刻想起爸爸昨天在家里和他商量哪些人可以补进去,原来是为了今天早上的协商。他自己也不是委员,因为通达厂有爸爸代表了,希望这一次能够补进。他想:只要爸爸一提,就十拿九稳。潘信诚的脑筋里闪现出一个一个棉纺界的活动分子,觉得不少人可以当委员,但他没有马上提出来。潘信诚想先领领行情,问道:

"这次改选,统战部和工商联方面提出啥条件没有? 就是说,有个啥原则和标准吗?"

"那要问阿永,他同党政方面的人接触得最多,就是我们认识一些党政方面的首长,有的还是阿永介绍的哩。"马慕韩说,"阿永,你谈谈。"

"这个嘛，"冯永祥思索地搔搔头皮，装出有一肚子原则和标准的神情，慢条斯理地说，"原则当然有，我听工商联的人说，要推选在历次运动中积极带头的人物，遵守《共同纲领》的人物，和群众有广泛联系的人物。这就是说，要推选真正能够代表我们棉纺界的人物，一点不能推扳。"说到这里，他把头一摇，在空中画了一个圆圈。

潘宏福点头赞成："这个原则有道理。"

柳惠光自己并不是棉纺界的人，他很希望这次能够推荐出个把熟朋友做委员，可是又不好自己提，他就尽量设法向马慕韩、冯永祥的身上靠，说：

"阿永说的极是，要有这三个条件才能当选棉纺公会的委员，一点也不含糊，真正不错。"他看冯永祥听自己一番恭维的话眉毛扬了起来，他更加把劲，巴结地说，"我还有个小小意见补充，我觉得这次改选，除了阿永说的三个条件以外，还要真正代表棉纺界的利益说话，要能够在慕韩兄和阿永领导之下做事的人。"接着他又补了一句，"还有我们的信老。"

马慕韩听得心里痒痒的。柳惠光几句话正说到他心里，道出他今天约几个朋友谈话的秘密。他摆出平静无事的神情，附和着说：

"惠光兄补充这一点很重要，我们公会的委员就要能够代表棉纺界的利益讲话，否则是不合格的委员，信老，你以为怎样？"

潘信诚当时没有吭气，他认为这一点重要倒是很重要，就是不容易办到，只是马慕韩在打如意算盘。马慕韩见他没言语，转过来问宋其文：

"其老，你看呢？"

"我完全同意。"宋其文摸摸胡须说，"原则好谈，重要的是具体人选。慕韩老弟,谁合适呢?"

潘信诚还是不肯给自己儿子提,他试探地说:

"慕韩老弟,你考虑得怎么样?"

"委员吗,"马慕韩懂得潘信诚在摸他的底,他心目中虽然已物色的差不多了,但不好意思一口说出。他曾经和冯永祥初步研究了一下,有意装出还没有具体考虑的神态,说,"我还没有想,所以约大家先来交换交换意见。具体人选,我看,得先请阿永提意见,他的人头熟。"

"那倒不一定,那倒不一定,"冯永祥嘴上虽然很谦虚,可是他得意地站了起来,右手的食指在空中画了一个圆圈,点了点头,说,"不过,承各位抬举,看得起小弟,棉纺界的朋友确也认识得差不多。"

潘信诚的眼睛望着冯永祥指手划脚的样子,心中有点不满,觉得他少年得志,目中无人,不过没有表露出来。他慢吞吞地说:

"那当然,这事非阿永不行。"

"阿永,当然是阿永。"潘宏福生怕冯永祥提名时把他忘了,连忙附和爸爸的意见。

"阿永是我们工商界的红人,啥事体离了阿永也办不成。"黄莺一般的轻盈的女人的声音吸引了大家的注意力,掀起落地的紫色的丝绒帘子,走进来的是江菊霞。她后面紧紧跟着徐义德。他们两个人刚才在楼上谈了一阵,江菊霞觉得既然有人发现,就干脆大大方方走下去找他们,显得没啥事体,也可以表示并不在乎。要是鬼鬼祟祟走掉,再让他们发现反而不好。徐义德不好在她面前显得胆怯,他只好硬着头皮,装出也不在乎的态度,实际上是勉勉强强地给她牵着鼻子走。走到帘子那边,徐义德就听到潘信诚说"这事非阿永不行",他踌躇地站在帘子外边。谁料到她不但在帘子外边答话,而且立即掀起帘子,出现在众人的眼光下。

"你们啥辰光来的?"冯永祥故意问徐义德。

徐义德还没有答冯永祥的话,她随随便便地代他答道:

"刚来一歇。听说你们来了,就来看看你们。"

"好嘿,请坐,一道聊聊。"马慕韩请他们两个人坐下。

徐义德的脸对着马慕韩,努力使自己的情绪平静下来,安详地问马慕韩:

"有啥要紧的事体,上午就来谈了。"

马慕韩见徐义德和江菊霞一道走进来,感到十分突然。他并不是不知道他们两人的暧昧关系,而是因为今天约会有意避开他们两人;请了江菊霞,谈论啥,史步云马上便会知道;如果请徐义德呢,那他对棉纺公会委员的缺一定想染指。他对徐义德这样跋扈的人没有兴趣,上次聚餐会上争论棉纺检验就给他一个不好的印象,这样的人是不会甘心在他手下共事的,而且要处处提防,说不定啥辰光狠狠给人一记。他和冯永祥、潘信诚这些人发起星二聚餐会以后,不仅在学习政府政策法令上有不少启发,了解工商界行情有很多帮助,而且使他发觉单办好兴盛纱厂并不一定有一官半职,要有更大的实力,团结一批人,有了共产党所说的代表性,才能够被选为人民代表,政协委员,甚至在人民政府里当上"长"字号的人物。民建会上海临工会没起多大的作用,倒是工商联很实惠,是个权力机关,而棉纺公会又是工商联里的最大的最有影响的一个公会,抓住了棉纺公会,在工商联里的地位就有了巩固的基础。他不满足自己只是一名工商联执行委员的空头地位。现在棉纺公会的委员要更换和补选,正是一个机会,好安排"兴盛"的人进去。今天先酝酿酝酿,以后正式提名就好办了。不料半路上杀出一个程咬金,他于是改变了主意,简单谈了谈刚才商量这件事的情形,然后把话往冯永祥身上一推:

"具体人选要听阿永的意见。"

"哦,"徐义德会意地应了一声。他很紧张地注视着冯永祥。徐义德并不是棉纺公会的委员,他早就风闻棉纺公会有六位委员的缺额,可是老没有正式商谈改选的消息。他焦急地到处打听,等了很久。正是踏破铁鞋无觅处,得来全不费工夫。现在碰上了,再好也没有哪。他关心地说,"这事倒是要仔细考虑,推选出来的委员一定要有魄力,能够敢于代表棉纺界的利益说话。"

"这个话对。"潘宏福挺身应道。

"阿永,"潘信诚说,"你提出几位来大家商量商量吧。"

"信老,你看谁最合适呢?"冯永祥不表示态度。

潘信诚从来不先表示态度的,提人选的事他更不做,要等待大家提出符合他心思的人选,他才点头赞成,这样不落痕迹,也有把握。他说:

"最近棉纺界的情形不熟悉,我想不出适当的人选来。"

"信老是我们的老前辈,工商界的巨头,信老哪个不认识,只要信老提,没有人不同意的。"

潘宏福得意地笑了。

"那倒不见得,"潘信诚还是不说,"这事要慎重考虑,不能随便提。最近棉纺界的情形,你们熟悉,还是你提吧。"

"信老的话对,委员的事要慎重考虑,"马慕韩抓到机会,连忙收篷,说,"大家都不提,先酝酿酝酿,改一天再谈吧。"

徐义德好容易才抓到谈论棉纺公会委员的机会,却又要改天再谈了。改一天谈也不会约他,他这个委员能不能当上就很危险。他不等冯永祥表示意见,马上插上来说:

"今天能先谈谈,大家心里有个数,酝酿起来才有眉目。"

"这也对。"柳惠光附和徐义德意见,想今天能提出他来,以后棉纺公会讨论就有了底子,但是看到冯永祥脸色不对,就没再说下去。

冯永祥见马慕韩想避开徐义德和江菊霞谈,怕他们插一脚。他没有意见,说,"改天再谈也好。那今天随便聊聊公私关系劳资关系方面的问题吧。"

"应该谈谈,最近有很多问题需要解决。"江菊霞点头赞同。

"请你指教吧。"潘信诚向江菊霞微笑地说。

"指教?不敢当。"江菊霞微微欠起身子说,"我们做具体工作的人,情况比较熟悉,向信老和各位汇报汇报倒是可以的。……"

潘信诚望着江菊霞说:

"请你汇报吧。"

她伸直了腰,两只脚交叉地靠在沙发下边,两只手按在自己的大腿上,低下头望着大红的厚地毯,出神地想了想,然后严肃认真地说:

"目前我们棉纺业有两个问题,第一个是思想改造问题。我们不能否认棉纺业内部思想落后的现象仍然存在,有人曾经对我这样说,假如不抗美援朝,我们就可以把这笔巨额军费用在中国建设方面。还有人说,新爱国主义就是爱苏联。这些思想,当然是糊涂透顶的,应该要改造思想。可是为啥要进行思想改造?哪能进行思想改造?思想改造以后又哪能?这里就有文章了。比方说,有人提出来既然四个阶级同时存在,何必要改造思想,学习无产阶级的思想?经过思想改造后,工商界生活水准是否会降低?其次是年终奖金问题。棉纺业对今年的年终奖金很担心事,政府和工会方面还没有表示态度,不了解要不要发。"

她刚说完,马慕韩还没有表示态度,潘信诚正在摇头思考,柳惠光来不及系统地了解她的意思,徐义德怀着不满的情绪,脱口而出:

"一提起思想改造,老实讲,我就想不通。《共同纲领》上规定了四个阶级,国旗上也有我们民族资产阶级的一颗星,为啥民族资产阶级要思想改造呢？"

马慕韩说："我们要以毛泽东的思想为领导思想，德公。"他显然不同意徐义德的见解，但一时又说不出一个所以然来，只笼统地提这么一句。

江菊霞立刻驳回去：

"是的，慕韩兄这句话不错，不过，我们是以毛泽东思想为领导思想，不是以毛泽东思想为唯一的思想。这一点，我同意徐总经理的看法。"

宋其文思索地说："菊霞的话有道理。"

"你当然同意德公的看法，凡事你都同意他的。"

马慕韩语义双关地敲了江菊霞一记。她顿时给说得两腮绯红，以为刚才在楼上客房走过的就是他。她把脸转过去，有意避开马慕韩的视线，特地望着潘信诚，说：

"那倒不一定。"

"我认为民族资产阶级确实要思想改造。"马慕韩无意敲了江菊霞一记，见她有点紧张，他就拉回话题，说，"在无产阶级中也有不正确的思想存在。我好像在哪本书上看到过，说共产党员中就有非无产阶级的思想，所以要批评与自我批评，要整风。当然，资产阶级的思想改造和无产阶级的思想改造是两码事，性质不同，不能相提并论。这说明要思想改造的不只是民族资产阶级。刚才菊霞说的民族资产阶级这种落后思想应该逐步克服，很对，工商界一定要加强学习，学习服从国营经济领导，学习依靠工人阶级的思想，学习毛泽东思想。"

"慕韩兄真了不起，讲起理论来一套一套的。"她以退为进地讽刺马慕韩说，"听说你一回到家里，就捧着毛主席的著作研究，政府的政策法令也了解得相当深刻。我们马列主义很少，谈理论自然谈不过你。"

"你也很有研究,特别是劳资关系方面,我就不如你。"

"那算不了理论。"

徐义德也赞成:"慕韩兄这样说法比较全面合理。不能笼统地谈思想改造,其实每一个阶级都要思想改造,如果大家思想改造,我们就没有意见了。"

"我还有一点意见补充,"宋其文遇事总有点怕,他说,"工商界的思想改造还得注意方式方法,好比用药,不能太猛,要缓进。共产党的一些办法好倒是好,只是有时性急了一点。"

柳惠光听大家谈了半天思想、阶级、改造这些名词,现在才弄清楚了一个大概意思。宋其文最后一点,他听清楚了,拍掌赞成:

"我同意其老的见解。用药不能太猛,只要能治病就行。"

"年终奖金,我们机器业也感觉到是个大问题,"宋其文说,"发吧,有困难;不发呢,也有困难。"

"不但机器业有困难,棉纺业也是一样。"江菊霞皱着淡淡的眉头说,"要是发年终奖金,有些厂的确吃不消,像广益今年各厂大检修,花了一笔款子,又加上捐献飞机五架半,一共花去三百多亿,再发年终奖金,怎么吃得消?"

"是呀,别的姑且不说,单是捐献飞机大炮这笔款子,可伤了我们工商界的元气。"徐义德曾以沪江纱厂的名义捐献了三架飞机,一想到这笔钱,他就有点心痛。他认为抗美援朝是共产党无事找事,人家美国进攻朝鲜,也没有打到鸭绿江边,为啥不可以置之不理呢?不抗美援朝,他也不必捐献三架飞机,这不是一个小数目啊,想想看,留下这笔钱,可以给沪江增加多少纱锭!他还有余痛地说,"要是不捐献飞机大炮,各厂流动资金要宽裕得多,对发展生产也有利得多。"

马慕韩瞅了徐义德一眼。他赞成毛主席的主张:不能置之不理,一定要抗美援朝。唇亡齿寒的故事他在中学里就读过了。从三八线不断传来胜利的消息,他晚上回家一再翻阅登载这些消息的《解放日报》。他起初也怀疑朝鲜人民军和中国人民志愿军能不能顶住美国军队的进攻,那些胜利消息打破了他的顾虑。在抗日战争时期,他在上海每次过外白渡桥都要向桥上的日本鬼子行礼,感到中国人在外国人面前抬不起头来。抗日战争胜利了,美军顾问团在上海滩上神气活现,吉普车在马路上横冲直撞,单是外白渡桥转弯那边就不知道冲伤撞死多少中国人。他老在想为啥外国人可以随便蹂躏中国人的尊严,而中国人的生命又为啥比外国人的低贱?有时使他感到做一个中国人并不是一件光荣的事。上海解放后,他看到中国人受到外国人的尊敬,外国人再也不敢在上海滩上横行霸道了。这时,他想到一个强盛的国家对他是多么重要。中国人民志愿军在朝鲜顶住美国军队的进攻,不但使他惊奇,而且使他有一种光荣的感觉。中国的国际地位提高了,他作为中国人,地位也跟着提高了。他每次走过外白渡桥都要傲然四顾,深深感到现在这片土地才是中国的。他不同意徐义德的论调:

"德公,沪江捐献了三架飞机,是不是现在还有点肉痛?"

徐义德不知道他问这话的用意,以为兴盛纱厂也感到捐献伤了元气,马慕韩是不是和他一样:也有点后悔。他试探地说:

"三架,可不是小数目啊!"徐义德现在想起来还有点后悔,当时捐献两架其实也说得过去了,就是因为大家一起哄,他不得不跟着加码。他说,"这笔钱存在银行里,利息也很可观哩!"

"现在是不是还想收回来?"

徐义德听马慕韩的口气不大对头,脸上的神色有点奚落人的样子,他马上否认:

"捐献出去,哪能收回?"

"那是呀,抗日战争年代,我们虽然没有捐献飞机大炮,可是那损失啊,"宋其文摸摸胡须,不胜感叹地说,"不说别人,就说我吧,几乎弄到家破人亡,侥幸保住这条老命,才又回到上海,重振旧业。"

"其老说得对,捐献这笔数字虽说不小,可是无论如何省不得。志愿军在朝鲜流血流汗,牺牲性命,保家卫国。没有他们,我们上海也不能够安心生产建设。我们工商界捐献几架飞机大炮是应该的。这是一个公民起码的义务。国家强了,我们面子上也有光彩。"

宋其文接二连三点头称赞道:

"慕韩老弟说的有理,究竟是到朝鲜前线慰劳过的人,感受比我们深切。"

"我亲眼看到志愿军在冰天雪地里打仗,不管美国的炮火怎么猛烈,他们都是日日夜夜地保卫着我们。志愿军说得好,他们的辛苦和血汗换来了祖国人民的安全和幸福,这是多么崇高的思想。难道我们好意思说因为捐献了一点飞机大炮,就可以不发年终奖金吗?"

"慕韩兄别误会我的意思,"徐义德发现大家的眼光都注视着他,只有江菊霞的眼光里有点同情他的意思,别人的眼光仿佛都不同意他提出捐献飞机大炮作为不发年终奖金的理由。潘信诚的眼睛半闭不闭。他看不出潘信诚究竟是赞成还是反对。他连忙改口道,"捐献飞机大炮是千该万该,那还有啥闲话讲,要是政府现在号召,沪江再捐献六架也没有问题。我不过是说捐献了飞机大炮,流动资金减少了。"

"这当然啰……"

江菊霞怕马慕韩再向徐义德头上敲一记,她想法把话题拉到年终奖金上,暗中帮助徐义德:

"慕韩兄,你看年终奖金这个问题哪能办法呢?"

"至于年终奖金问题,"马慕韩说,"我听史步云从北京回来说,目前工资制度还没有合理调整,今年年奖,就现在情形看,还不可能废除。在人代会上可以不提;要提的话,不能要求规定今年不发,而是希望规定发放的办法。"

潘信诚在一旁暗暗点头,觉得马慕韩究竟与众不同,看问题提问题确是高人一等。但徐义德并不满意马慕韩的说法,因为沪江纱厂这些企业发起年终奖金来要不少头寸。他进一步提出要求说:

"提,恐怕还是提一提好。年终奖金是不合理的制度。工厂每年要支出大笔奖金,影响工厂的资金流转。如果将这笔资金放在生产上,是很可观的,发给工人只不过是改善改善生活而已。这次提了,今年不取消,希望以后能取消。人代会是我们工商界合法斗争的地方,一定要争一争。"徐义德想起自己不是人民代表,可是对人代会非常有兴趣,希望有一天最好自己也能被选上当个代表。他于是说道,"我觉得目前棉纺业的公私关系中有很多重要的问题,还须在这次人代会上提出,首先关于配纱问题,目前私营厂每件配纱四百一十斤,而实际的需要量是四百十八斤,有时还不够,相差十斤左右。这个本我们赔不起,希望花纱布公司考虑调整。其次是棉花含水量问题,在上海,由于机器蒸发量大,比黄河以北所规定的要相差百分之一,希望全国各地能统一规定。第三是配棉问题,目前配棉不足,特别是中小型厂更感到缺乏。花纱布公司所配的都是绞花。希望能配筒棉,既省电力,又省人力物力。同时,现在配棉周转每半月一次,希望花纱布公司能改为每月一次。"

"对!"又是江菊霞的声音,她说,"这确实是我们棉纺业目前的中心问题,我刚才倒忘了,幸亏徐总经理提出来。"

"又是你首先赞成德公的意见,江大姐。"冯永祥微笑地望着她。

"阿永,你哪能哪?谈正经事,你总是喜欢开我的玩笑。"她的眼睛狠狠地盯了冯永祥一眼,仿佛在责备他;可是她的嘴角上闪着笑纹,又似乎是喜欢他。

冯永祥给江菊霞望得不好意思,赔不是地说:

"对,谈正经的。德公真了不起,提出这几个问题,的确是目前棉纺业的中心问题,可以请慕韩兄代表我们棉纺业提到人代会上去,'将'花纱布公司一'军'。"

"我不行,要信老去。"马慕韩立刻推辞。

"我年纪大了,不行了,最近也很少管事,"潘信诚自己想退后一步,让这些年轻的人在前面冲锋陷阵,争到利益反正大家都有份的,说,"还是慕韩老弟代表我们提出去吧。"

"我哪能代表?"马慕韩谦虚地说,"头寸不够。"

"那当然,"潘宏福心里说,"哪能和我爸爸比。"

徐义德羡慕地说:

"你是民建上海临工会的常务委员,工商联的执行委员,棉纺公会的执行委员,又是协商委员,又是人民代表,头寸不小啊。我拥护你代表我们棉纺业讲话。"

"我也拥个护。"冯永祥笑着说。

"不行,"马慕韩摇摇头,心里却也未始不想在上海市各界人民代表会议上露露面,但是棉纺业和工商联不一定推他出来代表,他现在落得谦虚谦虚,等到真的要他出来代表讲话,那时候可以表示遵命,勉为其难。他打定了主意,说,"信老年高了,不愿意讲的话,那么,史步云代表我们讲话比较适当。不过,我倒以为信老能出来讲几句,是最适当哪。"

"慕韩老弟想得对,步老最适合不过了。抗日战争时期,他在重庆和工商界的朋友发起成立民主建国会,在成立大会上他有一篇讲话,没有一个朋友听了不称赞的,真是如古人所说的,口若悬河,滔滔不绝。后来,我又同他一道上南京请愿,在下关车站被打,他挺身而出,大庭广众面前,慷慨激昂讲了一通,听了的人,没有一个人不动容的。……"

"哦,步老还有这个本事?"马慕韩在抗日战争的时期,还在上海读初中,没有去过重庆,对下关事件也不甚了然。

宋其文摸摸胡须说:

"想起这些事也蛮有意思。"

"其老也是过五关斩六将的人物。"潘信诚伸出大拇指来说。

"我算啥,不过是跟着步老后面跑跑罢了。"宋其文的眼角上露出得意的神情,说,"步老要是肯讲,那最理想了。"

"史步云最适当,我们这些人过时了,讲话也不行了。"

潘信诚点头,同意宋其文的意见。

四十八

"要啥礼物,你自己说好了。"徐义德把话掼过去,等待林宛芝的意见。

下个月的二十九号是林宛芝的三十大寿。徐义德私下早就许了愿,要给她做生日。现在快到还愿的辰光。刚才他们夫妇两个在房间里筹划这个生日哪能做法。徐义德要场面,同时也是为了讨好林宛芝,他主张大请客一次,热热烘烘地闹它一整天。凡是沾亲带故的人和能够攀上的工商界红人,都请来。一方面显得徐义德阔绰、体面、有地位;另一方面也可以借此拉拢一批工商界的朋友。林宛芝要实惠,但她并不反对徐义德的大请客,这样可以提高她在徐家的地位,目前虽然屈居第三,但是社会上和亲戚朋友中间知道林宛芝的比那两位总要多一些,更何况徐义德紧紧捏在她的手里。这一点,她是满意的。可是,做生日要花这许多的钱,她实际上得到啥呢?当然亲戚朋友会送一些"寿幛"这类的东西,她不希罕这些,也用不上。她于是问徐义德送她啥礼物。谁知徐义德这家伙真刁,反而问她要啥。她想了想,有意不表示,瞪了徐义德一眼,说:

"那看你的心意了。"

徐义德眉头一扬,试探地说:

"送你一件貂皮大衣……"

"那不是礼物,没有纪念的意思。"她摇摇头说,"上海的天气用不着貂皮大衣,别把我的骨头烧酥了。"

"一只翡翠的镯头,怎么样?"

"我有了。"

徐义德一个劲搔着那蒙不白之冤的头发,望着窗外下午的阳光和有点发绿了的草地,好像再也想不出适合的物事了,露出哀求的神情,说:

"你说吧,我的宛芝,我一定遵命照办。"

她撇一撇嘴,说:

"不,我一定要你说。"

"好,我一定说。"徐义德今天带着最大的忍耐,一心一意地想满足她的要求。他想起她曾经羡慕过马慕韩太太的钻石戒指,觉得戴在手上美丽极哪,一伸出手去,光芒四射,确实叫人可爱。他不敢断定她一定满意,但是很有可能满意。他兴高采烈地说道,"好好好,我想到一件礼物了……"

"啥?"她满怀兴趣地听他说下去。

"钻石戒指。"

"这倒像送过生日的礼物,"她的眼前立刻出现了马慕韩太太的那个中指上戴的大钻石戒指。这个钻石戒指,她想了很久了。她自己的那个,太小了,一克拉都不到。现在徐义德提出来,她满心欢喜,很中意这个礼物,表面上却又努力保持平静,问,"准备送多大的呢?"

"两克拉的。"

"我不要。"

"太小吗?"徐义德看她紧闭着嘴不吭气,他就连忙加码,说,"三克拉的,好吧?"

她心里完全满意了,可是不表示出来,却说:

"我反正没有意见,看你的心意吧。"

徐义德料想她满意了,他于是表现得更大方些,说:

"大小倒没啥,不过多几个钱,只要你满意就好了。"

"现在说的好听了。"她撇一撇嘴。

"再买大一点也可以,"他表示毫不在乎,但旋即把话岔开去,免得她再在大小上争,说,"不过买这个玩意儿得找个行家陪你去。"

"谁呢?"

"你想想看谁熟悉?"

"你陪我去。"

"我吗,是个外行。"

"外行也不要紧,你总比我懂一些。"

"这个要花时间,到处去看,到处去比较,——这两天,我忙,没有时间陪你。"

她斜视他一眼:

"你陪别人就有时间了。"

他怕她牵扯到江菊霞头上去,连忙岔开,说:

"我最近陪她们两个人出去过没有?"

她们两个人指大太太和二太太。这一阵他倒的确没有陪她们出去。她反过来问:

"你说谁?"

"我不是要你提吗?"

"要末……"她想了想,伸出两个手指来,指着她的卧室斜对面的门。那边是二太太朱瑞芳的卧室。

"你说瑞芳吗?"

"唔,她喜欢这些东西。她认识好几家的珠宝首饰店……"

这个对象不合徐义德的心意。他提出反对理由:

"你怎么想到瑞芳来呢?你的生日不想过得太平吗?要是瑞芳晓得我送你这么大的钻石戒指,那不要打破醋罐闹翻了天!这事不能让我们家里的人陪你去,也不让亲戚陪你去。"

徐义德一点破,她马上想到冯永祥。她的面孔发烧了。为了不使徐义德察觉,她摘下塞在胳肢窝钮扣上的淡青色的细纱手帕揩了揩脸蛋。她的心怦怦地跳动着。她私下打定主意要冯永祥陪她去,但她嘴上并不说出来,反而娇嗔地望着徐义德说:

"你不陪我去,也不让别人陪我去!……"

他从中辩解道:

"不是我不让别人陪你去,是要找一个适当的人陪你去。瑞芳去,是不适当的。你想想看,是不是?"

"好啦,好啦,我啥人也不要,我自己去,这行吗?"

他拍手赞成:

"这再好也没有了。"

"不要你去,就再好也没有了。"

徐义德抽出一支香烟,点燃了,吸了一口,有意望着挂在壁炉上面的美国电影明星嘉宝的照片微笑地说:

"你去买要多少钱,我付好了。"徐义德怕她还不答应,立即想法把话题岔开去,就等于把这件事定下来了,说,"老王咖啡已经烧好了,我要下楼去吃点三明治了。"

"我陪你去喝杯咖啡。"

他们两个人到楼下的小客厅里。他一边喝着咖啡,一边低声地说:

"今天公司里有事,我要很晚才回来。"

出乎徐义德的意料之外,今天她一点也不留难,很爽快地答应:

"好呀。不过,你自己要注意身体,天天这样忙,别累坏了身子。要回来吃晚饭吗?回来吃的话,我等你一道吃。"

"不,我不回来吃了,你先吃吧。我大概要到十一点敲过才会回来。"

"那我等你的门。"

"你要累了,就先睡。"

双方的话表面上都很体贴而又温存,其实她摸清了徐义德回来的时间,徐义德有了和江菊霞约会的空隙,她可以找冯永祥,真是相敬如宾,各得其所。

"你坐一歇,我上楼去一趟。"

"要拿啥物事?我给你去取。"

"不,朱暮堂的事,她还在房间等我哩。"

"那快去吧,这一阵为了朱暮堂的事,她老是愁眉苦脸的。"

徐义德上楼走进朱瑞芳的房间,她已经等得心焦了,见他满面笑容,更是气上加气,便板起面孔,冷冷地质问他:

"我托你的事,早放在脑壳背后去了吧?"

"你这是啥闲话?"徐义德没想到一进门就吃了她一闷棍,笑容慢慢消逝,不满意地反问她。

"这一阵子为啥一点消息没有?"

"你头脑冷静冷静再谈。"

朱瑞芳看他也有点生气的样子,自己的口吻改得缓和了一些,说:

"我头脑很冷静,可是心里怪急的。"

"不是告诉过你了吗?我连找了冯永祥两趟,他也愿意帮忙,先找民建会的人说了说,没有起作用;这次他又亲自向市委统战部反映了,人家说,应该按照土改政策和法律办事,他们没有办法。"

"那就完了吗?"

"你说说看,叫我有啥办法?"徐义德望着她,失望地伸出两只手来,又像是向她要办法。

"不能送点钱托托人情吗?"她寻思了一阵,想出这个妙法,责备他，"我的事，你总不肯帮忙，要是林宛芝有啥事体，你早有办法了。"

"你哪能不讲理，你的事就是我的事，我怎么会不帮忙哩！你想的这个办法不行。现在共产党当家，不像从前国民党的政府，送钱没有用，人家不要。一切都照政策办事，就是党员家里有土地也得分，犯了法也要抓起来的，冯永祥说，这件事他没有啥办法了。你叫我哪能办？"

"能不能讲点面子，减刑呢？"朱瑞芳想起老王从无锡回来，说朱老爷关在监狱里，罪恶很大，性命难保，农民都要求枪毙他。她说着说着，不禁流下了眼泪，用哭泣一般的声音说，"可怜暮堂，想不到晚年还受这个罪……"

徐义德看她很伤心，明知没有办法，但也不得不安慰她道：

"你别急，我再找冯永祥想想办法看。"

"那好，"她听到有点儿希望，用天蓝色的手帕拭去了眼泪，说，"你给冯先生讲，这件事办妥了，我重重谢他。"

"那辰光再说吧，"他看了看爱尔金的金手表说，"公司里有事，我得去了。"

"这事要快，迟了，怕有意外。"

"好的，我尽快想办法。"他从老王那里了解到朱暮堂的事很少有希望了。

"我找延年去，看他有啥办法没有。"

"那么一道走吧，我叫车子送你去，快点！"

徐义德和朱瑞芳坐上汽车出去，林宛芝转身就回到自己的卧室，关上房门，抓起电话听筒，找冯永祥。一听到对方接电话的是冯永祥，她按捺不住心头的喜欢，急忙忙地说：

"阿永，阿永，你快来，快来，我等你。"

大概对方摸不着头脑，不知道是啥事体，没有马上答应来。她

急了,原来压低的嗓子现在忍不住放高了,忘其所以地说:

"来吧,来吧。我有许多许多的话要告诉你,有要紧的事。你快来吧,我在楼底下的客厅等你。"

那边说:"马上就到。"

林宛芝走到梳妆台面前去,她准备给自己打扮一下。可是她一坐下去,望到镜子中的自己,两个腮巴子红润润的,亮得发光;额角上那一卷头发披在淡淡的眉毛上,长着长长睫毛的眼睛里放射出强烈的喜悦的光芒,青春的活力从眼睛里透露出来。她把那一卷头发用钢夹子夹在额角上,望着镜子里的林宛芝,她发痴一般的轻盈地笑着,许久许久不说一句话。忽然,她的左手的食指指着镜子里的林宛芝,像是警告她要小心,但又像是毫无意义,不过是人在得意忘形时的一个快乐、兴奋的动作。希望的火焰在她心中燃烧,血液在她周身赛跑。赛跑的终点是她的面孔。一会工夫,仿佛浑身的血液都集中到她的脸上来了,热辣辣的,碰上去就要烫手似的。她陶醉在镜子里,几乎把整个世界都忘了。

静悄悄中,床头的八音闹钟,有节奏地叮叮当当地响了,忠诚地报告时间又过去了一刻钟。这钟声唤醒了她的记忆,想起冯永祥一会就要来了,她不满地向镜子中的林宛芝撅撅嘴,说,"傻瓜,坐在那里做啥,还不快点打扮。"她匆匆忙忙梳了梳头,给红润润的脸蛋上扑了一点香粉,然后用伊丽沙白·阿登牌的唇膏涂了涂嘴唇,又用一把镜子放到后脑勺对梳妆台的镜子照着,仔细地望了又望,才满意地抽掉围着脖子的四一四丝光毛巾,轻轻拭去落在胸前的少许的粉末。

她打开衣橱,那里面挂满了各式各样的花花绿绿的旗袍。她面对着这些颜色的旗袍愣住了。她歪着头,右手的食指顶着嘴角,自言自语地喃喃着:

"今天穿哪一件呢?"她皱起淡淡的眉头回忆过去几天所穿的

衣服:礼拜天穿的粉红色的那件,礼拜一穿的是天蓝色的那件,礼拜二穿的是苹果绿的那件,礼拜三穿的是鹅黄色的那件,今天穿在身上的是深灰色镶着墨绿素边的旗袍,在家里随便穿穿还可以,上南京路去就不像样子了,何况要和冯永祥一道去买钻石戒指哩,更不像样子了。她一件件旗袍看过去,看到第十四件,是紫色哔叽的衬绒旗袍。她点点头,把它拿了出来。在另一个衣橱里,那儿除挂了几件短大衣外,下边还放了二三十双高跟、半高跟的皮鞋。她挑了一双紫红色的半高跟的皮鞋。

　　换好衣服,她又从衣橱里选了一件黑色的开司米的大衣,胸前有三个铜板大小的金黄色的扣子闪闪发光。她把衣服全部穿好,在衣橱门上的大玻璃镜子面前照过来,又照过去;正面看看,又看看侧面。她穿衣服不但讲究花样颜色,而且要求全身和谐,既要美丽,又要大方,一走出去还得引起人们的注意才行。她最喜欢听人家说:做衣服得照林宛芝的样子做。她满意今天这身衣服:开司米大衣虽然普通,但加上那三颗金光闪闪的钮子就与众不同了,里面这一身紫色的装束,富丽而不俗,紫黑相配,互相衬托,又很和谐。她安详地走下楼去,坐在客厅里,耳朵却凝神地注意大门那个方向。大门那个方向没有动静。她时不时看看戴在左手上那只十七钻的小四方式的白金手表。

　　最近她常常想起冯永祥。每天看不见冯永祥的影子,总觉得生活里缺少点啥。每逢冯永祥要来,她老是自然而然地修饰一番,施点脂粉,换件衣服。冯永祥来了,她很希望他早点离开,又想多留他一些辰光,见了冯永祥心里引起一种说不出的但是感觉到的甜蜜蜜的喜悦。等到冯永祥一走,她待在徐公馆里便深深地感到难以忍受的寂寞和孤独。

　　她坐在客厅里才不过五分钟,但觉得已经等了好几个钟头似的。她不耐烦地躺在沙发上,焦急地皱着眉头,耳朵却仍然注意大门那个方向。

　　门外传来汽车喇叭音响,铁门哗啷一声开了,接着是熟悉的轻浮的皮鞋声,冯永祥走进了客厅。林宛芝站起来去迎他,矜持地伸出手去和他握着,钟情地望了他一眼,轻轻地说:

　　"为啥这晚才来?叫人等得心焦。"

　　"啊哟,你不晓得,接了你的电话,我马上就准备来。忽然又来了一个电话,是史步云的,他噜里噜苏说了一大堆,我一个字也没有听进去,不晓得他说啥。我只好答应是是是,告诉他等明天当面再详细谈。放下听筒,就赶到你这里来,谁知又迟了。真糟糕!"冯永祥恭恭敬敬向林宛芝一揖到底,一边说,"请恕我迟到,小生这厢有礼了。"

　　林宛芝看到门外闪过来一个人影,她连忙碰碰冯永祥。她自己迅速地坐到冯永祥斜对面的沙发上,严肃地望着门外。走进来的是老王,他托着两杯很浓的绿茶,放在冯永祥和林宛芝面前。他望着冯永祥的笑眯眯的眼睛,讨好地说:

　　"冯先生,你好……"

　　"你好,老王。"

　　"托你的福,还好。"他知趣地拿着托盘走出去,轻轻把客厅的门关上。

　　林宛芝来电话的辰光,冯永祥本来可以就到,跨出了大门,他又退回去,把《新闻日报》又看了一遍,才上车。他察觉林宛芝近来对他的态度已经从应付、讨厌转到喜欢接近他了。现在说是有要紧的事,而且要快去,可见得她已经按捺不住内心对他的喜爱。那不能早去,要稍为摆一点架子,见了面热情会更高。林宛芝问起为啥迟到,他伪称临时接到史步云的电话,既不露痕迹,又显得很忙,更暗示出工商界的上层大人物经常找他。

　　冯永祥听见老王出去把门关上,他斜视她一眼,说:

"这次可是你叫我来的啊,"他有意逗她,"以后可别又怪我冯永祥坐着不走了。"

"你又来了,……"

"我不对吗?"

"对,对对!"她瞪了他一眼,说,"别老说那些酸溜溜的话,好哦?"

"一定遵命,一定遵命。"他笑嘻嘻地说,"那么,你说,有啥要紧的事体呢?"

客厅门外传来一阵脚步声,是老王经过这里到厨房里去。他见冯永祥来,可能一会儿林宛芝要准备下午茶点,先去通知一声,别临时手忙脚乱。

林宛芝听到外边的脚步声,可不知道是谁,她怕谈到兴头上闯进人来不好看,便对冯永祥说:

"这里人杂,还是到里面书房去谈吧。"

"好的。"

他站了起来,跟着她屁股后面走去。

四十九

  一个羽毛球在潮湿的寒冷的风里摇摆着,慢慢从天空落下来。徐守仁拿着拍子,跟着这个羽毛球跑过来,两只眼睛直盯着它。羽毛球快要落地,他伸出拍子,啪的一记,很吃力地把它打过去。那边吴兰珍手里拿着拍子却没有接,大声说:

  "线外。"

  "outside?"徐守仁不相信,他踮起脚尖,透过挂在他们两人之间的网子,注视着羽毛球降落的地方。羽毛球歪着身子躲在左边的草地上,橡皮头躲在草地里,只有雪白的羽毛露在草上面。他肯定地说,"inside。"

  "明明是线外,"吴兰珍也不服,说,"不信,你来看。"

  徐守仁拿着拍子,从网子下面钻了过去,跑到羽毛球前,对着挂网子的两根柱子一看,仍然坚持他的意见,"当然是 inside。"

  "离线这远了,还不是线外?"

  "你站在啥地方?"

  吴兰珍经徐守仁这么一问,她不吭气了。他们两人因为客厅里餐厅里卧室里的客人太多,不愿意和那些来拜寿的客人打交道,就跑到草地上来打羽毛球。球场上并没有划线,徐守仁脱下身上穿的黄皮茄克放在自己后面八步远近的地方,吴兰珍也在那边八步远近的地方放了自己那件雪白的兔毛的绒线衫,左右两边没有标志。刚才那球可以说是线外,也可以说是线内。吴兰珍打得很累,从她的鬓角那儿流下了汗水,她用手拭去,洒在草地上,气喘喘地说：

"算你赢了,好吧？"

"哪能讲算我赢？应该讲,是我赢了。"

"好,"吴兰珍不想再打了,也不敢得罪他,有意让他一步,说,"你赢了。"

"这就对了。"他摆出胜利者得意的姿态,说,"再比一盘？"

"休息一会吧。别看不起这个小羽毛球,跑起来可有点累人。"

"白相别的,好哦？"

"好,"吴兰珍拾起地上的雪白的绒线衫,披在她的淡绿色的丝棉旗袍的肩上,说,"打康乐球去。"

他点头同意,跑过去把地上的黄皮茄克往身上一披,扔下拍子,搀着吴兰珍的手,向花圃那边走去。

站在羽毛球场上看他们打球的一些小孩子见他们去了,像是一窠小蜜蜂似的,都拥到场子里,你夺拍子,他抢羽毛球,乱哄哄的闹成一团。

徐守仁在香港书院里第一学期考试不及格,第二学期缺席过多,成绩仍旧很坏,给院方开除了。他在香港九龙荡来荡去考不上一个像样的学校,美国电影倒是看了不少,美国料子的衣服也做了不少,浅水湾、香港仔和青山也玩腻了,只是手头开始有点紧,书也没地方读,英文更不必提了,没有丝毫的进步。这样白相下去总不是个办法,他开始对香港不满,想起了上海。他写信给父亲,要求回来读书。被开除的事情一字不提,他尽可能瞒着父亲和家里的人。徐义德许久要不到成绩单看,担心他在香港不大容易学得好,同时又怕他自己径自去美国而不去英国,另外一方面亲眼见到共产党在上海对民族资产阶级并不如解放前谣传的那样可怕,而是采取缓和的稳健的办法,觉得让徐守仁回来,熟悉熟悉业务,对自己也会有些帮助。他写信叫他回来。徐守仁回来没几天,就碰上林宛芝的三十大寿。

　　他和吴兰珍走到花圃前面的那一片草地上,那边摆着一张康乐球的台子。这台子原来放在小客厅里的,因为今天客人多,腾空地方,就移到外边来了。有几个人还在打,一会打完了,有意走开,让徐守仁和吴兰珍打。吴兰珍很熟练地把红的绿的木圈圈间隔地摆成一个大圆圈,然后又在四角洞口的上面各放了红圈圈和绿圈圈。两个人开始打了。徐守仁生怕自己输,他抢着要先打。吴兰珍在年龄上是他的妹妹,在举止与态度上都像是他的姊姊,在学问上差得更远:徐守仁中学还没有毕业,而吴兰珍已经是复旦大学化学系的二年级的高材生了。她毫不争先,谦让地说:

　　"你刚从香港回来,当然让你一步,你先打吧。"

　　徐守仁没有对准,打了一个空枪。吴兰珍拿起杆子,弯着腰对准洞口,接连打了两个下去。徐守仁站在旁边看得眼红,他有点忍不住了,踮着脚尖,轻轻绕到吴兰珍的背后。她正要打,他有意对她的杆子一碰,打歪了,没有落洞。她歪过头来看他一眼,说:

　　"看你,打康乐球也是这么调皮!"

　　可是她并不生气。他咧开嘴得意地笑笑,拿着杆子去打了。这次打进去了一个。当吴兰珍打的绿圈圈只剩下洞口上面两个,徐守仁紧张了。吴兰珍拿着杆子对洞口上面的一个绿圈圈说:

　　"守仁,我打反动派给你看。"

　　徐守仁目不转睛地望着"台湾"。啪的一声,被叫做反动派的那个绿圈圈掉到洞口里去了。徐守仁眼看着自己要失败了,他把康乐球的台子一推,放下杆子,说:

　　"别打了。"

　　"你输了。"吴兰珍涨红了脸说。

　　"现在还说不上谁赢谁输,算和了吧。"

　　"你赖皮啊。"吴兰珍指着他的面孔说。

他指着自己的肚子说：

"我肚子饿了，吃点东西去。"

"好吧好吧，让你一盘。"吴兰珍并不在乎这一点小输赢，慷慨地答应了他。她看看天色还早，日头不过才偏西，便说，"还不到开饭的辰光，吃啥物事？"

"到楼上去，娘那里准有东西吃。"

"去看看她们也好。"

徐守仁领着吴兰珍从走廊里走进客厅。

三开间的大客厅里挤满了男男女女，乱哄哄地嚷成一团，各自形成了几个中心，东客厅里，大半是工商界的来宾，徐守仁认识的很少，就是少数认识的人，他也懒得一个一个去打招呼。吴兰珍更不消说，她低着头，装作没有看见那些人，尾随着徐守仁走到中间的那个客厅。这间客厅完全改变了往日的面貌。当中挂的是史步云送的一幅大红寿幛，上面贴着一个金晃晃的大"寿"字。紧靠着这幅寿幛的左边有另一幅寿幛，上面有四个耀眼的金字："宝婺星辉"，下款是"潘信诚敬祝"。靠这幅寿幛的右首是马慕韩送的一幅向王母恭贺的寿桃图。上沿八仙桌当中的一个寿星银盾，是冯永祥拜贺的。八仙桌前面挂的是绣着彩凤的大红缎子桌围，桌子上点着一对寿烛，熊熊的火头兴高采烈地跳跃着。中间客厅两边一直伸延到东西客厅墙壁上悬挂的是沪江纱厂梅佐贤他们送的寿幛寿匾。这三间客厅闪耀着一片刺目的红光，红光上面泛滥着各式各样的金字，当中最多最注目的是寿字。徐守仁看到这许多客人和那许多的礼物，他深深感到今天父亲在上海工商界显赫的地位，他自己也仿佛沾到一份光荣。谁不知道徐守仁是徐义德的爱子哩。本来急于要上楼去吃东西，现在脚步放慢了，而且挺起了胸脯，东张西望，生怕人看不见他。可是中间的客厅是客人进出口的要道，那里墙上挂了一个鹦鹉，它像是个司仪似的，一见有人来，就张开嘴,饶舌地叫:"客人来哉,客人来哉。"许多客人从外边走进来,立刻被林宛芝、徐义德迎接过去,客人拱拱手说:"恭喜,恭喜。""特地来给你拜寿。"

大家并没有注意徐守仁站在那里等着和他们打招呼哩。虽然没人上来和他打招呼,可是他仍然耐心地站在那里望来望去。他看到潘信诚送的那幅寿幛上面的四个字,好奇地指着寿幛,问吴兰珍:

"这是啥意思?"

吴兰珍一走进客厅,看到那热烘烘的场面,她就从心里反感;看到那许多的礼物,更不满意了。她认为这是浪费,这是庸俗,这是一种不能容忍的旧社会的坏习惯的残余。更可恶的是,这个热闹的场面是姨父为林宛芝布置的,想起姨妈到徐家从来没有过这样的场面,心中愤愤不平。她恨不得马上走出去,到楼上找一间安静的房间去看一本《青年的修养》或者是《青年团的任务》这一类的书,那比在客厅里停留或者和那些客人周旋有意义得多。因为等徐守仁,她就厌恶地站在那里,像是发痴一般。听到徐守仁问她"宝婺星辉"四个字的意思,她不耐烦地说:

"还不是说女人过生日,祝寿,有啥意思。"她拉着徐守仁的手,说,"你肚子哪能不饿了?上楼去吧。"

徐守仁点点头,搀着她的手,一同上楼去了。

今天一早,客人还没有来,大太太和朱瑞芳两个人就相互约好:不下楼招呼客人,让林宛芝一个人逞能,给她触触霉头,看看她的笑话。徐义德要给她做生日,她们两个人没法反对。自从林宛芝进了徐家的门,她们两个人说话的效力大为减少,凡事总是林宛芝说的算。林宛芝成了徐义德面前唯一的红人。啥事体林宛芝都在她们的前头。她们老想找一个机会报复,泄一口怨气,却总没有适当的机会。今天过生日,她们两个人不下去,也使亲戚朋友晓得林宛芝在徐家是没有地位的。过生日的辰光,大太太二太太都不出来,可见得她在徐家没有地位,当然也就没有面子。她们两个人没有把自己的心思向徐义德倾吐,只是说她们两个人留在楼上招呼一些内亲。其实她们两个人身上的亲戚早由她们通知不要来了,一定要来的话,也希望迟点来。所以到现在楼上的内亲和女客仍旧很少,只是马丽琳在陪着朱瑞芳。她们两个人都不说话。朱瑞芳坐着闷得慌,她想起到了徐家以后,从来也没像今天这样做过生日,越想心里越气,越想心里越闷,胸口仿佛有一块铅似的东西堵着,要把它吐出来,心里才痛快。

楼下传来高谈阔论的欢笑声,有时夹几句刻板的没有感情的出于应付的道喜声,"恭喜恭喜"呀,"给你拜寿"呀,她心里厌烦透了。她想让自己的情绪保持宁静,把卧室的门砰的一声关上。马丽琳不了解她为啥这样,也不便问她,静静地坐在那里陪伴她。

声音小了,远了。朱瑞芳拿起《解放军画报》来看。这是吴兰珍今天从学校里带来的,早一会和徐守仁下去打羽毛球,掼在她卧室的床上。她翻了几页,里面都是解放军生活的照片。她对这份画报没有兴趣,轻轻合上。门外传来乱哄哄的人声,她对门口轻蔑地说了一句:

"真讨厌!"

马丽琳随口应道:

"是呀,真讨厌。"

朱瑞芳抬头望了马丽琳一眼,仿佛现在才发现马丽琳在房间里陪伴她。

有人在门外轻轻敲了两下。

"谁?"

推开门进来的是大太太,她笑嘻嘻地说:

"关着门,我还以为你下楼去了哩。"

"下楼做啥？给那个骚货拜寿吗？"朱瑞芳说。

"当然不，"大太太坐在贴墙的紫色丝绒的双人沙发上，说，"不是讲好了不下去么。"

"那就对了。"朱瑞芳放下《解放军画报》说，"我听到楼下乱哄哄的，什么恭喜呀拜寿的，我心里就烦，特地把门关上。"

"对。"大太太走过去把卧室的门关上，表示赞同她的意见，叹了一口气，伸出三个手指，说，"这个人越来越神气了，简直不把我们两人放在眼里。"

朱瑞芳有意装出很淡泊的神情，说：

"人家的眼睛里早就没有我了，谁还晓得徐家还有个朱瑞芳哩。"

"人家不把朱瑞芳放在眼里，可是谁不晓得徐守仁是徐义德的爱子？这一点她再能也没有办法。她总不能说徐守仁不是朱瑞芳生的，是她生的。她要是生了儿子，还不哪能晓得神气哩。"

"是呀，是呀。"马丽琳附和着说，"别理她。"

"她生了儿子，是不是徐家的还很难说。"大太太撇一撇嘴。

"这种野货生的儿子，天晓得是哪一家的！"

"对。"马丽琳说。

她们相视哈哈笑了。

大太太想挑起朱瑞芳和林宛芝的仇恨，好泄心头的气忿。她怨怨艾艾地说：

"我这辈子算完了。我命里无子，没有给徐义德留下一条根，我对他不起。我在徐家伸不直腰，抬不起头，只要给我一碗粗茶淡饭，糊到眼一闭脚一伸就算了。"她抬起头来，惋惜地看看朱瑞芳，同情地说，"只是苦了你，你还年轻，你有守仁，可是你也让她压住了。她骑在你头上，今后的日子长哩，哪能过啊？"

"是呀。我是二房，讲起来和她差不多。可是，你不同啊，"朱瑞芳伸出右手的大拇指说，"你是这个。你在，不管怎么样，她不能压住你，也压不住你。你是明媒正娶的，虽然没有生男育女，但总是这个呀。"她又伸出了大拇指，恭维地说，"你不像我。你到啥地方都可以站起来，都可以说话。亲戚朋友不管哪一个，谁不叫你一声大太太，有事谁敢不敬你在前头？那个人再神气也没用，只是这个。"她轻视地伸出三个手指来。

"你虽这么说，可是，那个老东西恨不得我早死早好，他哪个地方也不带我去。"大太太深深叹了一口气，无可奈何地说，"我的命不好，没有生育过，我抬不起头来。"

"她生育过吗？"

大太太给朱瑞芳一提醒，她的心亮堂多了。真的，人家也没有生育过啊。她"咦"了一声，恍然大悟似的点点头，说：

"她也没生育过啊。"

"这就对了，你为啥要怪自己的命呢？"

"是呀。"大太太接着就想起自己的青春早已消逝得了无踪迹，眼角上聚集着扇形的皱纹，白发悄悄爬上了鬓角，皮肤开始发松了。徐义德那一头好头发，真叫做"蒙不白之冤"，快五十的人了，连一根银丝也没有。她对他的头发早就不满，现在越发讨厌了。她嫉妒地说，"人家长得年轻，长得俊，长得俏，我们当然不能和她比。"

"不，还要加一点，长得骚。我们是正派人，不和她比。"

"那当然，好人不和狗比，"大太太恨恨地把"狗"这个字的声音讲得很高，好像这样心里才松快些。

像是一阵狂风，徐守仁砰的一声推门走了进来。他走进门，谁也不看，眼睛木瞪木瞪的，一个劲嚷道：

"娘，我肚子饿啦，我肚子饿啦。"

吴兰珍接着跟了进来，补充说：

"二婶,守仁早就闹饿了,现在离开饭的辰光还早,你拿点东西给他吃吧。"

"好的。"朱瑞芳从沙发上站了起来。她走过去,打开红木的柜子的抽屉,取出一盒沙利文的什锦巧克力糖和一小玻璃瓶的蜜饯无花果,放在徐守仁和吴兰珍的面前,说,"吃吧。"

这两样东西都是徐守仁的心爱之物。娘随时都要给他准备着。她每次到南京路或者是到外滩,都要给他带点糖果回来,其中必有这两样。徐守仁拿了一颗奶油巧克力,剥开外面的大红的玻璃纸和闪闪发着银光的锡纸,一口就吞下去了,接着又吃第二颗。吴兰珍没有吃巧克力,她拣了一颗蜜饯无花果,含在嘴里,细细品着那一股说不出来的味道。

大太太的气虽然出了些,但听到楼下传来一阵阵热热闹闹的欢呼声、谈笑声、鼓掌声,林宛芝在客人当中兴高采烈的神情马上浮现在她的眼前。她的眉头不满地皱到一起了。她心里想为啥让林宛芝一个人出现在亲戚朋友面前呢?大太太也没死,徐义德也不止这一个老婆,自己生气留在楼上不是显得很傻吗?她把心里想的这一番意思告诉了朱瑞芳。朱瑞芳拍着自己的大腿说:

"你说得对呀。我们不能老躲在楼上,要下去。你下去就坐在她旁边,摆脸色给她看,叫她下不了台,看她还能神气活现?"

"你也去吧。"大太太和朱瑞芳从来没有这样情投意合过,两个人似乎穿了一条裤子,形影相随,一步不离。

"好,我陪你下去,怄怄她的气。"

吴兰珍边吃蜜饯无花果边听她们两人在谈话,慢慢听懂了,见她们两个人要走,便劝道:

"算了吧,下去吵啥,别理她就是啦。这种女人,在家里天天打扮得像妖怪似的,见了她,我就生气。理她做啥!"

"是呀,这种女人……"大太太撇撇嘴,没说下去。

"让她去过生日,我们在楼上白相。"吴兰珍还想劝姨妈不要去。

"我们不吵,兰珍,"朱瑞芳像是小孩子对大人说话似的,露出恳求的神情,说,"下去看看。"

"来,你也去。"大太太为了壮自己的声势,拉着亲姨侄女的手,要她一道走。

吴兰珍把手一甩,表现对这些事毫无兴趣,淡然地说:

"我刚从下边来,我不去。你们去吧,我要歇会。"

"好,好好。你们两个小鬼歇着吧,我们去。"大太太拉着朱瑞芳的手,露出不满的情绪,边说边走。

马丽琳站起来说:

"我陪你们一道去。"

朱瑞芳说:

"丽琳来,一道去。"

徐守仁站在那里,吃了巧克力又吃蜜饯无花果。他对她们那些事毫不关心,自顾吃着,一边吹着口哨,同时,用皮鞋踏着拍子。

吴兰珍拿起沙发上的《解放军画报》放到花布的提包里,悄悄地离开朱瑞芳的卧室,走进姨妈的房间里,把房门紧紧关上,好像这一来把一切嘈杂的人声、庸俗的交谈和人事的纠纷都关在门外,和她毫无牵连了。

她坐在沙发上,对着楼下说:

"这些人真无聊,整天闲着没事做,找个机会,到这儿来瞎嚷嚷。"

她一个人在房间里,慢慢感到清醒和宁静。她认为一天不看书学习,就随随便便过去,实在太可惜了。她记起奥斯特洛夫斯基说过的名言:"人最宝贵的东西是生命,生命属于我们只有一次。一个人的生命应当是这样度过的:他不因虚度年华而悔恨,也不因碌碌无为而羞耻。这样,在临死的时候,他就能够说:'我整个的生命和全部的精力,都已献给世界上最壮丽的事业——为人类的解放而斗争!'"这一段话,老记在她的心里,几乎随时都在她的脑海里出现,发出一股力量,在吸引她努力学习,好好生活,以便将来把自己的智慧献给世界上最美丽的事业。最近,她给自己订了一个小小的计划,她要了解解放军那种献身给世界上最美丽的革命事业的卓绝的精神,她要知道中国人民志愿军在抗美援朝的前线上那种忘我的国际主义的崇高的品德,她要研究青年团的团章,和中国共产党的党章。她贪婪地读着图书和刊物报纸,特别是那些青年读物,每次买到这些书,她恨不得一口都把它们吞了下去,让肚子装得满满的。她要努力学习,争取做一个优秀的青年团员,做党的有力助手,在党的指导与培养下,献身给世界上最美丽的革命事业。她把这个愿望不在任何人面前提起,也不让任何人知道。想到这些,她的两颊不禁微微发红了,低低地对自己说:

"你还差得远哩,要好好努力才行。"

她把《解放军画报》放在膝上,打开来,精神贯注地细细地阅读。

大太太和朱瑞芳肩并肩地下楼,马丽琳跟在后边,走到半道上,大太太在人丛中看见一道亮光从她眼前闪过,她站下来,歪过头去,对朱瑞芳说:

"你看。"

朱瑞芳的眼光在人丛中搜寻,一边问:

"啥?"

"你看看人家手上戴的啥物事。"

朱瑞芳的眼光注意到林宛芝的手。当林宛芝洋洋得意举起手来招呼新到的客人时,朱瑞芳看见她右手无名指上那一颗耀眼的大钻石戒指。她奇怪地问:

"从前没有看见她戴过么。"

"人家神通广大，有本事，"大太太轻蔑地盯了林宛芝一眼，说，"当然有人送啦。"

"谁？"

"谁晓得是哪个寿头。"

"你看她神气的，简直是目中无人。"

"当然啦，"大太太酸溜溜地说，"人家今天是寿婆么。"

朱瑞芳一直不满地注视着林宛芝。林宛芝今天穿的是短袖大红丝绒的旗袍，两只雪白的胳臂完全露在外边，左手的白金手表和右手无名指上的大钻石戒指不时在客人面前发出闪闪的亮光。从任何一个角落，只要有人对客厅门口那边一看，也不论那里麇集了多少人，谁都是首先看到林宛芝。她的那一身红光和两只摇晃着的胳臂夺去了所有人的视线。在她身后两三步远的地方，站着一个青年，也打扮得出奇的漂亮。他的头发梳得雪亮，和他脚下的那双皮鞋一样的可以照见人，面孔刮得光光的，微微可以看出今天脸上涂过多的香粉蜜，因为脸上过分的白，显得耳朵那里有点黄了。他穿着一身深咖啡色的英国条子哔叽的西装，打了一条大红呢子的领带。从领带后面那里时时发出一阵阵浓烈的香水味。他站在林宛芝的身后，俨然像是徐家的主人。林宛芝招呼进来的客人，凡是工商界的朋友，他都以主人的身份过去引路，把工商界客人带到东边客厅，随后回到原来的地方，笑眯眯地望着林宛芝的苗条的背影。他是冯永祥。

那天冯永祥陪林宛芝到南京路去买钻石戒指，跑了好几家都不中意。最后他们跑到南京路四川路口永兴珠宝玉器商店，那里有一只三克拉的大钻石白金戒指，是菊花钻，做工非常精细。林宛芝用放大镜一遍又一遍欣赏，那线条细而长，闪闪发光，确实比一般做工高明。她听店员说，定价五千八百万元，一个不能少，马上把戒指放到玻璃柜台上,眼睛却一个劲不舍地望着它,嘴里说:太贵了。他窥出她的心思,在一旁怂恿她买。店员凑趣地说,"做工那么好,这么大的钻石戒指,我们店里只有这一只,全上海也找不出第二只来。要不是你们二位来,我们还舍不得卖哩。"她想了想,决心买下。

在回来的路上,他们两人到弟弟斯咖啡馆喝了杯咖啡。他们坐在卡座里,在小小的暗弱的电灯光亮照耀下,她取出钻石戒指又仔细看了一番。他把戒指拿过去,凝视了一会儿,戴在她的右手的无名指上,意味深长地说:

"这也算是我送给你的礼物。"

"你的算盘倒精,别人出钱,你送礼。"

"送礼并不在乎钱,"他最怕人提到工厂、商店和钱,因为他在工商界里混,就缺少这三样。他是无产无业也无钱的工商界著名人士。他听了她的话,耳根子有点红,旋即坦然地说,"谈到钱就庸俗了。"

"你真清高!"她近来和他讲话越来越不大客气了。

他也蛮不在乎:"可不是。"

她的左手指着自己右手无名指上的戒指,问他:

"你晓得这个东西可以随便送人的吗?"

他恍然大悟,懂得她的意思,顿时接过去说:

"我当然晓得。正是因为这个,我才陪你出来的。"

他两只手紧紧按着她的右手。她两眼望着他乌而发亮的头发,很久很久说不出一句话来。她像是喝醉了似的,脸蛋儿红而发烧。

他今天站在林宛芝右侧,暗暗得意地时不时偷偷看一看她手上的钻石戒指。

"你看她那股劲道,就像是徐义德的正房,"朱瑞芳挑逗地对大太太说。

一把嫉妒的火燃烧起大太太的仇恨和愤怒。大太太咬着牙齿说：

"有我在，她别想。就是我死了，也轮不到她，还有你哩！"

"我们走下去，"朱瑞芳觉得老是在楼梯上谈，给人看见了不好，而且看到林宛芝那股子神气劲，压抑不住心头的火，她鼓动大太太到林宛芝那边去，扫她的兴，抹她的面子，也出出这口气。她说，"我们坐到她跟前去，看她敢再神气！"

"好。"

她们两个人气呼呼地一笃一笃地走下楼，生怕人家听不见似的，有意把脚步走得很响。她们一下楼，附近就有几个女客和她们招呼、点头、道贺。大太太板着面孔，不自然地敷衍她们；朱瑞芳虽然笑脸相迎，可是皮笑肉不笑。女客们感到两位女主人有点异样，也不便多问，更不敢进一步表示热烈的祝贺。马丽琳见情势不妙，在楼上她可以一味敷衍大太太和朱瑞芳，下了楼，林宛芝也不好得罪。朱延年早告诉过她：徐义德最心爱林宛芝了，福佑以后有事还得靠徐义德帮助，得罪林宛芝就等于得罪徐义德啊。她悄悄地混到人群中去了。林宛芝看见她们两个人一同下来，心头一愣，料想情势不好，今天是自己的三十大寿，有这许多客人来拜寿，自己占了上风，面子上有了光彩，她打算忍受她们两人可能对她身上发泄的感情，准备受气；同时竭力设法缓和将要紧张起来的空气。她笑盈盈地走过来，体贴地对大太太说：

"站着累，你坐一歇吧。"

大太太斜视了她一眼，说：

"我自己会坐的，用不着你费心。"

林宛芝碰了一个钉子，她忍在肚里，表面上一点也没有流露出来，并且努力缓和这个局面。她看到桌子上放着烟卷，她拿过去，敬大太太一支：

"抽根烟吧。"

"我不抽。"大太太有意把脸转过去。

"你抽吧？"林宛芝仍然不失望，她微笑地问朱瑞芳。

朱瑞芳表面很客气，实际上是一个橡皮钉子：

"谢谢你，我现在不抽，你忙着招呼客人吧。"

林宛芝把一听香烟放回到桌子上。她见大太太和朱瑞芳一同下来，而且就站在她旁边，好像一团熊熊的火焰给一张薄纸包着，随时都要出事的样子。她加倍小心，从客厅门口退了回来。她不敢离开那里，怕客人来了没人招呼，也不敢站在太前面，有大太太二太太在啊。她小心翼翼地站在客厅门里面，比大太太她们站的地方稍为后一点。她不敢笑，怕大太太她们说她得意；也不能严肃得像是板面孔，怕客人以为她在生气。她只好把面孔对着客厅的门口，尽可能不和她们面对面。

大太太气呼呼地坐在靠门最近的一张沙发上，朱瑞芳坐在她的旁边，正好斜对着林宛芝。大太太见林宛芝那样忍气吞声，一个劲向自己赔小心，她准备好的愤怒的拳头打不下去；同时，给她碰了两个钉子，也泄了一点心头的闷气；并且林宛芝没有刚才那股神气劲了，像是一棵萎了的向日葵似的站在她们后面，自己也有了面子。她的视线慢慢转到林宛芝的身后。冯永祥像是永远和林宛芝保持两三步的距离似的，林宛芝退后了两步，他也退后了两步。他发觉大太太和朱瑞芳带进来的那股紧张空气，自己稍为收敛了一些。他转过脸去退后几步，看花园的草地上有七八个小孩子和两三个大人在打羽毛球，望了一阵，没有兴趣，慢慢转过来，又站在离林宛芝两三步远的后面，望着她的侧影。好像站在那里帮助林宛芝招呼客人是他的一种职责，不好随便离开似的。他察觉大太太在注视他，他装作没有看见，掏出烟盒子，抽了一根香烟，燃起在抽,表示自己并不注意啥了。他嘴里吐出一个一个的圆圆的烟圈。他望着圆圆的烟圈袅袅地升起。从烟圈中他注视着林宛芝的侧影。吐完了烟圈,他眼睛斜视了一下,他发现朱瑞芳也在盯着他看。他感到自己不适宜再站在那里了。他在红寿幛和红寿烛的光芒照耀下,显得自己的脸更是热辣辣红润润的了。他借着把烟蒂送到矮圆桌上的烟盘去的机会,悻悻地向东客厅走去。

大太太的眼光跟着他也到了东客厅。东客厅北面墙角那里坐着徐义德、江菊霞和沪江纱厂会计主任勇复基他们。勇复基坐在那里不言不语,静听徐义德和江菊霞聊天,不时发出一两阵笑声。大太太对朱瑞芳向东客厅撅撅嘴。朱瑞芳跟着她的视线望过去,勃然大怒地说:

"好哇,我说为啥看不见他,原来在那里谈恋爱哩。"

"你过去,"大太太指着东客厅北面墙角徐义德那里,说,"坐在那里,听他们谈。"

"对。"朱瑞芳在客人当中摇摇摆摆走过去,好像有啥要紧的事体急着去找人。

徐义德和江菊霞谈得正起劲,忽然听到一阵匆忙的脚步声,他以为出了啥意外的事体,转过头去一看,见朱瑞芳板着面孔向自己这边走来。他知道事体不妙,本想站起来避开,想到避开反而露了马脚,不如干脆仍旧坐着不动,装作没有看见她来,继续和江菊霞谈心。他刚才的话没有说完,忽然转到棉纺公会改选问题上去,说:

"我觉得这次棉纺公会改选,不够慎重……"

江菊霞听得徐义德突然转到棉纺公会改选的问题上来,感到丈八和尚摸不到头脑,她亲热地叫道:

"德公,你刚才说啥?"

徐义德身后的急促的脚步声近了,知道朱瑞芳已经走到自己

的身边,他有意放高嗓子大声说:

"是呀,我是说我们棉纺公会这次改选不够慎重,你是棉纺公会的执行委员,今天要和你谈谈……"

这时她才看到徐义德身后站着朱瑞芳,静静地在听他和她谈话。她立即懂得徐义德改变话题的用意。她天衣无缝地顺口答道:

"当然,我是执行委员,你们会员有意见,我有责任听的,也有义务给你办的,效劳不到的地方还要请徐总经理多多指教。"

"执行委员太客气了,"徐义德也改变了称呼,两个人好像突然变得很陌生,而且很客气。他说,"我认为棉纺公会改选应该照顾各方面,网罗各种人才。"

"是呀,外边对我们棉纺公会有不少闲言闲语,说我们棉纺公会的委员代表性不够广泛,就是几个大头在操纵,中小厂照顾不够,就连沪江这样规模的厂也没有一名执行委员,实在太不合理啊。"她之所以能当上棉纺公会的执行委员,主要是因为和史步云的亲戚的关系,否则,保险连委员也当不上。她侃侃而谈,眼睛既不望着徐义德,也不看朱瑞芳,却对着坐在她对面的勇复基,说,"是哦?你是不是也听到一些?"

勇复基不知道他们海阔天空谈啥,一会东一会西,叫他摸不着头脑。既然江菊霞问他是不是,他不假思索,含含糊糊地应道:

"是的,是的。"

徐义德感激她的同情,说:

"是呀,沪江这爿厂在上海来说,也不算小,连个执行委员也没有,太不像话了。"他想起这次改选棉纺公会徐义德没当上执行委员实在是不能令人满意的。冯永祥不够朋友。他答应了考虑,改选出来却只是一名普普通通的委员。起不了啥作用。他感慨系之地摇摇头说,"这次改选棉纺公会,我总觉得不够慎重,遗憾,遗憾。"

她懂得是给他自己叹息,便凑趣地说:

"确是一个很大的遗憾。照我个人看来,徐总经理应该当选为执行委员的。这次考虑不够慎重,下次改选,徐总经理一定会当执行委员的。"

徐总经理脸红红的说:

"我个人倒无所谓,最近忙得很,也没有时间做这些事。我并不计较委员和执行委员,倒是从我们棉纺公会着想,能多一些人工作,就多一份力量啊。"

朱瑞芳站在后面听了一会儿,发现他们是在谈公事,那不必在背后听,索性坐下去,参加他们谈。她很随便坐下去,给勇复基和江菊霞点了点头。徐义德看朱瑞芳坐下来,刚才为了让她听而说的一番话估计很成功,至少说明他是在谈正经事。现在他可以不露痕迹地走开了,因为当着朱瑞芳的面,没有啥好谈了。他对朱瑞芳说:

"你来得正好,给我陪陪客人。我的公事谈完了,要到那边去招呼一下。"他指着马慕韩、朱延年那一堆人说。

"好吧,你忙去吧。"

徐义德走了,留下一个尴尬的局面。江菊霞和朱瑞芳无话好谈,她认为自己不必过分敷衍她。朱瑞芳是带着嫉妒和憎恨的情绪来的,必要时,她准备给江菊霞一个难堪。她只听到一点点传说,风呀,雨的,徐义德和江菊霞有些啥暧昧关系,她不知道。在徐家只有林宛芝一个人了解这个详情,可是林宛芝从来没和她们谈过这些事。朱瑞芳刚才在后面听了一阵,也抓不到啥把柄,心里正在苦闷。勇复基是一位勤勤恳恳的会计人员,他对人就像是对待数目字当中的小数点似的,生怕弄错,那出入很大的。他永远把自己保持在一切是非的漩涡之外,他不干预任何事体,他不得罪任何一个人，就连三岁娃娃，他也不去碰他一下。他今天来拜寿的目的不过是一种职业上的应酬，找机会坐在徐总经理附近，好让他知道勇某人到了。徐义德晓得他是一个怕惹是生非的人，和江菊霞谈话无须避开他，有了他坐在旁边反而可以起一种掩护的作用。三个人沉默地坐在那儿，谁也不吭气。朱延年和马慕韩谈得很起劲，嗓门又高，显得他们这儿三个更加冷静得可怕。朱瑞芳眼睛对着勇复基，有意不看江菊霞，暗中却又不时睨视她一眼。她把江菊霞冷落在一边，打破沉默，对勇复基说：

"近来厂里很忙吗？"

勇复基恭恭敬敬地欠着身子说：

"是的，很忙，很忙。"

"你们的生活好吗？"

"很好，"勇复基两只手交叉地放在膝上，有点拘谨地说，"现在生活很好，很好。"

勇复基这样小心翼翼地简单答复问题，使朱瑞芳很难谈下去。江菊霞听到这些公式的寒暄也感到腻味。东客厅左边的书房里忽然爆裂开一阵喝彩的掌声，吸引了客厅里客人的注意。一会儿，这掌声消逝了，大家又安静地谈论自己的题目。这掌声救了江菊霞。她自言自语地说："啥事体呀？这样高兴！"她很自然地站了起来，眼睛盯着书房的门，没有和朱瑞芳、勇复基他们打招呼，悄悄地走去。

朱瑞芳指着她的背影问勇复基：

"他们刚才谈啥？"

"我不晓得。"

"给我讲，没有关系，你坐在这里，哪能不晓得他们谈啥哩。"

"谈啥？我听到一些……"

朱瑞芳聚精会神地在听勇复基谈。她希望在他嘴里能够发现一些秘密。勇复基说：

"他们谈改选委员会的问题……"

朱瑞芳听他说这个，大为失望，淡淡地说：

"这个我晓得，我在后面听见的。"

"啊！"勇复基吃了一惊，暗自想她在哪个后面听见的呢？讲话得小心一点，别弄出岔子来。这不是一般的是非，这是徐总经理家里的事体，别沾边，有啥差池，那是会直接影响到自己的职业的。他警告自己要小心，要留神。

"这以前他们谈啥？"

"这个，"他抬起头来，仿佛在仔细回想，半晌，说，"我不晓得。"

"你坐在这里，哪能不晓得呢？"

"是呀，坐在这里，哪能不晓得呢？"他反问自己。他想，对朱瑞芳不可得罪，她就是徐守仁的母亲，而徐守仁是徐总经理的爱子啊。

"你一定晓得，说吧。"

"我听是听到一些，就是听不清楚，好像老是在讲棉纺公会棉纺公会……"

"他们两人在谈自己的事体没有？"朱瑞芳点他一句。

"没有，"他说出口，又怕徐总经理将来亲自说出什么来，那不是得罪了朱瑞芳，说勇复基不好吗？他改口道，"我没有听见，他们两人谈话的声音很低，我坐在这里听不清楚……"

"声音很低，"这个情况吸引了朱瑞芳的注意，啥事体不可告人？要低声谈呢？她满怀兴趣地追问：

"你听到他们低声谈些啥？再低，你总会听到一句两句的。"

"这个，"勇复基的眼睛里露出了惊惶的神色，想了想，说，"这个，我真没听见。"

"一点也没听到？"朱瑞芳不信任地问。

"真的一点也没听到。"勇复基坚持不卷进是非的漩涡里去。他把刚才听到徐总经理约江菊霞上佘山去玩的话隐瞒起来,一点也不敢泄露。

"你这人……"朱瑞芳忍耐不住,有些生气了。她心里说:你这个怕事鬼,三枪打不出一个闷屁来。

朱瑞芳没有再问,勇复基也没有再说,只是沉默地坐着。两人又陷入一种尴尬的局面里。

朱延年手里拿着一本福佑药房总结书和计划书。这是他在最近一个礼拜之内赶制出来的精心杰作。他早就风闻徐总经理要给三太太林宛芝做三十大寿,工商界有名人物必然前来捧场,这是他发展福佑药房业务的绝妙机会。他在工商界的历史浅,地位低,人头不熟,许多工商界一、二流人物不知道朱延年其人。参加了星二聚餐会以后,认识了一些人,也不过泛泛之交,谈不上往来,更提不到友谊。即使工商界朋友对新药业有兴趣,谁愿意投资福佑药房?谁又对朱延年信任呢?他整整思索了两天两夜,几乎茶饭都要忘记了进,他要抓住这难得的好机会。恰巧快过年了,他写个年终总结,附上今后发展业务的计划,这样拿出来一方面显得自然,有凭有据;另一方面也可以给福佑药房吹嘘一番,好取得工商界朋友的信任,投资的事就有苗头了。他邀请了严大律师,把童进和夏世富找来,加班加点,开了三个晚上的夜车,最后由严大律师杀青,连夜用打字机在薄薄的打字纸上打出。封面和封底是重磅的米色道林纸,边上打了两个眼,用一根大红丝带拴起,在封面这边打了一个蝴蝶结子。他到徐公馆来拜寿,本来只带了三本,一想,假使有许多人对福佑药房有兴趣,都要求投资,想先看看计划书,不给他一本哪能行呢?他自己点头说,应该多带几本,纵然不能全部用完,也是有备无患,免得临时要没有。他于是又带了三本,把两个口袋装得满满的。

他走进徐公馆,拜了寿,就四处寻找工商界的人。发现他们都在东客厅和书房里,他就走过去,站在那里随便搭讪着,给大家招呼。有些人他并不认识,或者只不过一面之缘,他也亲热地招呼,仿佛是多年的老朋友。人家应付他一下,都谈别的去了,有的则走进书房,把他撇在东客厅里。恰巧马慕韩来了,他和柳惠光招呼他坐下,那边走过来韩云程,他是沪江纱厂的工程师,老板娘过生日,他算得上半个主人。徐总经理昨天就对沪江系统的人说过了,要他们帮助他招呼招呼客人。

寒暄了一阵之后,朱延年就从西装口袋里掏出福佑药房的总结书和计划书,拿在手里,笑眯眯地望着马慕韩说:

"提起小号来,承大家帮忙,客户抬举,总算不错。统计往来客户已遍及全国,东北到辽西,西北到天水、兰州、迪化,西南到昆明,东南到福建,……都有客户往来。全国各地和本号建立联系关系的有三千八百五十二户,经常有联系的也有一千九百四十二户。在户数方面说,私营户比重比较大;在营业额方面说,国营户占的比重大。拿今年六月份的营业额来说,就达到三十六个多亿,目前还在发展,今年八月,为了照顾到广大人民对 X 光器械的需要,我们福佑又特别设立了 X 光器械部,聘请中外 X 光器械专家主持这方面的事。同时,为了面向生产,扶植小型厂商,以便为今后转向工业生产打下基础,小号今年九月和大利药厂签订了合同,投资了约占大利药厂资金总额的三分之二,使得大利药厂继续维持并扩大生产,好共同为人民医药事业服务。"

马慕韩见朱延年滔滔不绝地说下去,他听出了神,恭维朱延年道:

"福佑药房的生意确是做得不错,客户遍及全国,可真不容易,现在又从商业注意到工业,朱先生的眼光远大。"

柳惠光听朱延年叙说福佑药房发达的情况,心中未免有点醋意,以嫉妒的眼光看着朱延年说下去。

"慕韩兄过于夸奖了,"朱延年表面显得颇为谦虚,下面接着说的却又表示出对他的赞美辞受之无愧了,"不过哩,这也是几年来磨炼出来的,现在做生意眼光不能不放远一点。"

"你们生意为啥做得这样发达呢?"马慕韩关心地问。

"是呀。"韩工程师说,"听说福佑药房原来并不怎么大啊。"他想起梅佐贤说过福佑药房开门,全靠徐总经理支持:借了三百万的现款,又担保在银行里开了透支户头。

"这是一个非常有趣的问题,讲起来也很简单,小号创办以来,就以树立信誉,薄利多销为经营原则,凡是外埠客户来办货,小号一定按照当天最低市价发货。客户都晓得福佑的价格的确比一般市价便宜,大家都愿到福佑办货,因此客户不断增加。为啥福佑药房的货价比别的字号便宜呢?因为我们提高工作效率,节省人事开支,减低成本,压低货价。同时,我们在服务态度方面确确实实做到负责、真诚、恳切和热情,凡是外埠客户有函电来,问上海行情,我们一一具体答复;或者是要购办一些上海市面上买不到的药物器械,像是山东省政府卫生厅要买离心机,西北卫生部要买高度显微镜,这些重要医疗器械,上海买不到,我们就设法到香港到国外去订购,真正做到完全为客户服务。做生意主要靠信誉。客户和同业中有了信誉,业务必然会发达的。在我们新药业中,惠光兄最了解福佑的了。惠光兄,我说,是哦?"

朱延年生怕马慕韩觉得自己说的不够恳切真实,他特地拉出柳惠光来撑他的腰。柳惠光完全了解朱延年在新药业是没有信用的,谁听说福佑药房,谁见了朱延年,没有一个不头痛的。因为有生意做,要和他往来,表面上不得不应付,骨子里却怕和他打交道,万不得已时,也要百倍提高警惕。不说别的,就拿福佑药房和债权代表立的和解笔据来说,本来讲三个月内偿清全部债务,如不可能,得延期偿清。除了第一个月偿付二成以外,第二个月的三成就没有付足,其余的款子整整拖欠了一年,经债权人再三再四地登门坐索,才陆陆续续地零零碎碎地付清。一提起这件事,柳惠光就伤心。现在朱延年当着他的面吹牛,真叫他哭笑不得,还要他证明福佑药房和朱延年的信誉,天呀,这个话怎么说呢?打狗看主面。他反正不想多和朱延年往来了,但是,还有徐义德哩,他可是台面上的人物啊。他无可奈何地笑了笑。

马慕韩认为朱延年做生意讲究信誉这一点很重要,他点点头,说:

"信誉确实很重要。"

朱延年像是遇到了知己,他眉飞色舞地说:

"慕韩兄同我的看法一致,我非常高兴。"他转过脸来看见韩工程师托着腮巴子好像在想啥,有点露出不大信任他所说的神情。他解释地望着韩工程师说,"当然,单靠信誉是不行的,小号还成立了业务研究会。这个研究会主要研究三方面:首先研究药物的地区差价,哪个地方大量生产便宜的药用原料,我们及时采购,调节供应,减低成本。其次,研究进口成药原料价格上落问题,小号派专人长期驻留进口处,进口药物滞销价廉的辰光,我们及时收购,这样不会因为旺季到来上涨,可以低廉供应客户,供求不致脱节。对于公营机构在哪一季最需要的是什么药物,我们就事先准备,以便供应。这是我们研究的第三方面。根据业务研究会的研究,过年以后,我们准备派人到河南收购蓖麻子、纯碱,到苏北收购芒硝,到皖北收购五倍子,到四川收购松节油、甘油、硬脂酸,到西安收购药用棉花……"

朱延年一张口,就没一个完。马慕韩不大愿意听他这些业务上的具体事情,想打断他的话;一想到自己要在工商界树立威信,团结广大的工商界人士,应该有倾听一切意见的雅量,他于是用赞

美来打断他那流水般的谈话,说:

"福佑药房的经营方针真不错,加上朱先生这样努力经营,前途一定远大。"

朱延年听了这些赞美的辞句,他浑身的骨头都有点酥了。他洋洋得意,觉得自己刚才努力介绍福佑药房的情况立即收了显著的效果,计划中的目的已经闪现出希望。他讲得口渴,连忙喝了一口茶,急转直下地转到了正题:

"今后除了投资工业,扩大 X 光器械部以外,还准备在迪化、成都这些地方设立分支机构。目前只是有一个问题亟待解决,就是业务日益扩展,利润也不错,原有资金有限,要想应付这样庞大的经营规模,不可避免地要发生困难。所以,我们想扩大招股,或者贷款也可以,主要倚靠工商界有眼光的朋友支持这个为人民服务的事业。慕韩兄是棉纺界的巨子,工商界的领袖人物,我想,一定乐于帮助小号的。这是——"朱延年立刻把装订得非常美观的福佑药房的总结书和计划书送到马慕韩面前,眯着眼睛,微笑地望着他,期待他一个肯定的答复。他说,"这是小号的总结书和计划书,请指教指教。"

马慕韩一愣,恍然了解刚才朱延年那一番冗长谈话的目的。他对朱延年拱拱手,谦虚地说:

"对不起,我对新药业是外行。"

他没有接过去。朱延年仍然把总结书和计划书放在他的面前,说:

"新药业讲起来也没有啥了不起,我这个计划书,谁都可以看懂的。里面的内容我刚才已经简单谈了一下,希望你看一遍,小号希望得到工商界前辈的更多的指教、更大的帮助。"

柳惠光望着马慕韩。他久仰马慕韩是一个年少有为、精明练达的人,这次碰到朱延年的手上,不知道会不会上他的当。他有点替马慕韩担忧。当着朱延年的面却又不好戳破。马慕韩内心极不满意朱延年不识时务,人家过三十大庆,正好大家尽兴玩个痛快,不料他来做生意,徐公馆变成了朱延年的交易所了。他想起要团结各方面的人才,不好露出不满的情绪来,只是应付地说:

"对于朱先生刚才谈的经营方针和今后计划,我个人完全赞成。工商界应该有远大的目光,这样,才算得上是新时代的新型工商业家。朱先生就是这样的人才,非常钦佩。"

"过誉过誉。今后希望慕韩兄多多提携。"朱延年指着重磅米色道林纸封面的总结书和计划书说,"小号这次募股是一千万一股,慕韩兄,你看,你来多少股呢?一百股怎么样?多一点也可以。"

"这个……"马慕韩看出朱延年是属于狗皮膏药性质那一类的人,一粘上就撕不下来,不能再随便敷衍下去,但态度又不能转得太快,也不能表示得过于露骨。他看柳惠光不吭气,便顺水推舟,把问题放到柳惠光面前。他不露声色地说:

"对新药业,老实讲,我是擀面杖吹火——一窍不通,并且,自己的精力也有限,办厂都忙不过来,没时间考虑经营其它企业。倒是柳先生,听说利华药房生意不错,流动资金不少,正在找出路,你们两位是同行,又是老朋友,我看,可以合作合作。"

"惠光兄愿意合作,小弟同样是无任欢迎的。怎么样,惠光兄,你认多少股呢?"

"我吗?"柳惠光把脸转向北面墙角那里,这辰光,朱瑞芳正站在徐义德身后,紧张地听他和江菊霞谈话,此外,没有一个新到的客人。那就是说,没有机会可以把这个问题岔开去,得要自己明确表示态度,回答马慕韩甩过来的难题。他想了想,说,"延年兄,你了解利华药房是股份公司,几位股东都是老实人,巴巴稳稳地做点小生意,从来不向外发展的,和老兄比起来,可以说是目光如豆。

我在店里呢,是灯草拐杖,做不得主的。"

"这情形,我了解。不过,小数目呢,只要惠光兄肯帮忙,我想,也不大成问题。"

柳惠光看朱延年粘到自己身上来了,想法从速推开,支吾地说:"你不要过分抬举我。抬得高,跌得重。我确实没有那个能力,利华这爿小店自顾不暇,哪有余力投资福佑呢?我们不像慕韩兄,企业大,实力雄厚,福佑需要这点小数目,只要慕韩兄指头缝里漏一点下来就行了。"

马慕韩听到柳惠光这几句话,见他也不含糊,至少也是在市面上混了二三十年的人了。他这几句话捧得马慕韩心里怪痒的。但是,马慕韩不上这个圈套,却又不能显得自己寒伧,转弯抹角地说:

"当然,福佑募这点股,讲数目,不大;讲交情,应该帮忙。只是兄弟经营的是棉纺业,一向没过问新药业,今后也不准备过问。福佑募股或者贷款,应该找志同道合的人,钱倒是次要的。韩工程师,你说,对不对?经营一种事业,总得要有兴趣才行。"

"凡事要有兴趣,没有兴趣,做不成事。比方我学工程吧,别人在学校里读书见了数目字头就痛,我一见数目字就有兴趣。越是难做的数学题目,我越有兴趣。经过几天几夜思索,一道数学题算出来了,那乐趣,简直妙不可以酱油。"

徐义德从北面墙角那里脱围出来,见马慕韩和韩工程师谈得眉飞色舞,他慢慢走过来,轻松地问道:

"你们谈啥,谈得这么高兴?"

韩工程师告诉徐总经理谈福佑药房募股贷款的事。徐义德马上发现马慕韩面前的那本福佑药房总结书和计划书。他想不到朱延年把林宛芝三十大寿的盛会变成福佑药房募股贷款的场所了。福佑药房复业向他借的三百万现款,别说利息,到现在连本钱的影子也没有看见过。朱延年当林宛芝过生日这天在徐家募股贷款,显然是想借徐义德的招牌捞一票的。他防备朱延年当着客人向他募股,那才是叫他为难哩。他感到情势于自己不利,内心虽然对朱延年愤愤不满,当着客人的面又不好发作,便装出对这些事毫无兴趣的神情,说:

"你们谈吧,我到书房里去看看信老他们去。"

徐义德的脚仿佛擦了油,一滑,就溜过朱延年他们的面前,到书房里去了。

朱延年并不指望从姐夫身上能得到啥。他没有理睬就离开,在朱延年看来,毫不奇怪。朱延年一心一意在马慕韩身上打算盘。马慕韩纵然一再暗示拒绝,他也不死这条心。不过,现在明白今天当面解决这个问题显然不可能了,他给自己留了下一步,说:

"慕韩兄,这本总结书和计划书送给你了,入股多少倒没有关系,福佑药房能得到各位的赞助——就是精神上的赞助也罢,我朱延年总是衷心感激的。今天不可能详细谈,明天再领教,你先收下吧。"

"好的。"马慕韩不好意思不把那份总结书和计划书收到西装口袋里去,说,"我一定拜读拜读。我想,我从这里面一定可以学到不少经验。"

"那倒不见得,主要是希望你指教。"朱延年又从口袋里掏出两份,分送给柳惠光和韩云程,对他们两个人说,"也请你们两位指教指教。"

他们两个人谦虚地点点头,同声地说:

"一定拜读。"

马慕韩怕朱延年再纠缠下去,他站了起来,指着书房说:

"那里面谈得很热闹,我去听听……"

马慕韩一走,朱延年失去了主要的对象。马慕韩这方面既然没有谈出什么大结果,他把希望寄托在书房里面那些大老板身上。

他也站了起来,附和地说:

"好,一道去听听。"

朱延年跟随马慕韩走去。韩云程和柳惠光不太熟,也没话好谈,他们两个人旋即也站了起来。

书房里是另外一个天地。徐义德这个书房很大,几乎等于外边的东客厅。书房里的摆设多而凌乱:贴壁炉上首是三个玻璃书橱,里面装了一部《四部丛刊》和一部《万有文库》。这些书买来以后,就被主人冷落在一边,到现在还没有翻过一本。徐守仁对这些书也没有兴趣。书橱上面放了一个康熙年间出品的白底蓝花的大瓷盘,用一个红木矮架子架起。大瓷盘的两边放着两个一尺多高的织锦缎子边的玻璃盒子,嵌在蔚蓝色素绸里的是一块汉玉做的如来佛和唐朝的铜佛像。壁炉上面的伸出部分放了一排小古玩,放在近窗的下沿左边的角落上的是一个宋朝的大瓷花瓶,色调醒目,但很朴素,线条柔和,却极明晰。面对壁炉的墙上挂了吴昌硕的四个条幅,画的是紫藤和葡萄啥的。书房当中挂着唐代的《纨扇仕女图》。画面上表现了古代宫闱生活的逸乐有闲,栩栩如生地描写出宫女们倦绣无聊的情态。她们被幽闭在宫闱里,戴了花冠,穿着美丽的服装,可是陪伴着她们的只是七弦琴和寂寞的梧桐树。这幅复制的画,买来以后,重新裱过做成条幅,他平时不挂在书房里的,今天因为是林宛芝三十大庆,他特地把它从楼上移下来,表示徐家的豪富和高雅。这些陈设显得庸俗,极不协调,好像个古董铺。

书房里这些古玩和字画,据专家们研究,几乎全是赝品,唯一值得考虑的是吴昌硕的四个条幅。但徐义德有徐义德的哲学:玩古董和字画,就是假的也要当作真的,只要自己喜欢就行。上海古董店的老板们深知徐总经理有这个癖好,经常送点货色上门。徐义德买古董有他的一个章程:不管真假,贵的一概不要。古董商人给他取了一个绰号,叫做徐一万。上海解放头一二年,每件古董超过一万块钱,他就考虑要买不要买了。今年稍为好一点,暗中增加到五万块了,但有了历史的传统,仍然保留徐一万这个绰号。

今天来宾当中的工商界的巨头们都坐在这间书房里,新参加进去的是冯永祥。冯永祥刚才叫大太太和朱瑞芳盯着,他不得不离开林宛芝。离开了以后,像是丢掉了什么东西,丧魂失魄地毫无目的地东张张西望望。他在东客厅里走过去,又走回来,百无聊赖。一会看见朱瑞芳跟进来,他吓了一跳,以为是要来和他吵架。幸好看到她站在徐义德背后,半晌又坐下去,而徐义德旁边坐着的就是江菊霞。他知道朱瑞芳并不是对他。他放慢了脚步,停留在东客厅里,幸灾乐祸地在等待着将要发生的事。徐义德路过朱延年那边溜走。冯永祥觉得东客厅里没有他落脚的地方,就慢慢向书房里踱去。一走到书房门口,冯永祥就放轻了脚步,悄悄地躲在角落里,把自己隐藏在徐义德的背后。徐义德比他矮半个头,他弯曲着腿,从徐义德的肩头望过去,房间里坐满了人,所以徐义德只好站在门口了。大家的视线都集中在坐在里面沙发上的梅佐贤的身上。梅佐贤皱着眉头,忧虑地说:

"徐总经理说得对,我最近也感觉到了苗头不对。我们在厂里办事的人,大事体当然不清楚,上面的情形也不知道,就从我们小角落来看,和平常就两样。不说别的,就讲税务分局驻在我们厂里的驻厂员方宇同志吧,最近连影子也看不见了,好像税不要了似的。我们打电话到税务分局去,那边要么是没人接,要么是问你是哪一个——问得可仔细,像审问犯人似的。我就说,我是沪江纱厂的副厂长,找他有要紧的事体谈。那边总回答没有空没有空。为啥没有空呢?一点风声也不漏,再问,他们就把电话挂上。再说我们厂里的党支部书记余静同志和工会副主席赵得宝同志吧,他们也忙得很,常常出去开会。开啥会,到啥地方开会,谁也不吭气。

开完会回来,神色很紧张,见了我们就远远离开,仿佛我们身上有啥龌龊物事会弄脏他们衣服似的,正面碰到也不大讲话。正如徐总经理估计一样,我也认为不是一个好兆头。"

徐总经理对坐在书桌边的潘信诚说:

"信老,你们厂里的情形怎么样?"

"我不大清楚,想来大体和'沪江'差不多吧。"潘信诚稳重地把他厂里的详细情况避而不谈,因为他不完全了解今天来客当中的情况,如果走漏出去,传到政府首长的耳朵里,那是不利的。他说完了以后,看看四周的人,都是工商界的朋友,稍为放心一些。

"你的熟人多,接触的面广,总比我们要多晓得一些,"徐义德不放过潘信诚,他又追问一句,"信老,最近可曾听到新情况吗?"

"这方面的情况,我没有阿永熟悉,他到处走动,是我们工商界的消息灵通人士。啥消息总是他先晓得。有些我们不晓得的事体,他也晓得。得把他找来。阿永在啥地方?"

冯永祥听到潘信诚在问他,他把腿更弯曲下去,完全躲在徐义德的身后了。徐义德一点也没有发觉,他说:

"刚才在东客厅里看见过他,现在,可能还在那边。"

梅佐贤从里面沙发上站了起来,对徐义德说:

"总经理,你这边坐,我请永祥兄来。"

梅佐贤走过来,徐义德移动脚步,冯永祥见自己躲藏不住了,他跨上一步,站在徐义德的左前方,伸出手来挡住梅佐贤的去路,笑嘻嘻地说:

"不必去请,我冯永祥自己来了!"

宋其文说:

"阿永躲在啥地方的?我们怎么没有看见?真奇怪。"

"不奇怪,"冯永祥走上一步,站在大伙当中说,"我刚才心血来潮,掐指一算,晓得信老有事要找我,我就来了。"

"我晓得……"徐义德发觉冯永祥刚才从他身背后走出来的。

冯永祥生怕他的西洋镜被徐义德拆穿,连忙暗示徐义德:

"德公晓得就不必说了。"

马慕韩和朱延年走了进来。在他们身后出现的是柳惠光和韩云程。座位不够,大家谦让,反而多出空位没人坐了。梅佐贤从东客厅里端进来三把红漆皮的椅子,大家才陆续坐下来。朱延年没有地方坐,他靠在马慕韩旁边,在沙发扶手上坐下。他不死那条募股的心,紧紧靠着马慕韩。梅佐贤端了张红漆皮椅子坐在门口。冯永祥的座位紧对着壁炉。他装出没有听见刚才大家谈话的神情说:

"信老,你找我,有啥盼咐吗?"

"你再掐指算算看。"

"心血不来潮,掐指算不出。"

"可见得你还不够灵。"马慕韩说。

"要灵,还是让我们的德公算算,他是铁算盘。"冯永祥和徐义德开玩笑。

徐义德对潘信诚说:

"不要算啦,你说说就行了,信老。"

潘信诚把刚才大家所谈的内容扼要说了一下,旋即问冯永祥:

"你说,究竟是啥事体啊?"

"啥事体?"冯永祥觉得这个问题提得很奇怪,他反问潘信诚,"信老,陈毅市长在二届三次各界人民代表会议讲的话,你记得吗?"

"没有多久的事,哪能会不记得哩。"

潘信诚想起史步云在这次人代会上代表棉纺业提出了上次谈的年终奖金那些问题,政府交给有关部门解决。

"陈毅市长在第二届三次各界人民代表会议上说,"冯永祥讲

461

到这儿,整个书房里的客人都把面孔对着冯永祥,聚精会神地静听。书房里静悄悄的,可以听见外面客厅里乱哄哄的人声,和从楼上飘扬下来的美国爵士音乐。徐守仁正在楼上,紧靠着电唱机,一个人手舞足蹈地欣赏世纪末的美国爵士音乐。冯永祥俨然成为谈话的中心人物,他一本正经地小声地说,仿佛在保守机密似的。坐在远一点的人,像徐义德,他就听不大清楚。徐义德要求冯永祥讲高一点,大家都赞成。因为书房里的客人大多数都不是市的人民代表,没有听到陈市长的报告,显出特别关注的神情。冯永祥打扫了一下嗓子,说,"好,我讲高一点儿。"

梅佐贤从门口那边走过来,倒了一杯热茶送到冯永祥面前,巴结地说:

"冯先生,先喝杯茶,润润嗓子,再说。"

冯永祥受人奉承惯了,他并不在意梅佐贤的殷勤和恭维,点点头,算是表示他的谢意。他并没有喝,向大家说:

"陈市长说:为了贯彻执行毛主席'增加生产,厉行节约,以支持中国人民志愿军'的号召,我们必须大力地展开爱国增产节约运动,同时发动严惩贪污与反对浪费的运动,并以这两个运动为本市当前一切工作的中心环节。各机关必须厉行精简节约,调整机构,紧缩编制,精简人员,清理物资,提高工作效率,反对官僚主义,特别是,一定要发动群众大张旗鼓地严惩贪污和反对浪费。陈毅市长认为:特别重要是在我们上海市进行严惩贪污与反对浪费,因为上海市增产节约的任务重大,旧社会遗留下来的贪污腐化的风气包围着我们。我们如果不彻底严禁贪污,打破包围,我们在思想上、行动上便站不起来,便不能完成建设新上海的任务。陈毅市长号召:上海市各级政府人员及广大市民,在开展增产节约反对浪费运动时,立即与贪污分子划清界限,立即发动猛攻,非做到'彻底消灭贪污罪行'绝不休止!"冯永祥一口气说到这里有点累了的样子,他端起刚才梅佐贤送过来的那杯热茶喝了两口,向大家扫了一眼。大家的面孔紧张、严肃。他接着说,"陈毅市长是中国人民解放军华东军区司令员,中共中央华东局书记,又是上海市委第一书记。他讲的话,谁敢不照办?"

中共中央华东局书记和上海市委第一书记的话由冯永祥的嘴重复出来,冯永祥因此觉得自己的地位也蛮高,很神气地望了大家一眼。他的眼光最后停留在潘信诚面孔上,说:

"信老,你说,干部们哪能不紧张?"

"这个我了解,我在人代会上也听到陈市长这番话的。但是,为啥最近看不大见干部呢?问题在这个地方。"

"哦,"冯永祥会意地说,"那是因为最近华东军政委员会发出了关于贯彻增产节约开展反对贪污反对浪费和反对官僚主义斗争的指示,陈市长特地在上海市邮政局设置信箱,接受各界人民和公教人员等对于贪污、浪费和官僚主义行为的秘密检举和控告。三反运动这样大张旗鼓地雷厉风行地展开,你到啥地方去看到干部?这辰光,干部们是泥菩萨过河——自身难保。别说沪江纱厂税务分局派来的那位方宇驻厂员,就是再大的官,他首先得顾顾自己,至于啥税款呀,那倒是次要的。"

冯永祥的答复,徐义德仍然不满意。他问:

"三反运动么,市面上倒听到一些风声,有的《解放日报》也登了,我们想知道的是:究竟三反运动是哪能反法啊?永祥兄。"

潘信诚、宋其文和柳惠光他们都同意徐义德意见,异口同声地说:

"对呀。"

朱延年加上一句,表示自己拥护姐夫徐义德所提的问题:

"徐总经理所谈的,是我们大家最关心的问题。"

"这个呀,问题很复杂。"冯永祥并不晓得中共上海市委和人民政府进行三反运动的真实的具体情形,但自己是大家公认的工商界的消息灵通人士,这件事体哪能不晓得呢？天下事冯永祥没有不晓得的。怎样把不晓得的事说成晓得,而且和真的事实又不能相差太远,这是一个不小的难题。冯永祥抬起头来望着斜对面的书橱和书橱上的那个康熙年间的白底蓝花的大瓷盘。他感到书房里的水汀烧得太热,解开深咖啡色的英国条子哔叽的西装上衣的钮扣,整理了一下那条大红呢子的领带,想了想,吃力地说,"三反运动主要是反对贪污、浪费和官僚主义,各个部门的具体情况不同,发生的事情不一样,采用的方法当然不能一律。共产党办事总是根据毛主席的指示：实事求是,反对主观主义。三反运动,各个机关不同。"

冯永祥绕了一个大弯子,最后还是没说出一个所以然来。梅佐贤见到徐总经理把两道眉毛皱到一起,显然是不满意冯永祥的解答,同时,又表现出不好意思再问冯永祥。他为了投合徐总经理的心意,代他问冯永祥：

"冯先生,你说一个机关哪能进行三反好不好？比方说市人民政府,或者是我们这个区人民政府哪能进行三反？"

徐总经理暗暗点头。他心里想梅佐贤究竟不愧为我们沪江纱厂的一名人才,问题提得明确具体,叫冯永祥躲闪不开。

马慕韩也希望知道一点"内幕消息",他说：

"阿永,谈一个具体机关哪能进行三反运动,我想,是很有意思的。"

"很有意思是很有意思,可是我不能说。这是有关国家机密问题。我讲出来,就是泄露国家机密。乖乖龙的咚,这个问题太大了,我吃不消。我只有一个脑袋,没有两个头。你还是让我多活几年好,慕韩老兄。"他对马慕韩嗨嗨笑了两声,然后转过脸去朝梅佐贤瞪了一眼,觉得这家伙为啥这样不识相,在众人面前"将"了他一

"军",差一点叫冯永祥下不了台。幸亏冯永祥灵机一动,借口国家机密,挽回了难堪的局面。他怕大家再追问下去,连忙煞了车,把话题引到干部身上,说,"不过,有一点是可以说的,三反运动就是整干部。但是,这个话在外边不能随便讲……"

冯永祥最后把声音压得相当低,暗示这几句话也属于机密范围之内的。

徐义德说:

"干部是要整,太官僚主义了。"他立即想起花纱布公司的干部和区里的干部,一个一个熟悉的面影从他眼前闪过。他又愤愤不平地说:

"一提起干部就叫人生气。别的方面我不了解,我也很少和他们打交道;花纱布公司和区税务分局的干部我可是清楚的,他们那个神气十足的官僚架子实在叫人吃不消,谈业务谈税法,老实讲,没有我们清楚;可是啥事体都得照他们的意见办,不然就给颜色看。我们有钱办厂,也不欠他该他的,凭啥要受这份气?诸位说,是不是?"

"是呀。"大家异口同声地说,说得声音最高的是梅佐贤。

"幸亏毛主席领导的英明,来一个三反运动,整整这些干部,再不整,干部的官僚架子更不得了,恐怕眼睛都要长到头顶上去了。"

"干部么,不可一概而论。"潘信诚伸出手来,指着徐义德,以他丰富的历世经验分析地说,"据我看,干部有三类:上级、中级、下级。一般的是上级好,中级差,下级糟。你刚才说的,是属于下级的干部,自然很糟糕。上级,那是无话可说。他们埋头苦干,艰苦朴素;办事认真,丝毫不苟;待人接物,和蔼可亲。你和他们在一道,感觉不到他是个大首长。我五十多年来,见过不少市面,接触过各式各样的大人物,从没有见过像中共这样的首长,他们可一点官僚架子也没有。"

"信老分析的也有道理,但是中、下级干部不能一概而论。"马慕韩想起上海解放的第二天早上,他看到解放军睡在南京路两旁马路上的情景,叫他激动得说不出话来。他从来没有看见过,也根本没有听见过军队的纪律这样严明,入城以后,怕惊动老百姓,连门也不敲一下,就睡在马路上过夜,那些长官和士兵一样的睡在水门汀上。这样的好部队,老百姓哪能不喜爱?他不同意潘信诚对干部那种分类法,提出了异议,"拿解放军来说,进城睡在南京路上,没有惊动一家老百姓,这不能说'糟'吧?"

"那是部队,那些干部真是好,无话可说。"潘信诚也同意这一点,"我不晓得见过多少部队,北洋军阀的也好,国民党的也好,英国美国的也好,可是从来没有像解放军这样好的部队,那么守纪律,讲道理,叫人见了一点儿也不怕,真是古今中外少有的部队。"

潘信诚并没有正面回答马慕韩的不同意见,马慕韩听出来他的意思:一般干部吗,还是他的意思:中级差,下级糟。马慕韩第一次正式见到共产党和人民政府的干部是在外滩中国银行的楼上。那是上海解放没多久,陈毅市长召集工商界的人士举行座谈会,他心中有一种新鲜的异样的感觉:干部不论大小,一律穿着布衣服,有的穿黄色卡其布的军装,有的穿灰布的人民装。猛一下见到,叫你分不出哪一个是高级干部,哪一个是下级干部。上海解放快三年了,他们还是穿着朴素的布衣,生活也很节省,见了人和和气气,一点架子也没有。他最初觉得他们在农村待惯了,进城以后,一定会变,现在快三年了,可是还没有变。原来以为他们是所谓"土包子",对于军事和农村工作有一套办法,城市工作,特别是经济工作就不一定能行,上海许多公共事业和一些大型工厂,军管会接管以后,派去的那些军事代表和厂长这些人,摸索一个时期之后,居然也熟悉了。这样一来,他对干部看法有些改变:他们不单是生活朴素,态度和蔼,平等待人,而且还有本事。国家大事交在这样的人

手里,那是大有希望的,会给中国人出一口气。他对潘信诚说:

"我虽然年纪轻,接触到政府的干部也不多,但不论上级也好,中级也好,下级也好,我觉得他能力很强,经验丰富,尤其是生活朴素,不爱钱财,确实叫人佩服。他们那个完完全全为人民服务的伟大精神,真是天下第一!对我们来说,是可望而不可即。"

"我不大同意慕韩兄的说法。"徐义德想起一个多月以前梅佐贤还代他送了两百万块钱给驻厂员方宇,怎么能说是干部不爱钱财呢?他提出了不同的意见,"他们生活朴素是真的,不爱钱财,我看不见得。钱,谁不爱?如果照信老的分类法来说,也有三种人:一种人是心里爱嘴上也爱;一种是心里爱嘴上不爱;第三种是心里不爱嘴上也不爱。现在的干部多数是第二种,如果你送上钱去,保证不让第二个人晓得,你看他要不要?我徐义德担保:他一定要。"

马慕韩摇摇头:

"德公,你这个说法,要考虑。"

"我有亲身的经验。"徐义德坚持自己的意见,他看了梅佐贤一眼。

梅佐贤懂得他指的是方宇。梅佐贤说:

"我同意徐总经理的意见。"

"就是有亲身的经验,也不能以局部代替全部,更不能以个人的经验下结论。我们要从全面看问题,要从历史发展看问题,要比较的看问题……"

马慕韩在上海解放后就不断买毛泽东主席的著作和马克思、恩格斯、列宁和斯大林的著作看,学了不少新知识。在工商界朋友当中,他是比较有点修养的。他这几个看问题的方法把徐义德说得哑口无言。他心里不服,可是弄不清那些新名词,有理也说不出。他不言语,只是对马慕韩一个劲地摇头,表示不同意。朱延年从马慕韩的沙发扶手上站了起来,向大家点了一点头,态度很谦

虚,语气却坚定,说:

"借这个机会,我想向诸位报告报告福佑药房的具体情况……"

马慕韩一听到朱延年要报告福佑药房的情况,马上就预感到他又要大煞风景,在林宛芝三十大庆的日子来大力募股了。他厌恶地盯了朱延年一眼,想离开他远一点,书房里没有一个空座位,突然离开朱延年也容易引起旁人的诧异。他不动声色,把头转过去,注视挂在墙上的那幅《纨扇仕女图》。

朱延年没有注意马慕韩的表情,他兴致勃勃地说:

"福佑药房复业不久,从苏北行署卫生处来了一位张科长,刚开头,连根香烟也不肯抽我们的,吃饭更不必说了。我们送过去一双黑皮鞋和一套深灰色的哔叽人民装,起先一定不要,劝他先穿了再说,到后来就一直穿到苏北去了。送他礼物不肯要,我们把它放到火车的行李架上,他也带到苏北去了。最初不敢当面送钱,只说是借点钱给他零用,他就放手花用了。第二次,我们又送了一些钱放在他房间里,他花了,从来一字不提。到娱乐场所吧,比方讲跳舞厅,开头也不肯去,带他去一二次,以后就自动去了,跳完了,就把一个很漂亮的舞女——叫徐爱卿的带到旅馆去了。公家机关的干部总是这一套,心里爱钱嘴上不敢爱。以后,我们摸清了这个底细,不管他同意不同意,你照办,坚持做下去,只要不让人晓得,他们最后总是接受的。十拿九稳,没有一个干部不是这样的。"

徐义德的嘴上露出了笑容,说:

"我说的,对吧?慕韩兄。"

马慕韩听见朱延年并不说募股的事,而是谈了张科长的例子,这些事吸引了他的注意和兴趣。他没有正面回答徐义德的话,转过脸来,对朱延年说:

"你谈下去。"

朱延年见自己的一番谈吐引起了马慕韩的兴趣,他扬起眉头,得意忘形地说:

"哪个干部到了我们福佑药房,总逃不出我朱延年的手。不但生意一定是给福佑做下来,而且人也会慢慢变成福佑药房的。他们自己单位的生意一定给福佑做自不必说,就是他们有联系的别的单位,也会介绍来的。每次介绍生意来,我也不亏待经手人,不是寄点钱去,就是送点礼物去。他们要办货,上哪一家都是一样,到福佑来,自己有油水,何乐而不为呢?老实说,我们福佑药房是干部思想改造所。任你是哪一个干部来,只要跨进福佑的门,思想就一定会得到改造。因此,我们福佑的生意越做越大,经常联系的客户几乎遍及全国,有一千九百四十二家,今年六月份的营业额曾达到三十六个亿,现在还在发展……"

马慕韩听到这里生怕他又要拉到募股上头去,当着这些朋友的面,再要拉他入股,他是很难拒绝了。他连忙插上去说:

"福佑药房是干部思想改造所,那么,你是所长了。"

"不敢当,不敢当。"朱延年谦虚地说,"我不过在这方面多出点主意,具体的事情还是靠伙计们去做。"

韩云程工程师不大接触工商界的这些人物,平日尽在数字里过日子,今天听了朱延年的宏论,他暗自吃了一惊,深深感到自己晓得的事体太少了。拿朱延年和徐义德一比,显得徐义德大为逊色了。他感叹地说:

"想不到福佑药房做买卖还有这一手……"

柳惠光早听说福佑招待客户的一些情形,但是没有今天这般具体。早一会儿和马慕韩、韩云程一道听朱延年谈福佑药房发达的情形,当时的嫉妒现在已变为轻视,甚至是不屑一顾了。这样做法,风险太大,就是赚钱,将来也会出毛病的。他不再嫉妒福佑药房,内心安于利华药房的营业情况了。他听到韩云程的感叹之词,

469

接上去说：

"我们延年兄的花样经多得很，别人想不到的事体，他都做得出。"

这几句话说得朱延年心里不大舒服，在座的只有柳惠光知道他的底细最清楚，怕他再说，连忙顶过去：

"别给我高帽子戴，惠光兄，你也不推扳。"

徐义德的意见得到朱延年的有力的支持，他指着挂在上沿墙壁上那幅《纨扇仕女图》说：

"金钱与美人这两关，谁也逃不过。你们看看这是一幅唐朝的古画，这几位宫女画得多美丽！谁见了能不动心呢？干部跳舞当然找最漂亮的舞女跳。有了金钱和美人，你要干部做啥，他不肯，才怪哩。"

潘信诚闭目遐思，想起他从香港回到上海，曾经看到上海解放初期英文《字林西报》的一篇社论，感慨万端地说：

"唉！英国人是有眼光……"

大家对金钱与美人这两个问题正有兴趣的时候，忽然听潘信诚说了这么一句，大家都以莫名其妙的眼光注视着潘信诚。宋其文问：

"信老，你怎么忽然岔到英国人身上去了？这和我们的谈话内容，有点风马牛不相及啊！"

"大有关系。"潘信诚说，"上海解放初期，《字林西报》有篇社论，说上海是一个大染缸，不管你啥政党来，都要变色的。那意思是说，就是共产党来，也要被上海改变的，也要变色的。我听了延年老弟的一番话，心里很有感触，要修正我刚才的看法。以我五十多年的经验来说，我发现一个很大的问题，就是每当哪一派得势上了台，开头都是勤勤恳恳朴朴素素地办事，总是得人心的。可是，不久，政权建立起来，生活富裕了，过得写意了，就起了变化，慢慢失去了人心。我们中国受帝国主义压迫了百把年,统治阶级也不争气,尽和帝国主义勾结,一点可怜的民族工业总抬不起头来,老大的中国富强不起来,也独立不起来。自己捧着一个金饭碗在人家面前讨饭吃。我原先以为共产党不同,想不到上海解放还不到三年,干部已经起了变化。上海这染缸,……这可怕的染缸……"潘信诚深深地叹了一口气。

他这一声叹息,使得大家都闭住了嘴,不知道说啥是好。书房里静静的,草地上暮色苍茫,打羽毛球的大人和孩子的叫喊声低下去,有些人就走进客厅里来。楼上徐守仁已经把电唱机关了,再也听不见世纪末的美国爵士音乐。客厅里的乱哄哄的人声比刚才更高。在一片嘈杂的人声中,稍为注意一下,可以听到西客厅里有人在唱《捉放曹》:"将此贼好一比井底之蛙……"此外,还可以听到搬动桌椅和放置筷子碗碟的音响……

梅佐贤坐在书房门口那边,伸过手去把电灯扭开。灯光照耀着古色古香的书房,给潘信诚叹息了一声因而沉闷起来的空气,让电灯一照,大家情绪又仿佛活跃了起来。肃静中,马慕韩开口,打破了沉默:

"信老,你是用旧眼光看新社会。我不同意。你说的情形,过去确是如此,那是反动统治阶级,改朝换代,他们的阶级本质决定他们一定要起变化的,有的变化迟些,有的变化早些,但是一定要变化的。共产党是无产阶级的政党,他们不会的。"

"这件事,慕韩兄,你可不能给人打包票。"徐义德完全同意潘信诚的意见。

"不是我要给人家打包票,共产党硬是和别的党派不同么。"

"何以见得?"潘信诚不慌不忙地问。

"自然有道理,我亲眼看见的啊。"马慕韩回忆地说,他仿佛又回到朝鲜前线,"在朝鲜的志愿军,就是原来的解放军,他们住在坑道里,有时连水也喝不上,用雪化成水来喝,不怕多么强烈的炮火,个个争先恐后,受了伤也不下火线。过去只听说解放军生活艰苦,打仗勇敢,我却没见过。我在朝鲜前线慰劳,可是亲眼目睹的,他们一点也没有变。"

"共产党的军队确实管教得严。不过,军队在城市里住久了,也很难说。"潘信诚还是相信《字林西报》的论调。

"不,信老,我见到的志愿军,有的是从上海开去的,他们在上海驻防过。"

"哦?"潘信诚感到有点惊奇。

"信老担心得很对,一般干部就很难说了,有些干部,我也是亲眼看见的。"徐义德支持潘信诚的看法。

"当然,十个指头有长短,不能说每一个干部都很好,陈市长在一次会上,也说过这个问题,他说共产党早注意这个问题,可以防止,因为共产党有批评与自我批评的武器,也就是毛主席说的每天要洗洗脸,我相信他们是不会腐化的。"

冯永祥给朱延年"将"了一"军"之后,一直保持着沉默,他怕露底。马慕韩提到陈市长,他立刻支持他,表示自己也了解这件事,大声地说:

"慕韩兄的话对,我也听陈市长这么说的。我相信共产党不会腐化,有毛主席领导一定不会腐化,绝对不会腐化。"

"现在还难说,"潘信诚的口气已经有了一些改变,"走着瞧吧。我的眼光也许旧了一点,不过,我是一番好意,但愿共产党能把中国弄好。"

马慕韩坚持他的意见,说:

"目前正在进行三反运动,事实说明共产党不会腐化。这个运动就是为了挽救那些贪污、腐化、浪费的干部的。"

一提到整干部,徐义德的兴趣就来了。他说:

"对,这些官僚主义的干部是要整……"

徐义德的话还没有讲完,忽的,冲进来一个穿黄皮茄克的青年,乌而发亮的头发向前飞起。他大步跨到徐义德的面前,像个小孩子似的,没头没脑地说:

"爸爸,开饭啦。"

"等一等,我们正在谈心哩。"

"不,"徐守仁靠着徐义德的膝盖摆了摆身子,说,"我肚子饿哪。"

"客人不叫饿,你叫饿,"徐义德轻轻拍一下他的大腿,说,"没一个规矩。告诉他们,等一会开。"

徐守仁站在爸爸面前不肯走,撇着嘴说:

"外边的客人都等着哩!"

"那就吃吧。"潘信诚给马慕韩批评了一下,心里不高兴,可又说不过这些年轻人,感到自己是老了,但又不完全服老。他本来还想多讲一点,驳斥马慕韩,一看今天人多口杂,不是说知心话的地方,他就让了一步,借口吃饭,站了起来,说,"我也饿了,等会再谈吧。"

宋其文、柳惠光他们也站了起来。徐义德把手指着书房的门,对大家嚷道:

"各位请。"

五十

　　吃过晚饭以后,杨部长走进长宁区税务分局的"三反"办公室,急着问秘书叶月芳:

　　"方宇坦白了没有?"

　　叶月芳从她灰棉列宁装的口袋里掏出一个红色冲皮的笔记本来,打开里面记录,向杨部长汇报今天的情况:

　　"根据小队长指示,这两天我们对他采取大会轰、小会挤的方法,有时候,用材料点他一下。他顽强得很,还是不肯坦白。这些留用人员脑筋旧得很,态度特别狡猾。不怕你的火力多猛,他就是不吭气。有人急得没办法,恨不能过去痛痛快快打他两记耳光。"

　　"打两记耳光能解决问题吗?"

　　叶月芳给杨部长突然一问,倒愣住了。她想了一阵,说:

　　"当然不能解决问题。"

　　"这就对了。"杨部长笑了一声,说,"打'老虎'不是一件容易的事,打有经验的'老虎'尤其不是一件容易的事。我们不仅需要勇敢,我们更需要的是智慧。一定要掌握材料,进行调查研究,动脑筋、用智慧。光靠斗争会是解决不了问题的。方宇的材料,你们小队研究了没有?"

　　"看了一下,说研究,还谈不上。"

　　"有勇无谋,哪能作战呢?前天我不是在汇报会议上谈了这一点,你们为啥这么急的就展开攻势呢?"

　　"因为运动进入第二阶段,要领导群众,集中力量,向大贪污犯发动猛烈的进攻,不抢时间来不及啊。"

"进攻没有作战计划,没有准备,单抢时间,行吗?"

叶月芳合上红色冲皮的笔记本,低着头,望着别在列宁装左胸前的红色天安门的国庆节的纪念章,忍不住笑了:

"不行。"

"通知你们的小队长,停止进攻,不要再开斗争会了。这样没有准备的进攻,实际上是在'老虎'面前暴露我们的弱点,增加他顽强抵抗的信心。"

叶月芳同意杨部长的分析,点了点头。

"方宇大概也让你们攻得昏头昏脑的了,叫他休息一下,清醒清醒头脑。你和小队长今天集中力量研究方宇的一切材料和线索,提出你们的意见,送来给我看,批准你们的计划以后再进行。"

"好的。"叶月芳坐到自己的办公桌那边,开了锁,从抽屉里拿出一个夹子来,送到杨部长面前,说:"这是今天各小队的书面汇报和统计数字,现在要看吗?"

"留在这里好了。"

"我找小队长研究方宇的材料去。有啥事体,派人来叫我好了。"

叶月芳走出去,她轻轻把门关上。

一九五一年十二月中旬,中国共产党上海市委员会转发了《中国共产党中央委员会关于大张旗鼓地展开反贪污、反浪费、反官僚主义斗争的指示》以后,在十七日紧接着召开了市委扩大会议,市政府党组干事,和各市区与市郊党委正副书记都列席了会议。由市委第一书记陈毅同志传达中共中央政治局扩大会议关于《精兵简政、增产节约、反贪污、反浪费、反官僚主义的决定》。陈毅同志指出:"武装斗争阶段转入工业建设的过渡时期行将结束,今后则是为国家工业化而斗争的时期。懂得这一点,才能正确理解中央决定的重大意义。一九五二年是工业建设准备的最后一年,要做的工作很多,而中心环节是精兵简政、增产节约、反贪污、反浪费、反官僚主义。这些工作做不好,不仅不能保证各项任务的完成,而且还会影响我们已经取得的伟大成绩。"最后,陈毅同志号召上海各级党组织要为执行中央这一伟大正确的决定而斗争。

中共长宁区委根据中国共产党上海市委员会的指示,正确地展开了三反运动,并且已经从党内推向党外。为了加强重点单位的领导,特地把区委委员和各部的负责人派出去掌握。统一战线工作部杨健部长被派到财经队。他把重点放在税务分局这方面。到了税务分局,他了解了一下全面的情况,感到问题相当严重。整个税务分局的工作人员有百分之八十以上是原来伪税务局的留用人员,党团的力量很弱,进步骨干也不多。税局人员和资产阶级关系特别密切,其中贪污问题必然严重。他根据税务分局的行政组织,以科为单位建立了小队。他亲自领导一个小队,因为干部不够,同时也因为注意培养他的助手,就把区委统战部的秘书叶月芳派到一个小队去,要她协助小队长首先突破长宁区税务分局在沪江纱厂的驻厂员方宇。他刚才听了叶月芳的汇报,有点不放心,准备自己抓一抓方宇这个问题。

他坐在办公桌面前,打开夹子,仔细研究今天各小队的书面汇报。最后,他又想到方宇。深夜临睡以前,他打电话问叶月芳小队关于方宇问题研究的情况。她说正和小队长在突击,估计明天可以缴卷。

第二天上午,叶月芳果然把研究好了的方宇的材料送来,并且提出作战计划。除了大会轰小会挤以外,加了一条——压的方法。另外,他们要求杨部长支援——找方宇个别谈一次话。杨部长看完了方宇的材料,对叶月芳说:

"昨天我同你说,你们有勇无谋,哪能作战?我看了书面汇报,你们虽然注意发动群众,但是侦察工作做得很差。指挥官对虎性缺乏了解,只是满山遍野乱放空炮,到现在一只老虎也没有捉到。战罢归来,群众自然疲惫不堪,加把劲,就产生了急躁情绪,恨不能打他的耳光。现在你们研究了他的材料,也提出一些意见,比较好。可是你们也只有三个办法,轰、挤和压,对方宇这样的人这三个办法不行。"

"不能用吗?"

"不是不能用,而是没有用处。"

"哪能办法呢?"她睁大了两只眼睛。

"得另外想办法。你想想看。"

她咬着下嘴唇,想了一阵,轻轻地摇摇头:

"想不出。"

"最近市委总结的经验忘记了吗?"

"查、算、劝!"

"对!对方宇这样的人,特别要根据市委指示,用这三件法宝。"

"你不说,我们倒差点忘了。"

"比方说,他承认解放前确实按月收过资本家的津贴,就要查问:从啥辰光收起的?收到啥辰光为止?一共收过多少?每次收多少?解放以后为啥不收?你不收,资本家不会不送的。特别是上海解放初期,资本家一定送,只要他承认解放以后收过一次——不管收啥——就好办了。既然收过一次就有可能收过第二次第三次。经过查和算,他一点一滴承认了,然后,要劝。你们必须调遣得力干部,加强侦察工作,研究虎性,及时掌握情况,集中力量突破一点,然后巩固成绩,扩大战果,才能获胜。今天下午你们小队自己开会总结一下过去几天的经验,并且把方宇各方面的情况分析研究一下,使得每一个战斗员都了解情况,了解作战布置,然后到深山密林里去搜索老虎就有把握了。今天不要去找方宇,让他休息一整天。等你们小队初步总结做好,作战布置传达了,明天再找他开小会。"

叶月芳一边听杨部长讲,一边打开红色冲皮笔记本刷刷地记着。杨部长讲完,她感到有一股说不出来的力量,是对付顽强老虎方面所最需要的力量。过去以为对方宇这样的人实在没有办法了,听杨部长抓住关键问题冷静地进行分析以后,觉得对方宇这样的人实在太有办法了。那股力量产生了信心。她向杨部长保证:

"我们小队全体队员一定根据你的指示,满怀信心地上山打虎,不捉到老虎,誓不回来。"

"我祝你们成功。你们一定成功。勇敢加智慧,就是胜利。"

"不过,我们还希望你不断地给我们指示,给我们支援。"

"那没有问题。"

"你是不是可以找方宇个别谈一次话呢?"叶月芳想起了小队长在作战计划上的要求。

"如果需要,当然可以。"

"那我们的信心更高,明天一定解决方宇的问题。"叶月芳拿着作战计划准备去了,她想即刻把杨部长的指示告诉小队长,早点准备,好上火线战斗了。她脸上闪着得意的笑容,心里想:方宇这只"老虎"眼看着就要捕获到手了。

杨部长见叶月芳兴高采烈,怕她让预期的胜利冲昏了头脑。叶月芳是一个里外如一的人,她内心有啥,面孔上立刻就反映出来。她好胜,同时,还有一点虚荣心。上海解放以后,她首先穿上二尺半的灰布列宁装。原来在上海工作的一些女同志初穿上这身灰布衣服还有点不习惯,她却感到很自然,经常穿着那身灰布列宁装在众人注目的地方出现。此外,她对各式各样的徽章感到很大的兴趣,尤其是一个新的纪念章——不管是中国的还是外国的——在上海一出现,她总是千方百计地想法去弄来,别在胸前,有意走到熟人面前给他们看。做起工作来,就忘记了一切,不完成组织上给她的任务,她绝不放手。即使三天三夜不睡觉,她也不叫一声苦。她经不住表扬,但受得起严厉的批评。杨部长熟悉她这些特点,在思想和工作上,他对她抓得比较紧。杨部长留下了她,提醒她别让可能到来的胜利冲昏了头脑,说:

"叶月芳同志,你记得我们三反运动第二阶段的主要任务吗?"

叶月芳拿着作战计划站了下来,她收敛了脸上的笑容,严肃地说:

"第二阶段的主要任务是进一步在机关内部展开坦白检举运动,并与工商界的坦白检举运动结合起来,造成内外夹攻的形势,集中力量追捕大贪污犯。"

说完以后,叶月芳的两只大眼睛注视着杨部长的表情,她怕自己回答得不完全。其实她记忆力和她所做的会议记录一样,在整个区委是出名的,什么文件经过她的手,只要杨部长一提,就可以把整个内容说出来,马上找给杨部长看。任何人参加区委统战部的会议,看到自己发言的记录没有一个人不赞赏的,不但记得一点不漏,最难得的是保持着发言人的口吻,丝毫不差。她是统战部有名的活字典。她见杨部长点了一点头,她松了一口气。杨部长说:

"市委的指示你记得很清楚,这很好。问题是怎样才能追捕大贪污犯呢?要打大'老虎',首先要把中小'老虎'搞清楚,这样,大'老虎'的尾巴就露出来了。目前税务分局的中小'老虎'还没有完全搞清楚,因此,大'老虎'还躲藏着。我们的任务还很艰巨,不要小胜即骄,要永远保持清醒的头脑。"

叶月芳的弱点给杨部长几句话指点出来。她的脸像是西方的晚霞。她静静站在那里,仿佛是在暑天,热得头上冒气,给一盆冰凉的冷水浇下来,脑子里感到凉爽和清醒。

杨部长接着说：

"就是方宇问题也不会一帆风顺，进行起来可能还会有波折。这一点，我们要有充分的估计。毛主席指示我们：凡事要做最坏的打算，争取最好的前途。面对顽强的'老虎'，我们不可以过早的乐观，当然，要有坚强的信心。纵然方宇问题顺利解决了，也只是突破一点，我们还要巩固成绩，扩大战果，才能取得全胜。最近区里要召开坦白检举大会，我们要特别努力，配合区里的这个大会。反过来，区里的这个大会，又会推动我们这里的斗争。"

叶月芳羞愧地低下了头，她觉得自己刚才过于乐观，忘记了摆在面前的十分艰巨的任务。

杨部长批评了她以后，又鼓励道：

"你们只要永远保持清醒的头脑，我相信：你们会不断取得胜利的。"

"那么，我去了，杨部长。"

"好的。"

叶月芳迈着坚定的步子，稳健地一步步走去。

开过了小会，叶月芳走进了杨部长的办公室，嘟着嘴，半晌没有说话。杨部长料想情形一定不大好，问她：

"方宇没坦白？"

"他什么也没有坦白，只承认解放以后受过梅佐贤厂长的一只马凡陀金表，说这是私人交情，……"

"别的呢？"

"他说再也没有了。这样的人，我看他死也不会坦白的。"

"他不是已经开始坦白了吗？"

"啥辰光？"她大吃一惊，方宇坦白了，她为啥不晓得呢？她不解地注视着他。

"你刚才说的呀，他收了梅厂长一只表，这就是行贿干部的一种方式。礼品也要钱买的呀。不是啥私交！为啥梅厂长不送别人的礼品,单独送他呢？送了一次以后,为啥不再送呢？这不是开始坦白一部分了吗？"

"经你这么一说,倒是的。"

"说了以后,他很恐慌吗？"

"看样子很恐慌。他神色有点张皇失措。"叶月芳把召开小会的经过情形向杨部长汇报了,她说:"我们希望杨部长能找他个别谈一次话,好跟踪追击,巩固已得成绩,迅速扩大战果。"

"你们对他交代政策不够。他有顾虑,不敢彻底坦白。"

"我们第一次就给他交代了政策。这家伙顽强。"

"交代一次是不够的,要反复交代,要交代得透。他现在已经露出'老虎'尾巴来了,紧紧抓住尾巴,反复交代政策,是可以扩大战果的。"

"你啥辰光找他谈呢？"

"让我把他的材料再研究一下。"

三小时以后,叶月芳把方宇带进来了。他拘谨地站在杨部长面前,低着头,两只手不知道放到啥地方是好,一会交叉地放在胸前,一会藏到脊背后面,最后垂直在身体两旁。

"请坐下。"杨部长指着他办公桌前面那张椅子对方宇说。

叶月芳端过一杯茶来放在方宇面前。

方宇莫名其妙了。他听说杨部长找他谈话,他迟疑了一阵子才走。临走,他又向房间四周留恋地看来看去,好像是进行最后的告别。他想打个电话告诉家里,说他今天晚上可能不回去了。那就是说,他准备进监狱。他后悔不该坦白出曾经受过梅厂长的马凡陀的金手表,讲出去以后,果然杨部长找去谈话了。见叶月芳站在旁边,他不方便给家里打电话,怕给叶月芳察觉出自己的心思。他心一横,抱着横竖横的心理,跟她来了。走进杨部长的办公室,没有看见公安局的人员,他就有点奇怪;杨部长和叶月芳那么客气,他更奇怪了。他坐在杨部长面前,还是不敢抬头,也没有喝茶,以一种等待宣判的心情在静坐着。

杨部长窥出他这种紧张的心情,特地缓和一下空气,轻描淡写地说:

"方宇同志,不要太紧张,我们随便谈谈。"

"方宇同志,"方宇想起自己过去的罪行,听到"同志"两个字感到有点惭愧。一个贪污分子值得杨部长称做"同志"吗?他抬起头来,口吃地说:

"杨部长,我,我……"

"你怎么样?方宇同志。"

"我,我不配称做同志,你待我太客气了。"

"这没有啥。"杨部长望着他的面孔说,"你不要老是想着你是留用人员。你要晓得,你是国家政权机关的干部,你是国家的工作人员,为人民服务的人。你不要以为自己是雇员,站在政府机关以外,如果是这样的话,那你就错了。"

"不要站在政府机关以外,是国家政权机关的干部。"方宇仔细回味着杨部长的话。他第一次感到自己不单是一个按月拿一百一十个单位的雇员,而且是政权机关中的一个干部,一个为人民服务的人,不是一个为一百一十个单位服务的人。每月发给他一百一十个单位只是他为人民服务的报酬。他的工作,要对政府负责,要对人民负责。他想起那一次透露给梅厂长关于七月一日加税的消息,给国家给人民带来多少损失啊。他不敢继续往下想。他的手抓着面前的那杯茶,可是不喝。他说:

"杨部长,你说得对,我是有些雇员思想。我对一些问题看法常常很糊涂。"

"看法糊涂,思想错误,都不要紧。要紧的是要分析思想错误的根源,找出正确的看法,纠正错误。我们做工作不可能完全不犯错误,只是有的人犯的错误多一点,有的人犯的错误少一点;有的人犯了错误,发现错误,改正错误,努力避免再犯错误;有的人犯了错误,自己不承认是错误,或者是别人指出了他的错误,他企图掩饰错误,甚至保护错误,寄托在侥幸上,不想改正错误,一错再错,就铸成大错了。对后一种人,我们要帮助他,这是我们的一种责任。当然,他自己也要检查自己。"

杨部长锐利的眼光停留在方宇的脸上。方宇的面孔感到热辣辣的。他慢慢把脸偏过去,发觉坐在杨部长背后的叶月芳的两只大眼睛正对着自己。他努力保持着冷静,很自然地把头又低了下来。"对后一种人,我们要帮助他,这是我们的一种责任。当然,他自己也要检查自己。"杨部长这几句话在他的耳朵里轰鸣着,冲击着,好像汹涌澎湃的海浪,以一种不可抵抗的力量,拍击着海边的悬崖。他感到杨部长这些话是针对着自己讲的,却不提自己的名字,态度又那么和蔼亲切。他听了心里很舒服,又很难受。

杨部长见他不言语,十分关怀地问他:

"你觉得哪能?"

"你说得对,杨部长。"

杨部长接下去说:

"譬如这次三反运动,从第一阶段中充分证明:资产阶级向我们进攻,如同水银泻地一般,无孔不入。在资产阶级的猖狂进攻下,国家的财产遭受了严重的损失。有许多干部被腐蚀了,犯了错误。上海解放以后,资产阶级不惜用一切手段来勾引我们的干部,来毒害我们的干部。一部分立场不坚定的干部,特别是受旧社会影响比较深的干部,中了资产阶级的糖衣炮弹。有些干部中了糖衣炮弹自己还不清楚,他们不知不觉地变成了资产阶级盗窃国家财产的代理人。资产阶级有的还直接派遣代理人钻到我们政府机关、国营企业内部来,利用职权的便利,大量地盗窃国家的财富。"

"那太可怕了。……"方宇说了一句,又不说了。

"如果我们不把资产阶级的猖狂进攻坚决予以反击,取得胜利,那我们就会有极大的危险。所以毛主席指示我们要大张旗鼓地开展三反运动!"

"是呀,一定要反击,要痛痛地反击。"

"你的意见很对,要痛痛地反击。"杨部长鼓励他,说,"反击,每一个中了糖衣炮弹的人都要参加反击。有了他们参加,反击起来更有力量。因为他们中了资产阶级的糖衣炮弹,受了资产阶级的勾引,受了资产阶级的毒害,用他们亲身遭受的腐蚀,暴露出资产阶级的罪行,引起人们的公愤和警惕,打退资产阶级的进攻,同时也是挽救了自己。"

"挽救自己?"方宇脱口而出,发觉自己露了马脚,立刻又收回来,说,"是呀,同时也挽救了自己。"

"有些人犯了错误不敢讲出来,他的脚陷在错误的泥沼里越陷越深。"

"啊?有这样的人?"方宇故作不知地问。

"有,而且不少。"杨部长说。

"为啥不敢讲呢?真奇怪。"方宇说。

"不奇怪。"杨部长解释道,"因为有顾虑,怕说出来的后果,其实,不说出来,那后果才是不堪设想哩。我们从来对于承认错误、决心改正错误的人总是宽大的。在资产阶级的猖狂进攻之下,不少人负伤了,不少人倒下了。毛主席号召我们大张旗鼓地进行三反运动,就是为了医治这些人的创伤,就是为了挽救这些人。只要把创伤在人民面前和党的面前暴露,受伤的人才会得到治疗,才会成为一个健康的人。"

"那是的,那是的。"方宇的声音有点发抖。他仔细考虑着"我们从来对于承认错误、决心改正错误的人总是宽大的"这句话,他心上的乌云逐渐散去,开朗了。一个响亮的声音在他的耳朵里回绕着:"要把创伤在人民面前和党的面前暴露。"不晓得啥地方来的一股勇气支持着他,鼓励着他,要他把隐藏在心的深处的话说出来。他果断地抬起头来,对杨部长说:

"我,我……"方宇张开嘴,又把话吞了回去,踌躇地改了口说,"我只是收了梅厂长的一只马凡陀的金手表,我已经坦白了,我希望受到应得的处分。"

"我知道你收过梅厂长的马凡陀金手表,这只是他送给你的东西的一部分。你说,他送了一只手表以后,从此他就不送你别的东西吗?他送你的东西竟无目的吗?那他为啥不送给别人呢?为啥解放以前按月送你的津贴,解放以后忽然就不送呢?为啥这么巧,不早不迟,恰巧在上海解放那天以后就不送呢?你知道,我们中国有句古话:若要人不知,除非己莫为。上海这样轰轰烈烈大张旗鼓地进行三反运动,你不讲,别人不会讲吗?昨天我们召开了工商界座谈会,资产阶级坦白了许多有价值的材料,每一个厂商的负责人都谈了,沪江纱厂的梅佐贤也谈了。"

方宇大吃一惊,他圆睁着两只眼睛,望着杨部长:

"梅佐贤!"

"唔,梅佐贤也来了。"叶月芳坐在杨部长的背后,插上来说。

"隐瞒是隐瞒不了的,只有坦白,彻底坦白,承认错误,决心改过错误,才会受到宽大处理。我不忍看见一个干部陷入到错误的泥沼里而不去救他。"

"我……我……我……"方宇好像突然变得口吃了,他一直在讲着"我",可是说不出其他的话来。梅佐贤那张露着两个酒窝的长方形的面孔在方宇面前出现。他想起那天在沪江纱厂厂长办公室的情形,梅厂长把马凡陀金表放在他面前,说:"我们是老朋友,这表是我的。我今天送给你,留个纪念。我晓得,共产党反对送钱送礼的。这也不是礼物,这是我们两人的私交,你知我知,天知地知,还有谁知道呢?我绝对不会对人家说的。"从此,他就接受梅厂长一次又一次的礼品和金钱。想不到来了三反运动,还召开了工商界座谈会,而且梅厂长在座谈会上还谈了话。梅厂长啊梅厂长,实在太不够朋友了。梅厂长的那副笑嘻嘻的面孔和杨部长诚挚关切的态度,成了一个极为鲜明的对比。杨部长刚才所讲的每一句话,起初以为是讲的第三者,与自己无关。现在想起来,都是针对着他的。杨部长像是一位令人尊敬的慈母,抚摸着儿女所受的创伤,想早一点把他们治好。方宇感到再不讲出来,实在太对不起杨部长了。他本想一口气把自己所犯的错误都讲出来,可是自己很激动,情绪很乱,不晓得从啥地方说起。

叶月芳在旁边忍不住对方宇说:

"杨部长这样苦口婆心劝你,你不坦白,还有啥顾虑?"

方宇皱着眉头,心里想是不是杨部长要他再坦白一些,然后今天就逮捕他;还是真的坦白了并不严办呢?他看不准,便站了起来,向杨部长试探地恳求道:

"杨部长,可不可以让我回去仔细想一想,有些事体,时间久了,实在记不详细。"

"完全可以。"

"我现在可以去吗?"他心中暗暗吃了一惊,过了一会儿,眉头开朗了。

"你现在可以去。"杨部长也站了起来,送他到办公室门口,亲热地握着他的手说,"你想好了,随时可以来找我。"

方宇一走出去,叶月芳马上焦急地走到杨部长面前,问:

"你刚说动了他,为啥又放他走呢?"

"不放他走,"杨部长幽默地说,"留他在我的办公室困觉吗?

我这里也不是旅馆。"

"不是这个意思,"她辩解地说,"意思讲,要他坦白。"

"他还没有想好,哪能坦白?"

"一回去,又会变了。"

"怕他变过去不坦白吗?"

"是呀!"她急得胖胖的圆脸上的两只眼睛睁得更大。

"那要他再变过来,"杨部长说,"思想基础不巩固,是不会坦白的。一次不够。我可以再和他谈一次。"

她听见杨部长答应谈第二次,而且显得很有把握,她高兴得跳了起来,鼓着掌,说:

"那好,那好!"

五十一

"你说,这样做法,好哦?"赵得宝问陶阿毛。

陶阿毛刚才听老赵谈了一通重点试纺的道理,他料到这绝不是赵得宝个人的意见,一定是党的意图,通过他来了解群众的反映。他想摸一摸重点试纺的"底"。他显得非常关心厂里最近生活又难做的情况,试探地说:

"重点试纺好倒是好,行哦?"

陶阿毛的眼光停留在秦妈妈和汤阿英的脸上。

下了工,谭招弟洗了手,换上衣服。做完了一天的生活,她松了一口气,腿累得有点发软了。她匆匆走出了车间,希望早点回家休息。在路上,秦妈妈叫住了她:

"招弟,走得那么急做啥? 有男朋友等着吗?"

"怎么和我开起玩笑来了? 秦妈妈。"

"好,没有男朋友等着,"秦妈妈赶上一步,和谭招弟并排走着,说,"那你和我们一道走吧。"

谭招弟放慢了脚步,问秦妈妈:

"这两天粗纱间生活怎么样?"

"害摆子病,忽冷忽热,一时好一时坏。"

"细纱间呢?"谭招弟的眼光对着汤阿英。

"也在打摆子。"

"啥路道啊?"谭招弟迷惑不解。

"大舞台对过——天晓得①,好不了几天,生活又难做了。"秦妈妈深深地叹了一口气。

"真怪,我们车间也是的。自从上次开了劳资协商会议,确确实实好了一阵子,最近一会儿好一会儿坏,这劳什子生活真难做。是不是细纱间又出了毛病?"谭招弟仍然认为生活难做和细纱间有关系。管秀芬从她们身后走上来,听谭招弟说细纱间,她忍不住抢上一步,用质问的口气对谭招弟说:

"又是细纱间长细纱间短……"

管秀芬突然出现,谭招弟一时愣住了,说不上话来。

"恐怕不是细纱间的毛病,"秦妈妈给谭招弟解了围,她想粗纱间出的纱质量不太好,自然会影响到细纱间的生活和质量。她说,"这个问题很复杂。"

"很复杂?"谭招弟怀疑地问。然后她回答自己:"我看,问题很简单。"但她看到管秀芬和她们肩并肩地走着,就没有说出口。

汤阿英听谭招弟的口气在责怪细纱间,管秀芬必然要和她顶嘴。上次在劳资协商会议上已经把问题摆在桌子上了,是原棉问题。谭招弟和管秀芬都没有参加这次劳资协商会议,对全厂的生产情况不了解,仍然陷在陶阿毛布置的车间姊妹互相埋怨的泥坑里。她不能眼看着自家姊妹闹不团结,得解开她们之间不和的结子。她说:

"招弟,秦妈妈说得对,这个问题很复杂,有些情况你不了解,没有调查研究,不能随便怪这个车间那个车间,伤了自家人的和气。"

谭招弟听了这段义正词严的话,一时不知说啥是好。她的确不了解全厂的情况,凭她狭隘的经验,加上陶阿毛播下的挑拨离间的种子,不知不觉地在她思想的土壤里生根发芽。虽然生动的现

---

① 大舞台是上海经常演出京剧的剧场,对面有一商店,招牌是"天晓得"。

489

实已经说明生活难做不是由于细纱间生活做得不巴结,但筒摇间摇的是细纱间的细纱,总以为细纱间脱不了干系。经汤阿英这么一说,觉得有道理,自己的确没有调查研究,却夸夸其谈。可是她又看不出自己有啥不对的地方,自然不能承认错误,反而像是受了委屈似的,说:

"就算问题复杂吧,但我也没有伤自家人的和气呀!"

"你乱怪细纱间,不是伤自家人的和气?"管秀芬愤愤不平地说,"难道是同人家团结吗?"

"不是我怪细纱间,你去看看这两天纺的细纱。"谭招弟不让步。

"细纱就算不好吧,也要仔细分析分析,不能乱怪别人,你没听秦妈妈说吗?问题很复杂,别把复杂的问题看得太简单了,摸到韭菜就当葱。"管秀芬忍不住又刺了她一下。

"也别把简单的问题看得太复杂了!"谭招弟心直口快,性情急躁,对问题不善于冷静分析,就轻易下判断。她听不进管秀芬含着教训口吻的语气,立即回敬她一句。

"有话好好说,"秦妈妈拉着她们两人的手,心平气和地说,"你们两人别动肝火。"

她们给秦妈妈一说,谁也不好意思顶下去,默默地慢慢在煤渣路上向大门走去。当她们走到篮球场那边,赵得宝一眼看见了,便向秦妈妈她们招手。她们走过去,听赵得宝在和陶阿毛谈重点试纺的事,就站了下来。秦妈妈见陶阿毛问到自己,她望着赵得宝身子背后的篮球架子,在仔细想重点试纺哪能进行,当时没有答话。谭招弟想也不想一下,就说:

"这啥用,浪费时间。"

"为啥呢?"赵得宝耐心地问。

"反正生活不好做,试纺不试纺,还不是不好做。"她一想起最近车间生活的情形,心里就不满意,越说越生气,"各个车间也调查过了,工会开过会了,劳资协商会议也开过了,生活还是不好做。再试纺,顶多忙一阵子,过了几天,还不是外甥打灯笼——找舅(照旧)。我看,用不着重点试纺,只要各个车间把生活做好点就行了。"

"这是啥意思?"管秀芬歪过头去问。

谭招弟毫不含糊地回答管秀芬:

"没啥意思。"

管秀芬还要问她个明明白白,见赵得宝要说话,她就没有说。

"没有办法解决吗?"赵得宝问谭招弟。

"我也不是说没有办法,"她强辩道,"单试纺没用。"

"试纺,瞧瞧毛病在哪里,为啥没用?"管秀芬顶了谭招弟几句,接下去讽刺道,"事情没做,就晓得没用,我们的谭招弟变成诸葛亮了。"

谭招弟一急,说话条理就差,她说不过管秀芬,也不服输,嘟着嘴讲:

"我不给你说。"

陶阿毛接过去说:

"我懂得招弟的意思,她说试纺不能解决问题,得宝哥,你把怎么试纺讲一讲,她懂得道理,就会赞成的。"

说完话,他的眼睛暗暗觑视着管秀芬,好像是在问她有啥意见,希望得到她的谅解。他并不反对管秀芬的意见,甚至对管秀芬的一切意见,他都赞成。他早就看中了管秀芬,最近更特别喜欢她。他觉得这个年轻姑娘逗人爱:高高的个儿,苗条的身子,聪明的眼睛,伶俐的口齿……在哪一个场合,人们都首先注意到她。她的谈吐,既锋利又富有风趣,吸引了每一个人。当然,她很厉害,特别是那张嘴,从不饶人。她就像是一朵带刺的玫瑰,你一不小心,要给她刺破了手;等你看到那绚丽的色彩和浓郁的芳香,又绝不忍离开。富有经验的陶阿毛,是懂得对付这样的姑娘的。他想,如果能够把她抓在手里,那对他会有莫大的帮助。他把自己的意图隐藏在心的深处,不仅不让别人知道,连管秀芬也猜不透他的心思。他即使忍不住要看她一眼,也是暗中觑一觑,生怕给她发觉。因为一个骄傲并且带点虚荣的姑娘,倘若你正面拼命追求她,她不但不理你,反而会增加她的骄傲和虚荣。倒是你对她很平常,不理她,甚至有点冷漠她,要是她心中喜欢你,她会想办法很自然地主动接近你;那时,你再退一步,她就更靠近你的身边了。

管秀芬没有注意他的眼光,更不了解他的心思。她正在想这个问题,听到陶阿毛提出,她马上赞成,表示自己也怀疑重点试纺是不是能解决问题。赵得宝向篮球场四周望望:西边一片浮云逐渐变得灰黯,黄昏迈着轻盈的步子悄悄走来了。篮球场上静静的,没有其他的人。厂长办公室的电灯亮了,说明梅佐贤还没有走。赵得宝压低了声音说:

"重点试纺不是马马虎虎地进行,事先要有准备,每个车间都要组织一批人,严格监督。比方说,从清花间起,经过梳花间,粗纱间,细纱间,筒摇间,成包间,一直到试验间都要安排好人,先检查机器,后检查原物料,做好清洁卫生工作,再开始试纺。这样每一个车间都有人看着,纺出的成品,检验一下,就看出毛病在啥地方了。"

和谭招弟成为鲜明对照的是汤阿英,她不像谭招弟那样见了啥事体不假思索就反对,也不像谭招弟那样不仔细想想就赞成,她遇事总是深思熟虑,冷静地想好了才表示意见,一说出来,就坚定不移地去做,不达到目的誓不罢休。她听赵得宝谈重点试纺也是这样。仔细听,仔细想,仔细分析,默默地没有表示意见。她认为这是关系全厂的大事,也是和徐义德他们的一场严重的斗争,必须认真研究,慎重安排,严格监督。

秦妈妈和管秀芬听赵得宝说得头头是道,她们表示赞成。

"我也赞成。"陶阿毛正面看了管秀芬一眼,立刻转过脸来让管秀芬注意自己,他担忧地提出意见,"酸辣汤要是破坏呢?"

"他有啥法子破坏?"管秀芬问。

"我想,凡事总有可能破坏的,"陶阿毛只提出问题,答案要留给别人做,"秀芬,你的经验多,你说,是哦?"

"我不晓得。"管秀芬给陶阿毛捧得她心里暖洋洋的,她把头低了下去。

"这个,"赵得宝一眼望见梅厂长的办公室的电灯熄了,他就没说下去。一会,梅佐贤挟了一个黑色的牛皮公事包走出来。他坐进那辆黑色的小奥斯汀,机器顿时发动,汽车前面的两盏小灯也亮了,它经过篮球场,慢慢向门口驶去。等小汽车开出去,大铁门砰的一声关上,赵得宝才又接着说下去:

"要破坏当然是有办法的,比方花衣,就可能搞鬼。如果纺的不是真正花纱布公司的花衣,那各个车间的努力就等于白搭。"

"这要小心提防呀。酸辣汤那个家伙,"秦妈妈指着梅厂长的汽车刚开走的方向,说,"是无空不钻的,上次开了劳资协商会议,生活好做了没两天,又坏了。资本家只要能赚钱,有钞票上腰包,我们工人生活好做难做他管个屁,就是累死人他也不管的。"

"秦妈妈说得对呀!"陶阿毛说。

"那是的。"管秀芬也点头赞成。她觉得陶阿毛这人真不错,技术好,工作巴结,能说会道,人长的模样儿也不错,就是对她有点儿冷淡,不像厂里别的青年在她跟前团团转。

"只要车间生活好做,"陶阿毛心里想,重点试纺的"底"摸得差不多了;刚才梅厂长一定是坐汽车回家,他想快点结束这个谈话,好早一点通风报信。最近梅厂长嫌他消息有点不灵,怪他不卖力气,今天真是额角头高,消息自己碰上门,那还不快点到梅厂长那里去亮一手。他怕迟了,事情传开,消息溜到梅厂长的耳朵里去,再报告就没有价值了。他想报告之后一定会得到梅厂长的夸奖,脸上不禁露出了笑容,声音也高了,得意地说,"我双手拥护。"

"没有别的意见吗?"赵得宝望了大家一眼。

"没有,"陶阿毛亲热地叫了一声,"得宝哥。"

"看你那股高兴劲!"谭招弟指着陶阿毛的面孔说。

陶阿毛很沉着地说:

"只要是斗资本家,我没有一个不高兴的。这次重点试纺,我报名参加,我在清花间监督花衣,谁也搞不了鬼。"

"那当然,"谭招弟不相信重点试纺真能解决问题,但她也找不出反对的理由,只好站在旁边听他们谈。她见陶阿毛有点得意忘形,有意顶他一句,"苍蝇飞过你的面前,你都知道是雌的雄的,谁有本事在你陶阿毛面前搞鬼。"

"招弟,你过奖了。陶阿毛没那个本事。"他谦虚地说道,"我个人有啥本事,全靠党和工会领导的正确。没有毛主席和共产党,我们啥事体也做不成。得宝哥,希望你以后多多帮助我。同志们进步得太快了,我老是感觉跟不上,快落伍了。"

"只要认真学习,努力进步,就不会落伍的。你的进步并不算慢。"赵得宝看谭招弟对重点试纺不大热心,他转过来问她,"你现在觉得重点试纺哪能?"

"赞成!"谭招弟立即答道。

"真的赞成吗?"汤阿英了解她的脾气,怕她思想没弄通,将来又后悔,再提出意见就不好了。

谭招弟想了一下,说:

"只要能找出毛病,大伙愿意这么做,分配我做啥,我也不反对。"谭招弟表示自己中立的态度。

"有啥意见,要说出来,大家可以研究。"汤阿英不放心地说。

"你有意见可以提,现在没有做决定,还要开劳资协商会议和资本家协商哩。"赵得宝补充了两句。

"试纺一下也好。"谭招弟保留自己的意见。

汤阿英认为赵得宝提出重点试纺是一个很好的方法,徐义德和梅佐贤他们把原棉问题推到花纱布公司身上,现在用花司分配的原棉进行重点试纺,就看出毛病出在啥地方了。她说:

"重点试纺是个好方法,可是一定要派可靠的人严格监督,防止资本家钻空子。"

秦妈妈说:"这点很重要。我拥护,重点试验,只要生活好做,啥办法都行。"

"我也是。"这是管秀芬的声音。

"我完全拥护!"陶阿毛大声地说。他心里很急,惦记着要到梅厂长那里去,想先走,又怕露了马脚,不安地站着。

秦妈妈看天色完全暗下来,只有车间的电灯在闪烁着亮光,她对赵得宝说:

"我们该回去了。"

赵得宝说:"那么,一道走吧。"

陶阿毛连忙接上去说:

"是呀,该回去啦!"

五十二

早晨,马路两旁的法国梧桐的黄叶子落了一地。一个年老的清洁工人慢慢地扫着,在他旁边有一个手推的垃圾车。潮湿的寒风呼啸着,好像有意和年老的清洁工人捣蛋,它调皮地把落叶卷起,在空中旋转着,然后又轻轻地把它放在刚才扫过的马路当中。对于离马路不到半里路的那一带草棚棚它更是放荡地恶作剧了,专门找那些屋顶漏了的和墙壁裂开了的草棚棚,像一个贼似的钻了进去,在里面到处乱闯。

一阵阵风吹得汤阿英草棚棚里寒丝丝的。巧珠奶奶坐在床上直咳嗽,嗓子眼上仿佛有一块永远吐不完的痰,一口一口地吐着。巧珠有点怕冷,她躺在奶奶怀里,可是又想起来出去白相白相。奶奶不同意:

"再躺一会,巧珠,今天是你娘的厂礼拜,你那么早起来做啥?"

"不早了,"她在奶奶怀里仰起头来,瞅着奶奶一头的银灰色的头发,要求道:"我们两个人一道起来吧。"

"你让奶奶再歇一会,忙啥,这丫头。"阿英在门外边用着责备的口吻说。

奶奶低下头来,把披下来的银灰色的头发往耳朵后面一放,眼睛里闪耀着怜惜和慈爱的光芒,对着巧珠的耳朵低声地说:

"娘生气了,你不要吭气。巧珠,和奶奶再歇一会就起来,好不好?"

巧珠懂事地也放低了声音,轻轻应了一声:"好。"

奶奶紧紧地把巧珠搂在怀里,热爱地吻她的额头,说:

"闭一会眼睛吧。"

奶奶望着她甜适地闭上了眼睛。她的细长的睫毛微微颤动着,两个小鼻孔均匀地呼吸着。奶奶好像自己因此也得到休息,心头感到舒适。

门外传来吧哒吧哒的声音。这是汤阿英在和泥巴。她的草棚棚早就应该修理了,老是没有闲工夫。黄泥和茅草买好很久了,一直搁在角落那里。今天起床,寒风吹得草棚棚里的草纸都飞扬了起来,像是黄蝴蝶似的在飞翔,忽上忽下。一阵风过去,汤阿英把地上的草纸拾起,放回马桶那边,看到堆在马桶跟前的黄泥,她下决心今天动手修理草棚棚了。她把黄泥拎到门口,倒了两瓢水和了和,另外抓了一把茅草,把它弄短,约莫有两寸光景,均匀地撒在黄泥里。她用力地揉和着黄泥和茅草,发出吧哒吧哒的声音。

她拿了一块木板,用抹子撮了两堆已经和得均匀了的黄泥,对着草棚棚侧面仔细看了看,又在正面望了望。她想起夜里从头顶吹来的冷飕飕的凉风,便首先走到草棚棚大门的左边,一眼瞧见竹篱笆剥落的地方,她像是一位熟练的老泥水匠,用抹子弄了一小团黄泥,啪的一声,那黄泥正好堆在剥落的裂缝那里,然后用抹子把它抹来抹去。非常均匀光滑,在清晨灿烂的阳光下闪闪发光。顺着左边走过去,墙角落那边也有地方裂开了,巴掌大小的一块泥剥落下来了。她糊上黄泥,抹了一下,墙角落那边的裂缝弥补得严严实实,平平整整,她还不满意,在墙角两边细心抹着。

"妈妈,有客人来了。"巧珠的声音从草棚棚一直叫出来,气喘喘地冲到汤阿英面前。

"谁?"

"张阿姨,"巧珠高兴地说,"张小玲阿姨。"

巧珠一把拉住妈妈的胳臂,要她马上进去。妈妈把胳臂一

甩,说:

"别碰我,我手上有泥。"

巧珠放下了胳臂,嘟着小嘴,站在旁边,催促说:

"快回去,张阿姨等你哩。"

"我知道了,要张阿姨等我一会儿。"汤阿英又用抹子撮了一团黄泥,站在草棚棚的侧面,对着一条一尺来长的裂缝,抹上黄泥,仔细抹匀。

"哟,这么好的把式!"

汤阿英一门心思在抹黄泥,突然听到背后赞美的声音,兀自吃了一惊,回头一看,不是别人,张小玲笑嘻嘻地对着她,伸出右手的大拇指在她面前晃了一晃。

张小玲听说汤阿英在抹竹篱笆,她没等巧珠把她娘找回来,便轻轻走了过来。她看见汤阿英刚才抹过的篱笆,平整光滑,心中暗自惊奇。她从小在上海长大,没有做过泥水匠这些活,看汤阿英的手这么巧,十分佩服,一走到汤阿英的背后,不禁脱口赞扬。

"做得不好,别笑话我。"汤阿英谦虚地说。

"你在啥地方学的这么好的手艺?我还不晓得哩。"

"从小在家里跟爹在一道,他带我们做这做那,慢慢就学会了。"

"你这双手真了不起,学一样会一样。"

"会,谈不上,只是凑合着做。"

"看你抹的活,不算八级技工,我看也够上五级六级啦!"

"差得远哩,"汤阿英听到张小玲过誉,丰满的面孔上,泛着绯红的愧色,微微摇了摇头,说,"我不过是个学徒工罢了。"

张小玲对于汤阿英的手艺确实从内心深处感到敬佩和羡慕,望着小木板上的黄泥和抹子,她的手有点痒痒的。她说:

"要不要我来相帮你?"

"用不着了……"

张小玲没等她说完,假装生气地说:

"怕我弄坏吧,我不会,你可以教我,别这么保守呀!"

"不是这个意思,不是这个意思,"汤阿英严肃地说,"你别生气,不是怕你弄坏了,是活做完了,以后再相帮吧。"

张小玲见她那么严肃解释,忍不住噗哧一声笑了,说:

"给你说着白相的,我怎么会生气哩。以后你修理草棚棚,收我做个学徒工,好不好?"

"不敢当。"

"不,收我这个学徒工吧,汤师傅!"

"我哪能当师傅?别把我给折死了。"

"你不答应,我可真要生气了!"张小玲有意把嘴撅起,板着面孔。

"一道学习吧。"汤阿英用瓢舀了一点水,浇在自己手上,边洗边说,"这草棚棚就像是纸糊的,一刮风下雨,不是这个地方漏水,就是那个地方透风。早就说要修理修理,老是没工夫动手。昨天夜里起了大风,我们冻了一夜。今天厂礼拜,学海一早起来,出去看朋友了,我没事,就借了把抹子,赶紧修理。忙了一阵子,总算修理得差不多了。"

汤阿英洗完手,抹去头上晶莹的汗珠,喘了口气,和张小玲一同走进草棚棚。巧珠奶奶见张小玲走进来,高兴地招呼道:

"我还以为你走了哩,快坐下。"奶奶一边对巧珠说,"快给张阿姨倒杯水。"

"我不渴。"张小玲谦虚地说。

"水还没烧吧。"汤阿英走过去,把门口没用完的茅草拾了进来,放在炉子里,点着了,又加了两根木柴,舀了两瓢水在烧。张小玲走上去,想阻止她:

"不要费事,阿英,我们不是外人。"

"到我这里来,别的没有,开水总得有一口。"汤阿英推开她的手,说,"我们也要烧早饭——昨天晚上剩了一点干饭,正好烧点水煮煮。"

"你累了一早上,也该歇一歇。"

"不累。"

奶奶走过来,拉起汤阿英,说:

"我来烧,你们姊妹去谈谈。"

"你应该雇个泥水匠,这点活,半个工就差不多了。逢到厂礼拜,也不会休息休息。"

"没这个福气,自己能买点黄泥修理修理已经不错了,谈不到雇人工。解放了,物价平稳,一天才能吃上两顿干的一顿稀的,要是在国民党反动派时代,吃了上顿没下顿,吃了今天没明天;现在的日子好过了,不能不把细一点。"

"就是不雇人工,你言一声,我们也好来插把手,相帮相帮你。"

"这点小事体,哪能好惊动人家?"

"你这句话却说得见外了,你有事我们相帮你,我们有事你也好相帮我们啊。"

"那当然可以,"汤阿英看锅里冒出了热气,锅盖噗噗地响,她拿起一只深蓝色的洋瓷茶缸去倒了一杯开水,送到张小玲面前,说,"不过,今天这点活,一个人对付过去了。以后有事,找你就是了。"

"那好呀。"张小玲朝草棚棚里面望望,心里想:如果有事,她马上好帮忙,望了一阵子,看不出有啥事,就问道,"你今天还有啥事体吗?我好帮你一手。"

汤阿英想了想,说:

"没啥事体。"

"上午有空吗？"

汤阿英信口答道："有空。"

"妈妈答应带我出去白相，奶奶也去……"巧珠接上去说，"啥辰光走呀？"

"看你人来疯，"阿英瞪了巧珠一眼，说，"站在阿姨面前没规没矩的，乱蹦乱跳做啥！"

巧珠听到妈妈责骂的声音，她把脸转过去，伏在张小玲的怀里，不吭气了。

"小孩子应该跳跳蹦蹦的，你骂她做啥。"张小玲提出了异议，她用手抚摸着巧珠的头发。

"她野得不像样子了，整天看不见她的影子，到吃饭的辰光就回来了。哪能还能够让她乱跑。"

"要小孩子整天蹲在这个草棚棚里也实在闷得慌，我要是巧珠也要溜出去。你看，这草棚棚，站起来，伸直了腰，就要碰到头。那上面芦席给烟熏得乌漆巴黑，烧起饭来就呛嗓子……"

"是呀。"蹲在炉子面前烧饭的奶奶插上来说，好像是要证实张小玲的意见，她的嗓子给炉子里冒出来的一股白烟呛住了，一个劲儿咳咯咳咯的，吐了一口老黄痰，唠唠叨叨地说，"我就是这两条腿不听话了，每天没有办法，只好蹲在这鸽子笼里。唉，讲起来，鸽子笼也比我们这草棚棚强，它四面透风，空气多好呀。我们这草棚棚到了冬天夜里的风就大了，夏天你要风没有风。夜里好容易睡觉了，不要风，它来了，老是打你的门，钻进草棚棚里来，到处乱跑，冻得你睡不着觉。下起雨来，更糟糕，外面大下，里面小下，外面不下，里面还在下，下得草棚棚里简直就像一条小河似的。"

"今天晚上好了，我都糊上了。"汤阿英显然对奶奶那种怨天尤人的态度不满意。

"你只是糊了糊墙壁，还有屋顶呢？就是墙壁，谁晓得能顶几天呢?"奶奶也不满意,说,"我苦了一辈子,这穷日子过惯了,顶得住,不要紧。巧珠年纪小,就怕她吃不消……"

"屋顶下礼拜我再收拾。"汤阿英说。

"奶奶,不要愁,"张小玲充满信心地说,"只要印把子抓在我们工人阶级手里,跟毛主席闹革命,好好生产,好日子就要来了。目前我们生活不好,是国民党反动派害的,他们把我们的血汗刮去享受,让我们吃苦。反动派垮了,现在我们工人当家,物价稳定了,不闹饥荒了。现在比从前好多了。我们在党中央和毛主席领导下,工人好好生产,农民好好种田,日子会一天比一天好的……"

汤阿英听张小玲这一番话,顿时想起爹和弟弟阿贵在乡下分到了两亩八分田,两个人种地,再也不受朱半天压迫,生活确是好了。她贴补无锡家用的钱因此少了。她在上海的日子也比过去好了。更叫她高兴的是爹在万人群众大会上把朱半天祖宗八代的罪恶连根挖出来了,朱半天给抓了起来。听到这消息,真叫人心里舒畅。她脸上忍不住露出喜悦的表情,说:

"你说的倒也是的,无锡家里搬掉封建石头,分了田,收成不错,日子一天比一天好了。"

奶奶不同意张小玲的话,当然,也不赞成儿媳妇的话,冷冷地说:

"农民分了田,或许好点,工人可不见得。"

汤阿英不同意说:

"我们比过去好多了。……"

奶奶打断她的话,质问道:

"好啥?"她瞪了阿英一眼,不满地说,"我们还是住在这个草棚棚里,不是风呀就是雨的。"

"奶奶,不要急,慢慢来,"张小玲从旁解释道,"听说斯大林领导苏联很好,工人都住洋房,有的还坐汽车呢。"

"你说,小玲,"奶奶关心地问,"这是真的吗?"

"当然是真的。"

"那么,中国啥辰光可以像苏联呢?"

"要一步步来。现在志愿军在朝鲜抵住美国鬼子,让我们国内建设。生产提高了,我们工人生活就会慢慢好起来的。听说政府在设法先给我们工人盖些房子,大家搬进去住,比这个草棚棚好多了。"

"政府想给工人盖房子?"奶奶惊奇的眼光望着张小玲,从心里高兴起来,充满了希望地问道,"我们也可以住进去吗?……"

"盖房子就是给工人住的,"汤阿英打断奶奶的话,说,"不过,盖好了房子,也要分批分配,不会大家同时都住进去。我们是私营厂,比国营厂大概要靠后一些。"

"大家迟早都有份的。"张小玲补充了一句说。

"好不好托人活动活动呢? 小玲。"奶奶仍然想念着。

"奶奶,现在不时兴那一套了。盖好了房子不好随便活动。要听组织上分配哩。"

奶奶听了这话,一下子冷了半截:"啊!"她把锅里的冷饭团子用锅铲弄弄碎,失望地看着炉子里不很旺盛的火焰。

汤阿英感到张小玲说的这些消息都很新鲜,关怀地问:

"小玲,你连苏联的工人生活都了解,从啥地方听来的? 靠得住吗?"

"怎么靠不住? 我还会在你面前造谣吗?"

"不是这么说,"汤阿英摇摇手,更正道,"我是说,我为啥不晓得呢?"

"我也是听人家说的,多参加一些政治活动,懂的事体就多。"

"以后有啥政治活动,你通知我好了。"

"今天就是来请你参加团日活动,去听报告的,去吧。"张小玲的手轻轻摸一摸巧珠的后脑勺,暗示她妈妈去也可以带她去。巧珠会意地低着头,不言语。

"参加团日活动?"汤阿英心中暗暗问自己:要我参加团日活动吗?隐藏在她内心深处的希望抬头了。她长久以来就十分羡慕新民主主义青年团的团员了,虽然她的文化程度还不能完全看懂新民主主义青年团的团章,但是要张学海讲给她听,她听了一遍还要再听,直到把团章的基本内容记住了,才没让张学海讲下去。她希望自己也能够参加青年团,为祖国的革命事业积极奋斗,为人民服务。有两次碰到张小玲,想提出参加青年团的要求,话已经到了嘴边,又缩回去了。她问自己:够条件吗?张小玲会同意吗?她怕碰钉子,犹犹豫豫地没有往下说,但是她要求入团的志愿却始终埋藏在内心深处,坚定不移。她想即使现在不够条件,也要争取将来够条件;要是有一天能够被批准入团,她一定要努力工作,认真学习,再争取参加伟大的光荣的正确的中国共产党,当一名光荣的共产党员,把自己的一生献给革命事业,解放那些受压迫受剥削的劳动人民。她的豪迈的胸怀和远大的抱负从来没有对任何人谈起,只是偶尔向秦妈妈有所流露,但也是半吞半吐,羞羞答答,怕别人讪笑:连个青年团员还不是哩,就想入党了。现在张小玲一提起请她参加团日活动,她的那对明澈见底的眼睛便闪射出希望的光芒,但是她嘴上却含羞地说:

"我也不是团员,可以参加团日活动吗?"

"可以。"

"我够条件吗?"汤阿英鼓起勇气说,但讲得很含糊。

张小玲以为汤阿英问参加团日活动够不够条件,她不假思索地说道:"够!"

"真的够吗?"汤阿英以为张小玲懂得她指的要求入团够不够条件,但还是有些顾虑,便退一步说,"我入团怕不够条件吧?"

张小玲了解她的意思了,内疚地说:

"为啥不够?你到现在还不是青年团员,这件事体,我有责任,……"

"哪能是你的责任?"汤阿英不了解地说,"是我不够条件,争取得也不够……"

"不,是我的责任,过去对你帮助和培养都不够,我脑袋瓜子有毛病,保守思想作祟……"张小玲诚挚地检查自己,看看时间不早,便说,"入团的事,我要和你好好谈一次。现在先去参加团的活动,今天我们请人来讲志愿军的故事,还请人来教唱歌。我们请了厂里许多青年工人参加,比过去闹猛,也比过去有意思……"

张小玲说着说着,忍不住自己唱了起来,先是低低的,后来嗓子放高了,唱着"雄赳赳,气昂昂,跨过鸭绿江……"她一边唱,一边望了巧珠一眼,对汤阿英说,"快点收拾一下,就走!"

汤阿英内心充满了喜悦的情绪,恨不得拔起脚来跟张小玲就走,但想起还没吃早饭,家里没有收拾,床上的那两件蓝色的脏罩衣,也没有洗,不能把家里的事扔下给巧珠奶奶不管,又不能不按时去参加团日,有点发愁,皱着乌黑的眉头,说:

"家里的事怎办呢?"

张小玲用搜索的眼光在草棚棚里寻找家里有啥事体要做。奶奶做好了早饭,装了四碗,端出一碟子的蒸咸鱼,要张小玲一道吃。张小玲说是吃过了。她端了一碗稀饭,夹了一小块蒸咸鱼放在上面叫巧珠吃。她的眼光巡视到床上,看见那两件蓝色的脏罩衣了,便问:

"这两件衣服要洗哦?"

汤阿英"唔"了一声。

"那好办,"张小玲站了起来,说,"你们吃饭,我来替你洗。洗好了,我们一道去。"

"不要,"汤阿英用筷子在空中一点,想阻止她。

张小玲快手快脚,哪里阻止得了,她过去一把抓起那两件蓝色的脏罩衣,放在床边的一个小木盆里,舀了两瓢水把它泡了起来。汤阿英急得站了起来,一边吐着咸鱼的刺儿,一边说:

"等我来洗,……"

"我活了这么大,洗衣服还不会?"张小玲在草棚棚里找到一块肥皂,也不怕水凉,端到门口使劲地揉呀搓的。等到她们吃好了饭,把家具收拾掉,汤阿英出来张望,张小玲已经把两件罩衣洗好,挂在门口的一根短的竹竿上,远远望去仿佛是两面蓝色的旗子,在初冬的潮湿的寒风中飘荡着。

张小玲倒了洗衣水,擦干了手,对汤阿英说:

"还有啥事体?"

汤阿英见奶奶坐在一旁,没有吭气,她不好拍拍屁股就走,正在左右为难,张学海从草棚棚外边走了进来。张小玲看出汤阿英的心事,趁这个机会迎上去说:

"家里的事,交给学海办吧。"

张学海摸不着头脑。他的眼光向草棚里一扫,也还是不了解。他望着张小玲。张小玲看出他眼光的意思,就告诉他要约汤阿英去参加团日活动,问他:

"你同意吗?"

张学海随口答道:

"参加团日活动是好事,当然同意。"

"不拖阿英的后腿?"张小玲调皮地又问了一句。

张学海反攻她一句:

"我也不是妇女,不会拖后腿的。"

张小玲有意把脸一板,一本正经地说:

"你这个话不对头,解放以后的妇女和从前不同了,同样要为人民服务,谁也不会拖后腿的。"

"是呀,"汤阿英支持张小玲。她说,"我从来也没拖过学海的后腿。"

张学海发觉自己刚才说法不妥当,不再去和张小玲争辩,接上去只是说:

"我也没有拖过阿英的后腿,她要到啥地方都行。"

"走吧,阿英姐。"张小玲的眼光转到张学海的身上,说,"今天留你在家里料理,好哦?"

学海一边点头一边笑着说:

"老婆去参加团日活动,丈夫留在家里收拾屋子,妙得很。"

"这有啥不可以?"

"可以,可以。"

奶奶反对汤阿英出去开会参加活动啥的,但学海答应了,她就忍不住责问道:"礼拜天自己去开会,真的把学海留在家里?"

"娘,让她去吧,我今天没事,待在家里也好。"张学海说。

"这个世道真是大变了。"

奶奶说了这句话,无可奈何地深深叹息了一声。她心里是完全不同意汤阿英出去,可是张小玲亲自来找她,学海又当面答应了,她不好再说。

张小玲想起还有巧珠。她向巧珠拉手:

"走吧。"

巧珠像是一只轻捷的小燕子,飞也似的扑到张小玲的面前。她的心已飞到门外去了,希望马上就走。汤阿英过去一把把她拉过来,板着面孔说:

"我去参加团日活动,家里没人,你不能再去。你在家里陪奶奶。"

巧珠嘟着小嘴:"我不。"

她的滴溜圆的小眼睛抬起来望着张小玲,祈求张阿姨帮她说句话。张阿姨真的代她请求:

"带去也没关系。"

"不,她留在家里,陪奶奶。"

"让她去吧,"奶奶也帮她,说,"今天没啥事体了,有事,我自己做。"

"不准去。"

张小玲深知汤阿英的脾气,说出了的话绝不改变,她不好再坚持,安慰巧珠道:

"下次阿姨带你去。"

巧珠失望地低下头来,两只小手交叉在自己胸前,不满地摸来摸去。她的眼睛发红,眼眶有点润湿了。学海走上来拉她过去,亲了亲她的额头,说:

"团日活动是大人的事,没啥好白相。你和奶奶在家里白相,让她们去吧。"

她的小眼睛羡慕地望着妈妈和张阿姨走出了草棚棚,没走两步,妈妈忽然又回来了,她以为是来带她去的。可是妈妈没理她,径自走到爸爸面前,嘱咐道:

"爹的信复了没有?"

"没有,"张学海摇摇头,故意和她开玩笑,说,"我斗大的字认识不到一担,哪能写法呀?"

"你不是上了夜校,认识了很多字,连封信也不会写?"

张学海有意逗她:

"你呢?为啥不写?"

"我才是斗大的字认识不到一担。"汤阿英不好意思地说。

"上夜校呀!"

"等我上好夜校再复信,要等到哪一年呀?"

"反正没啥大不了的事,迟点复也没关系。"

汤阿英听他的话讲得不对头,便站下来,认真地说:

"你这是啥意思?"

张小玲见他们两个人像是在抬杠,连忙赶了回来劝解。张学海见汤阿英那股认真劲,更进一步逗她:

"我和他也没见过面,这个信哪能写法啊?"

汤阿英反问他:

"没有见面,就不能写信?"

张小玲从张学海嘴角上的微笑里察觉出他是在和她开玩笑,便指着张学海说:

"没有见面,当然可以写信,女婿给丈人写信,更是应该。今天是厂礼拜,阿英出去参加团日活动,分配你在家里料理家务、带孩子、写信。"张小玲不管张学海答应不答应,拉着汤阿英的手,得意地说,"走!"

张学海望着她们两人慢慢远去的背影,讽刺地说:

"这倒新鲜,女的出去开会,男的在家料理家务、带孩子、写信,——妇女真是解放了!"

五十三

梅佐贤从陶阿毛那里知道工会方面要组织重点试纺,情绪很紧张,立刻报告了徐总经理。徐总经理却一点也不紧张,冷静地想了想,决定找韩云程他们到总经理室来商量商量,研究应付这个棘手的事体。

上午九点,梅佐贤第一个来了,接着郭鹏和勇复基也来了,只是韩云程没来。在讨论技术问题上,没有韩云程参加是谈不成的。徐总经理虽然有点焦急,但也没有法子,非等不可。趁着这个空隙,他想起上次梅佐贤出席税务分局召开的座谈会,事后梅佐贤因为忙,只是简单地给他说了一声。他想了解一下比较详细的情形。梅佐贤向他报告道:

"总经理,那次座谈会是区委统战部杨部长主持的。杨部长很有经验,很有魄力,办起事来很稳。他首先说明政策,打破我们的顾虑。他说凡是自动坦白交代的,可以减罪,或者免罪;不坦白的,查出来,除了要赔偿国家所受的损失以外,还要从严处罚。为了协助人民政府彻底清理内部,转变社会风气,进行思想改造,要我们在人民政府的领导下,坦白和检举各种不法行为。开头,没有人讲,谁也不言语。"

"那是呀,"郭鹏说,"公家人谁敢去得罪,弄得不好,连累到自己的身上。"

"要我们做这些事体,确是不容易。"勇复基同意郭鹏的看法。

"不见得,"徐总经理摇摇头,说,"共产党啥事体都做得出,别人做不到的事,他们都能做到。我听马慕韩说过,共产党员是特殊材料造成的人。这个话确实有点道理。你不讲,共产党一定有办法叫你讲的啊。"

"总经理高见,共产党的确是这样。我也感觉到他们好像有一种特殊的本事,啥困难的事体,他们都有办法。比方这次座谈会吧,杨部长看大家不肯说,他宣布休息十分钟,找了几个商人进去个别谈话。再开会的辰光,有人讲了。这么一带头,啊哟,我们垮了,每一个人都讲了。"

"是吧?"徐总经理凝神地听,说,"不讲,他们不会散会的。"

"大家都讲了。杨部长问到我,我不能不讲……"

梅佐贤说到这里,有意停了停,看看大家的脸色,窥探一下总经理的动静。当然,这是为了表现他的才能,希望讨得徐总经理的欢心。郭鹏和勇复基都紧张地聚精会神地在听。尤其是勇复基,他把耳朵冲着梅佐贤,生怕漏掉一句半句的。梅佐贤很有把握地说:

"当然,我不能全讲。"他发现徐总经理瞪了他一眼,那意思说:你不能在郭鹏和勇复基跟前把沪江纱厂的底盘全部托出来。他领会了这意思,马上很自然地改了口,"我们沪江纱厂也没有啥好讲的。我只是讲我曾经送过方宇一只马凡陀的金表。这是我们两人的私交,说不上行贿,也谈不到贪污,更和沪江纱厂没有关系。朋友之间,互相送点礼物,是常有的事。假如说,这样送礼物不好,我以后不送好了。杨部长听我坦白了,鼓励我几句。"

"那算是过了关啦。"郭鹏松了一口气,眼睛里露出钦佩梅厂长应付的才能。

"总算过了关,我可捏了一把汗。"

"就是这样完了吗?"勇复基关心地问,他怀疑关过得这么容易。

"完了？当然很难讲。"梅佐贤的脸上露出了难色。他想起杨部长最后的几句话，说，"杨部长最后留了一个尾巴，他说会上不可能把全部材料提供出来，以后还可以个别继续坦白和检举。"

勇复基这一阵子一听到"坦白"和"检举"的字样就心慌，他面孔有点发白，急着问：

"还要去坦白吗？梅厂长。"

"那倒不一定，主要看各人的应付了。沪江纱厂没有啥材料，也就不需要去坦白了。"

徐总经理立刻接过去说：

"自然不需要再去坦白啥了。共产党注重证据，没有材料，你不说，他们也没有办法。"徐总经理用他那老有经验的眼睛向郭鹏和勇复基扫了一下，想从他们的表情上来判断他们懂不懂这几句话的意思，同时，也希望窥探出他们遇到紧要的关头会不会坦白。

勇复基给徐总经理的眼光望得低下头去。郭鹏没有低头，也没有说啥，只是对徐总经理微微地点了点头。徐总经理见郭鹏的表情，稍为放心一点。他想起了方宇，忧虑像是一片乌云，笼罩在他的心头。他对梅佐贤说：

"最近怎么老见不到方驻厂员？"

梅佐贤应道：

"税务分局关起门来进行三反，你到啥地方去见方宇？打电话不接，上门去找，都说是在开会，给你一个不照面。"

徐总经理想起通过梅佐贤和方宇的往还，在座谈会上梅佐贤虽然没说，可是方宇在税务分局里谈没有谈呢？他最关心的是这一点。他心头上的乌云越发聚集得多而且厚了。他这一阵心头如同十五个吊桶打水，七上八下，老是宁静不下来。他看看手表，已经九点半了，便问梅佐贤：

"韩工程师为啥还不来？"

"咦,"梅佐贤好像才发现似的,说,"为啥还不来?他是很守时的,别出了事?"

"打电话催他一下。"徐义德说。

"对。"

"我们看报等他。"

梅佐贤到隔壁房间叫人打电话,顺便去拿报纸。他回来说:

"没有报。"

根据过去的经验:凡是《解放日报》迟出版,那就意味着有啥大事发生。徐总经理见九点半钟《解放日报》还没有来,一定有啥大事,更使他想早点看到报。他对郭鹏说:

"你到传达室问一声,《解放日报》送来了没有?一到,就叫他们送来。"

"好。"

郭鹏刚应了一声,还没有站起来,梅佐贤却抢先走过去,一边说:

"我去看。"

梅佐贤打开门跑出去,却和迎面来的人撞了一个满怀。他站下,抬起头来一看,来的是韩云程工程师。韩工程师见他那么匆忙,以为是发生了啥意外的事体,拦住他的去路,问:

"忙着到啥地方去?出了啥事体?"

"没啥,"他定了定神,说,"《解放日报》到现在还没有出版,我想到传达室问去。"

"《解放日报》吗?"韩工程师举起左手,把手里的报纸一扬,说,"这里有。"

"有啥大消息吗?"梅厂长急着问。

"有。"

"我看看。"梅厂长想先看看标题,好报告徐总经理。

韩工程师左手紧抓着报纸不放,说:

"进来一道看吧。"

徐总经理一见韩工程师,劈口就问:

"为啥现在才来?你一向守时的。"

"为了等《解放日报》,等到九点钟还没有看到,我就来了。这一次是迟到了。"

"标准钟有时也不标准了。"徐总经理笑着说。厂里的人因为韩工程师守时出名,按时上班,按时下班,开会从不迟到早退,平常生活也非常有规律。他的生活如同一座标准钟,人们看他做啥事,就晓得啥辰光。这一次迟到是出乎人们的意料之外的。

"报纸没送到,我在路上可买到了一张,你看——"他把《解放日报》平摊在徐总经理的面前。

触目惊心的头条新闻跳进徐总经理的眼帘:

为更进一步展开"三反"斗争

中共上海市委举行党员干部大会

聂恒裕吴执中等四人思想恶劣阻碍"三反"被撤职

徐总经理不管韩工程师和梅厂长他们也要看这条新闻,他低着头,几乎把报纸遮去了一大半,贪婪地看着,恨不得一口把整个新闻都吞下去。他用手指着一行行的字,一边看一边低低地念着:

……为了纯洁党的队伍,严肃党的纪律,市委会决定并经华东局批准,将四个妨碍三反运动及在思想上和作风上一贯恶劣的共产党员予以撤职的处分,并令其作深刻的反省,以便视其反省和改悔的程度,决定最后的处理办法。同时,又对四个品质极恶劣的,已经完全丧失了作为一个共产党员起码条件的坏分子,予以开除党籍的处分。一、市委委员兼秘书长聂恒裕,历史上一贯犯有严重错误,虽经一再教育与帮助,仍然没有改进,在上海两年多来的工作中,继续保持其一贯的家长式的作风和严重的官僚主义,滥用职权,擅作威福,妨碍了市委的正常领导;在三反运动中,又缺乏严肃认真的检讨,决定予以撤职处分,并令其深刻反省。……

徐总经理看完了这条新闻,若有所失地坐在沙发转椅上,两只眼睛像是突然失去了光彩,盯着门上毛玻璃"总经理室"四个字发愣,许久没有吭气。他想自己还能在这间房子坐多久。

大家都看完了那条消息。他们见徐总经理那股神情,于是都默默地坐着,谁也不言语。勇复基感到空气像是凝固了似的,叹气都有点困难的样子。他避开徐总经理的视线,暗暗看着梅厂长。他知道梅厂长在任何场合都有办法的。

果然是梅厂长打破了沉默:

"共产党的手段真厉害,铁面无私,对党员的错误不留情,不论地位高低,阻碍三反运动的,就受到这样严厉的处分。"

"像聂恒裕这样的老干部都要撤职,这,这……"勇复基不敢正面对着《解放日报》,他觉得这张报纸有一股神圣不可侵犯的正气,有一种至高无上的权力,正气和权力形成了一种看不见但感觉到的令人胆寒的压力。聂恒裕这些人撤职的消息像是一阵暴风雨,打击着勇复基脆弱的心,给他带来了恐惧。他好像预知明天自己将要被撤职似的担忧着,连讲了两个"这"字以后,说不下去了。等了一会,他才接上去说,"这实在太可怕了。当了中共市委的秘书长,地位可不低了呀!哪能也……"下面"撤职了"三个字没讲出来。言外之意是说在党里做事,地位再高也不保险。他惋惜地连啧了两声。

"你不晓得,人家还当过省政府的主席哩!"梅佐贤对勇复基说。

勇复基"啊"了一声,没有吭气,两只眼睛睁得大大的。

韩工程师今天买了《解放日报》大致看了一下，走进总经理室又详细看了一遍。他听到梅厂长高谈阔论，没有注意到徐总经理在想心思，兴奋地说：

"今天的政府真是为人民服务的，凡是不利于人民的事就不许做，也不许存在。大干部犯错误也照样撤下来，一点不包庇，真不含糊。老实讲，以前我以为三反运动是假的，不过是杀鸡吓猴子，做给别人看的；五反运动才是真的。现在看来，'三反'也是真的。市委这个决定叫人不能不服帖，现在看来，做个共产党员真不容易。"他钦佩地点点头。

"服帖是服帖，"郭鹏说，"这样做也太辣手哪。"

"就要这样大公无私、严肃、认真才行。听说吴执中税务方面很熟悉，这次也撤职，这说明一个问题：单纯依靠技术是不行的，还要提高政治认识。我们技术人员过去对政治认识实在太差了。……"

"现在办事没有政治不行，"梅佐贤打断他的话，"不光是你们技术人员，就是我们办厂的，也离不了政治。给共产党打交道更要政治。"

"从今天的报纸上可以看出来共产党可以把国家的事办好，中国的前途一定是光明的。"韩工程师的眼光里露出喜悦的光芒，他向室内的人巡视了一下，发现徐总经理的眼光盯着门上，板着面孔，忧虑重重。

徐总经理把眼光移到韩工程师的身上，说：

"中国的前途当然是光明的，我们的前途呢？他们党内的'三反'对自己人都这么厉害，想想对付民族资产阶级的'五反'会哪能？'三反'是个活榜样，做给'五反'看的。"

徐总经理这两个问题像是一片阴影，掠上每一个人的心头。连韩工程师脸上的兴奋的光彩也消逝了。他一时找不出这两个问题的正确答案。现在回复到他在学校里算数学的情景：他的嘴紧紧咬着自己右手的大拇指，陷入沉思里，在寻找这个问题的答案。梅佐贤知道刚才总经理不言语的原因了。他感到室内的空气太紧张。他在动脑筋，想转变这个气氛。

徐总经理把桌上的报纸翻过来又看了一下，仿佛不信任刚才的消息，现在再来证实。白纸黑字，无可怀疑。徐总经理从今天的报纸看出五反运动一定比"三反"凶猛，尤其是职工参加五反运动以后，其势更加凶猛，有一种雷霆万钧锐不可当的气概。可是，五反运动密云不雨，令人莫测高深。徐总经理忐忑不安了，他对着《解放日报》自言自语地说：

"中共地位这么高的干部撤职了，中共这样老的干部开除党籍了，我们工商界做人更难了。唉，五反运动为啥还不正式展开呢？展开吧，展开吧，快点展开吧，越快越好！这样的日子实在是受不了……"

他后悔留在上海，不然，也不必操这份心了。现在去香港吧，可是又放不下这份产业，真叫他进退为难。

梅佐贤看总经理忧虑重重，唉声叹气，他想把总经理的思路引到重点试纺上，来缓和一下这紧张的空气。他堆下笑容，走到总经理面前，弯下腰去，说：

"总经理，人到齐了，谈谈重点试纺问题吧。"

他没有走开，站在办公桌前面，睨视着徐总经理的表情。徐总经理没有吭声，从他脸上可以看出他还在焦虑着"五反"问题。重点试纺和"五反"一比，那是不值一提的事了。梅佐贤见他没答复，又试探地说：

"五反运动也没有啥，将来再谈吧。今天先解决重点试纺的问题。"

韩工程师接上去说：

"我材料准备好了,"韩工程师拿过皮包,问,"要不要现在谈?总经理。"

徐总经理没有心思谈这个,他的思想像是一堆乱麻。他甚至感到韩工程师他们在那里都有点讨厌。他对啥人也看不顺眼。无精打采地说:

"重点试纺问题,改一天再谈吧。"

梅佐贤担心地挨近徐义德说:

"总经理,重点试纺的问题很重要,如果试纺成功了,次泾阳问题一暴露,那事体可大哪!会影响整个厂……"

郭鹏圆睁着两只眼睛惊惶地说:

"这笔账倒算起来,我们厂吃不消!"

"要垮?"勇复基问。

徐义德代郭鹏回答了勇复基。

"差不多。"徐义德默默想了一阵,焦虑地说,"那么,就今天谈吧。"

等了一会儿,徐义德又补充一句:

"你们先考虑考虑,让我安静一下,再谈。"

五十四

信通银行经理金懋廉和潘信诚坐在大沙发上,低声谈论目前金融界令人焦虑的情况。柳惠光坐在隔壁一张沙发上,听他们谈得很起劲,伸头凑过去凝神地谛听。一会,江菊霞悄悄地从大红厚地毯上走过来,干脆坐在金懋廉旁边,托着腮巴子侧耳细听。她背后墙角落那边有架落地大钟。

冯永祥见大家忽然都聚拢到金懋廉那儿去,他惊奇地大声问道:

"懋廉兄,在谈啥机密的事体,怕我冯永祥晓得吗?"

金懋廉说:

"有啥机密的事体能够瞒住阿永?我们在随便聊天。"

"那大声谈谈,让我们也听听不好吗?"冯永祥的眼光向客厅里一扫,征求大家的意见,"各位同意吗?"

徐义德说:"同意。"

"同意,同意。"这是唐仲笙的声音,他坐在上面的一张大沙发角上,因为他太矮小,不是他大声讲话,人家几乎看不见他,还以为他今天没有来哩。

大家都同意。

金懋廉咳了两声,打扫一下嗓子,大声地说道:

"刚才谈起最近银根还是紧,暗息每元月息九分,屹立不动。各个行庄存款逐日递减百分之一、二,业务清淡,到现在还没开始放款。厂商向行庄借的款子,十之八九无力归还,大部分申请展期,有的甚至到期应该付的利息也拿不出。就拿我们行里来讲,前天一天只收回一笔洋商借款。退票的事情天天发生,而且是越来越多,家家如此,昨天一天的退票,占交换票据总数十分之一以上。金钞银元都占原盘,华股下跌,趋势恶化,现在市面上金钞黄牛已经逃避一空,你到市面上再也找不到了。"

金懋廉说到这里,想起解放以前投机倒把的黄金时代。一进一出就是多少个亿,是一去不复返了,现在生意越来越不好做,越来越清淡,他不禁深深地叹息了一声。柳惠光以为他是同情工商界,焦虑地问他:

"是啥原因呢?"

大家的眼光集中在金懋廉的身上,都很关心这个问题,希望他详细地谈一谈。金懋廉端起大沙发旁边的一杯浓咖啡喝了两口,眉头一棱,想了一下,说:

"主要是因为五反运动,客帮呆滞不动,私营工商业形成半瘫痪状态;商品市场交易萎缩,一般厂商客户资金呆滞,周转失灵;五反运动展开以后,工商界都连忙提款补税。所以各行庄存款逐日递减。"

冯永祥听出了神,认为这个问题确实很严重,怪不得那些人围到金懋廉面前听他讲呢,他很关心地问:

"华股为啥下跌?"

"华股下跌的原因是因为客户都想抛出,减价趋降,但是,都没有成交。"金懋廉说,声调里充满了羡慕,"最近中国银行可大忙特忙……"

潘宏福惊奇地"啊"了一声。

"最近到中国银行兑售金钞的一天比一天多,天不亮就排队等候了。听说这两天的兑换量比过去增加了三四倍。"金懋廉解释地说。"也是因为银根紧,要补税,没有办法,只好卖金钞。"

冯永祥赞叹地说：

"银行界真不愧是工商界的中枢神经，工商界有点风吹草动，我们懋廉兄早就晓得了。"

"哪里的话，哪里的话，"金懋廉苦笑了一声，语气里流露出一点不满的情绪，说，"现在中枢神经是人民银行，我们顶多也不过是神经末梢罢了。我们的黄金时代早过去哪。"他又想起解放前投机倒把的上海市场。

"人民银行应该是中枢神经，它是国家银行啊。"马慕韩不满意金懋廉的牢骚，说，"如果私营行庄成为中枢神经，那还算个什么新民主主义的国家？私营行庄够得上算是神经末梢，我看已经不错了哩。"

金懋廉察觉自己讲话滑了边，最近工商界朋友情绪都很紧张，讲话十分小心。他懒得争辩，连忙收回来，把话题引申开去：

"那是的，我们有现在的地位也算不错哩。我刚才说的，只是我个人的看法，也不一定对。真正工商界的情况，在座各位其实都比我清楚。我倒愿意听听各位的高见。"

"拿我们卷烟业来讲，我同意你的看法。"唐仲笙站起来，走到金懋廉身旁说，"懋廉兄，过去我们卷烟业每月有一百五十亿的营业，现在一个月只做三十亿营业。全业银行负债就有四十亿。我们东华厂过去每月最高生产量是八千五百箱，现在一月份只生产二千箱，二月份连一千箱也不到，只有九百八十四箱。你说怎么维持？客帮呆滞不动，香烟销路差，各厂纷纷停工。最近许多小厂要关门。有一个厂的存货，照目前的销路，可以销一个月。因此，想停工。职工却不答应，又怕触犯军管会的命令。现在各业营业清淡，百货公司减少收购量，银行押汇不开放，老债又逼着要还，大家都喊吃不消。现在比较好的，恐怕要算棉纺业和复制业了，是不是？信老。"

信老没有回答,望了潘宏福一眼,想叫他说,一想,在座不少前辈,行情也熟,不如听听别人的好。他的眼睛转到徐义德身上,说:

"这个吗,最好请教我们的铁算盘,他的行情熟。"

"晓得的也不多,信老要我讲,我就讲一点。"徐义德向潘信诚点点头,把两只手交叉放在胸前,拘谨地说,"各行有各行的困难,棉纺业也不好,复制业更差,针织业去年十二月份的营业额超过三百亿,二月份连一百亿也不到。毛巾被毯业二月份销量和去年同月相比,毛巾销量减少百分之四十五,被毯竟减少到百分之五十。你说这个生意哪能做?懋廉兄,我是同意你的意见的。信老,我说的不对,请你指正。"

"铁算盘说的话没一个错。"潘信诚用眼角向马慕韩斜视了一下。他现在凡是有马慕韩在的场合说话比过去更加小心,一方面因为后生可畏,马慕韩看问题确实比一般工商界高明些;另一方面马慕韩并不把潘信诚放在眼里,有时候当面顶得潘信诚下不了台;更重要的是马慕韩经常出席上海市各界人民代表会议协商委员会的会议,和共产党与政府方面的人接触的机会比他多。他不能不防他一手,别把潘信诚私下说的话漏给共产党与政府方面的人知道。他称赞了徐义德以后,有点不放心,加了一句,"最近这方面的详细情形我很不了然。"

柳惠光听了金懋廉、唐仲笙的谈话,他一直在摇头,等到徐义德说完,他忍不住唉声叹气了,皱起眉头,嘴里不断地发出啧啧的声音,哭丧着脸说:

"这样下去,怎么得了?目前我们西药业虽然还没有啥,但不久一定会影响到我们西药业的,一定会影响到利华的。这,这,这怎么得了啊!"

马慕韩果然不出潘信诚所料,他不同意徐义德的意见,甚至连金懋廉的看法,也需要修正。他等到大家发言差不多了,自己反复

思考,再提出与众不同的见解,衬托出马慕韩是高人一等的。他说:

"德公的看法不全面……"

潘信诚不等马慕韩说下去,他连忙插上来,生怕马慕韩说徐义德捎带讲他几句。他自己先站稳了要紧。他说:

"对,看问题要全面的看,要从各方面看,义德的看法是可以多考虑考虑的。"

马慕韩等潘信诚说完,接下去讲:

"比方说棉纺业吧,凭良心讲,我们的生产是正常的,没有受到五反运动的影响,花纱布公司不管三反运动进行得哪能厉害,都照顾我们。从这里看出了一个问题,凡是在国营经济领导下的工商业,生产经营就有保证。我们棉纺业生产正常,就是因为给花纱布公司加工订货,别的行业不是这样,完全靠自己、靠客帮、靠市场,当然就不同了。目前工商界营业清淡,我看只是暂时的情形,工人农民需要日用品,这一点是肯定的。人民的购买力比过去提高,这一点也是肯定的。我们有货色,还怕卖不出去吗?"他转过来对金懋廉说,"我对你刚才的看法,基本同意,不过还要补充两点,不晓得对不对?"

他等候金懋廉表示态度。金懋廉说:

"别说两点,三点也很欢迎。我今天没有准备,只是信口开河,随便说说。请慕韩兄多多指教。"

"我认为'三反'也是一个原因,别说国营公司减少收购量,就是许多国家机关因为反贪污、反浪费,买东西也大大减少了。这千把万人的购买力也是很可观。"说到这儿,马慕韩的声音突然低沉下去,可是整个客厅的人都听得很清晰。他说,"关起门来,说句良心话,这些情形也是我们造成的,别的不说,单讲提款补税一项,给国家纳税是工商界天经地义的事吧,如果我们过去按期如数缴纳,不拖欠,就不会搁到现在去补税了。总之,目前有些困难,是暂时的;前途是乐观的。"

潘信诚有意捧马慕韩一句:

"慕韩老弟看问题究竟是比较全面。"借此暗中收回"铁算盘说的话没一个错"那一句。

徐义德不同意,可是理由不多,他就从侧面来反驳:

"不管怎么样,目前工商界有困难总是事实,前途虽然可以乐观,可是这难关过不去,前途也就没有了。"

"是呀,是呀,"柳惠光的眉头越皱越深,两道眉毛几乎要变成一道了,忧虑地说,"这实在是困难,这实在是困难。怎么得了呀。"

"有困难得想办法,单是悲观也没有用。"马慕韩一棒子打在徐义德和柳惠光两人的身上。本来马慕韩并不预备打柳惠光这一下的,他认为柳惠光根本是一个无足轻重的人。柳惠光讲的话自然也微不足道了。这回是凑巧,柳惠光自己送上门来挨打的。

"自己没有困难,不晓得有困难的人的苦处。"徐义德挨了这一棒,并没有低下头去。他昂起头来,望着马慕韩,冷冷地说,"慕韩兄办法多,比我们又进步,倒请你指教指教。"

冯永祥见马慕韩和徐义德顶了起来,他连忙嘻嘻哈哈地插上来:

"你们两位为啥又顶牛了?啊哟,真伤脑筋。听你们讲话,我这个身体吃不消,天天吃人参也来不及补。有话,心平气和地讲,行不行,两位老兄。"

潘信诚开口了:

"工商界有困难,大家想办法,不要分你呀我的。"

"此话极是。"这是金懋廉的声音,他知道信通银行和工商界脉脉相关,工商界有困难,信通也好不了。

徐义德经冯永祥这么一点,倒有点不好意思。他内心深处是

不愿意得罪马慕韩的,于是退了一步,自己走下台阶,说:

"那么,大家想办法吧。"

客厅里立刻静了下来,面面相觑,每一个人都好像从对方的脸上可以找到什么奇妙的办法似的,看了很久,谁也不言语。唐仲笙一直站在金懋廉旁边,给他背后的壁灯把自己矮小的影子映在大红的厚地毯上。只有他一个人低着头,注意自己的影子在出神地想。

"怎么,要大家想办法,倒反而没有办法哪?"江菊霞坐在金懋廉旁边,望沙发外面移动了一下,使自己身子突出,好像这样可以引起大家注意听她的意见。她的嗓音很尖,轻轻地说,"智多星,江郎才尽了吗?"

"对,"冯永祥站了起来,说,"请我们仲笙兄发表发表高见。"

"欢迎,欢迎。"潘宏福不禁鼓了两下掌。

"高见不敢当,"唐仲笙走到客厅中间,站在大红的厚地毯上,像是发表演讲似的,举起右手来说,"照我看,目前的困难,工商界自己解决不了,正像一九五〇年'二·六'轰炸那样,国民党反动派用美国飞机炸了上海,工商界也形成了半瘫痪状态,靠政府才救活了工商界。这次么,我认为除了政府出来,拉我们工商界一把,没有别的办法。"

徐义德听完唐仲笙的话,立刻想起了"二·六"轰炸那年沪江纱厂的狼狈不堪的情况:停电断水,原料缺乏,市场困难,头寸短少,真是寸步难行。他整天皱着眉头,想不出一个好办法来。当时他已经下了决心,准备疏散关厂。幸亏政府伸出手来援助:华东纺管局、花纱布公司和工商局给困难厂出了主意,替政府加工订货,维持困难厂生产。一件纱花纱布公司配给四百一十斤用棉,另外给二百零五个折实单位的工缴费。当时市场"花贵纱贱",花纱布公司给私营厂代纺一件纱,足足要赔五十九斤花的老本。沪江从自纺改成代纺,给政府加工订货,解决了原料缺乏的困难;头寸短少,人民银行又给贷了款。经过人民政府这样大力帮助,沪江才算渡过了难关,维持下来。但他认为这是过去的事。情况和现在完全不同。现在政府想捞一票,会帮工商界的忙吗?当然不会。他摇摇头说:

"怕没那么容易吧?"

马慕韩不赞成徐义德的意见,反问道:

"你说,政府看我们垮下去吗?"

"当然也不是这个意思,"徐义德望了唐仲笙一眼,说,"现在和'二·六'轰炸不同……"

唐仲笙也不同意徐义德的意见:

"目前工商界困难情况,我们应该向有关方面反映反映。人民政府只要注意到这个问题,我看,问题就解决了一大半。人民政府决不会看我们工商界这样垮下去的。"

潘信诚对唐仲笙伸出大拇指来,说:

"真不愧是智多星,好,好。"

"只要政府肯帮忙,有人去反映,我也不反对……"徐义德说。

"谁去反映呢?"江菊霞望望四周坐在沙发上的大老板们。

"这倒是个问题,"冯永祥大叫一声。他一向自命为是人民政府和工商界之间的一个唯一的桥梁,在人民政府工作人员面前他代表工商界;在工商界面前他又常把人民政府首长的话复述一遍,似乎他也可以代表一点人民政府的意见。有时他大言不惭地称自己是半官方,其实他倒是真正站在民族资产阶级立场上说话,否则,就丧失了他的民族资产阶级代表人物的地位。最尴尬的是他出席人民政府或者是协商委员会召开的会议,政府首长和工商界代表面对面协商问题,他既不能吹牛代表政府方面某某人说点意见,更不好代表工商界说话,因为真正工商界代表就在会场上啊。

这时,他总是沉默不言,但一进会场必须在工商界朋友注意之下设法和政府首长拉拉手打打招呼,然后向会场上所有的工商界朋友点点头,微微笑一笑。这一方面表示自己和人民政府首长接近,另一方面也暗示告诉人民政府的首长,这些工商界朋友他完全熟悉。他衷心希望这个问题能够由他向人民政府方面去反映,但又不好自己推荐,就故意夸大这个问题,用大声讲话来引起大家对他的注意,求得有人推他去。他说,"这个问题要很好的反映,不然,又会有人说我们民族资产阶级叫嚣了。"

潘信诚识破他的心思,便顺水推舟,说:

"这次非阿永去反映不行。"

冯永祥走前一步,双手直摇,笑着说:

"我不行,我不行。这个问题很大,非信老亲自出马不可。"

他知道伟大的三反运动在轰轰烈烈展开,老于世故的潘信诚是不肯为别人的事体出头的。特地有意向他身上推,他不肯去,自然是落到冯永祥的身上了。潘信诚果然不答应,他说:

"我最近不大出来走动,找政府首长反映这个问题,有点唐突,很不自然,何况各行各业的困难情况我也不熟悉。这次反映要能解决问题,关系我们工商界太大了,我看还是阿永去吧。"

"我爸爸近来身体不好,很少出来开会。今天他本来不想来的,我厂里也有事。因为你们再三请他来,他才勉强答应。我放下厂里的事,陪他一道来。"潘宏福给潘信诚解释,说,"不必客气了,阿永去吧。"

唐仲笙怕冯永祥去反映头寸不够,不起作用,影响到东华问题不能解决。他不同意冯永祥去反映,可是又不好公开反对。他借着潘信诚的话搭上去:

"信老说得对,这次反映要能解决问题,信老和阿永都不肯去,我看倒有个最适当的人,各位倒忘记了。"

徐义德问：

"谁？"他疑心是不是指自己。

唐仲笙有意不说："你们猜猜看。"

"说吧，急死人哪，这个事体也好开玩笑。"柳惠光忍耐不住了。

"智多星，干脆说吧，别猜了。"江菊霞盯着唐仲笙。

唐仲笙还是慢吞吞地说：

"远在天边，近在眼前。"他指着马慕韩说，"我们的慕韩兄，诸位倒忘记了吗？他是民建上海临工会的常务委员，又是协商委员，从民建那方面，可以反映给中共上海市委统战部；出席协商会的时候，又可以在会上正面提出。他不要讲自己企业的问题，只是客观地反映一下工商界各方面的情况，提供政府参考参考，下面的文章政府自然会考虑了。如果说，现在风头不对，在协商会上正面提出怕别人误会，那么，协商会开会休息的辰光，慕韩兄借个机会走到陈市长面前去，各位不要忘记，陈市长是协商会的主席哪；他和陈市长随便聊聊天，顺便就把问题反映上去了。这不是很自然吗？一点痕迹也不露。"

潘信诚边听边点头。

金懋廉听他说完，五体投地，佩服不已，大声欢呼：

"妙，妙，真是妙啊！"

柳惠光听唐仲笙娓娓说来，头头是道，听出了神，发呆发痴一般的望着唐仲笙，一动也不动。金懋廉的欢呼声惊醒了他。他随声附和道：

"妙！"

徐义德完全同意。

"慕韩兄自然最适当不过了，身份也好。"

潘信诚知道冯永祥心里一定不同意马慕韩去，唐仲笙一提到慕韩两个字，冯永祥脸上的笑容马上就消逝了，别的人却还没有察

觉。潘信诚也认为马慕韩去反映比冯永祥适当得多,可是他并不立刻表示,反而把皮球踢给冯永祥,问他:

"阿永觉得哪能?"

"当然是慕韩兄去好。"冯永祥的脸上浮着勉强的微笑,声调里有点酸溜溜的味道。

马慕韩料到众望所归,非自己不行了,见信老没有吭声,他有意再往潘信诚身上一推:

"最好还是信老去……"

江菊霞插上来打断他的话:

"不要再推三推四的了,慕韩老兄。"

马慕韩强辩道:

"不是推……"

他的话还没有讲完,忽然有人掀起落地的紫色的丝绒帘子,宋其文老先生上气不接下气地一头闯了进来。他望见沙发上满满坐的是人,就站下来,定定神,喘着气,轻轻理了理胡须说:

"正好,你们都在。"

江菊霞说:"吃过晚饭,有几位先走了,我们随便聊天。你再不来,我们也要散了。"

柳惠光这几天一直心惊肉跳。谁的步子走快一点,他就有点怕。他见宋其文跑进来,神色惊慌,预感到有啥不幸的事体发生。他迎上来问:

"出了啥事体?"

"出了大事!"

徐义德问:"是不是宣布五反运动正式开始哪?"

"那倒不是,"宋其文靠着落地的紫色的丝绒帘子说,"叶乃传自杀哪。"

"叶乃传,谁?"这个人潘信诚不认识。

坐在沙发上的人伸长脖子,有的歪过头来,都对着宋其文看。

"谁,叶乃传是北京路昌瑞五金号的老板,"金懋廉一提起这个人就有点气愤,说,"欠我们行里五亿头寸,申请展期了三次,连利息也不付。"

江菊霞钦佩地碰了碰金懋廉的胳臂,低声对他一个人说:

"你们银行里啥事体都晓得。"

"哦,昌瑞五金号的叶乃传啊,懋廉兄一提,我记起来了,"马慕韩的脸上露出轻视的神情,说,"早几天报上登的,他派自己的小老婆在新亚酒店长期包房间,勾引干部,承揽订货。昌瑞承制人民解放军一批锚绳,就是白棕绳,表面上是白洋棕,里面却是烂麻皮,经不起风吹浪打。人民解放军解放舟山群岛,追击国民党残余匪帮,有些船只因为锚绳断了,延迟了登岸动作。还有一部分船只遇到狂风,各船一齐下保险锚,结果有九只锚绳断了,翻了好几只船,牺牲了八十多个解放军。这件事体就是叶乃传干的。"

"我也想起来了,"徐义德说,"早几天报上是登了这段新闻的,华东纺管局向他家买的各种规范的钢管,百分之八十九都是假货,用旧货充新货。还有河北省地方国营染织公司在他家买进的一寸半泗汀管五十九尺六寸,规定压力三百磅,他竟不顾工人生命安全,以旧东洋货黑铁管冒充,压力只有一百二十磅。装置竣工,准备使用,幸好给工程师发觉停用,差一点要发生事故哪。"

宋其文点点头:

"慕韩老弟和德公说的一点不错,就是他。早些日子同业里的人就传说,叶乃传对人讲:昌瑞的不法行为实在太多了,连他自己也记不清楚。按他计算,他的罪行要判刑就得坐牢两百年,所以各机关凡是有关'五反'的案件到昌瑞五金号调查,叶乃传都承认。那些日子,昌瑞号一案未了,一案又来,税务局的同志查他的偷漏账没走,人民解放军同志来了,华东纺管局的同志又来了,同时水利部和铁路局的传询电话又纷纷打来,他简直来不及应付。他对每一个单位的同志都一一承认自己的罪行,他说判徒刑两百年和三百年根本没啥区别。"

"他哪能自杀的?其老。"冯永祥走过来,站在宋其文旁边问。

"据说他本来打算投黄浦水葬的,后来一想不划算,不如跳楼自杀,当街示众,企图说明是人民政府逼他这样的,也好出一口气。他在国际饭店开了一个房间,今天下午从十一层楼上跳下来死的。"

"自杀还要捞回点利润!"

冯永祥这句俏皮话没有引起大家注意。潘信诚闭上眼睛深深地叹了一口气。徐义德说:

"听说叶乃传魄力大,投机能力强,对朋友有义气,同行当中都很佩服他。"

宋其文惋惜地说:"那是的,提到叶乃传,五金业哪个不知道他年轻有为。"

"叶乃传如果在国民党反动统治时期,可能是个成功的人物,"金懋廉说,"现在却走上了这样一条路,啥个原因?"

唐仲笙给他做了答复:

"那还不简单吗?时代变了,现在是新民主主义时代啊。"

柳惠光问马慕韩:

"叶乃传的事要不要反映一下?"

马慕韩直摇头,撇一撇嘴,蔑视地说:

"这种人是资本主义社会中的资产阶级,够不上新民主主义社会中的民族资产阶级,严格地讲,他应当算是反革命分子。这种事体有啥好反映,丢我们民族资产阶级的脸。"

柳惠光碰了一鼻子灰,往沙发上一靠,他不再吭声了。

冯永祥同意马慕韩的意见,补充道:

"像叶乃传这样的事,当然不值得重视,不过五反运动没有下文,倒是叫人放心不下。"

他这几句话引起了全场人们的注意。

自从上海市工商界代表扩大会议为了响应毛主席的伟大号召,决定展开五反运动以来,大家递了坦白书,就松了劲,没有下文了。最近上海市人民政府和上海市各界人民代表会议协商委员会联席会议决定加强领导五反运动,工商界的坦白和检举归上海市人民政府统一处理。这个消息发表出来,工商界人士的神经紧张了起来,认为这一记很结棍。没两天,还是没有下文,又松弛下去。五反运动像是一根箭,一会儿拉满了弦,一会儿又松了。箭在弦上,可是不发。工商界人士心上老是有这么一个疙瘩。

徐义德忧虑地问冯永祥:

"阿永,五反运动怎么没有动静?"

冯永祥有意卖关子:

"这个,我也不大清楚。"

大家面面相觑。冯永祥扫了大家一眼,打破了沉默,指着唐仲笙说:

"请我们的智多星发表高见。"

"对。"潘宏福首先赞成。

唐仲笙没有答腔,他的眼光盯着乳白色的屋顶,在考虑他的看法。经大家一再催促,他才说:

"我看,毛主席和中央一向是关心上海的,五反运动恐怕也和别的地方不同。我听市面上传说:重庆是共产主义,武汉是社会主义,北京是新民主主义,上海是资本主义,香港是帝国主义。这传说仔细想想也有些道理。毛主席和中央对上海从来是宽大的。上海市的政策是比别的地方稳的。五反运动已经在上海工商界展开了,工商界也坦白了,也检举了,大概五反运动已经过去了。"

"你说上海五反运动过去了？我看不像。"潘信诚嘴上虽然这么说，他心里可确实希望如唐仲笙所说的，五反运动过去了。他说，"这两天报上登的北京、天津、武汉五反运动的消息很多，他们那边展开得那么闹猛，上海工商界递一份坦白书就算过去了？没有那么轻便吧？"

他摇摇头，加重他的语气。

"我看也不像。"马慕韩同意潘信诚的意见，说，"我也听到市面上五个主义的传说，全是一种揣测之词。这种说法，是不了解共产党的。共产党的政策只有一个，各地差别哪能会那么大呢？"

"这个分析对，"金懋廉点点头说，"最近市面上谣言多，有些简直是无稽之谈。"

"我也不过这么说说，那看法我也不同意。"唐仲笙改口说，"不过，中央对上海和别的地方恐怕多少总有点不同。"

"天下的事很难说，"冯永祥再三摇头思索，说，"最近街上的标语少了，喇叭也不叫了，也许真的过去呢。"

"过去就好了。"柳惠光用着一种祈求的声音说，他是宁可认为五反运动已经过去了，一提到"运动"和"斗争"等字眼他就有点吓丝丝的。

"阿永的说法也有道理。"潘宏福最近根据爸爸的意见，留心市面上的动静。他也亲眼看到标语少了，喇叭不叫了。

徐总经理深深地叹了一口气，说：

"过去当然好哪。据我看：共产党不会放过上海的民族资产阶级的。这次五反运动，是共产党搓麻将，赢满贯，要搞光我们工商业。共产党既然是要大大进一笔账，上海油水这么肥，你说，他们会不从上海捞一票？"

"这个话也对，"江菊霞手里拿着一张几天前的《解放日报》边看边说。那张报上面登了一条新闻：上海民族资产阶级破坏人民生活的安定，三年来一贯制造物价涨风。紧接着这条消息，还登了一篇短论：坚决打退资产阶级向人民日常生活的进攻。她指着短论对大家说，"这是党报的短论，要坚决打退资产阶级向人民日常生活的进攻。德公说的对。从这张报的字里行间也可以看出来，上海的五反运动没有过去。"

"坚决打退资产阶级的进攻……"潘信诚没有把心里话说出来，只是笑了两声。

徐义德却不隐瞒自己的不满：

"什么资产阶级猖狂进攻？我们资产阶级一无军队，二无组织，三无总司令，怎么进攻呢？"

"是呀，这道理说不通啊。"江菊霞接过去说，"共产党这么讲，有啥办法呢？"

"这个么，也很难说。"马慕韩望了徐义德和江菊霞一眼，显然不同意他们两人一唱一和，他想起最近报纸揭发的上海工商界许多五毒不法罪行，特别是今天宋其文提到的叶乃传就是一个活生生的例子，哪能否认民族资产阶级猖狂进攻呢！徐义德企图否认的理由是站不住脚的，报纸上早就批判了这种错误的论调。没有军队吗？上海工商界本身就是一支队伍，在全国来说，这支队伍还是主力哩；没有组织吗？工商界有多种不同性质的组织，上海星二聚餐会就是其中的一个，报上早就有人对这类组织进行批判了；没有总司令吗？各级组织都有负责人，全国也有负责人，这一点也无法否认。工商界为了争夺利润，在上海市场上兴风作浪，各显神通，猖狂进攻，叶乃传和朱延年这些人的例子有的是。他最近特别留心报纸上的新闻，看了叫人怵目惊心，铁一般的五毒不法事实，使人无法抵赖。徐义德这帮人大概看报没有细心研究，到现在还关起门来说梦话，真是不知天高地厚。但是他当着工商界巨头们的面，不好多讲，就暗示地说，"大家做的事体，自家有数。这辰光，谈这一套,没啥好处。"

潘信诚不同意马慕韩的说法,但他并不提出异议,只是用眼睛暗暗斜视了他一下。冯永祥自命行情熟,点头称是:

"这辰光,空气不对。"

宋其文一边叹息一边摇头说:

"我看共产党不仅要捞一票,恐怕还要消灭民族资产阶级,国旗上那颗星要掉下去了!"

"我看不会。"马慕韩一边思索,一边摇头,说,"看苗头,不像要消灭民族资产阶级的样子。"

"为啥?"

"《共同纲领》序言里明文规定的:中国人民民主专政是中国工人阶级、农民阶级、小资产阶级、民族资产阶级及其他爱国民主分子的人民民主统一战线的政权,而以工农联盟为基础,以工人阶级为领导。其老,你忘记了吗?"马慕韩望着宋其文,等他的回答。

"这一点我哪能会忘记,通过《共同纲领》的辰光,我还举过手哩。"

"这就对了。"

"可是现在的情况不同了,共产党的事情很难说。"

"就是要消灭民族资产阶级,也得开个会修改《共同纲领》,这是国家大法呀!"

"人家不开会,你又哪能?"

马慕韩给宋其文一问,当时竟回答不上来,心里想,这倒是的呀,共产党不开会,工商界又有啥办法?过了一会,他想起了毛主席在政治协商会议上的讲话,又有了根据,说:

"其老,你忘记毛主席的讲话吗?"

"毛主席的讲话?"宋其文一时摸不着头脑,奇怪地望着马慕韩,问,"啥个讲话?"

大家的眼光都集中在马慕韩身上。他从容不迫地说:

"毛主席在政治协商会议上说过,凡是为人民做过好事的人,人民是不会把他忘记的。这句话给我的印象很深,其老忘记了吗?"

"这么重要的话哪能会忘记,不过,"宋其文意味深长地摸一摸胡须,说,"这只是指个别的人,不是指整个民族资产阶级。"

"那么,其老,"马慕韩追问道,"你的意思是说这回共产党一定要消灭民族资产阶级吗?"

宋其文坚持他的意见:

"慕韩兄,别想得太天真!不信,你看吧!"

马慕韩不同意,他向徐义德搬兵:

"铁算盘,你说是不是像?"

马慕韩回过头去一看:徐义德的座位上空空的。他"咦"了一声,惊异地问道:

"铁算盘到啥地方去哪?"

大家刚才聚精会神地听宋其文和马慕韩发表高见,眼光都盯在马慕韩身上,没有一个人看见徐义德到啥地方去了。冯永祥说,可能是上厕所去了。他说完了话,立刻到楼上楼下去找,回来两个肩膀失望地一耸,伸出两只手来,皱着眉头说:

"啥地方也没有,该不会出事吧?"

大家面面相觑,没有一个人说话。江菊霞听冯永祥说话,面孔顿时铁一般的发青。她马上从徐义德身上想到叶乃传,从叶乃传自杀又想到徐义德和沪江纱厂。她的两腿发抖,有点站不住的样子,两只手合在一块,拼命搓来搓去,竭力保持镇静。她想立刻就走,去找徐义德,见大家站在那里不动,又不好意思一个人先走,担心地问:

"会不会……"

她的话没有说完,但大家都懂得她要说的意思。一层厚厚的乌云笼罩在人们的心头,使人透不过气来。从叶乃传自杀和徐义德忽然不见,大家都很快地想到自己的厂店,各人都有各人的心事,每一个人的眉头都不约而同地皱了起来。没有一个人答她的话。她的眼光对着唐仲笙,希望智多星给她一个否定的答复。

果然唐仲笙开口了,可是和她的愿望相反:

"这辰光的事体很难说,谁也不能打包票,也许德公一时想不开……"

唐仲笙说到这里,江菊霞不禁失声大叫:

"啊!"

大家都对着她看。她机警地连忙用右手按住胸口,很自然地说:

"我的胸口痛!"

潘信诚看出来她为啥"啊"的一声,不但不点破,并且给她一个台阶:

"身体不好,早点回去休息吧。"

她顺嘴接上去说:

"好的,好的。"

她没和大家打招呼,匆匆忙忙走了。她的高跟皮鞋橐橐的声音还没有完全消逝在门外,潘信诚看大家还愣在那里,每个人的心情都很沉重,连最活泼的冯永祥也不说话了,他站在宋其文旁边,一老一少,像段木头似的。潘信诚提醒大家道:

"我们也散伙吧,早点回去,也好料理料理……"

大家点头赞成,宋其文抹一抹胡须说:

"对!"

大家闷声不响地散了。

房间里一个人也没有了,非常平静,只听见墙角落的那架落地大钟有规律地发出嗒嗒的音响。

(第一部完)

1954 年 3 月 13 日初稿,上海。

1961 年 7 月 26 日改稿,北京。